KB074006

나무꾼과 선녀의
부부갈등과 문학치료

서은아

머리말

『나무꾼과 선녀에 나타난 부부갈등 연구』라는 책을 출간한 지, 벌써 6년이 지났다. 박사학위논문이었지만 독자들의 반응이 의외로 좋았고, 급하게 책을 발간하다보니 아쉬운 점들이 많아 증보판을 내려고 계획은 하면서도 막상 실천에 옮기기가 쉽지 않았다. 피일차일 미루다가 이제야 증보판을 발간한다.

필자가 〈나무꾼과 선녀〉 설화로 논문을 쓰겠다고 마음을 먹은 건, 여러 단계를 거치고 난 후의 일이었다. 박사과정을 다니는 내내, 난 석사 때와 마찬가지로 판소리계 소설전반에 관한 연구로 박사논문을 쓸 것이라 계획하고 있었다. 그러던 중 판소리계 소설에 나타나는 공간 구조에 관심을 가지게 되었고, 설화와의 비교를 통해야만 판소리계 소설의 공간 구조적 특성이 잘 드러나리라는 생각에 설화자료를 수집하게 되었다. 그리고 설화자료를 수집하던 중 〈나무꾼과 선녀〉 설화에 관심을 갖게 되었다. 이것이 나와 〈나무꾼과 선녀〉 설화와의 첫 만남이다.

〈나무꾼과 선녀〉 설화를 연구 주제로 잡으면서 늘 불안했던 게 사실이다. 아무리 이본이 있다고는 하지만, "이 짤막한 설화로 무슨 이야기를 할 수 있을까?"라는 고민에 참 많은 시간을 보냈다. 그러면서도 내가 이 작품을 놓아버리지 않았던 건, 〈나무꾼과 선녀〉 설화가 전 세계적인 분포를 보이면서 오랜 기간 전승되어 오고 있다는 사실 때문이었다. 이것은 〈나무꾼과 선녀〉 설화가 분명 그것을 읽고 즐기는 독자들에게 어떠한 문학적 효용을 주었음에 틀림없기 때문이다. 그러다가 〈나무꾼과 선녀〉 설화를 나무꾼과 선녀 사이의 부부문제로 다루기 시작하면서, 그 동안 해결을 실마리를 보이지 않았던 이 설화는 나에게 너무나 많은 공감을 주기 시작했고 너무나 잘 이해가 되는 작품으로 변화되었다. 그것은 나무꾼과 선녀의 부부문제가 그들만의 문제가 아니라, 보편적인 부부생활에서 나타날 수 있는 부부문제의 양상을 보여주고 있다는 점에서였다. 그리고 나무꾼과 선녀 두 사람의 부부문제를 나의 부부문제와 연관 지어 생각하면서, 논문은 일사천리로 진행이 되었다. 이것은 작품이 나와의 관련 속에서 분석되었기에 그랬던 것 같다.

이 책은 크게 두 부분으로 나누어진다. 1부는 '〈나무꾼과 선녀〉의 인물갈등 연구'로 필자의 박사학위논문을 수록한 것이며, 2부는 '〈나무꾼과 선녀〉의 문학치료적 접근'으로 〈나무꾼과 선녀〉 설화를 문학치료와 관련지어 논의한 필자의 소논문들을 모아놓은 것이다. 1부에서 II와 III은 〈나무꾼과 선녀〉 설화의 작품론으로, 〈나무꾼과 선녀〉 설화를 분석하여 작품에 나타나는 나무꾼과 선녀의 부부갈등 양상과 그 해결방안에 관해 살펴보았다. IV는 〈나무꾼과 선녀〉 설화가 독자들에게 미칠 수 있는 영향력에 관한 부분으로, 앞서 분석된 〈나무꾼과 선녀〉 설화의 작품론을 실제 부부상담에 활용해 보았다. 즉 〈나무꾼과 선녀〉 설화에 나타나는 부부갈등과 유사한 부부갈등을 가진 실제 내담자들을 대상으로 하여, 〈나무꾼과 선녀〉 설화가 이들 내담자들(수

용자들)에게 어떠한 영향력을 행사할 수 있을지 그 문학적 효용에 관해 살펴보았다. 2부에서는 〈나무꾼과 선녀〉 설화를 문학치료와 관련지어 논의하였는데, I 에서는 〈나무꾼과 선녀〉와 〈견우직녀〉의 이야기 결합방식이 문학치료에는 어떻게 적용될 수 있을지 살펴보았다. II, III, IV에서는 〈나무꾼과 선녀〉 설화의 부부갈등을 '선녀의 개인적인 결점으로 인한 갈등' '옹서갈등' '고부갈등'으로 나누어, 각각의 갈등에 집중하여 개별논의를 진행하였다.

무엇보다 이 책은 박사학위논문이 주는 권위주의적이고 딱딱한 형식에서 벗어나, 〈나무꾼과 선녀〉 설화를 알고 있는 일반 독자들에게까지도 쉽게 이해될 수 있다는 것이 강점이라고 생각된다. 독자들은 누구나 이 책을 재미있게 읽어나갈 수 있을 것이다. 필자가 〈나무꾼과 선녀〉 설화를 통해 다양한 생각할 꺼리들을 발견해낸 것처럼, 이 책을 읽는 독자들 또한 그것을 발견해낼 수 있기를 희망해본다.

이 책을 출간하면서 너무나 고마운 분들이 많이 계시다. 먼저 나의 지도교수님이신 조암 박기석 선생님께 감사를 드린다. 대학원 입학하면서부터 지금까지 선생님의 한결같은 가르침과 보살핌에 감사를 드린다. 선생님께서는 학문을 하는 올바른 자세와 원만한 인간관계를 맺는 법을 가르쳐 주셨고, 훌륭하신 여러 선생님들께 가르침을 받을 수 있는 기회를 제공해 주셨다. 선생님께서 계시다는 것만으로도 항상 든든했고, 어느 자리에서든 두렵지 않았다. 진심으로 존경과 감사를 드린다. 또 박사학위논문 심사를 맡아주시고 꼼꼼하게 지도해주셨던 한양대 최래옥 선생님, 건국대 정운채 선생님, 교내 이숭원 선생님, 문홍술 선생님께도 감사를 드린다.

다음으로 내가 하는 일이라면 무엇이든 믿어주고 늘 경제적인 지원을 아끼지 않으셨던 아빠, 나에게 늘 든든한 힘이 되어주는 정아언니와 남동생 상균이, 언제나 온전한 내편인 남편과 내 분신인 사랑하는 아들 정구윤에게도 감사의 마음을 전한다. 늘 염려해주시는 시댁 분들께도 감사의 마음을 전하고 싶다. 그리고 하늘에 계신 엄마께, 엄마의 딸이라는 게 늘 감사했고 자랑스럽고 행복했었다는 말을 꼭 전하고 싶다. 지금도 난 엄마가 그립다.

끝으로 나의 삶을 주관하시는 하나님과 내가 지칠 때마다 옆에 있어준 나의 소중한 사람들에게 깊은 감사와 사랑을 전한다.

2011. 6. 18. 서은아 씀

목차

2부 나무꾼과 선녀의 문학치료적 접근

부록

1부

나무꾼과 선녀의 인물갈등 연구

나무꾼과 선녀의 부부갈등과 문학치료

Ⅰ. 서론

1. 문제 제기

〈나무꾼과 선녀〉는 호주(Australia)를 제외하고 전 세계적인 분포를 보이는 설화로,[1] 중국에서는 곡녀전설(鵠女傳說), 일본에서는 우의전설(羽衣傳說)[2], 서양에서는 백조처녀(白鳥處女, swan maiden)[3]로 불린다.

모든 설화들에서 공통적으로 발견할 수 있는 줄거리는 다음과 같다. "한 남성이 우의(羽衣)를 벗고 목욕하는 여성을 발견하고, 그 우의(羽衣)를 감춘다. 우의를 잃어버린 여성은 날아가지 못하고, 남성과 결혼하여 자식을 낳고 행복하게 산다. 그러던 중 여성은 우의(羽衣)를 찾아 입

1 장주근, 『한국구비문학사(상)』, 한국문화사대계 5, 고려대학교 민족문화연구소, 1971, 670쪽(西村眞次, 『신화학개론』, 300~402쪽.)

2 최상수, 「백조처녀설화의 비교 연구」, 『민속학보』 제2집, 1957, 3쪽.
손진태, 「조선민족설화의 연구」, 을유문화사, 1954, 193쪽.
권영철, 「금강산 선녀 설화 연구」, 효성여대 연구논문집 제1집, 효성여대, 1969, 165쪽.

3 A. Aarne S. Thompson, The Type of Folktale, Helsinki: Suomalainen Tiedeakatemia Academia Scientiarrum Fennca, 1964.

고 하늘로 올라간다." 이런 기본적인 줄거리에 여러 가지 삽화들이 첨가되면서, 한국의 〈나무꾼과 선녀〉는 더욱 복잡하고 다양한 양상을 보여준다.

한국의 경우 이 설화는 〈나무꾼과 선녀〉, 〈선녀와 나무꾼〉, 〈선녀의 깃옷〉, 〈수탉의 유래〉, 〈나무꾼의 실수〉, 〈고양이 나라의 옥새〉, 〈은혜갚은 쥐〉, 〈은혜 갚은 짐승들〉, 〈쥐에게 은혜 베풀어 옥황상제 사위된 이야기〉, 〈쥐의 도움으로 선녀와 혼인한 머슴〉, 〈노루와 초동〉, 〈닭이 높은 데서 우는 유래〉, 〈다시 찾은 옥새〉 등 여러 가지 이름으로 불린다. 그런데 가장 많이 불리는 이름이 〈나무꾼과 선녀〉이고[4] 사건이 두 인물인 나무꾼과 선녀를 중심으로 이루어지기에, 본 연구에서는 그 이름을 〈나무꾼과 선녀〉로 통일하여 사용하도록 하겠다.[5]

그렇다면 이렇게 전 세계적인 분포를 보이며, 우리나라에서 여러 가지 이름으로 전승되고 있는 〈나무꾼과 선녀〉는 과연 어떤 의미를 지닌 이야기일까? 〈나무꾼과 선녀〉가 오랫동안 전 세계적으로 분포되어 왔다는 것은, 이 이야기가 이것을 수용하고 향유하는 사람들에게 분명 어떤 커다란 의미와 효용을 주었음이 분명하기 때문이다. 본고에서는 이 점에 주목하고자 한다.

필자는 〈나무꾼과 선녀〉가 요즈음 사람들에게 어떻게 인식되는지 알기 위해, 수업시간에 학생들에게 〈나무꾼과 선녀〉의 여러 가지 유형들을 이야기해주고, 이 이야기에서 말하고자 하는 바가 무엇인지 제시하라는 질문을 던졌다. 그 결과 과반수이상의 학생들이 〈나무꾼과 선녀〉에서 말하고자 하는 바는 나무꾼과 선녀의 '사랑' 혹은 '애정'이라고 답변했다. 그리고 강제적으로 선녀를 취한 나무꾼의 행동을 성토하

---

4 연구자가 연구의 대상으로 삼은 56편의 자료 중 27편의 명칭이 〈나무꾼과 선녀〉이다.

5 〈나무꾼과 선녀〉의 선행연구 중 배원룡의 연구에서도 이러한 의견이 제시된 바 있다. (배원룡, 『나무꾼과 선녀 설화 연구』, 집문당, 1993, 13쪽 각주.)

는 목소리도 높았다. 그 밖에 '보은' '약속 혹은 신뢰' '타인의 말을 경청' '효 혹은 가족애' '금기' 등의 답변이 그 뒤를 이었다. 이러한 답변들을 살펴보면, '보은'을 제외한 나머지 답변들은 모두 선녀와 나무꾼 두 인물의 관계를 중심으로 파악되고 있음을 알 수 있었다. 특히 약속의 중요성이나 신뢰의 부분에서 학생들은 나무꾼과 선녀 사이의 서로에 대한 믿음이나 부부간의 신뢰를 지적하고 있으며, 타인의 말을 경청하라는 것도 나무꾼이 선녀의 말을 듣지 않고 지상으로 내려갔다가 돌아오지 못했던 부분을 지적하고 있다. 또 어머니에 대한 효나 가족애 역시 나무꾼이 어머니를 그리워하다가 결국은 선녀와 헤어지게 되는 부분을 지적하고 있다. 이렇듯 요즘은 학생들이 바라보는 〈나무꾼과 선녀〉는, 나무꾼과 선녀의 부부결합과 그와 관련된 문제들로 읽혀지고 있는 것이다.[6]

그런데 〈나무꾼과 선녀〉의 여러 가지 유형들을 검토해보면, 한 가지 재미있는 사실을 발견하게 된다.

"나무꾼이 목욕하고 있던 선녀의 날개옷을 감춰, 그녀와 결혼했다"는 이야기의 시작은 동일하지만 그 결말은 달라진다는 것이다. 선녀가 승천하면서 이야기가 끝나는 작품들이 있는가 하면, 나무꾼이 승천한 선녀를 따라 하늘로 올라가 행복하게 사는 작품들도 있다. 하늘로 올라갔던 나무꾼이 어머니가 그리워 지상으로 내려왔다가 올라가지 못해 수탉이나 뻐꾸기같은 비극의 주인공이 되는 작품들이 있는가 하면, 선녀를 따라 천상으로 올라갔던 나무꾼이 다시 선녀를 동반하여 지상으로 내려오는 작품들도 있다.

이것은 〈나무꾼과 선녀〉가 오랜 기간 전승되어 오면서, 그 이야기의 수용자들이 작품 속에 나름대로 자신의 생각과 감정을 이입하여 이야기를 재창조하고 변용시킨 결과라고 할 수 있다. 그러므로 〈나무꾼과 선녀〉라고 불리워지는 작품군(作品群)은, 그 이름은 동일하지만 모두가 수용자들의 개별작품이라고 할 수 있다. 그런데 하나의 이야기는 수용자들이 이해하고 납득할 수 있는 일관성을 가져야된다. 만약 수용자들이 이야기를 납득할 수 없다면, 그 이야기는 다시 변용되거나 아예 사장(死藏)되어질 것이다. 그러므로 〈나무꾼과 선녀〉가 몇 가지 유형으로 분류될 수 있다는 것은, 각 유형들이 나름대로 독자들이 납득하기에 아주 적합하고 합리적인 구조를 가졌기 때문이다. 그런데 작품에서 행복과 불행을 결정하는 중심에 놓여있는 것은, 부부결합의 상태이다. 즉 부부가 분리되었을 때 작품은 불행으로 끝나며, 부부가 결합되었을 때 작품은 행복한 결말을 맞게 된다.

---

6 필자는 2004년 8월 30일(월)과 9월 6일(월) 서울여대 '한국고전문학의 이해'(월 34교시/56교시) 수업시간에 〈나무꾼과 선녀〉의 여러 가지 유형을 이야기해 주었다. 그리고 각자 〈나무꾼과 선녀〉 작품을 한편씩 찾아 읽고, 나름대로 작품에 대해 생각할 수 있는 시간을 가질 수 있도록 다음의 물음들을 제시하였다. 답변은 자신이 읽은 작품에 해당되는 부분까지만 응답하도록 하였다. ① 본인이 읽은 작품의 제목과 출판사를 제시하라. ② 나무꾼은 선녀를 어떻게 만나게 되는가? 위기에 처한 동물을 구해주고 보은을 받은 것인가? 아니면 우연히 발견하게 되었는가? 보은을 통해 선녀를 만나게 되었다면 보은을 한 동물을 무엇인가? ③ 나무꾼이 감춘 옷은 몇 번째 선녀의 옷인가? 그리고 그 순서 선녀의 옷을 감춘 이유는 무엇인가? 예를 들어 세 번째 선녀의 옷을 감추었다면, 왜 하필 세 번째 선녀의 옷을 감추었을까? ④ 선녀는 나무꾼과의 만남에서 나무꾼이 자신의 옷을 감췄다는 사실을 알고 있었는가? ⑤ 나무꾼은 사슴이 말한대로 일정수의 자식을 낳기전에 왜 선녀의 옷을 돌려주는 것일까? ⑥ 선녀는 왜 남편인 나무꾼은 지상에 남겨둔 채, 자식들만 데리고 하늘로 올라가버리는 것일까? 나무꾼과 선녀 사이에는 정이 없었을까? ⑦ 나무꾼은 어떠한 방법으로 천상으로 올라가는가? ⑧ 천상에서 시험과정은 나타나는가? 나타난다면 어떠한 시험이 나타나며, 어떠한 방식으로 해결하는가? ⑨ 나무꾼은 어떠한 방식으로 지상에 내려오게 되는가? 내려오면서 선녀가 내려주는 금기는 무엇인가? 지상에 남게 된 나무꾼은 어떠한 동물로 화하는가? ⑩ 〈나무꾼과 선녀〉에서 이야기하고자 하는 바는 무엇인가?

전체 160명의 학생들에게 이러한 질문을 제시하고, 142명의 답변을 수거한 결과 〈나무꾼과 선녀〉에서 이야기하고자 하는 바는, 1) 사랑 혹은 애정-61, /2) 보은-21, 3) 약속 혹은 신뢰-14, 4) 타인의 말을 경청-13, 5) 효 혹은 가족애-9, 6) 금기-7, 7) 기타-17으로 나타났다. 그리고 기타 제시된 의견으로는 '기회의 활용' '나무꾼의 신중하지 못한 태도' '사기치지 말라' '결과보다 과정이 중요하다' '남이 원하지 않는 일을 행하지 말라' '일장춘몽' 등등의 의견이 제시되었다.

〈나무꾼과 선녀〉에 나타나는 나무꾼과 선녀의 부부결합은 분명 문제를 지닌다. 날개옷을 몰래 감춘 나무꾼의 기만적인 행위에 의해, 선녀는 자신의 의사와는 무관한 결혼을 하게 된다. 그러므로 이 둘의 결합은 시작부터 갈등을 내포한다. 하지만 앞서 살펴본 바와 같이 이 둘의 결합방식이 문제를 지닌다고 해서, 모든 작품에서의 결말이 불행한 것은 아니다. 그렇다면 이렇게 시작은 동일하지만, 작품의 결말이 달라지는 이유는 무엇일까? 하나의 작품이 일관성을 가지고 합리적으로 구성된다고 할 때, 그 이유는 작품의 내용 속에서 찾아질 수 있다. 이에 본고에서는 〈나무꾼과 선녀〉라는 작품을 나무꾼과 선녀의 부부관계를 중심으로하여 그 내용을 분석해 보고자 한다.

먼저 〈나무꾼과 선녀〉에 나타나는 인물갈등 양상을 살펴보고, 다음으로 이러한 인물간의 갈등이 〈나무꾼과 선녀〉에서는 어떻게 해결되고 있는지 그 갈등 해결방안을 살펴보고자 한다. 작품이 행복한 결말을 맞는다는 것은 부부갈등이 성공적으로 해결되었음을 의미하며, 불행한 결말을 맞는다는 것은 부부갈등이 미해결된 채 남아있음을 의미한다. 그러므로 행복한 결말에서는 성공의 방법을, 불행한 결말에서는 실패의 원인을 분석해볼 수 있을 것이다. 이러한 작품 분석을 통해 〈나무꾼과 선녀〉의 의미는 드러날 것이다.

다음으로 이러한 〈나무꾼과 선녀〉의 작품 분석이 단지 작품론에 그치지 않고, 현대를 살아가는 우리들에게는 어떠한 도움을 줄 수 있을지 그 문학적 효용에 관해 살펴보고자 한다. 문학적 효용을 살펴보기 위한 방법으로, 본 연구에서는 문학치료의 도움을 받고자 한다. 문학치료는 '문학을 이용하여 사람들의 심리적 장애를 치료할 수 있다'[7]고 보는 입장으로, 문학적 효용을 보여주는 가장 효과적인 연구 방법이

7 정운채, 「한국고전문학과 문학치료」, 『조선학보』 제183집, 조선학회, 2002.

될 수 있다. 이에 문학치료적 연구방법을 적용하여 〈나무꾼과 선녀〉에서의 부부갈등 양상과 해결방안이, 실제 부부갈등을 가진 사람들에게는 어떠한 도움을 줄 수 있을지 고찰해 보고자 한다.

이러한 연구를 통하여 〈나무꾼과 선녀〉는 단지 옛사람들의 이야기가 아니라, 현대에도 재해석되어 우리들에게 도움을 줄 수 있는 새로운 작품으로 거듭날 수 있을 것이다.

2. 연구사 검토

여기서는 먼저 〈나무꾼과 선녀〉에 관한 연구 성과 중 나무꾼과 선녀의 결합에 관해 논의된 부분들을 살펴보고, 다음으로 4장의 방법론으로 사용될 문학치료에 관한 연구들을 검토해보도록 하겠다.

나무꾼과 선녀의 결합에 관련된 문제들은 먼저 '이류교혼(異類交婚)' 설화의 유형을 분류하는 자리에서 다루어져 왔는데, 임석재[8], 이석래[9], 소재영[10], 김기창[11]의 논의가 그것이다. 임석재는 『조선의 이류교혼담(異類交婚譚)』에서 이류교혼의 형태를 '神－人交婚' '神－動物交婚' '神－動物交婚' '人－植物交婚' '人－無生物交婚'의 다섯 가지 형태로 나누고, 〈나무꾼과 선녀〉를 신과 인간의 교혼 양상의 하나로 제시하였다. 이석래는 이물교혼설화를 '인신혼(人神婚)' '인수혼(人獸婚)'으로 나누고, 〈나무꾼과 선녀〉를 인신혼(人神婚)에 포함시켰다. 소재영은

8 임석재, 「조선의 이류교혼담」, 『조선민속』 제3호, 조선민속학회, 1939, 178~192쪽.
9 이석래, 「이류교혼설화」, 『문리대학보』 11권 1호, 서울대학교 문리대학, 1963.
10 소재영, 「이류설화고」, 『국어국문학』 42·43 합병호, 국어국문학회, 1968.
11 김기창, 『이류교혼설화연구』, 성균관대학교 대학원 석사학위논문, 1984.

이류교구설화를 '난생형(卵生形)' '견훤형(甄萱形)' '우녀형(羽女形)' '보은형(報恩形)' '기타'로 나누어, 〈나무꾼과 선녀〉를 '우녀형(羽女形)'에 포함시켰다. 김기창은 이류교혼설화의 분류를 위하여 신·자연물·인간을 기준으로 하여, 상위유형인 '류(類)를 구분한 후 동류(同類)가 아닌 이류(異類)와의 교구관계를 분류하였다. 그리고 다시 각각의 류(類)에 따른 하위의 분류인 '형(型)'을 제시하였는데, 이것은 교구대상물을 기준으로하여 나누었다. 여기서 〈나무꾼과 선녀〉는 상위분류에서는 '人-神교혼류'로, 그 하위분류에서는 '선녀형'으로 분류된다.

이렇게 '이류교혼(異類交婚)' 설화를 분류하는 자리에서, 〈나무꾼과 선녀〉는 개괄적으로 다루어져 왔다. 그러나 선녀를 신이라는 성(聖)적 존재로 나무꾼을 인간이라는 속(俗)적 존재로 보아 이둘의 결합을 신성혼이라고 보는 이러한 입장은, 〈나무꾼과 선녀〉의 후대연구에 지속적으로 커다란 영향력을 미치게 된다. 그런데 동일한 자료를 대상으로 분류를 시도하면서도, 라인정[12]은 이물교구설화를 '인간과 이물간의 교구가 어떠한 결과로 끝맺는가'를 기준으로 하여 '인물탄생형' '배우자취득형' '보배획득형' '이물퇴치형' '원귀해원형'으로 나누었다. 그리고 〈나무꾼과 선녀〉를 '배우자취득형'으로 분류하였다. 이것은 나무꾼이 선녀를 취했다는 결합방식에 주목하고 있어, 본 연구에 시사하는 바가 있다.

다음으로 금기(禁忌)나 결혼시련담을 논의하면서 〈나무꾼과 선녀〉의 결합에 관해 언급한 장장식[13], 이윤경[14], 이지영[15]의 연구가 있다. 장장식은 57편의 설화를 대상으로 금기설화를 연구하면서 〈나무꾼과

12 라인정, 『이물교구설화연구』, 충남대학교대학원 국어국문학과 박사학위논문, 1998.

13 장장식, 『설화의 금기연구』, 경희대학교 대학원 석사학위논문, 1984.

14 이윤경, 『금기 모티프 수용 설화 연구-〈나무꾼과 선녀〉·〈구렁덩덩신선비〉·〈우렁색시〉형을 중심으로-』, 성신여자대학교 대학원 국어국문학과 석사학위논문, 1998.

15 이지영, 『한국결혼시련담 연구』, 서울대 대학원 석사학위논문, 1987.

선녀〉 19편을 포함시켰다. 그는 금기설화를 신혼설화의 변용으로 이해하면서 주인공들의 성(聖)·속(俗)의 대립에 의해 발생되는 갈등의 표현이 금기이며, 이 갈등을 제어하는 구실이 금기의 기능이라고 보았다. 이윤경은 〈나무꾼과 선녀〉, 〈구렁덩덩신선비〉, 〈우렁색시〉형 설화들을 중심으로 금기 모티프를 연구하였는데, 〈나무꾼과 선녀〉를 '선녀승천-부부분리형' '나무꾼 승천-부부결합형' '나무꾼 천상시련 극복형-부부결합형' '나무꾼 지상회귀-부부분리형'의 네 가지 유형으로 분류하였다. 그리고 금기 모티프는 이성적 자아와 감성적 자아의 대립에서 오는 내적인 양상의 갈등으로서의 의미를 지닌다고 하였다. 이지영은 〈나무꾼과 선녀〉, 〈우렁색시〉 민담을 혼사시련담으로 보고, 그 특징을 구명하고자 하였다. 그는 〈나무꾼과 선녀〉를 결합형과 분리형으로 나누어 결합형에는 승천상봉형(나무꾼승천형)과 천상시련-승천상봉형(시험해결)을, 분리형에는 수탉유래형(지상회귀)과 천상시련-수탉유래형(지상회귀)을 설정하였다. 그리고 천상의 존재와 지상의 존재가 결합하기 위한 조건이 금기라고 하였다. 이렇게 금기나 결혼시련담 연구에서도 여전히 나무꾼과 선녀의 결합은 인간과 신의 결합으로 보고 있다. 그러나 이윤경과 이지영의 연구에서 부부관계의 결합과 분리상황을 그 유형분류의 기준으로 채택한 것은, 비록 소분류는 다르다 할지라도 본 연구의 분류 기준과 일치한다.

〈나무꾼과 선녀〉에 관한 단일 연구 중 나무꾼과 선녀의 결합에 관한 논의로는 권영철[16], 최운식[17], 배원룡[18]의 연구가 있다. 권영철은 〈나무꾼과 선녀〉를 그 내용에 따라 다섯 가지로 분류하고, 나무꾼과 선녀의 결합을 신과 인간의 결합으로 보면서 이 설화의 성격을 신혼설

16 권영철, 「금강산선녀 설화 연구」, 『효성여대 연구논문집』 제1집, 효성여대, 1969.
17 최운식, 「나무꾼과 선녀」, 『전래동화 교육의 이론과 실제』, 집문당, 1998, 154~176쪽.
18 배원룡, 『나무꾼과 선녀 설화 연구』, 집문당, 1993.

화로 분류하였다. 최운식은 나무꾼과 선녀의 혼인은 인간과 신의 결혼이자 속(俗)과 성(聖)이 결합하는 신성혼이며, 속과 성의 결합은 속적 존재가 성력을 획득하거나 성적 존재가 성력이 약화되어 속화되었을 때 가능해진다고 보았다. 그리고 그 갈등의 표현을 금기라고 하였다. 배원룡은 총 145편의 자료를 대상으로 하여, 〈나무꾼과 선녀〉에 대한 종합적인 고찰을 시도하였다. 그는 〈나무꾼과 선녀〉는 신성혼 설화이며, 금기는 신성혼의 완성과 유지를 위해 설정된 것으로 보았다. 그리하여 금기의 기능은 신성혼의 완성과 유지를 위해, 금기위반에 따르는 징벌의 의미는 천기의 보존에 있다고 하였다.

위에서 살펴본 바와 같이 지금까지 〈나무꾼과 선녀〉에서 나무꾼과 선녀의 결합에 관한 문제들은, 나무꾼을 속적(俗的) 존재로 선녀를 성적(聖的) 존재로 보아 이 둘의 결합이 신성혼이라는 측면에서 다루어져 왔다. 그런데 이러한 연구들의 가장 큰 문제는, 선녀가 과연 신과 같은 성적(聖的) 속성을 가진 존재인가 하는 점이다. 연구 초창기에 다루어진 〈나무꾼과 선녀〉의 자료들은 물론 이런 추정을 가능하게 한다. 왜냐하면 초창기 자료들에서는 선녀가 날개옷을 입고 하늘로 승천하면서, 이야기가 종결되고 있기 때문이다. 그러나 〈나무꾼과 선녀〉의 여러 가지 자료들을 대상으로 연구할 때, 특히 나무꾼이 선녀를 따라 천상으로 올라가 온갖 시험을 거치는 과정이 나타난 자료들에서 이것은 분명 문제점을 지닌다. 연구자들이 선녀를 신과 같은 성(聖)적 존재로 보는 이유는, 선녀가 옥황상제의 딸이라는 것과 몇몇 작품에서 보이는 선녀의 도술로 나무꾼이 부자로 살게 된다는 점 때문이다.[19] 그런데 대부분의 작품에서 지상에서 날개옷을 빼앗긴 선녀는, 남편인 나무꾼

19 선녀의 도술로 나무꾼이 부자가 되는 이야기는 구비문학대계 42편 중 8편이며, 백분율로 환산하면 9.4%를 차치한다. 이것은 구비문학대계만을 대상으로 할 때의 백분율이며, 여타 자료들을 합산 할 때 %는 더 낮아진다.

의 신분에 걸 맞는 어려운 생활을 하게 되며 나무꾼의 요구대로 행동하는 무기력한 모습을 보여준다. 더군다나 선녀의 승천 이후 나무꾼이 선녀를 따라 하늘로 올라가면서 전개되는 천상의 모습은 시기와 질투가 존재하는 지상과 다름없는 곳이며, 천상을 지배하는 옥황상제의 모습 또한 딸들의 말에 이리저리 휘둘리는 보통 아버지로서의 인간적인 모습을 보여준다. 또 나무꾼은 옥황상제가 요구하는 대로, 천상의 사람들도 해내지 못하는 일들을 해냄으로써 장인인 옥황상제의 칭찬과 천상 사람들의 칭송을 받게 된다.

그러므로 〈나무꾼과 선녀〉에서 나무꾼과 선녀 두 사람을 속적(俗的) 존재와 성적(聖的) 존재로 이분하는 것은, 설화의 해석상 문제점을 지니게 된다.

다음의 우현주[20], 김대숙[21]의 연구는 이러한 점을 인식하고 있다는 점에서 본 연구에 시사하는 바가 있다. 우현주는 〈나무꾼과 선녀〉에서 두 인물이 속한 공간의 속성에 관해 살펴보면서, 하늘은 사람들의 관념 속에서는 초월적이며 절대적인 공간이지만, 실제로 작품에서 구체화된 공간은 화자가 살고 있는 세계의 반영이며 인간세계의 질서를 반영한다고 보았다. 또 김대숙은 〈나무꾼과 선녀〉의 주제를 '남성들의 꿈과 소망'으로 보면서, 선행 연구자들이 '신성혼'이라고 불렀던 나무꾼과 선녀의 결합을 나무꾼의 일방적인 욕심으로 결합이 이루어졌다는 시각에서 '약탈혼'이라 명명하였다. 그리고 이 이야기가 길고 넓은 생명력을 가지는 이유를 두 사람의 결합에 대한 많은 사람들의 관심 때문이라고 설명하였다. 특히 김대숙의 논의는 연구자가 밝혀보고

20 우현주, 『〈선녀와 나무꾼〉 설화의 욕망층위와 그 교육적 의미』, 건국대학교 교육대학원 석사학위논문, 2003.

21 김대숙, 「'나무꾼과 선녀' 설화의 민담적 성격과 주제에 관한 연구」, 『국어국문학』 137, 2004.

자 했던 〈나무꾼과 선녀〉의 전승 이유를 분석해보았다는 점에서 그 의의를 찾아볼 수 있다. 그러나 논의의 결과로 〈나무꾼과 선녀〉를 '남성들의 꿈과 소망'이라고 본 것에는 동의할 수 없다. 왜냐하면 〈나무꾼과 선녀〉를 구연하고 있는 구연자 중 과반수가 여성이며[22], 〈나무꾼과 선녀〉에서 나무꾼과 선녀의 결합이 나무꾼의 일방적인 욕심으로 이루어졌다 해도 이 둘의 관계가 이 '약탈혼' 하나만으로 유지되는 것은 아니기 때문이다. 그러므로 〈나무꾼과 선녀〉에는 남성들뿐만 아니라 여성들의 꿈과 소망 또한 면면히 이어져 내려온다고 생각된다.

다음으로 문학치료에 관한 연구들을 살펴보겠다. 문학치료는 인문학의 위기에 대한 하나의 모색으로서 문학의 치료적인 기능에 주목하여, '문학을 통한 치료'를 목적으로 시작되었다. 1999년 시화(詩話)를 중심으로 문학치료에 관한 연구가 시작된 이래,[23] 2004년 현재에 이르기까지 3편의 박사논문[24]을 비롯하여 다양한 연구업적들이 발표되었다. 그리고 2003년 11월 한국문학치료학회 창립 이후에는, 학회를 중심으로 꾸준한 연구 성과들을 보여주고 있다. 학회에서 논의된 연구들은 주로 두 가지 방향으로 나누어지는데, 하나는 문학치료의 이론과 방법에 대한 탐색이며 다른 하나는 이러한 이론과 방법들을 실제 사례에 적용시켜 보는 것이다.

---

22 구비문학대계에 실려있는 42편의 자료 중 20명의 구연자가 여성이다.

23 정운채, 「시화에 나타난 문학의 치료적 효과와 문학치료학을 위한 전망」, 『고전문학과 교육』, 제1집, 청관고전문학회, 1999.

24 강미정, 『조선왕조실록에 나타난 시경 인용 양상과 그 문학치료적 의의』, 건국대학교 대학원 박사학위논문, 2003.
하은하, 『귀신 이야기의 형성 과정과 그 문학치료적 의의』, 서울여자대학교 대학원 박사학위논문, 2003.
전영숙, 『〈바리공주〉를 활용한 문학치료의 실제 및 그 교육적 활용 방안 연구』, 건국대학교 대학원 박사학위논문, 2004.

문학치료의 이론에 관한 연구 중 작품의 창작에 관여한 작가의 심리적 요인을 밝혀본 박기석의 논의는 특히 주목해 볼 만한다.[25] 그는 연암 박지원의 작품들을 연암의 생애와 관련시켜 분석하면서, 연암이 작품을 저술하는 행위가 심리적 장애를 치료하는 하나의 수단이 될 수 있었음을 밝혀보았다. 이것은 문학치료가 단순히 기존의 문학작품을 이해하고 분석하여 그 효용을 찾는 데 그치지 않고, 문학작품의 창작으로까지 그 영역을 확대해나갈 수 있는 가능성을 시사해준다는 점에서 그 의의를 찾아볼 수 있다.

그러나 무엇보다 문학치료의 성립부터 현재에 이르기까지 정운채의 논의는 단연 독보적이라고 할 수 있다. 그의 문학치료에 관한 연구는 문학치료의 태생에서부터 지금까지 문학치료의 흐름과 위상을 보여준다. 그는 〈만복사저포기〉 〈심청가〉 〈홍보가〉같은 고전작품에 대한 문학치료적 해석을 시도한 바 있으며,[26] 문학치료의 이론적 구조화를 위해 『주역』의 인간 해석 체계를 원용하기도 하였다.[27] 특히 문학치료가 문학의 본질에서부터 가능한 것이며, 문학론에서 이미 문학치료적 논의를 해왔음을 확인하기 위한 방편으로, 유성룡의 〈시교설(詩教說)〉을 분석해 보기도 하였다.[28] 그 후 문학치료의 중심개념인 '자기서사'라는 것이 도입되면서, 문학치료는 그 구체적인 실체를 드러내게

25 박기석, 「문학치료학 연구 서설」, 『문학치료연구』 제1집, 한국문학치료학회, 2004.

26 ① 정운채, 「〈만복사저포기〉의 문학치료학적 독해」, 『고전문학과 교육』 제2집, 청관고전문학회, 200. ② 정운채, 「〈심청가〉의 구조적 특성과 심청의 효성에 대한 문화론적 고찰」, 『고전산문교육의 이론』, 집문당, 2000. ③ 정운채, 「〈홍보가〉의 구조적 특성과 문학치료적 효용」, 『고전문학과 교육』 제4집, 청관고전문학회, 2002.

27 ① 정운채, 「『주역』의 인간해석 체계와 문학치료의 이론적 구조화」, 『겨레어문학』 제27집, 겨레어문학회, 2001. ② 정운채, 「〈무왕설화〉와 〈서동요〉의 주역적 해석과 문학치료의 구조화」, 『국어교육』 106, 한국국어교육연구회, 2001.

28 정운채, 「〈시교설(詩教說)〉의 문학치료학적 해석」, 『국어교육』 104, 한국국어교육연구회, 2001.

된다.[29] 문학치료의 핵심적인 전제들을 검토해보면, 여기에는 세 가지 서사가 등장하는데 '작품의 서사', '환자의 서사', '치료자의 서사'가 그것이다. 이 세 가지의 서사가 서로 영향을 주고받으면서, 환자의 병약한 서사를 건강한 서사로 변화시키는 것이 곧 문학치료의 과정이다.

이러한 전제를 바탕으로 하여 그는 문학작품의 서사가 환자의 서사를 어떻게 변화시키는지, 그 과정을 살피고 있다.[30] 먼저 고구려로 잡혀간 김춘추가 선도해로부터 〈거북과 토끼의 이야기〉를 듣고 〈거북과 토끼 이야기〉에서 자신의 처지에 맞는 서사를 발견하고 이에 따라 행동방침을 결정했다는 것에서 서사의 발견을 지적하였다. 다음으로 『보한집(補閑集)』에 실려 있는 '아내를 버리려던 중국 상인이 김승우의 시를 보고 마음을 바꾸었다'는 시화(詩話)의 내용을 예로 제시하며, 김승우의 시는 서로 대립하고 있던 두 서사(아내를 버리겠다는 서사와 아내를 버리지 말아야겠다는 서사)가 서로 충돌하고 있을 때 둘 중 건전한 서사를 강화시켜 주는 역할을 한다는 것을 지적하였다. 마지막으로 〈구운몽〉에서처럼 환자의 마음속에서 분리되어 온전하지 못한 두 개의 서사(출장입상하는 서사와 불가의 도를 깨치는 서사)를 하나의 서사로 통합해 내는 역할을 하기도 하는데, 육관대사는 성진의 마음속에 존재하는 두 개의 서사가 분리되어 서로 배척하는 서사가 아니라 하나로 통합되어 융통자재하는 서사임을 깨닫게 해 준다는 것이다. 이처럼 그는 문학작품의 서사가 환자의 서사에 어떠한 영향을 미치는가에 주목하고 있다.

이후 문학치료는 '자기 서사'라는 중심개념을 기반으로 하여, 연구자

29 정운채, 「고전문학 교육과 문학치료」, 『국어교육』 113, 한국국어교육연구회, 2004. 참조.

30 정운채, 「서사의 힘과 문학치료방법론의 밑그림」, 『고전문학과 교육』 제8집, 한국고전문학교육학회, 2004.

스스로가 작품을 분석하면서 본인의 자기 서사를 점검해 보거나[31], 혹은 내담자의 독후감이나 내담자와의 상담을 통해 내담자의 자기 서사를 점검하여 문제점을 진단하고 그 치료적 전망을 제시하는 방향으로 현재 꾸준히 연구가 진행되고 있다. 또 한편으로는 고전교육과 연계하여 문학치료의 교육에의 적용 가능성을 탐색하는 방향으로 연구가 진행되고 있다.[32] 이외에도 심리적 장애를 밝히고 그것을 해소하는 방안으로, 문제가 되는 상황에 대한 구체적인 시나리오를 작성하고 그 시나리오를 토대로 영화를 만들어보는, 영화창작 치료 또한 시도되고 있다. 이 영화창작 치료는 창작과 치료라는 두 가지의 목표를 달성할 수 있다는 점에서 앞으로의 문학치료의 발전 가능성을 열어두고 있다.[33]

3. 연구 방법

본 연구는 크게 두 가지 방향으로 나누어진다. 하나는 〈나무꾼과 선녀〉에 나타나는 인물갈등의 양상과 그 해결방안을 분석함으로써 〈나무꾼과 선녀〉라는 작품이 전 세계적으로 분포하면서 오랫동안 전승되어 온 이유를 밝혀보자는 것이며, 다른 하나는 〈나무꾼과 선녀〉에서 나타나는 부부갈등의 양상과 해결방안이 실제 부부갈등을 가진 사람들에게는 어떻게 적용될 수 있으며 어떠한 문학적 효용을 줄 수 있을

31 김석회, 「문학치료학의 전개와 진로」, 『문학치료연구』 제1집, 한국문학치료학회, 2004. 참조.

32 조희정, 「치료 서사와 문제 발견 능력」, 한국문학치료학회 제13회 학술대회 발표요지문, 2004, 11.

33 정운채, 「질투에 대한 영화창작치료」, 한국문학치료학회 제8회 학술대회 발표요지문, 2004, 7.

지 고찰해 보는 것이다.

먼저 II장에서는 『한국구비문학대계』 42편, 『임석재전집』 8편, 『한국구전설화집』 2편, 『한국민족설화집』 1편, 『용인 서부지역의 구비전승』 1편, 『전북민담』 1편, 『서사민요연구』 1편 등 문헌에 실려 있는 자료 56편과 연구자 채록자료 10편을 대상으로 하여 〈나무꾼과 선녀〉에 나타나고 있는 인물갈등 양상을 살펴보고자 한다. 인물갈등 양상은 선녀와 나무꾼 두 사람의 부부관계를 중심으로 논의될 것이다. 그런데 보통 부부관계에서 인물간의 갈등은, 크게 부부 두 사람 사이의 직접적인 갈등인 '부부사이의 갈등'과 친 · 인척으로 인한 간접적인 갈등인 '남편과 처가와의 갈등' '아내와 시가와의 갈등'으로 나누어질 수 있다. 이에 본고에서도 〈나무꾼과 선녀〉의 인물갈등 양상을, 이 세 가지 항목에 맞추어 '나무꾼과 선녀 사이의 갈등' '나무꾼과 처가와의 갈등' '선녀와 시가와의 갈등'으로 분류하여 논의를 진행하겠다.

다음으로 III장에서는 앞서 살펴본 부부관계에서의 세 가지 인물갈등 양상이, 〈나무꾼과 선녀〉에서는 어떻게 해결되고 있는지 그 해결방안을 살펴보고자 한다. 이 또한 앞서의 분류방법과 대응이 되도록 '나무꾼과 선녀 사이의 갈등 해결방안' '나무꾼과 처가와의 갈등 해결방안' '선녀와 시가와의 갈등 해결방안'이라는 세 가지 항목으로 나누어 논의를 진행하겠다. 그래야만 갈등양상과 해결방안이 서로 대응되면서, 명확하게 드러날 수 있기 때문이다.

마지막으로 IV장에서는 앞서 II장과 III장에서 분석한 〈나무꾼과 선녀〉의 부부관계에서의 인물갈등 양상과 해결방안이, 어떠한 문학적 효용을 가질 수 있을지 고찰해 보고자 한다. 이에 먼저 〈나무꾼과 선녀〉에서 분석한 인물갈등 양상과 실제 부부관계에서 나타나는 인물간의 갈등양상이 유사하다는 것을 증명하고, 실제 내담자를 대상으로 하여 〈나무꾼과 선녀〉를 적용한 상담을 진행해봄으로써 〈나무꾼과 선녀〉의 문학치료 가능성을 탐색해 보고자 한다.

본 연구에서는 여타 이본들과의 편리한 비교를 위해, 〈선녀와 나뭇군[다시 찾은 옥새]〉를 중심자료로 사용하고자 한다. 〈선녀와 나뭇군[다시 찾은 옥새]〉는 〈나무꾼과 선녀〉라고 지칭되는 작품들이 가지고 있는 거의 모든 삽화를 포함하고 있기에, 순차적인 비교를 위하여 가장 적합한 자료라 생각되기 때문이다. 본 연구에서 사용될 연구 자료들을 표로 정리해 보면 다음과 같다.

표1〉〈나무꾼과 선녀〉의 자료목록

유형		제목	자료명
A형 선녀만 승천		1. 나뭇군과 선녀	한국구비문학대계 2-7 (420~424)
		2. 수탉의 유래	한국구비문학대계 3-1 (335~337)
		3. 나뭇군의 실수	한국구비문학대계 4-1 (97~100)
		4. 선녀와 나뭇군	한국구비문학대계 5-1 (283~285)
		5. 선녀와 나뭇군	한국구비문학대계 6-6 (683~685)
		6. 나뭇군과 선녀	한국구비문학대계 6-10 (508~510)
		7. 나뭇군과 선녀	한국구비문학대계 8-14 (347~350)
		8. 나무꾼과 선녀	임석재전집: 황해도편 (255~256)
		9. 선녀의 깃옷	한국민족전설집 (437-438)
		10. 선녀와 나무꾼	한국구전설화집4 (210-212)
B형 나무꾼 승천	a형 시험 유	11. 선녀와 나뭇군	한국구비문학대계 1-4 (707~715)
		12. 선녀와 나무꾼 (고양이 나라의 옥새)	한국구비문학대계 1-6 (622~632)
		13. 나뭇군과 선녀	한국구비문학대계 4-2 (219~228)
		14. 나뭇군과 선녀	한국구비문학대계 4-3 (390~414)
		15. 나뭇군과 선녀	한국구비문학대계 4-4 (788~798)
		16. 천국의 시련	한국구비문학대계 4-5 (302~316)
		17. 멧돼지의 보은	한국구비문학대계 6-5 (36~41)
		18. 나무꾼과 시녀	한국구비문학대계 6-5 (167~170)
		19. 은혜갚은 쥐	한국구비문학대계 7-4 (165~167)
		20. 쥐에게 은혜 베풀어 옥황상제 사위된 이야기	한국구비문학대계 8-6 (138~145)
		21. 짐승을 구해 은혜를 입은 사람	한국구비문학대계 8-11 (272~277)
		22. 은혜 갚은 짐승들	한국구비문학대계 8-6 (910~919)
		23. 나무꾼과 선녀	임석재전집: 평안북도편 I (49~51)
		24. 나무꾼과 선녀	임석재전집: 평안북도편 I (51~53)

		25. 나무꾼과 선녀	임석재전집: 평안북도편 I (54~57)
		26. 나무꾼과 선녀	임석재전집: 평안북도편 I (58~63)
		27. 선녀와 혼인한 나무꾼	한국구전설화집6 (140~149)
	b형 시험 무	28. 선녀와 나무꾼	한국구비문학대계 1-4 (197~199)
		29. 선녀와 나뭇군	한국구비문학대계 1-4 (797~799)
		30. 나뭇군과 선녀	한국구비문학대계 2-7 (239~241)
		31. 나무꾼과 선녀	한국구비문학대계 3-2 (411~414)
		32. 나뭇군과 선녀	한국구비문학대계 5-2 (379~383)
		33. 나뭇군과 선녀	한국구비문학대계 5-7 (418~419)
		34. 나뭇군과 선녀	한국구비문학대계 6-8 (633~637)
		35. 나뭇군과 선녀	한국구비문학대계 7-12 (171~173)
		36. 선녀와 나뭇군	한국구비문학대계 7-16 (504~508)
		37. 금강산 선녀	한국구비문학대계 8-14 (507~508)
		38. 나무꾼과 선녀	용인 서부지역의 구비전승 (542~544)
	d형 승천 실패	39. 나무꾼과 선녀	한국구비문학대계 6-1 (81~88)
C형 나무꾼 지상 회귀	a형 시험 유	40. 나뭇군과 선녀	한국구비문학대계 1-7 (287~292)
		41. 나뭇군과 선녀	한국구비문학대계 6-3 (111~116)
		42. 나뭇군과 선녀	한국구비문학대계 6-11 (527~532)
		43. 나뭇군과 선녀	한국구비문학대계 8-9 (357~361)
		44. 선녀와 나무꾼 (다시 찾은 옥새)	한국구비문학대계 1-6 (58~79)
		45. 나무꾼과 선녀	임석재전집: 전라북도편 I (172~175)
		46. 나무꾼과 선녀	임석재전집: 충청남도편 (309~312)
		47. 선녀와 수탉이 된 총각	전북민담(15~22)
	b형 시험 무	48. 닭이 높은 데서 우는 유래	한국구비문학대계 3-2 (250~258)
		49. 나뭇군과 선녀	한국구비문학대계 4-2 (340~346)
		50. 나뭇군과 선녀, 노루 이야기	한국구비문학대계 7-1 (268~271)
		51. 한살먹어~	서사민요연구 (269~270)
	c형 시험 실패	52. 뻐꾸기의 유래	한국구비문학대계 1-3 (68~71)
		53. 선녀와 나뭇군	한국구비문학대계 1-7 (839~842)
		54. 나무꾼과 선녀	임석재전집: 평안북도편 I (48~49)
D형 동반 하강형	a형 시험 유	55. 사슴 도와주고 옥황상제 딸을 색시로 얻은 난수	한국구비문학대계 6-6 (354~359)
	b형 시험 무	56. 선녀와 머슴	한국구비문학대계 6-3(341~344)

먼저 56편의 작품들을 작품이 마무리되는 지점에 따라 A유형 '선녀만 승천', B유형 '나무꾼 승천', C유형 '나무꾼 지상회귀', D유형 '동반하강'의 네 가지로 분류하였다. 이 중 A유형과 C유형은 부부가 분리되는 상황에서 작품이 마무리되며, B유형과 D유형은 부부가 결합된 상태에서 작품이 마무리된다. 그러므로 부부 사이의 갈등이 해결되었다고 생각되는 작품은, 부부가 분리된 작품보다는 부부가 결합된 작품에서라고 예상해 볼 수 있다.

다음으로 나무꾼이 선녀를 따라 천상으로 올라간 후 제기되는 시험의 유무에 따라 소분류를 시도하여 보았다. 아무래도 나무꾼에게 시험을 요구하는 작품에서 나무꾼과 처가와의 갈등이 첨예하게 드러나리라고 예상되기 때문이다. 그리고 다시 시험이 있으면서 나무꾼이 성공하게 되는 작품을 a형, 시험이 없는 작품을 b형, 나무꾼이 시험에 실패하게 되는 작품을 c형으로 분류하였다. 나무꾼이 시험에 실패하게 되는 c형의 작품들은, 나무꾼이 천상에서 처가식구들에게 시험을 당하던 중 시험과제를 해결하기 위해 지상으로 내려오게 되고, 자신의 지상가족들과 만나면서 천상으로 올라가지 못하게 된 작품들을 지칭한다. 또 표에서 d형 승천실패라는 것은, 나무꾼이 선녀를 따라 하늘로 올라가다가 선녀가 줄을 자르는 바람에 승천하지 못하고 떨어져 죽어 닭이 되는 작품을 지칭한다. 연구 자료에서는 한편의 작품만이 여기에 속한다.

표1〉에는 『한국구비문학대계』 42편, 『임석재전집』 8편, 『한국구전설화집』 2편, 『한국민족설화집』 1편, 『용인 서부지역의 구비전승』 1편, 『전북민담』 1편, 『서사민요연구』 1편 등 문헌에 실려 있는 자료 56편만이 유형 분류되어 있다. 이 외 연구자가 채록한 10편의 자료는 논의를 진행하면서, 필요에 따라 사용할 것이다.

Ⅱ. 〈나무꾼과 선녀〉에 나타나는 인물갈등 양상

〈나무꾼과 선녀〉에서 갈등이 시작되는 지점은 나무꾼이 자신과는 어울리지 않는 배우자감인 선녀를, 날개옷을 훔치는 속임수에 의해 강제적으로 취하면서부터이다. 나무꾼은 지상에서는 결혼이 힘든 사람으로 그려지고 있는데, 그 이유는 그가 가난하기 때문이다. 장가가는 것이 소원인 가난한 나무꾼은 어느날 포수에게 쫓기는 사슴의 목숨을 구해주고, 사슴은 자신의 목숨을 구해준 댓가로 그에게 결혼할 수 있는 방법을 가르쳐준다. 그 방법은 목욕하고 있는 선녀의 옷을 감추고, 일정수의 아이를 낳을 때까지 날개옷을 돌려주지 말라는 것이다. 사슴의 말대로 나무꾼은 선녀가 목욕을 하고 있는 장소를 찾아가 선녀의 옷을 감추는 방법으로 그녀와 결혼을 하게 된다. 그러나 선녀의 의사가 전혀 고려되지 않은 속임수에 의한 강제적인 결합은, 처음부터 문제를 내포하고 있었다. 선녀는 늘 날개옷을 찾아 나무꾼으로부터 벗어나기를 원했고, 나무꾼은 선녀가 언젠가는 자신을 버리고 떠날지 모른다는 불안감에 날개옷을 사수해야만 했던 것이다. 그러므로 서로 다른 생각을 가진 두 사람의 결합으로 이루어진 부부관계는, 당연히 갈등을 유발한다.

이에 가장 먼저 작품에서 지적해볼 수 있는 인물간의 갈등양상은, 첫째 나무꾼과 선녀 사이의 갈등이다. 앞서 이야기한 바처럼 이 둘의 갈등은 목욕을 하기 위해 지상으로 내려온 선녀의 옷을, 나무꾼이 감추면서부터 시작된다. 나무꾼은 선녀를 아내로 맞이하기 위해 그녀의 옷을 감추고, 선녀는 날개옷을 되찾기 위한 방편으로 그와 일시적인 결합을 하게 된다. 이 과정에서 선녀의 의사는 전적으로 무시되며, 나무꾼의 일방적인 요구만이 존재할 뿐이다. 그러므로 둘 사이의 갈등으로 먼저 지적해볼 수 있는 것은 1) 결합의 방법으로 인한 문제이다.

다음으로 지적해볼 수 있는 것은 나무꾼과 선녀의 2) 신분과 가치관의 차이로 인한 문제이다. 이 둘은 천상과 지상이라는 서로 다른 세계에서 성장한 인물로 서로의 신분이나 가치관이 전혀 달랐고, 서로에 대해 아무것도 모르는 상태에서 단지 날개옷을 매개로 하여 부부가 된다. 그러므로 이렇게 서로 다른 두 사람의 결합은 갈등을 유발한다. 작품에서는 두 사람이 서로 다르다는 것을, 신분과 가치관의 차이를 통해 드러내고 있다.

마지막으로 지적해 볼 수 있는 것은 3) 개인적 결점으로 인한 문제이다. 나무꾼과 선녀는 날개옷에 의해 부부라는 관계를 맺기는 하지만, 부부합일을 이루려는 노력은 전혀 하지 않는다. 즉 이들은 결합은 했지만 운명공동체라는 의식이 결여되어 있으며, 서로에 대한 책임과 의무를 다하고 있지 않다. 나무꾼은 사슴의 도움으로 일단 결혼에는 성공했지만 여전히 가난한 생활에 안주하여 행복한 부부관계를 유지하기 위한 어떠한 노력도 하지 않으며, 선녀의 도술로 부유한 생활을 하는 경우에는 선녀의 경제력에 전적으로 의지하여 술이나 먹고 잠이나 자는 나태한 생활태도를 보여준다. 선녀 또한 과거에 사로잡혀 천상으로의 복귀(復歸)만을 꿈꾸며, 아내로서의 역할은 전혀 하고 있지 않다. 선녀는 다만 천상으로 올라갈 수 있는 날개옷이 없기에 나무꾼과 형식적인 부부관계를 유지하며, 천상으로 돌아갈 날만을 고대하고 있는 것이다.

이러한 나무꾼과 선녀의 모습은 〈나무꾼과 선녀〉의 작품적 유형에 관계없이 전편에서 나타난다.

둘째, 나무꾼과 처가와의 갈등이다. 이것은 선녀가 자식들을 데리고 천상으로 올라간 후 나무꾼이 선녀를 따라 천상으로 올라가는 모든 작품에서 나타나며, 특히 시험이 있는 작품에서 그 갈등이 더욱 확연하게 드러난다. 선녀가 날개옷을 찾아 입고 천상으로 올라간 후 나무꾼은 선녀를 좇아 천상으로 올라가게 되고, 처가식구들과 대면하면서 나무꾼과 처가식구들 사이에는 갈등이 발생하게 된다. 나무꾼은 자신과는 어울리지 않는 선녀를, 그것도 옷을 숨기는 나쁜 방법을 통해 강제로 취했기에, 천상에서 그녀와 살기 위한 대가를 치루어야 하는 것이다. 처가식구들은 천상으로 올라온 나무꾼을 선녀의 배우자로 인정하려고 하지 않으며, 천상으로 올라온 그를 다시 지상으로 내려 보내기 위해 여러 가지 시험을 요구한다.

처가식구들이 시험을 요구하는 목적은 대체로 두 가지로 나타나는데, 하나는 나무꾼에게 사위로서의 자격이나 선녀와 천상에서 살기 위한 자격을 요구하는 것이며, 다른 하나는 가정을 이룬 선녀를 시기하거나 나무꾼이 지상사위라는 이유로 장인에게 사랑을 받는 것을 질투하여 그를 죽이려고 하는 것이다. 두 가지의 경우 모두 나무꾼과 처가식구들 사이에는 갈등이 유발된다. 그러므로 여기서는 나무꾼과 처가와의 갈등을 1) 나무꾼에게 재결합을 위한 자격요구 2) 재결합을 방해하는 처가식구들의 시기심 두 가지로 나누어 살펴보도록 하겠다.

셋째, 선녀와 시가와의 갈등이다. 이것은 선녀와 재결합을 하기 위해 삶의 공간까지 옮긴 나무꾼이, 자신의 지상가족들과 고향을 그리워하면서 시작된다. 선녀가 지상에서 자신의 세계로 돌아가기 위해 노력했듯이, 나무꾼 또한 지상의 가족들과 고향을 그리워하게 되는 것이다. 지상의 가족들과 고향을 그리워하는 것은 그가 인간이기에 가질 수 있는 당연한 감정이다. 그러나 한번 더 생각해 본다면, 나무꾼은 이미 천상에서 아내와 자식들을 거느린 한 가정의 가장이기에 자신이 원하는 것을 가슴에 품고 가족들을 위해 본인의 감정을 희생할 필요도 있다. 이런 의미에서 나무꾼이 지상으로 내려온 C유형 '나무꾼 지상회귀'는 나무꾼이 천상에서 행복한 결말을 맞고 있는 B유형 '나무꾼 승천'과 비교해볼 때, 나무꾼이 아내보다 시가식구들을 더 우선시하고 있음을 보여준다. 또 나무꾼이 지상으로 내려온 것이 그리움이라는 어쩔 수 없는 감정 때문이라고 해도, 나무꾼은 천상으로 올라갈 수 있는 기회를 가질 수 있었다. 나무꾼이 지상으로 내려오는 모든 작품에서 선녀는 나무꾼을 지상으로 내려 보내며 그가 올라올 수 있는 방법을 가르쳐 주고 있기 때문이다. 그런데 지상으로 내려온 나무꾼은 선녀가 내려준 금기를 너무나 쉽게 어기고 있다. 이것은 그가 선녀보다는 지상의 가족들을 더 우선시하고 있으며, 그쪽으로 마음이 움직이고 있다는 것을 의미한다.

다음으로 지적해볼 수 있는 갈등은, 나무꾼이 천상으로 올라가지 못하도록 그들이 의도했든 의도하지 않았든 간에 방해를 하고 있는 시가식구들과의 갈등이다. 이런 시가식구들에게 나무꾼은 자신의 의사를 명확히 전달하지 못하고 그들에게 끌려다니는 모습을 보여준다. 나무꾼과 시가식구들과의 이러한 관계로 인해, 나무꾼은 천상으로 올라가지 못하며 이것은 부부관계를 단절시키는 요인이 된다. 그러므로 여기서는 선녀와 시가식구들과의 갈등을 1) 선녀보다 시가식구들을 우선시하는 나무꾼의 태도 2) 시가식구들의 나무꾼 재승천 방해 두 가지로 나누어 살펴보도록 하겠다.

그런데 〈나무꾼과 선녀〉에서 나타나는 선녀와 시가식구들 사이의 갈등은, 일반적으로 이야기하는 시가갈등이나 고부갈등과는 차이가 있다. 이것은 서로 마주하여 직접적으로 이루어지는 갈등이 아니라, 나무꾼을 사이에 둔 채 간접적으로 이루어지는 갈등의 형태이기 때문이다. 그러나 그것이 직접적인 형태로 발생하든 간접적인 형태로 발생하든, 모든 시가갈등이나 고부갈등이 일어나는 원인은 남성이 아내와 시가식구들 사이에서 '누구를 우선시 하는가'라는 태도의 문제이다. 보통 남성이 아내보다 시가식구들을 우선시하거나 그 사이에서 제대로 중재자의 역할을 해주지 못할 때, 고부갈등은 첨예하게 그 모습을 드러내는 것이다. 그러므로 나무꾼이 선녀와 시가식구들 사이에서 선택의 문제로 고민하고 있는 이 상황은, 충분히 시가와의 갈등으로 다루어질 수 있는 것이다.

1. 나무꾼과 선녀 사이의 갈등

1) 결합의 방법

나무꾼이 선녀와 만나게 되는 계기는 작품마다 조금씩 다르게 나타난다. 흔히 알려져 있는 것처럼 나무꾼이 사냥꾼에게 잡힐 위기에 처한 사슴(노루, 고란이, 멧돼지 등)의 목숨을 구해주고 그 보답으로 사슴이 선녀가 목욕하는 곳을 가르쳐 주는 작품이 있는가 하면, 나무꾼이 산으로 들어갔다가 우연히 선녀가 목욕하는 것을 발견하는 경우도 있다.[1] 또 토끼가 아무 이유없이 나무꾼에게 박씨를 하나 주면서 박이 자라 끝까지 올라가면 예쁜 처녀가 내려온다고 가르쳐주는 경우도 있으며,[2] 꿈에 산신령이 나타나 부지런한 총각이니 장가를 들게 해주겠다고 하며 선녀가 내려오는 곳을 가르쳐주는 경우도 있다.[3] 사슴의 목숨을 구해주거나 부지런한 총각이니 장가를 들게 해주겠다는 설정은, 선녀의 날개옷을 감춰버린 나무꾼의 나쁜 행위보다는 나무꾼의 선량한 마음이나 부지런한 성격을 강조함으로써, 수용자들에게 그의 잘못된 행동에 대한 이해나 동조를 구하고 있는 것이다.

작품에서 나무꾼은 집안이 너무 가난해 장가를 가지 못한 인물로 그려지며, 그의 가장 큰 소망은 아내를 얻어 가정을 이루는 것이다. 나무꾼은 사슴의 목숨을 구해준 대가로 '선녀가 내려와 목욕을 하고 있는 곳'을 알게 되며, 사슴으로부터 '선녀의 날개옷을 감추어 결혼을 하라'는 말을 듣게 된다. 그리고 나무꾼은 사슴이 시키는 대로 선녀들이 목욕을 하고 있는 모습을 지켜보다가, 그 중 한 선녀의 옷을 감추게 된다. 보통 옷을 잃어버린 선녀로는 막내가 선택된다.[4]

그런데 이 둘의 부부결합은 두 가지 양상으로 나타난다. 하나는 선녀가 나무꾼이 자신의 옷을 감췄다는 사실을 아는 상태에서 날개옷을 되찾기 위한 방편으로 그와 결혼하는 것이며, 다른 하나는 선녀가 나무꾼이 옷을 감췄다는 사실을 모른 채 어찌할 바를 몰라 하다가 우연히 만난 그와 결혼을 하는 것이다. 결합의 방법이 어떠하든지 둘은 일단 결혼을 하여 부부가 된다.

---

1 나뭇군과 선녀, 『한국구비문학대계 6-10』, 508~510쪽.
빼꾸기의 유래, 『한국구비문학대계 1-3』, 68~71쪽.
나무꾼과 선녀, 『임석재전집: 평안북도편 I 』, 51~53쪽.
조동일, 『서사민요연구』, 계명대학교출판부, 1979, 269~270쪽.

2 나뭇군과 선녀, 『한국구비문학대계 8-14』, 347~350쪽.

3 나무꾼과 선녀, 『임석재전집: 평안북도편 I 』, 48~49쪽.

4 둘째가 선택되는 경우는 6편, 마음에 드는 선녀를 선택하라는 경우는 4편이 발견된다. 그러나 첫 째를 선택하는 경우는 없다.

① 강압에 의한 결합

작품에서 다른 선녀들이 다 제각기 옷을 입고 하늘로 올라가 버린 뒤 날개옷을 잃어버려 혼자 남아있는 선녀에게, 나무꾼은 다가가 날개옷이 자신에게 있음을 밝히고 날개옷을 돌려주는 조건으로 함께 살자고 한다. 이러한 나무꾼의 요구에 선녀는 날개옷을 돌려받기 위한 방편으로, 마음에도 없는 결혼을 한다. 그리고 자식을 낳아야만 날개옷을 돌려주겠다는 나무꾼의 요구에 따라 그의 자식들을 낳아준다.

이 둘의 결합에서 선녀의 의사는 전혀 고려되지 않는다. 모든 것은 날개옷을 획득한 나무꾼의 일방적인 요구에 의해 이루어진다. 그러므로 선녀의 의사가 무시되고, 나무꾼의 일방적인 요구에 의해 이루어진 이 둘의 결합은 강압적이다. 중심자료에서 그 부분을 살펴보면 다음과 같다.

〈2.1-1〉

"새악시가 내려 와서-하늘 선관 시악시가 셋이 내려와 목욕을 핸다. 그러니까 하나 내려와서-그 큰거다, 먼저 내려오는 건. 거 둘째는 둘째구, 셋짼 막내가 내려올 거니까, 첫째 시악시 목욕해구 옷 벗어놓구 들거가 목욕허걸랑 내비려 두구, 둘째 색시 목욕허구 가걸랑 내비려 두구, 셋째 시악씨째 와서 목욕을 핼라구 옷을 벗어 놓구 들어가걸랑, 옷을 집어 들구서, 아들 샘 형제만 낳걸랑 옷을 주지, 그 안에 주지 말아라." 이런 말이여. "그래 그럭하믄 장가 드니?" "그 빨개벗구-빨개벗어두 괜찮어. 그리구 그 옷을 주지 말어야지. 너 그 옷만 주믄 그 시악시가 서-하늘루 올라간다. 그러믄 못 만내야. 그러니까 옷을 주지 말어라." "그럼 그래겠다." 구. 가 이저 그 산 꼭대기 가서-참 주인더러 얘길 해서, 쌀 서 되 서 홉을 씰어가주구서 노구멜 지내니까, 한나절찜 돼서 옥 같은-옥 같은 시악시가 내려오는데, 돋어오는 반달 같구 월궁 선녀 같구 물 찬 제비 같구 우박 맞은 재테미 같다, 이런 시악시가 내려온다 이런 말이여. 예. 우-재테미 우박 맞으믄 얼술얼술해 볼 꺼 읎지. 그런 인물이 내려 온단 말여. 그래 옷을 훌훌 벗어 놓구 들어가 목욕을 해구 올라가. 그래 그냥 가냥 가만히 두구 있지. 있으니까 옷을 주워 입구는 그냥 무지개를 타구 올라가버려. "허 이거 놓쳤구나!" 그러나 이거 노루가 한 얘기가 있으니까 거 상관 없다. 또 한참 있드니 또 시악시 하나 내려 오는데, 또 와서 옷을 훌훌 벗구서 들어가 목욕을 해구-한단 말여. 그러더니 또 나오더니 입구 올라가. 또 내버려 두랬으니까 그냥 내버려 두구 있지. 셋째 체-시악시가 내려와서 옷을 벗구서 막 물루 뛰어 들어가서 옷을 바짝 걷어 들었어. 걷어 들어야 한 웅큼두 안 되여. 손아구에 들어서. 아 그러니까 이 시악시가 들어와, "당신허구 살 테니 옷을 제발 달라."는 거여. 주먼 잊어버리는 거여. "안 된다."구. "아, 여보, 이-이 이렇케구 어딜…." "아 괜찮어." 그 산꼴에 떡 가랑잎이라구 이것 만합니다. 그걸 따서 '보질 가려라.' 이런 말이여. 아 이 저 주인집에 슬슬 가니까, 아 그 시악시가 그-그렇게 정성드려 묻어 온대니까, 주인네두 좋아헌다 이런 말이여. "아이그, 그 시악시 데리구 오나?" "네, 그렇습니다." "어이 들어가라." 아 그-그 옷 한 벌 내서 시악실 입히는데, 아 무거워 댕길 수가 있으야지. 지금 뒤기장 모냥으로 뒤땅뒤땅 하구 댕기질 못히야. 아 그래두 헐 수 없어 그럭저럭 사는데, "아이, 너 시간을 내야 할 텐데. 어느 날 집을 장만해야지." 근데 그 때 아들 하날 낳았어. 형제를 낳았다 이런 말이여.[5]

5 선녀와 나뭇군[다시 찾은 옥새], 『한국구비문학대계 1-6』, 62~63쪽

나무꾼은 사슴이 시키는 대로 '노구메'[6]를 드리는데, 이 작품에서는 사슴의 목숨을 구해준 나무꾼의 착한 마음씨와 함께 선녀와 결혼을 하기 위한 나무꾼의 정성이 강조되고 있다. 노구메를 드린 나무꾼은 소나무 속 연못에서 선녀들이 내려오기를 기다린다. 그리고 사슴의 말대로 첫째, 둘째 선녀는 목욕을 하고 날아가게 내버려둔 후, 셋째 선녀가 연못으로 내려와 옷을 벗자 물로 뛰어 들어가 그녀의 옷을 걷어 들여 손에 감춘다. 나무꾼이 자신의 옷을 감추는 것을 본 선녀는 "당신과 살테니 옷을 제발 달라"고 한다. 그러나 나무꾼은 아들 삼형제를 낳기 전에는 옷을 돌려주지 말라는 사슴의 말에 따라, 옷을 손에 쥐고 선녀를 데리고 자신이 머슴살이를 하고 있는 주인집으로 간다. 나무꾼이 선녀를 데리고 온 것을 보고 주인은 좋아하며 나무꾼에게 선녀와 결혼하여 살 수 있도록 세간을 내어준다. 그리고 나무꾼은 선녀를 아내로 맞이하여, 아들을 둘 낳고 살게 된다. 여기서 나무꾼에게 날개옷을 빼앗긴 선녀는 아무런 저항 한번 해보지 못하고, 나무꾼이 날개옷을 가졌다는 이유만으로 그를 따라가고 있다.

다음에서는 여타 〈나무꾼과 선녀〉 작품들에서 이러한 '강압적인 결합'의 모습이 잘 나타나고 있는 장면들을 살펴보도록 하겠다.

〈1-①〉

그란께 그 때 얼른 노리가 있다가 그 때 얼른 저 각씨를 잡으라고 옷을 딱 곰쳐부린께, 옷을 찾니라고 그렇게나 울어싸, "당신하고 나하고 살면 이 옷을 주고 안 살면 안 줄란다." 그란께, "살란다." 고 데꼬 왔단 말이요. 나무는 지고 오든지 마든지 집어 땡겨 버리고 인자 각씨를 댁고 집으로

6 산천신을 제사할 때에는 제물과 제기를 새로 장만하고 노구솥[口釜:놋쇠나 구리로 만든 작은 솥으로 자유로이 옮겨 따로 걸고 쓴다]에 밥을 정성껏 지어 신에게 올렸는데, 이에 비유하여 모든 일 에 정성을 다하는 것을 노구메 정성이라 한다.

와서 사는디, 살 것이요? 하늘에 사람하고 이승 사람하고 못 살제. 자꼬 울어 날마다.[7]

〈1-②〉

"나는 사람인데, 저 당신 옷을 내가 우리 집으루 갖다 놨어. 그러닝가 어서 갑시다." "어떻게 이렇게 벗구가냐?" 구 하닝게 그 대신의 옷을 갖구 왔던가, "어서 가자." 구. 가갖구는, 이제 "이것두 인연이지 않냐구, 나는 장개두 못가구 했응게, 어차피 나를 불쌍하게 생각하구 살아달라." 구.[8]

〈1-③〉

그러구는 이 워트게 그 선녀가 처 둘러보닝개는 그 총객이 워디서 나타나거던? 나타나닝개는, "총각 옷 감춰걸랑 줘." "나허구 살으면 주지." "살께 줘." 그래서 인제, "그런디 살 디두 읎는디 워트게 워트게 워디 가 산댜?" 그러닝개는 그 선녀가, 무슨 참 재주를 볐던지 금방내 지아집 한 … 채를 짓더랴. 져서는 거기서 살어. 사는디, 아들 하나를 났단 말여. "옷 줘." "에이, 안 된다. 더 있으야여." 고놈 한 …서너 살 먹어 또 터울 둬서 또 아들을 또 하나를 났어. "인제 둘 났응개 달라." 구. "못 줘." 그게, 그렇게 가지구서는 그냥 있는디. ……두루박을 붙작구서는 쏙구서는 거기 올러 앉었어. 둥 둥 올라가네? 하눌루 하눌 거짐 올라기닝깨, 그 아들떨이 벌써 커서, "우기여차! 인간 아버지 올라온다." 구. "우기여자! 인간 아버지 올라온다." 구. 그러거던? 그러닝깨 즈 엄매가, "쏱어라. 쏱어. 쏱어. 쏱어."[9]

7 선녀와 나뭇군, 『한국구비문학대계 6-6』, 684~685쪽.
8 나뭇군과 선녀, 『한국구비문학대계 5-2』, 381~382쪽.
9 천국의 시련, 『한국구비문학대계4-5』, 306~308쪽.

예문 〈1-①〉〈1-②〉〈1-③〉은 나무꾼이 날개옷을 주겠다는 조건을 내세워, 선녀와 강압적인 결합을 하는 장면들이다. 〈1-①〉에서 나무꾼은 선녀에게 자신과 살면 옷을 주고, 그렇지 않으면 주지 않겠다고 한다. 이 말에 선녀는 할 수 없이 나무꾼과 살겠다며 그를 따라온다. 그러나 자신과는 맞지 않는 나무꾼과의 지상생활이 힘든 선녀는, 날마다 울면서 날개옷만 주면 자신의 집으로 돌아가겠다고 한다. 선녀의 힘든 결혼생활은 "하늘에 사람하고 이승 사람하고 못 살제"라는 화자의 말을 통해 드러난다. 이렇게 함께 사는 것을 힘들어하는 선녀에게 나무꾼은 "살다보면 갈 날이 생긴다"고 이야기하고, 선녀는 그 말을 믿고 자식을 둘이나 낳아준다. 그런데도 나무꾼이 날개옷을 돌려주지 않자, 선녀는 잠도 안자고 날개옷을 돌려달라고 요구한다. 선녀의 요구에 지친 나무꾼은 날개옷을 돌려주고, 아이들을 데리고 샘으로 목욕을 하러 간 선녀는 하늘로 올라가 버린다.

〈1-②〉에서 나무꾼은 선녀에게 "당신옷은 내가 우리 집에 갔다 놓았으니, 어서 가자"고 하며, "이것도 인연이니 나를 불쌍하게 생각하고 살아달라"고 한다. 여기서는 선녀를 달래고 회유하여 함께 살려고 하는 나무꾼의 마음이 드러난다. 선녀와 함께 살게 된 나무꾼은 선녀에게 자식을 낳아달라고 하고, 선녀는 날개옷을 돌려받기 위해 자식을 하나 낳아준다. 그러나 나무꾼은 날개옷을 돌려주지 않고 자식을 하나 더 낳아달라고 요구한다. 선녀는 나무꾼이 원하는 대로 자식을 하나 더 낳아주고, 나무꾼은 그제서야 선녀에게 날개옷을 돌려준다. 날개옷을 돌려받은 선녀는 아이들을 데리고 하늘로 올라가 버린다.

〈1-③〉에서도 역시 나무꾼은 날개옷을 빌미로 선녀를 자신의 집으로 데리고 오는데, 선녀는 나무꾼에게 "옷을 감췄으면 달라"고 하고 나무꾼은 "나하고 살면 주겠다"고 한다. 그러자 선녀는 함께 살겠다고 한다. 나무꾼이 "어디 가서 사냐"고 하자, 선녀는 도술로 금방 기와집을 한 채 짓고 그 집에서 아들을 둘 낳고 살게 된다. 선녀는 자식을 둘이나 낳았으니 옷을 돌려달라고 하지만, 나무꾼은 돌려주지 않는다. 그 후 나무꾼은 5살, 3살인 아이들에게 외양간 처마 밑에 감추어 두었던 날개옷을 보여주는데, 어느 날 외출했다가 돌아오니 선녀와 아이들은 모두 사라지고 없다. 여기서는 나무꾼이 아이들에게 날개옷을 보여준 것이 화근이 되어, 선녀와 자식들을 잃어버리게 된다.

이렇게 나무꾼은 날개옷을 조건으로 선녀와 결혼을 한다. 결혼을 한 선녀는 날개옷을 돌려달라고 하지만 나무꾼은 자식을 낳아야 주겠다고 하고, 선녀는 나무꾼의 요구대로 자식을 낳아준다. 보통 결혼생활에서 자식이란, 부모의 행동과 사고를 크게 변화시키고, 부부관계의 만족과 안정성에도 큰 영향을 준다고 이야기된다.[10] 이것은 부부관계에서 자식들이 차지하는 비중이 그만큼 크다는 것을 의미한다. 그러나 〈나무꾼과 선녀〉에서 자식이란 하나의 수단일 뿐이다. 즉 나무꾼에게는 선녀를 지상에 붙들어두기 위한 수단으로, 선녀에게는 나무꾼이 자신을 믿게 하여 날개옷을 돌려받기 위한 수단으로 사용되고 있다. 그러기에 선녀는 날개옷을 되찾자마자 자식들의 아버지가 나무꾼이라는 사실은 전혀 개의치 않은 채, 나무꾼의 의사와는 상관없이 자식들을 데리고 천상으로 떠나고 있다. 이것은 선녀가 자식들을 하나의 인격체가 아닌 소유의 개념으로 인식하고 있다는 것을 보여준다.

작품에서 자신의 옷을 빼앗아간 나무꾼에 대한 선녀의 감정이 좋지 않을 것이라는 건 쉽게 짐작해볼 수 있다. 더군다나 결혼을 하면 옷을 준다고 했음에도 돌려주지 않았고, 자식을 하나 낳으면 돌려준다고 하고서 돌려주기는커녕 더 많은 수의 자식을 요구하는, 나무꾼의 행동은 권력을 쥔 자의 횡포로 보인다. 그리고 그러한 나무꾼에게 날개옷을

---

10 홍대식, 『연애와 결혼 심리학』, 청암미디어, 2002, 310쪽.

돌려받기 위해 애를 태우고 있는 선녀의 노력은 애처롭기만 하다. 나무꾼에 대한 선녀의 적대감은 〈1-③〉의 후반부에 잘 나타나는데, 자식들과 함께 하늘로 올라간 선녀는 나무꾼이 두레박을 타고 올라오는 것을 보자 자식들에게 두레박을 쏟으라고 한다. 두레박을 쏟으면 나무꾼은 그대로 지상으로 떨어져 죽게 된다. 나무꾼을 죽이려고 하는 선녀의 이러한 적대감은, 나무꾼에게 날개옷을 빼앗겨 마음에도 없는 강압적인 결혼을 하고 자식까지 낳게 된 선녀의 분노를 표현한 것이라고 볼 수 있다.

이렇게 선녀의 의사가 고려되지 않은 강압적인 부부결합은 시작부터 문제를 내포하고 있었다. 나무꾼은 어떠한 방법을 사용하든 일단 선녀와 결혼을 하고 자식을 낳는다면, 별문제 없이 그런대로 부부관계를 유지할 수 있을 것이라고 생각했다. 물론 사슴이 말한 대로 날개옷과 동일한 가치를 지니는 일정수의 자식이라면, 선녀는 천상으로 올라가는 것을 단념한 채 일생을 나무꾼과 살았을지도 모른다. 그러나 선녀는 자신의 의사와는 상관없이 이루어진 나무꾼과의 강압적인 결합이 전혀 행복하지 않았던 것이다. 그러므로 나무꾼이 원하는 요구사항을 들어주며, 날개옷을 찾아 떠날 기회만을 노리고 있다.

② 속임수에 의한 결합

앞서 와는 달리 〈나무꾼과 선녀〉 작품 중에는 선녀가 나무꾼이 자신의 옷을 감춘 것을 모르는 채 지상에서는 어찌할 도리가 없어서, 우연히 만난 나무꾼을 따라가는 경우도 있다. 이 경우 선녀는 자신을 위기에서 구해준 나무꾼에게 무척이나 고마워한다. 왜냐하면 선녀는 갑자기 지상에 홀로 남게 된 상황에서 어떻게 해야될지 몰라 당황해하고 있었기 때문이다. 그러므로 이러한 위기에서 자신을 구해준 나무꾼을,

선녀는 구세주처럼 생각하고 있다.

선녀는 나무꾼이 자신의 옷을 감췄다는 사실을 모르는 채, 나무꾼의 도움을 고마워하며 그와 인연을 맺고 행복하게 산다. 이들이 행복할 수 있었던 건, 선녀가 나무꾼이 자신을 위기에 처하게 만든 인물이라는 사실을 몰랐기 때문이다. 그러나 어느날 나무꾼의 실언(失言)으로 인해 선녀는 나무꾼이 자신의 옷을 감췄다는 사실을 알게 되고, 이 둘의 행복했던 부부관계는 깨어지게 된다. 다음에서는 이러한 부분들을 살펴보도록 하겠다.

〈1-④〉

그만 둘은 올라가 버리고 이제 하나는 떨어졌는데 이제 그제서 그 참 그 총각이 나서가지고서는 그 선녀를 서로 만나고서는 이렇게 내가 그 선녀가 하는 소리가, "아 내가 하늘로 올라 갈텐데 날개옷이 없어 가지고서는 못 올라 갔으니 어떡하면 좋겠느냐?" 하니께. "아 어떻게 하느냐고. 그러면 내 옷이라도 벗어 줄테니 입고서 우리 집으로 가자"고. 간단히 말을 하니께 아 참 어떻게 할 수도 없고 그 총각을 따라서 그 이젠 총각의 집엘 갔어요.[11]

〈1-⑤〉

"아 이런 참 깊은 산중에서 울구 있느냐?" 구 그러니께루, 아 그런 얘기를 죽 허니 하믄서, "내 옷을 못 봤느냐?" 구. "아 난 이레 나무 저기 하러 왔다가 이렇게 참 가는 길이라." 구. 이렇게 인자 핑계를 댔어요. 그렇게 허구서 거시기 허니게루 그 처녀가 그 선녀가 뭐라고 허는고 하니, "나는 인자 하늘나라도 못 가구 이 땅에서 참 저기 허겠다. 외롭게 인자 저기 허

11 수탉의 유래, 『한국구비문학대계 3-1』, 336~337쪽.

구." 그렇게 인자 애기 허니께루 그 나무꾼이, "그럴 것 없이 우리 집에 가서 같이 나허구 살자." 구 그러니게루 처녀가 그 산중에서 그냥 그 자리에서 죽는 것보다 낫게 생겼거든. 그래 그냥 따러 왔어유. 그래 내려와 가지구선 참 이렇게 사는디 울며 집에 옹게 그 나뭇군의 즈 어머니 되시는 양반이 있는디, 여간 반가허 갔시유?[12]

〈1-⑥〉

"아이 워이서 워텋게 되신 처녀걸래 이 밤두 야심한데 이리카구 있느냥. "게, "나 천상이서 내려온 선넌디, 아 삼 형제 내려왔다가서 다 옷을 입구서 올라갔는디 내 옷을 누가 감춰서 나는 못 올라가구 있다." 구 그려. "아 그러면 나는 살기는 아무디 살구 별 수 諔이 나무장사만 해 먹구 사는 이런 정돈디 내 새약씨를 삼었으면 좋겄다." 구. 인저 이렇게 애기를 항 겨. 그래 그 새약씨 말이, 선녀 말이 그러능 게거든. "천상 사람과 지하 사람과 인연을 어　게 맺을 수 있느냐." 구. 그래 이 나무꾼 애가 "아 맘만 들먼은 잘 살 수 있다."구 애기를 항 겨. 그래서 워텋게 워텋게 사정을 해 가지구서는 인저 그 선녀한티 허락을 받었다는 애기지.[13]

〈1-④〉에서 날개옷이 없어 못 올라가고 있던 선녀는 나무꾼을 보자, "내가 날개옷이 없어 하늘로 못 올라갔으니 어떻게 하면 좋겠냐?" 고 한다. 그러자 나무꾼은 "내 옷이라도 벗어줄테니 입고서 우리집으로 가자."고 한다. 선녀는 어떻게 할 수 없는 상황에서 나무꾼을 따라가고, 나무꾼의 어머니에게 인사를 드린 후 함께 살게 된다. 자식을 둘 낳은 어느 날 저녁, 나무꾼은 픽픽 웃고 선녀는 그 연유를 묻는다. 나무꾼은 선녀의 물음에, 자신이 예전에 선녀의 날개옷을 감추었다는 사

12 닭이 높은 데서 우는 이유, 『한국구비문학대계 3-2』, 253~255쪽.
13 나뭇군과 선녀, 『한국구비문학대계 4-2』, 343~344쪽.

실을 고백한다. 그 사실을 알게 된 선녀는, 날개옷을 입어보게 해 달라고 사정을 하고 나무꾼은 날개옷을 내준다. 여기서 "나무꾼이 픽픽 웃었다"고 표현한 것은, 나무꾼이 선녀의 옷을 감춘 자신의 행위가 얼마나 나쁜 행동인지를 전혀 인식하지 못하고 있음을 보여준다.

〈1-⑤〉에서 선녀는 날개옷을 잃어버리고 울고 있던 중 나무꾼을 만나게 되자, "내 옷을 못 봤느냐?"고 한다. 나무꾼은 못 봤다고 핑계를 대며 "우리집에 가서 같이 살자."고 한다. 선녀는 홀로 산중에서 죽는 것보다는 나무꾼을 따라가는 것이 낫다고 생각되어, 나무꾼을 따라간다. 그리고 나무꾼의 어머니한테 환대를 받으며, 나무꾼과 기가 막히게 잘 산다. 늦은 밤 잠자리에서 선녀는 나무꾼에게 "자신의 옷을 누가 어떻게 했는지 구경이나 한번 하고 싶다" 며 자신의 속마음을 털어놓고, 선녀의 말에 양심이 찔린 나무꾼은 자신이 옷을 감추었음을 실토하게 된다. 선녀가 날개옷을 입어보고 싶다고 하자, 나무꾼은 선녀에게 날개옷을 내준다.

〈1-⑥〉에서 언니들은 다 천상으로 올라가고 날개옷을 잃어버린 선녀는 홀로 남게 된다. 이러한 처지의 선녀에게 나무꾼이 다가가 어찌 된 건지 물어보고, 선녀는 자신이 처한 상황을 이야기한다. 나무꾼은 선녀에게 자신을 소개하며, 자신과 같이 살자고 한다. 선녀는 처음에는 "천상 사람과 지상 사람이 어떻게 인연을 맺을 수 있느냐"고 하지만, 나무꾼이 "마음에만 들면 잘 살 수 있다" 며 사정하자, 결국 허락을 하고 나무꾼을 따라온다. 그리고 자식을 셋이나 낳으면서, 둘이 죽고 못사는 행복한 생활을 한다. 어느 날 선녀는 나무꾼에게 더 극진히 하며 "자신의 날개옷을 누가 어떻게 했는지 모르겠으니, 그것을 알고 죽었으면 좋겠다"고 이야기를 한다. 이에 나무꾼은 자식을 셋이나 낳은 상태에서 별다른 문제가 발생하지 않을 것이라고 생각하며, 사실을 실토하고 감추었던 옷을 꺼내준다. 그러나 날개옷을 받아든 선녀는 옷을 입어보겠다고 한 후, 아이들을 데리고 하늘로 올라가 버린다.

이 예문들에서는 이야기 화자의 입을 빌려서, 나무꾼과 선녀의 행복했던 관계에 대해 이야기하고 있다. "참말로 기가막히게 잘 살았다." "여자도 인제 정들대로 다들고 남자도 인제 정들대로 다들고 둘이 죽고 못 사는겨"라는 문장에서 알 수 있듯이, 나무꾼과 선녀는 행복한 부부관계를 유지해왔다. 그것은 선녀가 나무꾼이 자신의 옷을 감추었다는 사실을 몰랐기 때문에 가능한 일이었다. 그러므로 둘 사이에는 갈등이 늘 잠재되어 있었으며, 언젠가는 그것이 표면으로 드러나도록 예비 되어 있었던 것이다. 나무꾼의 고백은 갈등이 표면으로 드러나는 계기가 되며, 나무꾼이 자신을 곤경에 빠뜨린 장본인이라는 사실을 선녀가 알게 되면서 이 둘의 좋았던 부부관계는 바로 깨어지게 된다.

선녀는 지금까지 오랜 기간 자신을 속여 온 나무꾼에게 배신감을 느끼며, 날개옷을 내줄 것을 요구한다. 그리고 나무꾼은 지금까지 자신의 아내를 속여 왔다는 미안한 마음에, 혹은 지금까지 숨기고 살아온 것이 양심이 찔려서 선녀의 요구대로 순순히 날개옷을 내주고 만다. 평소 둘 사이가 좋았던 만큼 서로에 대한 기대치가 컸기에, 나무꾼은 선녀에 대해 더욱더 미안한 마음이 들었을 것이고, 선녀는 나무꾼에 대해 말할 수 없는 배신감과 실망감을 느꼈을 것이다.

행복하게 살던 나무꾼과 선녀의 부부관계가 한순간 날개옷으로 인해 깨지는 것을 보면, 부부는 무(無)촌이라는 말을 실감할 수 있다. 이처럼 부부란 가까울 때는 촌수를 따질 수 없을 만큼 한몸처럼 가까운 사이지만, 한번 멀어지면 남이 될 수 있는 가깝고도 먼 사이인 것이다. 나무꾼과 선녀의 부부관계에서의 갑작스런 반전은, 좋았던 부부관계라도 한 번의 실수나 사건으로 인해 얼마든지 깨어질 수 있음을 잘 보여주고 있다.

다음의 예문은 나무꾼에 대한 선녀의 배신감을 잘 보여주는데, 여기서 선녀는 나무꾼을 죽음으로 몰아넣고 있다.

> 〈1-⑦〉
>
> "어이 너 어짠 일이냐?" 그라고 항께는, "아이고 나 잔 살려주시요." 이라고 꽉 부둥끄는 사정을 한단 말이여. "그나 제나 너는 엇찌 뻐벗고 그라고 있냐?" 그라고 항께는, "아이고 나 잔 살려줏시요." 이라고 울어쌈시로 야단이거든. "그람 여가 가마이 있거라. 내가 집이를 갔다 옷께." 이라고는, 참 즈그 집이가 먼 헌 치매라도 있든가 어쨌든가 두루두루 한 뭉치를 갖고 갖고는 인자 거기를 올라가서는 중께는, 그것도 아름답게 받읍시로 치매를 인자 아랫도리를 개리고는 두 손목을 마주 잡고는 즈그 집이를 내려와서 호가산천을 이뤄감시로 산다 그 말이여. 수년간 아름답게 보내고 사는 것이 주고 받고 하는 정리가 무지하게 두터웁다 그 말이여. ……얼마나 정다와서 그러했둥가 하루는 비가 촉촉하이 울띠게 그 영감되는 사람이 신을 삼음시로 옛날에 생각이 나서 꼭 비탠다고 피는 것이 그 이야기를 했다 그 말이여. ……"어머이, 어머이 여그 아버지 옵니다." 그랑께는 "응 느그 아부지가 와야 아부지가 여그 올 데가 못되는데, 그래 해야?" 그라고는 와서 봉께, 샘에를 와서 봉께는 즈그 아부지가 타고 올러온다 그 말이여. 진둥을 탁 짤라부네 이 여자가.[14]

〈1-⑦〉에서 선녀는 벌거벗고 있는 자신을, 위기에서 구해준 나무꾼에게 무척이나 고마워한다. 선녀의 고마운 마음은 "헌치마도 아름답게 받으며, 두 손목을 마주잡고, 나무꾼의 집으로 와 호가산천을 이루면서 산다"는 문장으로 미루어 짐작해볼 수 있다. 수년간 정리가 두터웠던 나무꾼과 선녀의 관계는, 너무나 정다운 관계라서 자신의 행위를 아무

14 나무꾼과 선녀, 『한국구비문학대계 6-1』, 84~87쪽.

생각없이 고백한 나무꾼의 말로 인해 깨어지고 만다. 나무꾼은 선녀와 자신이 지금까지 쌓아왔던 정다운 부부관계를 생각하며 선녀가 자신이 과거에 저질렀던 잘못을 용서해 줄 것이라고 기대하지만, 선녀는 날개옷을 입고 자식들을 데리고 하늘로 올라가 버린다. 정다운 부부관계였던 만큼 나무꾼에게서 받았을 선녀의 배신감 또한 컸을 것이다.

선녀가 자식들을 데리고 하늘로 올라간 후, 어느 날 아가들이 "아버지가 하늘로 올라온다"고 하자 선녀는 샘으로 나와 나무꾼이 올라오는 것을 본다. 그리고 아무런 망설임 없이 나무꾼이 올라오는 두레박줄을 잘라버린다. 두레박줄이 잘린 나무꾼은 결국 수천 길이나 되는 높은 곳에서 떨어져 죽게 되고, 그 넋은 닭으로 변한다. 이러한 선녀의 행동은 나무꾼에게서 받은 배신감과 마음의 상처가 얼마나 컸었는지를 짐작해 볼 수 있게 한다. 선녀는 배신감 때문에 남편인 나무꾼을 죽음으로 몰아넣고 있는 것이다.

그런데 아내가 남편을 죽인 이러한 내용은, 아무리 이야기라고는 하지만 수용자들의 마음을 상(傷)하게 만드는 요소가 있다. 그래서 화자는 다음과 같은 방식으로 수용자들의 마음을 달래준다. 닭이 된 나무꾼에게 하늘에서 아들이 "올라와서 조반을 드시라"고 하면, "나는 다리가 아파 못 가겠다"고 하며 날개를 탁탁 친다는 것이다. 작품에서 나무꾼은 희화화(戱畵化)의 대상이 되면서 수용자들에게 웃음을 유발하고 있다. 그리고 상황의 심각성은 웃음에 의해 상쇄되고 있다.

이렇게 나무꾼과 선녀의 부부결합 방법은 두 가지의 형태로 나타난다. 하나는 나무꾼이 옷을 감췄다는 사실을 알고 선녀가 날개옷을 되찾기 위해 나무꾼과 결합하는 경우이며, 다른 하나는 어려운 상황에서 자신을 구해준 나무꾼에게 고마워하며 함께 살다가 후에 자신을 위기에 빠뜨린 원인 제공자가 나무꾼이라는 사실을 알게 되는 경우이다. 전자에서는 나무꾼이 선녀의 의사는 전혀 고려하지 않고 강압적으로 결합했다는 것에서 문제를 찾을 수 있으며, 후자에서는 아무것도 모르던 선녀가 나무꾼이 자신을 위기에 빠뜨린 장본인이라는 사실을 알게 되면서 남편에 대해 크나큰 배신감을 느끼게 된다는 것이다. 그러므로 이 두 가지 부부결합의 방법은 모두 문제점을 가지며, 부부사이의 갈등을 유발한다.

2) 신분과 가치관의 차이

심리학자인 애덤스(Adams)는 결혼이 이루어지는 과정을 다음과 같이 네 가지 단계로 설명한다.[15] 1단계는 이성과 접촉할 수 있는 기회, 즉 신체적 매력 혹은 매력적인 행동을 보이는 사람과의 만남이다. 2단계는 관심과 매력을 느낀 상대를 만난 후, 자기를 알리고 어느 정도 관계가 성립되어 교제를 시작하게 되는 시기이다. 3단계는 두 사람에 자기 개방의 영역이 점차로 확대되어 각자의 공상이나 불안 혹은 성적(性的) 욕구에 대한 태도까지 서로 알게 되는 시기이다. 이 시기에 확인해야 될 일은 두 사람 사이의 역할 적합성[16]과 공감성(감정이입성)[17]이다. 4단계는 두 사람 사이에 역할 적합성과 공감성이 원활히 기능하여 서로가 만족감과 쾌감을 느낄 수 있는 '바른짝' 관계이다. 이것은 '서로간의 만남→매력과 관심을 느끼다→신뢰감과 공감성의 발견→함께 운명공동체가 된다'로 간단하게 정리해볼 수 있다. 결혼의 과정이란 이렇게 서로 다른 두 사람이 만나, 서로에 대해 관심과 매력을 느끼며,

---

15 김중술, 『사랑의 의미』, 서울대학교출판부, 1994, 100~106쪽.

16 역할 적합성(role compatibility)이란 두 사람이 어떤 일을 함께 해 나갈 때 서로 뜻이 잘 맞는다는 의미이다.

17 공감성(empathy)이란 상대방이 실제로 어떻게 느끼는지를 알며, 상대방에게 필요한 것이 무엇인지를 정확히 예측할 수 있는 심리적 안테나와 같은 능력을 만한다.

서로를 알아가는 과정에서 두 사람이 얼마나 잘 통하는지를 확인하고, 서로에 대한 믿음으로 확신이 섰을 때 비로소 결혼에 이르게 된다는 것이다. 이러한 과정을 거쳐서 결혼에 이른다고 해도, 서로에 대한 책임과 의무가 있는 결혼생활에서는 늘 문제가 발생하게 된다.

그런데 나무꾼과 선녀의 경우는 결혼이 이루어지는 이 모든 단계가 다 생략되어 있다. 엄밀히 말하면 이 둘은 진정한 의미의 결혼을 한 것이 아니라, 단순히 날개옷을 매개로 결합 내지는 동거(同居)를 하고 있다. 그것도 서로가 원한 것이 아니라, 한 사람의 일방적인 요구에 의해 결합이나 동거가 이루어지고 있다. 그러므로 이러한 둘의 결합은 갈등을 유발할 수밖에 없다.

작품에서는 이 둘이 서로 어울리지 않는 부부라는 것을 '나무꾼'과 '선녀'라는 인물 설정을 통해 잘 보여주고 있다. 왜냐하면 '나무꾼'과 '선녀'라는 인물 설정 자체만으로도 이 둘의 신분적 차이를 짐작해 볼 수 있기 때문이다. 또한 지상과 천상이라는 전혀 다른 공간 속에서 성장해 온 사람들이라는 점에서, 이 둘의 가치관이나 사고방식이 서로 다를 것이라는 점도 예상해볼 수 있다. "하늘의 사람하고 이승 사람하고 못 살제."[18] "천상 사람과 지하 사람이 어떻게 인연을 맺을 수 있느냐?"[19]는 이야기 화자의 말은 이것을 의미한다고 할 수 있다. 이렇게 서로 다른 세계 속에서 성장한 두 인물, 더군다나 한쪽은 옥황상제의 딸인 고귀한 신분이고 한쪽은 무일푼 가난한 집안의 아들, 혹은 조실부모한 고아라고 할 때 이들이 신분이나 가치관, 그리고 사고방식의 측면에서 서로 다른 모습을 보여주리라는 건 쉽게 예상해볼 수 있다. 그러므로 여기서는 선녀와 나무꾼이 서로 어울리지 않는 인물이라는 점을, 작품에서 드러나는 신분적 차이와, 가치관 및 사고방식의 차이

---

18 선녀와 나뭇군, 『한국구비문학대계 6-6』, 684쪽.

19 나뭇군과 선녀, 『한국구비문학대계 4-2』, 343쪽.

를 통해 설명해 보고자 한다.

① 신분의 차이

〈나무꾼과 선녀〉 대부분의 작품에서 선녀는 천상을 지배하는 옥황상제의 딸로 나타난다. 그러나 이러한 신분은 그녀가 나무꾼과 결혼하면서, 배우자의 신분에 따라 그 지위가 하락되고 있다. '사위는 백년손님'이라며 사위를 어려운 손님 대하듯 하고, '사위 사랑은 장모'라며 사위를 극진히 대접하던 우리나라 옛 풍습에는, 사위를 잘 대접해줌으로써 자신의 딸을 잘 돌봐달라는 장모의 애틋한 당부가 담겨있었다. 남성이 의례히 경제적인 활동을 담당하고 여성이 집안살림을 하던 시대에 여성의 운명은 곧 남성의 손에 의해 좌우되었고, 어떤 남편을 만나는가는 여성의 일생에서 가장 중대한 사건이었기 때문이다.

선녀 또한 자신에게 어울리지 않는 배우자인 나무꾼과 결혼함으로 인해, 나무꾼과 동일한 신분으로 다루어지고 있다. 중심자료에서는 '지푸래기 과자'라는 천상의 음식을 하나의 예로 하여, 천상과 지상의 차이를 잘 보여주고 있다.

〈2.1-2〉

별식을 모두 맹길구 이러는데, 보니까루-아 이 선녀가 가만히 보니까, 다 있어두 지푸래기 과자가 없어. "그래 그 이 세상 만사가-만물 음식이 다 있는데 한 가지가 없으니 나 시키는 대루 해 주슈." 그러니까, "뭐냐?" "여기 이 농사 짓는 이 쌀-먹는 쌀 짚 그 옷매디 그걸루다 석 탄만 짤러서 뽑어 주슈." 이런 말이여. "그렇게 그 석 단을 뽑아서 이럭해서 요 웃 딱딱한 거 짤라 내버리구 연한 것만 해서 요렇게 단을 지어 다오." 그래 그렇게 단을 지우 주었지. "저 마당에다 가마솥을 걸어라." 그런 말이여. 가마

> 솥 걸어 노니까, 기름 가져 오라구. 기름을 거기다가 붓구는 기름을 끓여. 아 그늠 지푸래기, 그 실뭉지같은 늠은 하나 느믄 이거만큼 굵어져. 투각이 돼서. 그 잔치꾼 오는데 많이 대접을 할 꺼-한 잔치꾼에 대해서 그거 투각 하낙씩이여. 꼭, 아 그래 만인 잔치꾼이 시상에 살어두 이런 음식을 처음 먹어 봤다. "거 이거 이 음식이 어서 났냐?" 그러니까. "하늘에 선관에 시악시다." 이런 말이여. "우리 집 있든 아무개가 하늘 선관 시악시하구 장가 들어서 그 시악시가 맹긴 음식이다." "아이구 애, 참 이런 음식 처음이다." 이런 말이여.[20]

여기서 '지푸래기 과자'라는 것은 지상음식과 천상음식의 차이를 단적으로 보여준다. 즉 천상에서는 보편화된 잔치음식인 지푸래기 과자가, 지상에는 존재하지 않는다는 것이다. 이것은 나무꾼이 거처하고 있는 지상과 선녀가 거처했던 천상이 얼마나 큰 차이를 지닌 공간인지를, 하나의 예를 통해 집약적으로 보여준다. 그리고 이런 공간적인 차이는 곧 이 둘의 신분적인 차이를 뜻한다.

선녀는 나무꾼에게 지푸래기 과자를 만들기 위한 준비를 해 달라고 하고, 천상의 음식인 지푸래기 과자를 만들어낸다. 이 음식을 처음 접한 지상의 사람들은 이것을 신기해하며, 지푸래기 과자는 잔치꾼들의 주목을 받는 음식이 된다. 그러나 누구도 선녀에 대해 새로운 평가를 해주는 사람은 없다. 선녀는 그저 부잣집에서 '남의집살이'를 하던 일꾼의 아내일 뿐이다. 그리고 선녀가 주인집에서 하는 일이라고는 뒷설거지를 하고 잔시중을 들며 손님을 접대하는 일인 것이다. 여기서는 본인의 능력이나 신분과는 상관없이, '남의집살이'를 하던 남편의 신분에 따라 평가되고 있는 선녀의 모습이 잘 그려지고 있다. 이제 선녀는

---

20 선녀와 나뭇군[다시 찾은 옥새], 『한국구비문학대계 1-6』, 65~66쪽.

옥황상제의 딸이 아니라, '남의집살이'를 하는 일꾼의 아내로 평가되고 있는 것이다.

아래 예문은 선녀가 자신과 나무꾼의 신분적 차이를, 본인의 입을 통해 드러내고 있다는 점에서 특이하다고 할 수 있다.

〈2-①〉

그러고서 좌우던간 자 그 노루 시킨 대로 그 나무속에서 잤어. 잔개, 자 들어서서 잠이 들었는디, 자기도 모르는 순간에 말하자면 하늘로 올라 가 버렸어. 그런개 그 누구냐? 바로 그 사람이 맘이 옳기 때문에, 하늘의 옥황상제 딸이며, 잉. 하늘로 올라 가본개 옥황상제 셋재딸허고 혼줄을 맺었네. 혼줄을 맺었어. 그러면 나중에 노루가 찾아 왔드래. "딸 셋 낳드락은 말하자면 애기 셋 낳드락은 이 설명은 해 주지 말아라." 아 둘을 낳고 난개 아, "설마 니가 갈란가." 허고 해 버렸네. "옳다. 그러면 그렇지 너허고 나허고 혼줄이 되냐?" 양쪽에다가 양쪽 쭉지대기에다가 딱 쥐고는 하늘로 올라 가버린개.[21]

〈2-①〉에서 나무꾼은 노루가 시킨 대로 나무속에서 잠을 자고, 나무꾼이 잠들어있는 동안 그 나무는 하늘로 올라가 옥황상제의 셋째 딸과 혼줄을 맺게 된다. 옥황상제는 자신의 셋째 딸이 나무꾼과 혼줄을 맺은 것을 보고, 두 사람이 인연이라고 생각하여 선녀를 나무꾼과 함께 지상으로 내려 보낸다. 선녀는 영문도 모른 채 아버지의 명을 따라, 나무꾼을 따라 지상으로 내려오게 된다. 그리고 나무꾼과 살면서 그와의 사이에서 자식을 둘이나 낳게 된다. 나무꾼은 이미 자식을 둘이나 낳은 선녀가 자신을 떠나지 못하리라는 확신에서, 그것이 노루가 꾸며

---

21 선녀와 나무꾼, 『한국구비문학대계 5-1』, 284~285쪽.

낸 계략이었음을 이야기해준다. 그러자 선녀는 "옳다. 그러면 그렇지 너하고 나하고 혼줄이 되냐?"고 하면서, 두 명의 자식을 데리고 하늘로 올라가 버린다.

이 선녀의 말에서는 선녀와 나무꾼의 신분적인 차이를 실감할 수 있다. 선녀에게 나무꾼은, 자신의 신분과는 맞지 않는 배우자감인 것이다. 다만 나무꾼이 운명이라고 생각했기에, 아버지의 명을 따라 나무꾼과 함께 지상으로 내려왔던 것이다. 그런데 나무꾼의 말을 통해, 둘의 인연이 운명이 아니라 노루가 시킨 계략이었음을 안 이상 아무런 망설임 없이 나무꾼의 곁을 떠나고 만다. 이처럼 나무꾼과 선녀는 신분적인 차이를 보여준다.

② 가치관과 사고방식의 차이

선녀와 나무꾼이 헤어지게 되는 가장 큰 원인은, 일정한 자식을 낳은 후 날개옷을 돌려주라는 사슴(노루, 멧돼지, 토끼)의 말을 어기고, 날개옷을 더 일찍 내주었기 때문이다. 또는 일정한 자식을 낳은 후 집을 비우라는 말을 어기고, 더 일찍 집을 비웠기 때문이다. 그렇다면 왜 나무꾼은 사슴의 말을 어기고, 날개옷을 더 일찍 선녀에게 내주었을까? 다음에서는 나무꾼이 왜 그러한 행동을 했는지, 그 연유에 대해 살펴보도록 하겠다.

〈2-②〉

가서 옷을 갖다 감췄단 말야. 그래 올라가는 수가 있나? 아, 그래 헐 수 없이 그 사람하고 인제 에, 백년해로를 하고 그 노루가, 아, "아이 셋을 낳거든 그 옷을 주라." 구 그랬는데, 아, 그거, 남은 뭐야? 명절날이면 옷도 해다들 주고 하는데 팔월 한가윗날인가? 오월 단오래든가, 뭐 어뉘 날. 그 옷을 달라구 하니깐두루 그, 남은 해두 주는데, 그 있는 거 안 줄 수도 없구 하니깐, 인젠 아이까지 난 거니까두루, 거 뭐 무슨 상관있갔냐구 줬단 말야.[22]

〈2-③〉

게 같이 인제 살림을 하구 사는데, 아 그 소생이 둘이 됐단 말이야. 둘이 됐는데 대구 애걸복걸 자꾸 그 이복을 봐하니 당신이 훔쳐서 그랬지 다른 사람이 훔친거 아니니까 의복을 내달라구 그런단 말야. 하두 그래기 때문에 '에이 뭐 인제 애를 둘씩이나 낳구 뭐 했이니, 천상으루 안 올라 가겠지?[23]

〈2-④〉

아들 둘 낳고, 둘 낳은 뒤에, '설마 아들 둘 낳는디, 우리 인간 같으믄 모정이 있어서 못 떠날 줄 알고, 이 아들 둘 낳는데 갈꺼냐.' 싶었어. 내 날개옷 때문에 항상 수심에 차가 있어서, "내 날개옷 한번만 입어 봤이믄, 한번만 입어 봤이믄." 그러니까 아들 둘 낳다고 인자 믿고 날개옷을 내 다가, 그만 아기 둘도 안고 그만 하늘로 올라 가버렸어. ……"잘못해서 날개옷을 주었더니, 그만 애기 둘을 안고 올라 가버려서 이리 혼자 외롭게 살고 있는디, 매일 생각는 기 애기하고 그 선녀 생각백이 없다."[24]

〈2-⑤〉

가운뎃 놈이 못 올라갔어. 못 올라갔는디 옷 없응께. 인자 올라간 뒤로 인자 나무꾼이 나타나갖고 지가 데꼬 가것다고 옷을 줬어. 입고 가자고

22 선녀와 나뭇군, 『한국구비문학대계 1-7』, 840쪽.
23 나뭇군과 선녀, 『한국구비문학대계 2-7』, 422~424쪽.
24 금강산 선녀, 『한국구비문학대계 8-14』, 508쪽.

> 즈그 집으로. 그랑께 즈그 집 가서는 옷을 빼어부렀어 또. 그라고 남자는 인자 들에 일하러 댕기고 그란디 부부로 삼고, 일하러 댕기고. 애기를 인자 싯 나서 줬으면 괜찬하겄인디 머이마들 둘을 낳거둥이라우. 둘을 난께 맨날 애기들하고 인자 놀아 방안에서 논께 '인자 둘 낳는디 어쨋을라딩이야. 둘 났응께 옷 줘야제.' 밤나 옷 주라고 성가시게 하거둥이라우. "내 옷 주라." 고. 거그서 인자 하늘, 천당에서 입고 온 옷 주라고, 밤나 성가시게 한께 인자 '에이. 애기 둘 났는디, 머시마들만 둘 났는디, 어쨋을라딩이야. 지가 가기사 할라딩이야.'하고 그라고 옷을 줬어. 들에 갔다 온께 딱 가고 없어. 하늘로 올라가. 애들은 데꼬. 둘 딱 이렇게 찌고. 한나 여그 찌고 한나 여그 찌고. 두 저드랑에 딱 찌고 올라가부렀드라우.[25]

〈2-②~⑤〉번까지의 예문은 모두 나무꾼이 선녀에게 날개옷을 돌려주는 장면이다. 〈2-②〉에서는 명절이 시간적 배경으로 나타난다. 명절날 나무꾼은 선녀가 날개옷을 달라고 하자, 남들은 새 옷도 해주는데, 가지고 있는 것도 안줄 수가 없어 날개옷을 돌려주고 만다. 〈2-③〉에서는 선녀가 자꾸 날개옷을 달라고 애걸복걸(哀乞伏乞)하는 바람에, 〈2-④〉에서는 날개옷을 한번만 입어봤으면 하고 수심에 차있는 아내의 모습을 보기가 딱해서, 〈2-⑤〉에서는 아내가 날개옷을 달라고 매일 밤낮없이 성가시게 해서 결국 나무꾼은 날개옷을 선녀에게 내주고 만다. 그런데 이러한 예문들에서 공통적으로 보이는 나무꾼의 생각은, "아이까지 낳았는데, 설마 네가 하늘로 올라가겠느냐?"라는 것이다.

이것은 가부장적 제도 속에서 성장해 온, 나무꾼의 사고방식이라고 볼 수 있다. 나무꾼은 자신과 결혼을 하여 성적(性的)인 결합을 하고, 이미 몇 명의 아이까지 낳은 선녀가 자신을 떠날 수 없다고 생각한다.

---

25 나무꾼과 시녀, 『한국구비문학대계 6-5』, 168쪽.

이것은 여자(女子)는 어려서 어버이께 순종(順從)하고 시집가서는 남편에게 순종(順從)하고 남편이 죽은 뒤에는 아들을 따라야 한다는 '삼종지도(三從之道)'나, 아내는 반드시 남편의 뜻에 좇아야 한다는 '여필종부(女必從夫)'에 어긋나는 행동이기 때문이다. 그러나 선녀는 나무꾼으로부터 날개옷을 돌려받자마자, 아무런 망설임 없이 자신이 낳은 아이들을 데리고 나무꾼 곁을 떠나고 만다. 이렇게 나무꾼과 선녀의 생각이 서로 다른 것은, 이 둘이 가지고 있는 가치관이나 사고방식이 전혀 다르기 때문이라고 해석해 볼 수 있다.

특히 예문 〈2-④〉에서 나무꾼은 "설마 아들을 둘이나 낳았는데, 우리 인간 같으면 모정이 있어서 못 떠날 줄 알고 아들을 둘 낳았는데 갈꺼냐." 싶어서 옷을 내준다. 이 글에서 드러나고 있는 나무꾼의 심리를 분석해보면, 나무꾼은 선녀가 혼자 떠날 것만을 생각했지 아이들까지 데리고 갈 것이라고는 예상하지 못하고 있다. 왜냐하면 가부장적 제도 속에서 자식이란, 아버지의 성(姓)을 따르고 아버지의 대를 이어줄 대상이기 때문이다. 전통적인 가족관계는 부부관계보다는 부자관계가 중심이었다. 이것은 우리의 전통가족이 개인보다는 집안을 중시하여 자식 생산을 통한 집안의 유지와 번성을 우위에 두었기 때문이다. 집안의 유지는 철저하게 남계(男系)를 통해서만 이루어졌으므로 아들 선호 사상을 가질 수밖에 없었다.[26] 그러므로 이와 같은 전통적인 가치관을 가지고 있는 나무꾼은, 선녀가 혼자 떠날 것만을 우려했지 자식들까지 데리고 떠날 것이라고는 예상하지 못하고 있다. 이에 모성(母性)이 있으니 자식을 남겨두고 떠나지는 못할 것이고, 그렇다면 날개옷을 돌려줘도 별 문제가 없다고 생각하고 있는 것이다. 그러나 선녀는 나무꾼의 예상과는 달리 자신이 낳은 자식들을 모두 데리고, 남편

---

26 한국여성연구회, 『여성학강의』, 동녘, 1993, 83쪽.

인 나무꾼만을 지상에 홀로 남겨둔 채 하늘로 떠나버리고 만다. 이렇게 나무꾼과 선녀의 생각이 다른 것은, 그들이 서로 다른 가치관을 가진 사람이라는 것을 의미한다.

다음 예문들에서도 나무꾼과 선녀는 사고방식과 가치관의 차이를 보여주는데, 앞서의 예문들과 다른 점이 있다면 여기서는 선녀가 나무꾼의 사고방식을 간파해내고 나무꾼의 생각을 자신의 생각인 것처럼, 본인의 입을 통해 표현해내고 있다는 것이다.

〈2-⑦〉

그래 선녀 옷을 한 벌 가지고 나와 갖다 감췄다 그거야. 그러니 옷을 입어야, 인제 다른 선녀들은 죄 옷을 입고 하늘로 올라갔는데 선녀 하나는 옷을 입어야 올라가지. 그래서 이거 옷을 찾을라구냥 울구 있었는데 인제 이 총각놈이, "하여튼 너는 나하구 살자." 구 말야. 그래 옷을 아주 갖다 감추고 저의 집에 가 다른 옷을 입히고, 그래 올라가지 못하구서 그 총각 녀석허구 사는데, ……"나 그 때 하늘에서 입고 내려왔던 내 옷이나 달라구." 말야. "인제 자식을 둘씩이나 낳았는데 내가 인제 내가 올라가래두 안 올라간다."구.[27]

〈2-⑧〉

아 오던 달부터 태기가 있어 가지구는 아들 삼형제를 쏙 낳기는 낳는디 낳는 동안에 집을 비우지 못했어. 비우질 못하고 꼭 간직하고 있다가는 삼형제 낳은께 어떠냐 생각하고 있는디. 아 하나가 펄썩 죽었어. 그래 둘밖에 안 남았거든. 야 이게 하나가 죽었으나 셋 낳으면 된다 했으니께 자유를 달라고 자꾸 날마다 사정을 혀, 이 여자가. "여보 당시 날 그렇게 의

27 빼꾸기의 유래, 『한국구비문학대계 1-3』, 69쪽.

심하지 마슈. 셋두 나구 했으니께, 셋까지 난 사람이 어디를 가냐구. 당신 날 그렇게 의심 하구 있느냐?" 구. 그도 그럴싸한 말이구, 노루 말도 부탁을 받았겄다. 셋만 나면 괜찮다는 말을 들었기 때문에 그대루 믿구서 자기 볼 일을 보러 어데루 갔단 오니께 애들하구 마누라가 없어졌어.[28]

〈2-⑦〉에서 선녀는 "내가 자식을 둘이나 낳았는데, 이제는 올라가라고 해도 안올라간다"는 말로 나무꾼을 안심시키며, 〈2-⑧〉에서는 "자식을 셋이나 낳은 사람이 어디를 가냐" 며 "왜 자신을 의심하냐"고 한다. 이러한 선녀의 말은 나무꾼의 평소 생각과 일치했기에, 나무꾼은 아무런 의심 없이 〈2-⑦〉에서는 선녀에게 날개옷을 내주며, 〈2-⑧〉에서는 자신의 볼일을 보기 위해 집을 비우는 것이다. 그러나 선녀는 자신이 이야기했던 것과는 달리, 나무꾼이 내준 날개옷을 입고 하늘로 올라가거나 나무꾼이 집을 비운 사이 어디론가 사라져버린다. 이러한 예문에서도 나무꾼과 선녀가 전혀 다른 가치관의 소유자라는 것은 확인해 볼 수 있다.

이처럼 선녀와 나무꾼은 신분적인 면에서나 사고방식 및 가치관에서도 커다란 차이를 보여준다. 천상을 다스리는 옥황상제의 딸인 선녀와 지상의 가난한 나무꾼은 '선녀'와 '나무꾼'이라는 인물의 설정에서부터 신분적인 차이를 보여준다. 그리고 사고방식이나 가치관의 측면에서도 가부장적 제도 속에서 성장해 온 나무꾼은 자신과 성적(性的)인 결합을 하고 자식까지 낳은 선녀가 자신을 떠나지 못할 것이라고 예상하고 있는데 반해, 선녀는 그러한 예상을 뒤엎고 날개옷을 되찾자마자 자식들을 데리고 나무꾼의 곁을 떠난다. 이 둘은 만남에서부터 결혼까

28 나뭇군의 실수, 『한국구비문학대계 4-1』, 99~100쪽.

지 서로에 대해 전혀 모르는 상태로 단지 날개옷을 매개로 하여 결혼을 하였다. 그러기에 서로 다른 두 사람의 결혼은 부부갈등을 유발하고 있는 것이다.

3) 개인적 결점

나무꾼과 선녀는 날개옷에 의해 부부라는 관계가 이루어지기는 했지만, 그것은 형식적인 관계일 뿐 진정한 부부가 되기 위한 노력은 전혀 하고 있지 않다. 진정한 부부란, 공동운명체라는 생각을 가지고 서로에 대해 책임과 의무를 다하는 관계라고 이야기할 수 있다. 그러나 나무꾼은 한 가정의 가장으로서의 역할을 책임감 있게 해내지 못하고 있으며, 선녀 또한 아내로서의 역할을 거부한 채 천상으로 돌아갈 날만을 고대하고 있다. 다음에서는 이러한 나무꾼과 선녀의 모습들을 살펴보도록 하겠다.

① 나태한 나무꾼의 생활태도

나무꾼이 나이가 들도록 장가를 못 간 이유는 가난하기 때문이다. 이에 대한 화자의 말을 하나 인용해 보면, "그 예전엔 가세가 없고 넉넉하지 못하면 장가들기가 힘이 든다... 예전에 남의 집 살구 그러는 데는 딸을 안 주려고 그랬다."[29]고 이야기를 하고 있다. 가난한 사람한테 시집을 보낼 경우, 딸이 고생을 하게 되리라는 건 너무도 자명한 일이기 때문이다. 그러므로 다른 사람들이 딸을 시집보내기를 꺼려하

29 나뭇군과 선녀, 『한국구비문학대계 2-7』, 422쪽.

는, 나무꾼 같은 처지의 인물과 결혼하여 살게 된 선녀가, 경제적으로 어려운 상황에 처하리라는 건 너무도 명백한 사실이다. 천상에서 옥황상제의 딸로 자란 선녀는, 지상에서 빈천한 인물인 나무꾼과 결혼하면서 경제적인 어려움을 겪게 된다. 그러나 나무꾼은 아내를 얻어 가정을 이룬 상태에서도 가난에서 벗어나고자 하는 노력을 전혀 보여주지 않는다.

대부분의 〈나무꾼과 선녀〉 작품에서는 나무꾼과 선녀가 결혼한 이후, 이 둘의 경제적인 부분에 대한 별다른 언급은 없다. 이런 경우는 아마도 경제적으로 별다른 변화 없이, 나무꾼이 하루를 벌어 하루를 사는 평소의 생활을 결혼한 이후에도 그대로 유지하고 있는 것이라 짐작된다.

〈3-①〉

날마다 지게지는 사람은 아무것도 읎는 사람이라 나무만 해서 팔아서 먹고 사는게 그 이튼날 인자 또 나무를 허러 갔어. 하러 가서 늘 나무만 인자 해다가 벌어 먹고 사는디 그러는 순간에 아들 형제를 낳어. 형제를 낳는디. 하루는 나무 해갖고 오니까[30]

〈3-②〉

이 나뭇군은 생활이 나무해서 팔어서 이렇게 밤낮 생활허니께 헐 수 없이 밤낮 이렇게 나무를 다니는디 위떻게 냥 뭣이 그냥 무슨 소리가 나구 거시기를 허더니 양, 바람이 그냥[31]

---

30 나뭇군과 선녀, 『한국구비문학대계 6-8』, 635~636쪽.

31 닭이 높은 데서 우는 유래, 『한국구비문학대계 3-2』, 254쪽.

〈3-①〉에서 나무꾼은 "아무것도 없는 사람이라 나무만 해서 팔아서 먹고 사는" 사람으로 〈3-②〉에서도 나무꾼은 "나무해서 팔아서 밤낮 생활하는" 사람으로 나타나고 있다. 나무를 팔아 생활을 한다는 것은, 나무꾼이 별다른 직업 없이 하루를 벌어 하루를 사는 가난한 인물이라는 것과 동일한 의미를 지닌다. 나무꾼은 가난했기에 정상적인 방법으로 결혼을 하지 못하고, 선녀의 옷을 감추는 편법을 동원하여 결혼을 한 사람이다. 그러기에 가난한 나무꾼과 결혼한 후, 선녀가 처하게 되었을 경제적인 어려움은 쉽게 짐작해 볼 수 있다. 더군다나 이 둘의 결합이 선녀 자신이 원했던 것이 아니라고 할 때, 경제적 빈곤으로 인한 고난의 강도가 선녀에게는 실제보다도 더 크게 다가왔을 것이다. 그러나 나무꾼은 자신이 처해있는 가난을 당연한 것으로 받아들이며, 선녀를 위해 어떠한 노력도 하지 않는다. 그저 나무꾼은 현실에 순응할 뿐이다.

나무꾼이 자신을 위기 상황에서 구해준 은인이라는 생각으로 결합했을 경우, 선녀는 나름대로 경제적인 어려움을 극복할 수 있는 이유가 있다. 그것은 자신을 구해준 나무꾼에 대한 고마운 마음이다. 그러나 나무꾼이 자신의 옷을 감추었다는 사실을 알고 결합한 경우에는, 경제적인 어려움을 극복할 수 있을 만한 아무런 대안이 없는 것이다. 그러기에 선녀는 그저 자신이 처한 상황을 한탄하면서, 이러한 상황에서 벗어날 수 있는 기회만을 엿보게 되는 것이다.

그런데 앞서 와는 달리 〈나무꾼과 선녀〉 작품 중에는 선녀가 날개옷을 빼앗겨 천상으로 올라가지는 못하지만, 도술을 발휘하여 경제적으로 부유한 생활을 하게 되는 경우도 있다. 선녀는 천상으로 돌아갈 수단이 없을 뿐, 도술을 사용할 수 있는 능력은 여전히 남아있는 것이다. 이런 경우, 나무꾼은 전적으로 선녀의 경제력에 의지해 생활하는 나태한 생활태도를 보여준다.

〈3-③〉

가운데 옷을 한 가질 감췄드니 뭇 올라가구서 쳐저 있어. 있어선 밤이 됐는데-쳐져 있구는 밤이 됐는데, 난데없는 개와집이 생기구, 난데없는 쌀이 생기구. 모든 것이 살림이 일절 다 생겨서 거기서 밥을 해먹구 살구,[32]

〈3-④〉

그래 해가 빠져서 이래서 있으이 총각이 이래 나떠이비이고 옷을 비이거든 빈께네, "아이 여보소, 그 날 옷 주소. 주소."카인께로, 그래, "나캉 당신캉 운연이 됐으니 고마, 나캉 삽시더." 캐미 이 붙들고 그래 됐어. 그래 돼가지고 인제 저거꺼정 인제 그래 살기 됐어. 그래 마, 그래 살기 돼가 이래 살드라이 그래 만, 처음 만내가주고 지녁부터 총각이 아무것도 업섰어. 더벅머리 총각이. 이랜데 만낸데 온지녁부터, "자 부자방맹이가 나오너라." 나오네. 이래가주고 부자방맹이를 하나 내노코 자아, "챙기애 집 나오너라. 또드락딱." 카이 집이 화딱 청개집이 하나 나왔뿌고, 나왔부고. 응 자아 그 다음에는, 카인깨 또 옷이 나오고 그 담에는 또 뭐, "쌀 나오너라. 또드락닥." 카이 쌀 나오고 마 부자가 됐부렀어. 이래 부자 됐부렀다.[33]

예문 〈3-③〉〈3-④〉에서는 선녀가 도술로 의식주를 해결하는 모습이 나타난다. 〈3-③〉에서 선녀는 기와집을 짓고 쌀과 살림을 모두 마련하여, 그 집에서 밥을 해먹으며 나무꾼과 함께 산다. 〈3-④〉에서도 선녀는 부자방망이를 가지고, 청기와집과 옷과 쌀이 나오게 하여 나무

32 선녀와 나뭇군, 『구비문학대계 1-4』, 798~799쪽.
33 선녀와 나뭇꾼, 『한국구비문학대계 7-16』, 506~507쪽.

꾼을 부자로 만들어준다. 가난한 나무꾼은 선녀가 도술로 만들어준 공간 속에서, 경제적으로 풍요로운 생활을 하게 된다. 다음 예문에서는 전적으로 선녀의 경제력에 의지하고 있는 나무꾼의 모습이 더욱 잘 드러난다.

〈3-⑤〉

그 선녀가 그래 선녀 도실루 그냥 어떡허든지 그냥 베란간에 고래당 겉은 개와집이 뭐 말할 수 없는 그냥 뭐 사랑이구 뭐구기가 맥히다 이거에요. 그래 여기 앉아서 이제 그 음식을 갖다 주는거 보니깐 당체 그냥 생전 한 번 먹어 보지두 못헌 음식을 채려 주는데 뭐 기가 맥혀. 그래 이렇게 세월 지내니 이늠이 그저 날마다 독주만 디리 앵겨서 먹구 잠이나 자구 그저 이거 세월을 지내는데,[34]

〈3-⑥〉

'인부를 멥 백 명이구 좀 부려라.' 그러능 기여 그러능 기여. "그래설랑은 터를 닦으야 한다. 우리 집을 지야할 테닝깨…." "그럼 우리가 무슨 둔이 있느냐아? 둔이 읎는디 워터게 인부삯을 주야할 텐디 인부샋이…." "글쎄 터만 닦으라구 인제 그러시구요. 그걸랑 걱정말구 나 허라는 대루만 허라."구. "그려라." 구. 인부를 아마 멥 백 명이구 아마 동원시켰던 모냉여어? 시겨 각구설랑은 아마 한 멥 백 평이구 아마 한 천 평 계산하구서 그냥 닦었던 모냉이지 몇 날 메칠? 이눔이 인저 여전히 그 여자라설랑은 선녀라설랑 인부삯 줘설랑 참 다아 돌려 보내능 기여…… 이눔이 인저 남으 집 고공 고공살이 허던 눔이 아주 지거기 지대각구설랑은 아주 호이호식허구 지내네에? 그런디 머 날마두 여저언히 조오흔 음석으루 그저 전

34 선녀와 나뭇군, 『한국구비문학대계 1-4』, 708~709쪽.

부 크은 상이다가설랑은 들어 오는디 이거 당최 워트게 장만해 들어 온지 몰르겄어 당최. 이눔으 음식이. 뭐 안이서는 나오는디이 이상하거든? '그렁가 보다. 좀 이 이상허다아.' 그렁 저렁 세월을 보내는디,[35]

〈3-⑦〉

양달 그 좋은 양달에다가 나뭇지겔 바쳐놓고 이렇게 있는데, 거기다 네 구텡이에다가 뭐를, 네 구텡이에다가 십자를 떠여놓구 뭐라구 하니께 기양 고래등 같은 기와집 한 채가 덜컥 솟는다 이 말여. "삽시다." 뭐이가 기울 것이 하나두 없네. 그냥 그 꽃 속에서 그냥 사는 거여. 그래 아들을 하나 떡 났지. 아들을 하나 낳구 어언간 한 이태만큼 있으니까 또 아들을 하나 났어. 그래 아들을 성제나 났지. 아들을 성제나 낳구서는 에펜네가 그러는 거여. "당신 날마두 들어앉었지 말구 저 시내 장같은 데 도시같은 데 가서 돈두 좀 씨구 활발하게 기운두 좀 떨구 돈좀 씨구 오우." 원 그때 돈으로 참 몇 만 원을 준단 말여. "이거 당신 오늘 다 쓰구 오우." 돈은 잔뜩 가주 갔는데 엇다가 쓸 데가, 한 군데두 없어. ……여보 당신좀 생각해 보오. 당신이 여기서 일 전 한 푼이나 당신 살림에 보태줘가주구 오늘날까지 살았어? 내 손으루 내가 전부 내 조화루 내 돈 갖다가 이렇게 당신이 사는데[36]

〈3-⑤〉에서 나무꾼이 하는 일은, 선녀가 마련해 준 집에서 선녀가 마련해 준 양식을 먹으며, "날마다 독주만 먹고 잠이나 자면서" 세월을 보내는 것이다. 여기서는 선녀의 경제력에 기대어 허송세월을 보내고 있는 나무꾼의 무기력한 모습이 잘 드러난다.

〈3-⑥〉에서는 기와집을 짓는 선녀의 모습이 여타 예문보다 확장되

---

35 나뭇군과 선녀, 『한국구비문학대계 4-4』, 790~793쪽.

36 나뭇군과 선녀, 『한국구비문학대계 4-3』, 394~397쪽.

어 자세하게 이야기되고 있다. 선녀는 나무꾼에게 기와집을 짓기 위해 인부 백 명을 시켜 집터를 닦으라고 한다. 그러자 나무꾼은 인부에게 줄 삯이 없다고 걱정한다. 선녀는 걱정하지 말라고 하며 인부들의 삯을 자신의 힘으로 해결하고, 나무꾼에게 솔나무 수숫대를 꺾어 마음대로 네 귀퉁이에 꽂으라고 한다. 선녀가 시키는 대로 나무꾼이 수숫대를 꽂고 눈을 감자, 고래등만한 집이 지어진다. 남의집살이를 하던 나무꾼은 커다란 집에서 좋은 음식을 먹으며 세월을 보내게 된다.

〈3-⑦〉에서도 선녀는 나무꾼에게 "집에만 있지 말고 나가서 활발하게 기운도 쓰고 돈도 쓰고 오라"고 하면서 돈을 쥐어준다. 이어 나무꾼을 다그치는 장면에서도 "당신이 여기서 일 전 한 푼이나 당신 살림에 보태줘가주구 오늘날까지 살았어? 내 손으루 내가 전부 내 조화루 내 돈 갖다가 이렇게 당신이 사는데"라고 이야기한다. 선녀의 이 말에서도 전적으로 선녀의 경제력에 의존해 살고 있는 나무꾼의 무능력한 모습을 짐작해 볼 수 있다. 그리고 선녀 또한 그러한 나무꾼과의 생활에 이미 강한 불만을 가지고 있었던 것으로 보인다.

여성의 경제적인 능력은 이혼율과도 관련되어 있는데, 여성에게 경제적인 능력이 있는 경우는 독립성의 증가 및 이혼 결정에 대한 자신감을 부여함으로써 이혼율을 증가시킬 수 있다는 것이다.[37] 이것은 남성에 대한 의존도가 그만큼 약하다는 것을 뜻한다. 그러므로 모든 경제력을 본인이 가지고 있는 선녀는 나무꾼에게 의존할 필요가 없으며, 언제든지 나무꾼을 떠날 준비가 되어 있는 것이다. 그러나 날개옷이 나무꾼에게 있기 때문에, 선녀는 다만 날개옷을 되찾기 위해 나무꾼과 이러한 부부관계를 지속하고 있을 뿐이다.

이렇게 나태하고 무능력하게 생활하던 나무꾼은, 선녀가 떠나고 난

---

37 홍대식, 『연애와 결혼 심리학』, 청암미디어, 2002, 261쪽.

뒤 지금까지의 경제적인 풍요를 잃어버리고 깊은 공허감에 빠지게 된다. 나무꾼의 지상에서의 고난은 이로부터 시작된다. 한번 경험해 본 부유함으로 인해 나무꾼은 다시 예전의 가난한 생활로 돌아갈 수가 없다. 이에 나무꾼은 고난에서 벗어나기 위해 다시 예전의 사슴을 찾아 나선다. 다음에서는 선녀가 천상으로 올라간 뒤, 나무꾼의 심리적 갈등이 나타나는 부분들을 제시해 보도록 하겠다.

〈3-⑧〉

아 이거 하늘루 이렇게 올라가는 것을 쳐다 보구서 다 올라간 뒤에 떡 내려다 보니께 어 나무구, 나무 지게구 나무하구 그냥 있시우. 게 이 사람이 머슴 살던 사람의 쥔네가, 우리 집 일꾼이 나무 가서 아무데 가선에 고래등 같은 지와집을 짓구 거기서 잘 산다구 오는 사람 가는 사람 행인한테 그런 소릴 들었어. ……쥔네가, "아 자네 이거 어쩐 일인가?" "하 임시 잠간 호강하구 좀 살었었읍니다. 사실 복이 없으니까 또 댁에 들어가서 또 남의 집백에 살 수 없어. 가십시다." "아 거렇게 됐어. 잠깐이라두 호강시럽게 살어 구먼 그려." 그랙서 그 집이서 사니 꽃 속에서 살던 놈이 무슨 일에 또 손에 잽혀 마누라 생각나서. 영 당체 일이 손에 잽혀야지. 야 암만 생각해두 안 되겠어. '이 놈의 노루나 좀 찾어야겠어. 이 놈의 노루를 찾어갖구서 사정 얘길 또 한번 해봐야 살지 안되겠다.' 모든 것을 다 전폐하구 산으루 인제 노루를 찾아 돌아댕기는 거지.[38]

〈3-⑨〉

가마안히 두러눠 생각을 허닝께 참 한심헌 일여. 이게 한참 세월에는 말여, 아들 형제꺼지 낳구 말여. 호이호식허구 말여, 잘 지냈는디 참 한심

38 나뭇군과 선녀, 『한국구비문학대계 4-3』, 397~398쪽.

하거든 참. 그러나 도리 있느냔 말이지 '엉엉' 울다아 울다 참 그냥 헐 수 읎이 허이 탄식허구서는 집이 둘우왔어.[39]

〈3-⑧〉〈3-⑨〉에서 나무꾼은 모두 남의집살이를 하던 사람이다. 선녀가 마련해 준 집에서 선녀의 도술로 호의호식하며 살던 나무꾼은 선녀가 날개옷을 찾아입고 떠나면서 모든 것을 잃어버리게 된다.

〈3-⑧〉에서 선녀가 날개옷을 입고 떠나간 후, 고래등같은 집은 사라지고 나무꾼의 앞에는 나무 지게와 나무만이 남게 된다. 이 상황에서 나무꾼은 자신이 잘 산다는 소식을 듣고 찾아온 주인과 만나게 된다. 주인이 어떻게 된 것이냐고 묻자, 나무꾼은 "잠깐 호강하고 살았다" 면서 "복이 없으니 다시 남의 집을 살 수 밖에 없다"고 하며, 주인과 함께 예전의 집으로 돌아간다. 그러나 아무 일도 손에 잡히지 않고, 결국 나무꾼은 모든 것을 전폐하고 예전의 노루를 찾아 나선다.

〈3-⑨〉에서도 선녀가 먹인 독주(毒酒)에 취해 자던 나무꾼은, 덤불속에 누워있는 자신을 발견한다. 술에서 깬 나무꾼은 모든 것이 다 사라졌다는 사실을 알고, 허무한 마음에 엉엉 울게 된다. 그리고 자신의 신세를 탄식한다. 이처럼 선녀의 도술로 경제적으로 호의호식하며 살던 나무꾼은, 다시 주인집으로 돌아간 후 예전의 생활에 적응하지 못하고 모든 것을 잃어버렸다는 공허감에 힘들어한다. 그리고 결국 현실에 적응하지 못하고, 선녀를 만나게 해준 노루를 찾아 나서게 된다.

나무꾼은 선녀가 날개옷을 찾아 입고 천상으로 올라간 후 모든 것이 변해버린 상황에 적응하지 못하고 갈등을 겪게 된다. 나무꾼은 선녀와 만나기 전까지만 해도 자신의 가난한 생활이나 남의집살이를 당연하게 생각하며, 나름대로 그 생활에 적응하여 살아왔다. 그런데 선녀를

39 나뭇군과 선녀, 『한국구비문학대계 4-4』, 793쪽.

만나 부유한 생활을 경험해 본 이상, 다시 예전의 가난한 생활로 돌아간다는 것이 나무꾼에게는 커다란 고난으로 받아들여지는 것이다. 그러기에 나무꾼은 사슴을 찾아 나서고, 사슴의 도움으로 천상행을 택한다. 이렇듯 나무꾼은 선녀와 결혼한 이후에도 가난을 당연한 것으로 받아들이며, 환경을 개선하기 위한 어떠한 노력도 보여주지 않는다. 나무꾼과의 결혼이 자신의 선택이 아닌 이상, 이러한 경제적인 어려움은 선녀에게는 실제보다도 더 큰 고난으로 느껴지게 된다. 그러나 나무꾼은 선녀를 배려하려는 노력을 전혀 하지 않는다. 또 선녀의 도술에 힘입어 부유한 생활을 하는 경우에는, 선녀의 경제력에 전적으로 의존하여 무능력하고 나태한 생활태도를 보여준다. 이처럼 결혼한 이후에도 나무꾼은 가장으로서의 책임감을 전혀 보여주지 않는다. 이렇게 선녀에게 기대어 무능력하고 나태한 생활을 하던 나무꾼은, 선녀가 떠나버림으로써 한순간 모든 것을 잃게 되며, 현실에 적응하지 못한 채 새로운 돌파구로서의 천상행을 택하고 있는 것이다.

② 아내로서의 변화거부

선녀는 나무꾼과 결혼한 후 나무꾼과의 사이에서 자식들을 낳았으면서도, 늘 자신의 날개옷을 되찾아 천상으로 돌아갈 기회만을 노리고 있다. 그리고 기회가 오자 조금의 망설임도 없이, 날개옷을 입고 자식들을 데리고 나무꾼을 지상에 혼자 버려둔 채 천상으로 올라가 버린다. 선녀는 날개옷을 잃어버린 상황에서 나무꾼과 어쩔 수 없이 결혼은 했지만, 아내로의 변화를 거부하며 늘 예전의 천상생활로 돌아가기만을 꿈꾸고 있다. 선녀에게는 자신이 처한 상황을 개선해보려는 의지가 전혀 없다. 선녀는 자신의 날개옷을 되찾을 그 날까지 다만 형식적으로 나무꾼과 부부관계를 유지하며, 날개옷을 되찾을 기회만을 엿보고 있는 것이다.

〈2.1-3〉

그 산꼴루 들어갔어. 산꼴루 들어갔는데 아 가서 서숙 농사를 지어서 참 뭐 서숙 부자여. 그 주인네 집이서 씨앗 주구 이래서 그래 먹구 사는데 이 예펜네는 밤낮 하늘에 올라갈 걱정이여. 그저 그 옷만 입으믄 아들 겨드랑이에 하낙씩 끼구 그냥 올라갈 작정이여. 그런데 이늠으 옷을 찾어야 -입으야 올라가지. ……"야, 즈이 집이 인저 가야겄읍니다." 그러니까, 응 그 아들들두, "그 이와 갈래믄 인저 또 이 좀 지내-몇 달 지내야 만날 테니까 술을 한잔 더 먹구 가거라."구. 아 이거 붙잡구 자꾸 권고를 하네 그래. 아 이늠으 먹을 줄 모르는 사람이 한 모금 한 모금 권하는 바람에 먹다 보니까 술이 억병이 됐어. 아 그래 이제 마누라가, "여보, 인저 갑시다." 마누라가, "갑시다." 근데 이 마누라는 그 날꺼정 그 옷 훔칠 작정이여. 하늘에 올러갈 작정이야. 아 그래 영갬이 술이 취했는데, 인제 아들 하나는 마누라가 업구 하나는 영갬이 업구 이래구 인제 거기 집엘 가는 거여. 거 으떤-집이 가서 떡 인자 술이 챘으니까, 마누라는 불을 땐다구 부엌으루 나가구, 이 영감쟁인 혼자 씨러져 정신없이 자는 거지. 불을 때다 생각하니까 그냥 옷 생각이 버쩍 나, 그냥. "이 이거 들어가 봐야겠다." 아 가서 옷을 찾아봐야 없어. 근데 이늠으 영감쟁이가 옷을 꼬맨 틈바구니-꼬맨 걸 틑구서 그 속에다 눟구선 꼬맸으니 알 수가 있느냐 이런 말이여. 그 영감의 거길 틑구 보니까 옷이 거기 들었어. 끄내선 예미 그냥 아들이랑 인저 하낙씩 끼구 그만 올라가 버렸어.[40]

40 선녀와 나뭇군[다시 찾은 옥새], 『한국구비문학대계 1-6』, 66쪽.

선녀는 나무꾼과 살면서도 밤낮 하늘로 올라갈 방도를 찾으며, 언제 하늘로 올라갈 수 있을지를 걱정한다. 그러던 중 주인집 환갑잔치에 일을 하러 가게 되고, 나무꾼은 그 곳에서 술에 대취해 집으로 돌아온다. 선녀는 나무꾼이 취해있는 이 기회를 놓치지 않는다. 정신없이 자고 있는 나무꾼의 입고 있던 옷 속에서 날개옷을 발견한 그녀는, 그 옷을 입고 자식들을 데리고 천상으로 올라가 버린다. 여기서 혼자 남게 될 나무꾼을 걱정하는 선녀의 모습이나 망설임은 전혀 찾아볼 수 없다. 선녀는 지금까지 자신을 붙잡아두었던 나무꾼으로부터 탈출을 꾀하고 있는 것이다. 이러한 선녀의 모습 속에서 나무꾼에 대한 부부간의 정(情)은 전혀 발견되지 않는다.

여타 작품에서도 이와 같이 형식적인 부부관계를 유지하면서, 날개옷을 되찾아 천상으로 올라가기를 꿈꾸는 선녀의 모습은 나타난다. 다음의 예문들에서는 선녀가 날개옷을 되찾기 위해 나무꾼에게 속임수를 사용하고 있다.

〈3-⑩〉

이 선녀가 생각을 허니깐 득천을 헤야겄는디 말여. 아들 형제를 양 쪽이다 찌구 올라 가야 할 텐디 하나 더 나면 말여 안 되게 생겨거든? 워따 가지구 데리구 잘 득천할 수가 읎어여? 그러닝깬 여자가 술을 참 아주 독주루 맨들었어. 맨들어서 하루는 독주를 맨들어 가지구설랑은 이, "당신허구 나허구 염분을 맺어 각구설랑은 말여? 맺어 각구설랑은, 이렇게 함 번 서루 호이호식허구 뭇 지내봤어. 그러닝낀 오늘 저녁일랑 만족히 좀 먹구 놀자." 구. 그러능 기여. 그렁깨 이눔이 인저 그 여자에 꾀에 넘어 가설랑은 그냥 그 조오흔 안주닝깐 말여. 도 조 그 독주를 갖다 그냥 디려 앵겼네? 앵겨서 이눔이 그냥 그 자리서 그냥 술이 독해서 쓰러져 뻐렸네? 세상 몰르구. 그 짬이, 어, 옷을 말여 워따 둔 자취를 알었어. 알었는디 내주덜 않핵거든. 그러구설랑 그때 잠 그 잠이 그케 짚이 들었는디, 옷을 끄내각구설랑 익구설랑은 말여 아들 형제를 들구 득천해 빼렸네?[41]

〈3-⑪〉

하루는 비가 오는데 부슬부슬 비가 이래 오닌께, "아이고 보이소. 헤나 머리 이가 있는가 아 모르이, 내가 이를 잡아 주니 내 물팍을 비고 여 좀 누우소." 재미난 살림을 사닌께, 참 마누래 물팍을 비고 누었다. 그런께 이를 잡는 체 하여 뒷등이를 귀부리 혼자 시원하이 맴이, 기분이 좋거던. 그래 마누래가 하는 말이, 멀, 머라꼬 하니기 아이라, "우리가 벌써 부부간이 되가주고 및 해를 살고 아들로 형제를 놓도록 사는데 쎄기고 못할 소리가 있겠소. 우리 둘이 있는데 쎄기고 이래 할 필요가 없으니 쎄기지 말고, 내가 과거에 모욕하러 니리올 때 입은 옷을 자인자 내 주시이소. 내가 지끔 갈래야 어두로 가겠소. 벌써 자석을 형제 난 사람이." 그러 카닌께, 아 그것도 또 들으니 그럴싸한 기 싶으거던. '이렇기 데리고 아들을 낳는데 오두로 가겠노?' 싶어서 그래 인자 옷을 내좄다.[42]

〈3-⑫〉

하루는 나무 해갖고 오니까 아이 즈의 마누라가 술 사고, 반찬 사고, 저녁을 걸게 해서 잘 먹고는 저녁 대접을 잘 허니께, "하이 뭔 거시기로 해서 이렇게 했느냐?" 허니께, "하도 참 날마다 나무만 해서 몸도 피곤헐꺼이고, 그래서 오늘란 한번 술 잔뜩 자시고 뭐 어떻게 내 뭐 힘것 했는디 장만헌다고 이렇게 됐다."고. 그러고 저녁을 만족히 먹고는 거시 잠시로 이날 여자가 허는 말이, "이만치 해서 내외간이 됐고, 벌써 자식을 형제나 낳고 했으니 그래도 자기가 나한테 통정을 못허겄냐. 헌게 이번은 참 다 잊

41 나뭇군과 선녀, 『한국구비문학대계 4-4』, 793쪽.
42 은혜 갚은 짐승들, 『한국구비문학대계 8-6』, 914~915쪽.

어버리고 나한테 통정을 허고 그 의복을 내 줘라!" 그러닝개, 대체 술김에 좋아서 갈처준 걸, 의복을 인자, "어다 뒀은게 입으라."고 해서 갈쳐 줘버린게.[43]

〈3-⑬〉

"돈 주구두 옷을 하나 못 사다 주는 사람이 내 옷 뺏인 거 그거 줘." 사실은 할 말이 없어. 원 다먼 버선 한 켜레라두 사다가, "이거 내가 산 거니 나무라 좀 입어 봐. 신어 봐." 하구 줬이면 그 얼마나 따뜻한 말이구 좋은디 그것 잘뭇하구 보니께 사실 뭐라구 할 말이 하나두 없어. 염체가 없어서 우두머니 있이니께, "아니 내가 가지고 온 그 때 그 고생이 당신 뺏은 거 그 거 안 줄 끼여." 준단 말두 안 준단 말두 못하지. "당신하구 살며는 내가 한 생전 이꼴하구 살 테니께 아싸리 갈라 서. 언내 이루 오너라." 형제 들쳐 업구, 하나 업구 하나 걸리구 손 붙들구 나간다 이 말야. "야 모든 것이 내가 잘못 했이니 내 그 옷을 줄께. 아들 성제씩이나 낳구 시방 갈러서서 어떻게 살어. 그러니 그 옷을 줄 테니 나하고 삽시다." 그럼 그래라구, 되루 들어 와. 그래 그 옷을 줬다 이 말여.[44]

〈3-⑩〉에서는 하늘나라로 돌아가기 위해 계략을 꾸미는 선녀의 모습이, 화자의 입을 통해 표현되고 있다. 선녀는 자식을 더 낳으면 득천을 할 수 없다고 생각하여, 독주(毒酒)를 만들어 나무꾼에게 대접한다. 기분이 좋아진 나무꾼이 술에 취해 잠이 든 사이 선녀는 자신의 날개옷을 찾아 입고 하늘로 올라가 버린다. 여기서는 날개옷을 되찾기 위해 계략을 꾸미는 선녀의 모습이 잘 드러나는데, 선녀는 '당신하고 나하고 연분'이라는 말로 나무꾼을 안심시켜 독주(毒酒)를 먹이고는 나무

---

43 나뭇군과 선녀, 『한국구비문학대계 6-8』, 636쪽.

44 나뭇군과 선녀, 『한국구비문학대계 4-3』, 397쪽.

꾼이 취한 틈을 타 나무꾼으로부터 탈출을 꾀하고 있다.

〈3-⑪〉〈3-⑫〉에서는 부부간의 은밀한 정(情)을 이용하여 나무꾼을 설득해 보려는, 선녀의 모습이 그려진다. 〈3-⑪〉에서 선녀는 이를 잡아준다고 나무꾼을 무릎에 눕혀놓고, 귓부리를 자극하여 나무꾼의 기분을 좋게 만든다. 그런 후 "자식을 둘이나 낳았는데 숨기고 못할 말이 어디 있겠느냐"고 하며, 더 이상 숨기지 말고 날개옷을 내달라고 한다. 이 말에 넘어간 나무꾼은 선녀를 믿고 날개옷을 내준다. 선녀는 나무꾼의 믿음을 역으로 이용하여 자신의 날개옷을 되찾고 있다. 〈3-⑫〉에서도 선녀는 술과 반찬을 사 저녁을 대접하며, "매일 나무를 해 피곤할 것 같아 자신이 힘껏 차렸다"고 한다. 선녀의 식사대접을 받은 나무꾼이 만족해있는 사이, 선녀는 내외간이 된 지 오래되었고 자식을 형제나 낳고 살고 있는데 통정을 못할 것이 어디 있냐며 이제는 날개옷을 내달라고 한다. 선녀의 대접에 기분이 좋아진 나무꾼은 술김에 날개옷이 있는 곳을 가르쳐 준다.

〈3-⑬〉에서는 선녀가 나무꾼의 미안한 마음을 이용하여 날개옷을 되찾고 있다. 여기서 나무꾼은 선녀에게 경제적으로 의존해 살고 있는 인물이다. 선녀는 나무꾼에게 돈을 쥐어주며 집에만 있지 말고 나가서 쓰고 오라고 한다. 나무꾼은 그 돈으로 얻어먹는 사람들에게 점심을 사주고 옷도 한 벌씩 사 입히고 들어온다. 며칠이 지나자 선녀는 또다시 나무꾼에게 돈을 주며 쓰고 오라고 하고, 나무꾼은 전과 똑같이 돈을 사용하고 들어온다. 그러자 선녀는 나무꾼에게 "당신같은 사람을 데리고 오늘날까지 살았으니 내 속이 얼마나 썩었겠냐"면서 돈을 줘도 아내의 양말 한 켤레 선물을 사오지 않는 나무꾼을 탓한다. 나무꾼이 염치가 없어서 가만히 있자 선녀는 이러한 상황을 이용하여, "당신하고 살면 생전 이렇게 살테니 아예 갈라서자"고 하며 아들 형제 손을 붙들고 나간다. 그러자 나무꾼은 모든 게 내 잘못이라며 날개옷을 주겠으니 같이 살자고 한다. 이처럼 선녀는 날개옷을 돌려받기 위해 나무꾼에게 미안한 마음이 들도록 만들고, 자신이 떠날지 모른다는 불안감을 조성하여 날개옷을 되찾고 있다. 그리고 이에 넘어간 나무꾼은 순순히 날개옷을 내주게 된다.

아내로의 변화를 거부하며 천상으로 돌아가기만을 꿈꾸는 선녀의 이러한 태도는, 〈바보 온달〉에서 보이는 평강공주의 태도나 〈서동요〉의 배경설화에서 보이는 선화공주의 태도와 비교해 볼 때 더욱 두드러진다.

나무꾼과 선녀가 신분적인 격차를 지닌 인물이라고 할 때, 이 둘은 〈바보 온달〉의 온달과 평강공주에 비견될 수 있다. 그러나 평강공주는 남들이 바보라고 부르는 가난한 온달과 결혼해서도, 남편을 열심히 내조하여 결국에는 자신을 쫓아낸 아버지로부터 인정을 받는다. 평강공주는 온달의 어머니가 "내 자식은 지극히 누추하여 귀인의 배필이 될 수 없고, 내 집은 지극히 가난하여 귀인의 거처할 곳이 못 되오"라고 하자, "옛 사람의 말에, 한 말 곡식도 방아 찧을 수 있고, 한 자 베도 꿰맬 수 있다고 하였습니다. 마음만 같다면 어찌 반드시 부귀한 후에야 함께 지낼 수 있겠습니까"라고 반문하며 그와 결혼을 한다.[45] 자신에게 맞지 않는 남편이지만 평강공주는 온달을 잘 내조함으로써 그를 사회에서 인정받을 수 있는 긍정적인 인물로 변화시키고, 자신의 운명을 스스로 바꾸어 나간다.

그러나 선녀는 자신이 처한 상황을 개선하려고 노력하기보다는, 그 상황에 빠진 자신을 한탄하며 그 곳에서 벗어날 방도만을 모색하고 있다. 물론 평강공주와 선녀는 선택이라는 측면에서 차이를 갖는다. 평

45 其母曰, 吾息至陋, 不足爲貴人匹, 吾家至窶, 固不宜貴人居, 公主對曰, 古人言, 一斗粟猶可舂, 一尺布　猶可縫, 則苟爲同心, 何必富貴然後可共乎(이병도 역, 『삼국사기(하)』, 을유문화사, 1983, 348쪽.)

강공주는 자의에 의해 온달을 선택하지만, 선녀는 타의에 의해 나무꾼을 선택한 것이다. 그렇다고 하더라도 자신과 맞지 않는 배우자를 남편으로 맞이하게 된 상황에서, 이 둘의 운명에 대한 접근은 전혀 다르게 나타나고 있다.

〈서동요〉의 배경설화에서도 선화공주는 아이들에게 서동요를 지어 부르게 한 서동의 계략에 빠져 아버지로부터 쫓겨난다. 그리고 서동을 만나 '그저 우연히 믿고 좋아하는' 왠지 모를 끌림에 의해 결혼을 한다.[46] 선녀공주는 결혼을 한 후 그가 서동이라는 것과 자신이 쫓겨나게 된 것이 그의 계략이었음을 알게 되지만, 그를 탓하지 않으며 서동을 자신의 배우자로 인정한다. 그리고 결국 서동이 마를 캐던 곳에서 황금을 발견하고, 그것을 자신의 아버지인 진평왕에게 실어 보냄으로써 아버지로부터 인정을 받게 된다. 서동은 황금을 보면서도 그것이 황금이라는 사실을 알지 못한다. 이러한 서동에게 선화공주는 그것이 황금이라는 것을 알게 하고, 그의 모자란 부분을 채워주고 있는 것이다.

여기서 선화공주와 서동의 결혼 역시 신분적 차이를 보여준다. 나중에 서동이 무왕이 됨으로 인해 둘의 신분적 격차는 없어지지만, 선화공주가 서동을 만날 무렵 그는 마를 캐어 생활하는 가난한 인물이었다. 그리고 한 쪽은 신라인 한 쪽은 백제인으로 둘의 국적 또한 달랐다. 이것은 천상과 지상의 인물이며, 신분이 다른 선녀와 나무꾼의 결합과도 비견될 수 있다. 그러나 선화공주는 서동이 자신을 위기에 빠뜨린 사람이라는 것을 안 이후에도, 그를 배우자로 인정하며 그에 대한 믿음을 놓지 않는다.

이렇게 〈바보 온달〉과 〈서동요〉의 배경설화는 서로 다른 두 사람이

---

46 公主雖不識其從來, 偶爾信悅, 因此隨行, 潛通焉(김민수 역, 『삼국유사』, 을유문화사, 1983, 157쪽.)

만났지만 본인들의 노력에 의해, 특히 여성의 노력에 의해 얼마든지 성공적인 부부관계가 될 수 있음을 보여준다. 그러나 평강공주나 선화공주와 달리 선녀는 나무꾼을 내조하여 상황을 변화시키려는 노력을 전혀 하지 않으며, 나무꾼으로부터 벗어날 방법만을 모색하고 있다.

선녀는 나무꾼의 순박한 성품을 이용하거나 부부간의 은밀한 정(情) 또는 미안한 마음을 이용하여, 자신의 날개옷을 되찾고 있다. 나무꾼이 날개옷을 돌려준다는 조건을 내세워 선녀와 결혼했던 것처럼, 선녀 또한 속임수를 사용하여 나무꾼으로부터의 탈출을 꾀한다. 선녀는 어쩔 수 없이 결혼은 했지만, 아내로서의 변화를 거부하고 있다. 그러므로 선녀가 아내로의 변화를 거부하는 이상, 이 둘의 부부관계를 유지하는 조건은 날개옷 이외에는 아무것도 없는 것이다.

2. 나무꾼과 처가와의 갈등

1) 나무꾼에게 재결합을 위한 자격요구

나무꾼이 처가식구들과 갈등상황에 놓이게 되는 것은, 나무꾼이 선녀를 좇아 천상으로 올라가는 작품들에서이다. 여기서 벌어지는 주된 갈등은, 지상의 인물인 나무꾼을 천상으로 받아들이지 않으려는 처가식구들과 자신의 아내와 자식들을 만나 함께 살고 싶은 나무꾼 사이의 갈등이다. 선녀의 아버지는 자신의 허락 없이 선녀와 결혼한 나무꾼을 인정하려고 하지 않는다. 선녀의 형제들도 마찬가지다. 그리고 천상사람들 또한 자신의 영역으로 들어온 나무꾼을 거부하며 받아들이려고 하지 않는다. 그러므로 이들은 모두 나무꾼과 갈등을 일으키고 있다. 선녀의 가족들이나 여타 천상사람들은 모두 나무꾼에게 일정한 자격을 요구한다. 장인과 선녀의 형제들은 나무꾼이 자신의 딸 혹은 자신의 동생과 살 만한 인물인지를 판별하기 위해 그 능력을 시험해 보고자하며, 여타 천상의 사람들은 나무꾼이 천상이라는 영역으로 편입시키기에 적합한 인물인지를 시험해 보고자 한다. 이들이 나무꾼에게 요구하는 시험의 방법이 유사하므로, 여기서는 갈등을 유발시키는 대상에 따라 장인, 선녀 형제들, 여타 천상사람들의 순서로 논의를 진행한다.

① 장인의 자격요구

하늘로 올라온 나무꾼이 선녀와 다시 부부관계를 영위하려고 할 때 가장 문제가 되는 것은, 자신의 허락 없이 결혼한 나무꾼과 선녀의 부부관계를 장인이 인정하지 않는다는 것이다. 장인에게 나무꾼은 자신의 사랑하는 딸을 억지로 취해 강압적으로 결혼을 하고 자식까지 낳게 한 장본인으로, 용서할 수 없는 미움의 대상이며 심기를 건드리는 불편한 존재일 수밖에 없다. 그러므로 시험이라는 형식을 빌려, 나무꾼을 제거하거나 지상으로 내려 보내려고 한다. 다음에서는 장인이 나무꾼에게 시험을 요구하는 부분들을 살펴보도록 하겠다.

〈1-①〉

아주 처갓집하군 박대여. 뭐 처갓집이두 가두 못하구. 못 가요. 오지 말라구 아주 그래서. 딸이 무릅쓰구선 한 번 즈 친정엘 갔어. "너 이년! 말 들으니께 인간 사위놈 왔대메. 네 남편 왔대메." "네, 왔이유." "거 얼마나 재미시럽게 사느냐?"구 호통을 하구 야단여. "아버지, 인간 사우리구 너머 그렇게 모라세우구(몰아세우고) 그러지 마슈. 재주가 유궁무궁하게 용해

유. 뭐 이루 말핼 수 없이 용합니다." "용하구 말구요." "그럼 느 남편을 한 번 보내라. 나라구 내길 한 번 해보자."

〈1-②〉

그런데 좀 있으느꺼니 선녀 아바지레 와서 "인간세상 사람이 하늘에 올라오기란 아주 어려운 일인데 님제레 올라온 걸 보니 재간이 용쿠나" 하멘 나하구 내기해 보자. 내기해서 이기문 센네와 살구 이기디 못하문 못 산다구 했다.[47]

〈1-③〉

이때 선녀 아바지가 오더니 "야 왼 인간 내레 나네?" 하구 말했다. 선녀는 인간 세상에 내레갔을 적에 살던 가당이 와서 그른다구 했다. 선녀 아바지는 총각을 보더니 "님 제레 인간 사람인데 여꺼정 오다니 참 재간 있소아. 재간 있으문 나하구 내기새 해보간?" 하멘 숨기냐기를 하자구 했다.[48]

〈1-①〉을 살펴보면 처가에서는 천상으로 올라온 나무꾼을 박대하며, 처가에도 오지 말라고 한다. 선녀가 친정에 찾아가자, 아버지는 나무꾼이 올라온 것을 알고 있다면서 "얼마나 재미있게 사느냐?"는 말로 호통을 친다. 선녀 아버지의 이 말 속에는 마음에 안 드는 사위에 대한 불만과 그런 사위를 남편으로 받아들이고 있는 선녀에 대한 못마땅한 마음이 들어있다. 이런 아버지에게 선녀는 남편의 재주가 무궁하다며 역성을 들고, 선녀의 아버지는 그렇게 재주가 있다면 나무꾼을 한 번 집으로 보내라고 한다. 나무꾼이 처가로 가자, 장인은 숨바꼭질 내기를 제안하고 나무꾼은 선녀의 도움으로 화장실 빗자루가 되어 있는 장인

47 나무꾼과 선녀,『임석재전집: 평안북도편 I』, 52쪽.
48 나무꾼과 선녀,『임석재전집: 평안북도편 I』, 55쪽.

을 찾아낸다. 그러자 장인은 다시 활을 쏜 후 화살을 찾아오라고 한다.

〈1-②〉에서도 선녀의 아버지는 "인간세상 사람이 하늘나라에 올라오기란 아주 어려운 일인데, 너는 재주가 있다"고 나무꾼을 칭찬하면서, 나무꾼의 재주를 시험해 보고자 한다. 그리고 이길 경우에는 선녀와 살 수 있지만, 질 경우에는 선녀와 살지 못할 것이라고 한다. 장인은 나무꾼이 자신의 딸과 살 만한 인물인지, 그의 재주를 판단하고자 하는 것이다.

〈1-③〉에서 또한 선녀의 아버지는 나무꾼에게 재주가 있다고 칭찬하며, 숨기내기를 제안한다. 여기서도 장인은 천상으로 올라온 나무꾼이, 자신의 사위가 되어 선녀와 함께 살 만한 인물인지를 시험해 보고자 하는 것이다. 이길 경우 나무꾼은 장인에게 사위로 인정을 받아 선녀와 살 수 있으며, 질 경우 나무꾼은 선녀와 이별을 하게 한다. 즉 시험의 결과는 나무꾼과 선녀의 재결합 여부를 결정짓는 중요한 역할을 하게 된다.

다음 예문에서는 선녀의 아버지가 나무꾼과 선녀의 지상에서의 결합을 전혀 인정하지 않고 있다.

〈1-④〉

이 엄매는 씨집을 가것는디, 즉아부지라고 엄매가 오락한께 안 가것소? 즈그 아부지가 인자 절대 마닥하드라우, 여자 아부지가. 이 지하 사람 소용없다고. 사정사정해갖고 인자 거그서 인자 산디 경쟁했어. 말을 사갖고 내가 저그 머시기해서 몇 백 리를 담박질 해갖고 모냐 들어선 놈이 인자 각씨를 뺏기로,[49]

49 나무꾼과 시녀, 『한국구비문학대계 6-5』, 169쪽.

〈1-④〉에서 선녀의 아버지는 하늘로 올라온 선녀에게 지상의 사람은 소용이 없다며 천상의 사람과 다시 결혼하기를 요구한다. 그리고 선녀는 아버지의 말에 따라, 천상 사람과 결혼을 한다. 이러한 상황에서 나무꾼은 등장하게 된다. 자식들이 선녀에게 아버지가 왔다는 것을 알리자, 선녀는 일단 나무꾼을 만나러 집으로 돌아온다. 그리고 장인의 요구대로 나무꾼과 선녀의 새로운 배우자는 선녀를 사이에 두고, 누가 더 우수한지를 겨루는 몇가지 시합을 하게 된다. 이 시합에서 선녀는 새로운 배우자가 아닌 나무꾼을 도와준다. 예문에는 시합의 하나로 '말 달리기'가 나타나고 있다. 여기서도 지상에서의 결혼을 인정하지 않으려는 장인과 나무꾼 사이의 갈등이 드러나고 있다.

② 선녀 형제들의 자격요구

작품에서는 선녀의 언니들이나 남자형제들 또한 나무꾼을 시험해 보고자 한다. 선녀의 언니들은 지상으로 선녀와 함께 목욕을 하러 내려왔던 인물들이며, 남자형제들은 나무꾼이 천상으로 올라오면서 처음으로 만나게 되는 인물들이다.

〈1-⑤〉

내일 우리 형덜이 와서 재간이 있나 없나 시험할 터인데 우리 형들이 수탉이 돼서 잿간에서 꾸더꾸더 할 터이니 그때 가서 "점디않은데와 티꺼운 데 이러구 게시우" 하구 말하라구 대줬다. 다음날 아침에 총각은 재통에 가서 수탉이 두 마리 꾸더꾸더 하구있넌 걸 보구서 "아 형님덜, 점디않는데 와 이 티꺼운 데서 이러구 졔시우" 하구 말했다. 그러느꺼니 수탉은 인차 벤해서 선녀가 되더니[50]

〈1-⑥〉

그른디 슨녀으 남동생은 이 총각을 보구 "워디 지상으 인간이 여그촌상 세계에 다 올라왔느냐? 지상으 인간이 이 촌상에 살려믄 여그스 살 만한 재주가 있이야 한다. 니가 그른 재주가 있는가 시흠해 보아야겠다. 만일에 그른 재주가 읎이믄 쥑이 쁘리겠다" 함스, "니얄 아침에 내가 웨데 가 숨으 있일 팅게 챚으내 보라. 못 챚으내문 죽인다!"구 하구 갔다.[51]

〈1-⑦〉

거기서 인제 사는디, 장인 장모를 가서 뵈야한다구 그런단 말여. 그러니 장인장모가 옥황상제지. 그래 장인 장모를 인저 보러 갔지? 가서 인사를 했어. "저는 인간에서 올러온 아무개라."구. 인사를 허닝개. "인간 사위, 참 인간사위냐."구. 그랬단 말여. "그렇다."구. 그러구 집이를 왔는디. 인저 그 아마 그 처남덜이 몇 있덩개벼. 뒷이나 있덩가 처남덜이 써억허니, 암만해두 이 잉간 사람을 천상이 올려다가서 자기 동상허구 살리기를 싫거던? 이걸 워트개라두 읎이야겄어.[52]

〈1-⑧〉

선녀는 얼른 총각을 학갑 안에다 숨겼다. 쿵쿵거리며 선녀 오래비들이 들어오더니 "야 원 벌거지 내레 난다. 원 노릇이가?" 하멘 벅작 과 다. 선녀는 방을 잘 쓸디 안해서 그러무다레 하멘 구둘을 쓸었다. 그래두 오래비는 벌거지 내레 난다구 했다. 선녀는 내레 모욕을 하딜 안해서 그러는 가무다레 하구서리 모욕을 했다. 그래도 벌거지 내가 난다구 하멘 한참 돌아가다가 하깝을 열구서 총각을 보구서리 데거이 머이가 하구 물었다.

---

50 나무꾼과 선녀, 『임석재전집: 평안북도편 I』, 50~51쪽.
51 나무꾼과 선녀, 『임석재전집: 충청남도편, 충청북도편』, 310~311쪽.
52 천국의 시련, 『한국구비문학대계 4-5』, 308~309쪽.

> 선녀는 그제야 인간세상에서 같이 살던 서나라구 했다. 그러느꺼니 오래비덜은 총각과 학갑에서 내리오라구 하구서리 내리오느꺼니 절을 하넌데 반절만 하구 벌거지 내레 나서 더 못 있갔다 하구 가 삐렀다. 오래비덜이 총각에세 대하는 꼴을 보느꺼니 아무래두 못살 것같이 굴 것 같았다.[53]

〈1-⑤〉에서는 선녀의 언니들이 나무꾼을 시험하고, 〈1-⑥〉〈1-⑦〉〈1-⑧〉은 선녀의 남자형제들이 나무꾼을 시험한다.

〈1-⑤〉에서 선녀는 "천상에서 살려면 훌륭한 재주가 있어야 한다"면서, 내일 언니들이 당신을 시험하고 올 거라고 이야기를 한다. 그러면서 자신의 언니들이 수탉으로 변신해 뒷간에 앉아있을 테니, 찾아내라고 한다. 여기서 선녀의 언니들은 시험의 주체로 등장하는데, 나무꾼에게 요구하는 것은 천상에서 살만한 훌륭한 재주다.

〈1-⑥〉에서도 선녀의 남동생은 나무꾼에게 "천상에서 살려면 그만한 재주가 있어야 한다" 면서, "재주를 시험해보아 그런 재주가 없으면 죽이겠다"고 한다. 먼저 처남은 나무꾼에게 자신이 숨을 테니 찾아내라고 하고, 나무꾼은 선녀의 도움으로 누런 개로 변신해 있는 처남을 찾아낸다. 다음으로 처남은 화살을 세 대 쏠 테니, 활촉을 찾아오라고 한다. 나무꾼이 고민하자, 선녀는 부잣집 딸의 뱃속에 활촉이 박혀있음을 가르쳐준다. 나무꾼은 활촉을 찾아 돌아오던 중 처남댁이 변신한 까치에게 활촉을 빼앗기게 되는데, 선녀가 매로 변신해 활촉을 되찾아준다. 여기서 시험의 주체는 선녀의 남동생이며, 요구하는 것은 천상에서 살만한 재주이다.

〈1-⑦〉에서 장인과 장모는 나무꾼에게 적대감을 표시하지 않지만, 처남들은 자신의 동생이 지상의 사람과 사는 게 싫어서, 나무꾼을 없

53 나무꾼과 선녀, 『임석재전집: 평안북도편 I』, 59쪽.

애려고 한다. 즉 처남들은 지상에서 올라온 나무꾼에 대해, 그가 천상 사람들보다 부족하다는 생각을 가지고 있다. 이것은 다른 세계에서 성장한 사람에게 느끼는 일종의 편견이다. 처남들은 장인과 장모를 감출 테니 찾아내라고 하고, 나무꾼은 선녀의 도움으로 처남들이 돼지로 변신시켜놓은 장인과 장모를 찾아낸다. 처남들이 장인과 장모를 다시 항아리로 변신시켜 놓자, 나무꾼은 선녀의 도움으로 다시 그들을 찾아낸다. 다음으로 처남들은 나무꾼에게 화살을 쏠 테니 활촉을 찾아오라고 한다. 나무꾼은 선녀가 일러준 대로 시체에서 활촉을 뽑아오게 되는데, 오다가 소리개로 변신한 처남들에 의해 활촉을 빼앗기게 된다. 이렇게 선녀의 처남들은 몇 번에 걸쳐 나무꾼을 위기상황으로 몰아넣고, 나무꾼은 그들과 갈등을 일으키고 있다. 여기서 처남들이 나무꾼을 거부하는 이유는 그가 지상 사람으로 천상 사람보다 못할 것이라는 일종의 편견이다.

〈1-⑧〉에서는 오래비들의 태도를 통해, 이들이 나무꾼과 갈등을 일으키리라는 걸 짐작해볼 수 있다. 선녀는 하늘로 올라온 나무꾼을 오래비들이 찾지 못하도록, 학갑 안에 숨긴다. 벌거지 냄새가 난다며 돌아다니던 오래비들은, 결국 학갑 안에서 총각을 발견하고는 저것이 뭐냐고 묻는다. 선녀가 인간세상에서 자신과 살던 남편이라고 하자, 오래비들은 "절은 반절만 하고, 벌거지 냄새가 나서 더 못 있겠다"고 하며, 나무꾼을 무시하고는 가 버린다. '벌거지'라는 건 '벌레'의 사투리로, 선녀의 오래비들은 나무꾼을 벌레 정도로 취급하고 있는 것이다.

③ 여타 천상사람들의 자격요구

선녀가 사는 천상의 사람들 또한 나무꾼과 갈등을 일으키게 되는데, 이것은 직접적인 갈등과 간접적인 갈등으로 나누어볼 수 있다. 먼저 직접적인 갈등을 일으키는 인물로 옥황상제와 왕을 제시해볼 수 있다. 여기서 옥황상제와 왕은 선녀와 부녀지간으로 설정된 사람들이 아니라, 천상을 다스리는 지배자로 등장하는 사람들이다. 이들은 자신의 영역으로 들어온 나무꾼을 거부하며, 그를 천상이라는 영역 밖으로 내보내려고 한다.

〈1-⑨〉

그래 끌어올리면서 인제, 자 그 하늘 나라에서 벌칙이 있네. "거 화살을 이 지구루, 땅으루 나려 쏴가지구선 가서 그 활촉을 주어오나야 만이, 에 여기 나라 이 나라 사람이 되는거지. 그렇지 않으면 못 된다."는 그런 벌칙이 있어가지구선, "그걸 줘 오라."구 그런단 말야.[54]

〈1-⑩〉

난데없이 군사가 오더니 이 총각을 잡아 개지구 왕한테 데불구 갔다. 왕은 네레 지상 사람인데 하늘으 선녀와 살라문 하늘에서 살 만한 재간이 있이야 한다. 내가 내놓는 시형에 합격해야디 그라느문 목을 베겠다구 하구서 큰 활에다 화살을 메워 쏘구는 그 화살을 찾아서 개오라구 했다.[55]

〈1-⑨〉에서 하늘나라에는 벌칙이 있는데, 화살을 땅으로 쏜 후 그 활촉을 주워온 사람만이 하늘나라 사람이 될 수 있다는 것이다. 나무꾼이 고민하자 선녀는 날라 다니는 말을 한필 주며, 지상에 내려가 활촉을 주워 올라오라고 한다. 나무꾼은 활촉을 줍기 위해 지상으로 내려갔다가 어머니를 만나게 되고, 다시 천상으로 올라오지 못한다. 지상을 향하여 활을 쏘라는 것은, 나무꾼에게 인간세상과의 단절을 요구

54 선녀와 나뭇군, 『한국구비문학대계 1-7』, 841쪽.

55 나무꾼과 선녀, 『임석재전집: 평안북도편 I』, 49쪽.

하는 것이며 천상으로 편입시키기 위한 일종의 장치이다.

〈1-⑩〉에서는 천상으로 올라온 나무꾼을 군사가 잡아서 왕 앞으로 데리고 가며, 왕은 "선녀와 살려면 하늘에서 살만한 재주가 있어야 한다"고 이야기한다. 그러면서 시험에 합격하면 선녀와 살고, 그렇지 못하면 목을 베겠다고 한다. 이것 역시 하늘나라로 편입되기 위한 일종의 자격시험이다. 왕은 지상으로 화살을 쏜 후 그것을 찾아오라고 하는데, 여기서 화살이 떨어진 곳은 나무꾼의 동생이 살고 있는 집이고 결국 나무꾼은 다시 천상으로 올라가지 못한다.

하늘나라의 법칙을 만들어내고 천상을 지배하는 권력자로서의 옥황상제나 왕은, 자신의 영역으로 들어온 나무꾼을 받아들이려 하지 않는다. 그러기에 나무꾼의 어머니가 계시는 곳이나 동생이 살고있는 곳으로 화살을 쏘아, 나무꾼이 천상으로 다시 올라오지 못하도록 유도한다. 여기서 천상으로 올라온 나무꾼이 그를 천상이라는 영역으로 받아들이지 않으려는 옥황상제나 왕과 갈등을 일으키고 있다면, 다음 예문에서의 옥황상제는 나무꾼이 지상에 있는 상황에서 갈등을 일으킨다. 그러므로 시험은 나타나지는 않는다.

〈1-⑪〉

그런께, 아이구 고만 날이 날시굼 포리고 지랄이고 떤지 놓고, 마 연못가에 와서 마 '우리 아가야'꼬마 울거등. 운께네, 하늘에 옥황상제님이 '아이, 저 목딱같은 넘이 주야장천 저 연못에서 울고, 아아들이 그 시간 되먼 목욕을 몬 하거로 저란다.' 싶어서. "에라, 저 안 된다. 저 저 내라 주머 안 되고, 썩은 두룸박을 하나 내라 주머 타고 올라오다가 떨어져 못에 빠져 죽어 뿌리거로." 썩은 두룸박을 내란 준다 쿤께,[56]

56 짐승을 구해 은혜를 입은 사람, 『한국구비문학대계 8-11』, 275쪽.

〈1-⑪〉에서 선녀가 아이들을 데리고 천상으로 올라가자, 나무꾼은 선녀가 날아가 버린 연못으로 와 주야장천 '우리 아가'를 찾으며 운다. 나무꾼의 우는 소리가 싫은 옥황상제는, 나무꾼을 죽이려고 썩은 두레박을 하나 내려보낸다. 이 사실을 알게 된 선녀는 썩은 두레박을 새 두레박으로 바꾸어주고, 나무꾼은 무사히 천상으로 올라오게 된다. 이 부분 또한 옥황상제와 나무꾼의 갈등을 드러내고 있다.

다음으로 살펴볼 것은 나무꾼을 바라보는 천상 사람들의 시선이다. 이들은 직접적으로 나무꾼과 갈등을 일으키지는 않지만, 그 시선만으로도 나무꾼과 선녀의 재결합을 방해하는 역할을 한다. 왜냐하면 혼자 사는 세상이 아닌 이상, 선녀는 이들의 시선을 의식하지 않을 수 없는 것이다. 이에 간접적인 갈등이라고 이름 지어 보았다.

〈1-⑫〉

'인간세 사람들이 올라왔다'구 다른 사람들은 참 비웃구 학대가 신데(센데), 그래두 부인은 아들 형젤 생각해서 그 남편을 찾아서 같이 천상 극락에서 잘 살드래요.[57]

〈1-⑬〉

올라기아께네, 그래 딴 사람들은, "아이고, 오데 이런 거러지가 있노?" 카고 야단이거던. 하늘나라 사람들이 말이라.[58]

57 선녀와 나뭇군, 『한국구비문학대계 1-4』, 799쪽.
58 나뭇군과 선녀, 『한국구비문학대계 7-12』, 173쪽.

〈1-⑭〉

"그래 참 이 애기들 보고 아들이라 말 마시오. 남이 들으믄 웃을 거요, 땅애비라고. 새끼들한테 뭐 그런 들을 거 없은께, 아무 소리 말고 넘 보듯이 하고 살고, 아부지 소리는 마시오. 땅애비 땡애비야 못 쓴다고."[59]

예문 〈1-⑫〉〈1-⑬〉〈1-⑭〉는 천상으로 올라온 나무꾼을 바라보는 천상 사람들의 시선이 그려지고 있다. 〈1-⑫〉에서 천상 사람들은 "인간세 사람들이 올라왔다."고 나무꾼을 비웃고 학대하며, 〈1-⑬〉에서는 "어디 이런 거지가 있냐"며 나무꾼을 무시한다. 선녀도 이런 주위 사람들의 시선을 의식하여, 〈1-⑭〉에서 보이듯 나무꾼에게 "다른 사람들에게 자식들의 아버지임을 밝히지 말라"고 하며, "아무 소리없이 남 보듯이 살라"고 한다. 선녀는 자식들이 나무꾼으로 인해 다른 사람들에게 비웃음을 당하지나 않을까 염려하고 있다. 그리고 본인 또한 지상 사람인 나무꾼의 존재를, 남편이기에 받아들이면서도 한편으로는 거북스러워하고 있다.

이와 같이 선녀의 아버지나 형제들, 그리고 여타 천상사람들은 모두 나무꾼에게 일정한 자격을 요구하고 있다. 장인은 나무꾼에게 사위가 되기 위한 자격을 요구하고, 선녀의 형제들이나 여타 천상사람들은 나무꾼에게 천상에서 살 만한 자격을 요구한다. 그리고 나무꾼이 요구되는 자격을 갖추지 못한 인물이라면, 그를 영역 밖으로 추방하거나 죽이겠다고 한다. 또 직접적인 갈등은 아니지만 천상사람들의 시선 역시 나무꾼과 갈등을 일으킨다. 혼자 사는 세상이 아닌 이상, 선녀는 나무꾼을 받아들이면서 주위 사람들의 시선을 의식하지 않을 수 없다.

---

59 선녀와 머슴, 『한국구비문학대계 6-3』, 344쪽.

2) 재결합을 방해하는 처가식구들의 시기심

작품에 따라 선녀의 언니들은 동생에 대한 시기심 때문에 나무꾼을 죽이려고 한다. 이런 경우 선녀의 언니들은 결혼을 못했거나 이미 상처한 인물들로 나타난다. 그러기에 그들은 자신의 동생이 나무꾼과 결혼하여 자식까지 낳으며 잘 사는 것에 대해 시기를 부린다. 선녀의 언니들은 선녀가 지상에서 위기에 처했을 때, 모르는 척 동생만 남겨두고 하늘로 올라가 버렸던 인물들이다. 그러므로 처음부터 동생에 대한 애정이 없었으며, 자매간의 우애(友愛)도 존재하지 않는다. 선녀의 언니들은 동생에 대한 시기심에 아버지를 사주하여 나무꾼을 죽이려고 한다. 중심자료에서 이 부분을 살펴보면 다음과 같다.

〈2.2-1〉

그런데 저이 성들 둘은 아 그 저이는 사내가 없는데 동생은 아들꺼지 있으니까 뵈기 싫었지. 즈 아버지더러 그걸 죽이라구 해는 중이여. 그 동상을 죽이라구, 그 모두 죽여 달라구 그러니까, 즈 아버지가 '인간 사람이래두 그 못 죽인다.' 이러구 줄곧 내버려 두는 차인데, 두레박에 올라앉아 있으니까, 이 저 아들 둘이 양짝에서 잡아대리구, 그 어머니두 거기서 겹줄루 쥐구 잡아대리구, 아 이 마누라가 잡아대리구 보니까 자기 영감이 올러 온단 말여. 그러니까 줄을 놓구, "아이구 우리 지하에 아부지 올러온다."구. 아 이 형제늠이 냅대 둘러쥐구 그 이거 지-지금엔 줄다래미읍지, 예전에 줄다래미 줄이 굉장했어. 아 이 잡아대려 올렸다 말여. 아뜩 올리니까 "아이그-아유." 그 마누라는, "어이구, 저 인저 아부지한테 또 구박-성덜한테도 또 구박맞겄다."구 하는데, "아버지 온다."구, 아버지한테, "아 아버지 인제 와 만날 줄을 누가 알았냐?"구. 아 그래서 인제 같이 살지. 아 같이 사는데 아 이 성-성년덜이 즈 아버지더러 그 죽이라구 그런

> 말여. "그 시 식구 다 죽이라."구. 아 그래 즈 아-즈아버지가, "그 그럴 수 읎다. 아무리 생각해두 그거 느이는 냄편덜이-너이 사내들이 없지만, 그건 그러구 그거 인간 사람이래두 만내서 아들꺼지 낳았으니 그 죽일 수가 있으냐?" "아 죽여야지 안 죽이믄 우리 둘이 죽는다." 이런 말이여. 딸만 삼 형젠데 둘이 죽는대니 어떡허느냐 이런 말이여. "아 그거 할 수 없다."구. 그런데, "그 죽여 주슈." 그래 아무리 생각을 해야 죽일 수가 있나. "얘 그러믄 가만 있거라. 내가 의사를 내마."[60]

선녀의 언니들은 자신의 동생이 지상에 있는 나무꾼과 결혼하여 자식까지 낳아오자, "자신들은 남편도 없는데 동생은 자식까지 있다"는 질투심에 동생과 조카들을 모두 죽이려고 한다. 하지만 선녀의 아버지는 "인간 사람이라고 해도 못 죽인다."며 선녀 언니들의 요구를 거절한다. 그렇다면 선녀의 언니들이 이렇게 공격적이며 자기중심적인 성격을 가지게 된 이유는 무엇일까?

여기서 선녀의 아버지는 익애적인 태도를 보여준다. 익애적인 태도란 부모의 애정이 자녀에게 과다함을 말하는 것으로 과보호 또는 과수용이라고 하여 애정이 맹목적이고 이성적인 데가 없다. 즉 지나치게 걱정하여 일일이 돌보아주고 감싸거나 자녀가 하자는 대로 방임하는 것이다.[61] 처음에 동생식구들을 모두 죽이라는 언니들의 말에 선녀의 아버지는 반대를 한다. 그러나 언니들이 계속해 죽일 것을 요구하며 그들을 죽이지 않을 경우 자신들이 죽겠다고 하자, 아버지는 하나보다는 둘이 소중하다는 생각에 그것을 허락한다. 이것은 일종의 방임적인 태도이다. 이런 익애적인 태도를 가진 부모 밑에서 성장한 자녀의 성격은 자기중심적이 되기 쉽고, 인내성이 없고, 규칙과 질서를 잘 지키

60 선녀와 나뭇군[다시 찾은 옥새], 『한국구비문학대계 1-6』, 68~69쪽.
61 임창재, 『정신위생심리』, 형설출판사, 1997, 198쪽.

지 않으며 침착성이 없다. 그리고 자신의 욕구가 좌절될 경우 공격적이고 반항적이 된다. 선녀의 언니들은 어떠한 방법을 사용해서라도 나무꾼을 죽이려는 공격적인 성향을 드러낸다. 그리고 지상에서 선녀를 혼자 두고 떠나왔던 것처럼, 천상에서도 단지 자기 마음에 들지 않는다는 이유로 동생을 죽이려고 하는 자기중심적인 태도를 보여준다. 이러한 언니들의 성격은 결국 나무꾼을 위기상황으로 몰아넣고 있다.

여타 예문에서도 선녀의 언니들이 동생에 대한 시기심 때문에, 나무꾼에게 시험을 요구하는 장면들을 찾아볼 수 있다.

〈2-①〉

그래 만족한 살림을 인자 하늘에 산다. 산께 우로 저거 언니 둘이 저거 막내동생은 내우간에 만내가 아들을 놓고 딸 놓고, 저리 재미지가 잘사는데 저거는 시집도 가도 못하고 그냥 있다. 저거 큰언니가 본께 용심이 잔뜩 나는 기라. 고만 샘이 나서 그래 한 분은 카기로, "제부, 제부 우리가 수수꺼끼를 해가 주고 어 내가 모르면 생금장을 서말로 줄게고 제부가 모르면 내한테 목숨을 바치야 된다." "그래, 수수께이 하자."[62]

〈2-②〉

저의 성님들이 보니까 참 욕심이 나 죽겄거든. 저동생은 냄편넬 얻어서 잘 사는데, 즈덜은 시집두 못 가구 그냥 있는 생각을 하니까, 참 으떻게든지 즈 동생의 냄편을 죽여야겠거든. 그러니까 즈 아버지허구 어머니한테 가서 자꾸 동생의 냄편을 죽여달라구 모햄(謀陷)을 허니까 영 성가시러워서 백여낼 수가 있어야지. 그래 즈 아버지가, "그럼 그렇게 해라."[63]

---

62 은혜 갚은 짐승들, 『한국구비문학대계 8-6』, 916쪽.

63 선녀와 나뭇군, 『한국구비문학대계 1-6』, 626쪽.

〈2-③〉

좋은 집을 지어서는 줘서 잘 살구 있는디, 언니들이 시기가 나서 어떻게 하면 죽이나 둘이가 짜구서는, 둘이가 막 아프다구 허자구. 그러구서 아무 약도 소용 없다구 허구 고양이 나라에 가면 팔자각이 있다는디, 팔자각은 사람의 뼈와 같이 생긴 건디, 천장에다 달아 놓구 항상 그걸 고양이들이 쳐다보구 산대야. 그런 고이 나라가 있는디, 그걸 따다가 삶어 먹어야 산다구 허자구, 형제가 짜구서는 막 아프다구, 배 아프다구 둘이가 대굴대굴 둥글구 야단인디, 임금님이 백 가지루 약을 써두 하나두 낫지두 않구, 점점 더 그러더니, "나는 저 인간에서 온 사위가, 동상의 남편이 쥐나라를 건너 고이 나라에 가 팔저각을 따다가 그걸 삶아 먹어야 산다."구 그러거든.[64]

〈2-①〉에서 선녀의 언니들은 선녀가 나무꾼과 천상에서 재미있게 잘 사는 것에 대해 샘을 낸다. 언니들은 나무꾼을 불러 수수께끼 내기를 제안하며, 나무꾼이 맞히면 생금장을 서 말 주고 못 맞히면 목숨을 바치라고 한다. 나무꾼이 집으로 돌아와 고민하자, 선녀는 언니들이 암탉으로 변해있을 테니 가서 맞히라고 하고, 나무꾼은 생금장을 서 말 따 집으로 돌아온다. 선녀의 언니들이 다시 수수께끼를 내자, 선녀는 나무꾼에게 언니들이 대들보 위에 지네로 변해있을 테니 가서 맞히라고 한다. 나무꾼이 두 번의 수수께끼를 맞히자, 선녀의 언니들은 나무꾼에게 쥐국에 가서 천도를 따오라고 시킨다. 쥐국에 천도를 따러 가라는 것은, 결국 쥐국에 가 잡아먹히라는 것이다. 이렇게 선녀의 언니들은 나무꾼을 죽이려고 한다.

〈2-②〉에서 선녀의 언니들은 자신의 동생은 남편을 얻어서 잘 살

64 선녀와 혼인한 나무꾼, 『한국구전설화집 6: 충남홍성편 I』, 144쪽.

고 있는 반면, 자신들은 결혼도 못하고 그냥 있다는 생각에 질투심을 느낀다. 그래서 질투의 대상인 나무꾼을 제거하려고 한다. 언니들은 부모에게 동생의 남편을 죽여 달라고 모함을 하고, 그녀들의 요구가 귀찮은 장인은 그것을 허락한다.

〈2-③〉에서도 언니들은 동생이 잘 살고 있는 것을 시기한다. 그래서 둘이 짜고 아프다고 대굴대굴 구르며, 고양이 나라에 있는 팔자각을 삶아먹어야 병이 낫겠다고 이야기 한다. 어떤 약을 먹여도 차도가 없자, 장인은 할 수 없이 사위에게 고양이 나라에 가서 팔자각을 따오지 않으면 죽이겠다고 명령을 내린다.

또 선녀의 언니들은 시험 도중 나무꾼을 곤경에 빠뜨린다. 그들은 나무꾼이 화살을 찾아 돌아오는 것을 보고, 동물로 변신하여 화살을 빼앗아간다. 이러한 장면들을 제시해보면 다음과 같다.

〈2-④〉

비둘기가 구여워. 이뻐. 참 좋다구 아 만져도 가만 있어. 게 싸서는 이 주머니 이런 데다, "나하구 같이 가서 살자." 하구서 몸둥이 짐 속에다 집어 쳐 넣구, 아 그런디 중간찜 가다가 비둘기 두 마리가 홍 날라간단 말야. 아 보니께 활촉을 빼 물고 날가아요.[65]

〈2-⑤〉

장인이 쏜 화살촉을 시 개를 다 주워서 가슴에 품고 오는디 오다가 이 화살촉이 어턯게 생긴 것인가 하고 가슴에서 꺼내서 볼라고 허넌디 난디 없이 깐치 한 마리가 날라오더니 그 화살촉을 채가지고 날라갔다. 그렁께 까마구가 날러오더니 깐치헌티서 화살촉을 뺏어서 날라가넌디 솔개미가

65 나뭇군과 선녀, 『한국구비문학대계 4-3』, 412쪽.

나타나서 까마구헌티서 활촉을 뺏어각고 공중 높이 떠서 어디론가 가 버렸다.[66]

〈2-④〉에서 활촉 세 개를 찾아 집으로 돌아오던 나무꾼은, 오는 도중 비둘기를 만나게 된다. 비둘기가 귀여운 나무꾼은 비둘기를 품속에 넣게 되고, 비둘기는 품속에서 활촉을 물고 날아가 버린다. 그리고 곧이어 독수리가 등장해 비둘기를 채더니 어디론가 사라져 버린다. 활촉을 잃어버린 나무꾼은 실망하여 돌아오는데, 선녀는 비둘기가 물고 갔던 활촉을 내주며 비둘기는 자신의 언니들이 변신한 것이고, 독수리는 자신이라고 이야기해 준다.

〈2-⑤〉에서도 선녀가 내준 강아지를 데리고 화살촉을 찾아오던 나무꾼은, 어디선가 나타난 까치에게 화살촉을 빼앗기고 만다. 곧이어 까마귀가 나타나 까치에게서 화살촉을 빼앗아가고, 다시 소리개가 나타나 까마귀에게서 화살촉을 빼앗아간다. 나무꾼이 풀이 죽어 근심하면서 집으로 돌아오자 선녀는 화살촉을 내주며, 까치와 까마귀는 언니들이고 소리개는 자신이 변신한 것이었다고 이야기 해준다. 이렇게 선녀의 언니들은 나무꾼이 시험에 통과하지 못하도록 그를 곤경에 빠뜨린다.

그런데 여기서 선녀가 자신의 언니들보다 더 강한 동물로 변신하여 서로 경쟁하는 이러한 장면은, 〈동명왕편〉에서 하백이 해모수의 능력을 시험하기 위해 변신하여 다투는 장면[67]이나 〈김수로신화〉에서 탈해와 수로가 왕위(王位)를 두고 서로 다투는 장면에서도 찾아볼 수 있다.[68] 〈동명왕편〉에서 하백이 잉어가 되자 해모수는 수달이 되며, 하

---

66 나무꾼과 선녀, 『임석재전집: 전라북도편 I』, 174쪽.

67 서대석, 『한국의 신화』, 집문당, 1997, 23쪽.

68 서대석, 앞의 책, 38쪽.

백이 사슴이 되자 해모수는 늑대가 된다. 그리고 하백이 꿩이 되자 해모수는 매가 되어, 그를 이기고 있다. 〈김수로신화〉에서는 탈해가 매가 되자 수로는 독수리가 되고, 탈해가 참새가 되자 수로는 새매가 되는 등 경쟁자보다 우수한 동물로 변신을 한다. 그리고 이러한 변신경쟁을 거쳐 결국 수로가 왕위를 차지하게 된다.

이처럼 선녀의 언니들은 혼자인 자신의 처지와 가족을 이룬 동생의 처지를 비교하며 시기를 부린다. 그리고 그 시기심은 나무꾼을 죽이려는 행동으로 나타난다. 이렇게 동생을 시기하던 언니들의 말년은 행복하지 않다. 작품에서 선녀의 언니들은 쥐국왕이 나무꾼 편에 보내온 동생의 구슬을 욕심내다가 죽기도 하고, 선녀와의 변신경쟁에서 눈을 다쳐 실명을 하기도 한다. 또 시집은 갔지만 "남을 죽이려 했었던 과거의 잘못으로 좋지 못하게 되었다"고 이야기되기도 한다.

또 선녀의 언니들이 자신의 남편과 합세하여 나무꾼을 죽이려고 하는 작품도 있다. 이 경우에는 아버지가 나무꾼을 '인간사위'라며 사랑하는 것에 불만을 품고, 그것을 시기한다. 이러한 예문들을 제시해 보도록 하겠다.

〈2-⑥〉

그래 인저 다섯 식구가 거기서 사는디, 그 성(兄)들이 그렇게 미워햐. "저눔의 지지배는 인간 사람허구 산다." 구 말여. 구박이 여간 자심헝 게 아녀. 근디 옥황상제는 또 인간사위라구 이 사위를 사랑워 허구 그라거든. 여간 사랑허는 게 아녀. 그라니께 이것들이 시기를 해 가지구서는 그렇게 구박을 한단 말여. 근디 인저 그 우이루 선녀들 둘 그 냄편들하구 인저 내기를 하라는 겨.[69]

---

69 나뭇군과 선녀, 『한국구비문학대계 4-2』, 223쪽.

〈2-⑦〉

그래 인자 그대로 딱 해서 하늘로 올라 가부렀어. 가서 사는디, 저거 손위의 동서들이 어찌 좌우간 지하의 사람이라고 미워하는지 뭘 해 볼 수가 없어. 그라고 또 지가 배운 것이 없어갖고 아무 것도 몰라.[70]

〈2-⑥〉에서는 나무꾼의 손위 동서들이 갈등을 일으키는 인물들로 등장한다. 이들은 자신과는 다른 환경에서 성장한 나무꾼을 지하 사람이라고 미워하는데, 이것은 자라온 배경이 다른 사람에게서 느끼는 일종의 편견이다. 동서들은 먼저 나무꾼에게 장기를 두자고 하고, 선녀는 파리 한 마리를 주며 파리가 앉은 곳에 장기를 두라고 일러준다. 나무꾼은 선녀의 말대로 장기를 두고 동서들을 이기게 된다. 다음에는 숨바꼭질을 하자고 하는데, 나무꾼은 선녀가 일러준 대로 닭으로 변신해 돌아다니고 있는 동서들을 찾아내고, 내기에서 이기게 된다.

〈2-⑦〉에서도 선녀의 언니들과 남편들은 나무꾼을 미워하고 구박하는데, 그들이 나무꾼을 미워하는 이유는 장인인 옥황상제가 인간사위인 나무꾼을 사랑하기 때문이다. 그들은 나무꾼을 시기해서, 그에게 내기를 요구한다. 그 내기는 동해 바다의 이무기 눈깔에 화살을 맞출테니, 그것을 빼오라는 것이다. 선녀는 나무꾼에게 비루먹은 말을 주며, 화살을 빼오라고 한다. 나무꾼이 화살을 빼오자, 옥황상제는 인간사위의 재주가 용하다며 더 대우를 해준다. 이에 화가 난 선녀의 언니들과 동서들은 고양이 나라와 쥐나라에 있는 통천관을 가져오라고 시킨다. 이렇듯 선녀의 언니와 그녀의 남편들은 나무꾼의 목숨을 빼앗기 위해, 내기를 제안하고 있다.

---

70 나뭇군과 선녀, 『한국구비문학대계 6-3』, 114쪽.

이와 같이 선녀의 언니들은 결혼을 하지 못한 자신과 가족을 이루어 행복하게 살고 있는 동생의 처지를 비교하고 시기한다. 또 선녀의 언니들이 결혼한 인물들로 등장하는 경우에는 '인간사위'라는 이유로 아버지의 사랑을 받는 나무꾼을 시기하여, 자신들의 남편들과 합세하여 나무꾼을 죽이려고 한다. 두 경우 모두 그들은 시기심 때문에 나무꾼과 갈등을 유발하고 있다.

표2〉 처가갈등 중 시험 장면

시험주체	자료	시험내용	시험결과	변신경쟁
장인	14	숨바꼭질 활촉찾기	화장실 빗자루 정승의 딸 황소 이마 고양이나라 베개	비둘기: 선녀의 언니들 독수리: 선녀
장인 장모	15	화살찾기	해 나오는 곳 해 떨어지는 곳 중간	
장인	11	숨바꼭질 화살찾기 천두따오기	황계 수탉 이정승 넙적다리 고양이 나라	
장인 장모	12	숨바꼭질 화살찾기 인피가죽 석장	수탉 암탉/ 양돈(돼지) 송장뱃속 쥐나라	
장인	17	숨바꼭질	장인 구렁이로 변신 나무꾼 머리카락 속에 숨음 장인 활가락으로 변신	
장인	18	말타고 깃대 가져오기 윷놀이 씨름	새 남편과의 시합에서 이김	
장인 장모	20	숨바꼭질 쥐뿔 떼오기	암탉 장닭(장인 장모) 손가락 사이 바늘(나무꾼) 쥐나라	
장인	21	말에서 떨어지지 않기 화살 받아오기 쥐왕 잡아오기	쥐왕을 잡아옴	

장인	24	숨바꼭질 활촉 찾기 칼싸움내기(오래비)	수탉 처녀 가슴 선녀가 목에 재를 뿌려 이김	
장인	27	고양이나라 팔자각 따오기		
장인	40	인간에게 활 쏘기	활을 쏘아 죽은 아이를 고침	
장인	43	숨바꼭질	지네로 변신	
장인 장모	44	숨바꼭질 화살찾기	장닭(장인) 먹구렁이(장모) 골무(나무꾼)	소리개 까마귀 까치
장인 장모	42	숨바꼭질 고양이관	담배대 방빗자루 마당빗자루 고양이관 실패	
장인 장모 처형	45	숨바꼭질	황계 수탉(장인) 큰 구렁이(장모)	까치: 큰 언니 까마귀: 둘째 언니 소리개: 선녀
선녀의 언니들과 남편들	13	이무기 눈깔에 박힌 화살 빼오기 고양이 나라 통천관 가져오기		소리개: 선녀의 언니들 독수리: 선녀
선녀의 언니들 형부 장모	19	숨바꼭질	암탉 장닭 강 건너기 쥐나라 영감 밥그릇 가져오기	
선녀의 언니들	22	수수께끼 천도복숭아 따오기	암탉 지네 쥐나라	
선녀의 언니들	23	숨바꼭질	수탉	
동서들	41	장기두기 숨바꼭질	파리가 앉은 곳에 두어라 큰닭	
처남들	16	숨바꼭질 화살찾기 쥐껍데기 300장	돼지(장인 장모를 감춤) 항아리 쥐나라	소리개: 처남들 독수리: 선녀
남동생	46	숨바꼭질 화살찾기	누런개 부잣집 딸의 뱃속	까치: 처남댁 매: 선녀
하늘나라 의 법칙	52	활촉 찾아오기	어머니집 앞 실패	
왕	53	화살찾기	나무꾼 동생집 앞 실패	

3. 선녀와 시가와의 갈등

선녀와 시가와의 갈등이 일어나는 원인은 크게 두 가지로 나누어볼 수 있다. 하나는 지상의 가족들이나 고향이 그리워 지상으로 내려간 나무꾼으로 인해 발생하는 시가와의 갈등이다. 나무꾼은 지상의 식구들이 그립다는 이유로 혹은 고향이 그립다는 이유로 지상으로 내려가게 되고, 이것은 결국 선녀와 나무꾼이 헤어지는 원인이 된다. 그러므로 나무꾼이 그리워하고 있는 대상인 시가식구들이나 고향은 선녀에게는 부부관계를 단절시키는 요인으로 작용한다.

다른 하나는 나무꾼이 천상으로 올라가는 것을 방해하는 지상 식구들과 나무꾼 사이의 갈등이다. 나무꾼은 지상의 식구들을 만난 후 다시 천상으로 올라가려고 하지만, 지상의 식구들은 그들이 의도하던 의도하지 않던 간에 나무꾼이 천상으로 올라가는 것을 방해한다. 그리고 나무꾼은 그들에게 자신의 의사를 분명하게 전달하지 못하고 끌려 다니다가, 결국 선녀와 이별하게 된다. 즉 나무꾼은 자신의 식구들과의 관계에서 분명한 태도를 취하지 못함으로 인해 지상에 남게 되고, 이러한 나무꾼의 태도로 인해 선녀와 시가식구들 사이에 갈등이 유발되고 있는 것이다.

1) 선녀보다 시가식구들을 우선시하는 나무꾼의 태도

처가에서 요구하는 모든 시험을 무사히 끝낸 후 천상에서 행복하게 살던 나무꾼은, 자신이 살던 지상세계가 그리워진다. 선녀가 지상에서 천상을 그리워했듯이 나무꾼이 천상에서 지상을 그리워하는 것은, 그가 인간이기에 당연히 가질 수 있는 감정이다. 그러므로 지상으로 내려간 나무꾼을 탓할 수만은 없다. 그러나 한번 더 생각해 본다면, 나무꾼은 이미 천상에서 아내와 자식들을 거느린 한 가정의 가장이기에, 자신이 원하는 것을 가슴에 묻고 가족들을 위해 본인의 감정을 희생할 필요도 있었다. 그러나 나무꾼이 지상으로 내려오는 C유형의 작품에서는 선녀와 자식들보다 자신의 감정에 충실하려는 나무꾼의 모습이 보인다. 나무꾼이 지상으로 내려오고 있는 C유형 '나무꾼 지상회귀'와 나무꾼이 천상에서 가족들과 행복한 결말로 끝나고 있는 B유형 '나무꾼 승천'을 비교해 본다면, C유형은 선녀보다는 지상의 식구들이나 고향 쪽으로 나무꾼의 마음이 기울어지고 있다. 또한 C유형의 내용을 보면, 지상으로 내려간 나무꾼은 선녀가 내려준 금기를 위반하고 있다. 나무꾼이 선녀의 금기만 잘 지켰다면, 그는 지상의 가족들과 고향에 대한 그리움을 해소한 후, 다시 천상으로 돌아올 수 있었다. 그러나 C유형의 모든 작품들에서 나무꾼은 선녀가 내려준 금기를 위반하고 선녀와 헤어져 비극의 주인공이 된다. 이것은 나무꾼이 선녀보다는 지상의 가족들이나 자신의 고향을 우선으로 생각하고 있음을 보여준다. 나무꾼의 이러한 태도로 인해 선녀와 시가식구들 사이에는 갈등이 유발되는데, 여성이 시가와 갈등을 일으키는 중요한 원인 가운데 하나는 이처럼 남성이 자신의 아내와 시가식구들 사이에서 시가식구들을 우선시하고 있기 때문이다.

① 선녀보다 시가식구들을 더 우선시함

〈나무꾼과 선녀〉에서 나무꾼은 어머니가 그리워서, 혹은 자신의 고모, 삼촌과 숙모, 또는 형제가 그리워서 지상으로 내려오게 된다. 이들에 대한 나무꾼의 그리움은 선녀에게는 시가갈등을 유발하게 되는데,

이들이 그리워 지상으로 내려간 나무꾼은 다시는 천상으로 돌아오지 못하고 이것은 부부관계를 단절시키는 요인이 된다. 중심자료에서 나무꾼이 지상으로 내려오는 부분을 살펴보면 다음과 같다.

〈2.3-1〉

그래서 개가 하늘에서 사는 거여. 사는데, "하두 오래 살었으니 내 지하에 내려가서 그 우리 큰집 어떻게 됐나 좀 가 보겄다."구, 이제 아들들두 둘 있구, 마누라두, "당신 지하에 내려 가믄 올라 오질 못하우." 이런 말이여. 그래 아이들이 있다가, "아 아부지, 갔다 오믄 어떻게 올라 오세요?" "에이구, 글쎄 가구 싶긴 가구 싶으구…." 그러믄 마누라가 또, "야, 그러믄 별 수 없어. 내가 강아지 한 마리 줄 테니 이 강아지–까막 강아지 꽁딩일 붙잡구 내려가우. 웅 지하엘 내려갔다가 그 까막 강아지 데려가서 까막 강아지가 간다구 끙끙 거리걸랑 그 꽁질 놓치지 말구 붙잡구 올라오우." 이런 말이야. "그래야지 그럭–만일애 강아지 꽁뎅이만 놓치믄 당신은 지하에서 죽우." 그런 말이여. "아 그렇것다."구.[71]

여기서 나무꾼이 지상으로 내려가는 이유는, 자신의 큰집이 어떻게 되었는지 궁금하다는 것이다. 나무꾼이 지상으로 내려가겠다고 하자, 선녀와 아이들은 나무꾼을 만류한다. 나무꾼은 가족들의 만류에 잠시 망설이게 되고, 선녀는 나무꾼에게 까만 강아지를 한 마리 주면서 강아지 꼬리를 붙잡고 지상으로 내려가라고 한다. 그리고 강아지가 간다고 끙끙거리면, 놓치지 말고 붙들고 올라오라고 이야기를 해준다. 만약 강아지 꼬리를 놓치면 지하에서 죽게 된다는 말도 덧붙인다. 그런데 나무꾼은 큰집 식구들이 밥을 먹고 가라며 붙들자, 꿈틀거리는 강

71 선녀와 나뭇군[다시 찾은 옥새], 『한국구비문학대계 1-6』, 78쪽.

아지의 꼬리를 놓치게 되고 결국 천상으로 돌아가지 못하고 지상에서 죽는다.

나무꾼이 "내려가면 올라올 수 없다."는 선녀의 말에 망설이고 있는 것을 보면, 나무꾼이 반드시 지상으로 내려가야 될 이유는 없어 보인다. 그리고 선녀는 나무꾼에게 강아지 꼬리를 놓치면 지하에서 죽게 된다는 상황을 분명하게 이야기해 준다. 그러나 나무꾼은 조심성 없이 행동 하다가 강아지 꼬리를 놓치게 되고, 결국 천상으로 올라가지 못한 채 지상에서 죽게 된다. 이처럼 큰집 가족들에 대한 궁금증은 선녀와 나무꾼의 부부관계를 단절시키는 요인으로 작용하는데, 나무꾼은 오랜만에 만난 큰집 식구들에 대한 반가움과 그 분위기에 휩쓸려 아내와의 중요한 약속을 망각하고 있다. 이것은 나무꾼의 마음이 한순간 선녀보다는 큰집 식구들에게로 기울어져 있음을 뜻한다.

그런데 대부분의 작품에서 나무꾼이 지상으로 내려오는 이유는, 지상에 홀로 계신 노모에 대한 그리움과 노모의 안위(安危)가 걱정되기 때문이다. 자신을 낳고 키워준 부모에 대한 그리움은 자식이라면 누구나 가질 수 있는 지극히 인간적인 감정이다. 그리고 어머니가 혼자 계신 상황에서 이것은 당연한 일이다. 그러므로 이 경우 어머니가 그리워 내려온 나무꾼을 탓할 수만은 없다. 다음에서는 어머니로 인해 지상으로 내려오게 되는 이러한 장면들을 살펴보도록 하겠다.

〈1-①〉

그 나뭇군의 즈 어머니 되시는 양반이 있는디, 여간 반가허 갔시유? ……그래서 거기서 한참을 사는데 이 나뭇꾼이 가만히 생각해니까 늙은 어머니를 이렇게 혼자 두고 혼자 와서 아무리 호화롭고 좋은 생활을 한다 해도 참 걱정이거든요. 그래서 그냥 즈 자기 처보고 이야기를 했어유. "아 다시피 어머니가 지금 산 깊은 산기슭에서 혼자 사는데 내가 다시금 오더래도 한 번만 보고 올라 왔으면 좋겠다." 고 그러니께, 그 처가, "그건 안 되는데, 안 되는데..." ……그런데 참 그 신랑이 하도 낙심하고 뭐 식사도 잘 않구, 걱정을 하구 있으니께, "그라면 꼭 갖다 오는데 나 시키는대로 꼭 하니 해야 한다." 구 "그럼 그렇게 하겠다." ……그래서 막 인사를 하고 갈려구 하는 판인디 자기 어머니가 부엌에 들어 가면서, "지금 호박죽이 다 끓었으니께 너 참 그렇게 맛있게 먹던 호박죽이나 한 그릇 먹고 가라."구. 그래 약간 좀 멈췄어요. 자기 어머니 참 그 소원이 참 저기하다구.[72]

〈1-②〉

결국은 마누래두 좋구 자식두 좋지만, 나는 어머니한티 질 딱하거든. 그래 자기 마누래보구 그랑 겨. "나는 지하에 계시는 어머니가 나를 길러 가지구서 후세 영화를 볼라구 이렇게 고상을 하셨는디 지금 우리 내외만 좋고 살면 안 뒹게, 어머니를 가서 내 보고 올 수가 읎느냐." 닝께, "아 보고 올 수가 있다."구. 그래 부모한티 그렇게 효성이 있응께 인저 선녀두 그걸 이해를 헝 게지. ……끝두 밑두 읎는 얘기여. 그래 용마를 하나 내 주더래요. 용마를 하나 내 주는디, "여기만 타면 시각내에 어머니를 가서 볼 껭게 어머니를 봐두 하여간 말에서 내린다면 당신은 지하에서 자식 구경두 못하구 어머니를 하여간 말에 올라 앉어서 복구서 그냥 오면은 나허구 인연이 다서 끝까지 살게다." 인저 이렇게 선녀가 얘기를 항 겨. 아! 시각내 용마를 타구 내려와서 지그 어머니를 만나닝께 "너 인저 오느냐."구 막 그냥 한 번 울며 어쩌구 나오는디 자식치구설랑은 말이 울란져서 인사할 도리가 어딨느냔 얘기여. 펄쩍 뛰 내렸단 말여. 말은 그냥 깜짝 놀래서 천상으루 올라갔지.[73]

---

72 닭이 높은 데서 우는 유래, 『한국구비문학대계 3-2』, 257~258쪽.

73 나뭇군과 선녀, 『한국구비문학대계 4-2』, 340~346쪽.

〈1-①〉〈1-②〉에는 선녀와 시어머니의 지상에서의 관계가 나타나고 있다. 두 예문에서 나무꾼의 어머니는, 나무꾼이 데리고 온 선녀를 무척이나 반가워한다. 특히 〈1-②〉에서는 집안이 가난하여 장남인 나무꾼을 장가보내지 못하는 어머니의 걱정이 나타나고 있는데, 이러한 상황에서 나무꾼이 데리고 온 선녀는 어머니의 큰 근심을 덜어주는 기쁨으로 받아들여진다. 그러나 지상에서 별다른 문제없이 좋았던 선녀와 시어머니의 고부관계는, 선녀가 날개옷을 입고 천상으로 올라가면서 삶의 공간이 천상과 지상으로 이분되고 나무꾼이 선녀와 어머니 사이에서 선택의 문제로 고민하게 될 때, 적대적인 고부관계로 바뀌게 된다. 나무꾼이 어머니를 선택했을 때 천상에 있는 선녀는 남편을 잃게 되며, 나무꾼이 선녀를 선택했을 때 지상에 있는 어머니는 아들을 잃게 된다. 〈나무꾼과 선녀〉에서 선녀와 시어머니간의 고부갈등이 표면으로 드러나는 것은 전자의 경우이다.

〈1-①〉에서 천상으로 올라가 선녀를 만나 호화롭고 좋은 생활을 하던 나무꾼은 늙은 어머니를 혼자 두고 온 게 마음에 걸린다. 그래서 선녀에게 한 번만 어머니를 보고 올라오겠다고 청한다. 선녀는 처음에는 안된다고 하지만, 나무꾼이 낙심하여 식사도 않고 걱정하는 것을 보고는 지상으로 내려갈 방도를 마련해 준다. 말을 내주며 선녀는 "말에서 내리지 말고 앉아서 어머니한테 대충 이야기나 하고 인사나 하고 오라"고 한다. 나무꾼은 선녀가 말한대로 말에 앉아 자신의 상황을 설명하지만, 아들에게 그가 좋아하던 호박죽을 먹여 보내고 싶어하는 어머니의 소원을 거절하지는 못한다. 나무꾼은 말에 앉은 채로 호박죽 그릇을 받아들고 호박죽을 먹다가, 뜨거운 호박죽 그릇을 말 위로 놓쳐버린다. 놀란 말은 나무꾼을 떨어뜨린 채 혼자 하늘로 올라가버리고, 나무꾼은 밤낮 하늘만 쳐다보다가 죽어서 닭이 된다.

〈1-②〉에서도 선녀를 만나 즐거운 생활을 하던 나무꾼은, '아내도 좋고 자식도 좋지만 어머니가 제일 딱하다'고 하며, 지상로 내려가 어머니를 만나고 오겠다고 한다. 나무꾼의 효성을 이해한 선녀는 용마를 내주며, 말에서 내리지 말고 어머니를 보고 올라오라고 한다. 그러면서 "말에서 내린다면 지하에서 자식 구경도 못하고, 그냥 온다면 나하고 인연이 끝까지 닿는다."고 말한다. 그러나 지상에 도착하여 어머니를 만난 나무꾼은, 자식 된 도리로 말위에서 인사를 할 수가 없어 말에서 뛰어내리고, 말은 놀라 천상으로 올라가 버린다.

두 경우 모두 선녀는 혼자 계실 어머니를 그리워하고 걱정하는 나무꾼의 마음을 모르는 척 할 수가 없다. 선녀 또한 지상에서 시어머니와 함께 생활을 했던 인물이고, 어머니를 그리워하고 걱정하는 나무꾼의 마음은 자식으로서 당연한 감정이기 때문이다. 그러므로 나무꾼이 지상으로 어머니를 보러 내려가기를 바라는 이상, 선녀는 나무꾼을 붙잡을 수 없다. 나무꾼은 선녀와 행복한 상황에서도 늘 어머니의 안위가 걱정되고, 어머니에 대한 생각을 떨쳐 버리지 못한다. 이러한 나무꾼의 마음은 "늙은 어머니를 이렇게 두고 혼자 와서 아무리 호화로운 생활을 한다 해도 참 걱정"이라는 화자의 말이나, "지상에 계신 어머니가 나를 하나 길러가지고 후세 영화를 보려고 하셨다"는 나무꾼의 말을 통해 잘 드러난다. 또 어머니에 대한 걱정은 선녀가 지상으로 내려갈 수 없다고 하자, 낙담하여 식사도 안하고 걱정을 하는 나무꾼의 모습에서도 잘 드러난다.

선녀가 나무꾼을 지상으로 내려 보내면서 "말에서 내린다면 지하에서 자식 구경도 못하고, 그냥 온다면 나하고 인연이 끝까지 닿는다."고 이야기한 것을 보면 선녀는 이미 나무꾼이 이러한 행동을 예상하고 있다. 그러나 나무꾼이 어머니에 대한 그리움을 스스로 단념한다면 모를까, 나무꾼에게 어머니에 대한 생각을 접으라고 강요할 수는 없다. 예문에서 선녀는 나무꾼을 지상으로 내려 보내며, 천상으로 돌아오기 위해 '절대로 해서는 안될 일'을 분명하게 이야기해 준다. 그러나 나무꾼은 호박죽을 먹고 가라는 어머니의 청을 거절할 수 없어서, 혹은 자식 된 도리로 말 위에 앉아 인사를 드릴 수 없어서 선녀의 금기를 어기고 만다. 이것은 이미 나무꾼의 마음이 선녀보다는 어머니에게로 기울어지고 있음을 의미한다. "끝도 밑도 없는 문제"라는 화자의 말처럼, 결혼한 남성이 자신의 배우자인 아내와 자신을 낳아주고 길러준 어머니 사이에서 누구를 선택하느냐의 문제는 정말 해결하기 힘든 어려운 숙제인 것이다. 그리고 나무꾼이 지상으로 내려오는 C유형의 작품들은, 수용자들에게 이러한 문제에 대해 생각해볼 수 있는 기회를 제공한다.

다음은 어머니를 제외한 다른 지상의 가족들로 인해, 나무꾼이 지상으로 내려가는 작품들을 살펴보도록 하겠다. 이들도 나무꾼이 그리워하고 궁금해 하는 인물들이라는 점에서, 부부갈등을 야기 시키는 요인으로 작용한다.

〈1-③〉

그렇게 고모가 밉게 하고 밉게 했어도 고모집을 가고 싶거든. 그래 인자 저거 마느래 보고, "나 고모집에를 좀 가고 싶는데 어짜꺼냐?" 그란께, "지금 가서는 안 된다." 그 말이여. "지금 가서 안 된께 가지 마시요." "꼭 좀 갈란다." 그라거든. 그라니 마구에 가서 살찐 말 내부리뿌고 질 괜한 말을 주면서, "요놈을 타고 가는디, 가서 올라 올 직에 고모가 아무리 잡어도 소양없이 떨어붙고, 말이 한 번 울고 두 번 울고, 세 번 울때까지 해서 올라 앉어야 하늘로 올러 오지 그랗으믄 못 올러오요.[74]

74 나뭇군과 선녀, 『한국구비문학대계 6-3』, 111~116쪽.

〈1-④〉

이기 자식이 저거 숙모 삼촌 우에 컸는 놈이라. 숙모 삼촌이 그렇게 요부하게 잘 사이 보고 접다 말이라. "하리 하계에 가서, 내가 우리 숙모 삼촌 한 번 뵈옵고 오만 좋겠다." 카이, "가지 마라." 크그던. 가만 안 된다고 가지 마라 긋는데, 기어이 자꾸 오고 싶어가 내려올라 카이, "그래 가거들랑 제발 닭 국을 먹지 마라." ……낮에 닭국 끓아 점심을 해준느 기라. 그래서 그 인자 참 그래 먹고 마. 너러와 놓이, 마 몬 올라가는데. 몬 올라온다고. 그래서 박씨를 하나 부인이 내라 좄어. 박씨로. 박이 많이 자라가주고, 하늘 까짐 댔어. 그 줄 타고 올라오라꼬. 그래이 숙모가 닭국 끓이가 조노이, 먹골랑. 박 줄을 타고 한 반지나 올라가다가, 아 저 숙모가 마 물을 쫠쫠 끓어가주 마 박 줄에다 마 한 방태이 갖다 벘뿌이께, 고마 썰어졌뻤어. 뜨거븐 거 부이께, 씰어져뿌이께, 한 중간에 올라가다 머 떨어졌어. 떨어지매 변상한 게 요 닭이라 닭.[75]

〈1-③〉에서 나무꾼은 고모 집에서 성장한 인물로 나온다. 고모는 나무꾼에게 악하게 하며, 하루도 빠짐없이 일을 시키고 구박을 한다. 더군다나 이 이야기에서는 사슴이 자신의 목숨을 구해준 나무꾼을 인삼이 있는 곳으로 데리고 가서 세 뿌리를 캐주는데, 인삼을 탐낸 고모는 나무꾼을 집에서 쫓아버린다. 그러나 나무꾼은 고모가 자신에게 악하게 했던 과거의 일들은 모두 잊어버리고, 고모가 보고 싶다며 지상으로 내려가고자 한다. 선녀는 나무꾼을 만류하지만 나무꾼은 고집을 부리고, 선녀는 할 수 없이 나무꾼이 타고 갈 말을 내준다. 그러면서 고모가 아무리 잡아도 뿌리치고, 말이 세 번 울기 전까지는 올라오라고 한다. 선녀는 고모가 나무꾼을 잡을 것이라는 사실을 이미 예상하

75 나뭇군과 선녀, 노루 이야기, 『한국구비문학대계 7-1』, 270~271쪽.

고 있다. 나무꾼은 선녀가 내준 말을 타고 고모 집으로 내려온다. 오래간만에 나무꾼을 본 고모는 나무꾼을 반갑게 맞아주며, 점심을 먹고 가라고 한다. 말이 울어 나무꾼이 가려고 하자, 고모는 이야기를 좀 더 하고 가라며 나무꾼을 붙잡는다. 다시 말이 두 번 울어 나무꾼이 가려고 하자, 고모는 나무꾼을 꼭 잡고는 놓아주지 않는다. 그러는 사이 말은 세 번 울고 나무꾼은 결국 고모 때문에 천상으로 올라가지 못한다. 나무꾼은 죽어서 닭이 되는데, 고모 때문에 하늘로 못 올라갔다고 '꼬꼬꼬' 하며 운다. 나무꾼의 죽은 넋이 닭으로 변하여 '꼬꼬꼬' 운다는 것에는 자신을 천상으로 올라가지 못하게 만든, 고모에 대한 원망의 마음이 담겨져 있다.

〈1-④〉에서는 숙모와 삼촌이 나무꾼과 선녀의 결합을 방해하는 인물로 등장하는데, 이 작품에서 나무꾼은 숙모와 삼촌 손에서 자란 인물이다. 나무꾼이 지상으로 내려가겠다고 하자 선녀는 가면 안된다고 나무꾼을 말린다. 그러나 나무꾼이 내려가겠다고 우기자, 선녀는 닭국은 제발 먹지 말라며 나무꾼을 지상으로 내려 보내준다. 그러나 삼촌과 숙모는 점심으로 닭국을 끓여주고, 나무꾼은 선녀의 말은 잊은 채 아무 생각 없이 닭국을 먹는다. 나무꾼이 금기를 어겨 천상으로 올라오지 못하자, 선녀는 박씨를 하나 내려준다. 나무꾼이 박 줄을 타고 반쯤 올라갔을 때, 숙모는 끓는 물을 박 줄기에 부어 박 줄이 쓰러지게 만든다. 결국 나무꾼은 박 줄이 쓰러지면서 지상으로 떨어지고, 떨어지면서 닭으로 변하게 된다.

이 두 가지 예문에서 나무꾼이 지상으로 꼭 내려올 만한 특별한 이유는 없어 보인다. 특히 나무꾼이 천상으로 올라가지 못하도록 방해하는 고모나 삼촌, 숙모의 행동을 통해 볼 때 더욱 그러하다. 하지만 나무꾼은 그들이 그립다는 이유로 지상으로 내려오고, 이것은 부부관계를 갈라놓는 원인이 된다. 그러므로 이들은 부부갈등을 유발하는 요인이 된다. 〈1-④〉에서는 선녀가 남편을 다시 천상으로 돌아오게 하기 위해 박씨를 내려주면서까지 애를 쓰지만, 결국 숙모의 방해로 선녀의 노력은 실패로 돌아가게 된다. 이 예문들에서도 나무꾼은 지상의 분위기에 휩쓸려 선녀의 금기를 망각한 채, 천상으로 돌아갈 기회를 놓치고 있다. 그러므로 나무꾼이 선녀의 금기를 쉽게 망각하고 있다는 점에서, 선녀보다는 이들을 우선시하고 있음을 알 수 있다.

② 선녀보다 고향을 더 그리워함

여기서 선녀와 나무꾼의 부부관계를 단절시키는 것은 인물이 아니라, 나무꾼의 마음속에 남아있던 고향에 대한 막연한 그리움이다. 천상에서 선녀와 자식들과 행복하게 살던 나무꾼은 고향이 그리워져 지상으로 내려오게 된다. 나무꾼은 잠시 고향에 다녀오려고 하지만, 나무꾼의 마음속에 자리 잡고 있는 고향에 대한 심상이 너무나 컸기에 나무꾼은 한순간 선녀를 망각하고 있다.

〈1-⑤〉

마음을 놓고 사는데 어쩌케 지하에 내려오고 싶어 죽네. 남자가. 이 지하에만 내려오면 좋겠다고 졸라싼게, 그러면 아버님한테 가서 그 비루먹고 못생긴 병신 말 한 마리 달라고 하라고. "아버님, 내가 지하에 잠깐 갔다 올라는디 그 그 중 못난 놈 말 한필 주시오." "아, 너같이 재주 좋고 한 사람이 좋은 놈 가져 가거라.!" 그럴 것 없다고 말 한 마리 타고는 내려왔어. 지하에 내려왔어.[76]

76 선녀와 수탉이 된 총각, 『전북민담』, 19~20쪽.

〈1-⑥〉

총각은 이롷게 해스 하늘스 살게 됐는디 을마 동안 살다 보니게 지상으 고향 생각이 났다. 그래스 손녀보구 나 지상으 고향이 궁금해스한 본 가 보구 싶다구 말했드니 가지 말라구 했다. 그래두 가 보구 싶다구 자꾸 말하니게 그렁께 슨녀는 말 한 마리를 주며 이 말을 타구 내레가 보라고 하면스 지상 세상에 가그든 호박죽은 즐대로 묵지 말라, 호박죽을 묵으믄 말은 그만 죽으 뿔릴 테니 그르면 당신은 다시 하늘에 올라오지 못한다구 말했다. 총각은 그르겠다 말하구 슨녀가 준 말을 타구 지상으루 내레왔다. 그때는 지상은 여름츨이 돼스 지상에는 호박이 많이 열리구 집집마다 호박죽을 끓여 묵고 있읐다. 한 집이 가니게 오래 간만에 만났다 함스 호박죽을 묵으라고 자꾸 권했다. 총각은 자꾸 권하는 바람에 호박죽을 묵읐는디 타고 온 말은 주그 뿌릈다.[77]

〈1-⑦〉

이렇게 히서 총각은 하늘서 살고 있는디 세월이 지내다 봉게 지상의 고향 생각이 나서 한번 지상에 내레가 보고 싶었다. 선녀보고 지상에 가 보고 싶다고 헝께 가지 말라고 혔다. 그런디도 총각은 가고 싶은 마음이 더욱 간절히서 선녀보고 지상에 꼭 가 보고 싶다고 혔다. 그렁께 그렁께 선녀는 정 그렇다면 가 보라 험서 말 한 마리를 내줌서 이것을 타고 지상에 내레가되 이 말에서 절대로 내레서 땅을 밟지 말고 또 지상에서 음석을 먹지 말라고 일러 주었다. 총각은 그 말을 타고 순식간에 지상에 냐려와서 그 전에 살든 데를 여그저그 돌아댕김서 봤다. 그 때는 가을철이 돼서 집집마다 박을 해서 박속으로 국을 끓여서 먹고 있는디 한 집이 강게 박속국을 먹으라고 한사발 주었다. 총각은 그 박속국을 받어각고 먹을라고

77 나무꾼과 선녀, 『임석재전집: 충청남도편』, 309~312쪽.

하는디 박속국 그럭을 그만 엎질렀더니 그 뜨거운 국물이 말으 등에가 쏟아징게 말이 놀래서 훌떡 뛰었다. 그 바람에 총각은 땅에 떨어져 땅을 밞게 게 말을 그만 하늘로 올라가 버렸다.[78]

〈1-⑤〉〈1-⑥〉〈1-⑦〉에서 천상으로 올라가 선녀와 행복하게 살던 나무꾼은, 자신의 고향이 그리워진다. 이 세 가지 예문에서는 모두 천상 시험 과정에서, 선녀와 나무꾼이 성공하는 것을 방해하는 적대자간의 변신경쟁이 나타난다. 즉 다른 작품들에서보다 천상에서의 시험이 나무꾼의 목숨을 위태롭게 하는 방향으로 설정되어 나타나고 있다. 이러한 시험을 모두 거치고 하늘나라에서 살게 된 나무꾼은, 시험 이후 한숨을 돌리게 된다. 그리고 지금까지는 천상시험에 몰두하느라고 잊고 있었던, 떠나온 고향에 대한 기억들이 서서히 마음속에 되살아나기 시작한다. 나무꾼이 고향에 내려가고 싶다고 하자, 선녀는 가지 말라고 한다. 그러나 나무꾼은 선녀를 조르고, 〈1-⑤〉에서는 고향에 가고 싶어서 죽을 지경에까지 이른다. 그러자 선녀는 할 수 없이 〈1-⑤〉에서는 아버지에게 비루먹은 말을 달라고 하여 타고 내려가라고 하고, 〈1-⑥〉〈1-⑦〉에서는 선녀가 지상으로 내려갈 수 있는 말을 내주게 된다. 그리하여 나무꾼은 그 말을 타고 지상으로 내려가게 된다.

〈1-⑤〉에서 나무꾼은 장인에게 말을 달라고 하여 그 말을 타고 지상으로 내려간다. "지하로 내려오고 싶어 죽네"라는 화자의 말은 고향에 대한 나무꾼의 그리움이 죽을 만큼 절실하다는 것을 뜻한다. 나무꾼은 지상에서 술을 한잔 마시고 박속을 먹다가, 하늘나라의 문 닫히는 시간을 놓치고 만다. 이것은 나무꾼이 지상으로 내려온 후, 고향의 편안함과 즐거움에 빠져 잠시 자신의 가족을 망각하고 있다는 것을 의

78 나무꾼과 선녀, 『임석재전집: 전라북도편 I』, 175쪽.

미한다. 여기서 금기는 나타나지 않는다. 그러나 하늘나라 문이 닫혔다는 것을 보면, 아마도 그 시간까지는 돌아오라는 금기가 내재되어 있을 것이다.

〈1-⑥〉에서도 선녀는 말을 한 마리 내주며 이 말을 타고 지상으로 내려가라고 한다. 그리고 지상에 내려가면 호박죽을 먹지 말라고 한다. 나무꾼이 지상으로 내려왔을 때는, 집집마다 호박죽을 끓여먹는 시기였다. 한 집에서 나무꾼에게 호박죽을 먹으라며 권하고, 나무꾼은 자꾸 권하는 바람에 호박죽을 먹게 된다. 그러자 말이 죽어버리고 나무꾼은 천상으로 돌아가지 못한다.

〈1-⑦〉에서 선녀는 나무꾼이 지상으로 내려가고 싶다고 하자, 말 한 마리를 주면서 이 말을 타고 내려가 "절대로 말에서 내리지 말고 지상 음식을 먹지 말라"고 한다. 나무꾼은 말을 타고 순식간에 지상으로 내려온다. 지상으로 내려와 예전에 살던 곳을 둘러보던 나무꾼에게, 한 집에서 박속국을 먹으라고 준다. 나무꾼은 박속국을 먹으려다 그릇을 엎지르게 되고, 뜨거운 국물이 말 등으로 쏟아지면서 놀란 말은 훌쩍 뛴다. 말이 뛰는 바람에 나무꾼은 말에서 떨어져 땅을 밟게 되고, 천상으로 올라갈 수 있는 기회를 놓치고 만다.

〈1-⑥〉〈1-⑦〉에서는 선녀가 나무꾼을 지상으로 내려 보내며 금기를 주는데, 〈1-⑥〉에서는 호박죽을 먹으면 말이 죽을 것이니 호박죽을 먹지 말라 하고 〈1-⑦〉에서는 땅을 밟지 말고 절대로 지상의 음식을 먹지 말라고 한다. 그러나 고향으로 내려온 나무꾼은 지상의 음식을 먹다가 올라갈 시간을 놓치거나, 선녀가 먹지 말라고 했던 호박죽을 먹어 말이 죽어버리거나, 박속국을 먹다가 뜨거운 국물을 말 잔등에 쏟는 바람에 말에서 떨어져 천상으로 올라가지 못한다. 선녀가 지상의 음식을 먹지 말고 땅을 밟지 말라고 한 것은, 지상의 음식을 먹거나 땅을 밟을 경우 나무꾼의 마음이 고향과 동화되어 천상을 잊어버릴 것이라고 생각했기 때문이다. 선녀는 이미 이러한 상황을 예상하고 있다. 그리고 선녀의 예상대로 나무꾼의 마음을 지배하고 있는 고향에 대한 심상은 너무나 컸기에, 나무꾼은 한순간 선녀가 이야기해 준 금기를 잊어버리는 실수를 저지르고 만다.

사람을 포함한 모든 동물에게는 귀소본능(歸巢本能)이 있으며, 사람이라면 누구나 자신이 태어나고 자란 고향에 대해 그리움이나 향수가 있다. 특히 우리민족 같은 경우 명절이 되면 자신의 고향으로 가기 위한 차량행렬이 러시를 이루며, 고향은 늘 문학작품에서 빼놓을 수 없는 주제가 되어왔다. 우리나라의 전통적 토속병(土俗丙) 가운데 '객지병'이라는 것이 있는데 이것은 객지에 나가면 입맛이 없어 밥을 못 먹고 야윈다든가, 먹으면 토한다든가, 천식기가 생긴다든가 하여 객지에 오랜 기간 머물지 못하는 것을 말한다. 물론 고향에 돌아오면 증세가 사라지는 신경성 질환이다. 그러므로 옛날 조정에서 중국이나 일본으로 가는 사신을 고를 때 객지병의 전력(前歷) 유무는 중요한 선택 기준이었다고 한다.[79]

이처럼 사람이라면 누구에게나 자신이 살던 고향에 대한 그리움이 있다. 문제는 그 감정을 어떻게 긍정적인 방향으로 처리하는가 하는 것이다. 나무꾼의 경우 자신이 살던 세계에 대한 그리움이 너무나 컸기에, 선녀가 내려준 금기를 어기고 결국 가족들과 헤어져 비극의 주인공이 된다. 나무꾼이 자신의 감정보다 선녀와 자식들에게 충실했다면, 아마 이러한 비극은 발생하지 않았을 것이다.

이와 같이 나무꾼은 어머니나 자신의 지상식구들이 그리워서, 혹은 고향이 그리워서 지상으로 내려오게 된다. 그리고 다시는 천상으로 올

---

79 이규태, 『한국인의 의식구조』, 신원문화사, 1995, 217~218쪽.

라가지 못하고, 천상에 있는 선녀나 자식들과 이별하게 된다. 나무꾼이 그들이 그리워 지상으로 내려오고 선녀의 금기를 어긴다는 것은, 나무꾼이 선녀보다는 자신의 지상식구들을 더 우선시하고 있음을 보여준다. 즉 가장으로서 무책임한 나무꾼의 행동으로 말미암아, 선녀는 남편과 이별을 하게 되고, 그로인해 선녀와 시가식구들 사이에는 갈등이 발생하고 있다.

2) 시가식구들의 나무꾼 재승천 방해

나무꾼은 지상에 두고 온 어머니나 여타 자신의 가족들이 그리워, 지상으로 내려오게 된다. 그러나 작품의 내용을 살펴보면, 나무꾼은 지상에서 살 생각으로 내려오는 것은 아니다. 다만 지상의 가족들이 궁금하고 보고 싶은 마음에 그들을 한번 만나 천상에서 잘 살고 있는 자신의 상황을 전하고, 선녀와 자식들이 있는 천상으로 다시 돌아오려는 것이다. 나무꾼이 지상에서 뻐꾸기나 수탉이 되는 비극적인 결말은 이러한 그의 생각을 반영한다. 왜냐하면 지상에 남게 되는 것이 나무꾼이 원했던 일이라면, 나무꾼은 비극의 주인공이 될 하등의 이유가 없다. 그런데 작품에서 지상으로 내려온 나무꾼은, 늘 천상의 가족들을 그리워하다가 수탉이나 뻐꾸기같은 비극의 주인공이 되고 있다. 그렇다면 왜 나무꾼은 자신이 처음에 의도했던 바대로 행동하지 못하고, 비극의 주인공이 되고 마는 것일까? 이러한 물음에 대한 답을 찾기 위해, 나무꾼이 지상으로 내려온 장면을 중심자료에서 제시해보면 다음과 같다.

〈2.3-2〉

내가 강아지 한 마리 줄 테니 이 강아지-까막 강아지 꽁딩일 붙잡구 내려가우. 응 지하엘 내려갔다가 그 까막 강아지 데려가서 까막 강아지가 간다구 끙끙 거리걸랑 그 꽁질 놓치지 말구 붙잡구 올라오우." 이런 말이여 "그래야지 그럭-만일에 강아지 꽁뎅이만 놓치믄 당신은 지하에서 죽우." 그런 말이여. "아 그렇것다." 구. 그래 강아질 붙잡구 내려왔어. 내려오니까, "아이구 몇 십 년만에 만났나? 아이구 이 세상에 서울 살림이 그렇게 좋은가?" 아 그 반갑기가 이를 데 없어. 아 그래 간다 그래니까 아 강아지두 끙끙해여. "아 이 사람아, 밥이래두 한 끼 먹구 가야지 그냥 가는 게 뭐냐?"구, 아 둘러 붙잡어. 아 강아지가 꿈틀거려 꽁딩이 놓쳐 그만 올라가버렸지. 올라갈 때믄-올라간대는 장사가 있어? 그냥 그 집이서 그럭저럭 살다 그녕 게서 늙어 죽었어.[80]

지상으로 내려간 나무꾼은 강아지가 끙끙하자, 선녀의 말대로 천상으로 돌아가려 한다. 그러자 큰집 사람들이 "밥이라도 한 끼 먹고 가야지 그냥 가는 게 뭐냐"며 나무꾼을 붙잡는다. 그러던 중 강아지가 꿈틀거리면서 나무꾼은 강아지 꼬랑지를 놓치게 되고, 결국 그 집에서 늙어죽는다. 나무꾼은 밥을 먹고 가라고 둘러 붙잡는 큰집식구들을 거절하지 못해 결국 강아지를 놓치게 되는 것이다.

나무꾼이 다른 사람으로 인해 자신의 의지와는 상관없이 지상에 남게 되는 부분들을 제시해보면 다음과 같다. 이 예문들에서 나무꾼이 천상으로 올라가는 것을 방해하는 인물은 고모와 삼촌 그리고 숙모이다. 숙모의 경우는 나무꾼이 천상으로 올라가지 못하도록 방해를 할 뿐만 아니라, 그를 죽음으로 몰아넣는다.

80 나뭇군과 선녀[다시 찾은 옥새], 『한국구비문학대계 1-6』, 78쪽.

〈2-①〉

"요놈을 타고 가는디, 가서 올라 올 직에 고모가 아무리 잡어도 소양없이 떨어붙고, 말이 한 번 울고 두 번 울고, 세 번 울때까지 해서 올라 앉어야 하늘로 올러 오지 그랗으믄 못 올러오요. 그래 못 올러 온께, 그렇게 아시요." 그래. 그래 인자 내려와서 저거 고모집이로 온께, 앗따 좌우간 천방지방 반가이하고 기양 다시 없게 그래하거든. 그래 막 점심 묵고 가라고 어짜고 해쌓는디, 말이 인자 한 번 울어. "갈란다." 고 그런께, "아이 조까마 더 앉아서 이액 좀 하고 가라." 거든. 또 인자 두 번 울어. 그래 나선께 꽉 잡고는 못 가게 한디, 말이 세 번 울었어. 세 번 운 뒤로 올라가서 말을 타러 간께 말은 밸밸이 기양 가불고 없어.[81]

〈2-②〉

낮에 닭국 끓아 점심을 해준느 기라. 그래서 그 인자 참 그래 먹고 마. 너러와 놓이, 마 몬 올라가는데. 몬 올라 온다고. 그래서 박씨를 하나 부인이 내라 줐어. 박씨로. 박이 많이 자라가주고, 하늘 까짐 댔어. 그 줄 타고 올라오라꼬. 그래이 숙모가 닭국 끓이가 조노이, 먹골랑. 박 줄을 타고 한 반지나 올라가다가, 아 저 숙모가 마 물을 쫠쫠 끓어가주 마 박 줄에다 마 한 방태이 갖다 벘뿌이께, 고마 썰어졌벴어. 뜨거븐 거 부이께, 썰어져뿌이께, 한 중간에 올라가다 머 떨어졌어. 떨어지매 변상한 게 요 닭이라 닭.[82]

〈2-①〉에서 나무꾼은 고모가 그리워 지상으로 내려왔다가, 말이 세 번 울기 전에 하늘로 올라오라는 선녀의 말을 기억하고 말을 타려 한다. 근데 고모가 나무꾼을 꼭 붙잡고 말을 타지 못하게 한다. 결국

81 나뭇군과 선녀, 『한국구비문학대계 6-3』, 111~116쪽.

82 나뭇군과 선녀, 노루 이야기, 『한국구비문학대계 7-1』, 270~271쪽.

고모 때문에 나무꾼은 말을 못 타게 되고 말은 혼자 하늘로 올라가 버린다. 〈2-②〉에서도 나무꾼은 삼촌과 숙모가 그리워 지상으로 내려오고, 선녀가 닭국을 먹지 말라는 금지를 주었지만 나무꾼은 닭국을 먹는다. 이것은 나무꾼이 저지른 일이니 남을 탓할 수 없다. 그러나 선녀는 천상으로 못 오게 된 나무꾼을 위해, 박씨를 하나 내려주면서 박이 자라면 그 줄을 타고 올라오라고 한다. 박을 타고 반쯤 올라갔을 무렵, 숙모가 물을 팔팔 끓여서 박 줄에다 퍼붓고, 박 줄이 쓰러지면서 떨어진 나무꾼은 닭으로 변하게 된다. 숙모는 나무꾼을 죽음으로 몰아넣으면서까지 나무꾼이 천상으로 올라가는 것을 방해하고 있다.

예문에서 나무꾼은 지상의 가족들에게 끌려 다니는 모습을 보여주고 있다. 〈2-①〉에서는 말이 울어 급한 상황에서도 나무꾼은 고모가 붙잡는 것을 뿌리치지 못하며, 〈2-②〉에서 선녀가 닭국을 먹지 말라고 이야기를 했음에도 불구하고 아무 생각 없이 점심으로 나온 닭국을 먹고 있다. 이것은 나무꾼이 자신의 의사를 전혀 밝히지 못하는 사람이라는 것을 암시한다. 이러한 나무꾼의 성격을 알기에, 숙모는 나무꾼이 타고 올라가는 박 줄에 뜨거운 물을 뿌리는 행동을 저질렀을 것이다. 만약 나무꾼이 자신의 의사를 분명하고 정확하게 밝히는 사람이었다면, 숙모는 애초에 뜨거운 물을 뿌려 나무꾼이 천상으로 올라가는 것을 방해하려는 생각을 하지도 않았을 것이다.

다음에서도 나무꾼은 어머니의 소원을 차마 거절할 수 없어서, 원하는 바를 들어주다가 지상에 남게 된다. 그러므로 여기서 나무꾼이 천상으로 올라가는 것을 방해하는 인물은 어머니이다.

〈2-③〉

내리지 않구 서서 문앞에 가서 어머이를 불렀거던. 그러니깐 어머이가 그냥 내달으며, "아휴! 너 어디 갔다 이렇게 오냐?" 그러니깐 반색을 하거던. 그러면서, "어서 들어오라." 그러거던. 어머니, 저는 못 들어갑니다. 어머이만 보고 인사만 드리고 저는 가갔읍니다." 그러거던. "얘! 내가 너를 위해설라무니 음석을 해 놓은 게 있다. 그리구 날마다 기둘렀다. 어서 들어오너라." 그러거던. "들어 갔다가는 그럼 못 간다." 구. 아 그러니깐 할 수 없이 어미 말에 못 이겨서 그만 말에서 내렸거던. 말에서 내려 박국을 먹었어. 박국을 끓였드랴.[83]

〈2-④〉

그런데 그 나무꾼이 호박죽을 좋와 했어드래요. 그래서 막 인사를 하고 갈려구 하는 판인디 자기 어머니가 부엌에 들어 가면서, "지금 호박죽이 다 끓었으니께 너 참 그렇게 맛있게 먹던 호박죽이나 한 그릇 먹고 가라." 구. 그래 약간 좀 멋쳤어요. 자기 어머니 참 그 소원이 참 저기하다구.[84]

예문에서 나무꾼은 어머니가 그리워 지상으로 내려오기는 하지만, 어머니와 함께 살 생각으로 내려온 것이 아니라 한번 만나보기 위해 온 것이다. 〈2-③〉에서 나무꾼은 "가서 잠깐 보고 올라오겠다"고 하며, 〈2-④〉에서는 "선녀가 시키는대로 하겠다"고 약속을 하고 내려온다. 그러나 어머니와의 만남은 나무꾼의 생각대로 진행되지 않는다. 〈2-③〉에서 나무꾼은 선녀의 말대로 말 위에 앉아 어머니께 인사만 드리고 가려고 하지만, 어머니의 "음식을 만들어놓고 날마다 기다렸으니 어서 들어오라"는 청을 차마 거절할 수가 없어 말에서 내리고 만다.

83 나뭇군과 선녀, 『한국구비문학대계 1-7』, 290~291쪽.
84 닭이 높은 데서 우는 유래, 『한국구비문학대계 3-2』, 257~258쪽.

그리고 어머니가 끓여놓은 박국을 먹다가 지상에 남게 된다. 〈2-④〉에서도 나무꾼은 선녀의 말대로 말 위에 앉아 자신은 땅에 내릴 수가 없다고 이야기를 하고, 어머니께 인사만 드리고 가려고 한다. 그때 어머니가 호박죽이 다 끓었으니 호박죽이나 한 그릇 먹고 가라고 하고, 나무꾼은 어머니의 소원에 멈칫한다. 나무꾼은 말 위에 앉은 채 어머니가 내준 뜨거운 호박죽을 먹다가, 그만 그릇을 놓쳐버린다. 뜨거운 호박죽에 놀란 말은 혼자 천상으로 올라가게 된다.

나무꾼은 어머니가 원하는 대로 박국을 먹다가 시간을 지체하고, 어머니의 소원대로 호박죽을 먹다가 결국 지상에 남게 된다. 그리고 천상의 가족들을 그리워하다가 죽어 수탉이 된다. 나무꾼이 수탉같은 비극의 주인공이 되었다는 것은 나무꾼이 지상에 남게 된 것이 본인이 원했던 일이 아님을 보여준다. 특히 〈2-④〉에서 나무꾼은 밤낮 하늘만 쳐다보다가, 죽을병에 걸린다. 그러므로 이 예문들은 선녀와 자식들이 있는 천상으로 올라가고 싶은 나무꾼과 오래간만에 마주한 아들을 잠시라도 곁에 두고 음식이라도 먹여 보내고 싶은 어머니와의 갈등을 잘 보여주고 있다. 그러나 결국 나무꾼은 천상으로 돌아가고 싶은 자신의 마음을 어머니에게 전달하지 못하고 머뭇거리다가, 비극의 주인공이 되고 만다.

이처럼 나무꾼과 지상식구들 사이에는 갈등이 유발되고 있다. 나무꾼은 어머니나 혹은 다른 지상의 가족들이 그리워 지상으로 내려오게 되는데, 나무꾼은 지상에서 살 생각으로 내려온 것이 아니라 그리움의 대상을 한번 보고 다시 천상으로 올라가고자 하는 것이다. 그러나 나무꾼의 지상식구들은 그들이 의도했건 의도하지 않았건 간에 나무꾼이 천상으로 올라가는 것을 방해하고, 나무꾼은 그들에게 자신의 의사를 전달하지 못한 채 끌려 다니다가 결국 비극의 주인공이 되고 만다.

나무꾼과 지상식구들의 관계로 인해 선녀는 자신의 남편과 영원히 이별을 하게 되는 것이다. 그리고 자신의 의사를 명확히 전달하지 못하는 나무꾼의 이러한 태도로 인해, 선녀와 시가식구들 사이에는 갈등이 유발되고 있다.

표3〉 시댁갈등 중 갈등의 대상과 금기의 내용

자료 번호	선녀와의 갈등대상	금기내용	갈등상황과 결과
40	시어머니	말에서 내리지 말라 박국을 먹지 말라	어머니의 말에 못이겨 말에서 내려 박국을 먹음
41	나무꾼의 고모	말이 세 번 울때까지 말에 앉을 것	고모가 붙들고 놓아주지 않아 말에 오르지 못함
42	시어머니	시간이 되기 전에 줄을 잡아라	박속을 먹다가 줄이 올라가버림
43	나무꾼의 고향	개고기나 육미는 먹지 말 것	닭고기를 먹고 타루박을 타고 올라가다가, 자식들이 누룩내가 난다고 줄을 놓아버림
44	나무꾼의 고향	하늘문이 닫히기 전에 올라오라	박속을 먹다가 하늘문이 닫힘
45	나무꾼의 고향	말에서 내리지 말라 지상의 음식을 먹지 말라	박속국을 먹다가 국물이 쏟아지면서 땅에 떨어짐
46	나무꾼의 고향	호박죽을 먹지 말라	호박죽을 먹어 말이 죽음
47	시어머니	말에서 내리지 말라	말 잔등 위에서 호박죽을 먹다가 그릇을 놓치는 바람에 땅에 떨어짐
48	시어머니	말에서 내리지 말라	자식된 도리로 말에서 인사할 수 없어 뛰어내림
49	나무꾼의 삼촌과 숙모	닭국을 먹지 말라	닭국을 먹어 못 올라가는 상태에서 선녀가 박씨를 내려줌. 박줄을 타고 올라가던 중 숙모가 뜨거운 물을 뿌려 박줄이 쓰러지면서 죽게 됨
51	시어머니	말이 세 번 울기 전에 올라타라	시험도중 화살이 어머니의 집 앞에 떨어지게 되고 어머니와 만남. 박국을 먹다가 시간을 놓침
52	시어머니	말이 세 번 울기 전에 올라타라	시험도중 화살이 어머니의 집 앞에 떨어지게 되고, 어머니와 만남. 박국을 먹다가 시간을 놓침
53	나무꾼의 동생	말 곁을 떠나지 말라	시험도중 화살이 나무꾼의 남동생집 앞에 떨어지게 되고 동생과 만남. 동생과 밥과 국을 먹다가 말이 혼자 올라가버림

나무꾼과 선녀의 부부갈등과 문학치료

Ⅲ. 〈나무꾼과 선녀〉에 나타나는 인물갈등 해결방안

본장에서는 앞에서 살펴본 인물간의 갈등이 작품 속에서 어떻게 해결이 되고 있는지, 그 해결방안을 살펴보고자 한다.

첫째, 나무꾼과 선녀 사이의 갈등이다. 이 둘의 갈등이 해결되었다고 보여지는 작품은 선녀가 자식들을 데리고 하늘로 떠나간 후 나무꾼이 사슴(노루, 멧돼지)의 도움으로 두레박을 타고 하늘로 올라가는 B유형 '나무꾼 승천'[1]이나 나무꾼이 선녀를 좇아 천상으로 올라갔다가 선녀와 자식들을 데리고 다시 지상으로 내려오게 되는 D유형 '동반 하강'이다.[2] 그리고 C유형 '나무꾼 지상회귀' 작품에서 나무꾼이 다시 지

---

1 나무꾼 승천형 중 C형 승천 실패는 제외된다.

2 선녀가 자식들을 데리고 하늘로 올라가면서 작품이 끝나는 경우, 나무꾼과 선녀는 영원히 이별을 하게 된다. 그러므로 '선녀만 승천'의 경우 나무꾼과 선녀의 부부갈등은 미해결인 채로 남아있게 된다. 그리고 '나무꾼 지상회귀'의 경우도 처음 지상에서 유발된 부부사이의 갈등은 나무꾼이 천상으로 올라간 이후 해결이 되지만, 나무꾼이 지상으로 내려오면서 고부갈등은 일어나게 되고 이것은 미해결된 채 작품이 마무리된다. 그러므로 '선녀만 승천'과 '나무꾼 지상회귀' 유형에서 부부갈등은 미해결된 채 끝나게 되는 것이다.

상으로 내려가기 전까지의 부분이다.[3] 그러므로 여기서는 이 부분들을 중심으로, 그 해결방안을 살펴보고자 한다. 앞장에서 살펴본 나무꾼과 선녀 사이의 갈등에 대한 해결방안으로는 1) 나무꾼의 노력과 선녀의 포용 2) 공동의 목표로 서로의 차이를 극복 3) 개인적 결점의 극복과 자신의 역할에 충실이라는 세 가지 항목을 제시하고자 한다.

둘째, 나무꾼과 처가와의 갈등이다. 처가와의 갈등이 해결된다고 보이는 작품은 B유형 '나무꾼 승천' 중 특히 시험이 나타나고 있는 작품이다. 시험 부분에서 나무꾼과 처가식구들은 첨예하게 대립하고 있으며, 나무꾼이 시험을 통과하는 과정을 통해 그 해결방안도 드러나기 때문이다. 그러므로 여기서는 B유형 중 특히 시험이 있는 부분을 중심으로 그 해결방안을 살펴보고자 한다. 이에 나무꾼과 처가와의 갈등 해결방안으로는 1) 나무꾼에게 재결합을 위한 자격인정 2) 시기를 부리던 처가식구들의 부재라는 두 가지 항목을 제시하고자 한다.

셋째, 선녀와 시가와의 갈등 해결방안이다. 이것은 나무꾼이 지상으로 내려오게 되는 C유형 '나무꾼 지상회귀'에서 갈등이 발생하며, 〈나무꾼과 선녀〉라고 불리우는 모든 작품에서 이 갈등만은 미해결된 채 이야기가 종결된다. 왜냐하면 모든 C유형의 작품에서 지상으로 내려간 나무꾼은, 다시는 천상으로 올라오지 못한 채 수탉이나 뻐꾸기 같은 비극의 주인공이 되고 있기 때문이다. 그러므로 여기서는 나무꾼이 실패한 원인을 거울삼아 그 해결방안을 제시해 보고자 한다. 이에 선녀와 시가와의 갈등 해결방안으로 1) 나무꾼의 아내에 대한 태도변화 2) 나무꾼의 명확한 의사전달의 필요라는 두 가지 항목을 제시하고자 한다.

---

3 해당 자료 목록은 '표1〉〈나무꾼과 선녀〉의 자료목록' 참조.

1. 나무꾼과 선녀 사이의 갈등 해결방안

앞장에서는 나무꾼과 선녀 사이의 갈등을 1) 결합의 방법 2) 신분과 가치관의 차이 3) 개인적 결점이라는 세 가지 항목으로 나누어 살펴보았다. 본장에서는 이러한 나무꾼과 선녀 사이의 갈등이 작품에서는 어떻게 해결되고 있는지, 그 해결방안을 살펴보고자 한다. 이에 둘 사이의 갈등이 해결되는 방안을 1) 나무꾼의 노력과 선녀의 포용 2) 공동의 목표로 서로의 차이를 극복 3) 개인적 결점의 극복과 자신의 역할에 충실 세 가지로 나누고, 각각의 경우에 대해 분석해 보고자 한다.

1) 나무꾼의 노력과 선녀의 포용

날개옷을 찾아낸 선녀가 자식들을 데리고 하늘로 올라간 후, 나무꾼은 혼자 지상에 남겨지게 된다. 아내와 자식들을 잃어버린 후 나무꾼이 느끼는 절망감과 공허감은, 비슷한 상황에 처한 남성이 자신의 심정을 고백한 글을 통해 더욱 잘 보여줄 수 있다.

> 잠이 안 오네요. 퇴근해 보니 아내가 아이 2명과 함께 집을 나가 소식이 없습니다. 어머니와 싸우는 일이 자주 일어나더니, 기여코 일이 벌어졌군요. 새벽 2시가 넘도록 아내와 아이들이 오길 기다립니다. 아마, 이 밤이 새기전 오기는 힘들것 같군요. 세상의 모든 것이 의미를 잃은 듯 합니다. 직장도, 직장 내에서의 야망도... 인생 설계도 모두가 무의미하군요. 어디에 있는지 아이들의 얼굴이 눈에 아른거리기만 합니다. 조금만 이해하면 되리라 생각했는데, 그것이 그렇게도 힘든가 봅니다. 아- 의미가 없습니

> 다. 착해만 보이던 아내도 매서운데가 있군요. 저라면 전화라도 할텐데.... 굳게 마음을 다져먹은 듯합니다. 모두들 어머니 모시고 사는 것이 보통일이 아니라고 하더니, 저에게도 어쩔 수 없는 일들인가요. 그러나, 어떡합니까? 어머닐 저버릴 수도, 아내와 헤어질 수도 없으니.... 답답합니다. 삶의 의미를 잃어 가는 사람들의 마음을 이해할 것도 같습니다. 힘들군요.[4]

선녀가 자식들을 데리고 나무꾼을 떠나간 것과 같이, 이 남성 또한 아내가 자식들을 데리고 집을 나간 상태이다. 아내와 자식들을 잃어버린 상황에서 이 남성은 "세상의 모든 것이 의미를 잃은 듯 하다"고 이야기하고 있다. 직장도, 직장에서의 야망도, 인생설계도 모두가 무의미하며 아이들의 얼굴이 눈에 아른거린다는 걸 보면, 이 남성은 아내와 자식들을 잃어버림으로 인해 깊은 공허감과 좌절감을 맛보고 있다. 그리고 가족을 잃어버린 상황에서 그들이 얼마나 소중한 존재인지 새삼 깨닫고 있다. 삶의 의미를 잃어가는 사람들의 마음을 이해할 것 같다는 말은, 결국 이 남성이 가족들을 잃어버림으로써 살아갈 의미를 잃었다는 말로 바꾸어 이야기할 수 있다.

아내와 자식들을 잃어버린 상황에서 이 남성이 느끼고 있는 감정은, 나무꾼이 선녀와 자식들을 천상으로 떠나보낸 후 느끼는 감정과 유사할 것이다. 나무꾼 또한 인생에서 모든 의미를 잃어버리고, 깊은 공허감과 좌절감에 빠져있다. 그렇다면 작품에서 화자들은 나무꾼의 이런 마음을 어떻게 처리하고 있을까?

"예전에 나무하던 산에 나가서 한번 바람이나 쐬고 이제 죽을 것이다." "날마다 울고 다닌다." "아이 이런 참말로 세상천지에 기가 막힐

4 온누리상담센타(http://www.onnoori.org/online/index.htm)에서 인용함.

놈의 일이 있는가?" "그래 미쳐가지구서 아주 미치광이가 돼서 산으로 헤매는 거야." "아이구 이제 나는 죽었다." 이런 화자의 말들을 살펴보면, 아내와 자식들을 잃어버린 나무꾼의 상황은 '죽음을 생각할 만큼 심각'하며, '세상천지 기가 막힌 노릇'이며, '미쳐버릴 만큼 충격적인 일'이다. 이것은 아내와 자식의 의미가 나무꾼에게 그 만큼 크고 소중하다는 것을 의미한다. 그리고 그들을 잃어버린 상황에서 나무꾼은 그러한 가족의 의미를 깨닫고 있다. 그러므로 나무꾼은 천상으로 떠나간 아내와 자식들을 다시 찾을 수만 있다면, 어떤 일이든 할 수 있을 만큼 절박한 상황인 것이다.

이에 나무꾼은 예전의 사슴(노루)을 만나게 되고, 사슴은 예전 선녀가 목욕하던 연못에 가면 하늘에서 두레박(타루박)이 내려올 테니 그것을 타고 올라가라고 일러준다. 나무꾼은 아내와 자식들이 있는 천상으로 올라갈 수 있는 방법을 찾은 것이다. 그러므로 아무런 망설임 없이 사슴의 말대로 연못으로 가 두레박이 내려오기를 기다리고, 두레박을 타고 하늘로 올라간다.[5]

지상에서 태어나 자란 나무꾼이 자신이 살던 터전을 버리고 미지의 세계인 천상으로 올라간다는 것은 목숨을 건 일종의 모험이다. 천상에서 벌어질 일은 아무도 예상할 수 없기 때문이다. 사슴조차도 천상으로 올라가면 아내와 자식들을 만날 수 있다고만 했지, 천상에서의 행복을 담보해주지는 않았다. 그러므로 인간이기에 새로운 세계에 대한 두려움이 앞설 수도 있다. 그러나 나무꾼은 가족들을 만나겠다는 일념 하나로 아무런 망설임 없이 천상행을 택하고 있다. 이외에 구슬을 이용하여 하늘로 올라가는 경우도 있고[6] 넝쿨을 타고 하늘로 올라가는

5 대부분의 작품들에서 나무꾼은 이러한 방법을 사용하여 하늘로 올라간다.

6 은혜 갚은 짐승들, 『한국구비문학대계 8-6』, 915쪽.
멧돼지의 보은, 『한국구비문학대계 6-5』, 39쪽.

경우도 있다.[7] 또 말을 타고 올라가기도 하며[8] 하늘에서 줄을 내려 타고 올라가기도 한다.[9] 나무꾼이 하늘로 올라가는 방법은 다양하게 나타나지만 결국 그는 하늘로 올라가게 되고, 하늘에서 선녀와 다시 만나게 된다. 나무꾼과 선녀가 재회하게 되는 부분을 중심자료에서 살펴보면 다음과 같다.

〈3.1–1〉

아 그래 가만히 생각을 하니까 큰일 났어. 그 아들이 생각이 나–버쩍나 죽겄어. 마누라보덤두. "예이 정칠 거, 내가 낭구하던 데나 도루 가봐야 하겄다."구. 그래 낭구하던 델 도루 찾아 가서 거 가 낭구 양지 짝에 가 우두거니 앉었지. 앉았으니까 노루 한 늠이 겁실겁실 해구 뛰어온다 이런 말이여. 그래 오드니, "야 이늠아, 너 간밤에 마누라 잊어버렸지?"아 이런 말이여. "야, 너 어떻게 그렇게 잘 아니?" "야 자식아, 너 아들 셋 낳걸랑 옷 주랬더니, 그 술두 좋은 거지만 그래 아들 둘 낳았는데 술을 먹구 씨러져 자서, 마누라가 옷 꺼내 입구 아들 둘 달구 하늘루 올라갔다. 인저 못 만낸다." 이런 말이여. 그래 노루가 와서, "너 그 마누라 볼라믄 말이여, 쌀 서 되 서 홉을 또 씰어 가주 가서 거가 정성을 드리구 있시믄 그 때선 두레박이 내려올 꺼다. 그러믄 첫째 두레박 내려와서 넘실넘실 해가지구 물 퍼가주구 올라갈래믄 가만 두구, 셋째 두레박–둘째 두레박 내려와 물 퍼가주구 올라가걸랑은 내버리구, 셋째 두레박이 내랴와서 우물가에 넘

7 나무꾼과 선녀, 『임석재전집: 평안북도편 I 』, 50쪽.
나무꾼과 선녀, 『임석재전집: 평안북도편 I 』, 54쪽.
나무꾼과 선녀, 『임석재전집: 평안북도편 I 』, 51쪽.
빼꾸기의 유래, 『한국구비문학대계 1-3』, 70쪽.

8 나무꾼과 선녀, 『임석재전집: 평안북도편 I 』, 59쪽.
닭이 높은 데서 우는 유래, 『한국구비문학대계 3-2』, 256쪽.

9 나무꾼과 선녀, 『한국구비문학대계 3-2』, 414쪽.

> 실넘실 두레박에 들어앉어라." 이런 말이여. "그래구 줄을 놓치지 말어라." 아 그래 이 사람이 인젠 참 가 가서 노금멜 드리구 있으니까, 한나절찜 되더니 하 공중에서 줄이 내려오더니, 두레백이 휘휘휘휘 내려오면서, 그 우물가에루 돌어댕긴다 말야. 지금 한참-저 금광면 수리조합에 배돌어댕기듯 해야. 아 돌어댕기는데 가만히 내버려 두니까 달구 올러 간다 말야. 또 둘째 두레박 내려 달구 셋째 두레박 내려와서 우물가에 넘실…. "옳다 됐다."구. 그저 텀벙 들어앉어서 바짝 붙들어. 아 물동인 줄 알구 인제 마누라 아들 형제가 꺽대기서 들구 잡어 대리지 .……이 저 아들 둘이 양짝에서 잡아대리구, 즈 어머니두 거기서 겹줄루 쥐구 잡아대리구, 아이 마누라가 잡아대리구 보니까 자기 영갬이 올러 온단 말여. 그러니까 줄을 놓구, "아이구 우리 지하에 아부지 올러온다."구 아 이 형제늠이 냅대 둘러쥐구 그 이거 지-지금엔줄다래미읍지, 예전에 줄다래미 줄이 굉장했어. 아 이 잡아대려 올렸다 말여. 아뜩 올리니까 "아이그-아유." 그 마누라는, "어이구, 저 인저 아부지한테 또 구박-성덜한테두 또 구박맞겄다."구 하는데, "아버지 온다."구. 아버지한테, "아 아버지 인제 와 만날 줄을 누가 알았냐."구. 아 그래서 인제 같이 살지.[10]

중심자료에서 나무꾼은 선녀를 잃어버리고, 다시 주인집으로 들어간다. 그러나 선녀가 데리고 간 아들들이 생각나 견딜 수가 없다. 나무꾼은 예전에 선녀를 만나게 해주었던 노루를 찾기 위해, 나무 하던 곳을 찾아간다. 노루는 선녀가 옷을 찾아 입고 천상으로 올라간 사실을 이미 알고 있다. 노루는 나무꾼에게 다시 선녀와 자식들을 만나고 싶으면, 선녀를 만났을 때처럼 노구메를 드리고 두레박이 내려오기를 기다리라고 한다. 그리고 선녀의 날개옷을 감추었던 것처럼 첫째, 둘째

---

10 선녀와 나뭇군[다시 찾은 옥새], 『한국구비문학대계 1-6』, 66~68쪽.

내려오는 두레박은 그냥 두고 셋째 두레박이 내려왔을 때 그 두레박을 타고 하늘로 올라가라고 일러준다. 노루의 말대로 나무꾼은 노구메를 드리고, 선녀를 만났던 샘으로 가서 두레박이 내려오기를 기다린 후, 셋째 두레박을 타고 하늘로 올라간다. 천상으로 올라온 나무꾼을 본 선녀는 아버지와 언니들에게 또 구박을 받겠다며 걱정스러워 하면서도, 별다른 갈등 없이 나무꾼을 데리고 집으로 간다.

여기서 나무꾼은 선녀보다도 아들들을 더 그리워하고 있다. 이러한 부자간의 정은 나무꾼이 올라오는 것을 본 아들 형제의 태도를 통해 잘 드러난다. 나무꾼이 올라오는 것을 본 선녀는 두레박을 끌어당기던 줄을 놓아버리지만, 아들 형제는 신이 나서 아버지가 타고 올라오는 두레박 줄을 끌어당긴다. 선녀는 나무꾼을 반기는 자식들의 이런 반응을 보면서, 마지못해 남편인 나무꾼을 받아들이고 있다.

그러나 여타 작품들에서는 두레박을 타고 올라온 나무꾼을 무척이나 반가워하는 선녀의 모습이 나타난다. 그 장면들을 제시해보면 다음과 같다.

〈1-①〉

"하이고 제 아버지가 왔다. 엄마, 제 아버지가 왔다." 이러쌓거던. 주구매는, "하이고 야,야, 하 이놈아, 지하 너거 아버지가 오마 좋지마는 여게가 어데라꼬 오겠느냐?" "하이고, 저 왔다. 저 왔다. 보래. 엄마, 보래." 그래 주거매가 나와본께 지하서 사던 참 가쟁이 올라왔다 이 말이라. 그래 눈을 떠 보니 저거 아들 힝제도 있고 저거 나무래도 있고, 거 가서 이래사, "하이고, 어째 이래 왔느냐꼬. 참 잘 왔다꼬. 내가 떼놓고 와서 나도 맘에 장 짠하디 마츰 이 참 잘 올라 왔다."꼬. 그래 만족한 살림을 인자 하늘에 산다.[11]

〈1-②〉

올라가이께네, 그래 딴 사람들은, "아이고, 오데 이런 거러지가 있노?" 카고 야단이거던. 하늘나라 사람들이 말이라. 그렇고, 그 여자하고 그래 아 둘 하고는 참 '아빠'카고 여자도 맹 참 남자라꼬 반가와하고 이래가주 골랑, 그래 거 하늘나라 올라가가주고 그렇기 잘 사더란다. 그 아들형제 하고 그 마느라하고 얼매나 잘 사더란다.[12]

〈1-①〉에서 나무꾼은 노루의 도움으로, 구슬을 타고 천상으로 올라온다. 선녀는 "아버지가 올라온다"는 아들들의 말에 "니네 아버지가 오면 좋겠지만은 여기가 어디라고 올라올 수 있겠느냐"고 한다. 선녀 또한 나무꾼을 기다리고 있었던 것이다. 그러나 그것이 불가능한 일이라고 생각했기에, 선녀는 기대를 접고 있었을 뿐이다. 선녀는 밖으로 나와 나무꾼을 발견하고는, "안그래도 떼어놓고 와서 나도 마음이 짠했다"며 올라온 나무꾼을 반긴다. 선녀는 나무꾼을 혼자 지상에 남겨두고 온 것에 대해, 마음이 짠했다는 말로 미안함을 대신하고 있다.

〈1-②〉에서도 선녀는 천상으로 올라온 나무꾼을 반갑게 맞아준다. 여기서는 특히 하늘나라 사람들의 시선이 드러나고 있는데, 하늘나라 사람들은 "이런 거지가 어디있냐"면서 나무꾼을 무시한다. 그러나 선녀와 자식들은 자신의 남편이며 아버지인 나무꾼을, 남들이 뭐라고 하던 상관하지 않고 반갑게 맞아준다.

나무꾼은 선녀가 불가능하다고 생각하며 기대하지 않았던 일을 해냄으로써, 선녀를 감동시키고 있다. 나무꾼이 지상의 생활터전을 버리고 천상으로 올라오는 것은, 그만큼 아내와 자식들이 나무꾼에게 꼭 필요한 사람들임을 뜻하며, 이들에 대한 애정을 의미한다. 그러므로 이러한

---

11 은혜 갚은 짐승들, 『한국구비문학대계 8-6』, 915~916쪽.

12 나뭇군과 선녀, 『한국구비문학대계 7-12』, 173쪽.

나무꾼의 애정과 노력을 선녀는 있는 그대로 받아들이고 있는 것이다. 선녀는 지상에서 나무꾼이 자신의 옷을 숨겨 애를 태웠던 과거의 잘못을 들추거나 따지지 않는다. 과거의 잘못은 그대로 덮어둔 채, 올라온 나무꾼을 반갑게 맞아주고 있다. 이에 지상에서의 강압적인 결합으로 인해 선녀가 가지고 있었던 나무꾼에 대한 적대감이나, 속임수에 의한 결합으로 인해 선녀가 가지고 있었던 나무꾼에 대한 배신감은 선녀가 나무꾼에게서 받은 감동으로 인해 해소되고 있는 것이다.

나무꾼은 선녀가 자식들을 데리고 천상으로 떠난 간 후 깊은 공허감 속에 빠지게 되며, 가족이 얼마나 소중한 존재인가를 깨닫게 된다. 그리고 가족들을 다시 찾기 위해 자신이 살던 세계를 버리고 천상으로의 공간이동을 택한다. 이것은 나무꾼에게는 목숨을 건 일종의 모험이다. 나무꾼이 천상으로 올라오자 선녀는 그를 따뜻하게 맞아주며 과거의 잘못을 묻지 않는다. 나무꾼은 선녀가 불가능하다고 생각했던 일을 해냄으로써 선녀를 감동시키고 있는 것이다.

2) 공동의 목표로 서로의 차이를 극복

선녀는 날개옷만 되찾아 나무꾼에게서 벗어날 수 있다면, 다시 예전의 천상생활로 돌아갈 수 있다고 생각했다. 그러기에 오로지 날개옷을 되찾아 천상으로 돌아갈 그날만을 고대했다. 그러나 이것은 단지 선녀 혼자만의 생각이었다. 선녀가 나무꾼에게서 날개옷을 되찾아 자식들을 데리고 천상으로 돌아왔을 때, 천상의 가족들은 누구 하나 그녀를 불쌍하게 생각하거나 따뜻하게 맞아주지 않는다. 더구나 선녀는 지상의 사람과 결혼하여 자식까지 낳아왔다는 죄목으로 인해, 아버지에게 미움을 받으며 천상에서 살게 된다. 선녀의 아버지는 자신의 허락 없이 나무꾼과 결합하여 자식까지 낳아온 선녀를, 중죄(重罪)를 지은 대상으로 단죄하고 있다. 나무꾼과의 결혼이 선녀에게는 불가항력적인 일이었지만, 천상의 가족들은 그 결과만으로 선녀를 죄인 취급한다. 그리고 이러한 상황에서 선녀는 자신의 생각이 틀렸음을 깨닫게 된다. 선녀는 천상으로 돌아가기만 하면 예전의 생활을 그대로 영위할 수 있으리라고 생각했지만, 이미 지상에서 결혼을 하고 자식들을 낳은 이상 예전 생활로 돌아간다는 불가능한 일인 것이다. 다음에서는 이러한 선녀의 상황이 나타난 부분들을 살펴보도록 하겠다.

〈2-①〉

"그러나 저러나 우리 집이루 집이루 나가자."구. 아 가구 보니깐 말여. 그 옥황상제에 딸인디 말여, 아, 조그만한 오막살이 가서 말여, 제금을 내서는 혼자 사능 기여어? 애들 애덜 즈이 자식덜허구우. "왜 여깄냐."구 허닝깐, "아버니한티 지핫 사람하구 말여 그럭해설랑은 자식 났다구 말여. 지핫 사람허구 자식 났다구, 예. 귀염을 안 줘서랑은 이러구 있다."구 말여. "차암, 그러냐구. 도리　다."구. "내 시키는 대루 꼭 해야지 만약 내 시키는 대루 안 했다는 말여 당신 모가지, 인저 목심이 위험혀. 그러닝깐 내 시키는 대루 꼬옥 짚이 들으쇼."[13]

〈2-②〉

옛날에 백정에 자-백정들 딸이 동구 밖에 살 듯이, 아주 동구 밖에 따로 살 꺼야. ……아 민간민이 왔다구, 그냥 거기서 그냥 큰 사우 둘째 사우 뭐 이것들이 괄세를 허구 말이지, 장인 장모가 괄세를 허구 헹편 없단 말야.[14]

---

13 나뭇군과 선녀, 『한국구비문학대계 4-4』, 794~795쪽.

14 선녀와 나뭇군, 『한국구비문학대계 1-4』, 710쪽.

〈2-③〉

이루 지웃 저루 지웃 찾아 돌아댕기는데 큰 고래당 같은 기와집이 수북하게 있는데 한편짝에 뗏장으루 움을 해갖구 서리막처럼 지어놓구 이런 집이 하나가 있어. ……하늘 옥황상제 샘 형제가 성들은 잘했는데 이 막내딸은 인간죄를 져, 인간 사람하구 살었다구 하늘에서두 올러 온 뒤에두 백댈 했어. 그래서 좋은 집을 차질 못하구서 그 뗏장집을 지어 놓구서 움막을 지어 놓구서 거기서 살어라 이거여. 그래서 거기서 구박을 받아가며 사는 거란 말여. ……아주 처가집하군 박대여. 뭐 처갓집이두 가두 못하구. 못 가요. 오지 말라구 아주 그래서.[15]

〈2-①〈2-②〉〈2-③〉에서는 하늘로 올라와 아버지인 옥황상제에게 박대를 당하고 있는 선녀의 상황이 잘 나타난다.

〈2-①〉에서 나무꾼이 하늘로 올라오자, 선녀는 "여기에 올라오면 당신은 귀염도 못받고 까딱하면 죽는다"고 하면서, 왜 올라왔냐고 묻는다. 그리고 어쩔 수 없이 나무꾼을 자신의 집으로 데리고 가는데, 선녀가 살고 있는 집은 조그마한 오두막이다. 선녀는 자신이 그곳에서 사는 이유가, "지하사람과 결혼하여 자식을 낳았기 때문에 아버지가 귀여워하지 않아서"라고 한다. 즉 선녀는 지하사람과 결혼하여 자식을 낳은 죄로 아버지로부터 미움을 받고 있다.

〈2-②〉에서는 노루를 통해 선녀의 상황이 먼저 이야기되고 있는데, 노루는 "옛날 백정의 딸들이 동구 밖에서 살듯이, 선녀가 동구 밖에서 살 테니 그 곳으로 찾아가라"고 한다. 그리고 하늘로 올라간 나무꾼은 노루의 말대로 동구 밖에서 선녀와 만나게 된다. 여기서도 역시 아버지로부터 격리된 채, 미움을 받고 있는 선녀의 모습이 그려지

15 나뭇군과 선녀, 『한국구비문학대계 4-3』, 400~401쪽.

고 있다.

〈2-③〉에서 선녀의 거처는 '고래당같은 기와집이 수북하게 있는 한 편에, 뗏장으로 지어진 움막집'으로 나타난다. 선녀가 그곳에서 살게 된 이유는, "형들은 잘했는데 막내딸은 인간죄를 져서, 인간 사람하고 살았다고 하늘에서도 박대를 하기"때문이다.

이 세 가지 예문에서는 선녀의 거처를 통해, 선녀가 아버지에게 미움을 받고 있는 상황을 비유적으로 이야기해주고 있다. 즉 선녀는 인간사람과 결혼하여 자식을 낳았다는 죄목으로 인해, 아버지로부터 미움을 받거나 격리되어 살고 있는 것이다.

그런데 천상에서 아버지에게 미움을 받고 있는 이러한 선녀의 상황은 〈제석본풀이〉에서 당금애기가 화주승의 아이를 잉태하고, 자신의 가족들에게서 쫓겨나 토굴 속에서 세 아이를 출산하는 장면과 유사하다. 당금애기 역시 자신의 의지와는 상관없이 화주승의 아이를 잉태하게 되지만, 그녀가 잉태했다는 사실을 알게 된 그녀의 부친은 노여움에 너무나 사랑했던 딸을 죽이려고 한다. 모친의 만류로 그녀는 죽음은 면하지만 토굴 속으로 들어가게 되고, 결국 그 곳에서 세 아들을 출산하게 된다.[16] 〈주몽신화〉에서 하백 또한 장녀인 유화가 해모수에게 붙잡힌바 되었다가 풀려난 후, "너는 나의 가르침을 따르지 않고 나의 가문을 욕되게 했다."고 하며, 딸의 입을 잡아 늘려 입술의 길이가 삼척이나 되게 하고 우발수(優渤水) 가운데로 귀양을 보내버린다.[17] 두 경우 모두 여자는 자신의 의사와는 상관없이 잉태를 하거나 남성에게 잡힌바 된다. 그러나 부친은 죄를 지었다는 이유로 자신의 딸을 징벌(懲罰)하고 있다. 이렇게 〈제석본풀이〉에서 딸의 행동에 분노하는 부친이나 하백은, 〈나무꾼과 선녀〉에서 선녀의 행동에 분노하고 있는

16 김진영, 『서사무가 당금애기전집 I -양평 김용식 본-』, 민속원, 1999, 209~211쪽.
17 서대석, 앞의책, 22~23쪽.

선녀의 아버지와 그 모습의 유사함을 보여준다.

이러한 상황에서 나무꾼이 선녀를 찾아 올라온 것은 선녀에게는 새로운 기회가 될 수 있다. 왜냐하면 나무꾼이 천상의 가족들 특히 아버지에게 사위로 인정만 받을 수 있다면, 선녀는 죄인이 아니라 아버지의 사랑스러운 막내딸로 돌아갈 수 있는 것이다. 그러므로 나무꾼과 선녀는 이제 공동의 목표를 가지고, 신분이나 가치관의 차이로 인해 유발되었던 갈등을 극복하게 된다. 왜냐하면 그들에게 중요한 것은 서로의 차이가 아니라, 아버지에게 인정을 받아 천상에서 행복하게 살겠다는 공동의 목표이기 때문이다.

나무꾼과 선녀가 공동의 목표를 가지고 서로의 차이를 극복해 나갈 수 있는 데는, 선녀의 운명론적인 사고방식과 자식들 또한 둘을 밀착시키는 요인으로 작용하고 있다. 먼저 선녀의 운명론적인 사고방식부터 살펴보기로 하겠다.

선녀는 나무꾼이 자신을 쫓아 천상으로 올라오자, 이제 나무꾼을 피할 수 없는 자신의 운명으로 받아들인다. 〈서동요〉에서 선화공주가 서동을 보고 괜히 마음이 끌렸다는 것은, 이러한 운명론적인 사고를 반영해준다. 선화공주는 이러한 끌림 때문에, 서동이 자신을 위기에 빠지게 한 인물임을 알게 된 이후에도 서동을 탓하지 않는다. 선녀 역시 이제는 자신을 쫓아 천상으로 올라온 나무꾼을 자신의 운명으로 받아들이며, 그와 밀착된 관계를 유지한다. 선녀의 운명론적 사고방식이 나타나고 있는 장면들을 살펴보면 다음과 같다.

〈2-④〉

올라서본게 칠선녀가 조르르니 앉았는디, 자기 마누라 됐던 사람은 양쪽에다 애기 하나씩 요렇게 보듬고 거기가 앉았거든. 아 그래서 가서 그 그냥 울면서 반가와서 울면서 갈쳐준게, “아! 우째서 여기까지 왔냐.” 고. 그런게, “아 이러이러해서 왔다.” 고 한게, 그런기에 여자가 인자는, “아마 여기까지 오는 것 보닌까, 자기허고 나허고는 천상배필여. 그러니 이제는 변동헐 수가 읎으니 지하에 내려갈 것 없이 여기서 같이 살자.”[18]

〈2-⑤〉

하눌루 하눌 거짐 올라가닝께, 그 아들떨이 벌써 커서, “우기여차! 인간 아버지 올라온다.”구. “우기여차! 인간 아버지 올라온다.”구 그러거던? 그러닝께 즈 엄매가, “쏟어라. 쏟어. 쏟어. 쏟어.” “아버지 올러오는디 왜 쏟으라구 그러느냐?”구. 끌어 올렸어. 그러닝개는 즈 어머니가 한단 말이, “할 수 읎소 당신하구 나하구 천상연분잉개 헐 수 읎어. 그러닝개 …나 사는 집으루 가자.”[19]

〈2-④〉에서 나무꾼이 두레박을 타고 올라오자, 선녀는 여기에 어떻게 왔냐고 묻는다. 나무꾼이 올라온 사연을 이야기하자, 선녀는 ‘자기하고 나하고는 천상배필’이라며 이제는 어떻게 할 수가 없으니 지하로 내려갈 것 없이 천상에서 살자고 한다. 〈2-⑤〉에서는 아들들이 아버지가 올라온다고 하자, 선녀는 두레박을 쏟으라고 한다. 이는 나무꾼을 자신의 남편으로 받아들이고 싶지 않은, 선녀의 속마음을 보여주는 것이다. 선녀의 말에 아들들은 “아버지가 올라오는데 왜 쏟으라고 하느냐” 면서, 나무꾼이 타고 온 두레박을 끌어올린다. 그러자 선녀는 자포자기한 심정으로 “당신하고 나하고는 천생연분이니 할 수 없다” 며, 나무꾼을 데리고 자신이 사는 집으로 간다. 이 두 가지 예문은 천상으로 올라온 나무꾼을 ‘천생배필’ 또는 ‘천생연분’으로 받아들이는

18 나뭇군과 선녀, 『한국구비문학대계 6-8』, 637쪽.

19 천국의 시렴, 『한국구비문학대계 4-5』, 308쪽.

선녀의 운명론적 사고를 보여준다. 결국 선녀는 지상에서 천상으로 공간이동을 하면서까지 자신을 쫓아온 나무꾼을, 자신의 운명이라고 생각하고 반려자로 인정한다.

다음은 선녀와 나무꾼 사이에서 태어난 자식들이다. 이들 또한 천상에서 나무꾼과 선녀를 연결하는 고리의 역할을 하는데, 그것은 자식들이 스스로의 의사를 표시할 수 있을 만큼 성장했기 때문이다. 이러한 자식들의 모습이 보이는 장면을 제시해보면 다음과 같다.

〈2-⑥〉

아 이 마누라가 잡아대리구 보니까 자기 영감이 올러 온단 말여. 그러니까 줄을 놓구, "아이구 우리 지하에 아부지 올러온다."구 아 이 형제늠이 냅대 둘러쥐구 그 이거 지-지금엔줄다래미읍지, 예전에 줄다래미 줄이 굉장했어. 아 이 잡아대려 올렸다 말여.[20]

〈2-⑦〉

하늘루 하늘 거짐 올라가닝께, 그 아들떨이 벌써 커서, "우기여차! 인간 아버지 올라온다."구. "우기여차! 인간 아버지 올라온다."구 그러거던? 그러닝께 즈 엄매가, "쏟어라. 쏟어. 쏟어. 쏟어." "아버지 올러오는디 왜 쏟으라구 그러느냐?"구. 끌어 올렸어.[21]

〈2-⑧〉

그래서 인자 거거서 사는디, 대접은 잘 받어. 응, 아니 아들 셋 낳고. 그래가지고 있다가, 결국에는 '가자'고 남겼다 말이여 남자가. 딱 새끼들 나놓고 그란께, 대차 여기서 형지는 또 시기를 부려서 난리고. "저 새끼는,

---

20 선녀와 나뭇군[다시 찾은 옥새], 『한국구비문학대계 1-6』, 68쪽.

21 천국의 시련, 『한국구비문학대계4-5』, 308쪽.

맥없이 저, 땅에 땅서방을 얻어 가지고 새끼를 낳아 가지고 퍼내져 시킨다."고 대접을 못 받은께,

〈2-⑥〉에서 나무꾼이 올라오는 것을 본 선녀는 당기고 있던 줄을 놓아버린다. 선녀는 나무꾼이 천상으로 올라오는 게 싫은 것이다. 그러나 아들 형제는 아버지가 올라오는 것을 발견하고는 줄이 팽팽할 정도로 잡아당기며 아버지가 올라올 수 있도록 도와준다. 줄이 팽팽할 정도로 잡아당겼다는 것은 아버지를 천상으로 올리고 싶은 아들 형제의 마음이 그만큼 간절하다는 것을 의미한다. 〈2-⑦〉에서도 나무꾼이 올라오는 것을 본 선녀는 아이들에게 두레박을 쏟아버리라고 한다. 이 또한 나무꾼을 천상으로 받아들이고 싶지 않은 선녀의 마음을 표현한 것이다. 그러자 아들들은 "아버지가 올라오는데 왜 쏟으라고 하느냐?"며 나무꾼이 탄 두레박을 당겨 올린다.

이 두 가지 예문에서 선녀와 자식들의 생각은 대립되고 있다. 선녀는 나무꾼을 천상으로 올리고 싶지 않은 반면, 자식들은 그를 천상으로 올리고 싶다. 여기서 선녀는 아들들이 원하는 대로 나무꾼을 천상으로 받아들여준다. 이것은 자식들이 선녀의 마음까지도 움직일 수 있는 커다란 영향력을 행사하고 있음을 보여준다. 선녀가 싫든 좋든 나무꾼은 자식들의 아버지이고 자식들이 그것을 받아들이고 있는 이상, 선녀는 지상에서처럼 혼자만의 생각으로 아버지와 자식들의 관계를 끊어버릴 수 없다. 이처럼 이제 자식들은 두 사람의 부부관계에 영향력을 행사한다.

〈2-⑧〉은 앞서 예문들과는 제시되는 부분이 다르지만, 자식의 영향력을 보여준다는 면에서 같이 다루어 보았다. 이 예문에서 나무꾼은 천상으로 올라온 후, 좋은 대접을 받으며 선녀와 자식들과 잘 산다. 그러나 천상에서 세 명의 자식들이 더 태어나면서 문제가 발생하게 된

다. 지상에서 태어난 자식들과 천상에서 태어난 자식들이 서로를 시기하며 다투게 된다. 자식들을 지켜보던 나무꾼은 선녀에게 자식들을 데리고 지상으로 내려가자고 하고, 선녀는 나무꾼의 의견에 따른다. 여기서 나무꾼과 선녀를 지상으로 내려가게 만드는 것은 자식들로, 자식들 때문에 이들은 다시 공간이동을 한다. 이처럼 자식들은 선녀와 나무꾼의 부부관계에 커다란 영향력을 행사한다.

이렇게 선녀와 나무꾼이 서로의 차이를 극복해 나가는 데는 아버지에게 인정을 받아 천상에서 행복하게 살겠다는 부부공동의 목표가 가장 큰 의미를 지닌다. 그리고 여기에 두 사람이 '천생배필'이라는 운명론적인 사고방식이나 둘 사이에서 태어난 자식들이 그들의 관계를 밀착시키는 요인으로 강하게 작용한다. 이제 이 둘은 공동의 목표를 가짐으로써 지상에서 부부사이의 갈등 요인으로 작용했던 서로의 차이를 극복하고 있다.

3) 개인적 결점의 극복과 자신의 역할에 충실

① 노력에 의한 자격획득

나무꾼은 천상으로 올라온 이후, 가족들과 살기 위해 노력하는 태도를 보여준다. 처가식구들은 나무꾼에게 천상에서 살 만한 자격을 요구하며, 여러가지 형태로 그를 시험한다. 나무꾼은 선녀가 시키는 대로 잘 따라주며, 처가에서 요구하는 시험에 맞서 노력하는 모습을 보여준다. 나무꾼이 선녀의 말 대로 행동하는 것은, 일차적으로는 시험이 본인의 생사(生死)와 관련이 되기 때문이다. 그러나 여기에는 가족들과 함께 천상에서 살고 싶은 나무꾼의 소망 또한 담겨있다.

다음의 예문에서는 선녀의 말을 충실히 따르고 있는 나무꾼의 모습이 보인다. 여기서 나무꾼은 시험과정 중 지상으로 내려가게 되는데, 그 곳에서 다른 사람으로부터 자신의 딸을 주겠다는 제의를 받는다. 그러나 나무꾼은 그 제의를 거절하고 선녀가 기다릴 것을 생각하며 서둘러 천상으로 돌아온다.

〈3-①〉

그 활이 어디가 백혔느냐 하면 이 정승에-그 이정승에 따님에 넙적다리에 가 백혔거던. 이걸 찾아 오래는데 그 자기 색씨가-부인이 그걸 가르쳐 줬어. ……"저놈을 만약에 살리믄 다행이지만 못 살릴 꺼 겉으믄 이쪽을 죽인다."구. 그 걱정될 꺼 하나두 없다 이거예요. 그래 이늠은 그래-참 그렇게 해서 뭐 '사람 이거 통 근처두 비치두 않게 해 달라.' 그래구선 그걸 찾았단 말야. 그래 싸구 호주머니다 집어 넣구선, "인제 살아나셨읍니다." 그러니까 그래 이늠이 두러눴는데 감짝같이 살아났거던. <u>그래 인제 가만히 보니 그 장인 될 자가 허는 소리가, "뭐 다른 놈 줘야 별다른 거 없거던. 그늠 주믄 제일 좋다."이거야</u>. 그늠이 이왕 손댄 거니까 그늠 줬이믄 좋겠는데, 저늠이, "내가 오되 메칠만 참으시오. 난 급헌 걸음입니다."22

〈3-②〉

이 동네 정승의 딸이, 무남독녀 외딸인데 오늘 식전에 베란간에, 열 입곱 살 먹은 딸이 베란간에 죽었다구. 그래니깐 뭐 판수니 무당이니 점두 치구 뭐두 약두 멕이구 으짜구 해두 들은 척도 안 해여. 그냥 나둥그라졌

22 선녀와 나뭇군, 『한국구비문학대계 1-4』, 711~712쪽.

> 단 말여. "그럼 그 딸을 보며는, 보며는 내가 혹시 살릴런지두 모르는데 나 좀 한번 뵈여줬으면 어떡했오?" 그래 심부름꾼들이 이거 알 수가 없단 말야. 젊은 놈이 또 혹시 살릴런지두 모르겄구. ……쥔하구선에 가겠다구. "아 가다니? 내 딸 살려놓구선 당신 맘대루 가? 우리 재산이 암만석이니께 반 줘. 아주 반, 반 주구 우리 딸 데리구 당신 살어. 내 사위돼서 살자."[23]

〈3-①〉〈3-②〉에서 장인이 쏜 화살은 정승의 딸을 맞추고, 정승의 딸은 죽는다. 선녀는 나무꾼을 보내 화살을 뽑아오라고 한다. 나무꾼이 선녀가 가르쳐 준 대로 정승 딸의 목숨을 구해주자, 정승은 나무꾼에게 사위가 될 것을 제안한다.

〈3-①〉에서 이 정승은 나무꾼이 딸의 목숨을 구하기 위해 딸의 몸에 손을 대었으니, 이왕 이렇게 된 것 나무꾼을 사위로 맞으려고 한다. 그러자 나무꾼은 '급한 걸음'이라며, 그의 제의를 거절하고 화살을 찾아 빨리 선녀에게로 돌아간다. 〈3-②〉에서도 정승은 재산의 절반을 줄 테니 자신의 사위가 되어서 딸을 데리고 살라고 한다.

두 경우 모두 나무꾼에게는 정승의 딸과 결혼하여 지상에서 부유하게 살 수 있는, 좋은 기회일 수 있다. 그러나 나무꾼은 조금의 망설임 없이 그 제의를 거절하고, 선녀가 기다리고 있는 천상으로 올라가버린다. 이것은 선녀와 자식들과 함께 살고 싶은 그의 소망을 보여주며, 지체하지 않았다는 점에서 선녀의 말 대로 시험에 충실하고 있음을 보여준다.

그런데 가족들과 살고자 하는 나무꾼의 소망과 노력은, 선녀가 도와줄 수 없는 어려운 시험을 통과하는 과정에서 더욱 잘 드러난다. 선녀가 도와줄 수 있는 시험이야 그녀의 말만 잘 따르면 해결이 가능하겠

23 나뭇군과 선녀, 『한국구비문학대계 4-3』, 407~408쪽.

지만, 선녀가 도와줄 수 없는 시험은 그에게 더 많은 노력과 인내를 요구한다. 나무꾼이 선녀의 도움을 받아 여러 가지 형태의 시험을 잘 통과해내자, 처가식구들은 더 강도 높은 시험을 요구한다. 이 마지막 시험은 선녀조차도 나무꾼을 도와줄 수 없다. 이것은 나무꾼 스스로 해결해야 하는 과제인 것이다. 그러나 나무꾼은 모두가 불가능하다고 믿는 상황에서도 포기하지 않고 마지막 시험에 임하며, 불가능한 일을 가능한 일로 바꾸어 버린다. 여기에는 예전 지상에서 살려준 쥐가 나무꾼의 원조자로 등장한다. 나무꾼은 쥐의 보은으로 마지막 시험도 무사히 해결하고, 선녀와 자식들을 데리고 천상에서 행복하게 살게 된다. 작품에서 이야기 화자들이 새로운 원조자를 등장시켜 나무꾼이 성공할 수 있도록 도와주는 것은, 그 만큼 나무꾼이 가족들과 살기 위해 노력하고 있음을 반증해주는 것이다. 중심자료에서 그 부분을 제시해 보면 다음과 같다.

〈3.1-2〉

근데 그 때 하늘 옥황상제가 옥새를 괭이나라한테루 뺐겼어. 괭이나라한테루 옥새를-괭이가 와서 물어갔으니까 왕 노릇을 해두 옥새가 있으야지. 옥새를 찾을라구 해믄-괭이 나랄 가자믄 쥐 나랄 근너 가야 괭이 나란데, 쥐 나라 가다가 죽어. 으 그 쥐가 또 옥새를 괴-괭이 나라루 가질러 가믄 괭이가 쥐 잡아먹으니까 가질 못했다 이런 말이여. "그래 이거 할 수 읍스니까 그 옥새를 찾아 오두룩 시키시우." 그래 죙일 암만 생각해두 거기 가믄 죽어. 뭐 도리없이 죽는다 이런 말이여. 그래 그거 하나만 죽으믄 그까짓 외손자 뭐 둘이구 뭐 딸이구 뭐 상관없이 다 죽일 꺼라 이런 말이여. 그래인저 또 불렀어. 그래 갔지. "왜 오래셨읍니까?" "음 그런 게 아니라 지끔 내가 이기 임금 노릇을 해구 있어두 옥새를 괭이 나라한테 잊어버렸어. 거 가 거 옥새를 찾어 오너라. 이래-이래야지, 옥새를 못 찾어오

> 믄 너를 죽인다." 이런 말이여. 찾으러 가두 죽구 안 찾으러 가두 죽어. 죽긴 일반이다 이런 말이여. "아, 그러믄 갈 수 있느냐?" "아, 죽으나 사나 가야죠." 어차피 죽으니까. ……"너이가 내 몇 십 대 손-손덜이여. 내가 이 냥반한테 밥을 얻어 먹구 가래서 내가 도를 닦아가주구 하늘에 와서 너이 인총(人總)이 그만큼 퍼졌어. 그러니까 이 냥반에 신세를 뭐 우리 죽어두 못 갚는다." 이런 말이여.

나무꾼의 장인과 처형들은 나무꾼이 선녀의 도움으로 앞서 제시한 시험을 통과해내자, 이제는 나무꾼에게 고양이나라에 가서 옥새를 가져올 것을 요구한다. 고양이나라에 간다는 것은 죽음을 담보하는 것이며, 그곳에서 살아오는 것은 누구에게도 불가능한 일이다. 장인이 나무꾼에게 옥새를 가져오라고 요구하자 나무꾼은 "죽으나 사나 가겠다"고 한다. 나무꾼은 지상에서 천상행을 택했던 것처럼 가족들과 살기 위해 다시 한번 목숨을 건 모험을 하는 것이다. 나무꾼이 선녀에게 옥새를 가져오라고 한 장인의 말을 전하자, 선녀는 "언니들의 남편도 옥새를 찾으러 갔다가 죽었다며 당신도 이제는 죽었다"고 한다. 옥새란 왕으로서의 권위를 상징하는 물건이다. 그러므로 옥새를 잃어버렸다는 것은 곧 통치자로서의 권위를 잃어버렸다는 것이며, 옥새를 되찾는다는 것은 통치자로서의 권위를 되찾는 일인 것이다. 그러므로 이것은 선녀의 아버지인 옥황상제에게는 반드시 해결해야만 하는 일이다. 그러기에 언니들의 남편들 또한 목숨을 잃으면서까지 그것을 찾으러 나섰던 것이다.

선녀는 자신이 도와줄 수 있는 한 최선을 다하는데, 그것은 나무꾼에게 천리마 고르는 방법을 알려주는 것이다. 이것 외에 선녀가 나무꾼을 위해 해줄 수 있는 일은 없다. 나무꾼은 선녀가 말한 대로 천리마를 타고 쥐국으로 들어간다. 그리고 쥐국에서 자신이 지상에 있을 때,

밥을 먹여 주었던 쥐와 만나게 된다. 쥐왕은 나무꾼을 반가와하며 먹을 것을 대접하고 왜 쥐국으로 왔는지를 묻는다. 나무꾼이 사실대로 이야기를 하자, 쥐왕은 신세를 갚겠다며 자신의 동족을 희생시키면서 고양이나라에서 옥새를 구해준다. 옥새를 받아든 나무꾼은 신이 나서 집으로 돌아온다.

이렇게 나무꾼에게 요구된 마지막 시험은 선녀도 도와줄 수 없는 어려운 것으로, 나무꾼이 혼자서 극복해야만 되는 것이다. 나무꾼에게 마지막으로 요구되는 시험은 대체로 천두를 따 오는 것, 쥐나라와 고양이나라에 있는 통천관을 가지고 오는 것, 고양이나라 왕의 베개 속에서 화살 찾아오는 것, 쥐나라에 가서 쥐뿔을 가져오는 것 등이다. 나무꾼은 이러한 시험들을 자신이 예전에 살려주었던 쥐의 도움으로 해결한다. 여기서 원조자가 등장하는 것은 나무꾼이 그만큼 가족들과 살기 위해 노력하고 있다는 것을 뜻한다. 그러기에 이야기 화자들은 원조자를 등장시켜 나무꾼을 위기 상황에서 구해주며, 가족들과 함께 살 수 있도록 도와주고 있다. 나무꾼은 노력의 결과로 처가식구들에게 인정을 받은 것이다. 이제 선녀와 자식들과 함께 천상에서 살 수 있는 자격을 인정받고 있다. 그리고 선녀 또한 자신이 도와줄 수 없는 어려운 시험을 통과한 나무꾼에 대해 새로운 평가를 내린다.

〈3-③〉

그래 저거 마느래가 생각해 '이런 사람은 하여간아 넘의 집을 살고, 없이 살았더래도 그래도 다 참 하늘에서 아는 사람이라디 아는구나. 그렇지 않하고야 그 쥐뿔 떼서 오기는 만무하다.' 이기라.[24]

24 쥐에게 은혜 베풀어 옥황상제 사위된 이야기, 『한국구비문학대계 8-6』, 145쪽.

〈3-③〉에서 선녀는 누구든 가면 죽어 돌아오지 못하는 쥐국에서 나무꾼이 쥐뿔을 떼어오자, "남의집살이를 하고 가난하게 살았더라도 하늘에서 아는 사람"이라며 나무꾼을 새롭게 평가한다. 선녀는 본인 스스로도 불가능하다고 생각했던 과제를 나무꾼이 무사히 해결하고 돌아오자, 나무꾼에 대해 새로운 평가를 내리고 있는 것이다. 즉 나무꾼에 대한 생각을 수정하면서 인식의 변화를 보여주고 있다. 다음의 예문은 나무꾼이 노력의 대가로, 장인에게서 평생을 먹고 살 수 있는 지팡이를 얻게 된다.

〈3-④〉

"너는 네 평상 소원이 뭐냐?" 금을 주랴 은을 주랴 뭐 참 무슨 보화를 주랴 별 걸 다 묻거던? "아아무껏두 구만두구 저 끄 구석챙이 세운 지팽이나 하나 주쇼." 그러닝개 이맛살을 찌푸리거던? 옥황상제가. 그러닝개는 그 참 황후되는 양반이, "그거 뭐 그거 하찮은 거 …아 주라구. 그 인간 사위 그렇게 고생허구 거시갰는디 안 줄 게 뭐 있느냐?"구. 얼른 내 주거던? 그래서 인제 참 왔단 말여. "이게 뭣허능 게냐구. 대관절, 지팽이 가지구 흔 지팽이 가지구 뭣허느냐."구 그랬어. "<u>이것이 우리 평생 먹구살어. 돈 나오구, 옷 나오라면 옷 나오구, 입이루 돌아서 소원 있는 대루 다 나오라면 다 나와</u>. 그러닝개 그눔 가지면 살 게 아니냐?"구. 그래서, 거기서 참, 한 일생을 살다 그렇게 죽었다능 기여.[25]

또한 〈3-④〉에서 나무꾼은 어려운 시험을 무사히 마친 대가로 옥황상제로부터 소원이 뭐냐는 질문을 받게 된다. 나무꾼은 선녀가 시킨 대로 지팡이를 달라고 하는데, 옥황상제는 아까운 듯 이맛살을 찌푸린

---

25 천국의 시련, 『한국구비문학대계 4-5』, 316쪽.

다. 그러자 황후 되는 사람이 "인간사위가 그렇게 고생했는데 안줄 게 뭐가 있냐"고 주라고 하고, 옥황상제는 할 수 없이 지팡이를 나무꾼에게 내준다. 이 지팡이는 평생 먹고 살 수 있도록 모든 소원을 이루어주는 지팡이이다. 이렇게 나무꾼이 지팡이를 얻어 아무런 걱정 없이 잘 살다가 일생을 마치게 되는 이야기도 있다. 이 경우 나무꾼은 한 가정의 경제를 책임지는 가장으로의 역할을 잘 수행해내고 있다.

이와 같이 나무꾼은 선녀의 말을 충실히 수행하며, 가족들과 살고자 노력하는 태도를 보여준다. 또 선녀가 도와줄 수 없는 어려운 시험을 맞이해서도 포기하지 않고 시험에 임해, 불가능한 것을 가능한 것으로 바꾸어 버린다. 여기에는 예전 지상에서 나무꾼에게 보은을 받은 쥐가, 나무꾼의 새로운 원조자로 등장한다. 새로운 원조자의 등장은 나무꾼의 가족들과 살고자 하는 소망이 그 만큼 크다는 것을 의미하며, 나무꾼의 이러한 소망을 충족시켜 주기 위해 이야기 화자들이 등장시킨 일종의 문학적 장치인 것이다. 이렇게 나무꾼은 가족들과 살기 위해 열심히 노력했고, 그 결과 천상에서 행복하게 살 수 있는 자격을 획득하고 있다.

② 최선의 내조

선녀는 천상으로 올라온 나무꾼을 받아들여 행복하게 살기를 원하지만, 친정식구들은 나무꾼에게 천상에서 살 만한 자격을 요구한다. 천상이라는 세계에 대해 잘 모르는 나무꾼은 그저 걱정만 할 뿐이다. 이러한 상황에서 선녀는 최선을 다해 나무꾼을 도와준다. 먼저 중심자료에서 이러한 부분을 제시해보면 다음과 같다.

〈3.1-3〉

"아 죽여야지 안 죽이믄 우리 둘이 죽는다." 이런 말이여. 딸만 삼 형젠데 둘이 죽는대니 어떡허느냐 이런 말이여. "아 그거 할 수 없다."구. 그런데, "그 죽여 주슈." 그래 아무리 생각을 해야 죽일 수가 있나. "얘 그러믄 가만 있거라. 내가 의사를 내마." 그래 한날은, "그 아무데 그 느 거시키 오래라." 그 딸보구 그러니까, 가 오라 그랬단 말여. 그래 들우왔단 말여. "아 왜 불르셨읍니까?" "응 다름이 아니야. 너 나하구 내길 해자." 그런 말이여. "아 무슨 내길 헵니까?" "니가 내 재주를 못 아리켜내믄 니가 죽구, 니가 그걸 알이켜내믄 너를 그냥 이 여기서 그냥 아주 세상만 거시키 하두룩 살두룩 맨들어 주마." "그 그럭하겄다." 구. 그러구 집이루 왔어. 집이 와서 인저 꿍-꿍 앓지. 뭐 알이켜낸대는 장사가 있으야지. 그 래 마누라가 있다가, "이 여보, 아들이 형제씩 되는데 왜 당신이 앓구만 있시믄 어떡할까요?" "아 빙-아 음 빙장 으른이 내기를 해재는데 무신 내긴지를 모르겄으니 이걸 우뜩해야 좋으냐? "으응, 은제?" "내일 아침에 오라 그랬다." "그럴 꺼." 라구. "그 뭐 걱정 말우. 밥 먹우. 밥 먹은 뒤에 내일 아침에 갈 쩨 내기 얘기 하리다." 이런 말이여. 응 아침 마침 먹은 후에, "오늘 가믄 구 문간에 들어시믄, 큰 돼지가 새끼 두 마릴 데리구 당신 들어가는 길을 근너서 갈 꺼여. 가걸랑은 당신이 으쨌든지 발길루다 그 돼지-그걸구 돼지 턱주거릴 냅다 걷어찬 후에, 당신이 즘잖게 지하제 사람하구 이런 얘기 해는 데가 어딨는냐구 걷어차우.[26]

선녀의 아버지는 자신의 재주를 알아낸다면 평생 천상에서 살 수 있도록 해주겠지만, 그렇지 못할 경우는 나무꾼을 죽이겠다고 한다. 장인의 말에 나무꾼은 내기에 동의하고, 집으로 돌아와 끙끙 앓는다. 나

---

26 선녀와 나뭇군[다시 찾은 옥새], 『한국구비문학대계 1-6』, 68~69쪽.

무꾼은 천상의 사람이 아니기에, 장인의 재주를 알아낼 만한 능력이 없는 것이다. 여기서 선녀의 도움은 빛을 발한다. 선녀는 아내로서의 역할을 톡톡히 해내고 있다. 선녀는 "쉬운 일이니 걱정하지 말고 밥이나 먹으라"고 나무꾼을 안심시키고, 나무꾼에게 "문간에 들어가면 큰 돼지가 새끼 돼지 두 마리를 데리고 당신 들어가는 길을 건너갈 테니 돼지의 턱을 걷어차라"고 한다. 나무꾼은 선녀가 시키는 대로 행동하고, 장인과의 내기에서 이기게 된다. 이렇듯 선녀는 불안한 나무꾼의 마음을 다독여주며, 자신의 가족들로부터 나무꾼을 보호해준다.

시험에 처한 나무꾼을 도와주는 선녀의 모습은, 시험이 나타나는 〈나무꾼과 선녀〉 모든 작품에서 공통적으로 나타난다. 다음에서는 여타 예문에서 이러한 장면들을 몇 가지 살펴보도록 하겠다.

〈3-⑤〉

"우리가 활을 쏴서 저- 동해 바다에 이미기가 있는디, 그 이미기 눈깔이다가 활을 쏴서 맞힐테니께 그 화살촉을 가 빼 오너라." 그거여. 그 화살촉을 빼 오먼은 너를 살려줄 게구, 살려주구 무슨 보답을 많이 준다는 게지. 그렇구 그렇지 못 하면 너를 죽인다 그거여. 그렁께 죽구 살기루다가 내기를 하구서는 활을 쏘자는 겨. 이 눔이 그 이미기 눈이 화살을 가 빼 올 재간이 있어야지. 집이 와서 꿍꿍 앓구 두러눴지. 그러닝께 그 마누라가 '왜 그러느냐'구 달구 묻거든. 그래 그 얘기를 했어. 그랑께, "그까짓 일을 뭘 그렇게 걱정을 하슈. 일어나서 밥 자시구, 낼 가서 빼 가지구 오슈." 그래 일어나서 밥을 먹구 인저 이렇거구 그 이튿날 됐는디, 아 그 비리먹은 말, 비리먹은 말을 한 마리 주머서 '이걸 타구 가먼은 활을 쏘먼은 그 이미기 눈이 가서 화살이 맞아가지구 그 이미기가 고개를 불끈 불끈 쳐들구서 나와서는 거시키 할 겨. 그러닝께 가서 그 화살을 빼먼은 이미기는 그냥 들어 갈 게구, 가지구 오슈'. '그럭하라구.'[27]

〈3-⑥〉

즈 아부지가 그러더니 불렀단 말이여. "난수야." "예." "니가 내 딸허고 살려면 나러고 숨바꼭질을 허자. 그래서 내가 몬야를 숨든가 니가 몬야를 숨든가 해서 못 찾으먼 니가 내 사우 노릇을 허고 내가 찾아부리먼 내 사우 노릇을 못 헐낀데 그쯤 알어라." 대답을 해 놓고 와서 가만히 생각해 본께 어떻게 숨어야 모를 것이냐 말이여. 그래 즈그 마느래한테 가서 아니 빈장님이 이리저리 하드라. 어떻게 할 것이냐. 그런께 꺽정 마라고 당신보다 모냐 숨으라 했던가 손을 맨들어서 사람 연적 안 있드라고, 연적을 딱 맨드라서 딱 사람 앞에다 놓고 있단 말이여. 근께 압씨는 아는디, '저것이 즈그 남편을 삼을라고 그러는 것이구나.' ……"허어 그런 것을 다 꺽정허요. 낼 아침에 조반을 자시고 뒤안을 돌아가시요. 뒤안을 돌아가머는 흐컨 백장닭이 크나큰 거시랭을 찍에 물고 고 고 고 고 헐 것이요. 그러면 빈장님 뭣 허시요. 그러고 발로 딱 더듬어 차부르라고요."[28]

〈3-⑦〉

즈그 쟁인이 '그라먼 우리가 뭣을 해서 저놈을 내려 보내것냐? 그라니깨 우리가 숨바꼭질을 하자.'고 그랬어. 숨바꼭질을 하자고 그랑께 숨바꼭질을 하먼 인자 지면 내려 보낼라고 했지라잉. 지면 내려 보낼라고 한께, 아이 숨바꼭질을 한디 즈그 마느래 보고 그랬어. "아니 뭣이락 해사 쟁인을 찾일 것이요?" 그랑께, "누런 꾸렝이가 지스럭에가 딜룽대면 워매 짝대기로 뚝 떠낸 김시로 '쟁인님, 일어나시요.' 그라먼 '어허어, 늬가 날 찾았냐?' 그랄것이라." 고 그라드라우. 아이 데차나 본께 꾸렝이가 그냥 여그 지스럭애가 딜룽딜룽하고 있응께 데차나 여그서 올라간 즈그 사우가 뚝 떠냉김시로 '쟁인님 일어나시요.' '어허이 늬가 날 찾냐?' 그랬어.[29]

---

27 나뭇군과 선녀, 『한국구비문학대계 4-2』, 223~224쪽.

28 사슴 도와주고 옥황상제 딸을 색시로 얻은 난수, 『한국구비문학대계 6-6』, 357~358쪽.

〈3-⑧〉

"그러나 여기 올러와 당신이 살 길이 막막-막연헌데 어떡 했이면 좋겠느냐? 장인이 재주가 비상헌데 장인이 당신을 그 인제 알기 위해서 '그 민간민 뭘 좀 아나?' 그 재줄 부릴 꺼야. 오늘 아침에 당신이 가 인사를 허러 갈 때 큰 황계 수탉이 돼가주구서는 지붕 꼭대기 가 있을꺼야. 그래 '장인 왜 거기 올라가 있수?' 이러구 절을 해라." 이거야. 그래 이거 아침에 일지감치 거길 가니깐두루 용마름에 그-그 개와집 꼭대기 황계 수탉이 홰를 치구 울거던. "아 장인어른 왜 거기 가서 홰를 치구 우세요?" 이러구선 절을 허니깐, 이 민간놈두 알거던.[30]

〈3-⑤~⑧〉는 모두 나무꾼에게 처가식구들이 시험을 요구하고, 선녀가 나무꾼을 도와주는 부분이다. 〈3-⑤〉에서 선녀의 언니와 남편들은 나무꾼에게 "동해 바다에 있는 이무기 눈깔에 활을 쏘아 맞출 테니, 그 활촉을 빼오라"고 한다. 빼온다면 나무꾼을 살려주고 보상을 많이 해주겠지만, 그렇지 못할 경우 죽이겠다는 것이다. 처형과 동서들의 내기요구를 받은 나무꾼은 집으로 돌아와 끙끙 앓는다. 나무꾼은 인간이기에 문제를 해결할 수 있는 방도가 없는 것이다. 이러한 상황에서 선녀는 "그런 일을 걱정하느냐"면서 밥이나 먹으라고 하고, 이튿날 비루먹은 말을 한 마리 내주며 이무기 눈에 박힌 화살을 빼올 수 있는 방도를 일러준다. 그리고 선녀의 말대로 행한 나무꾼은 내기에서 이기게 된다.

〈3-⑥〉에서는 장인이 나무꾼을 불러 숨바꼭질 내기를 제안한다. 숨바꼭질을 해서, 이길 경우는 사위노릇을 할 수 있지만, 그렇지 못할 경우는 사위노릇을 할 수 없다는 것이다. 나무꾼이 선녀에게 장인의

---

29 멧돼지의 보은, 『한국구비문학대계 6-5』, 40쪽.

30 선녀와 나뭇군, 『한국구비문학대계 1-4』, 710쪽.

말을 전하자, 선녀는 나무꾼을 연적으로 만들어 숨겨준다. 장인은 나무꾼이 연적으로 변했다는 사실을 알지만, 나무꾼을 남편으로 삼으려는 선녀의 마음을 알고 나무꾼을 모르는 척한다. 다음으로 장인이 숨게 되는데 선녀는 나무꾼에게 아버지가 백장닭이 되어 큰 지렁이를 물고 있을 테니, 가서 찾아내라고 한다. 선녀의 말대로 행한 나무꾼은 선녀의 도움으로 닭으로 변한 장인을 찾아내고, 내기에 이겨 사위노릇을 할 수 있게 된다.

〈3-⑦〉에서도 선녀의 언니들은 아버지에게 나무꾼을 죽이라고 사주하고, 아버지는 나무꾼을 죽일 목적으로 숨바꼭질 내기를 제안한다. 숨바꼭질에서 질 경우 다시 지상으로 내려 보내겠다는 것이다. 장인과의 숨바꼭질 내기를 하게 되었다는 말에 선녀는 "누런 구렁이가 처마 끝에 달려있을 테니 작대기로 툭 떼어내라"고 한다. 나무꾼은 선녀의 말대로 행동하고 장인과의 숨바꼭질에서 이기게 된다.

〈3-⑧〉에서 선녀는 아버지가 나무꾼을 시험해 볼 것임을 미리 예상하고, 나무꾼에게 시험을 해결할 수 있는 방도를 알려준다. 여기서는 앞날을 내다볼 줄 아는 선녀의 능력이 드러난다. 선녀는 나무꾼에게 장인이 당신을 시험하기 위해 재주를 부릴 것이라고 하면서, 아침에 인사를 하러 갈 때 황계 수탉이 지붕 꼭대기에 앉아있을 테니 그 닭을 보고 절을 하라고 한다. 선녀의 말대로 행한 나무꾼은 장인을 찾아내고 민간인이 뭘 안다는 이야기를 듣게 된다.

이처럼 선녀는 나무꾼이 처가식구들의 시험에서 이길 수 있도록 그를 도와준다. 선녀의 도움을 받아 나무꾼이 해결하는 시험은, '숨바꼭질'처럼 변신해 있는 동물들을 찾아내는 것이나 '화살찾기'처럼 지상으로 쏜 화살을 찾아오는 것, 그리고 '목베기'처럼 서로의 목을 베는 것이 있다. 또 소수지만 '말타고 깃대 가져오기' '윷놀이' '씨름' '말에서 떨어지지 않기' '이무기 눈깔에 박힌 화살 빼오기' '장기 두기' 등으로 나타난다. 이런 시험에서 선녀는 나무꾼에게 해결 방법을 가르쳐주어 시험을 통과할 수 있게 하거나, 혹은 그 시험 상황에 뛰어들어 문제를 해결을 해준다.[31]

선녀는 또 시험 도중 낭패를 당하게 된 나무꾼을 도와주기도 하는데, 이 경우에는 선녀와 나무꾼이 시험에 통과하는 것을 방해하는 인물 간에 변신경쟁(變身競爭)이 나타난다. 먼저 중심자료에서 그 부분을 제시해보면 다음과 같다.

〈3.1-4〉

이 마누라쟁이가 관상을-가만히 천길을 내려다 보니까, 자기 염감이 옥새를 가주구 와. 응 분명히 손에다 들구서 한 손으루 말고 뻴 들구 오는데, 보니까 수리 한 늠-두 마리가 떠서 그 옥새-들구 오는 옥샐 뺏어 가지구 날라간다 이런 말이여. 가만히 보니까, 저이 성덜이 그거 뺏어다가 저이 냄편 죽이구 저이 시 식구 다 죽일 예산이여. '아 이래선 안 되겠다.' 그래 저이 성들 떠나간 뒤에 이것이가 조화를 부려서 쪼끄만 여치매라구 요고만한 거 있읍니다. 날은 응. 생매 잡아 길들인대는게, 그랴 그거여. 아 그래 매가 돼가지군 떠나간다 말여. 거길 향해구 쫓아가. 아 이 쫓어가니까, 저이 성들 둘이 거가 빙빙 돌더니 아 옥샐 뺏어가주구 그냥 날은다 말여, '그 이거 이 뎀벼서 어차피 우리-난 죽는 거니까 내가 죽더래두 한다.'구. 그거 둘을 붙잡구 있는 느므 옥새를 가 뺐구선 그냥 그 발루다 그냥 성에 눈깔들을 허벼내. 그래 수리가 눈을 못 떠요. 눈깔이 멀어서. 아 그래 옥새를 뺐겼어.[32]

31 목베기 내기의 경우, 선녀는 나무꾼이 벤 목에 재를 뿌려 목이 붙지 못하게 함으로써 문제를 해결해주기도 한다. 이 경우는 선녀가 문제 상황에 직접 뛰어든 것이라고 볼 수 있다.

32 선녀와 나뭇군[다시 찾은 옥새], 『한국구비문학대계 1-6』, 76쪽.

천기를 보던 선녀는, 자신의 언니들이 나무꾼이 들고 오는 옥새를 빼앗고 나무꾼과 식구들을 다 죽이려고 하는 것을 알게 된다. 이에 선녀는 매로 변신해, 수리로 변신한 언니들이 나무꾼에게 빼앗아 오던 옥새를 도로 되찾는다. 그러던 중 매로 변신한 선녀는 수리로 변신한 언니들의 두 눈을 할퀴게 되고, 선녀의 언니들은 두 눈이 멀게 된다. 이렇듯 선녀는 자신의 언니들한테 해(害)를 가하면서까지 나무꾼을 도와준다. 여기서 선녀가 언니들의 눈을 멀게 하면서까지 나무꾼을 도와주고 있는 건, 나무꾼에게 가해진 시험이 비단 나무꾼만을 죽이려는 게 아니라 자신과 자식들 모두를 죽이려는 것이기 때문이다. 그러므로 선녀는 자신의 가족들을 살리기 위해 언니들에게 해를 가한다. 선녀가 변신경쟁을 하며 나무꾼을 도와주고 있는 모습은 다른 예문들에서도 찾아볼 수 있다.

〈3-⑨〉

"이게 뭐이길래 이렇게 가주구 오라구 하느냐?"구 하면서, 이저 내서 보는디, 아 워떤 소리개 한 마리가 '딱풍' 떠서 '팍' 쑤셔백이더니 그 '툭' 채틀어 가지구 날러가 버린단 말여. 아! 그 닭 쫓던 개 울 처다 보기라더니 잃어버렸어. 그 솔개미한티. 아! 그 쪼끔 있더니 워서 큰 독수리 한 마리가 오더니 쫓어가서 솔리개미를 한 번 냅다 떼리며 이 눔을 뺏어 가지구 내빼거든. 뺏어가지구 내뺀단 말여.[33]

〈3-⑩〉

아 그런디 중간쯤 가다가 비둘기 두 마리가 홍 날라간단 말야. 아 보니께 활촉을 빼 물고 날아가요. 활촉을 이놈들이 빼서 물고선 그냥 공중으

33 나뭇군과 선녀, 『한국구비문학대계 4-2』, 227~228쪽.

로 뜬다 이거야. 아 그러니 당나귈 타구서, 건공중에 천장만장으로 사뭇 올라가니 어떻게 찾어. 그래 허비덕하구 들구 쫓아오는 판인데, 베란간에 난데없는 독수리가 냅다 오려 채더니, 비둘기 두 마릴 탁 채갖구 그저 무한으루 하늘루 올라가 버렸어. 비둘기는 갠신히 꽁무니를 쫓어왔는데 독수리가 채가지고 건공중에 올라간 뒤에는 우엔지두 몰라. 아무것도 당체 없어.[34]

〈3-⑪〉

장인이 쏜 화살촉을 시 개를 다 줏어서 가슴에 품고 오는디 오다가 이 화살촉이 어뜋게 생긴 것인가 하고 가슴에서 꺼내서 볼라고 허넌디 난디없이 깐치 한 마리가 날라오더니 그 화살촉을 채가지고 날라갔다. 그렁께 까마구가 날러오더니 깐치헌티서 화살촉을 뺏어서 날라가넌디 솔개미가 나타나서 까마구헌티서 활촉을 뺏어각고 공중 높이 어디론가 가 버렸다.[35]

〈3-⑫〉

소리개나 차 갔으면 왕솔밭이나 찾어가 봤으면 혹시 떨어트릴란지두 모루겄는디 독수리란 눔이 차 가지구 갔으니, 소루개가 차 가지구 가는 눔 독수리란 눔이 뺏어 가지구 갔으니, 소루개가 차 가지구 가는 눔 독수리란 눔이 뺏어 가지구 내빼더랴. 워디 가 찾을 곳이 읎단 말여. ……소루개는 즈 오빠덜이 가서 그룷게 돼가지구 뺏었는디 즈 동생이 독수리가 돼가지구 차 가지구 왔단 말여. 그래 인제 목숨을 살었지.[36]

34 나뭇군과 선녀, 『한국구비문학대계 4-3』, 412~413쪽.
35 나뭇군과 선녀, 『임석재전집: 전라북도편 I』, 175쪽.
36 천국의 시련, 『한국구비문학대계 4-5』, 312쪽.

먼저 예문 〈3-⑨〉〈3-⑩〉〈3-⑪〉에서 나무꾼을 곤경에 빠트리는 대상은 선녀의 언니들이다. 작품에서 선녀의 언니들은 가정을 이룬 선녀와 혼자 살고 있는 자신들의 처지를 비교하며, 선녀에 대한 시기심 때문에 나무꾼을 죽이려 한다.

〈3-⑨〉에서 나무꾼은 고양이나라와 쥐나라 임금의 통천관을 가져오던 중, 통천관이 뭔지 궁금해 그것을 꺼내본다. 그러자 소리개가 나타나 통천관을 채간다. 그리고 소리개가 가지고 가던 통천관을 다시 독수리가 가져가는 것을 본다. 통천관을 빼앗기고 풀이 죽어 집으로 돌아온 나무꾼에게 선녀는 잃어버린 통천관을 내주며, 언니들이 소리개가 되어 뺏어가는 걸 자신이 독수리가 되어 찾아왔다고 이야기한다.

〈3-⑩〉에서 나무꾼은 활촉 세 개를 잘 싸서 품에 넣고 온다. 그러다가 비둘기를 만나고, 나무꾼은 비둘기가 귀여워 집으로 데리고 가서 같이 살려고, 비둘기를 품 안에 넣는다. 그러자 비둘기 두 마리는 나무꾼의 품안에 있던 활촉을 가지고 하늘로 날아올라간다. 그리고 독수리가 나타나 비둘기를 채간다. 활촉을 잃어버린 나무꾼이 집으로 돌아와 근심을 하자, 선녀는 자신의 언니들이 나무꾼을 죽이려고 비둘기가 되어 활촉을 빼앗아간 사실을 이야기해준다. 그리고 자신이 독수리로 변해 활촉을 빼앗아왔다고 하며, 나무꾼에게 활촉 세 개를 내준다.

〈3-⑪〉에서는 선녀의 큰언니가 까치가 되어 화살을 빼앗아가자, 작은 언니는 까마귀가 되어 큰언니로부터 다시 화살을 빼앗아간다. 그리고 선녀가 소리개가 되어 작은 언니로부터 화살을 다시 빼앗는다. 여기서는 선녀의 자매들 간에 화살을 빼앗고 빼앗기는 과정이 그려지고 있다.

〈3-⑫〉에서는 선녀의 오래비들이 나무꾼을 곤경에 빠뜨리는데, 선녀의 오빠가 소리개로 변해 나무꾼이 가지고 오던 화살을 빼앗아 달아나고, 선녀는 독수리로 변해 나무꾼이 잃어버린 화살을 도로 찾아온다. 여기서 선녀는 자신의 언니나 오래비들보다 더 강한 동물로 변신하여 나무꾼이 잃어버린 화살을 찾아온다.

변신경쟁[37]이 나타나는 경우를 살펴보면, 선녀의 언니들이 비둘기로 변신했을 때 선녀는 독수리로 변신을 하며[38], 선녀의 언니들이 까치나 까마귀로 변했을 때 선녀는 소리개로 변신을 한다.[39] 또 선녀의 언니들이나 처남들이 소리개로 변신했을 때 선녀는 독수리로 변신을 하고[40], 처남댁이 까치로 변했을 때 선녀는 매로 변하게 된다.[41]

이처럼 변신경쟁에서 선녀는 늘 자신의 경쟁자보다 강한 동물로 변하여, 상대를 제압하고 나무꾼이 잃어버린 화살을 찾아온다. 선녀가 경쟁자보다 더 뛰어난 도술을 발휘할 수 있는 것은, 나무꾼과 살고자 하는 선녀의 바람이 그만큼 간절하다는 것을 의미한다. 작품에서 선녀는 늘 자신의 친정식구들보다 남편인 나무꾼을 우선시하고 있다. 선녀가 자신의 친정식구들보다 남편인 나무꾼을 더 우선시하고 있다는 것은, 다음과 같은 예문에서 더욱 잘 드러난다.

〈3-⑬〉

총각은 센네 오래비과 칼싸움을 하게 됐넌데 총각은 센네 오라비 목을 텠다. 그랬더니 오래비 목이 툭 떨어뎄넌데 이 목이 다시 가서 부틀라고 했다. 이때 센네레 와서 매운 재를 오래비 목이 베인 자리에 뿌렜다. 그랬더니 떨어진 목이 도루 와서 부틀라구 하다가 붓딜 못하구 떨말데서 오래

37 변신경쟁에 대한 부분은 '표2〉 처가갈등 중 시험 장면'을 참조할 것.

38 나뭇군과 선녀, 『한국구비문학대계 4-3』, 412~413쪽.

39 선녀와 수탉이 된 총각, 『전북민담』, 19쪽,
나무꾼과 선녀, 『임석재전집: 전라북도편 I 』, 174쪽.

40 나뭇군과 선녀, 『한국구비문학대계 4-2』, 227쪽.
천국의 시련, 『한국구비문학대계 4-5』, 311~312쪽.

41 나무꾼과 선녀, 『임석재전집: 충청남도편, 충청북도편』, 311~312쪽.

비는 죽구 말았다. 그 후보타는 아무 일 없이 총각은 센네와 잘 살았다구 한다.[42]

〈3-⑭〉

목베기내기 하는 날이 돼서 옥황상제와 총각은 마주 서서 목을 베게 됐넌데 옥황상제는 총각과 맨제 비어 보라구 했다. 총각은 옥황상제에 목을 비누꺼니 옥황상제에 목은 툭 잘라데서 따에 떨어지더니 다시 부텄다. 옥황상제는 또 베어 보라구 했다. 총각이 옥황상제에 목을 베었더니 떨어뎄다가 다시 부텠다. 옥황상제 또 베라구 했다. 총각이 옥황상제에 목을 베서 떨어데서 다시 부틀라 할 적에 선녀레 와서 옥황상제에 목 벤 자리에다 매운 재를 뿌렜다. 그랬더니 목은 부틀라 하다가 붙디 못하구 데구르르 떨어뎄다. 그래서 옥황상제는 죽구 말았다. 그 후 총각은 하늘서 아무 일 없이 선녀와 잘 살다가 무진년 홰통에 달구다리 뻗두룩 했다구 한다.[43]

〈3-⑬〉에서는 나무꾼이 선녀의 오래비와 〈3-⑭〉에서는 옥황상제와 목베기 내기를 하는 장면이 나타난다. 목베기 내기란 생사(生死)가 걸려있는 문제로, 한쪽이 죽어야만 내기가 끝난다.

〈3-⑬〉에서 나무꾼은 선녀의 오래비와 목베기 내기를 하는데, 오래비 목이 다시 붙으려고 하자 선녀가 매운 재를 오래비 목에 뿌린다. 그러자 떨어진 목이 제자리에 붙지 못하고, 오래비는 죽어버린다. 그 후 선녀와 나무꾼은 아무 일 없이 천상에서 잘 살게 된다. 이 예문은 선녀가 자신의 남편을 살리기 위해, 혈육인 오래비를 희생시킨다는 점이 좀 특이하다. 여기에는 아마도 결혼을 한 이상 여성은 친정과 독립되어야 하고, 모든 것은 남편을 중심으로 이루어져야 된다는 화자의

42 나무꾼과 선녀, 『임석재전집: 평안북도편 I』, 53쪽.
43 나무꾼과 선녀, 『임석재전집: 평안북도편 I』, 63쪽.

의식이 반영되어 있는 것으로 보인다.

〈3-⑭〉에서도 나무꾼은 옥황상제와 목베기 내기를 하고 있다. 옥황상제는 나무꾼에게 먼저 목을 베어보라고 한다. 나무꾼이 목을 베자, 옥황상제의 목은 다시 제자리에 붙는다. 몇 번을 반복해도 옥황상제의 목은 떨어지지 않는다. 그러자 선녀는 옥황상제의 목에 매운재를 뿌리고, 목은 제자리에 붙지 못하고 떨어져 결국 옥황상제는 죽게 된다. 둘 사이를 방해하던 옥황상제가 죽어버리자, 나무꾼과 선녀는 아무 일 없이 행복하게 잘 살게 된다.

이것은 선녀가 자신의 혈육보다 남편인 나무꾼을 더 우선시하고 있다는 것을 잘 보여주는 장면이다. 그런데 오래비나 옥황상제의 죽음은 실제 죽음이라기보다는, 일종의 상징으로 사용되고 있다. 자신의 혈육을 죽이고 행복할 수 있다는 것은 아무래도 수용자들에게 받아들여지기 힘든 일이기 때문이다. 그러므로 오래비나 옥황상제의 죽음은 그들의 방해가 이제는 완전히 끝났다는 것을 의미한다.

이와 같이 선녀는 자신의 남편인 나무꾼을 친정식구들보다 우선시하며, 그가 천상에서 살 수 있도록 최선을 다해 도와준다. 선녀는 처가식구들의 시험을 걱정하는 나무꾼의 마음을 다독거려 그가 편안한 마음으로 시험에 임하게 해주며, 시험을 통과할 수 있는 방법을 가르쳐줌으로써 나무꾼이 무사히 시험을 치를 수 있도록 최선을 다해 도와준다. 선녀가 지상에서 아내로의 변화를 거부하고 천상의 딸이라는 역할을 고집했다면, 이제 선녀는 자신이 한 남성의 아내이며, 자식들의 어머니라는 사실을 깨닫고 있다. 그리고 나무꾼이 천상에서 살 수 있도록 최선을 다해 남편을 내조해준다. 선녀의 도움으로, 나무꾼은 시험을 무사히 통과하고 천상에서 살 수 있는 자격을 획득한다.

2. 나무꾼과 처가와의 갈등 해결방안

나무꾼과 처가식구들 사이의 갈등을 해결하는 방식은 크게 두 가지로 나누어 볼 수 있다. 하나는 나무꾼이 처가식구들이 요구하는 시험에 통과함으로써 일정한 자격을 획득하여 처가식구들의 인정을 받는 것이며, 다른 하나는 나무꾼과 선녀의 재결합을 방해하는 인물들이 더 이상 존재하지 않게 되는 것이다. 다음에서는 이 두 가지 방식에 대해 살펴보도록 하겠다.

1) 나무꾼에게 재결합을 위한 자격인정

여기서 살펴볼 것은 나무꾼이 처가식구들이 요구하는 시험에 통과함으로써, 일정한 자격을 획득하여 선녀와 행복한 재결합을 이루는 부분이다. 처가식구들의 인정은 나무꾼과 선녀가 재결합을 하기 위해 꼭 필요한 조건이 된다. 왜냐하면 결혼이란 당사자인 남녀 둘만의 문제가 아니라, 그 남녀를 둘러싼 집안과 집안의 문제인 것이다. 그러므로 이 둘의 행복한 재결합을 위해서, 나무꾼은 처가식구들의 인정을 받아야만 한다.

〈3.2-1〉

"아 빙장 어른, 여기 가져왔읍니다." 그러니까, "하, 얘 지하지에 사람이 하늘에꺼지 도를 닦어… 이렇게 좋은 사람을 저런 망한 년들 대민에 그 죆이라구… 이년 느이 눈깔이 다 멀어두 괜찮다." 그래서 걔가 하늘에서 사는 거여.[44]

나무꾼은 예전에 지상에서 도움을 주었던 쥐들의 보답으로, 선녀의 아버지가 고양이 나라에 빼앗겼던 옥새를 찾아온다. 옥새를 장인에게 바치자, 선녀의 아버지는 "나무꾼이 하늘에까지 도를 닦았다"고 칭찬하며, 나무꾼을 죽이라고 했던 자신의 딸들을 '망할 년들'이라고 욕한다. 그리고 그녀들이 변신한 상태에서 선녀에게 눈을 할퀴어 눈이 멀게 된 것도, 괜찮다고 한다. 장인은 천상에서 누구도 해내지 못한 큰일을 해낸 나무꾼을 자랑스러워하며, 사위로 인정하고, 자신의 가족으로 받아들인다. 여타 예문에서 나무꾼이 처가식구들에게 인정을 받는 장면들을 찾아보면 다음과 같다.

〈1-①〉

그러니깐 인제 그늠을 뭘 시켰냐면 천둘 따 오래는 거야, 하늘 꼭대기서. 천둘 따 오래는데, 천둘 따러가믄 백 명이구 만 명이구 몇 그 뭐 다 죽게 마련이지. 살어 오는 거시킨 없거든. 그래 자기 부인이, "당신은 이왕 마지막 가-마지막 가는 길이니깐…" ……폐 보니까 따는 천두야. 그래 장인헌테 떡 갖다가, 두 내우가 가서 인제 바치구서 절을 허니깐두루, "이게 실지가?" '이게. 내가 이거 잘못했다.'는 걸 이제 그 때 깨달았어. '그 하늘-이 사람을 갖다 괄세를 했구나!' 인제 큰 사우 둘째 아 사우는 개돌-아주 개도토리루 생각해.[45]

〈1-②〉

고양이 나라가 있는디 그 근너 고양이 나라에 가서 고양이 나라 통천관하구 쥐나라에 가서 쥐나라 왕의 통천관하구그걸 가져와야지, 그걸 안 갖오면 쥐여 버린다 그거여. '아 그녀랴'구. 그러니 이걸 할 도리가 있어?

---

44 선녀와 나뭇군[다시 찾은 옥새], 『한국구비문학대계 1-6』, 77쪽.

45 선녀와 나뭇군, 『한국구비문학대계 1-4』, 715쪽.

……아 그래 그 쥐 왕이라는 자가 이렇게 바라다 보니께 자기 살려준 사람여 그게. 응. 그 쥐 한 마리가 워떻게 근근자손해서 쥐나라이서 왕이 됐어 ……아! 참! 인간사위 참! 재주 용하다구 말여. 그 뭐 큰 사위들은 다 젖혀 놓고 그냥 아주 뭐 칙사 대우허더랴.[46]

〈1-③〉

"참 용하다 아주. 니가 그렇게 용하니 시험 한 번만 더 해여. 한 번 더 하자." "게 무슨 시험을 …무슨 내길 또 합니까?" "내가 활을 한번 쏜다. 호라을 한 번 탁 쏘머는 활촉 시 개가 빠져나가, 활촉이. 활촉 시 개가 빠져 나가니 활촉 시 개를 가서 찾어봐라." 이거여. 아 이거를 뜩 와서, 활을 한 번 쏠 것 같음 이백 릴 나갈지 삼십 릴 나갈지 사백 릴 나갈지 어떻게 알어. 워디가 백혔는지 알어 찾아? 그 활촉을.…그래구선 한 갠 몰러어. 당신이 인간에서 잘 했어야 찾어." ……"인간사위, 인간사위." 하늘사위는 뭐 돌두 안 돌아 봐. 아주 뭐 거꾸로 돼서 아주 인간사위면 고만이여. 노다지 아주 인간사위여. 아 그래갖구 거기서 과거를 보는데 이 사람이 장원급제를…[47]

〈1-④〉

"니가 재주가 그렇기 좋으니 여게 저어 가면 쥐국이 있는. 쥐국이 있는데 쥐국에서 갖다 쥐뿔을 떼갖고 오이라 하나." 그래 인자 그 저거 마느래한테 와서 또 그래 이얘기를 한다. 사맥이 여해가저고 쥐뿔을 떼오라고 하니, 쥐가 뿔이 있냐고. 내야 듣고 보고 못한 소리라고 이랑께. 그래 쥐뿔이 있다고 이라거덩, 쥐뿔이 있기는 있는데 기 쥐국에는 가기만 가면 죽는덴데, 여게서 하는 일 겉으면 내가 어째해다 당신을 살리는데 쥐국에

46 나뭇군과 선녀, 『한국구비문학대계 4-2』, 228쪽.
47 나뭇군과 선녀, 『한국구비문학대계 4-3』, 413쪽.

가라고 하먼 거어 죽으러 보내는 데라꼬. ……옥황상제 님한테 떠억 갖다 바치잉께, "그러면 그렇지 지하에서 천상꺼정 올라온 놈이 어느 거석이 있어서 올라왔지. 그 쥐국에 가먼 죽는다. 인자는 내가 그런 짓 안할데잉께 그 저 여게서 갖다가 잘 살어라." 그래하고 그 사람들이 거서 잘 살드래아.48

〈1-①〉에서 장인은 나무꾼과 숨기내기, 화살 찾아오기 내기를 한다. 선녀의 도움으로 나무꾼이 이 두 가지 시험에 통과하자 이번에는 천두를 따오라고 한다. 예문에서 나타나듯이 천두를 따러 간 사람은 백이면 백, 만이면 만 다 죽어서 돌아오지 못한다. 선녀도 '마지막 가는 길'이라며 나무꾼을 떠나보낸다. 그러나 나무꾼은 예전에 쥐에게 묘를 잘 써준 보답으로, 쥐왕의 도움을 받아 천두를 따오게 된다. 나무꾼이 불가능하다고 생각했던 천도를 따오자, 장인은 나무꾼의 진면목을 깨닫게 된다. 그리고 나무꾼에게 사위대접을 하며, 다른 사위들보다 더 위해준다. 그 후 나무꾼은 장인의 인정을 받으며 선녀와 자식들과 함께 하늘나라에서 행복하게 산다.

〈1-②〉에서 옥황상제는 처음부터 나무꾼을 인간사위라고 사랑한다. 이러한 아버지의 태도에 화가 난 선녀의 언니들은 동해 바다에 있는 이무기의 눈에 화살을 맞출테니, 그 화살을 빼오라고 한다. 그리고 나무꾼은 선녀의 도움으로 이무기의 눈에 박힌 화살을 빼온다. 그러자 이번에는 고양이나라에 있는 통천관과 쥐나라에 있는 통천관을 가지고 오라고 한다. 쥐나라에 도착한 나무꾼은 예전에 자신이 살려준 쥐의 도움으로, 고양이나라 왕의 통천관과 쥐나라 왕의 통천관을 다 가지고 돌아오게 된다. 그러자 옥황상제는 인간사위의 재주가 용하다며,

48 쥐에게 은혜 베풀어 옥황상제 사위된 이야기, 『한국구비문학대계 8-6』, 142~145쪽.

큰 사위들은 다 제껴 놓고 나무꾼만을 대우한다.

〈1-③〉에서도 나무꾼은 장인과 숨기내기를 한다. 나무꾼이 이기자, 장인은 활을 한번 쏘면 활촉이 세 개 빠져나가는데 이 활촉 세 개를 찾아오라고 한다. 나무꾼은 선녀의 도움으로 두 개의 활촉은 찾게 된다. 그러나 선녀도 세 번째 활촉은 찾을 수 있는 방법을 알지 못하며, "당신이 인간에서 잘 했어야 찾게 된다"고 이야기한다. 나무꾼은 결국 예전에 자신이 살려주었던 쥐나라왕의 도움을 받아 고양이나라왕의 베개 속에서 활촉을 찾게 된다. 나무꾼이 활촉 세 개를 장인에게 가져다 드리자, 장인은 인간사위만을 위하게 되며 나무꾼은 장인의 기대에 보답이라도 하듯 하늘나라에서 장원급제를 한다.

〈1-④〉에서는 장인과 숨바꼭질 내기를 하고, 나무꾼은 선녀의 도움으로 내기에서 이기게 된다. 다음으로 옥황상제는 나무꾼에게 쥐나라에 가서 쥐뿔을 가지고 오라고 한다. 선녀는 여기라면 도와줄 수 있지만 쥐국나라의 일은 도와줄 수가 없으며, 쥐국은 한번 가면 누구든 죽게 되는 곳이라고 말한다. 그러나 나무꾼은 역시 예전에 자신이 살려주었던 쥐국왕의 도움으로 쥐뿔을 가져다 옥황상제께 바치고, 옥황상제는 앞으로는 어려운 일을 시키지 않겠다며 가서 선녀와 잘 살라고 한다.

다음에 보이는 예문들 역시 인정을 받아야 되는 대상의 차이만 있을 뿐, 인정을 받아 천상에서 살게 된다는 점에서는 동일하다.

〈1-⑤〉

다음날 츠남이 와스 활촉 시 개를 챗으왔느냐고 해스 챗으왔다고 함스 활촉 시 개를 다 내놨다. 그르니게 츠남은 그만한 재주가 있으니게 매부도 하늘 나라스 살 만하다 하구 하늘스 살게 했다.[49]

〈1-⑥〉

다음날 아침에 총각은 재통에 가서 수탉이 두 마리 꾸더꾸더 하구 있넌 걸 보구서 "아 형님덜, 점디않는데 와 이 티꺼운 데서 이러구 게시우" 하구 말했다. 그러느꺼니 수탉은 인차 벤해서 선녀가 되더니 님재 어드렇게 알아보능가 그만한 재간이 있으문 하늘에서 살 수가 있다구 말했다.[50]

〈1-⑦〉

그래 집에 가이 나무라 장모 칭찬이 자자하고 동네 사람들이 전부 칭하하더라 말이라. 그래보이, 악한 끝은 없다캐도 후한 끝은 있능기라. 사람은 악몽을 해도, 짐승은 은혜를 다 갚는다 말이라.[51]

〈1-⑤〉에서는 나무꾼이 처남이 찾아오라는 화살을 세 개 다 찾아옴으로써 처남으로부터 인정을 받게 된다. 처남은 나무꾼에게, 매부도 하늘나라에서 살만하다고 인정해주고 선녀와 함께 하늘에서 살게 해준다. 〈1-⑥〉에서는 나무꾼을 시험하고 인정하는 대상으로 선녀의 언니들이 등장한다. 나무꾼은 선녀가 시키는 대로 선녀의 언니들이 수탉으로 변해있는 곳에 가서, 왜 여기에 이러고 있느냐고 한다. 선녀의 언니들은 다시 선녀로 변한 후 나무꾼에게 그만한 재주가 있으면 하늘에서 살 수 있다고 하며 함께 사는 것을 허락한다. 다음 〈1-⑦〉에서는 어려운 시험에 통과한 나무꾼이, 처가식구들은 물론이고 천상사람들에게까지 칭찬을 받게 된다. 이제 나무꾼은 천상에서 처가식구들의 인정을 받음으로써, 아내인 선녀와 자식들을 데리고 떳떳하게 살 수 있는 권리를 획득하게 된 것이다.

49 나무꾼과 선녀, 『임석재전집: 충청남도편, 충청북도편』, 312쪽.
50 나무꾼과 선녀, 『임석재전집: 평안북도편 I 』, 51쪽.
51 은혜갚은 쥐, 『한국구비문학대계 7-4』, 167쪽.

이와 같이 나무꾼은 장인과 선녀의 가족들이 요구하는 시험을 모두 무사히 통과하고 사위로서 장인의 인정을 받게 된다. 이것은 이제 장인과 가족들이 나무꾼을 사위로, 혹은 자신의 가족으로 인정하였음을 뜻한다. 특히 나무꾼은 예전 지상에서 베푼 보은으로 선녀도 도와줄 수 없고 천상 누구도 해내지 못한 일을 완수해낸다. 이렇게 나무꾼이 선녀의 가족들에게 인정을 받는 것은 나무꾼과 선녀가 행복한 재결합을 하기 위한 필수조건이 된다.

2) 시기를 부리던 처가식구들의 부재

① 방해자의 죽음

〈나무꾼과 선녀〉 작품들 중에는 나무꾼이 선녀와 재결합하는 것을 반대하는 처가의 방해자가 죽거나 혹은 그 능력을 상실함으로 인해, 나무꾼이 처가와의 갈등을 해결하고 선녀와 행복하게 살게 되는 경우가 있다. 다음에서는 방해자가 죽거나 그 능력을 상실함으로 인해, 나무꾼과 선녀가 행복한 재결합을 하게 되는 예문들을 살펴보도록 하겠다. 먼저 중심자료에서 그 부분을 제시해보면 다음과 같다.

〈3.2-2〉

아침 먹구 그 이튿날 옥샐 들구 오니 아 눈 먼 예미 저 큰딸 둘이 옥새를 가주구 오건 봐야 뭘 어떡허지. 그저 눈만 꿈먹꿈먹해. 아 그래 갖다 옥새를, "아 빙장어른, 여기 가져왔읍니다." 그러니까, "하, 애 지하지에 사람이 하늘에까지 도를 닦어… 이렇게 좋은 사람을 저런 망한 년들 대민에 그 쥑이라구… 이년 느이 눈깔 둘 다-눈깔이 다 멀어두 괜찮다." 그래서

개가 하늘에서 사는 거여.52

선녀의 언니들은 나무꾼이 고양이 나라에서 옥새를 가지고 오는 것을 보고, 수리로 변해 옥새를 빼앗으려고 한다. 이러한 사실을 알게 된 선녀는 매로 변신해 수리로 변신한 언니들의 두 눈을 할퀴고 옥새를 찾아온다. 선녀의 언니들은 목숨을 잃지는 않았지만 가장 중요한 두 눈을 잃었고 아버지에게 신망 또한 잃었기 때문에, 더 이상은 방해자로 작용하지 못한다. 이 경우는 방해자가 부재(不在)하게 된 것으로 볼 수 있다.

이렇듯 방해자가 부재하게 되는 예문들을 살펴보면 다음과 같다. 여기서 방해자로 등장하는 대상은 선녀의 언니들, 선녀의 남동생들, 옥황상제로 그 모습이 다양하지만 역할은 모두 동일하다.

〈2-①〉

그래 천도복숭을 세 개를 따 주민선, "하나는, 저거 제일 묘한 거는 저그 마누래 주고, 제일 몬한 거는 저거 처형을 주고." 그래 하민선, 그래 구실을 세 개를 내주는 기라. "이기 섞이고서는, 이 구실이 참 보물인데 에 이 세 개를 가져가서." 제일 존걸 딱 막하민선, "요걸랑은 참 우리 형수를 디리고 제일 몬한 걸랑 처형을, 큰 처형을 주라꼬. 그래 하면 이후에 다시는 후환이 없을 듯 하다꼬." 카미 주거던. ……그래 제일 존 놈을 저거 마누래 주고 제일 몬 한 놈을 저거 큰 처형을 주고 좀 낫은걸 작은 처형을 주고 그래 인자 구실도 그래 갈라 줏다. 제일 존 놈 그래 주고, 저거 동상 구슬이 어여기, 저거 처형이 본께, 좋든지, 그기 욕심이 나서 말할 수가 없어, 그래 어 그 구슬을 보고, 딱 차라보고 정신을 잃었다가 고만 저거 큰 처형

52 선녀와 나뭇군[다시 찾은 옥새], 『한국구비문학대계 1-6』, 77쪽.

이 거서 작심해 죽었삐랐어. 떡 죽고 나닌께 저거 처형 죽고 나닌께 아무 탈없이 그 사램이 짐승들을 구제해 준 바람에 하늘 사람이 되서 가 잘 사더랍니다.[53]

〈2-②〉

총각은 센네 오래비과 칼싸움을 하게 됐넌데 총각은 센네 오라비 목을 텠다. 그랬더니 오래비 목이 툭 떨어뎄넌데 이 목이 다시 가서 부틀라고 했다. 이때 센네레 와서 매운 재를 오래비 목이 베인 자리에 뿌렜다. 그랬더니 떨어진 목이 도루 와서 부틀라구 하다가 붓딜 못하구 떨말데서 오래비는 죽구 말았다. 그 후보타는 아무 일 없이 총각은 센네와 잘 살았다구 한다.[54]

〈2-③〉

목베기내기 하는 날이 돼서 옥황상제와 총각은 마주 서서 목을 베게 됐넌데 옥황상제는 총각과 맨제 비어 보라구 했다. 총각은 옥황상제에 목을 비누꺼니 옥황상제에 목은 툭 잘라데서 따에 떨어지더니 다시 부텄다. 옥황상제는 또 베어 보라구 했다. 총각이 옥황상제에 목을 베었더니 떨어뎄다가 다시 부텠다. 옥황상제 또 베라구 했다. 총각이 옥황상제에 목을 베서 떨어데서 다시 부틀라 할 적에 선녀레 와서 옥황상제에 목 벤 자리에다 매운 재를 뿌렜다. 그랬더니 목은 부틀라 하다가 붇디 못하구 데구르르 떨어뎄다. 그래서 옥황상제는 죽구 말았다. 그 후 총각은 하늘서 아무 일 없이 선녀와 잘 살다가 무진년 홰통에 달구다리 뻗두룩 했다구 한다.[55]

---

53 은혜 갚은 짐승들, 『한국구비문학대계 8-6』, 918~919쪽.
54 나무꾼과 선녀, 『임석재전집: 평안북도편 I 』, 53쪽.
55 나무꾼과 선녀, 『임석재전집: 평안북도편 I 』, 63쪽.

〈2-①〉〈2-②〉〈2-③〉 이 세 가지 예문에서는 모두 방해자가 죽음으로 인해, 선녀와 나무꾼이 재결합을 하고 있다. 〈2-①〉에서는 쥐국의 왕이 나무꾼에게 천도 복숭아를 세 개 따주고 구슬 세 개를 주며, “제일 좋은 것은 선녀를 주고 제일 못한 건 선녀의 큰 언니를 주면 이후에 후환이 없을 것”이라고 말한다. 쥐국의 왕 말대로 나무꾼은 선녀에게는 제일 좋은 구슬을, 큰 처형한테는 제일 나쁜 구슬을 주는데, 큰 처형은 동생의 구슬에 욕심이 나서 구슬을 바라보다가 정신을 잃고 결국 죽어버린다. 큰 처형이 죽어버림으로 인해, 나무꾼은 아무 문제없이 선녀와 잘 살게 된다. 〈2-②〉에서는 나무꾼이 선녀의 오래비와 〈2-③〉에서는 옥황상제와 목베기 내기를 하는 장면이 나타나는데, 이 두 경우 모두 선녀는 오래비와 옥황상제의 떨어진 목에 재를 뿌리고 그들이 죽게 됨으로써 방해자는 사라지게 된다. 이 세 가지 예문은 모두 방해자의 방해자가 죽음으로 인해, 나무꾼과 선녀가 아무 일 없이 천상에서 행복하게 살게 되는 경우이다.

② 방해자와의 일정한 거리유지

다음으로 선녀와 나무꾼이 자신들의 재결합을 방해하는 사람들을 피해, 아예 지상으로 내려오는 특이한 경우도 있다. 이것은 방해자와 일정한 거리를 유지하는 것이다.

〈2-④〉

그래서 인자 거거서 사는디, 대접은 잘 받어. 응, 아니 아들 셋 낳고. 그래가지고 있다가, 결국에는 ‘가자’고 말했다 말이여 남자가. 딱 새끼들 나놓고 그란께, 대차 여기서 형제는 또 시기를 부려서 난리고, “저 새끼는, 저 맥없이, 저, 땅에 땅서방을 얻어 가지고 새끼를 낳아 가지고 펴내겨 시

> 킨다."고 대접을 못 받은께, "우리 갈 데로 가자." 그래가지고 이 지하로 내려왔다 말이여. 하늘에서 내려와. 내려 와가지고, 그 여자 좋아 풍류해 가지고 부자로 살아. 그런께 선년께 하늘에서 해서 주니까. 그 뿐이지, 뭐 별거 없는 기거든. 그때 호랭이 하나 살려주고, 좋은 선녀를 얻어 고 살았지.[56]

〈2-④〉의 예문에서는 나무꾼이 하늘로 올라가서 살다가, 자신들이 살 곳은 지상이라며 가족들을 이끌고 지상으로 내려온다. 하늘로 올라간 나무꾼은 처음에는 선녀와 자식들과 하늘에서 잘 산다. 그러나 천상에서 자식들을 더 낳으면서, 지상에서 태어난 자식들과 천상에서 태어난 자식들 간에 시기와 다툼이 일어난다. 또한 하늘나라 사람들도 이들을 곱지 않은 시선으로 바라본다. 그러자 나무꾼은 "우리 갈 데로 가자"며 가족들을 데리고 지상으로 내려온다. 이 경우는 하늘나라 사람들의 곱지 않은 시선을 피해 지상으로 내려온 것으로, 방해자와 일정한 거리를 두고 있다. 이것은 방해자가 죽거나 능력을 상실하는 경우와는 그 양상이 다르지만, 방해자가 없어졌다는 점에서는 동일하다. 그러므로 이 항목에서 같이 다루어 보았다.

이처럼 방해자의 부재는 두 가지로 나타날 수 있는데, 하나는 선녀와 나무꾼의 재결합을 방해하던 사람이 죽거나 혹은 그 능력을 발휘하지 못하게 됨으로써 방해자로서의 역할을 상실하게 되는 경우이다. 다른 하나는 두 사람의 결합을 방해하는 사람들을 피해 선녀와 나무꾼이 지상으로 내려옴으로써, 방해자와 일정한 거리를 유지하게 되는 경우이다. 두 경우 모두 방해자가 부재(不在)하게 된다는 점에서는 동일하다.

---

56 선녀와 머슴, 『한국구비문학대계 6-3』, 344쪽.

3. 선녀와 시가와의 갈등 해결방안

〈나무꾼과 선녀〉라고 이야기할 수 있는 작품 중 선녀와 시가와의 갈등이 해결된다고 이야기할 수 있는 작품은 없다. 왜냐하면 모든 C유형의 작품에서 지상으로 내려온 나무꾼은 다시는 천상으로 올라가지 못한 채 수탉이나 뻐꾸기같은 비극의 주인공이 되고 있기 때문이다. 그러므로 여기서는 나무꾼이 실패한 원인을 거울삼아, 그 해결방안을 제시해 보고자 한다.

1) 나무꾼의 아내에 대한 태도 변화

앞장에서 살펴본 바와 같이 선녀와 시가식구들 사이의 직접적인 갈등은 나타나지 않는다. 다만 나무꾼이 자신의 지상가족들이나 고향이 그리워서 선녀의 곁을 떠나게 되고, 이것이 선녀와 나무꾼의 부부관계를 단절시키는 요인이 된다. 그러므로 나무꾼의 그리움의 대상이 되는 시가식구들이나 고향은, 나무꾼과 선녀의 부부관계에서 갈등을 유발시키는 방해자로 작용하고 있다. 그리고 이것은 나무꾼이 자신의 지상식구들과 선녀 중 누구를 더 우선시하고 있는가를 보여주는 선택의 문제이다. 그렇다면 〈나무꾼과 선녀〉에서는 그 갈등을 어떻게 해결하고 있을까?

한마디로 말해, 〈나무꾼과 선녀〉라고 칭할 수 있는 어떤 작품에서도 이 해결방식을 이야기하고 있는 것은 없다. 왜냐하면 하늘로 올라갔던 나무꾼이 자신의 가족들이 그리워 다시 지상으로 회귀하는 작품들 중에서, 어떤 것도 나무꾼이 다시 공간이동을 하는 경우는 없기 때문이다.[57] 나무꾼이 지상으로 내려가는 C유형의 모든 작품에서 지상으로 내려온 나무꾼은 하늘로 올라가지 못하고, 선녀와 자식들을 그리워하다가 수탉이 되며, 이것은 비극적인 전설로 발전하는 계기가 되고 있다. 그렇다면 이 C유형과 비교해볼 수 있는 것은, 나무꾼이 선녀와 천상에서 행복한 결말을 맞게 되는 B유형 '나무꾼 승천'이다.

그렇다면 B유형처럼 선녀와 나무꾼이 원만한 부부관계를 유지함으로써 작품이 끝나는 경우, 나무꾼과 그의 가족들과의 관계는 어떻게 다루어지는 것일까?

여기에는 세 가지 방식이 있다. 첫째, 나무꾼은 처음부터 혼자 사는 인물이거나 남의집살이를 하는 인물로 설정되어, 어머니나 가족들을 찾기 위해 지상으로 내려갈 이유가 없다. 둘째, 나무꾼은 지상에 친척이 있지만 그들이 나무꾼을 박대하고 구박했기에, 굳이 그들을 보러 지상으로 내려갈 이유가 없다. 셋째, 나무꾼은 자신의 어머니를 모시고 살던 인물이지만, 천상으로 올라온 이후 어머니의 존재를 망각하고 있다. 이 경우 나무꾼의 생활에서 중심이 되는 것은, 자신의 배우자인 선녀와 자식들이다.

다음에서는 나무꾼이 혼자살거나 남의집살이를 하는 인물로 설정된 첫째 예문부터 살펴보기로 하겠다.

〈1-①〉

옛날에 삼십 청춘이, <u>세 살에 엄마 죽고 다섯 살에 아바 죽고 굴러댕기다가 커가지고, 남의 집으로 커가지고</u>, 그러구러 나이 한 이십 세가 가깝

---

57 〈나무꾼과 선녀〉 작품중에는 나무꾼이 지상에서 죽은 후, 선녀가 자식들을 보내 나무꾼의 시체를 천상으로 올려 장사를 지내는 경우들도 있다. 그러나 이 경우에는 나무꾼 사후에 그의 시신이 공간이동을 보인 것일 뿐, 나무꾼과 선녀의 부부관계가 다시 유지되는 것은 아니다. 그러므로 시가식구들 사이의 갈등도 해결되는 것은 아니다.

게 된께 마음도 다르다 카는 거는 사실인데, 아적밥을 받은, 그 때만 해도 남으 집 담살이로 인간겉이 취급을 했는교.[58]

〈1-②〉
그래 인저 옛날에 또 인저 참 총각이 사는데, 총각이 살아서 이저 이렇게 어머이 아버지는 다 이렇게 조실부모를 하구 총각이 혼자 사는데, 산으루 낭구를 해러 갔어.

〈1-①〉에서 나무꾼은 세 살에 엄마가 죽고 다섯 살에 아빠가 죽어서 여기저기 굴러다니며 자란 인물로, 선녀를 만나기 전에는 남의집살이를 하던 인물로 그려진다. 〈1-②〉에서도 나무꾼은 조실부모하고 혼자 사는 인물이다. 이렇게 나무꾼은 부모가 이미 다 돌아가신 고아로, 남의집살이를 하거나 혼자서 살고 있는 인물로 그려진다. 그러므로 나무꾼은 천상으로 올라간 후, 선녀와 자식들을 두고 지상으로 내려갈 이유가 애초부터 없는 것이다.

둘째, 지상에 부모나 친척은 있지만, 지상에서 그들과의 관계가 원만하지 못하여 그들을 만나러 갈 만큼 애정이 없는 경우이다.

〈1-③〉
아득한 옛날에 한 사람이 있는디, 조실부모를 하구 삼춘 집이 가서루 의탁을 하구 있어. 삼춘 집이 가서 사는디, 이게 그 삼춘이라든지 숙모라든지 구박이 자심하거든. 그 뭘한 사람같으면 그래도 그 자기네가 그 공부래도 시켜서 워텋게 장손이니께 가르쳐 줘야 옳은디. 매일 심부름이나 시키구 나무나 가 해 오라구 하구, 이러단 말야. 그래 날마두 나무 하러

58 짐승을 구해 은혜를 입은 사람, 『한국구비문학대계 8-11』, 272쪽.

댕기구 일이나 하구 이려.[59]

〈1-④〉

그전이 한 사람이 있는디? 스모를 읃었어. 스모. 즈 어머니는 죽구? 스모를 읃었는디, 아부지라는 사람이 그 스모한티 빠져서는 그저 스모 허자는 대로만 하네? 으트게 구박을 하는지 당최 밥두 쪼끔 주구 당최 살 수가 읎어.[60]

〈1-⑤〉

전에 옛사람이 인자 누님네 집에서 놈의 집을 살었어. 그랬는디 참말로 섣달 그믐이나 되얏든가 아조 소등게같은 눈은 온디 가서 마포 중의적삼을 입고 가서 갈퀴 나무를 함스로 '엄메 엄매 우리 엄매 소등게같은 눈은 오고 맹절은 닥쳐오고 우리 부모 어이를 하꼬?'[61]

〈1-③〉에서 나무꾼은 조실부모하고 삼촌 집에 의탁하고 있는 인물로, 삼촌과 숙모는 장손인 나무꾼에게 공부는 안 시키고 일만 시킨다. 그래서 나무꾼은 날마다 나무를 하러 다닌다. 〈1-④〉에서는 나무꾼의 어머니가 일찍 죽자, 아버지가 새어머니를 얻게 된다. 그런데 아버지는 새어머니에게 빠져 그녀가 시키는 대로만 하고, 새어머니는 전처 자식인 나무꾼을 구박한다. 〈1-⑤〉에서도 나무꾼은 누님 집에서 '남의집살이'를 하는 사람으로 설정되어 있는데, 누나와 매형 둘 다 나무꾼을 구박하며 일만 시킨다.

이처럼 이들은 모두 나무꾼에게 별다른 애정을 보여주지 않으며, 나

59 나뭇군과 선녀, 『한국구비문학대계 4-2』, 219쪽.
60 천국의 시렴, 『한국구비문학대계 4-5』, 302쪽.
61 멧돼지의 보은, 『한국구비문학대계 6-5』, 37쪽.

무꾼을 구박하고 일만 시킨다. 그러므로 나무꾼은 지상에 아버지나 친척들이 있다고 해도 그들을 그리워할 만한 이유가 없다.

셋째, 나무꾼은 자신의 어머니를 모시고 살던 인물이지만, 천상으로 올라온 이후 어머니의 존재를 망각(忘却)하고 있다.

〈1-⑥〉

먼저, 황해도 구월산 하에 가서 참 그 늙은 총각이 어마님를 모시고 간신히 사는데, 워낙 자상 해서 나무를 해다가 그저 팔아서 단일 당일이집 생활을 해 나오는데 하루는 산에 나무를 허러 갔어요.[62]

〈1-⑦〉

나무를 하러 가서 나무를 하믄서두, "나는 어떻게 나무를 남과 같이 해서 어머니 봉양하구, 나두 장개를 갈까?" 나무를 하다가 그 개개미라구 산에서 열어, 그것이 나무에서 줏으면, "아이고 우리 어머니 드려야지." 또 하나가 줏으믄, "이놈은 나먹고." 아마 둘이 살았던 모양이지.[63]

〈1-⑥〉〈1-⑦〉에서 나무꾼은 지상에서 어머니를 모시고 살던 인물로 그려지고 있다. 특히 〈1-⑬〉에서는 어머니에 대한 효심까지 드러난다. 나무꾼은 어머니를 어떻게 봉양하고, 어떻게 장가갈 지를 고민하는 인물이다. 그리고 먹을 것이 생기면 어머니부터 챙길 줄 아는 효심이 있는 인물로 그려지고 있다. 그런데 두 작품 모두, 작품의 결말에서 어머니의 존재는 망각되고, 나무꾼은 천상에서 선녀와 자식들과 행복하게 사는 것으로 작품은 마무리된다. 어디에도 어머니에 대한 언급은 없다. 이것은 나무꾼이 어머니의 존재를 망각하고 있다는

62 나뭇군과 선녀, 『한국구비문학대계 6-8』, 634쪽.
63 나뭇군과 선녀, 『한국구비문학대계 5-2』, 380쪽.

것을 뜻한다.

앞서 살펴본 바와 같이 나무꾼과 선녀가 천상에서 행복하게 살게 되는 이러한 세 가지 방식은, 결국 선녀와 시가식구들의 갈등이 발생되어질 상황을 미리 차단하고 있다. 그렇다면 이러한 작품의 결말은 무엇을 의미하는 것일까? 나무꾼이 어머니보다 선녀를 우선시할 때, 원만한 부부관계는 유지되는 게 아닐까? 아래 제시되는 화자의 말은 어쩌면 이러한 현상을 설명해주는 것인지도 모른다.

> 엄니는 필요 없제. 저만 잘 사면 되제. 어짜것소? 그랑께 그 식이 시방 맞어가라우. 시방 사람들 부무 생각하요? 다 도시로 가서 다 즈그 팬할라고 다 살제.[64]

이 작품의 경우 처음부터 어머니는 등장하지 않는다. 다만 이야기의 화자가 나무꾼과 선녀가 천상에서 행복하게 살았다고 하자, 이야기를 듣고 있던 사람들이 그렇다면 지상의 어머니는 어떻게 되었느냐고 물어본다. 그에 대한 대답이 앞의 예문이다. “어머니는 필요 없지. 저만 잘살면 되지. 어쩌겠냐?”는 화자의 말은 현실에 대한 비판처럼 들리나, 한편으로 생각해 본다면 남성이 시가식구들보다 자신의 아내를 우선시할 때, 아내와 시가식구들과의 갈등은 그 해결의 실마리를 찾을 수 있는 게 아닌가 싶다.

특히 아내와 시가식구들과의 갈등 중에서 대표적인 것은, 어머니와 아내 사이의 고부갈등이다. 고부갈등은 한 남성을 사이에 두고 두 여자가 우위를 점하고자 하는 일종의 세력다툼이다. 어머니는 자식인 남성에게, 아내는 남편인 남성에게 무언(無言)의 압력을 행사하고 있다.

---

64 나뭇군과 시녀, 『한국구비문학대계 6-5』, 169~170쪽.

그러므로 고부갈등을 해결하는 데 무엇보다 중요한 것은 남성의 역할이다. 남성은 어머니로부터 심리적으로 독립하여, 아내와 본인이 한 가정을 이루는 주체임을 늘 잊어서는 안 된다. 어머니보다 아내를 우선시하는 태도를 취할 때, 원만한 부부관계가 유지될 수 있으며 고부갈등 또한 그 해결의 실마리를 찾을 수 있기 때문이다.

이처럼 나무꾼의 비극적인 결말을 통해 이야기될 수 있는 선녀와 시가식구들 사이의 갈등해결 방식은, 나무꾼이 자신의 어머니로부터 심리적으로 분리되어 자신과 아내를 한 가정의 주체로 인식하는 것이다. 그리고 자신의 본가식구들보다 늘 아내를 우선시하라는 것이다. 그래야만 원만한 부부관계는 유지될 수 있으며, 고부갈등 또한 그 해결의 실마리를 찾을 수 있다.

2) 나무꾼의 명확한 의사전달의 필요

나무꾼이 천상의 선녀와 자식들이 그리워하며 하늘만 쳐다보다 수탉이 되었다거나, 박국을 먹은 것을 한탄하며 '박국박국' 우는 뻐꾸기가 되었다는 결말은 지상에 남겨지게 된 상황이 나무꾼이 의도했던 바가 아니라는 것을 뜻한다. 왜냐하면 나무꾼이 지상에 남는 것을 원했다면 나무꾼은 비극의 주인공이 될 하등의 이유가 없다. 그런데 작품에서는 지상으로 내려온 나무꾼은, 늘 비극의 주인공이 되면서 작품이 마무리된다. 그렇다면 왜 나무꾼은 자신이 처음에 의도했던 대로 행동하지 못하는 것일까? 이러한 물음에 대한 답을 찾기 위해, 나무꾼이 지상으로 내려온 장면들을 제시해 보도록 하겠다.

〈2-①〉

내리지 않구 서서 문앞에 가서 어머이를 불렀거던. 그러니깐 어머이가 그냥 내달으며, "아휴! 너 어디 갔다 이렇게 오냐?" 그러니깐 반색을 하거던. 그러면서, "어서 들어오라." 그러거던. 어머니, 저는 못 들어갑니다. 어머이만 보고 인사만 드리고 저는 가갔읍니다." 그러거던. "얘! 내가 너를 위해설라무니 음석을 해 놓은 게 있다. 그리구 날마다 기둘렀다. 어서 들어오너라." 그러거던. "들어 갔다가는 그럼 못 간다." 구. 아 그러니깐 할 수 없이 어미 말에 못 이겨서 그만 말에서 내렸거던.[65]

〈2-②〉

그래, 그래 인자 내러와서 저거 고모집이로 온께, 앗따 좌우간 천방지방 반가이하고 기양 다시 없게 그래하거든. 그래 막 점심 묵고 가라고 어짜고 해쌓는디, 말이 인자 한 번 울어. "갈란다."고 그런께, "아이 조까마 더 앉아서 이액(이야기) 좀 하고 가라."거든. 또 인자 두 번 울어. 그래 나선께 꽉 잡고는 못 가게 한디, 말이 세 번 울었어. 세 번 운 뒤로 올라가서 말을 타러 간께 말은 밸밸이 기양 가불고 없어.[66]

〈2-①〉에서 나무꾼은 어머니가 그리워서 지상으로 내려오며, 〈2-②〉에서는 고모가 보고 싶어 지상으로 내려온다. 두 경우 모두 선녀는 내려가지 말라고 나무꾼을 말리지만, 나무꾼이 원하자 금기를 줘서 내려 보낸다. 〈2-①〉의 경우 금기는 말에서 내리지 말 것, 박국을 먹지 말 것이며, 〈2-②〉의 경우는 말이 세 번 울 때까지 말에 올라앉아야 된다는 것이다. 〈2-①〉에서 나무꾼은 선녀의 말 그대로 이행하려고 애쓰는 모습을 보인다. 나무꾼은 선녀의 말 대로 말에서 내리지 않으

65 나뭇군과 선녀, 『한국구비문학대계 1-7』, 290~291쪽.

66 나무꾼과 선녀, 『한국구비문학대계 6-3』, 115~116쪽.

며, 어머니께도 "전 못 들어가니 어머니만 보고 인사만 드리고 가겠다"고 한다. 그러나 오래간만에 아들을 보게 된 어머니는 아들을 그냥 놓아주지 않는다. 어머니가 몇 번을 청하자, 나무꾼은 어머니의 말을 거절할 수가 없어 말에서 내리게 되고, 결국 어머니가 원하는 대로 박국을 먹다가 수탉이 된다. 〈2-②〉에서도 마찬가지로 나무꾼은 천상으로 올라가려 한다. 말이 한번 울었을 때 나무꾼은 가겠다며 일어서지만, 고모는 좀 더 이야기를 하다 가라며 붙잡는다. 말이 두 번 울자 나무꾼은 다시 말을 타기 위해 나서지만, 고모는 나무꾼을 꽉 잡고 못 가게 한다. 그러던 중 말은 세 번 울고 떠나가 버린다. 결국 나무꾼은 천상으로 올라가지 못하고 죽어 닭이 된다.

그런데 두 경우 모두 나무꾼은 어머니나 고모에게 전혀 자신의 의사를 밝히지 못하고 끌려 다닌다. 만약에 나무꾼이 어머니나 고모에게 천상으로 돌아가겠다는 의사를 분명하게 밝혔다면, 나무꾼이 비극의 주인공이 되거나 부부가 이별하는 일은 없었을 것이다. 나무꾼이 실패한 원인을 거울삼아 아내와 시가식구들과의 갈등상황에서 남편이 취해야 되는 태도는, 본인의 의사를 본가가족들에게 분명히 전달하여 갈등상황으로부터 아내를 보호해줄 필요가 있다.

이처럼 나무꾼은 자신의 의사를 어머니나 고모에게 분명히 밝히지 못하고, 그들에게 끌려 다니는 모습을 보여준다. 이러한 나무꾼은 태도는 결국 선녀와 헤어지고 비극의 주인공이 되는 중요한 원인이 된다. 그러므로 본인의 의사를 분명하게 밝힐 수 있는 의사소통의 문제는 매우 중요하다. 그러므로 나무꾼이 실패한 원인을 거울삼아, 시가와의 갈등을 해결할 수 있는 방식을 생각해 본다면, 이것은 남편이 아내와 시가식구들 사이에서 본인의 의사를 시가식구들에게 분명하게 전달할 수 있어야만 한다는 것이다. 즉 남편의 분명한 의사전달은 아내와 시가식구들 사이의 갈등상황을 해결해줄 수 있는 방안이 될 수 있다.

Ⅳ. 실제 부부갈등과의 상관성과 〈나무꾼과 선녀〉의 문학치료 가능성 탐색

본장에서는 〈나무꾼과 선녀〉에서 분석해 보았던 인물간의 갈등양상이 실제 부부관계에서 보이는 갈등양상과는 어떻게 연관될 수 있을지, 그 상관성을 밝혀보고자 한다. 이러한 상관성이 드러난 연후에야 〈나무꾼과 선녀〉를 문학치료적 상담에 이용하는 것이 타당하다고 생각되기 때문이다. 그러므로 먼저 〈나무꾼과 선녀〉에 나타나는 인물갈등양상과 실제 부부관계에서 나타나는 갈등양상을 비교해봄으로써, 이 작품이 부부관계에서 일어날 수 있는 갈등을 해결하는데 적합한 자료임을 입증해 보고자 한다.

다음으로 실제 부부갈등을 가지고 있는 내담자를 대상으로 〈나무꾼과 선녀〉를 적용한 상담을 진행해 보고자 한다. 〈나무꾼과 선녀〉를 적용한 이러한 상담 과정을 통해, 내담자가 작품을 어떻게 이해하고 반응하는지 살펴봄으로써, 이 작품이 부부갈등을 가진 내담자에게는 어떠한 문학적 효용을 줄 수 있을지 고찰해 보고자 한다.

1. 실제 부부갈등과의 상관성

앞에서 〈나무꾼과 선녀〉의 인물갈등 양상이 '부부사이의 갈등' '나무꾼과 처가와의 갈등' '선녀와 시가와의 갈등' 세 가지 항목으로 분류되었기에, 실제 사례와의 비교 또한 '부부사이의 갈등' '처가와의 갈등' '시댁과의 갈등'이라는 동일한 항목으로 분류하여 살펴보도록 하겠다. 그런 다음 각각의 실제 갈등 사례들을 제시하고, 사례에서 나타나는 갈등의 양상과 〈나무꾼과 선녀〉에서 나타나는 갈등의 양상이 유사하다는 점을 증명해 보고자 한다. 그리고 그러한 갈등양상의 유사성을 바탕으로 〈나무꾼과 선녀〉에 나타나는 갈등 해결방안을 실제 사례들에 동일하게 적용시켜봄으로써, 〈나무꾼과 선녀〉라는 작품이 실제 부부갈등 해결에 어떻게 기여할 수 있을지 고찰해 보고자 한다.

그런데 여기서 중요하게 사용될 부분은, 문학치료의 세 가지 단계 중 제일 단계인 '자기서사를 보충(補充)하는' 단계이다.[1] 정운채는 김춘추가 선도해로부터 〈거북과 토끼의 이야기〉를 들은 후 억류에서 풀려나는 방법을 깨닫게 되었다는 것에서, 서사의 발견을 지적한 바 있다. 즉 김춘추는 〈거북과 토끼의 이야기〉에서 자신의 처지에 맞는 서사를 발견하고, 이에 따라 행동 방침을 결정할 수 있었다는 것이다. 그는 "환자의 자기서사로는 현실을 파악하거나 대처할 수 없을 때, 문학작

1 정운채는 문학치료의 세 가지 단계를 설정하였는데, 제일 단계는 작품서사를 통하여 새로운 경험을 함으로써 '자기서사를 보충하는' 단계이고, 제이 단계는 작품서사를 통하여 드러나 있지는 않지만 잠재되어 있던 내면을 지극하여 일깨움으로써 '자기서사를 강화(强化)하는 단계'이며, 제삼단계는 작품서사를 통하여 현실의 세계에서는 감히 엄두도 내지 못하던 금지된 영역을 탐색함으로써 '자기서사를 통합(統合)하는 단계'이다. 여기서 중요하게 사용될 부분은 제일 단계이다. (정운채, 「서사의 힘과 문학치료방법론의 밑그림」, 『고전문학과 교육』, 제8집, 2004, 참조)

품의 작품서사는 현실을 파악하고 대처할 수 있는 서사를 제공한다." 고 하였다.[2] 여기서 〈나무꾼과 선녀〉의 갈등양상과 실제 갈등양상이 유사함을 증명하고 동일 선상에서 작품의 해결방안을 토대로 하여 실제 갈등을 가진 환자에게 갈등 해결방안을 제시한다는 것은, 결국 환자에게 문학작품을 통해 새로운 서사를 제공하는 일이다. 갈등이 일어나고 있다는 것은 환자 본인의 '자기서사'만으로는 그것이 해결되기 어렵다는 것을 의미한다. 그러므로 환자에게 작품의 해결방안을 통해 새로운 서사를 제공해주는 작업은, 곧 환자의 자기서사에서 부족한 부분을 보충하고 채워주는 일이다. 그리고 환자가 작품 속에서 그 부분을 스스로 발견하지 못할 때, 치료자는 환자가 그것을 인식하고 깨달을 수 있도록 자극하고 도와줄 필요가 있다.

1) 부부사이의 갈등 사례: 날개옷의 문제

〈나무꾼과 선녀〉에서 부부갈등은 나무꾼이 선녀와 결혼하기 위해 날개옷을 감춘 것에서부터 시작된다. 선녀는 나무꾼이 자신의 날개옷을 감추어버리자, 그 옷을 되찾기 위한 방편으로 나무꾼과 결혼을 한다. 그리고 날개옷을 되찾게 되자, 자식들만 데리고 천상으로 떠나간다. 〈나무꾼과 선녀〉에서 부부갈등이 시작되는 부분은 나무꾼의 강압이나 속임수에 의한 결합이다. 실제 부부결합에서 나무꾼의 이러한 강압에 의한 결합과 연결될 수 있는 지점은, 여성이 자신의 의도와는 상관없이 남성의 권력에 의해 강제로 결혼을 하게 되는 경우이다. 예를 들어 성폭행으로 순결을 빼앗겼기 때문에 할 수 없이 결혼을 한다든

---

2 정운채, 「서사의 힘과 문학치료방법론의 밑그림」, 『고전문학과 교육』 제8집, 2004, 171쪽.

지, 집안의 경제적인 이유로 부모의 요구에 의해 부유한 남성에게 팔려가듯 결혼을 하는 경우가 이에 해당될 수 있다. 여기서 순결이나 경제력은 여성에게 권력을 행사할 수 있는, 날개옷과 동일한 기능을 한다. 그런데 이것은 매우 극단적인 사례이다.[3]

보통 부부갈등과 연결될 수 있는 날개옷의 기능은 속임수에 의한 결합에서 보이듯 두 사람이 결혼을 하게 만드는 매개물, 혹은 결혼을 하게 만드는 조건 정도의 의미이다. 흔히 결혼한 여성들은 "신랑에게 속아서 결혼을 했다"는 말을 한다. 필자조차도 간혹 이 말을 사용할 때가 있다. 선녀가 나무꾼과 결혼하게 되는 조건이 날개옷이라고 할 때, 결혼을 하는 여성들에게 날개옷으로 작용하는 것은 무엇일까? 다음의 글은 〈나무꾼과 선녀〉에서 날개옷에 해당되는 결혼이유에 대해 적어놓은 글이다.

> 나무꾼이 선녀의 옷을 감췄다는 것은 선녀에 대한 일종의 지배력을 의미한다. 왜냐하면 선녀는 날개옷을 빼앗겼다는 사실 때문에, 그를 떠나지 못하고 있는 것이다. 또는 두 사람이 결혼을 하기 위한 조건을 의미한다. 그렇다면 나에게 결혼 당시 선녀의 날개옷으로 작용한 것은 무엇일까? 내가 신랑과 결혼을 결심했을 때, 나에게 날개옷으로 작용한 것은 크게 세 가지였다. 첫째, 나에 대해 절대적인 지지와 애정을 보내는 신랑과 결혼하면 그냥 평탄하게 결혼생활을 할 수 있겠다는 확신이었다. 둘째, 하나님에 대한 믿음이었다. 여러명의 남자들 중 누구를 선택할까의 문제로 고민할 당시, 내 '배우자 기도'는 하나님 뜻대로였다. 하나님이 뜻하시는 사람과 결혼하게 해달라는 것이였는데, 우연의 일치였는지 다른 사람들은

3 물론 이러한 극단적인 사례들도 부부갈등 사례집에서는 발견이 가능하다. 그러나 이런 부분에 치중할 경우 〈나무꾼과 선녀〉 작품이 부부갈등에서 사용 가능한 범위는 매우 한정적이고 좁아질 것이다.

> 다 하나씩 자연스럽게 나에게서 멀어져갔고 마지막에 남아있던 사람이 신랑이었다. 지금도 난 신랑이 내 운명이라고 생각한다. 셋째, 내가 공부를 하는 데 아무 지장이 없도록 도와주겠다는 시어머니의 말씀이셨다. 근데 결혼 후 난 시어머니가 나의 공부에 아무런 도움이 되지 못한다는 사실을 비로소 깨달았다. 간혹 육아문제로 고민이 될 때면 난 신랑한테 '나는 오빠네 엄마한테 속아서 결혼을 했다'는 이야기를 하고는 한다.[4]

여기서 글쓴이한테 날개옷으로 작용한 것은, 남편에 대한 확신, 하나님에 대한 믿음, 시어머니의 약속이었다. 이 세 가지가 남편과 결혼을 하게 만든 날개옷이 되었던 것이다. 그런데 글쓴이의 경우 셋째 시어머니의 약속이 지켜지지 않았다는 것 때문에, 가끔 속아서 결혼을 했다는 느낌을 가지고 있다. 이어지는 글이다.

> 결혼할 당시 나에게 선녀의 날개옷으로 작용한 것이 이 세 가지라면, 내가 지금까지 살면서 신랑과 헤어지지 못하는 이유는 결혼 후 함께 사는 동안 쌓아온 신랑에 대한 애정인 것 같다. 결혼 당시 난 신랑에 대한 애정보다는 편안함으로 결혼을 했던 것 같다. 그리고 신랑과 헤어졌을 경우를 생각해봤을 때 스스로 경제적 활동을 해야된다는 두려움 때문이다. 내가 스스로 경제적 활동을 하기보다는 지금처럼 신랑이 벌어다 주는 돈으로 생활하는 편이, 나에게는 더 이득이라고 생각되기 때문이다. 그리고 무엇보다 가장 중요한 이유는 내가 사랑하는 내 아들을 아빠 없는 아이로 만든다는 것은 상상도 할 수 없는 일이기 때문이다. 지금의 나에게는 이것이 선녀의 날개옷, 즉 헤어지지 못하는 이유라고 생각된다. 다시 말하면

4 이 글은 연구자가 작성한 글이다. 연구자 또한 〈나무꾼과 선녀〉를 연구하고 실제 사례들을 수집하면서, 내가 다른 사람이 아닌 남편과 결혼하게 된 이유와 지금 결혼생활을 유지하고 있는 이유에 대해 점검해보고 싶었다.

> 선녀는 나무꾼에게서 같이 살 만한 날개옷을 발견하지 못하였기에, 나무꾼과의 관계를 끝낸 것이라고 볼 수 있다.

결혼 당시의 날개옷이 앞서 세 가지의 이유였다면, 결혼 후 글쓴이에게 날개옷으로 작용하고 있는 것은 남편에 대한 애정과 같이 살 경우 얻게 되는 이득과 아들에 대한 사랑이다. 이 세 가지 이유 때문에 글쓴이는 결혼생활을 유지하고 있다.

사슴은 나무꾼에게 일정수의 자식을 낳을 때까지 선녀에게 날개옷을 주지 말라고 한다. 바꾸어 말하면 일정수의 자식이란 날개옷과 교환될 수 있는 가치를 지니며, 선녀를 붙들어놓는 날개옷과 같은 역할을 하는 것이다. 그리고 천상에서 나무꾼과 선녀에게 날개옷으로 작용하는 것은 천상에서 함께 살고자 하는 소망이다. 이것은 글쓴이에게 날개옷으로 작용했던 이유가, 결혼 이후 바뀌어 지는 것과 동일하다. 이처럼 날개옷이란, 항상 동일한 모습을 지니는 것이 아니라 부부생활을 영위하면서 계속 그 모습을 바꾸어 나간다.

이렇듯 결혼을 한 사람이라면 누구에게나 결혼을 하게 만든 일종의 날개옷이 있으며, 결혼생활을 유지하는 사람이라면 누구에게나 결혼생활을 지속하게 만드는 날개옷이 있다. 이것은 비단 여성에게만 해당되는 것이 아니라, 남성에게도 동일하게 적용될 수 있다. 그리고 이 날개옷이 없어졌을 경우, 사람들은 이혼을 생각하게 된다. 〈나무꾼과 선녀〉에서 선녀 또한 마찬가지이다. 선녀가 날개옷을 발견하고 그것을 소유하게 된 순간 그녀는 나무꾼과 함께 살 이유가 없어져버린 것이다. 이렇게 선녀의 날개옷은 결혼한 사람이라면 누구나 가지고 있는 결혼의 이유이며, 결혼생활을 지속하는 이유라고 할 수 있다. 다음에서는 실제 사례들에서 나타나는 날개옷의 양상과 부부갈등의 원인을 〈나무꾼과 선녀〉에 나타나는 부부갈등과의 비교를 통해 살펴보고자 한다.

①

안녕하세요? 대구에 사는 결혼 1년 3개월된 27세 주부입니다. 연애를 7년이나 했는데 결혼이라는걸 하고나선 역시 경제적 문제로 싸우게 되더라구요. 남편은 인터넷 사업을 합니다. 24시간중 잠자는 6시간을 빼곤 컴퓨터를 하지요. 일 하는데 비하여 경제적으로 들어오는 돈이 많지 않으니 전 돈 많이 못 번다고 짜증을 내곤하지요. 남편은 몸이 피곤하게 일하는데도 수금이 잘 되지 않으니 자기도 짜증을 내고 나도 내고 매일 좋은날이 없습니다. 전 요즘들어 자꾸 눈물이나요. 대학원 학벌이며 친정 가정환경 어려움 모르고 모자라는것 없이 살았는데… 남편을 잘못 만나서 고생한다는 생각이 요즘 많이 들어요. 다른 남편들은 모두 안정된 월급도 받아오고 가정일도 잘돕고 아무튼 다른 남편보다 우리 남편이 너무너무 안 좋아보여요. ……요 며칠전엔 이혼이라는 말을 꺼냈다가 신랑한테 많이 혼났습니다. 신랑은 예전 7년전이나 지금이나 제가 좋은가봐요. 전 다른 남자와 비교를 자꾸하게 되는데... 지금도 너무 울적해서 눈물이 나네요… 하루하루가 답답합니다.[5]

②

결혼전 처갓집 반대가 심했습니다. 저희집도 찬성쪽은 아니었지만 제가 쉽게 설득은 했죠. 하지만 처가쪽은 힘들게 승락받아 결혼했습니다. 이유는 간단히 말해 처가집은 부자였고 우리집은 가난했거든요. 제 직장이 있었지만 장인의 간곡한 부탁에 장인어른 회사로 직장을 옮겼습니다. 그런데 장인회사에서 근무한다는게 이렇게 힘들고 갈등의 연속인지 몰랐

5 이대*, 현재 대구시 북구 거주.

습니다. 남편이 받아온 월급을 남편이 고생해서 번돈이라고 생각하지 않고, 자기아버지가 주시는 생활비라고 생각하니 남편에 대한 존중함이 있겠습니까? 그만 둔다고 하면 니가 어디가서 그만한 돈을 벌 수 있냐고 구박합니다. 거기다가 우리집은 돈도 지지리도 없죠. 시댁이 돈이 없고 덕본 것도 없으니 시댁 알기를 우습게 알고, 아예 가지도 않습니다. 친구만나는 것도 죽기보다 싫어하고 술 한잔 먹고 들어오면 난리가 납니다. 아침 출근할 때까지 잠을 안재웁니다. 물론 이런 소리 하면 부인도 할 말 있겠죠. 돈 없는 집에 시집 와서 대우도 못 받고, 누구누구는 시댁에서 한 밑천 해주고 그러는데… 남편이라고 아빠 회사에서 월급이나 받아오는 지지리도 능력 없는 남자지 그런데 뭐가 잘났다고 친구 만나 술 퍼먹고 늦게 들어와 그럴 시간 있음 앞으로의 계획이나 생각하지. 언제까지 아빠 밑에서 월급받아 생활 할거냐고. 내가 눈이 삐었지. 저남자가 뭐가 좋다고 결혼했을까. 그 좋던 선자리 의사, 사무관 다 팽게치고 우리집에서도 기 못피고 사는 내가 불쌍하지도 않은가. 그러면 친구도 자주 안만나고 술도 안먹고 시댁일로 신경 안쓰이게 해야지 이게 뭐냐고!! 이럽니다. 저는 어떻해 해야할까요?[6]

③

결혼한지 올해로 11년째이네요… 지금까지 호강 한번 못해봤어도 이것이 행복이겠거니 하면서 살았습니다. 결혼할 당시 남편은 학생이였고, 제가 7년간 벌어서 생활을 했습니다. 전 남편이 미안해 할까봐 아파도 아픈 기색 못 하고 돈을 벌러 다녔죠. 큰아이 낳고 과로로 쓰러져서 일주일을 입원 하고도 또 다음날 자리를 털고 일어나야 했어요. 7년후 둘째를 임신하고 남편은 졸업을 했고, 이제 나도 쉴수 있을것 같아서 전업주부의 길

6 김세*, 현재 서울시 동작구 거주.

로 들어섰습니다. 졸업하고 벤처사업을 한다고 친정식구들한테 투자를 하라고 하더라고요. 모두들 투자를 했지요. 2년간 별 성과 없이 돈만 날렸습니다. 매일 다른 사업 아이템이 있다고 정신을 다른 곳에 파네요. 어디 취직해서 월급 좀 가져다 주었으면 좋겠는데… 요새는 사업도 접고 다른것을 하려 다닌다고 제 신용카드까지 현금서비스를 받아 썼네요. 매달 말일만 되면 막을 길이 없어서 며칠동안 돈을 꿔서 메꾸고 하루하루를 버티고 있습니다. 결혼할때 받은 예물 다 팔아서 생활비로 쓰고, 생활비 필요하다고 하면 인상부터 쓰네요. 돈이 없는건 얼마든지 참을 수 있는데, 남편은 요새 매일 폭언을 합니다. 마치, 내가 집에서 노는게 불만인것처럼… 이렇게 어려울때는 조금만 참아보자고 다독여주면 힘이 될텐데… 같이 있는 시간이 두렵고 싫습니다. ……손가락 5안에 드는 좋은 대학 나와서 어떻게 이런 팔자가 되었는지… 한심한 마음 뿐이에요. 이혼까지 생각이 듭니다. 더이상 희망이 없네요. 돈 보다도 사람한테 실망을 하는게 더 참기 힘든 고통이에요.[7]

④

전 결혼한지 6년된 전업주부입니다. 전 남편과는 4년 연애끝에 죽고 못살아 결혼했습니다. 남편은 대기업 평범한 샐러리맨인데 씀씀이가 늘 말썽입니다. 영업을 할때는 퇴직금 담보로 2500만원 저 몰래 회사서 대출받아 쓰기도 하고, 그것도 모자라 은행 마이너스 1000만원, 저기에 500만원, 또 어디에 700만원 이런식입니다. 어찌어찌 세월이 흘러 아파트 입주하려고 하니 대출이 그렇다 하더군요… 죽네사네 울고불고 배신감에 치를 떨었습니다. 남편에 대한 믿음이 사라지더군요. 다시는 안그런다고 싹싹 빌더니 또다시 버릇이 도졌습니다. 현금써비스가 70만원에 씨티은행에서

---

7 장지*, 현재 광주광역시 거주.

또 대출 230만원이 발생했더라구요. 유흥비가 대부분이라더군요. 저는 어찌해야 좋을지 모르겠습니다. 시가에도 얘기해 보았으나 멀리 떨어져 계시니 전화 몇통화로 바뀔리 만무하고, 그런 경제적 개념이 부족한 건 어떻게 고쳐지지 않나봅니다. 1주일에 3-4번은 여전히 술이고, 밤늦게야 집에 옵니다. 가만히 자다가 시간되면 출근하는 것으로 열심히 위안을 삼으며 아이에게만 충실하려는데 왜 자꾸 남편은 시비를 거나 모르겠습니다. 내게 아무것도 필요없는데… 그저 내 속만 안태우면 되는데 말입니다. 돈 문제만 아니라면 아주 착한 남자입니다.[8]

⑤

우리 신랑과 저는 대학 선후배 사이로 6년 동안의 연애끝에 결혼하게 되었어요. 결혼한 지는 7년 되었구요. 누구 말처럼 그래도 단란한 가정을 꾸려온 것 같았는데… 남편의 안정된 직장과 예쁜 아들, 딸 그리고 몇해전 장만한 집. 나름대로 괜찮은 결혼했다 싶었는데… 그런 생각들이 한순간 무너지더군요. 일주일전 일이예요. 술이 떡이되어 들어온 신랑(남편은 무진장 술을 좋아한답니다.)… 그동안 너무 잔소리를 해댄것 같아서, 양말을 벗겨주려고 했는데.. 글쎄 입술에 화운데이션을 묻혀왔지 뭐예요..눈에 보이는게 없더군요. 정말… 얼마나 억울하고 분하던지… 차라리 누구처럼 옷에 그런 흔적이 있다면, 그냥 저냥 넘어 갈수 있을텐데… 입술이라니. 취한 사람 붙들고 물어볼 수도 없구, 물어도 정신을 못차리니… 뜬눈으로 밤 세웠죠. 다음날 아침, 신랑 출근하는데… 자리차고 누웠죠. 술 많이 마시고 와서 그런다고 생각했는지… 짜증 섞인 목소리로 왜 그러냐 그러대요. 눈도 마주치기 싫고 대꾸도 하기 싫었지만 짧게 대답했죠. 입술에 화운데이션이나 묻히고 다니구… 어쩜 인간이 그럴수 있냐구… 들었

---

8 박진*, 현재 서울시 중랑구 거주.

는지 어쨌는지 조용히 출근 하더군요..저도 무진장 화가나서 친구만나 늦게 들어왔어요..새벽3시, (조금 심하다는 생각 들었지만..미안하다는 사과조차 없는 신랑…) 그 때문인지 우리 신랑도 말 않하더군요. 우린 일주일째 말않하구 있어요. 밥도 해놓기만 하구 차려주지 않습니다. 할 도리는 하고 뭘해도 해야지… 생각하는 사람도 있겠지만, 제 좁은 소견으론 같이 있는 자체마저도 미칠것 같아요. 정말 믿었던 사람인데… 이루말할수 없는 배신감, 너무나 큰 상처로 와 닿았습니다. 한번 깨진 신뢰… 회복하기 힘드리란 생각만 들뿐… 그냥 이런 사례가 필요하신 것 같아 도움 되시라고 쪽지 드립니다.[9]

①에서 이 부부는 7년 동안이나 연애를 하고 결혼을 했다. 7년 동안 연애를 했다는 것은 그들이 충분히 서로에 대해 안 상태에서 결혼이 이루어졌음을 뜻한다. 그러나 결혼 이후 이 부부는 늘 싸우게 되는데, 그것은 경제적인 이유 때문이다. 남편은 인터넷 사업을 하지만 경제적으로 들어오는 돈이 많지 않고, 아내는 그것 때문에 짜증이 난다. 남편과 아내가 둘 다 감정적으로 힘든 상황이니 서로 사이가 좋을 수 없다. 어려움을 모르고 자란 아내는 남편을 잘못 만나 고생한다는 생각에 힘들기만 하고, 친구들의 남편과 자기 남편을 비교하면서 속만 상한다. 아내는 이혼이라는 말을 꺼내지만 남편이 아직도 자신을 사랑한다는 것을 확인하게 되고, 다른 남자와 자신의 남편을 비교하며 속상해하는 현실이 답답하고 울적하기만 하다. 여기서 부부가 결합하기 위한 날개옷으로 작용한 것은 서로에 대한 애정이라고 보인다. 그리고 부부갈등의 원인은 경제적인 어려움이다.

이 여성의 글에서 "전 요즘 들어 자꾸 눈물이나요. 대학원 학벌이며

9 이은*, 현재 경기도 용인시 거주.

친정에서 어려움 모르고 모자라는 것 없이 살았는데... 남편을 잘못 만나서 고생한다는 생각이 요즘 많이 들어요." 이 부분은 선녀가 자신이 원하지 않는 배우자감인 나무꾼을 만나, 천상의 생활을 그리워하며 한탄하고 있는 부분과 유사하다. 이 여성 또한 아무런 어려움 없이 생활했던 과거 시절을 그리워하고 있다. 그리고 지금의 남편과의 결혼생활보다는, 어려움 없이 친정에서 생활했던 그 시절로 복귀하고 싶은 소망이 이 글에는 드러나고 있다. 여기서 이 여성은 한 가정의 아내라는 생각보다는, 친정 부모님의 아래에서 경제적인 부담 없이 보낼 수 있었던 딸의 역할을 고수하고 있다. 그러기에 부모 대신 남편에게 경제적으로 의존하려고 하고, 남편이 그런 부분을 만족시켜주지 못해 부부 사이에 갈등이 발생하고 있다.

②는 결혼한 지 5년이 된 남성의 글로, 부인과의 사이에 5살된 아들이 하나 있다. 이 남성은 자신의 사랑스러운 아들이 이혼으로 인해 편모슬하에서 자라는 것을 원하지 않기 때문에, 결혼생활의 어려움을 참아내고 있다. 하지만 답답한 마음은 어쩔 수가 없다. 시댁은 가난하고 처가는 부유했기에 경제적인 문제로 인한 갈등은 결혼초기부터 있었고, 이 남성은 어렵게 처가의 승낙을 받아 아내와 결혼했다. 그런데 남성이 장인의 권유로 장인회사로 직장을 옮기면서 부부갈등은 발생하게 된다. 아내는 남편이 벌어오는 월급이 남편이 고생해서 벌어온 돈이 아니라, 자신의 아버지가 주는 생활비라고 생각하며 남편을 존중해주지 않는다. 그리고 시댁을 우습게 알며, 남편을 자신의 뜻에 맞추려고 한다. 문제는 친정의 경제적인 부유함에 편승하여 남편을 자신의 뜻대로 움직이려고 하는, 아내의 남편에 대한 권력행사이다.

여기서 부부갈등이 일어나는 원인은 가난한 시댁과 부유한 처가라는 집안간의 경제적인 격차이다. 이러한 빈부격차는 가난한 나무꾼과 옥황상제의 딸이라는 〈나무꾼과 선녀〉의 인물설정과도 유사하다.

〈나무꾼과 선녀〉에서 두 사람이 날개옷을 매개로하여 부부가 되었듯이, 이 부부 또한 애정으로 일단은 경제적인 격차를 극복하고 부부가 된다. 그러나 실제 결혼생활에서는 양가의 경제적인 격차가 문제가 되고 있다. 특히 남편이 장인회사로 직장을 옮기면서, 아내는 친정의 부유함을 무기로 남편에게 권력을 행사하고 있다. 이것은 나무꾼이 날개옷을 무기로 하여, 선녀에게 권력을 행사하고 있는 상황과도 유사하다.

③은 결혼한 지 11년이 된 아내의 글이다. 결혼할 당시 남편은 학생이었고, 아내는 7년 동안이나 혼자서 벌어 생활비를 대며 남편의 뒷바라지를 해왔다. 남편이 미안해 할까봐 아픈 내색도 못하고 돈을 벌러 다녔다는 걸 보면, 이 여성은 나름대로 아내의 역할에 최선을 다했다. 7년 후 남편은 졸업을 했고, 여성은 이제는 좀 쉴 수 있을 것 같아서 둘째 아이를 임신하면서 전업주부의 길로 들어섰다. 그런데 남편은 졸업 후 벤처사업을 한다며 친정식구들에게 돈을 투자하라고 했고, 친정식구들은 돈을 투자했지만 결국 2년 동안 별 성과 없이 돈만 날리게 되었다. 그 후에도 매일 다른 아이템이 있다며, 취직은 하지 않고 딴 곳에 정신을 팔고 있다. 아내는 생활비를 마련하느라 여기저기서 돈을 꾸고 결혼 예물까지 팔았지만, 남편은 이런 아내에게 미안해하기는커녕 아내가 노는 것이 불만인 사람처럼 매일 폭언을 한다. 아내는 돈보다 남편에 대한 실망감 때문에 이혼을 생각한다. 이 글에서 아내에게 결혼 당시 날개옷으로 작용한 것은, 남편에 대한 애정이라고 생각된다. 그리고 몇 년 만 고생을 해 일단 남편을 졸업시키기만 하면, 그 다음에는 잘 살 수 있으리라는 남편에 대한 기대와 확신이 있었기 때문이다. 그러나 그런 기대와 확신은 남편이 졸업 이후 남편으로서의 역할을 성실하게 해주지 않기 때문에 무너지고 있다. 더군다나 남편의 폭언으로 남편에 대한 애정 또한 사라지고 있다.

여기서는 남편의 무능력함이 갈등의 요인으로 작용하고 있다. 아내는 남편이 졸업을 할 때까지만 고생을 한다면, 그 이후에는 좀 편하게 살 수 있을 것이라는 희망으로 남편을 뒷바라지 해 왔다. 그러나 아내의 예상과는 달리 졸업한 남편은 벤처사업을 한다며 별 성과 없이 돈만 날렸고, 그 이후에도 먹고 살 생각은 안하고 엉뚱한 곳에 한눈만 판다. 이러한 남편의 모습은 〈나무꾼과 선녀〉에서 나타나고 있는 무능력한 나무꾼의 모습과 닮아있다. 나무꾼 또한 자신의 상황을 개선하려는 아무런 노력도 보여주지 않는다. 나무꾼의 무능력한 태도에 선녀가 실망하고 있는 것처럼, 이 여성 또한 남편에 대해 실망감을 느끼고 있다.

④는 결혼한 지 6년 된 여성으로 4년간의 연애 끝에 결혼한 부부이다. 남편은 대기업 평범한 직장인으로 아내 몰래 여기저기서 대출을 받아 사용하다가, 아파트 입주를 앞두고 아내에게 이 사실이 들통나게 된다. 아내는 자신을 속여 온 남편에 대한 배신감으로 힘들어했고 이 일을 계기로 남편에 대한 믿음도 사라졌다. 그런데 다시는 안 그러겠다며 싹싹 빌던 남편이 또다시 대출을 받아 사용했다는 사실을 알게 되면서 아내는 매우 마음이 상해있는 상태이다. 아내는 그냥 가만히 본인을 내버려두지 않고, 자꾸 돈 문제로 힘들게 하는 남편이 원망스럽기만 하다. 여기서 문제가 되고 있는 것은, 남편이 아내 몰래 돈을 대출받는 이러한 행동이 반복되면서, 아내가 남편에 대한 믿음을 잃어가고 있다는 사실이다.

⑤에서도 부부는 대학 선후배 사이로 6년 동안의 연애 끝에 결혼을 한 사이이다. 지금까지 아내는 별다른 고민 없이 단란한 가정을 꾸미고 살았다고 생각했다. 안정된 직장에 다니는 남편과 예쁜 아이들, 그리고 몇 해전 장만한 집. 근데 어느 날 남편이 술에 취해 들어오면서 입술에 화운데이션을 묻혀 온 것을 계기로, 자신의 결혼생활을 되돌아

보고 있는 중이다. 남편에 대한 배신감에 아내는 밤을 새웠고, 몹시 화가 난 상태이다. 그런데 남편은 본인의 실수에 대해 사과조차 없다. 믿었던 남편에 대한 배신감이 아내에게는 너무나 큰 상처이고, 깨진 신뢰를 회복할 수 있을지 아내의 마음은 심란하기만 하다.

④, ⑤의 사례는 갈등이 발생하게 된 원인은 다르다. ④는 남편이 아내 몰래 대출을 받아 사용한 사실이 들통 나면서 문제가 발생한 경우이며 ⑤는 남편이 입술에 다른 여자의 파운데이션을 묻혀오면서 문제가 발생한 경우이다. 그러나 두 경우 모두 부부사이의 갈등이 일어난 원인은 아내가 남편에 대해 배신감을 느끼고 있기 때문이다. 아내가 남편에 대해 배신감을 느끼고 있는 이 상황은, 〈나무꾼과 선녀〉에서 나무꾼의 도움을 고마워하며 그와 행복하게 살던 선녀가 나무꾼이 자신의 옷을 감춘 장본인임을 알게 되는 상황과 유사하다. 선녀가 자신을 속여 왔던 나무꾼에 대해 배신감을 느꼈던 것처럼, 사례들에서의 아내들도 남편에 대해 배신감을 느끼고 있다. 그리고 선녀가 나무꾼을 떠나 천상으로 올라갔던 것처럼, 사례에서의 아내들 또한 이 상황에 어떻게 대처해야 될 지 고민하고 있다.

위의 부부갈등 사례에서 부부가 결혼을 하게 된 가장 큰 이유는 서로에 대한 애정이다. 다른 조건들이 첨가되었을지는 몰라도, 몇 년 동안 연애를 하고 결혼한 사이라면 제일 중요한 이유는 서로에 대한 애정이다. 그런데 지금 부부갈등을 야기하고 있는 이유들을 살펴보면, ①에서는 경제적인 어려움으로 아내는 자신의 과거와 현재를 비교하며 부모님 슬하에서 경제적인 어려움이 없었던 그 시절을 그리워하고 있으며 ②에서는 가난한 시댁과 부유한 처가라는 집안간의 경제적인 격차가 문제가 된다. 그리고 이런 격차를 빌미로 하여 남편에게 권력을 행사하고 있는 아내가 문제이다. ③에서는 폭언을 하는 남편에 대한 실망과 가족들과 살 생각은 하지 않고 일만 저지르고 다니는 남편의 무능력한 태도가 문제이며 ④, ⑤에서는 남편에 대한 배신감으로 인한 믿음의 상실이 주된 이유라고 이야기할 수 있다.

사례들에서 보이는 것처럼 모든 부부들은 남녀를 불문하고, 누구나 결혼을 하게 되는 조건인 날개옷이 있으며, 결혼생활을 유지하는 날개옷이 있다. 그리고 이 날개옷을 잃어버렸을 경우, 부부는 이혼을 생각하게 된다. 부부가 이혼한다는 것은 날개옷으로 작용하고 있는 이유보다 부부갈등을 야기하는 이유가, 심리적으로 더 큰 영향력을 행사하고 있음을 의미한다. 그러므로 선녀의 날개옷이란, 요즈음 부부갈등을 이야기하는 데도 충분히 적용될 수 있는 여지가 있으며, 〈나무꾼과 선녀〉라는 작품 또한 부부갈등을 다루는 데 적합한 작품일 수 있다. 또한 사례들에서 나타나고 있는 부부사이의 갈등의 양상은 〈나무꾼과 선녀〉에 나타나고 있는 나무꾼과 선녀의 갈등 양상과 유사함을 보여준다. 그러므로 〈나무꾼과 선녀〉라는 이 작품은 부부사이의 갈등을 이야기하는 데 적합한 자료일 수 있다.

그런데 〈나무꾼과 선녀〉에서 부부사이의 갈등이 다양하게 나타나는 것처럼, 실제 사례에서도 부부사이의 갈등은 다양하게 나타난다. 여기서는 〈나무꾼과 선녀〉에서 제시된 해결방안이 이러한 부부갈등 사례들에서 어떻게 사용이 가능한지, 하나의 사례만을 대상으로 하여 그 방안을 제시해 보고자 한다.

①번의 경우 이 여성은 아내로서의 변화를 거부하는 선녀와 그 모습의 유사함을 보여준다. 이러한 갈등에 대한 해결방안으로 작품에서는 '최선의 내조'라는 해결방안이 제시되고 있다. 작품의 이러한 해결방안에 맞춰, 이 여성의 부부갈등 해결방안을 제시해 보면 다음과 같다.

이 여성은 자신이 이미 결혼을 한 사람이며, 한 남성의 아내임을 깨달을 필요가 있다. 이제는 본인이 소속된 곳은 친정이 아니라, 남편과의 새로운 가정인 것이다. 그러기에 무엇보다 친정에서 심리적으로 독립할 필요가 있다. 선녀가 본인의 친정으로부터 독립되어 한 가정의 아내로서 역할을 하고 있는 것과 마찬가지로 이 여성 또한 친정으로부터 심리적으로 독립해야 한다. 다음으로 천상에서 선녀는 나무꾼의 부족한 부분을, 아내라는 이름으로 채워주고 있다. 즉 선녀는 나무꾼의 부족한 부분을 탓하기보다는, 충실한 내조로 그를 도와주고 있다. 이 여성의 경우도 선녀처럼 행동의 변화를 실천해 볼 필요가 있다. 경제적으로 어렵다고 남편을 탓하기보다는, 자신이 경제적으로 본인의 가정에 도움을 줄 수 있는 방안을 모색해 보아야 되는 것이다. 이 여성이 짜증이 나는 이유는, 친정에서 부모님의 경제력에 의존했던 것처럼 남편의 경제력에 전적으로 의존하려고 하기 때문이다. 이 여성이 대학원 학벌이라고 이야기하는 것을 보면, 스스로 경제적인 활동을 할 수 있는 능력은 충분하다고 볼 수 있다. 다만 자신이 한 가정의 아내라는 역할을 거부하고 있기에, 그저 친구들의 상황과 자신의 상황을 비교하며 한탄만 하고 있는 것이다.

이 여성의 경우 자신이 이미 결혼하여 친정과는 독립된 사람이라는 것을 인식하고, 아내라는 의식을 가지고 노력한다면 현재의 부부갈등은 얼마든지 해결이 가능할 것이다. 그리고 〈나무꾼과 선녀〉에서 이 여성에게 강조해 줄 필요가 있다고 보이는 부분은, 선녀가 지상에서 과거를 그리워하며 한탄만 하다가 천상으로 복귀한 후 남편인 나무꾼을 열심히 내조하여 성공적인 부부관계를 이루어나가고 있는 바로 그 지점이다.

2) 처가와의 갈등 사례: 옹서(翁壻)갈등

〈나무꾼과 선녀〉에서 나타나는 대표적인 처가갈등은, 자신의 허락 없이 딸과 결혼하여 자식까지 낳게 한 사위를 괘씸하게 여기고 그 관계를 인정하지 않으려는 장인과 자신의 아내·자식들과 함께 살고 싶은 사위 사이의 옹서(翁壻)갈등이다. 오탁번의 '토요일 오후'라는 시(詩)는 아버지가 딸에게 느끼는 애틋한 감정과 부녀간의 사랑을 잘 이야기해 주고 있다.[10] 또 돈에 궁색해 아내를 힘들게 했던 마르크스 또한, 사위의 수입을 못마땅해하며 '나는 전 재산을 혁명적 투쟁에 썼지만 절대 후회하지 않네. 하지만 내 아내의 삶을 산산조각 냈던 가난으로부터 내 딸만은 지켜주고 싶네.'라고 적었다고 한다. 이처럼 아버지와 딸 사이의 친밀도는 부자간과는 또 다르다. 그런데 이런 딸을 강제적으로 취해 결혼을 하고 자식까지 낳게 만든 장본인인 나무꾼이 천상으로 올라왔을 때, 나무꾼에 대한 장인의 감정상태가 어떠했을지는 쉽게 짐작해볼 수 있다. 다음에서는 이러한 아버지의 감정상태를 잘 보여줄

---

10 토요일 오후 학교에서 돌아온 딸과 함께/ 베란다의 행운목을 바라보고 있으면/ 세상일 세상사람 저마다 눈을 뜨고/ 아주 바쁘고 부산스럽게 몸치장 예쁘게 하네/ 하루일 하루공부 다 끝내고 중고생 관람가/ 못된 장면은 가위질한 그저 알맞게 재미난 영화/ 팝콘이나 먹으며 구경하러 가는 것일까/ 한주일의 일과 추억을 파라솔 접듯 조그맣게 접어서/ 가볍게 들고 한강 시민공원으로 나가는 것일까/ 매일 물을 뿌려 주어야 싱싱한 잎을 자랑하는/ 베란다의 행운목이 펼쳐주는 손바닥만큼씩한 행복/ 토요일 오후의 우리집은 온통 행복뿐이네 / 세살 난 여름에 나와 함께 목욕하면서 딸은/ 이게 구슬이나? 내 불알을 만지작거리며 물장난하고/ 아니 구슬이 아니고 불알이다 나는 세상을 똑바로/ 가르쳤는데 구멍가게에 가서 진짜 구슬을 보고는/ 아빠 이게 불알이나? 하고 물었을 때/ 세상은 모두 바쁘게 돌아가고 슬픈 일도 많았지만/ 나와 딸아이 앞에는 언제나 무진장의 토요일 오후/ 모두다 예쁘게 몸치장을 하면서 춤추고 있었네/ 구슬이나? 불알이나? 딸의 어릴적 질문법에 대하여/ 아빠가 시를 하나 써야겠다니까 여중2학년은/ 아니 아니 아빠 저를 망신시킬 작정이세요?/ 문법도 경어법도 딱 맞게 말하는 토요일 오후/ 모의고사를 열 문제나 틀리고도 행복하기만한/ 강남구에서 제일 예쁜 내 딸아 아이구 예쁜 것!

수 있는 사례를 한편 제시해 보겠다.

> 나는 28살이다. 5살 4살 아들형제가 있고 현재 뱃속에는 7개월된 셋째가 있다. 신랑과는 대학교때 만났고, 아이를 갖는 바람에 학교는 중퇴했다. 친정 아빠는 내가 학교를 그만두고 결혼을 하겠다고 하자 무척이나 못마땅해 하셨고, 지금의 신랑과 대면하는 것조차 싫어하셨다. 난 아빠에게는 버림받은 자식이였으며 날 보려고도 하지 않으셨다. 아빠가 워낙 강경하시니, 엄마도 어쩔수 없이 아빠의 뜻에 따르신 것 같다. 그래서 결혼할 당시 난 친정에서 아무런 도움도 받지 못했고, 가난한 신랑 때문에 결국 난 단칸방에서 결혼생활을 시작했다. 친정과 인연을 끊은 상태에서 난 큰 아이를 낳았다. 아이를 낳고난 후부터 친정과는 다시 왕래를 하게 되었지만, 여전히 친정 아빠는 딸자식 고생시킨다며 우리 신랑을 안좋아하신다. 지금 형편도 별로 나아진 건 없다. 여전히 우리는 반지하에서 살고 있다. 5살 4살 아들들은 지금 동네 어린이집에 다니고 있는데 아이들이 커가면서 과연 내 선택이 잘된 것인지 가끔씩 후회도 들고 친정 부모님께 죄송하기도 하다. 그러나 대체로 남편과의 사이는 대부분 좋기에 이 생활에 만족하며 살고 있다.[11]

이 여성은 광고업체에서 일하고 있는 평범한 직장인인 남편과 대학교 때 만나, 현재 5살 4살 된 연년생 아들 형제를 두고 있으며, 현재 셋째를 임신 중이다. 큰 아이를 임신하는 바람에 어쩔 수 없이 서둘러 결혼을 했고, 학교는 자퇴했다. 처음 계획은 큰 아이를 낳고, 다시 복학하려고 했지만 연이어 둘째가 들어서는 바람에 포기했다. 지금은 학교에 다닐 형편도 꼭 졸업장을 따야 될 필요도 없어 학교에 대한 꿈은 접

---

11 김미*, 현재 서울 신림동 거주.

은 상태이다. 결혼 당시 친정에서는 반대가 무척이나 심했다고 한다. 무엇보다 남부럽지 않게 정성껏 키운 딸자식을, 아무것도 없는 가난한 사위에게 줄 수 없다는 것이었다. 결국 친정아버지는 결혼할 당시 본인의 체면을 생각해 결혼식은 본인의 수준에서 해주셨지만, 실제로 살림을 마련하는 부분에서는 아무런 경제적 도움도 주지 않았다. 아이들이 자라면서 친정과 왕래는 하고 있지만, 아직도 친정아버지는 사위에 대해 안 좋은 감정을 가지고 계시다.

여기서 글쓴이의 아버지는 선녀의 아버지인 옥황상제와 두 가지 면에서 유사함을 보여준다. 첫째, 옥황상제가 천상으로 올라온 선녀를 박대하고 미워하는 모습이, 사랑하는 딸임에도 불구하고 딸이 본인의 뜻에 맞지 않는 사람과 결혼하자 아무런 경제적 도움을 주지 않아 딸을 고생시킨 아버지의 모습과 유사하다. 둘째, 나무꾼을 여러 가지로 시험하고 죽이려고 하는 옥황상제의 감정이, 딸을 고생시키는 사위에 대한 장인의 미움과 유사하다. 이런 점에서 〈나무꾼과 선녀〉에서 장인과 사위 사이의 갈등은 현실에서 장인과 사위 사이의 갈등과 유사함을 보여준다. 이 여성에게 〈나무꾼과 선녀〉를 읽혔을 때 보이는 반응은 다음과 같다.

> 나무꾼과 선녀에서 난 나무꾼을 도와주는 선녀의 입장을 충분히 이해할수 있을 것 같다. 자신을 속여서 결혼한 나무꾼의 행동은 밉지만 그래도 자신과 함께 살기위해 올라온 나무꾼을 모른 척할 수는 없을 것이다. 친정 식구들이 신랑을 죽이려고 한다면, 나라도 아마 신랑을 도와줬을 것이다.[12]

12 김미*, 현재 서울시 신림동 거주.

여성은 〈나무꾼과 선녀〉에서 나무꾼이 천상으로 올라온 후 처가에서 당하게 되는 시험에 주목하고 있다. 그리고 본인이라도 남편이 위험한 상황에 처하게 된다면, 도와주었을 것이라고 이야기한다. 날개옷을 숨겨 선녀와 결혼한 나무꾼의 행동은 밉지만, 그래도 본인과 살기 위해 천상으로 올라온 사람을 모르는 척할 수는 없다는 입장이다. 아마 이 여성과 남편의 사이가 현재 원만하기에, 남편을 도와주는 쪽으로 마음이 움직인 것이 아닌가 싶다. 이렇듯 〈나무꾼과 선녀〉에서 보이는 장인과 사위 사이의 갈등과 그 안에서 남편을 도와주고 있는 선녀의 모습은 현실에서도 발견이 가능하다. 다음에는 장인과 사위간의 이러한 갈등을 보여주는 사례들을 몇 가지 더 제시해 보도록 하겠다.[13]

①

전 지금 43살이고 현재 고1인 딸과 초등학교 6학년인 남매가 있습니다. 남편과는 이혼한 상태이고 혼자서 남매를 키우며 친정에서 살고 있습니다. 신랑과 전 대학교 때 만났습니다. 전 음대에 재학 중이었고 신랑은 학교 아이스하키 선수였습니다. 흔히 아이스하키를 하는 사람은 부유한 집안이라고 생각하겠지만 신랑은 홀어머니의 외아들로 가난한 집이였습니다. 처음에는 저도 신랑의 집이 가난하다는 사실을 몰랐습니다. 저희는 오랜기간 연애를 했지만 결혼허락을 받을 수 없었고 결국 아버지를 설득시키는 방법으로 아이를 임신했습니다. 아이가 생기자 아버지는 할 수 없이 결혼을 허락하셨습니다. 그러나 저희 식구들을 보려고 하지 않으셨습니다. 신랑이 국가대표가 되면서 아버지 마음은 좀 누그러지셨지만 지금도 여전히 신랑에 대해서는 안좋은 감정을 가지고 계십니다. 물론 이혼했

13 연구자가 이러한 실제 사례들을 찾기 위한 방법으로 아이베이비(www.i-baby.co.kr)에 글을 올렸을 때, 무척이나 많은 쪽지들이 쏟아졌다. 그 중에 몇가지 사례만 제시한다.

기 때문에 더 그러시겠지요. ……아무래도 반대하는 결혼은 힘들더군요. 아버지의 시선이 늘 부담되고, 두 사람 다 그런 시선을 이겨내지 못한 것 같습니다. 자꾸 싸우게 되고, 그러다가 결국 이혼을 선택했습니다.[14]

②

신랑 나이는 35살 전 29살 경기도 양평에 거주하구요. 20살에 만나서 2년 교제하구 22살에 큰아이 출산했는데. 위에 아주버님이 결혼식이 늦으셔서ㅠㅠ 그분 결혼식 하고 하느라 2001년도 26살에 결혼식 올렸어요.ㅠㅠ 현재는 넷째 아이 임신중이구요.^^(많죠) 울 친정아버지가 반대한 이유가 홀시할머니에 홀시어머니 거기다가 3남 1녀중 막내인데두 농사져서 시어른 모셔야 된다는거에서 반대가 심하셨어요. 결혼할때야 시할머니가 돌아가신후라 시엄니만 모시구 살게 됐지만. 그때는 한동안 저랑 말두 안 하실정도였네요.ㅠㅠ 당신이 홀어머니에 둘째 아들이었는데.. 엄마고생 심했다구.ㅠㅠ 저희 친정아버지가 4남 1녀의 2째인데. 할머니가 농사지으며 키워낸 경우거든요. 그래서 아버지가 엄청 반대하셨어요. 엄마랑 똑같은 길 간다구… 21살때 엄마랑 아빠가 교통사고로 병원에서 1년 5개월 정도 계시게 됐는데… 한결같이 찾아오는거 보구 맘 돌리신거에요.^^[15]

③

그냥 저같은 경우에도 결혼반대가 심했어요. 그래서 결혼식도 애낳고 했는데요. 처음 제가 남편을 만난건 23살때입니다. 그때 남편의 나이 34살이지요. 11살 차이에요. 그러니 나이에서 분명히 반대를 했구요. 그다음엔 남편이 어릴때 부모님 다여의고 혼자였어요. 형제들이 많긴 했지만 경제적으로 도움을 주는 형제는 한사람도 없었습니다. 게다가 남편의 직

14 김주*, 현재 경기도 남양주군 거주.

15 원혜*, 현재 경기도 양편군 거주.

업이 그냥 작은공장에서 생산직으로 일하고 있었고. 모아놓은돈 십원한 푼없었으니 어떤부모가 딸을 주고 싶겠어요. 전 어린나이에 사랑하나믿고 그남자를 택했습니다. 결혼하겠다고 해서 엄마한테 엄청 두들겨 맞기도 하고 엄마랑 아버지께서 남편을 찾아가서 안된다고도 몇 번말했지요. 그래서 전 임신을 했고 그렇게 집에서 쫓겨났어요. 1년가까이 친정부모님 안보고 살다가 아기 낳고 몸조리 하러 친정엘 갔습니다. 친정에 처음 갔을때도 남편은 많이 힘들어 했어요. 그래도 미운정도 정이라고 남편이 성실하고 착한거 하나는 100%였거든요. 친정집에 가면 만사위 노릇한다고 동생들 다 챙기고 아버지 일하시는거 군소리 없이 딸이 저보다 더 열심히 아버지를 돕고 묵묵히 말없고 한결같이 우리 가족 챙기는걸 보고 부모님도 마음을 여셨습니다. 첫아이 돌을 지내고 나서야 결혼식을 했습니다. 그때도 당연히 시댁쪽에선 아무도 나서지 않고 우리부모님들이다 알아서 결혼식을 시켜주셨어요. 결혼초200만원 삭월세방에서 시작했는데 지금 7년째 살고있는데 작년에 작은 아파트도 사고 하니까 부모님도 좋아하신답니다. 저보다 남편이 더 우리 부모님께 잘하고 해요. 지금은 다 평온하게 행복하게 살아요. 그리고 이제 곧 둘째도 출산할거구요. 도움이 조금 되셨나 모르겠어요. 그냥 글 보고서 쪽지보냅니다. 지금 현재 나이 29살이구요. 남편은 40이에요. 99년도에 첫애 낳았거든요. 지금 애가 6살이구요. 둘째는 내년 1월10일이 예정일입니다. 둘째 늦게 낳은 이유도 친정 식구들 눈치때문에 늦게 낳는거에요. 친정 부모님이 우리들 못산다고 맨날 경제적으로 도와주는데 애를 낳을수가 없었거든요.. 남편과는 98년 부터 살기시작했어요. 99년에 첫애낳고 2000년 12월에 결혼식 하구요.[16]

16 한성*, 현재 경상남도 양산시 거주.

④

아기아빠와 전 31세 동갑이예요. 아기는 여아이구요 21일이면 2돌이예요. 친정에서 반대한 이유는 울 아기 아빠 부모님이 안계시다는게 이유였어요 누구나 다 고아는 되는거라고 제가 저희 아버지께 대들어보면서 끝내 결혼은 했어요. 근데 맞는 말씀이셨어요 부모님 공경할줄 모르고 누가 이야기를하면 들을 줄도 모르고 어려서 부모님이 돌아가신터라 울신랑은 어른 공경할줄모릅니다. 글구 아기 아빠 집안 대대로 후두암으로 다 돌아가셨어요… 물론 돈도 하나 없었구요. 술도 좋아하고… 모든게 마음에 안드셨데요. 전 모성애가 발달했고 맘이 넘 여리다고들 하데요. 집에서 얼마나 싫어하셨는지 근데 부모가 반대하는 결혼은 하는게 아니더군요… 친정 부모님께 죄송해요. 지금 직장이라…[17]

⑤

친정에서 우리 남편을 무지 반대했었더랍니다. 반대하는 수위가 좀 심해서, 저… 저희 부모님을 가정폭력으로 신고하려고도 했었고, 정신과 의사한테 상담도 했을 정도로요. 저희 부모님 결국 결혼 허락하시고, 저희 아버지 서럽게 우는 거 처음으로 봤습니다. 죄송하기도 하고 (정말 남부럽지 않게 키워놓으셨는데…) 더 잘하고 살리라 마음 먹었지요. 아이도 바로 가질 예정이었기에, 친정 가까이에 집을 얻었지요. 저희 애는 아침 저녁으로 저희와 함께 친정으로 출퇴근을 합니다. 매일 두번씩 친정부모님과 얼굴을 맞대야 하지요. 그동안에도 크고 작은 이런 저런 일들이 있어왔답니다. 예를 들면, 남편 밥먹는 소리가 너무 커서 귀에 거슬린다고…(못배운 집안에서 자라서 그렇다면서 불쾌해서 함께 식사하기 싫다셨습니다.) 그 때도 남편 교육 좀 잘 시키라고 하셨지요. 이번에 저희 할머니가 돌아가셨습니다.

---

17 김영*, 현재 부산시 사하구에 거주.

너무 성의없게 옷을 입고 온 시댁식구들 때문에 사실 저와 저희 부모님… 오신 손님들과 친척들에게 너무 민망하고 자존심 상했습니다. 머리는 산발에, 지저분하고 깔끔하지 못하게, 검은 옷으로 차려입지도 않고, 맨발로 온 사람들에게 저도 많이 놀랬었습니다. 엄마한테 얼른 미안하다고 금방 모시고 나가겠다고 말씀드리고… 거의 뭐 드시지도 못하고 일어서시게 했습니다. 이미 지나간 일이니, 죄송하다고 말했으니 다 끝난 줄 알았지요. 할머니 돌아가신 게 9월 2일… 어제까지도 우리 남편과 결혼한다고 했을 때부터 지금까지 부모님이 생각하시기에 기분 나빴던 그 모든 행적을 낱낱이 하나 하나 드러내시며 뭐라고 하시더군요. 정말 힘듭니다. 사위 자랑할 거 하나 없고, 가능한 숨기고 싶다고, 널 그런 집안에 시집보낸 게 원통하다며 소리치시는 엄마 심하게 하고 오긴 했지만, 아이 고모 행색이 다리 밑 거지, 미*년 아니냐고 하시는 아빠 남편과 부모님 사이에서 당황스러운 저… 그러면서도 아침, 저녁으로 아이를 맡기고 찾아오러 얼굴을 마주쳐야하는 우리… 죄송하다고, 미안하다고 앞으로 그런 일 없게 하겠다고 몇십분에 걸쳐 몇번을 얘기했는데도 아직도 분이 안풀리시나봅니다. 그러면서 그것에 대해 사위가 공식적으로 사과하지 않았다고 처가를 우습게 보는 게 아니냐고 하십니다. 요즘 사위들이 얼마나 처가집에 잘하는데… 그렇게까지는 바라지도 않는다시며 어디 데리고 가기도 창피하다고 하시네요. 남들 사위 자랑할 때, 자랑 한번 못해봤다시며… 저희 남편 그렇게 못나지도 않았거든요? 학벌 없다 없다 해도, 서울에 있는 4년제 대학 나왔고 그래도 직장생활하면서 서울에 전세집도 하나 있었고 (뭐 비싼 건 아니래도) 자기 차도 있구요. 그리고 무엇보다 사람 착하고, 성실하고… 나름대로 결단력도 있구요. 그런데 이제는 불똥이 저한테도 튀네요. ……조언이나 위로, 격려… 아니면 동감… 등등 리플 환영합니다. 저 정말 너무 많이 힘들거든요. 저보다 마음 고생 심할 착한 남편은 자기보다 내가 더 힘들거라면서 어제 장미꽃 한다발을 선사했답니다. 사랑해,

여보야~ ……교회 장로, 권사라시는 분들께서 자기보다 못한 사람들에게는 너무 권위적이거나 업신여기는 스타일이신 게 너무 안타깝고 그렇습니다. 잘 못살거나, 좀 지위가 떨어진다 싶으면 상종 안하시거나 당신들이 아주 윗자리에서 아랫자리 굽어보듯이 그렇게 대하시는 스타일이시거든요. 교회사람들끼리 서로 좋은 말만 하고 나름대로 잘 사는 사람들 많이 다니는 교회에 계시고 그런 생활에만 젖어있다보니 정말 "사회"(모든 계층의 사람들이 사는) 생활에는 저희보다 적응이 덜 되신 것 같아요. 처음엔 남편이 밉기도 했는데, 남편이 뭘 잘못한 건 아니잖아요…[18]

①은 현재 이혼 후 남매를 데리고 친정에 얹혀살고 있는 여성의 글이다. 이 여성은 대학교 때 남편과 캠퍼스커플로 만나 사귀게 된다. 본인은 음대에서 피아노를 전공하고 있었으며, 남편은 학교 아이스하키 선수였다. 그러나 남자 쪽 집이 가난하고 홀어머니에 외아들이었기에 아버지는 결혼을 반대했고, 결국 결혼을 허락받기 위한 방편으로 임신을 하게 된다. 할 수 없이 아버지는 결혼을 허락했지만 딸을 보려하지 않았다. 남편이 국가대표가 되면서 잠시 아버지의 마음은 누그러졌지만, 이 여성이 이혼하면서 여전히 사위에 대해서는 안 좋은 감정을 가지고 계신다. 이 사례에서 두 사람은 처가의 반대를 무릅쓰고 결혼은 했지만, 늘 두 사람을 바라보고 있는 아버지의 부담스런 시선을 이겨내지 못하고 결국 이혼을 했다.

②에서 장인이 반대한 이유는 남편 될 사람의 조건이었다. 홀시할머니에 홀시어머니, 그리고 3남 1녀 중 막내인데도 불구하고 농사를 짓는 시어른을 모셔야 된다는 이유 때문이었다. 그리고 이러한 조건이 친정

---

18 이 글은 아이베이비(www.i-baby.co.kr) 이야기마당에서 재인용한 것이다. 글쓴이가 연구자에게 읽어봐 달라고 권유했고, 기본적인 인적상황에 대해서는 이후 쪽지를 통해 받았다. -조경*, 현재 서울시 중구 거주.

아버지의 예전 결혼당시의 조건과 비슷해, 몸과 마음고생이 심했던 자신의 부인(친정엄마)을 떠올리게 했던 것이다. 결국 22살에 큰 아이를 출산하고, 결혼식은 26살에 올렸다. 친정아버지의 마음이 풀어진 계기는 21살 때 친정 부모님이 교통사고로 1년 5개월 입원해 계실 당시, 사위가 한결같이 찾아오는 것을 보고 마음을 돌리셨다고 한다.

③의 경우도 결혼 당시 친정의 반대가 심했다. 남편과 11살이나 나이 차이가 났고, 남편은 어릴 때 부모님을 다 여의고 혼자였다. 그리고 모아놓은 돈도 없었다. 친정 부모님한테 맞기도 하고, 친정 부모님은 남편을 찾아가 안 된다고 몇 번이나 말했지만, 결국 아이를 임신했고 친정에서 쫓겨났다. 1년 가까이 안보고 살다가, 아기를 낳고 산후조리를 하러 친정에 갔을 때도 남편은 많이 힘들어했다. 그 후 남편이 성실하게 장인을 돕고 한결같이 가족들을 챙기는 모습에 친정 부모님은 마음을 여셨고, 첫 아이 돌을 치루고 난 후 결혼식도 올려주셨다. 내년에는 둘째 아이도 출산할 예정이며, 현재는 아무 문제없이 평온하게 살고 있다.

④의 경우는 동갑내기 남편과 결혼한 여성으로, 친정 부모님이 반대한 이유는 남편이 고아라는 것과 남편의 집안 분들이 대대로 후두암으로 돌아가셨다는 것이다. 여성은 아버지께 대들면서 끝내 결혼을 했다. 근데 현재 부모님께 죄송하다고 하고, 부모가 반대하는 결혼은 하는 게 아니라고 하는 걸 보면, 아마 결혼생활에 대해 후회를 하고 있는 모양이다. 남편은 어른 공경할 줄도 모르고, 누가 이야기를 하면 들을 줄도 모른다고 적어놓은 걸 보면, 아마도 그러한 이유 때문이 아닌가 짐작된다.

⑤에서 이 여성은 74년생, 남편은 71년생이다. 결혼하기 전 친정 부모님의 반대가 극심해, 부모님을 가정폭력으로 신고하려고도 했었고, 정신과 치료도 받았다고 한다. 직장생활을 하는 여성이라 아기를 친

정에서 봐주는데, 친정 부모님은 사사건건 사위에 대해 못마땅함을 토로하고 있다. 최근 할머니가 돌아가셨을 때, 시댁 식구들이 상황에 맞지 않는 옷차림으로 와서 친정 부모님은 몹시 화가 난 상태이며 이 여성 또한 굉장히 민망했던 모양이다. 장인 장모에게 그런 대우를 받으면서도, 아내가 힘들 거라고 꽃다발을 사들고 들어온 남편에게 여성은 몹시 고맙고 미안한 상태이다. 여성은 친정 부모님이 화가 나신 것은 충분히 이해하지만, 결혼 전부터 지금까지 사위가 나쁘고 그런 집안과 결혼한 것부터 잘못된 거라고 모진 말씀을 하시는 친정 부모가 섭섭하기만 하다. 교회 장로, 권사라는 분들이 자기보다 못한 사람들을 업신여기는 게 안타깝고, 못 살거나 좀 지위가 떨어진다 싶으면 상종 안하거나, 윗사람이 아랫사람 굽어보듯이 대하시는 부모의 태도가 못마땅하다.

이 사례들에서 친정아버지가 남편과의 결혼을 반대한 가장 중요한 이유는, 딸이 가난한 사람과 결혼하여 겪게 될 경제적인 어려움으로 사례들에서 아버지는 딸이 좀 더 편하고 경제적으로 풍족한 사람과 결혼하기를 바라고 있다. 그리고 ⑤번의 경우는 자신의 집안과 신분적으로 어울리며, 남들에게 내세울 수 있는 사윗감을 원하고 있다. 그런데 그것이 뜻대로 되지 않자, 딸이나 사위에 대해 서운한 감정을 표현하고 있다.

〈나무꾼과 선녀〉에서 나무꾼은 하루를 벌어 하루를 사는 무일푼의 남성이나 다름 없고, 경제적 능력이 없기 때문에 주위에서 결혼할 배우자를 찾지 못하다 편법을 동원하여 선녀를 아내로 삼고 있다. 지상에서도 신분상으로 최하층인 가난한 나무꾼이, 천상의 최고 권력자인 옥황상제의 딸을 편법을 동원하여 취했다는 것은 아버지의 입장에서는 대단히 분노할 일이다. 그러므로 이런 나무꾼에 대한 장인의 감정이 좋지 않은 것은 당연하다. 그러기에 나무꾼은 천상에서 선녀와 살기 위해서, 자신이 천상에서 살 만한 인물이라는 것을 증명해 보여야 되는 것이다. 이것이 나무꾼에게 요구되는 시험의 의미이다.

물론 지상에서 이루어진 나무꾼과 선녀의 결혼과 사례들에서의 결혼은 차이를 갖는다. 사례들에서의 여성들은 자신이 원해 아버지의 반대를 무릅쓰고 결혼을 한 경우이지만, 선녀는 자신이 원해서 결혼을 한 것은 아니다. 그러나 나무꾼이 천상으로 올라온 이후 선녀가 나무꾼을 받아들이는 것은, 이 사례들에서 여성들이 남편과의 결혼을 원하는 것과 별 차이가 없다고 본다. 그러므로 함께 다루어 볼 수 있다.

그렇다면 나무꾼이 어려운 시험에 통과함으로써 장인에게 사위로 인정을 받았던 것 같이, 사례들에서 장인의 마음을 풀어드린 계기가 되는 것은 무엇일까? ①에서는 남편이 국가대표가 되면서 아버지의 마음이 조금은 누그러졌다고 되어 있고, ②에서는 친정 부모님이 교통사고로 1년 5개월 입원하셨을 때 한결같이 찾아오는 것을 보고 마음을 돌리셨다고 되어 있으며, ③에서는 열심히 장인을 돕고 가족들을 챙기는 모습에 마음을 여셨다고 되어 있다. ④⑤의 경우는 결혼은 할 수 없이 인정하셨지만, 사위에 대한 불만은 여전하며 마음을 열지 못하고 있는 상태이다. ①, ②, ③의 사례들에서 장인의 마음을 풀어드리는 이유가 된 부분은, 〈나무꾼과 선녀〉에서 장인이 요구한 자격시험을 잘 통과함으로써 나무꾼이 사위로 인정을 받게 된 것과 동일한 의미를 지닌다고 할 수 있다.

그렇다면 ④, ⑤의 사례들처럼 아직도 장인이 사위의 자격을 인정하지 않으려고 하는 옹서갈등의 경우, 이들의 갈등을 해결할 수 있는 방안은 무엇일까? 앞서 처가와의 갈등 해결방안으로 이야기된 것은 '나무꾼에게 재결합을 위한 자격인정'과 '시기를 부리던 처가식구들의 부재' 두 가지였다.

첫째, 남편은 장인의 인정을 받기 위해 노력할 필요가 있으며 아내는 그의 편에 서서 그가 친정식구들에게 인정을 받을 수 있도록 적극적으로 도와줄 필요가 있다. 〈나무꾼과 선녀〉에서 선녀는 남편인 나무꾼을 중심으로 하여 움직이고 있다. 선녀는 자신의 친정식구들이 나무꾼에게 시험을 요구하자, 나무꾼이 그 시험을 통과할 수 있도록 최선을 다해 도와준다. 시험을 해결할 수 있도록 문제 해결방식을 가르쳐 주기도 하고, 그것이 힘들 경우는 아예 문제 상황에 뛰어들어 나무꾼이 해결해야 될 문제를 본인이 스스로 해결해 주기도 한다. 선녀는 나무꾼과 결혼을 하고 아이들을 낳아 가정을 이룬 이상, 친정과는 독립된 생활을 하고 있다. 사례들에서처럼 자신의 아버지와 남편이 서로 갈등상태에 있다면, 중간에 낀 여성은 무척이나 괴로울 것이다. ①번 사례는 여성이 아버지와 남편 사이에서 이러한 갈등을 견디다 못해 결국 이혼한 경우이다. 그런데 여성은 본인이 남편을 선택한 이상, 자신의 가정을 유지하고 지켜나갈 책임이 있다. 그리고 남편이 자신의 아버지한테 인정을 받을 수 있도록 도와주어야 될 것이다. 실제 사례들에서도 장인의 인정을 받기 위해 사위들은 나름대로 노력을 하고 있으며, 그러한 노력에 장인이 마음을 풀고 사이가 좋아진 경우도 있다. 그러므로 〈나무꾼과 선녀〉에서 나무꾼이 일정한 자격을 획득하여 장인에게 인정을 받고 있는 이러한 상황은, 현실에서도 적용이 가능한 해결 방안인 것이다. 다만 인정을 받기위한 자격의 모습은 다양하게 나타날 수 있다.

둘째, 장인과 사위간의 갈등이 심하다면 방해자의 부재를 생각해볼 수 있다. 갈등을 일으키는 대상과 마주하지 않는다면, 갈등이 폭발하는 상황은 미연에 방지할 수 있기 때문이다. 앞서 해결방안에서 살펴본 바와 같이 〈나무꾼과 선녀〉에서 '시기를 부리던 처가식구들의 부재'는 두 가지 형태로 나타난다. 하나는 방해하는 대상이 죽거나 혹은 방해자의 역할을 할 수 없게 됨으로써 존재하지 않는 것 또는 방해하는 대상을 피해 지상으로 내려옴으로써 방해자와 일정한 거리를 유지하는 것이다. 실제 사례들에 적용될 수 있는 것은 후자이다. 즉 부부사이를 방해하는 대상과 심리적 · 공간적인 거리를 두고 갈등이 해소되기를 기다리는 것이다. 실제 사례들에서 친정과 왕래 없이 지내거나, 인연을 끊고 지내는 것은 이와 유사하다고 할 수 있다. 갈등은 서로 마주칠 때 더욱 첨예하게 대립되는 양상을 보여준다. 그러므로 일단 갈등이 잠잠해지기를 기다리는 것도 하나의 방법이 될 수 있다. 물론 이것은 적극적인 해결방안이 아니라, 일단 그 상황을 면해보자는 소극적인 해결방안이 될 것이다. 그러나 갈등이 첨예하게 대립되는 상황에서 서로의 감정이 더욱 악화되는 것을 막기 위해서는 이 방법 또한 해결방안으로서 제 기능을 할 수 있다.

이 두 가지가 〈나무꾼과 선녀〉에서 옹서갈등을 해결하는 방안이며, 실제 사례들에도 적용될 수 있는 방안이다. 그리고 〈나무꾼과 선녀〉에서 이러한 옹서갈등을 가지고 있는 사람들에게 강조해줄 필요가 있는 부분은, 나무꾼과 선녀가 힘을 합쳐 장인이 요구하는 시험을 잘 통과하고 장인의 인정을 받으며 가족들과 행복하게 천상에서 살게 되는 그 지점이다.

3) 시가와의 갈등 사례: 고부(姑婦)갈등

〈나무꾼과 선녀〉에서 나타나는 고부간의 갈등은 시어머니와 며느리가 정면으로 충돌하는 직접적인 갈등이 아니라, 남편을 사이에 두고 시어머니와 며느리가 서로 우위를 점하려고 하는 간접적인 갈등의 형태로 나타난다. 두 사람은 모두, 자식이자 남편인 한 남성에게 무언

(無言)의 권력을 행사하고, 서로 남성을 차지하기 위한 경쟁을 하고 있는 것이다. 오늘날 홀어머니의 장남인 경우는 혼기를 앞둔 여성들에게 기피대상 일 순위가 되고 있는데, 그 이유는 홀어머니의 장남인 경우는 어머니와 밀착되어 있을 확률이 여타 다른 조건의 남성들보다 더 높으며, 의례히 어머니를 부양해야 된다고 생각하기 때문이다. 이것은 앞서 〈나무꾼과 선녀〉 중 '지상회귀형'에서 보여주는, 나무꾼의 어머니와 선녀 사이에도 동일하게 적용될 수 있다. 천상에서 행복하게 살던 나무꾼이 지상으로 내려오는 이유는 어머니가 그리워서, 혹은 혼자 계실 어머니의 안위(安危)가 걱정되기 때문이다. 이것은 나무꾼이 선녀보다는 어머니한테로 더 마음이 움직이고 있다는 것을 의미한다.[19]

상담소의 이혼통계 가운데 가장 많은 이혼 사유가 되는 6호 사유(민법 제 840조 6호)를 보면, 여성 내담자의 경우 명백하게 드러난 고부갈등은 4.1% 이지만 여기에 시가와의 갈등(2.6%), 생활양식차이(0.9%), 혼수시비(0.2%), 마마보이(0.1%) 등을 합치면 8%에 이르는 내용들이 시가와 연관되어 있음을 확인해 볼 수 있다. 이처럼 시가와 관련된 갈등 중에서 〈나무꾼과 선녀〉의 지상회귀형에서 보여주는 인물구조, 즉 어머니와 아내 사이에서 갈등하다가 결국 어머니를 선택하고 비극의 주인공이 된 나무꾼의 모습과 가장 잘 연결될 수 있는 것은 마마보이인 남편을 둔 여성의 경우이다. 왜냐하면 이 마마보이 남편의 경우, 남편은 아내보다 자신의 엄마를 우선시함으로써 아내와 갈등을 유발하고 있기 때문이다. 이에 먼저 그러한 사례를 한편 제시해 보겠다.

19 이와는 달리 어머니보다는 선녀에게로 더 마음이 움직이고 있는 것은 나무꾼이 천상으로 올라가 어머니를 망각하고 선녀와 행복하게 사는 것이 '나무꾼 승천'이다.

우리는 98년에 중매로 만나 결혼했고 6살, 4살 남매가 있다. 남편과는 6살 차이고 남편 직업은 의사이다. 시아버지가 아프셔서 좀 서둘러 결혼을 했고 얼마 있다가 시아버님은 돌아가셨다. 우리 남편은 마마보이다. 아주 전형적인… 엄마 말이라도 자다가도 일어나서 전화하고 또 엄마가 화가 난 것 같으면 그것이 무서워서 밤에 잠을 설칠 정도이다. 또 우리집에는 시도때도 없이 전화를 한다. 아침에 통화를 했는데도 잠깐 집이 비거나 해서 낮에 통화를 못하면 어디 가서 전화를 못 받았느냐며 아주 꼬치꼬치 캐 물으신다. 우리는 애들때문에 밤 10시가 넘으면 다 일찍 불끄고 자는데 밤 10시 넘어 또 전화를 해서 별 얘기꺼리도 없이 또 한다. 완전 스토커 수준이다. 우리는 둘째인데, 우리 남편이 마마보니 우리 근처에 사시면서 사사건건 다 참견이시다. 예를 들어 하루는 오셔서 김밥 싼 것이 있어 드렸더니 산건지 아니면 집에서 진짜로 만들어 싼 것인지 의심하며 집에서 한거라고 해도 미심쩍어 한다. 밑반찬을 먹으면서도 조미료 맛이 난다면서 산 것 아니냐고 묻는다. 친정엄마가 밥 사준다며 오셔서 나가서 외식하고 오면 어디 가서 무얼 먹고 왔는지까지 아주 꼬치꼬치 물으신다. 맏며느리는 무서워해서 꼼짝도 못하면서 나한테만 난리다. 그러면서도 재산문제는 큰 아들하고만 쏙닥쏙닥해서 우리 남편은 하나도 모른다. 지금은 그래도 따로 살지만 앞으로 같이 살자고 할까봐 큰 걱정이다. 장남도 아닌데 억울하기도 하다.[20]

이 여성은 의사인 남편과 중매로 만나 98년에 결혼해 6살 4살 남매를 키우고 있다. 시아버지가 아프셔서 서둘러 결혼을 했고, 시아버지는 결혼한 지 얼마 지나지 않아 돌아가셨다. 내담자는 자신의 남편을 전형적인 마마보이라고 칭하며, 시어머니를 스토커라고 이야기한다.

---

20 김은*, 현재 서울시 봉천동 거주.

남편은 시어머니의 말이라면 무조건 따르고, 시어머니가 화난 것 같으면 그것이 무서워서 밤에 잠도 설칠 정도이다. 글쓴이가 화가 나는 것은 시어머니가 장남과 맏며느리는 무서워하면서 남편과 본인은 만만하게 본다는 것이며, 다른 건 시시콜콜 참견하는 시어머니가 재산문제에 있어서 만큼은 장남하고만 상의를 해 본인의 남편은 전혀 모른다는 사실이다. 글쓴이는 시어머니가 같이 살자고 할까봐 전전긍긍하고 있다. 혹 그렇게 되면 평소 남편의 행동으로 미루어볼 때, 남편은 아무 말 없이 어머니가 원하는 대로 행동할 것이라고 짐작되기 때문이다.

여기서 글쓴이의 남편은 어머니의 말이라면 무조건적으로 순종하는 사람이다. 본인이 싫어도 싫다는 말을 한마디도 못하는 사람이다. 이러한 그의 모습은 지상으로 내려왔다가, 본인의 마음을 밝히지 못해 비극의 주인공이 되어 버린 나무꾼과 유사하다. 나무꾼이 선녀와 자식들을 그리워하다가 빼꾸기나 수탉같은 비극의 주인공이 되었다는 것은, 그 자신도 천상으로 돌아가고 싶지만 어머니 때문에 돌아갈 수 없었다는 것을 의미한다. 만약 나무꾼이 어머니와 살기를 원했다면, 혹은 그럴 생각으로 지상에 내려왔다면, 비극의 주인공이 되는 일은 없을 것이기 때문이다. 그러므로 자신의 마음을 어머니께 이야기하지 못하는 나무꾼과 이 글 속에서 여성이 마마보이라고 칭하는 남편은 닮아있다. 그리고 이 여성의 마음은 나무꾼을 어머니가 계신 지상으로 내려보내고, 결국은 시어머니 때문에 남편과 이별하게 된 선녀의 마음일 것이다. 이 여성에서 〈나무꾼과 선녀〉 작품을 읽혔을 때 보이는 반응은 다음과 같다.

> 이 이야기를 보면서 나무꾼이 어머니가 잡았을 때 가야된다며 자기 마음을 똑 부러지게 왜 얘기를 못하는지 참 답답하고 화가 난다. 아예 선녀 말을 들어 그냥 있었거나 내려올 수단이 없었다면 참 행복했을 텐데 그러

> 니까 결국 비극의 주인공이 된 것 아닌가. 우리 남편같으면 선녀따라 아마 하늘로 올라갈 생각조차 못 했을것이다. 그나마 나무꾼은 우리 남편보다는 훨씬 나은것 같다. 나도 로또만 되면 아무 미련없이 애들만 데리고 외국으로 가버릴 것이다. 선녀네 식구들처럼 못살게 위협하고 그랬다면 우리 남편은 득달같이 달려가서 자기네 엄마한테 구원 요청을 하고 아마 숨어 버렸을 것이다. 우리는 둘 사이는 아무 문제가 없고 마마보이인 것만 빼면 정말 착하고 자상한 남편이다. 항상 시어머니 때문에 문제가 생기고 싸우게 된다.[21]

여성은 〈나무꾼과 선녀〉에서 지상으로 내려온 나무꾼이 자신의 어머니 때문에 천상으로 올라가지 못하게 된 부분에 주목하고 있다. 왜 자신의 생각을 어머니한테 제대로 전달하지 못하는지 답답하고 화가 난다는 것이다. 이것은 평소 자신의 남편과 시어머니와의 관계를 염두에 둔 반응일 수 있다. 또한 나무꾼은 선녀를 따라 천상으로 올라갔지만 자신의 남편은 아내를 따라갈 엄두조차 내지 못했을테니, 나무꾼이 남편보다 훨씬 낫다는 평가를 내리고 있다. 천상으로 올라간 후 처가에서 시험을 당하는 나무꾼의 모습에서도, 내담자는 선녀가 나무꾼을 도와주는 부분에 대한 고려는 전혀 없이 시험을 당하는 나무꾼의 태도에 주목하고 있다. 그러면서 평소 마마보이인 내담자의 남편의 경우 처가에서 죽이려고 하고 못살게 군다면, 늘 그랬던 것처럼 시어머니한테로 달려가 구원요청을 하든지 어머니가 없는 상황이라면 어디론가 숨어버렸을 것이라고 예상하고 있다.

이처럼 〈나무꾼과 선녀〉는 본인의 상황에 맞추어 읽혀지고 있다. 그런데 시어머니와 남편 사이에서 이러한 고민으로 힘들어하는 것은,

21 김은*, 현재 서울시 봉천동 거주.

비단 이 여성만의 문제가 아니다. 다음에서는 어머니와 남편과의 관계로 인해 힘들어하고 있는 몇 가지 사례들을 더 제시해 보도록 하겠다.

①

저는 결혼 6년차 입니다. 제 나이는 31살이고 남편은 33살… 4살 큰 아이가 있고 지금 임신 10개월입니다. 시어머님은 55살이시고… 31살에 혼자 되신 홀 시어머니십니다. 전 장남의 맏며느리입니다. 남자처럼 살아오신 시어머니에게는 시누이 한 명과 시동생 한 명도 있습니다. 한마디로 전 삶이 무의미합니다. 제가 남편의 아내로서 설 자리도 없거니와 아무 소용이 없습니다. 시어머니는 남편을 세살먹은 아이처럼 여기고 사사건건 따라다니고, 간섭하십니다. 남편이 작은 사무실을 오픈해서 사업을 하는데 거기서 전화 받고 재무업무며 모든 일을 처리하는 분은 어머니입니다. 그리고 저희집 살림살이 재정도 맡으셔서 남편에게는 아무 권한이 없습니다. 남편은 어머니 말이라면 자다가도 벌떡 일어나고, 병원을 가도, 시장을 가도, 그리고 하다 못해 남편 바지 한 벌 사는데도 어머니가 따라다니시며 사줍니다. 저에게는 경제권도 없고, 살림 권도 없고, 그렇다고 남편과 대화할 시간도 없습니다. 항상 남편은 어머니랑 같이 행동하며 어머니랑 같이 출근했다가, 어머니랑 같이 퇴근해서 들어옵니다. 그러면 둘이 다정하게 텔레비전 앞에 앉아 이야기꽃을 피우고.. 그리고 눈뜨기가 무섭게 둘이 나갑니다. 집에서 살것이 필요한 물건이 있으면.. 어머니가 달려오셔서 사야되는지 아닌지 판단하고 어머니 맘대로 판단한 후에 사오시거나 안 사주거나 하십니다. ……남편은 이런 어머니에게 말 한마디도 못합니다. 시어머니가 다 그렇지… 그것도 못 참냐고 합니다. 하지만, 전 알콩 달콩 사는 재미도 없고… 살림하는 재미는 더욱 없으며… 이 상태로는 저는 아주 불필요한 존재입니다. 다정한 어머니와 남편 사이에 부담스러운 존재일 뿐입니다. 이런 상태로는 더 이상 같이 살고싶지 않습니다. 남편은 내가 이런 얘기하면 나를 잡아먹을 듯이 노려보고 화를 냅니다. 어머니에 대해선 불침범구역입니다. 도망가고 싶고… 여기서 탈피하고 싶습니다. 남편도 밉고… 시어머니는 얼굴만 봐도 죽이고 싶을 정도입니다.22

②

답답하네요 결혼 만3년이 조금 지났지만 30년은 산 것 같은 기분 신랑은 결혼 전까지 지금 살고 있는 이 아파트에서 부모님이랑 살다가 결혼하면서 부모님은 예전 살던 집으로 다시 살고요. 오래된 시골 집 걸어서 5분거리에 삼. 30년을 거의 떨어져 본적이 없음. 엄마랑 군대도 방위. 위로 두 형님 누나 계시지만 오로지 우리 신랑 막내 밖에 몰라요. 같이 살아서 너무 거리낌없고 속옷만 입고 엄마랑 앉아서 예길 하고 결혼 전 놀러왔을 때 욕실에서 샤워 하면서도 문반쯤 열어 놓고 자기 엄마랑 예기하는 걸 보고도 결혼한 내가 잘못이지요. 지독한 마마보이 막내아들 밖에 모르는 시엄니 은근히 며느리 시기 질투하고 아들 뺏어간 여자 취급했지요. …… 그 후로 없는 얘기 하면서 신랑이랑 나를 부부싸움 시키고 멀어지게했죠. 울면서 아들한테 섭섭하다고 괜히 투정 부리고 우리 신랑 한다는 소리 '난 우리 부모 싫다는 여자랑 못산다'하면서 이혼하재요. 울면서 자기 엄마! 마음 아프게 한 게 한이 된다는 식으로… 나 때문에 자기 엄마랑 멀어졌데요. ……어머니 집을 얻어주는 문제가 나왔을 때 처자식이랑 먹고 살 걱정은 않고 우리 전재산 1000만원 모두 드리자고 할 때 질려 버렸어요. 처자식은 분유 기저귀 값 걱정하고 있는데. 그 문제가 잘 해결이 안되니까 형제부모 모인데서 처자식 있는게 한이 된다는 소리 하길래 식구들 있는데서 그 말 취소 하라고 했어요. 내가 우리 친정부모 못 챙겨서 남편자

---

22 온누리상담센타(http://www.onnoori.org/online/index.htm)에서 인용함.

식 있는게 한이 된 다는 소리해도 그런 말 할거냐고 소리 질렀죠. 시부모 아무소리 못했죠. 신랑 맘 속에 엄마밖에 모른 저 마음, 이대로 믿고 살아야 하나요? 사람 정은 하나라는데…23

③

전 항상 일주일에 한번은 전화하구요. 전화 한번 하면 최소 15분입니다. 안하면 우리 어머니 시도때도 없이 스토커처럼 하셔선 화내십니다. 이번주에는 몸도 안좋고 바빠서 짧게 했습니다. 근데 다시 하라고 하셨는데 제가 깜빡하고 못했더니 이틀 뒤 전화하셔서 저녁에 전화하라고 하시길래 했더니 안 받으시더군요. 3시간에 걸쳐 6번을 했지만 안받으시길래 남편이랑 극장에 갔다 밤 12시에 왔습니다. 그날이 토요일이었고 일요일 시어머니 전화에 잠이 깨서 받으니 다짜고짜 천안에서 올라오신다더군요. 비가 억수같이 쏟아지는 서울에 분해서 오시는 시어머니가 전 소름끼쳤습니다. 암튼 오시라고 하고 전 직장에 나가 저녁 8시쯤 와 시어머니 오셨길래 오셨냐고 암말 안했습니다. 반기지 않는다고 시어머니 노발대발하고 급기야 저도 대들고 소리지르고 뛰쳐나갔습니다. 시어머니 쌍소리하시고… 전 줏대없는 남편도 이제 싫고 3년동안 전화며 시어머니 스트레스 받으며 이제 더 이상 살기 싫습니다. 이럴때마다 항상 무능력한 남편 필요없습니다. ……목숨보다 더 소중하다는 아들 너 혼자 잘 먹고 잘 살라고 했냐고 소리 지르시는 시어머니 소름 끼칩니다. 시아버지도 계신데 아들을 너무 의지하고 남편보다 아들을 더 사랑합니다. 아들이랑 연애하는게 좋을 듯 합니다. 맨날 시어머니 전화만 생각하고 살아야 하나요? 놀러가도 아 전화해야 하는데, 하는 강박관념에서 사는 거 이제 싫습니다. 이혼하고 싶습니다.24

---

23 장지*, 현재 전라남도 순천시 거주.

24 지복*, 현재 서울시 송파구 거주.

①은 결혼 6년차인 여성의 글이다. 여기서 시어머니는 모든 경제권을 손에 쥐고, 집안 살림을 도맡아하는 사람으로 나타난다. 홀어머니에 장남인 남편은 자다가도 어머니의 말이라면 벌떡 일어날 정도로 어머니께 절대적이며, 병원에 가도 시장에 가도 하다못해 바지 한 벌 사는 데도 시어머니가 항상 남편을 따라다닌다. 아내에게는 경제권도 살림권도 없으며, 남편과 대화를 할 시간조차 없다. 항상 남편은 시어머니와 함께 출근했다가 함께 퇴근하며, 집에 돌아와서도 어머니와 다정하게 텔레비전을 보다가 아침에는 눈뜨기가 무섭게 둘이 나가버린다. 아내는 그런 시어머니와 남편의 행동에서 소외감을 느낄 수밖에 없다. 그리고 남편에게 시어머니에 대해 불평을 하면, 시어머니가 다 그렇지 그것도 못 참는다며 핀잔을 주는 등 남편에게 어머니란 아내가 침범할 수 없는 불침범 구역이다. 아내는 시어머니가 모든 권한을 쥔 가정에서, 자신이 불필요한 존재라고 생각하고 있다. 그리고 임신 10개월 만삭의 몸으로 아내는 이 숨 막히는 상황에서의 탈출을 꾀하고 있다. 여기서 시어머니는 집안의 전권을 행사하면서 아들과 밀착된 관계를 유지하고, 이런 모자(母子) 관계로 인해 아내는 소외감을 느끼고 있다. 더군다나 남편에게 시어머니란 아내가 침범할 수 없는 불침범 구역이기에 대회를 나누는 것조차 힘든 상황이다.

②는 지독한 마마보이 남편과 사는 아내의 괴로움을 호소하고 있다. 이 글을 쓴 사람은 결혼 3년차인 여성이다. 남편은 30년을 시어머니와 떨어져본 적이 없다. 군대도 방위로 다녀왔고, 위로 두 형님과 두 누님이 계시지만 시어머니는 막내인 남편 밖에 모른다. 결혼 후 시어머니는 은근히 며느리를 질투하면서, 며느리를 자신의 아들을 빼앗아간 사람으로 취급했다. 일례로 아내가 남편에게 담배를 피우지 못하게 하면, 시어머니는 일부러 자기 입으로 불을 붙여 아들의 입에 넣어준다. 이러한 시어머니의 행동으로 짐작해볼 때 시어머니의 며느리에 대한

질투심을 갖고 있다고 보인다. 결혼한 지 2달쯤 되었을 때 인감 도장 문제로 다투다가, 남편은 "난 너 없이는 살아도 엄마 없이는 못 산다"는 말로 아내를 화나게 한다. 그러던 중 시어머니의 집을 얻어주는 문제가 나오자, 남편은 전 재산인 천만원을 모두 시어머니께 드리자며, 처자식이 있는 게 한이 된다는 말을 한다. 아내는 처자식과 어떻게 먹고 살 것인지 걱정하기보다 늘 시어머니를 우선시하는 남편의 행동을 보면서, 아내는 이런 신랑을 믿고 계속 살아야 될 지 괴롭기만 하다. 여기서도 시어머니와 남편의 밀착된 관계 때문에 괴로워하고 있는 아내의 모습이 나타나고 있다.

③은 결혼한 지 3년 된, 현재 임신 3개월에 입덧으로 힘들어하며 직장 생활을 하고 있는 여성의 글이다. 여기서 문제가 되는 것은 시도 때도 없이 전화를 하는, 그리고 전화걸기를 강요하는 시어머니이다. 아내는 정해진 시간에 전화를 안했다고 비가 억수같이 쏟아지는 데도, 천안에서부터 서울로 올라오시는 시어머니가 무섭고 소름이 끼치도록 싫다. 그리고 시어머니로부터 자신을 방어하고 보호해주지 않는, 무능력한 남편도 싫다. 내용만으로 보면 이 남편은 앞서의 사례들처럼 어머니와 밀착된 관계를 보여주지 않지만, 그렇다고 아내를 방어하지도 못하는 방관자적 존재인 것 같다. 아내는 놀러가서도 시어머니께 전화해야 된다는 강박관념에 시달리는 것이 싫어서 이혼을 생각하고 있다.

①, ②의 사례에서처럼 아내보다 어머니와 더 밀착된 관계를 유지하면서, 아내보다는 어머니의 편에 서서 어머니를 우선시하는 남편들이나, ③에서처럼 아내가 힘들어하는데도 불구하고 어머니한테 한마디도 이야기하지 못하는 남편들은 〈나무꾼과 선녀〉에서 아내와 어머니 사이에서 누구를 선택할지 몰라 갈팡질팡하거나, 혹은 자신의 의사를 밝히지 못하고 어머니가 원하시는 대로 행동하다가 결국 비극의 주인공이 되는 나무꾼의 모습과 닮아있다. 그리고 이런 남편들 때문에 갈

등하고 있는 여성들은 사랑하는 남편을 시어머니로 인해 지상으로 떠나보낸 선녀와 유사하다. 이렇게 〈나무꾼과 선녀〉 중 '지상회귀형'에서 보여주는 '시어머니–나무꾼–선녀' 세 사람의 모습은, 현재 고부갈등으로 인해 힘들어하고 사례들에서의 세 사람의 모습과 구조적으로 유사하다. 그러기에 〈나무꾼과 선녀〉에 반응할 수 있는 여지 또한 충분하다.

〈나무꾼과 선녀〉에서 지상으로 내려온 나무꾼은 결국 수탉이나 뻐꾸기같은 비극의 주인공이 된다. 그렇다면 오늘날 나무꾼과 같이 어머니와 아내 사이에서 갈팡질팡하거나 본인의 의사를 밝히지 못하는 남성은 어떠한 결과를 낳게 될까? 다음의 예문은 그 결과를 잘 보여준다.

> 잠이 안 오네요. 퇴근해 보니 아내가 아이 2명과 함께 집을 나가 소식이 없습니다. 어머니와 싸우는 일이 자주 일어나더니, 기여코 일이 벌어졌군요. 새벽 2시가 넘도록 아내와 아이들이 오길 기다립니다. 아마, 이 밤이 새기전 오기는 힘들것 같군요. 세상의 모든 것이 의미를 잃은 듯 합니다. 직장도, 직장 내에서의 야망도… 인생 설계도 모두가 무의미 군요. 어디에 있는지 아이들의 얼굴이 눈에 아른거리기만 합니다. 조금만 이해하면 되리라 생각했는데, 그것이 그렇게도 힘든가 봅니다. 아–의미가 없습니다. 착해만 보이던 아내도 매서운 데가 있군요. 저라면 전화라도 할텐데… 굳게 마음을 다져먹은 듯합니다. 모두들 어머니 모시고 사는 것이 보통일이 아니라고 하더니, 저에게도 어쩔 수 없는 일들인가요. 그러나, 어떡합니까? 어머닐 저버릴 수도, 아내와 헤어질 수도 없으니… 답답합니다. 삶의 의미를 잃어 가는 사람들의 마음을 이해할 것도 같습니다. 힘들군요. 안녕하세요 이글은 제가 다른 사이트에서 하소연 한글인데 읽어주시고 제가 어떻게 해야할지 조언 부탁드립니다. 너무 힘들어요.[25]

이 사례에서 아내는 자식 두 명을 데리고 집을 나간 상태이다. "모두들 어머니 모시고 사는 것이 보통일이 아니라고 하더니"라는 구절로 미루어 볼 때, 아내는 고부간의 갈등으로 인해 집을 나간 것임을 알 수 있다. 남편은 어머니를 저버릴 수도 아내와 헤어질 수도 없어 답답한 상황이다. 어머니와 아내 사이에서 어떻게 해야될지 몰라 선택의 문제로 갈등하고 있는 이 남성의 상황은 천상의 선녀와 자식들, 그리고 지상의 어머니 사이에서 갈등하고 있는 나무꾼의 상황과 유사하다. 이러한 상황에서 나무꾼은 결국 아내보다는 어머니를 선택했고, 비극의 주인공이 되고 있다. 이처럼 〈나무꾼과 선녀〉는 단지 옛이야기가 아니라, 요즘 '시어머니-남편-아내' 세 사람의 관계에서 보이는 고부갈등을 다루는 데도 더없이 적합한 작품일 수 있다.

그렇다면 〈나무꾼과 선녀〉에서 보여주는 선녀와 시가와의 갈등 해결방식은 실제 사례들에서 어떻게 이용될 수 있을까? 〈나무꾼과 선녀〉에서 이러한 갈등을 해결하기 위한 방안으로 제시되었던 것은 '나무꾼의 아내에 대한 태도변화'와 '나무꾼의 명확한 의사전달의 필요' 두 가지였다. 두 경우 모두 고부갈등의 문제를 해결해줄 수 있는 인물은 나무꾼, 즉 아내와 어머니 사이에 있는 남성의 역할이었다.

첫째, 우리는 앞서 〈나무꾼과 선녀〉에서 나무꾼과 선녀의 행복한 부부관계가 지속되기 위해서는, 나무꾼이 시댁식구들보다는 아내를 우선시해야 된다는 사실을 이야기한 바 있다. 남편이 아내보다 어머니와 더 밀착된 관계를 유지하고, 아내보다는 어머니의 편에 서 있는 사례들에서 이 공식은 그대로 적용될 수 있다. 남편은 본인의 가정에서 중심이 되는 사람이 아내와 자신임을 잊어서는 안 된다. 그리고 무엇

---

25 온누리상담센타(http://www.onnoori.org/online/index.htm)에서 인용함.

보다 아내가 자신의 반려자이며, 아내를 보호하여 자신의 가정을 소중히 생각하고 잘 이끌어 나가는 것이, 남편으로서의 의무이자 책임임을 기억해야 된다. 즉 남편은 어머니보다는 자신의 아내 편에 서서 모든 가정 일을 처리해 나가야 된다는 것이다. 그렇다고 어머니를 기피하라는 것은 아니다. 일단 아내와 돈독한 관계가 이루어졌을 때, 어머니와 아내의 고부갈등은 그 실마리를 찾을 수 있기 때문이다.

둘째, 아내가 힘들어 하는데도 불구하고 어머니에게 한마디도 이야기하지 못하는 남편의 경우는 의사소통의 문제와 관련시켜 볼 수 있다. 성장하는 과정에서 부모님이 엄하셨을 경우, 대개의 남성은 부모님 편만 들게 된다. 부모님의 뜻에 동의해서 그 뜻에 따르는 경우도 있지만, 싫은데도 참고 따르는 경우도 많다. 부모님의 태도가 싫을 때는 본인이나 아내가 힘들다는 것을 전달해야 된다. '저는 어머니의 요구가 부담이 됩니다.' 또는 '저는 어머니가 우리 입장을 생각해 주지 않아 섭섭합니다.'는 식의 '나-전달법'으로 감정을 표현해야 된다. 물론 대부분의 부모가 이러한 아들의 감정표현에 대해 속상해하기 때문에, 아들은 부모님이 속상해하시는 것이 두려워서 싫거나 화난 자신의 감정을 제대로 표현하지 못한다. 또는 부모님을 속상하게 하면서까지 감정표현을 해야 되는지 고민을 하게 된다. 그러나 이러한 전달법은 사태를 직시하게 만들고, 부모님이 자식의 감정을 이해하는 데 큰 도움이 될 수 있다.[26] 부모에게 전혀 자신의 감정을 표현하지 못하는 이러한

26 '나-전달법(I-message)'은 화가 나거나 불만이 있을 때 그것을 꾹꾹 참고 있는 것이 아니라 말로 솔직하게 자신의 감정을 나타내는 것이다. 너로 시작하는 '너-전달법'은 비난을 받으면 감정이 상해서 잘못을 인정하기보다는 같이 비난하기가 쉽다. 그러므로 '나-전달법'이 효과적이다. '나-전달법'에는 세 가지 구성요소가 있는데, ① 문제가 되는 상대방의 행동과 상황을 구체적으로 말하고 ② 상대방의 행동이 나에게 미친 영향을 구체적으로 말한 후 ③ 그런 영향 때문에 생긴 자신의 감정을 솔직히 말한다. (http://stewardess.inhatc.ac.kr/data/philoint/culture/speech-techniques-1.htm)참조.

남편의 태도는, 〈나무꾼과 선녀〉에서도 유사하게 나타난다. 나무꾼은 어머니만 뵙고 천상으로 올라가기를 바라지만, 어머니의 청을 자식 된 도리로 차마 거절할 수 없어서 지상에 남게 된다. 그리고 아내와 자식들을 그리워하다가 수탉이나 뻐꾸기같은 비극의 주인공이 된다. 만약에 나무꾼이 자신의 의사를 어머니께 잘 전달하고 밝힐 수 있었다면, 그는 어머니를 만난 후 천상으로 돌아가 행복한 결말을 맞이할 수 있었다. 그러기에 자신의 의사를 부모님께 당당히 밝힐 수 있는 의사표현의 문제는 매우 중요하다. 그리고 부모와 아내 사이에서 방관자적 입장을 취할 것이 아니라, 부당한 부모의 요구에 대해서는 당당히 자신의 의사를 밝혀 아내를 보호해줄 책임이 있다.

이와 같이 〈나무꾼과 선녀〉에서 제시된 두 가지 해결방안은, 실제 사례들에서도 그대로 적용가능한 해결책인 것이다. 그리고 〈나무꾼과 선녀〉에서 아내보다는 어머니를 우선시하는 남편에게 강조해 줄 필요가 있다고 보이는 부분은, 나무꾼이 선녀의 금기를 어김으로 인해 천상으로 올라가지 못하는 부분, 어머니나 시댁식구들에게 끌려 다니다가 천상으로 올라가지 못하고 결국 수탉이나 뻐꾸기같은 비극적 주인공이 되는 그 지점이다. 나무꾼이 실패한 이유를 거울삼아, 성공 가능한 방안을 제시해줄 수 있는 것이다.

2. 문학치료의 가능성 탐색

여기서는 실제 부부갈등을 가지고 있는 내담자를 대상으로 〈나무꾼과 선녀〉를 적용한 상담을 진행해 보고자 한다. 이러한 상담의 과정을 통해 〈나무꾼과 선녀〉가 부부갈등을 가진 내담자의 '자기서사'를 진단하는데 어떻게 사용될 수 있을지 살펴보려는 것이다.

정운채는 "문학치료방법론의 핵심은 '작품서사(作品敍事)'를 통한 '자기서사(自己敍事)'의 발견과 개선에 있다."고 하였다. 그러기에 내담자의 '자기서사'를 발견하는 작업, 즉 '자기서사'를 진단하는 작업은 문학치료를 수행하기 위한 가장 기초적인 작업이 된다. 그러므로 여기서는 먼저 〈나무꾼과 선녀〉를 적용한 상담과정을 통해 내담자의 '자기서사'를 진단하고, 다음으로 진단되어진 내담자의 '자기서사'를 토대로 하여 향후 내담자의 치료계획을 세워보고자 한다. 이러한 과정을 통해 〈나무꾼과 선녀〉의 문학치료 가능성을 탐색해봄으로써 〈나무꾼과 선녀〉의 문학적 효용을 극대화시킬 수 있는 활용방안 역시 마련될 수 있을 것이다.

연구자는 〈나무꾼과 선녀〉를 적용한 실제 상담을 진행하기 위해, 먼저 내담자 선정에 나섰다. 특히 부부갈등 중에서도 고부갈등에 초점을 맞추어보았는데, 그 이유는 연구자가 제일 손쉽게 내담자를 구할 수 있는 곳이 아이베이비[27]라는 인터넷 사이트였고, 이 사이트의 '이야기마당'에는 평소 고부갈등으로 힘들어하는 글들이 적지 않게 올라왔기 때문이다. 그리고 결혼을 하고 자식을 키우는 엄마들이 주축이 된 육아 사이트인 만큼, 시가와의 갈등 특히 고부갈등은 공동의 관심사였기 때문이다. 사이트에 내담자를 구한다는 공고를 내자, 여러 명의 엄마들이 쪽지[28]를 보내왔다. 내담자의 적합성 여부를 가려내기 위해, 먼저 현재 자신이 겪고 있는 고부갈등에 대해 상세히 적어달라는 요청을 하였다. 몇 명의 내담자가 정해진 후 가장 큰 문제는, 어떠한 방식으로 〈나무꾼과 선녀〉를 이용하여 상담을 진행해야 할까하는 고

27 www.i-baby.co.kr

28 이 사이트에서는 보통 쪽지를 통해 연락을 주고받는다. 일종의 이 사이트만의 메일이라고 생각하면 될 듯싶다.

민이었다. 고민 끝에 연구자는 일단 연구자와 친밀한 관계를 유지하고 있으며, 현재 시댁과 갈등을 겪고 있는 내담자를 선정하기로 하였다. 그래서 선정해 본 내담자가 박경민(가명)[29]이다.

박경민은 연구자와는 중· 고등학교 시절부터 지금까지 친하게 지내고 있는 친구이다. 그래서 사소한 것까지도 서로에 대해 너무나 잘 알고 있다. 그만큼 서로에 대한 믿음도 있다. 박경민은 평소에 늘 시가와의 갈등으로 피곤해했고, 연구자는 그 이야기를 들어주고 같이 생각해 주는 입장이었다. 그래서 친밀한 관계인 박경민을 대상으로 상담을 진행해 보았다.[30] 상담에 들어가기에 앞서 연구자는 『구비문학대계』에 실려 있는 〈나무꾼과 선녀〉 42편의 이본들을 제시해주며, 내담자의 반응을 살폈다. 그런데 박경민은 『구비문학대계』에 실려 있는 이본들이 사투리도 많고 구어체라 읽는 것을 부담스러워했다. 그래서 〈나무꾼과 선녀〉의 네 가지 유형(선녀만 승천, 나무꾼 승천, 나무꾼 지상회귀, 동반하강)에 대하여 되도록 상세히 구연해 주었다. 그리고 연구자의 개인적 감정이 들어갈 수 있다고 생각되는 부분들은 따로 지면을 통해 읽도록 하여, 연구자의 감정이 작품에 개입되지 않도록 했다.

1) 〈나무꾼과 선녀〉를 적용해 본 상담과정

상담은 내담자가 〈나무꾼과 선녀〉를 어떤 식으로 이해하고 있는지, 연구자가 질문을 던지고 내담자가 답변을 하는 식으로 진행되었다. 그리고 연구자와 내담자가 작품을 이해하는 방식에서 서로 다른 지점이 발견된 경우에는, 그 부분에 대하여 집중적으로 이야기를 시도하였다.

---

29 박경민(가명), 현재 서울시 상도동 거주.

30 박**과의 1차 상담은 10월 29일에 진행되었다.

그런 다음 상담의 과정에서 이야기되었던 내용들과 연구자가 내담자에게 들려준 〈나무꾼과 선녀〉의 작품 유형들, 그리고 본인이 읽었던 부분들에 대해 내담자에게 느껴지는 생각들을 가감 없이 적어보라고 요구하였다. 그 후 내담자가 적어놓은 〈나무꾼과 선녀〉 감상문을 토대로 상담을 진행하였다. 다음은 내담자와 연구자의 대화내용 중 일부이다.

연구자: 경민아, 나무꾼과 선녀가 무슨 이야기인 것 같니?
내담자: 그냥… 나무꾼과 선녀의 사랑 이야기 아냐?
연구자: 정답 없어. 네가 생각한대로 이야기해봐.
내담자: 선녀가 나무꾼이 옷을 감췄으니 옷 때문에 결혼했다가, 잃어버린 옷을 찾았으니 떠나갔네 뭐.
연구자: 왜 나무꾼은 안 데리고 갔을까?
내담자: 나무꾼을 왜 데리고 가? 나무꾼 때문에 지상에서 지금껏 살았는데… 당연히 놔두고 떠나지.
연구자: 일종의 배신감인가? 나무꾼에 대한? 너 같아도 이런 경우라면 니 남편은 두고 떠나니?
내담자: 당연하지… 난 자식도 두고 혼자 갈거야.
연구자: ??? 너 다윤이 없이도 살 수 있어?
내담자: 새로 시작하려면 데리고 가면 안되지… 걔가 박다윤이냐? 김다윤이지. 난 이혼하면 다윤이 세현씨 줄거야.

이 부분에서 연구자와 내담자는 서로 입장이 달랐다. 연구자는 남편은 물론 자식까지 두고 가겠다는 내담자의 생각을 도무지 이해할 수가 없었지만, 내담자는 너무나 확고했다. 평소에 내담자는 하나뿐인 딸을 무척이나 사랑하고 아꼈다. 그런데 다윤이가 없어도 살 수 있다는 내담자의 말이 연구자는 잘 이해가 되지 않았다.[31] 이 부분에서 일단 〈나무꾼과 선녀〉에 관한 대화는 멈췄다. 그리고 연구자와 내담자는 자식도 두고 가겠다는 내담자의 태도에 관해 긴 시간동안 대화를 했다. 그러나 연구자와 내담자간의 생각의 차이는 좁혀지지 않았다. 내담자는 여자 혼자서 아이를 키운다는 것은 자신의 모든 것을 희생해야 되는 일이며, 새로운 인생을 시작하기 위해서 자식은 반드시 놓고 가야 된다고 생각하고 있었다.

연구자: 나무꾼이 지상으로 내려오는 이야기에서 무슨 생각이 드니?

내담자: <u>아내의 말을 잘 들어야지, 안 들으니 그렇게 된 거 아냐? 고소하네.</u>

연구자: 지금 나무꾼은 비극의 주인공이 된거야. 뻐꾸기나 수탉같은… 근데 불쌍한게 아니라 고소해?

내담자: 아내 말을 잘 들었으면 그런 일이 안 생기지. 그러니 <u>남자들은 아내 말을 잘 들어야된다니까</u>. 그리고 왜 내려오냐? 선녀랑 자식들이랑 행복하게 살면 되지… 요즘 남자들의 문제네. 아내와 어머니 사이에서 갈등하고 있는… 세현씨 도 아마 내려갔을거야.

연구자: 그럼 나무꾼과 선녀가 자식들을 데리고 천상에서 지상으로 동반하여 같이 내려온 건 어떠니?

내담자: 나무꾼이 자기 마음대로 한거네. 선녀는 그냥 신랑 따라 내려온 거고… 요즘 남자들이나 똑같네. 자기 하고 싶은대로 하고, 아내한테는 무조건 따라오기를 요구하는… 이기적이야.

내담자는 이 부분에서 계속 "아내 말을 잘 들어야 된다"는 이야기를

---

31 이 부분에서 내담자가 가지고 있는 자기서사와 연구자가 가지고 있는 자기서사는 충돌을 했다. 긴 시간동안 대화를 통해 왜 그래야 되는지 서로의 생각은 확인했지만, 둘 중 한 사람의 생각을 변화시키기에는 서로의 입장이 너무나 확고했다.

되풀이했다. 그리고 나무꾼에 대해 짜증이 난다며, 약간 신경질적인 반응을 보였다. 그러다가 자신의 신랑으로 생각이 옮겨간 듯, 아침에 신랑과 싸운 이야기를 꺼내며 요즘 아침마다 싸운다고 했다. 한참 아침마다 싸우는 원인에 대한 이야기를 한 후, 다시 〈나무꾼과 선녀〉에 대한 대화를 이어나갔다.

연구자: 나무꾼이 처가식구들한테 시험받는 장면에서 무슨 생각이 드니?

내담자: 가족주의… 자기 가족만 생각하네.

연구자: 그게 무슨 말이야? 가족주의???

내담자: 그렇잖아. 선녀가 자기 언니들이나 형제들을 죽이면서까지 나무꾼을 도와주는 건 자기가족만 챙기자는 거 아냐? 남 생각은 하나도 안 하네. 선녀의 눈에는 나무꾼만 보이나 보지.

연구자: 너라면 어때?

내담자: 나라면… 함께 살아야지. 요즘 남자들은 처가에 뭐 하나도 얻을 게 있어야 아내가 처가 가는 걸 좋아한대 그렇지 않으면 처가 가는거 무지 싫어한대. 나무꾼도 선녀를 사랑하는 모양이네. 아니면 꼭 필요하던가. 선녀밖에 없으니, 저렇게 처가식구들이 못살게 구는데도 선녀랑 붙어있으려고 하지.

내담자는 선녀의 행동을 탓하다가, 갑자기 "요즘 남지들은 처가에 뭐 하나라도 얻을 게 있어야 아내가 처가 가는 걸 좋아한대"라는 말을 반복했다. 그리고 본인의 가족만 챙기는 누가 생각난 듯, 그 사람의 이야기로 화제를 돌렸다. 한참 이야기를 들어주다가 연구자는 내담자에게 〈나무꾼과 선녀〉 이야기를 듣고 읽으면서 생각나는 대로 좀 적어보라고 했다. 다음은 내담자가 작성한 〈나무꾼과 선녀〉 감상문이다.

남편과 6년 연애끝에 결혼을 했다. 우리 엄마는 남편이 2남 1녀중의 장남이라 좀 싫어하셨다. 내가 맏며느리 그릇은 아니라면서… 솔직히 그때는 엄마의 그 말이 무슨말인지 잘 몰랐다. 하지만 결혼 6년째인 지금은 그때 엄마의 그 우려가 무엇이었는지 너무 잘 알게 되었다. 특히 ① 우리 시댁은 장남 대우는 안해주면서 장남의 책임만 지운다. 제사를 비롯하여 집안의 대소사 그것도 좀 번거롭고 귀찮은 일에서는 꼭 장남을 찾는다. 그런것 때문에 마음도 많이 상하고 싸울때도 많다. 툭하면 자기네는 언제 죽을지 모르니 제사를 가져가란다. 그러면서 다음번부터는 네가 혼자 다 차려라 그러면서 스트레스 엄청준다. 그러면서 장남이라고 줄걸주면 모르겠다. 자식은 다 똑같다면 모든지 똑같이 나눈단다. 참 생각할수록 기분이 나쁘고 화가난다. 말씀대로 자식이 다 똑같다면 집안의 경조사나 그런 등등도 다 똑같이 나누고 책임을 져야지, 꼭 궂은일에는 장남, 맏며느리 찾으면서 말이다. 장남, 맏며느리가 무슨 죄인인지… ② 선녀가 옷을 받고 올라가 버린것은 나뭇꾼에게 애정이 없이 그냥 어쩔 수 없이 살다가 기회가 생기니 이때다하고 올라가 버린것 같다. 나라도 남편에게 애정없이 살았다면 자기 식구들이 살고있는 터전으로 가 버릴것이다. 기회가 왔을때… 나무꾼이 선녀를 좇아 올라와 하늘에서 행복하게 산 이야기를 보면 지금까지 나무꾼 자신이 살아왔던 모든것을 버리고 하늘까지 따라 올라온 것이니 나무꾼의 선녀에 대한 대단한 사랑을 느낄수 있었다. 남자건 여자건 자신의 모든걸 버리고 새로운 출발을 시작한다는 것은 굉장히 큰 용기를 필요로 하는일인데-특히 남자의 경우가 더 그럴것 같다. 내 남편이라면 그럴수 있을까… 아마 힘들것 같다… 나도 만약 이 이야기처럼 내 남편을 위험한 상황에 자꾸 빠지게 한다면 남편을 돕기는 하겠지만 친정식구 눈까지 멀게하고 죽이기 까지 하면서는 못할것 같다. ③ 요즘 남자들은 친정이 잘 살고 뭔가 하나라도 더 받는다면 친정 가까이에서 살고 도움받는걸 좋아한다. 그러나 반대의 경우 하나라도 더 도와줘야 할 처지라면 친정가 사는것을 아주 싫어하는 양면성을 보인다. 나뭇꾼이 천상에서 잘 살다가 지상으로 내려와 어머니 때문에 다시 못 올라 갔으면 그렇게 그리워하던 어머니랑 잘 살지 두고 온 자식과 처 생각때문에 그리워하다가 죽은 이야기… 요즘 남편들의 고뇌가 엿보이는 듯하다. ④ 처와 아내 사이에서 이러지도 저러지도 못하는 상황… 그래도 결혼을 했으면-다 같이 행복하려면-남편이 처신을 잘 해야했어야 한다고 생각한다. 어머니를 보고싶어해서 보내줬으면 지켜야할 사항을 잘 지켜서 어머니만 얼른 보고 올라왔어야 하는데, 약속을 안 지켜서 결국 혼자 지상에 남아 죽다니 남자들의 어리석음을 보는듯하다. 모든 자신의 행동의 결과는 자신이 감수해야 하는법, 그 상황이 이해는 가지만 아내인 내 입장에서 보면 고소하다…

내담자의 감상문을 보면, 시가와의 갈등이 생기는 지점은 ①번이다. 즉 "우리 시댁은 장남의 대우는 안해주면서 책임만 지운다는 부분이다." 내담자는 평소에도 시댁에서 번거롭고 귀찮은 일이 있을 때마다 늘 자신과 남편을 찾는 것이 불만이었다. 이것은 "장남이라고 줄 걸 주면 모르겠다"는 부분과 연관성을 가지는데, 내담자는 장남이기 때문에 시댁의 잡다한 일들에 대해 노력봉사를 해야 된다면 그 봉사한 대가만큼 재산분배에 있어서도 시댁에서 돌려받기를 원하고 있다. 그런데 재산분배에 있어서는 다른 형제들과 차이 없이 똑같이 나눈다고 하니, 그것이 불만인 것이다. 내담자와 시댁의 갈등이 시작되는 부분은 바로 여기이다.

②에서는 나무꾼을 버리고 떠난 선녀의 행동을 통해, 자신과 남편의 관계에 대해 생각하고 있다. 내담자는 아직까지는 남편과 애정이 있기 때문에 살고 있지만, 애정이 없다면 선녀처럼 기회가 왔을 때 떠나버리겠다는 것이다. 지금 내담자에게 선녀의 날개옷으로 작용하고 있는

것은 남편에 대한 애정이다. 그리고 선녀를 따라 천상으로 올라온 나무꾼의 행동을 지극한 사랑이라고 높이 평가하면서, 자신의 남편과 비교해보고 있다. 그 후 선녀가 나무꾼을 자신의 형제들을 희생하면서까지 도와주는 장면을 떠올리며, 남편을 위해 그런 행동까지는 할 수 없다고 이야기하고 있다.

③은 연구자와의 대화에서도 나왔던 부분이다. 내담자는 "요즘 남자들은 친정에 잘 살고 뭔가 하나라도 더 받는다면 친정 가까이에서 살고 도움 받는 걸 좋아한다."는 이 말에 무척이나 강한 집착을 하고 있다. 연구자가 생각할 때, 그 이유는 내담자의 실생활과 관련이 있다고 보인다. 현재 내담자 가족이 살고 있는 집은 친정에서 마련해 준 것으로, 지금 현재 내담자의 명의로 되어 있다. 그러나 내담자의 남편은 그 사실을 모르고 있다. 내담자는 자신의 남편이 평소 처가에 잘하는 것이, 이것과 연관되어 있지 않을까 우려하고 있는 듯 보인다. 그래서 그 부분을 자꾸 반복하고 있는 게 아닌가 생각된다.

④에서 내담자는 '처와 아내 사이에서'라고 적어놓았는데, 이것은 아마도 '처와 어머니 사이에서'였을 것이다. 문장의 실수를 통해 볼 때 내담자는 어머니보다 '처이며 아내인' 자신을 강조하고 싶은 것이다. 그리고 나무꾼의 행동을 통해 남편의 처신을 문제 삼고 있다. 내담자는 나무꾼이 내려간 이유, 어머니에 대한 효(孝)나 어머니와 자식 간의 관계보다는 선녀와의 약속에 주목하고 있다. 약속을 지키지 않아서 수탉이나 뻐꾸기같은 비극의 주인공이 된 나무꾼을 내담자는 고소하다고 표현하고 있다. 내담자는 어머니가 보고 싶어 지상으로 내려간 나무꾼의 마음을 전혀 고려하고 있지 않으며, 단지 배우자와의 약속을 지키기 않아 비극의 주인공이 된 나무꾼에 대해 어리석다는 평가를 내리고 있는 것이다.

이 감상문을 보면서, 연구자는 다시 〈나무꾼과 선녀〉에 대한 대화를 시도했다.

연구자: 나무꾼이 선녀를 좇아 하늘로 올라간 게 왜 지극한 사랑이야?
내담자: 사랑이니까 다 버리고 갔겠지? 그렇지 않으면 그냥 지상에서 살지 않았을까? 아님 선녀가 꼭 필요했나보네.
연구자: 네 말대로 다같이 행복하게 살려면, 작품에서 나무꾼은 어떻게 처신을 해야 되니?
내담자: 어머니를 보고 온다고 했으면 보고만 와야지 왜 약속을 안지켜. 그러니까 지상에서 수탉이 되지.
연구자: 근데 너같으면 어머니만 보고 올 수가 있니? 입장 바꿔서 니네 엄마가 지금 혼자 지상에 계시는데, 너 그냥 올라올 수 있어?
내담자: 그럼 좀 이야기가 달라지지… 그럼 엄마랑 있어야지.
연구자: 〈나무꾼과 선녀〉에서 제일 인상에 남는 부분은 뭐야?
내담자: 어머니랑 선녀 사이에서 왔다갔다 하는 나무꾼의 모습… 요즘 남자들 모습이잖아. 세현씨도 그렇고… 물론 지용아저씨는 예외지만.
연구자: 네가 나무꾼이라면 엄마를 선택해 아님 세현씨를 선택해?
내담자: 잘 모르겠다. 함께 잘 살아야지…
연구자: 경민아, 너 고부갈등으로 매번 힘들어 하고 세현씨랑 아침마다 싸운다고 투덜거리면서도 세현씨랑 사는 이유는 뭐니? 세현씨에 대한 애정이니?
내담자: 애정도 있고… 다윤이도 그렇고… 같이 사는 게 더 이득이니 그렇겠지?
연구자: 그럼 네가 결혼할 때 결혼의 이유가 된 날개옷은 뭐니?
내담자: 그건 세현씨에 대한 애정과… 뭐 기타…
연구자: 기타 어떤거.

내담자: 그냥 이 사람과 결혼하면 별무리 없이 살겠다는 생각… 경제적인 이유.

연구자: 시댁이 경제적으로 풍족하다는 부분?

내담자: 그것도 이유 중 하나겠지. 근데 가장 큰 건 애정이었던 것 같다.

내담자는 아내와의 약속을 지키지 않은 나무꾼에 대해 반감을 표시했다. 그러나 입장을 바꾸어 "본인이 나무꾼의 입장이라면 그렇게 행동할 수 있겠느냐?"는 질문에 대해서는 그럼 엄마랑 함께 있겠다고 답변하였다. 그리고 〈나무꾼과 선녀〉에서 가장 인상에 남는 부분은 어머니와 아내 사이에서 왔다 갔다 하는 나무꾼의 모습이라고 했다. 또 내담자의 경우 결혼의 조건이 된 날개옷은 남편에 대한 애정과 남편과 결혼하면 별무리 없이 살겠다는 경제적인 이유였으며, 현재 고부갈등으로 힘들어하면서도 남편과 사는 이유는, 남편에 대한 애정과 딸이라고 하였다.

2) 내담자의 자기서사 진단과 향후 치료계획 수립

내담자는 〈나무꾼과 선녀〉라는 문학작품을 통해 대화를 시도하자, 본인의 이야기를 하는 데 있어서도 별다른 저항을 보이지 않았다. 그리고 자신이 처한 상황에 맞추어, 나무꾼과 선녀의 행동에 반응하는 모습을 보여주었다. 연구자와 내담자 사이의 대화내용과 내담자가 작성한 〈나무꾼과 선녀〉 감상문을 통해 살펴본, 내담자의 자기서사에 나타나는 특징은 다음과 같다.

첫째, 내담자는 경제적인 부분에 심리적으로 많이 의존하고 있는 모습을 보여준다. 특히 내담자와 시가와의 갈등은 여기서부터 시작된 듯

하다. 내담자의 감상문을 살펴볼 때, 내담자는 시댁에서 장남과 맏며느리로서의 역할을 요구하는 만큼 재산분배에 있어서도 그 만큼의 대가를 원하는 것이다. 그런데 시부모님이 자식은 다 똑같으니 사후 재산분배도 자식수 대로 삼등분 하겠다고 하자, 재산분배에 대해 심리적인 갈등이 일어나는 것이다. 이것은 내담자가 남편과 결혼한 이유와도 연관이 되는데, 내담자는 남편에 대한 애정과 아울러 시댁이 풍족하기에 남편과 결혼을 하면 별무리 없이 살겠다는 생각을 가지고 있었다. 그런데 이것이 여의치 않게 되자 심리적으로 불안해하고 있는 상태이다. 또 내담자는 평소 남편이 자신의 친정에 잘 하는 것이, 혹 처가의 도움을 바라고 그런 것은 아닐까 의심하고 있다. 이러한 의심이 "요즘 남자들은 친정이 잘 살고 뭔가 하나라도 더 받는다면 친정 가까이에서 살고 도움 받는 걸 좋아한다."는 말로 표현된 것이라 짐작된다.

둘째, 내담자는 자신의 친정과 시댁을 철저히 분리하여 생각하고 있는 모습을 보여준다. 먼저 본인의 딸에 대해 "걔가 박다윤이냐? 김다윤이지"라고 하여, 자식이 남편의 성을 따른다는 사실을 중시하고 있다. 다음으로 내담자의 감상문을 보면 시부모님에 대해 '자기네'라는 표현을 사용하고 있는데, 이 또한 내담자가 본인의 가족과 시댁을 철저하게 분리시켜 생각하고 있다는 것을 보여준다. 그리고 내담자는 대화 중에 어머니가 그리워 지상으로 내려왔다가 천상으로 올라가지 못한 나무꾼에 대해서는 아내와의 약속을 지키지 못했다는 사실만을 중시하여 반감을 표시하면서, 본인이 나무꾼의 입장이라면 본인 역시 어머니와 있어야겠다고 하는 것으로 보아 나무꾼의 행동을 이중적인 잣대로 해석하고 있다. 이러한 내담자의 태도로 볼 때, 내담자는 친정과 시댁을 철저히 분리시켜 생각하고 있으며 남편과 시부모의 관계에 대한 고려가 전혀 없다.

그렇다면 이러한 자기서사를 가지고 있는, 내담자의 향후 치료계획은 어떠한 방향으로 세워져야 될까?

첫째, 경제적인 부분보다 정신적인 것이 더 소중함을 일깨워줄 필요가 있다. 내담자가 경제적인 부분을 중요하게 생각하는 이유는, 가난에 대한 불안감일 수 있다. 내담자는 아버지가 일찍 돌아가셨기 때문에, 약사인 어머니가 혼자서 남매를 키우셨다. 내담자의 남편은 평범한 직장인이다. 그래서 늘 내담자는 남편이 직장을 그만뒀을 경우, 앞으로 어떻게 살 것인지에 관해 고민해왔다. 그리고 실제로 남편이 실직하는 바람에 몇 번 경제적으로 힘들었던 경험이 있다. 내담자는 남편을 선택하면서 시댁이 강남이고 더군다나 장남이므로, 앞으로 먹고 살 걱정은 없으리라 생각했었다. 근데 결혼 당시 시댁에서 전세금 3천만원[32] 이외에는 별다른 도움을 받지 못했고, 남편이 실직했을 당시에도 시댁에서 아무런 경제적 도움을 받지 못했다. 대부분의 경우 경제적인 문제는 친정에서 해결을 해주는 편이었고, 내담자는 그 부분에 대해 무척이나 속상해했다. 그러다가 최근 시댁이 강남에서 수지로 이사를 하자 차액으로 남게 될 재산 중 일부를 기대했지만 그것도 여의치 않고, 더군다나 시아버지가 사후 재산분배에 관해 세 명의 자식들에게 똑같이 3등분을 하겠다고 하자 심리적으로 무척이나 불편한 상태이다.

둘째, 친정과 시댁을 철저히 분리하여 생각하는 것은 가족의 의미를 일깨워주면서 수정해 줄 필요가 있다. 연구자가 보기에 내담자는, 친정어머니에게는 무척이나 착한 딸이자 효녀이다. 늘 혼자되신 어머니를 배려하려고 노력하고, 어머니한테 정성을 다한다. 이런 어머니에

32 내담자는 결혼 후 춘천에서 신접살림을 차렸다. 그래서 25평형 아파트 전세금으로 3천만원이 들었는데, 이것만 시댁에서 부담해 주셨다고 했다. 신혼생활을 시작한 지 3달 후 남편의 직장문제로 서울로 이사를 오게 되면서, 서울 전셋집 마련 비용은 추가해 주실 거라고 생각했지만 결국 해주지 않아 3천만원을 융자받아 이사를 왔다.

대한 내담자의 정성이 경제적인 도움을 바래서가 아니라는 것을, 연구자는 오랜 기간 지켜보면서 잘 알고 있다. 이런 친정어머니와 내담자 본인의 관계를, 시부모님과 남편 사이에 한번 적용시켜 보도록 유도해 볼 필요가 있다. 그럼으로써 내담자가 자신을 낳아주고 지금까지 키워준 본인의 어머니를 배려하는 것이 당연한 것처럼 남편 또한 시부모님을 배려하는 것이 당연한 일이고, 남편과 결혼한 이상 시부모님은 자신과 별개의 사람들이 아니라 남편을 낳고 키워준 소중한 분들이라는 것을 일깨워줄 필요가 있다고 본다.

나무꾼과 선녀의 부부갈등과 문학치료

V. 결론

본고에서는 『한국구비문학대계』 42편, 『임석재전집』 8편, 『한국구전설화집』 2편, 『한국민족설화집』 1편, 『용인 서부지역의 구비전승』 1편, 『전북민담』 1편, 『서사민요연구』 1편 등 문헌에 실려 있는 자료 56편과 연구자 채록자료 10편을 대상으로 〈나무꾼과 선녀〉에 나타나는 인물간의 갈등양상을 살피고, 이러한 인물간의 갈등이 작품에서는 어떻게 해결되고 있는지 그 해결방안을 살펴보았다. 그리고 작품에서 나타나고 있는 인물갈등 양상이 실제 사례들에서 나타나는 부부갈등과는 어떻게 연관될 수 있는지 그 상관성을 살펴본 후, 실제 내담자를 대상으로 〈나무꾼과 선녀〉를 적용하여 문학치료의 가능성을 탐색하기 위한 상담을 진행해 보았다. 그 결과는 다음과 같다.

첫째, 〈나무꾼과 선녀〉에 나타나는 인물갈등 양상은 크게 세 가지로 나누어지는데 '나무꾼과 선녀 사이의 갈등' '나무꾼과 처가와의 갈등' '선녀와 시가와의 갈등'이 그것이다.

'나무꾼과 선녀 사이의 갈등'은 목욕을 하기 위해 지상으로 내려온 선녀의 옷을, 나무꾼이 감추면서 시작된다. 나무꾼은 선녀를 아내로 맞이하기 위해 그녀의 옷을 감추고, 선녀는 날개옷을 되찾기 위한 방편으로 그와 일시적인 결합을 하게 된다. 그러므로 둘 사이의 갈등으로 가장 먼저 지적해볼 수 있는 것은 1) 결합의 방법으로 인한 문제였다. 결합의 방법으로 인한 문제는 두 가지로 나누어지는데, 하나는 나무꾼이 옷을 감춘 사실을 선녀가 알고 그와 결합하는 것이며, 다른 하나는 나무꾼이 자신의 옷을 감췄다는 사실을 모른 채 지상에서는 어찌할 도리가 없어서 우연히 만난 나무꾼을 따라가는 것이다. 다음으로 지적해볼 수 있는 것은 2) 신분과 가치관의 차이로 인한 문제였다. 이 둘은 천상과 지상이라는 서로 다른 세계에서 성장한 인물로 신분이나 가치관이 전혀 달랐고, 서로에 대해 아무것도 모르는 상태에서 단지 날개옷을 매개로 하여 부부가 된다. 그러므로 이러한 둘의 결합은 갈등을 유발한다. 마지막으로 지적해 볼 수 있는 것은 3) 개인적 결점으로 인한 문제였다. 나무꾼은 사슴의 도움으로 일단 결혼에는 성공했지만 여전히 가난한 생활에 안주하여 행복한 부부관계를 유지하기 위한 어떠한 노력도 보여주지 않으며, 선녀의 도술로 부유한 생활을 하는 경우에는 선녀의 경제력에 전적으로 의지해 술이나 먹고 잠이나 자는 나태한 생활태도를 보여준다. 선녀 또한 과거에 사로잡혀 천상으로의 복귀(復歸)만을 꿈꾸며, 아내로서의 역할은 전혀 하지 않고 있다.

'나무꾼과 처가와의 갈등'은 나무꾼이 선녀를 따라 천상으로 올라가면서 갈등이 시작된다. 나무꾼은 자신과는 어울리지 않는 선녀를 그것도 옷을 숨기는 나쁜 방법을 통해 강제로 취했기에, 천상에서 그녀와 살기 위한 대가를 치루어야 한다. 처가식구들은 나무꾼에게 사위로서의 자격이나 선녀와 천상에서 살기 위한 일정한 자격을 요구하기도 하고, 가정을 이룬 선녀를 시기하거나 나무꾼이 지상사위라는 이유로 장인에게 사랑을 받는 것을 질투하여 그를 죽이려한다. 그리하여 본 연구에서는 나무꾼과 처가와의 갈등을 1) 나무꾼에게 재결합을 위한 자격요구 2) 재결합을 방해하는 처가식구들의 시기심 두 가지로 나누어 살펴보았다.

'선녀와 시가와의 갈등'이다. 이것은 선녀와 재결합을 하기 위해 삶의 공간까지 옮긴 나무꾼이, 자신의 지상가족들과 고향을 그리워하면서 시작된다. 선녀가 지상에서 자신의 세계로 돌아가기 위해 노력했듯이, 나무꾼 또한 지상의 가족들과 고향을 그리워하게 되는 것이다. 나무꾼이 선녀보다 자신의 감정을 중요시하며 지상으로 내려가게 되는 지상회귀나 지상으로 내려간 후 선녀가 내려준 금기를 어기고 있는 모습에서는, 선녀보다 시가식구들을 우선시하고 있는 나무꾼의 태도가 나타난다. 또 시가식구들은 나무꾼이 천상으로 올라가지 못하도록 방해를 하며, 나무꾼은 그들에게 끌려다니는 모습을 보여준다. 그리고 이것은 결국 선녀와의 부부관계를 단절시키는 요인으로 작용한다. 그러므로 본 연구에서는 선녀와 시가와의 갈등을 1) 선녀보다 시가식구들을 우선시하는 나무꾼의 태도 2) 시가식구들의 나무꾼 재승천 방해 두 가지로 나누어 살펴보았다.

둘째, 〈나무꾼과 선녀〉에 나타나는 인물갈등 해결방안에 대해 살펴보았는데, 이것은 앞장에서 살펴보았던 인물갈등 양상과 대응이 되는 방식으로 제시하였다.

먼저 '나무꾼과 선녀 사이의 갈등'이다. 이 둘의 갈등이 해결되었다고 보이는 작품은 선녀가 자식들을 데리고 하늘로 떠나간 후 나무꾼이 사슴(노루, 멧돼지)의 도움으로 두레박을 타고 하늘로 올라가는 B유형 '나무꾼 승천'이나 나무꾼이 선녀를 쫓아 천상으로 올라갔다가 선녀와 자식들을 데리고 다시 지상으로 내려오게 되는 D유형 '동반 하강'이다. 그리고 C유형 '나무꾼 지상회귀'의 작품에서 나무꾼이 다시 지상으로 내려가기 전까지의 부분들이다. 그러므로 이 부분들을 중심으로 그 해결방안을 살펴보았다. 그리하여 1) 나무꾼의 노력과 선녀의 포용 2) 공동의 목표로 서로의 차이를 극복 3) 개인적 결점의 극복과 자신의 역할에 충실이라는 세 가지 해결방안을 제시해볼 수 있었다.

다음으로 '나무꾼과 처가와의 갈등'이다. 이러한 처가와의 갈등이 해결된다고 보여지는 작품은 B유형 '나무꾼 승천' 중 특히 시험이 등장하고 있는 작품이다. 시험 부분에서 나무꾼과 처가식구들은 첨예하게 대립하고 있으며, 나무꾼이 시험을 통과하는 과정을 통해 그 해결방안도 드러나고 있다. 그러므로 여기서는 B유형 중 특히 시험이 있는 부분을 중심으로 그 해결방안을 살펴보았다. 그리하여 1) 나무꾼에게 재결합을 위한 자격인정 2) 시기를 부리던 처가식구들의 부재라는 두 가지 항목을 제시해 볼 수 있었다.

마지막으로 '선녀와 시가와의 갈등 해결방안'이다. 이것은 나무꾼이 지상으로 내려오게 되는 C유형 '나무꾼 지상회귀형'에서 갈등이 발생하게 되는데, 〈나무꾼과 선녀〉라고 이야기할 수 있는 작품 중 선녀와 시가와의 갈등이 해결된다고 이야기할 수 있는 작품은 없다. 모든 C유형의 작품에서 지상으로 내려간 나무꾼은 다시는 천상으로 올라오지 못한 채 수탉이나 뻐꾸기같은 비극의 주인공이 되고 있다. 그러므로 여기서는 나무꾼이 실패한 원인을 거울삼아 그 해결방안으로 1) 나무꾼의 아내에 대한 태도변화 2) 나무꾼의 명확한 의사전달의 필요라는 두 가지 항목을 제시해 볼 수 있었다.

셋째, 〈나무꾼과 선녀〉를 문학치료적 상담에 이용하기 위해서는 먼저 〈나무꾼과 선녀〉에 나타나는 인물갈등과 실제 사례에서 보이는 부부갈등이 동일하다는 것을 증명할 필요가 있었다. 그리하여 〈나무꾼과 선녀〉에서의 인물갈등과 실제 사례들에서의 부부갈등의 상관성을 살펴보았다. 그런 다음 갈등양상의 유사성을 바탕으로 〈나무꾼과 선녀〉에 나타나는 갈등 해결방안을 실제 사례들에 동일하게 적용시켜 봄으로써, 〈나무꾼과 선녀〉라는 작품이 실제 부부갈등 해결에 어떻게 기여할 수 있을지 고찰해 보았다. 여기서 중요하게 사용된 문학치료의 방법은 '자기서사의 보충(補充)'이었다. 먼저 '부부사이의 갈등'에서 선녀가 나무꾼과 결혼을 하게 되는 이유는 자신의 날개옷을 되찾기 위해서였다. 그렇다면 이 날개옷은 선녀가 나무꾼과 결혼을 하기 위한 조건이 된다. 결혼을 한 사람이라면 누구에게나 결혼을 하게 만든 일종의 날개옷이 있으며, 결혼을 유지하게 만드는 날개옷이 있다. 그러므로 선녀의 날개옷이란, 결혼을 한 사람이라면 누구에게나 해당될 수 있는 결혼의 조건이 된다. 이런 전제 하에 실제 부부갈등의 사례들을 몇 가지 제시한 후 이들에게서 날개옷으로 작용하고 있는 것이 무엇이며, 사례에서 보이는 갈등의 내용이 〈나무꾼과 선녀〉에서 나타나는 갈등과는 어떻게 연관될 수 있을지 살펴보았다. 그리고 사례들 중 한 편을 예로 하여 〈나무꾼과 선녀〉에서 보여주는 부부갈등의 해결방안이 사례에는 어떻게 적용될 수 있을지 분석해 보았다. 다음으로 '처가와의 갈등' 사례를 제시해 보았는데, 〈나무꾼과 선녀〉에 나타나는 대표적인 처가갈등이 장인과 사위의 옹서갈등이었기에, 여기서는 옹서갈등에 초점을 맞추어 보았다. 그리하여 아버지가 반대하는 결혼을 한 여성들의 사례들을 대상으로 하여, 이러한 사례들에서 아버지가 사위나 딸에게 느끼는 감정이 〈나무꾼과 선녀〉에서 옥황상제가 나무꾼이나 선녀에게 느끼는 감정과 다르지 않다는 것을 밝혀보았다. 그리고 이러한 장인과 사위 사이의 갈등과 그 안에서 남편을 도와주고 있는 선녀의 모습은, 현대에서도 발견이 가능한 문제라는 것을 증명해 보았다. 또 〈나무꾼과 선녀〉에서 보여주는 처가와의 갈등 해결방안을 토대로 하여, 실제 처가갈등을 해결해 줄 수 있는 방안을 모색해 보았다. 마지막으로 '시가와의 갈등' 사례를 비교해 보았는데, 〈나무꾼과 선녀〉에 나타나는 대표적인 시댁갈등은 어머니와 선녀 사이에서 누구를 선택할지 몰라 고민하고 있는 나무꾼의 모습이었다. 그러므로 이 부분에 초점을 맞추어 고부갈등에 관해 살펴보았다. 특히 어머니의 말에 무조건 순종하는 마마보이 남편을 둔 여성의 사례를 대상으로 하여, 〈나무꾼과 선녀〉에서 아내보다 어머니를 더 우선시하거나, 자신의 마음을 이야기하지 못하고 끌려 다니는 나무꾼의 모습은 이런 마마보이 남편과 닮아있다는 것을 밝혀보았다. 그리고 〈나무꾼과 선녀〉에서 보여주는 시가와의 갈등 해결방안을 토대로 하여, 실제 시댁갈등을 해결해 줄 수 있는 방안을 모색해 보았다.

이렇게 〈나무꾼과 선녀〉에 나타나는 인물갈등 양상과 실제 인물갈등 양상과의 상관성을 증명해 보인 후, 실제로 내담자를 대상으로 〈나무꾼과 선녀〉를 적용한 상담을 진행해 보았다. 이러한 상담의 과정을 통해 〈나무꾼과 선녀〉가 부부갈등을 가진 내담자의 '자기서사'를 진단하는 데 어떻게 사용될 수 있을지 살펴보았다. 왜냐하면 '자기서사'를 진단하는 작업은 문학치료를 수행하기 위한 가장 기초적인 작업이기 때문이다. 그러므로 여기서는 〈나무꾼과 선녀〉를 적용한 상담과정에서 이루어진 연구자와 내담자 사이의 대화내용과 내담자의 〈나무꾼과 선녀〉 감상문을 통해 내담자의 '자기서사'를 진단하여 보았다. 그리고 내담자의 '자기서사'를 바탕으로 하여 향후 내담자의 치료계획을 세워보았다. 이러한 과정을 통해 본 연구에서는 〈나무꾼과 선녀〉의 문학치료 가능성을 탐색해 봄으로써, 〈나무꾼과 선녀〉의 문학적 효용을 드러낼 수 있는 활용방안을 제시해 보았다.

〈나무꾼과 선녀〉가 전 세계적인 분포를 보이면서 오랫동안 전승되어 온 것은, 작품의 분석을 통해 제시한 바와 같이 이 작품이 부부간의 문제를 다루고 있기 때문이다. 이 부부간의 문제는 인류공통의 관심이며, 지역과 시대를 초월하여 이야기될 수 있는 중요한 주제이기 때문이다. 본 연구는 먼저 〈나무꾼과 선녀〉의 이러한 의미를 분석해 보았다는 데 일차적인 의의를 부여할 수 있다. 다음으로 이러한 작품 분석이 단지 작품론에 그치지 않고, 현대를 살아가는 우리들에게는 어떠한 도움을 줄 수 있을지 작품의 활용방안을 제시해 보았다는 데 이차적인 의의를 부여할 수 있다. 〈나무꾼과 선녀〉에서 나타나는 부부갈등의 양상과 실제 부부갈등의 양상을 비교하여 그 상관성을 밝힌 후 〈나무꾼과 선녀〉에서 나타나는 해결방안을 토대로 하여 실제 부부갈등의 해결방안을 제시해주거나, 혹은 〈나무꾼과 선녀〉를 상담에 적용하여 내담자의 자기서사를 진단하고 치료계획을 세워주는 문학치료적 상담은 문학이 가질 수 있는 효용성을 극대화하는 작업이기 때문이다.

그러나 본 연구에서는 문학치료의 가능성만을 탐색해 보았을 뿐, 아직 그 치료과정이나 치료의 결과를 제시하지는 못하였다. 치료의 과정이나 결과는 지속적인 상담과 시간의 투자를 바탕으로 얻어질 수 있을 것이다. 그러므로 연구자가 앞으로 주목해야 할 부분은 이러한 〈나무꾼과 선녀〉 연구의 성과를 바탕으로, 실제로 부부갈등을 가진 사람들을 대상으로 한 꾸준한 상담을 진행하여 그 문학치료의 과정과 결과를 도출해내는 일이다. 임상의 과정은 앞으로의 과제로 남겨둔다.

또 필자가 채록한 자료 10편이 본 연구에서는 새롭게 분석되거나 해석되지 않은 아쉬움이 있다. 필자가 채록한 10편의 자료 중 2편은, 지금까지 『한국구비문학대계』나 여타 지면을 통해 발표된 우리나라의 〈나무꾼과 선녀〉와는 그 내용이 좀 다르다. 이 2편의 이야기에는 우리가 보통 알고 있는 나무꾼과 선녀 이야기에, 견우직녀의 이야기가 첨가되어 나타난다. 이 중 첫 번째 이야기에서는 나무꾼이 천상으로 올라오자, 노한 선녀의 아버지가 나무꾼을 땅으로 내려 보내면서 나무꾼은 선녀와 이별하게 된다. 이 둘이 너무 슬퍼하고 애달파하니 선녀의 아버지는 칠월칠석에 두레박을 내려 보내 이 둘을 만나게 해주는데, 나무꾼이 천상으로 올라오면 까치는 선녀와 만날 수 있도록 다리를 놓아준다는 것이다. 그리고 나무꾼과 선녀가 만나 흘리는 눈물로 칠월칠석에는 비가 온다는 것이다. 두 번째 이야기에서는 천상으로 올라온 나무꾼은 옥황상제의 문지기가 되어 견우별이 되고, 선녀는 베틀 짜는 직녀별이 되어 1년에 한번 칠월칠석날에 만나게 된다는 것이다. 그리고 이 둘이 흘리는 눈물로 칠월칠석에는 비가 온다는 것이다. 이처럼 두 편의 〈나무꾼과 선녀〉 이야기에는 나무꾼이 천상으로 올라온 이후, 견우직녀의 이야기가 첨가되어 있다. 그런데 재미있는 사실은 이 두 편의 이야기를 구연해 준 제보자의 나이나 고향이 다르며, 어렸을 때 이 이야기를 들었다고 했다. 그러므로 어떻게 〈나무꾼과 선녀〉에 견우직녀 이야기가 습합된 건지, 그 과정이 궁금해지는 것이다. 이렇게 견우직녀 이야기가 첨가된 〈나무꾼과 선녀〉는 『중국민담선』[1]에 들어있는 〈견우와 직녀〉[2]와 그 양상이 더 흡사하다. 그러므로 이러한

1 이주홍, 『중국민담선』, 정음사, 1975.

2 그 내용을 간략하게 요약하면 다음과 같다. ① 어느 고을 변두리 산기슭에 한 젊은이가 살고 있었는데, 이 젊은이는 늙은 물소 한 마리를 키우고 있어 당시 사람들은 모두 그를 견우랑이라고 불렀다. ② 어느 해 여름 늙은 물소가 견우랑을 보고, 초원 남쪽 강물 속에서 일곱 선녀가 미역을 감고 있는데, 당신이 몰래 강변에 가셔서 한 장의 천의를 감추면 그 중 한 사람의 선녀와 내외간이 될 수 있다고 하였다. ③ 견우랑이 이 말을 듣고 강변으로 가보니 안개에 싸인 물 속에 일곱 선녀가 보였고, 강변에는 일곱 장의 천의가 쌓여 있었다. 그가 천의 한 장을 겨드랑이에 끼고 달리자, 다른 선녀들은 모두 천의를 입고 하늘로 날아 올라가 버리고 하직녀라는 선녀만이 외톨로 쳐졌다. ④ 하직녀는 벌거숭이인 채로 견우를 뒤쫓아 와 천의를 돌려 달라고 애원했지만 견우는 거절했고, 직녀는 할 수없이 그의 뒤를 따라 견우의 집으로 왔다. ⑤ 직녀는 인간 세계의 옷을 입고 견우와 부부가 되었고, 천상에서와 마찬가지로 인간세계에서도 언제나 손에는 베틀 바디를 잡고 있었다. ⑥ 견우는 아리따운 아내를 얻고 난 뒤로부터 늙은 물소를 돌보지 않았고, 얼마 안 가서 늙은 물소는 병이 들었다. 견우는 슬퍼하자, 늙은 물소는 자기가 죽으면 가죽을 벗겨 그 속 가득히 모래를 채워 넣은 다음 자신의 고삐를 풀어 주머니를 하나 만들고 매일 그것을 어깨에 메고 있으면 위험한 상황에서 도움을 받으실 수 있을 것이라고 하였다. 그 후 물소는 숨졌고, 견우는 울면서 물소가 시킨 대로 했다. ⑦ 견우와 직녀는 남매를 낳았는데, 직녀는 2년동안 줄곧 견우에게 자기의 천의가 어디에 감추어져 있는지 끈덕지게 물었다. 그 때마다 견우는 말머리를 흐지부지 딴데로 돌려 버렸는데 얼마 후 직녀가 또 견우에게 추궁하자 그는 천의를 입구의 주춧돌 밑에 묻었다고 이야기해 주었다. ⑧ 직녀는 재빨리 입구로 달려가 주춧돌을 치우고, 천의를 꺼내어 잽싸게 펴든 후 눈깜짝할 사이에 구름을 탔다. 놀란 견우는 아들 딸을 데리고 아내를 뒤쫓을 채비를 차렸다. 견우는 급한 김에 등을 두들겼고, 물소 가죽으로 만든 주머니를 건드렸다.

〈나무꾼과 선녀〉 이야기의 전승과정을 밝혀보는 작업 또한 흥미로운 연구 주제가 될 수 있으리라 생각된다. 앞으로의 과제로 남겨둔다.

그랬더니 그들 세 사람도 구름을 타게 되어 직녀 뒤를 따르며 쫓아갔다. ⑨ 직녀가 머리의 금비녀를 빼어서 뒤로 던지자, 한 줄기의 천하(天河)가 생겼다. 이 때 견우의 물소 가죽 주머니 속에서 난데없이 모래가 쏟아져 나와 한 줄기 둑이 생겼다. 견우 부자는 이 모랫둑을 따라 직녀를 바짝 뒤쫓았다. ⑩ 직녀가 머리의 금비녀를 다시 뽑아 뒤로 던지자, 다시 천하가 생겼다. 견우는 엉겁결에 주머니를 묶은 끈을 풀어 강 동쪽을 향해 냅다 던졌다. 그러자 그 끈은 직녀의 머리에 멋지게 걸렸다. ⑪ 다급해진 직녀는 베틀 바디를 품속에서 찾아내어 견우를 향해 던졌는데, 그가 몸을 뒤쪽으로 조금 피했기 때문에 맞지 않았다. ⑫ 둘이 이렇게 다투고 있을 때, 돌연 하늘에서 지팡이를 짚은 백발이 성성한 신선이 나타나 직녀는 하동(河東)에 살고, 견우는 하서(河西)에 살라는 명령을 내렸다. 그리고 둘의 인연이 다하지 않았으니, 해마다 칠월 칠일 밤 하동에서 한 번 만날 것을 허락한다고 하였다. ⑬ 여러분은 가을 밤에 하늘 복판을 가로지르는 한 줄기의 은하수를 볼 수 있는데, 이것이 직녀가 던진 금비녀가 변해 생긴 것이다. 그리고 직녀성과 견우성은 은하수의 동서쪽에 자리잡아 반짝이고 있다. 직녀성 둘레의 작은 별은 견우가 던진 끈이고, 견우성 좌우의 작은 별은 견우의 아들딸과 직녀가 던진 베틀 바디이다. 견우랑이 날마다 먹는 사기 밥그릇은 하루 한 개인데, 이것들을 전부 직녀가 씻기 위해 간직해 둔다. 칠월 칠일에 만날 밤이 와, 직녀가 이 밥그릇을 다 씻고 나면 밤은 이미 밝을 무렵이 된다. 해마다 칠석날 비가 안 오면 괜찮지만, 비가 오면 이 비는 두 사람이 흘리는 눈물이라고 한다.

2부

나무꾼과 선녀의 문학치료적 접근

나무꾼과 선녀의 부부갈등과 문학치료

Ⅰ. 〈나무꾼과 선녀〉와 〈견우직녀〉의 이야기 결합방식과 문학치료에의 적용가능성 모색

1. 서론

구비설화가 재미있는 것은 동일한 작품군이라도, 정작 같은 이야기는 하나도 없다는 것이다. 각 편은 그것을 이야기하는 구연자의 심리에 따라 강조되는 부분이 달라져 어느 부분은 생략되고, 어느 부분은 소략하게 제시되며, 어느 부분은 새롭게 첨가된다. 그러기에 구비설화는 그 하나 하나가 다 구연자의 새로운 창작물이라고 할 수 있다. 다만 구비설화 연구의 편의상 동일한 스토리를 가진 설화들을 하나의 작품군으로 분류하고, 그 안에서 다시 내용이나 소재의 유사성을 바탕으로 유형을 분류하여, 설화연구에 사용할 뿐이다. 본고에서 다루고자 하는 〈나무꾼과 선녀〉 또한 이와 마찬가지이다.

〈나무꾼과 선녀〉는 호주(Australia)를 제외하고 전 세계적인 분포를 보이는 설화이다.[1] 이것은 중국에서는 곡녀전설(鵠女傳說), 일본에서는 우의전설(羽衣傳說), 서양에서는 백조처녀(白鳥處女)라고 불린다. 우리나라의 경우도 〈나무꾼과 선녀〉 〈선녀의 깃옷〉 〈수탉의 유래〉 〈고양이 나라의 옥새〉 〈은혜 갚은 쥐〉 〈은혜 갚은 짐승들〉 〈쥐에게 은혜 베풀어 옥황상제 사위된 이야기〉 〈쥐의 도움으로 선녀와 혼인한 머슴〉 〈닭이 높은 데서 우는 유래〉 〈다시 찾은 옥새〉 등 다양한 이름으로 불린다.[2]

그런데 필자는 학위논문을 위해 〈나무꾼과 선녀〉를 채록하던 중, 기존 〈나무꾼과 선녀〉의 유형에 해당되지 않는 특이한 설화 두 편을 입수하게 되었다. 이 두 편의 설화에는 〈나무꾼과 선녀〉의 일반적인 줄거리에 〈견우직녀〉가 결합되어 나타난다. 이러한 결합은 『구비문학대계』나 『임석재전집』, 기타 구비설화를 채록해 놓은 어느 설화집에서도 찾아볼 수 없었기에 매우 특이한 사항이라고 생각된다.

그런데 이렇게 〈나무꾼과 선녀〉와 〈견우직녀〉가 결합되어진 작품은, 중국의 민담을 수록해놓은 『중국민담집』에서도 발견할 수 있다. 필자는 〈나무꾼과 선녀〉 연구를 진행하면서 이 설화가 전 세계적인 분포를 보인다는 점에 주목하고, 그 양상을 살펴보기 위해 각국의 설화들을 수집해본 바 있다. 그러던 중 『중국민담집』에서 〈견우와 직녀〉라는 제목의 설화를 발견하고 매우 흥미롭게 생각한 적이 있다.

이처럼 〈나무꾼과 선녀〉와 〈견우직녀〉가 결합된 이야기가 우리나라나 중국에서 발견되는 것은 〈나무꾼과 선녀〉가 전 세계적인 분포를 보이는 설화이고, 〈견우직녀〉가 우리나라·중국·일본 3국에 공통

---

1 장주근, 『한국구비문학사(상)』, 한국문화사대계 5, 고려대학교 민족문화연구소, 1971, 670면.

2 그런데 가장 많이 사용되는 명칭이 〈나무꾼과 선녀〉이고 사건이 두 인물인 나무꾼과 선녀를 중심으로 이루어지기에, 본고에서는 그 명칭을 〈나무꾼과 선녀〉로 통일하여 사용하겠다.

적으로 분포하는 설화이기 때문이다.[3] 그러므로 필자가 채록한 자료와 『중국민담선』에 실려 있는 자료에서, 〈나무꾼과 선녀〉와 〈견우직녀〉가 어떻게 결합되고 있는지 그 이야기 결합방식을 살펴보는 것은 국경을 초월하여 이야기가 만들어지는 과정을 살펴볼 수 있는 재미있는 작업이 될 것이다.

이에 본고에서는 먼저 필자가 채록한 자료 두 편을 제시하고, 『중국민담선』에 실려 있는 자료를 제시하고자 한다. 그런 다음 채록자료와 『중국민담선』 자료의 이야기 결합방식을 비교하여 살펴보고자 한다. 다음으로 이러한 이야기 결합방식이 문학치료 연구에는 어떻게 사용될 수 있을지, 그 적용가능성을 모색해 보고자 한다.

2. 〈나무꾼과 선녀〉와 〈견우직녀〉의 이야기 결합방식

본장에서는 〈나무꾼과 선녀〉와 〈견우직녀〉가 결합된 형태로 나타나는 필자의 채록자료와 『중국민담선』에 실려 있는 자료를 대상으로 두 이야기가 어떻게 결합되고 있는지, 그 이야기 결합방식을 살펴보고자 한다. 먼저 〈견우직녀〉의 줄거리를 간략하게 제시하면 다음과 같다.[4]

---

3 최남선의 『조선상식(朝鮮常識)』을 살펴보면 칠석은 원래 중국의 속절(俗節)로 중국 한(漢)나라에서 고려로 전래되어 공민왕(恭愍王)은 몽고 왕후와 더불어 내정에서 견우성과 직녀성에게 제사를 드렸다고 한다. 또 이날 백관들에게 녹을 주었으며, 조선조에 와서는 궁중에서 잔치를 베풀고 성균관 유생들에게 절일제(節日製)의 과거를 실시하였다고 하였다. 또 일본에는 나라시대에 전해졌으며, 지금도 견우와 직녀를 기념하기 위한 타나바다 축제가 매년 거행되고 있다.

먼 옛날 하늘의 옥황상제에게는 직녀라는 어여쁜 딸이 하나 있었다. 직녀는 옷감 짜는 여신으로 온종일 베틀에 앉아 옷감에다 별자리, 태양 빛, 그림자 등을 짜 넣었다. 그런데 그것이 얼마나 아름다웠던지 하늘을 도는 별들도 그녀가 하는 일을 지켜보기 위해 멈추어 서곤 하였다. 세월이 흐르면서 직녀는 자주 일에 싫증을 느끼게 되었다. 때때로 그녀는 베틀의 북을 내려놓고 창가에 서서 성벽 아래로 넘실거리는 하늘의 강을 바라보곤 하였다. 그러던 어느 봄날 그녀는 강둑을 따라 궁중의 양과 소떼를 몰고 가는 한 목동을 보게 되었다. 그는 아주 잘 생긴 젊은이였는데 그들의 눈이 마주치는 순간 직녀는 그가 자신의 남편감임에 틀림이 없다고 생각하였다. 직녀는 자신의 마음을 아버지인 옥황상제에게 이야기하고 그 목동과 결혼시켜줄 것을 부탁하였다. 옥황상제는 견우란 이름의 이 젊은 목동이 영리하고 친절하며 하늘의 소를 잘 돌본다는 사실을 익히 들어서 알고 있었으므로 딸의 선택에 반대하지 않고 이들을 혼인시켜 주었다. 그러나 혼인한 이들은 너무 행복한 나머지 자신들의 일을 잊고 게을러지고 말았다. 화가 난 옥황상제는 이들에게 몇 번이나 주의를 주었지만 둘만의 행복에 심취된 이들은 곧 다시 게을러지곤 하였다. 마침내 옥황상제의 분노는 극에 달했고 이들을 영원히 떼어놓을 결심을 하기에 이르렀다. 그 결과 견우는 은하수 건너편으로 쫓겨났고, 직녀는 그의 성에 쓸쓸히 남아서 베틀을 돌려야 했다. 옥황상제는 일 년에 단 한 번, 즉 일곱 번째 달 일곱 번째 날의 밤에만 이들이 강을 건너 만날 수 있게 허락하였다. 이들은 음력 7월 7일이 되면, '칠일월'이라는 배를 타고 하늘의 강을 건너 만나게

---

4 본 연구에서는 〈나무꾼과 선녀〉를 중심에 놓고, 〈나무꾼과 선녀〉에 〈견우직녀〉가 어떻게 결합되고 있는지 살펴보려고 한다. 즉 〈나무꾼과 선녀〉의 일반적인 내용에서 〈견우직녀〉로 인해 변화된 부분을 살펴보려는 것이다. 〈나무꾼과 선녀〉의 유형이나 개별 작품들의 부분적인 해석은 이미 학위논문을 통해 논의되었기에, 본고에서는 생략한다. (서은아, 「〈나무꾼과 선녀〉의 인물갈등 연구」, 서울여대대학원 박사학위논문, 2005. 2. 서은아, 『나무꾼과 선녀에 나타난 부부갈등 연구』, 제이앤씨 출판사, 2005. 3. 참조)

되는데 비가 내리면 강물이 불어 배가 뜨지 못하게 된다. 그래서 언덕에서 직녀가 울고 있으면 많은 까치가 날아와 그들의 날개로 하늘의 다리를 만들어 이들을 만나게 해 준다고 전해진다.[5]

1) 채록자료 〈나무꾼과 선녀〉: 내용의 유사성에 의한 결합

〈나무꾼과 선녀〉에 관한 채록자료 중 〈나무꾼과 선녀〉가 〈견우직녀〉와 결합된 형태로 나타나는 자료 두 편을 제시하면 다음과 같다. 이것은 새로운 설화를 소개하는 의미도 있으므로 채록된 설화 전문을 실어본다.

---

5 중국의 〈견우직녀〉도 예문의 내용과 별반 다를 것이 없다. 참고로 『술이기(述異記)』에 전하는 이야기를 대강 소개하면 다음과 같다. 허허 벽공(碧空)으로 허옇게 흘러가는 은하수 동녘에 한 가인(佳人)이 사니, 천제의 따님으로 이름을 직녀(織女)라 하였다. 그 이름과 같이 직녀는 아침 저녁 없이 베틀을 차고 앉아서 천상에 소용되는 온갖 비단을 짜내는 것이 소임이어서, 머리 빗고 얼굴 다듬을 겨를조차 거의 없었다. 천제께서 하도 어여삐 여기셔서, "젊으나 젊은 애가 일에 얽매여서 지낼 뿐이요, 낙이라고는 아무것도 없으니, 남편이나 얻어서 서로 위로를 하게 하리라." 하시고, 은하수 서녘에 사는 견우(牽牛)라는 신랑에게 보내서 배필을 삼으셨다. 직녀의 생활이 갑자기 명랑해지며 신접살이 재미에 꼼빡 반하여 비단 짜는 소임을 차차 게을리하게 되니, 천자께서 "이래서는 선녀들의 의차(衣次)가 부족하게 되겠다." 하시고 두 사람이 있는 곳으로 오셔서 "직녀야, 너는 염치도 없지 아니하냐. 내외의 사랑살이도 좋으려니오, 맡은 직분이 더 중한 줄을 모르냐. 얼른 냉큼 은하수 동녘으로 돌아가서 비단 짜는 소임을 힘쓰고, 이제부터 일년에 한번만 견우와 서로 만나봄을 허락하는 것이니 그리 알아라" 하고 엄중한 분부를 내리셨다. 직녀는 천제의 명을 거스리지 못하여, 생나무 쪼개는 듯한 작별을 하고 은하수를 건너 동　의 옛 처소로 돌아가서 전과 같이 베틀과 씨름을 하면서 일년에 한 번 허락된 날을 고대고대하였다. 견우와 직녀가 서로 만나는 정일은 칠월 칠일이니, 일년내 이 날을 기다리다가도 공교히 이 날에 비가 오게 되면 은하수의 물 부피가 늘어서 건너가지를 못하고 동서 양안에서 물을 격하여 마주 보고 서러워할 뿐이었다. 이 딱하고 애처로운 사정을 보다 못하여, 오작이 은하수에 다리를 놓아서 직녀를 동안으로부터 서안으로 건네어 주는 일이 있다. 이 이야기에 나오는 직녀라는 이의 이름이 비단 짜는 색시를 의미하는 것처럼 견우라 함은 소먹이는 이를 의미한다.(최남선, 『육당최남선전집 5』, 현암사, 1974.)

채록자료-①

〈전반부〉 깊은 산골에 나무꾼이 하나 살고 있었대요. 하루는 나무를 하러 갔는데, 바위 밑에 못이 막 흐르는데 맑은 못에 선녀들이 내려와서 목욕을 하고 있었대요. 그랬는데 나무꾼이 보니 너무 아름다웠대요. 그래서 옷을 한 벌 훔쳤대요. 선녀 옷을. 그래 가지고 목욕을 하는 걸 몰래 보고 있었는데 목욕을 다하고 옷을 입을라구 했는데, 옷이 없어진 거야. 마악 옷을 찾구 어떡하면 좋냐구 쩔쩔 매구 있는데, 나무꾼이 가서 선녀를 집으로 데리고 갔대요. 자기 집으로. 데리고 들어가서 같이 살았어요. 행복하게. 그래 갖구 애기를 하나 낳구 좀 있다가, 또 둘을 낳고 너무 행복하게 살다보니깐 셋, 셋까지 애기를 낳았대요. 셋을 낳으면 하늘나라로 갈 수 없겠지 하고 선녀 옷 얘기를 했대요. 그러니까 그 선녀가 그 애기를 다 듣고 그러면 옷이 어디 있냐고 보여 달라고. 나무꾼이 갖다 보여 줬대요. 그런데 하늘나라에서 내려온 아버지 생각을 하고. 애기를 양쪽에 안고 하나는… 셋 낳았나 둘 낳았나… 아우… 아마 둘인가 보네. 하여튼 간에 그 애기를. 날라갔대요 옷을 입고. 날개옷을 입고. 그러니까 그 나무꾼은 붙들 수도 없고 그저 바라다만 보고 울을 수 밖에 가이 없다고. 그리구 인제 하늘나라로 올라간거야. 나무꾼은 매일 선녀가 목욕하던 그, 그거 뭐라고 해(조사자: 연못) 아 연못 같은데 가서 슬피 우는거여. 그런데 아버지가 무서워서 못 내려가고 있는거야. 그래 가지구서는 그러면 너무 안돼 갖구 목욕을 해야 되구, 하여간 거 뭐지 물을 들어 올리는거(조사자: 두레박) 엉 둘박, 두레박을 내려 보내서 목욕을 하는거야. 그러니깐 그 나무꾼이 두레박에 앉아 버렸어. 물대신. 무거우니깐 물이 올라가는 줄 알았는데 나무꾼이 올라왔잖아.

〈후반부〉 그러니깐 그 선녀 아버지가 화가 많이 나신거야. 인제 인간하고 만난다고 안 된다고 해서 결별을 시켜 놓은거야. 그래서 땅으로 다시 내려갔을 거야. 땅으로. 그래 갖구서는 너무 슬퍼서 애달파 하니깐 그러면 칠월칠석날 한번 만나라고. 그래서 인제 칠월칠석날 만나서 올라가는거야. 그날은 두레박을 내려 보낸대나… 나무꾼이 너무 착하고 그 선한 일을 많이 하고 그러니까 그러니깐 인제 만나러 올라가는거야. 거기를 나무꾼이 있으라고 물대신. 그래 갖구 칠석날 만나는데 나무꾼이 너무 착하고 그 선한 일을 많이 하고 그러니까, 까치들도 만나는거야. 협조를 해주는거야. 그래 갖구서는 그 칠석날은 까치가 다리를 놓아주는 거야. 그래 가지구 선녀하구 만나서 슬퍼서, 그 칠월칠석 날은 비가 온대요. 눈물이래요. 나무꾼하고 선녀의 눈물이 뿌려진다 해서 칠석날 비가 온다는 전설이에요.(조사자: 그럼 선녀와 나무꾼은 결국 만나지 못하나요?) 칠석날 만나는 거야. 매년. 그렇게 해서 칠월칠석날은 선녀와 나무꾼이 만나는 날이라 해서…

채록자료-②

〈전반부〉 옛날에 아주 아주 못사는 나무꾼이 매일 나무를 해가지고 끼니를, 가족끼리 생계를 해결하고 그랬는데, 하루는 나무를 다 못해 가지고 너무너무 더워서, 인자 그 밑에 목욕하러 내려간다고 내려갔더니, 선녀들이 와서 목욕을 하고 있었어요. 그래서 그 나무꾼이 내가 선녀 옷을 하나 훔쳐 뿌면 선녀가 내 색시가 되겠다 싶어, 선녀가 입고 온 너울을 살짝 숨가 놓았어요. 나무 뒤에 탁 숨겨놓고 있으니까 다 목욕하고 올라가는데, 너울이 없는 한 선녀가 막 울고 그랬거든. 그래서 그래 갖고 인제 막 울고 있었어요. 나무꾼에게 살려달라고… 자기가. 우리집에 가자고… 그랬더니 선녀가 어떡해. 따라가야지. 그 때까지 자기 집에서 너울을 안 내줬어. 너울을 내주면 날라가 버리기 때문에. 집에 갖다가 탁 넣어놨어. 재미나게 알콩달콩 잘 지냈어. 애도 하나 낳았어. 그래서 나무꾼이 인제는 한번씩 나무를 하러 갔어. 그런데 선녀가 내 하늘나라가 그리워서 자식 하나 낳았으니까 지금은 내줘도 안날라가겠다 싶어 가지고, 당신 너울을 내가 훔쳤오 하면서 내주니까, 선녀가 너무너무 고맙다고 그러면서 그것을 잘 쳐다보고 너울을 만져보고 눈물을 흘리고 있는데... 한편 같이 내려와서 목욕한 선녀들이 올라가서 옥황상제한테 일러 준거야. 선녀가 하나 왜 안 나왔노, 너울을 잊어버려 못 올라왔다고. 옥황상제가 노발대발하면서 시녀를 밑으로 내려 보낸거야. 선녀가 그 소식을 동네에서 듣고, 선녀가 너울도 있겠다 남편이 있지만 하늘로 올라가 버린거야. 옥황상제한테 사실대로 말한거야. 옥황상제가 그 불쌍한 나무꾼 끝까지 안가고 너울 내주어 선녀가 올라가게 했으니, 나무꾼도 하늘로 올려보내라 하는거야. 두레박을 내려 보낸거야. 그래갖고 두루박에 나무꾼하고 애기하고 얽어 갖고 올라가서

〈후반부〉 하늘나라에서 선녀는 베틀을 짜고 나무꾼은 옥황상제의 문지기가 되었다고 하대. 옥황상제가 사정을 듣고는 너무 안돼 가지고, 너희 둘이가 날마다 붙어 갖고 살진 못하겠고 너는 견우별이 되고, 선녀는 베틀 짜는 직녀가 되고, 견우는 왜 견우가 되었는지 모르겠지만, 1년에 한 번씩만 만나라. 밑에서, 세상에서 애기까지 낳고 살았으니까. 1년에 한 번씩만 만나라. 선녀는 베틀을 매일 열심히 1년에 한 번 견우를 만나기 위해 열심히 베틀을 짜는 직녀별이 되었고, 나무꾼은 견우가 되어 칠월 칠석에 다리를 놓았어요. 그 다리를 까마귀가 놓는다고 하던가...애는 어떻게 되었다고 하던데… 칠월칠석이 그래서 생겼다네. 그래서 칠월칠석이 되면 대체적으로 비가 온다네. 왜 비가 오냐면 견우가 직녀가 일년 만에 너무너무 그리워서 만나니까 기쁨과 그리움 때문에 땅으로 칠월칠석날이 되면 비가 온다네.

〈채록자료-①〉은 2004년 11월 11일 구리시에서 채록된 것이며, 〈채록자료-②〉는 2004년 11월 14일 과천시에서 채록된 것이다. 제보자는 최영희(59세) 정청자(64세)로, 고향은 각각 고양군 벽제면과 경상남도 진주시이다. 두 분 다 어린 시절 들었던 이야기라고 하셨다. 〈채록자료-①, ②〉에서 이야기가 시작되는 부분은 〈나무꾼과 선녀〉의 일반적인 양상과 일치한다.

①에서 깊은 산골에 살고 있던 나무꾼은 어느 날 나무를 하러갔다가 선녀들이 목욕을 하고 있는 것을 발견한다. 나무꾼은 선녀의 날개옷을 한 벌 감추고, 날개옷을 잃어버린 선녀와 결혼하여 자식을 셋[6]이나 낳고 잘 산다. 그러다가 "자식을 셋 낳았으니 하늘나라로 갈 수 없겠지"라는 생각에 나무꾼은 선녀에게 날개옷을 보여주고, 선녀는 날개옷을 입고 하늘로 올라간다. 선녀를 잃어버린 나무꾼은 선녀가 목욕하던 곳에 가 슬프게 우는데, 선녀는 나무꾼에게로 돌아가고 싶지만 아버지가 무서워 내려가지 못한다. 그러던 어느 날 나무꾼이 두레박을 타고 하늘로 올라온다.

②에서 또한 아주 아주 못사는 나무꾼이 있었는데, 그는 매일 나무를 해 끼니를 해결한다. 그러던 어느 날 나무꾼은 너무 더워 연못으로 목욕을 하러 가고, 연못에서 목욕을 하고 있던 선녀들을 발견한다. 그리고 "선녀옷을 하나 훔치면 선녀가 내 색시가 되겠지"라는 생각에 선녀의 너울을 한 벌 감추게 된다. 너울을 잃어버린 선녀는 나무꾼을 따라오고, 나무꾼과의 사이에서 아이도 하나 낳고 잘 산다. 나무꾼은 "애도 하나 낳았으니 지금은 내주어도 안 날라가겠지"라는 생각에 너울을 내주게 되고, 선녀는 너울을 받아들고 눈물을 흘린다. 한편 하늘로 올라간 선녀들은 한 선녀가 너울을 잃어버려 못 올라온다는 것을 옥황상

---

6 자식의 수는 뒷부분에서 둘로 정정.

제께 말하고, 옥황상제는 크게 화가 나 시녀를 지상으로 내려 보낸다. 이 소식에 너울을 잃어버렸던 선녀는 남편을 두고 하늘로 올라가 버린다. 옥황상제는 나무꾼이 끝까지 너울을 감추지 않고 내준 것을 착하게 생각하여, 두레박을 지상으로 보내 나무꾼을 하늘로 불러올린다.

이 두 자료에서 나무꾼과 선녀가 만나 결혼하는 부분, 자식들을 낳고 잘 사는 부분, 나무꾼이 선녀에게 날개옷을 보여주고 선녀가 천상으로 되돌아가는 부분, 나무꾼이 두레박을 타고 혹은 옥황상제의 명으로 천상으로 올라가는 부분은 일반적인 〈나무꾼과 선녀〉의 내용과 동일하다. 내용상 약간의 변개가 있지만, 그것은 설화이기에 구연자마다 달라지는 부분이므로 크게 문제되지 않는다. 문제가 되는 것은 이 이후의 내용이다. 논의의 편의상 여기까지를 전반부, 이후를 후반부라고 지칭한다.

〈나무꾼과 선녀〉의 일반적인 이야기 유형은, 이후 나무꾼과 선녀가 천상에서 만나 잘 사는 것으로 작품이 마무리되거나(나무꾼 승천형), 혹은 천상으로 올라간 나무꾼이 선녀와 만나 잘 살다가 지상의 가족들이 그립다는 이유로 지상으로 내려오게 되고 다시는 천상으로 올라가지 못한 채 선녀와 헤어져 뻐꾸기나 수탉같은 비극의 주인공이 되거나(나무꾼 지상회귀형), 천상으로 올라간 나무꾼이 선녀와 자식들을 데리고 지상으로 내려오는 것(동반하강형)으로 작품이 마무리된다.[7]

그런데 ①의 작품의 경우 선녀의 아버지는 노해 나무꾼을 지상으로 내려 보내고, 나무꾼과 선녀는 본인의 뜻과는 관계없이 아버지의 명에 의해 이별을 하게 된다. 그 후 이별한 두 사람이 너무 슬퍼하고 애달파하자, 칠월칠석에 두레박을 한번 내려 나무꾼을 천상으로 올려 그들을 만나게 해준다. 그리고 나무꾼이 너무 착하기에 까치들도 칠월칠석에

7 서은아, 앞의 논문 참조.

는 다리를 놓아준다. 그러므로 나무꾼과 선녀가 만나는 날이 칠월칠석이며, 이 둘이 만나 흘리는 눈물 때문에 칠월칠석에는 비가 온다는 것이다. "그러니깐 그 선녀 아버지가 화가 많이 나신거야. 인제 인간하고 만난다고 안된다고 해서 결별을 시켜 놓은거야." 여기서 부터가 〈견우직녀〉 이야기가 새롭게 첨가되는 부분이다. ②의 작품의 경우 옥황상제는 나무꾼을 하늘로 불러 올려, 나무꾼은 옥황상제의 문지기를 삼고 선녀는 베를 짜게 한다. 그리고 지상에서 자식까지 낳고 살았으니 일년에 한번 만나게 해주는데, 이들이 만나는 날이 칠월칠석이다. 그리고 이 날은 대체로 비가 오는데 이것은 이 둘이 만나서 흘리는 눈물이라고 한다. "하늘나라에서 선녀는 베틀을 짜고 나무꾼은 옥황상제의 문지기가 되었다고 하대." 여기서 부터가 〈견우직녀〉 이야기가 새롭게 첨가되는 부분이다.

그렇다면 이러한 두 편의 채록자료에서 〈나무꾼과 선녀〉와 〈견우직녀〉의 이야기 결합방식은 어떻게 설명될 수 있을까?

채록자료 두 편을 살펴보면, 이 이야기들은 〈나무꾼과 선녀〉의 일반적인 내용에 〈견우직녀〉가 첨가되어 나타나고 있다. 즉 주된 이야기는 〈나무꾼과 선녀〉이고, 〈견우직녀〉는 그 내용적 유사성에 의해 〈나무꾼과 선녀〉 속으로 견인되어 왔다고 보인다. 그 이유는 전반부의 〈나무꾼과 선녀〉와 후반부의 〈견우직녀〉는 긴밀한 연관성을 보여주지 않는다. 다만 이야기의 내용상 ①의 경우 아버지의 노여움으로 인해 나무꾼과 선녀가 헤어지는 장면에서 동일하게 아버지의 노여움으로 헤어진 견우와 직녀가 생각나고, 동일한 이별이라는 주제 때문에 구연자는 기억에 혼선을 빚고 있다. ②의 경우는 "선녀는 하늘나라에서 베틀을 짜고 나무꾼은 옥황상제의 문지기가 되었다"고 이야기를 한 후, 베틀과 관련지어 직녀가 생각나고 선녀는 곧바로 직녀라는 인물로 이동한다. 그리고 선녀의 짝인 나무꾼은 단지 직녀의 짝이라는 이유만으로 견우라는 인물로 대체된다. 이렇게 이야기의 내용이 〈나무꾼과 선녀〉에서 〈견우직녀〉로 이동된 후, 구연자의 이야기는 〈견우직녀〉의 내용을 따라간다. 이에 '선녀'와 '나무꾼'이 '직녀'와 '견우'로 인물의 이동이 일어나면서, 선녀와 나무꾼이 만나는 날이 '칠월칠석'이라는 새로운 이야기가 만들어진다. 즉 두편의 채록자료는 〈나무꾼과 선녀〉에서 〈견우직녀〉로 그 내용이 이동해 가고 있다.

①에서 "그래 갖구 칠석날 만나는데 나무꾼이 너무 착하고 그 선한 일을 많이 하고 그러니까 까치들도 만나는거야. 협조를 해주는거야. 그래 갖구서는 그 칠석날은 까치가 다리를 놓아주는 거야."라는 부분을 보면, 나무꾼이 두레박을 타고 하늘로 올라와 선녀와 만나는 장면에서 까치가 다리를 놓아준다는 이야기는 불필요한 부분이다. 그러나 까치가 다리를 놓아주는 것은 〈견우직녀〉에서 중요한 내용 중 하나이다. 그러므로 화자는 중요하게 기억하고 있는 이 부분을, 〈나무꾼과 선녀〉를 이야기하면서 그대로 담아내고 있는 것이다. ②에서 "견우는 왜 견우가 되었는지 모르겠지만"이라는 구절이나 "애는 어떻게 되었다고 하던데…"라는 구절을 보면 이것은 확연하게 드러난다. 구연자는 앞에서 선녀는 베틀을 짜고, 나무꾼은 옥황상제의 문지기가 되었다고 이야기했다. 그런데 〈견우직녀〉의 내용에서 직녀는 베를 짜는 인물로, 견우는 소를 돌보는 인물로 그려진다. 그러므로 선녀가 베를 짜는 것은 직녀의 인물적 특성과 곧바로 연결이 되지만, 나무꾼이 문지기가 되었다고 이야기한 부분은 소를 돌보는 견우의 인물적 특성과 잘 연결이 되지 않는다. 그러므로 난감한 화자는 여기서 "견우는 왜 견우가 되었는지 모르겠지만"이라고 이야기한다. 또 〈견우직녀〉는 자식에 관한 내용이 없다. 그러나 〈나무꾼과 선녀〉에는 반드시 자식이 등장하고, 자식의 숫자 또한 중요하다. 그러므로 이미 〈나무꾼과 선녀〉에서 〈견

우직녀〉로 이야기가 옮겨간 상태에서 구연자는 이 자식의 부분을 어떻게 처리해야할 지 난감해 하고 있다. 그러기에 구연자는 "애는 어떻게 되었다고 하던데…"라며 말끝을 흐린다. 즉 기억의 혼선으로 인해 자식 부분은 미처리되고 있다.

결국 채록자료 두 편은 내용의 유사성 때문에 〈나무꾼과 선녀〉에서 〈견우직녀〉로 이야기가 옮겨간 경우이며, 두 이야기의 결합방식은 '내용의 유사성에 의한 결합'이라고 명명할 수 있다.[8]

2) 중국자료 〈견우와 직녀〉: 작가의 의도성에 의한 결합

이것은 『중국민담선』[9]에 실려 있는 작품으로, 중국의 곡녀전설 중 하나이다. 그 내용을 요약하여 제시해보면 다음과 같다.

① 어느 고을 변두리 산기슭에 한 젊은이가 살고 있었는데, 이 젊은이는 늙은 물소 한마리를 키우고 있어 당시 사람들은 모두 그를 견우랑이라고 불렀다.

8 필자가 중·고등학교에 다니던 시절, 늘 5월 15일 '스승의 날'에는 행사의 하나로 반 학생 전체가 담임 선생님께 〈스승의 은혜〉라는 노래를 불러드렸다. 그러던 어느 해 우리 반에서는 〈스승의 은혜〉를 부르다가 〈어버이의 은혜〉로 노래가 이동해 간 적이 있었다. "아아 고마워라 스승의 사랑, 아아 보답하리 스승의 은혜"라는 부분이 "하늘 아래 그 무엇이 높다 하리오 어버이의 은혜는 한이 없어라"라는 부분으로 바뀌어졌다. 노래가 끝난 후 '어버이'가 왜 나온 것인지 생각하다가, 서로 쳐다보면서 박장대소를 한 적이 있다. 필자가 '내용의 유사성에 의한 결합'이라고 명명한 것은 이런 경우와 일치한다. 두 노래가 모두 '은혜'라는 것을 주제로 한 것이고, 둘다 너무나 익숙한 곡이기에, 내용의 유사성에 의해 기억에 혼선이 일어났다고 생각된다.

9 이주홍, 『중국민담선』, 정음사, 1974, 17~21면.

② 어느 해 여름 늙은 물소가 견우랑을 보고, 초원 남쪽 강물 속에서 일곱 선녀가 미역을 감고 있는데, 당신이 몰래 강변에 가서서 한 장의 천의를 감추면 그 중 한 사람의 선녀와 내외간이 될 수 있다고 하였다.

③ 견우랑이 이 말을 듣고 강변으로 가보니 안개에 싸인 물 속에 일곱 선녀가 보였고, 강변에는 일곱 장의 천의가 쌓여 있었다. 그가 천의 한 장을 겨드랑이에 끼고 달리자, 다른 선녀들은 모두 천의를 입고 하늘로 날아 올라가 버리고 하직녀라는 선녀만이 외톨로 쳐졌다.

④ 하직녀는 벌거숭이인 채로 견우를 뒤쫓아 와 천의를 돌려 달라고 애원했지만 견우는 거절했고, 직녀는 할 수 없이 그의 뒤를 따라 견우의 집으로 왔다.

⑤ 직녀는 인간 세계의 옷을 입고 견우와 부부가 되었고, 천상에서와 마찬가지로 인간세계에서도 언제나 손에는 베틀 바디를 잡고 있었다.

⑥ 견우는 아리따운 아내를 얻고 난 뒤로부터 늙은 물소를 돌보지 않았고, 얼마 안 가서 늙은 물소는 병이 들었다. 견우는 슬퍼하자 늙은 물소는 자기가 죽으면 가죽을 벗겨 그 속 가득히 모래를 채워 넣은 다음 자신의 고삐를 풀어 주머니를 하나 만들고, 매일 그것을 어깨에 메고 있으면 위험한 상황에서 도움을 받을 수 있을 것이라고 하였다. 그 후 물소는 죽었고, 견우는 울면서 물소가 시킨 대로 했다.

⑦ 견우와 직녀는 남매를 낳았는데, 직녀는 2년 동안 줄곧 견우에게 자기의 천의가 어디에 감추어져 있는지 끈덕지게 물었다. 그때마다 견우는 말머리를 흐지부지 딴 데로 돌려 버렸는데 얼마 후 직녀가 또 견우에게 추궁하자 그는 천의를 입구의 추춧돌 밑에 묻었다고 이야기해주었다.

⑧ 직녀는 재빨리 입구로 달려가 추춧돌을 치우고, 천의를 꺼내어 잽싸게 펴든 다음 눈깜짝할 사이에 구름을 탔다. 놀란 견우는 아들 딸을 데리고 아내를 뒤쫓을 채비를 차렸다. 견우는 급한 김에 등을 두들겼고, 물

소 가죽으로 만든 주머니를 건드렸다. 그랬더니 그들 세 사람도 구름을 타게 되어 직녀 뒤를 따르며 쫓아갔다.

⑨ 직녀가 머리의 금비녀를 빼어서 뒤로 던지자, 한 줄기의 천하(天河)가 생겼다. 이 때 견우의 물소 가죽 주머니 속에서 난데없이 모래가 쏟아져 나와 한 줄기 둑이 생겼다. 견우 부자는 이 모랫둑을 따라 직녀를 바짝 뒤쫓았다.

⑩ 직녀가 머리의 금비녀를 다시 뽑아 뒤로 던지자, 다시 천하가 생겼다. 견우는 엉겁결에 주머니를 묶은 끈을 풀어 강 동쪽을 향해 냅다 던졌다. 그러자 그 끈은 직녀의 머리에 멋지게 걸렸다.

⑪ 다급해진 직녀는 베틀 바디를 품속에서 찾아내어 견우를 향해 던졌는데, 그가 몸을 뒤쪽으로 조금 피했기 때문에 맞지 않았다.

⑫ 둘이 이렇게 다투고 있을 때, 돌연 하늘에서 지팡이를 짚은 백발이 성성한 신선이 나타나 직녀는 하동(河東)에 살고, 견우는 하서(河西)에 살라는 명령을 내렸다. 그리고 둘의 인연이 다하지 않았으니, 해마다 칠월 칠일 밤 하동에서 한번 만날 것을 허락한다고 하였다.

⑬ 여러분은 가을 밤에 하늘 복판을 가로지르는 한 줄기의 은하수를 볼 수 있는데, 이것이 직녀가 던진 금비녀가 변해 생긴 것이다. 그리고 직녀성과 견우성은 은하수의 동서쪽에 자리잡아 반짝이고 있다. 직녀성 둘레의 작은 별은 견우가 던진 끈이고, 견우성 좌우의 작은 별은 견우의 아들딸과 직녀가 던진 베틀 바디이다. 견우랑이 날마다 먹는 사기 밥그릇은 하루 한 개인데, 이것들을 전부 직녀가 씻기 위해 간직해 둔다. 칠월 칠일에 만날 밤이 와, 직녀가 이 밥그릇을 다 씻고 나면 밤은 이미 밝을 무렵이 된다. 해마다 칠석날 비가 안 오면 괜찮지만, 비가 오면 이 비는 두 사람이 흘리는 눈물이라고 한다.

이 이야기에서 등장인물의 이름은 처음부터 '견우'와 '직녀'로 나타난다. 그리고 견우는 소를 돌보는 사람으로, 하직녀 베를 짜는 사람으로 나타나 인물적 특성 또한 〈견우직녀〉 설화와 일치한다. 견우는 어느 날 자신이 키우던 물소로부터 "초원 남쪽 강물 속에 일곱 선녀가 미역을 감고 있는데, 당신이 몰래 가셔서 한 장의 천의를 감추면 그 중 한 선녀와 내외간이 될 수 있다."는 이야기를 듣게 된다. 우리나라 〈나무꾼과 선녀〉의 경우 대체로 남성에게 선녀와 결혼할 수 있는 방법을 알려주는 것은 사슴으로 나타나며, 그 이유는 자신의 목숨을 살려준 것에 대한 보답이다. 이 이야기의 경우 선녀와 결혼할 수 있도록 알려주는 것은 남성이 키우는 물소이며, 자신을 잘 돌봐준 보답으로 물소는 그에게 선녀와 결혼할 수 있는 방법을 알려준다.

견우는 물소의 말대로 일곱 선녀의 천의 중 한 벌을 가지고 도망친다. 천의의 주인인 하직녀는 벌거숭이 상태로 견우를 쫓아와 천의를 돌려달라고 애원했지만, 견우는 그 말을 들어주지 않고 할 수 없이 하직녀는 그와 결혼한다. 하직녀의 경우, 천의를 들고 도망을 가 자신을 곤경에 빠뜨리고 벌거숭이 상태로 쫓아가게 만든 남성을 용서할 수 없었을 것이다. 그러나 결혼 말고 선택할 수 있는 다른 방도가 없기에, 견우와 결혼을 한다. 그리고 인간세상에서도 여전히 손에는 베틀 바디를 잡고 있다. 견우가 아리따운 아내를 얻은 후, 늙은 물소를 돌보지 않았고 물소는 병이 든다. 견우가 슬퍼하자 물소는 "자기가 죽으면 가죽을 벗겨 그 속 가득히 모래를 채워 넣고, 자신의 고삐를 풀어 주머니를 하나 만든 후 매일 그것을 어깨에 매고 있으면 위험한 상황에서 도움을 받으실 수 있을 것이다."라고 말한다. 물소는 자신을 돌보지 않은 주인을 원망하지 않은 채, 주인의 앞날을 내다보고 어려움을 해결할 수 있는 방도를 가르쳐준다.

견우와 직녀는 남매를 낳았는데, 2년 동안 직녀는 자신의 천의가 어디 있는지 견우에게 끈덕지게 물었고, 얼마 후 직녀가 또 추궁을 하자 견우는 천의를 숨겨놓은 곳을 이야기해준다. 직녀는 천의를 펴든 후 구름을 타고 날아간다. 놀란 견우는 자식들을 데리고 직녀를 뒤쫓을 준비를 하고, 그 와중에 물소 가죽으로 만든 주머니를 건드려 그들 또한 구름을 타고 직녀를 따라간다. 두 사람이 하늘에서 다투고 있을 때, 돌연 하늘에서 신선이 나타나 직녀는 하동(河東)에 견우는 하서(河西)에 살라는 명을 내리고 해마다 칠월 칠일 밤 하동에서 만날 것을 허락한다. 다음은 직녀성과 견우성의 모습, 그리고 칠월칠석의 유래를 이 이야기의 내용과 연관 지어 독자들에게 설명하고 있다. 즉 이 이야기가 유래담이라는 것을 설명해주고 있다. 천문학에서 견우성(牽牛星)은 독수리자리의 알타이어(Altair)별이고, 직녀성(織女星)은 거문고자리의 베가(Wega)별을 가리키는 것이다. 이 둘은 은하수의 동쪽과 서쪽에 위치하고 있는데 태양 황도상의 운행 때문에 가을 초저녁에는 서쪽 하늘에 보이고, 겨울에는 태양과 함께 낮에 떠 있고, 봄 초저녁에는 동쪽 하늘에 나타나며, 칠석 때면 천장 부근에서 보게 된다. 그러므로 견우성과 직녀성은 마치 1년에 한 번씩 만나는 것처럼 보인다. 이러한 두 별자리의 특성을 이야기로 만든 것이 〈견우직녀〉 설화이다.

〈견우와 직녀〉에서 한 남성이 목욕을 하고 있던 선녀들 중 한 선녀의 옷을 감춰 그녀와 결혼을 하고, 그녀와의 사이에서 자식을 낳고, 선녀가 옷을 찾아 입고 천상으로 올라가는 기본적인 장면은 내용상 약간의 있지만 우리나라의 〈나무꾼과 선녀〉 이야기와 일치한다. 그리고 이러한 유사점과 아울러 '견우'와 '직녀'라는 이름이 등장하고 그 인물들의 특성이 〈견우직녀〉에서의 인물적 특성과 동일하다는 점에서, 〈나무꾼과 선녀〉와 〈견우직녀〉가 결합된 양상을 보여주고 있다. 즉 이야기의 출처가 중국이기는 하지만, 이 이야기 또한 〈나무꾼과 선녀〉의 일반적인 내용에 〈견우직녀〉가 결합된 형태로 나타나고 있다.

그렇다면 이 중국자료에서 〈나무꾼과 선녀〉와 〈견우직녀〉의 이야기 결합방식은 어떻게 설명될 수 있을까?

중국자료 〈견우와 직녀〉의 경우에는 '견우'와 '직녀'라는 이름이 처음부터 인물의 명칭으로 사용된다. 그러기에 채록된 이야기의 제목 또한 〈견우와 직녀〉로 명명된 것이라 생각된다. 그리고 인물의 특성 또한 견우는 물소를 기르는 사람으로 하직녀는 베를 짜는 사람으로 나타나, 〈견우직녀〉 이야기에 나타나는 인물의 특성과 동일하다. 이것을 본다면 이 중국자료는 처음부터 〈견우직녀〉 이야기의 인물적 특성을 염두에 두고 만들어진 작품이라고 생각된다. 그러나 두 사람의 관계는 〈견우직녀〉와는 전혀 다르다. 〈견우직녀〉의 경우 견우와 직녀는 사랑하는 부부사이이다. 이들의 경우 옥황상제가 몇 번이나 주의를 줬음에도 불구하고 서로에게 빠져 자신의 맡은 바 소임을 소홀히 하였기에, 옥황상제는 노해 그들을 갈라놓는다. 그러나 중국자료의 경우, 견우와 직녀는 일방적인 남성의 요구에 의해 어쩔 수 없이 부부관계를 맺게 된 경우이다. 그러기에 직녀는 자식을 둘이나 낳았지만 늘 달아날 궁리를 하며, 천의를 발견하자마자 아무런 망설임 없이 견우와 자식들의 곁을 떠난다. 견우 역시 그녀를 잡기 위해 필사적으로 그녀를 쫓아간다. 직녀가 견우를 막기 위해 머리의 금비녀를 뽑아 뒤로 던지자 한줄기 천하(天河)가 생기며, 견우가 가죽 주머니를 건드리자 모래가 쏟아져 나와 한 줄기 둑이 생긴다. 직녀가 견우에게 잡히게 될 상황에서 직녀가 다시 금비녀를 뽑아 던지자 다시 천하(天河)가 생기고, 견우가 주머니를 묶었던 끈을 풀어 던지자 끈은 직녀의 머리에 걸리게 된다. 다급해진 직녀는 베틀 바디를 품속에서 찾아 견우에게 던지게 된다.[10] 직녀는 견우로부터 도망하기 위해, 견우는 직녀를 잡기 위해 이 둘은 필사적으로 노력하고 있다. 그리고 그들의 다툼이 너무나 치열했기에, 결국 신선이 나타나 그들을 갈라놓게 된다.

중국자료와 〈견우직녀〉에서 견우와 직녀가 하동과 하서로 나누어져 살게 되었다는 사실은 일치하지만, 중국자료에서는 치열한 다툼을 막기 위해 〈견우직녀〉에서는 서로에 대한 과도한 애정 때문에 헤어지게 된다. 그러므로 중국자료 〈견우와 직녀〉에서 이 둘의 부부관계는 원래의 〈견우직녀〉와는 전혀 다르게 나타난다. 이처럼 중국자료는 〈견우직녀〉가 결합된 형태로 나타나기는 하지만, 그 인물의 이름과 특성을 가지고 왔을 뿐 구연자의 의도에 의해 새로운 이야기가 탄생되고 있다. 그러므로 중국자료의 경우, 〈나무꾼과 선녀〉와 〈견우직녀〉의 이야기의 결합방식은 '작가의 의도성에 의한 결합'이라고 명명할 수 있다.

3. 문학치료에의 적용가능성 모색

본장에서는 앞서 살펴본 이야기의 두 가지 결합방식, 즉 '내용의 유사성에 의한 결합'과 '작가의 의도성에 의한 결합'이 문학치료 연구에는 어떻게 사용될 수 있을지, 그 적용가능성을 모색해 보고자 한다.

---

10 그런데 중국자료 〈견우와 직녀〉에서 이야기되고 있는 것과는 달리, 다음과 같은 별자리 설명도 있어 참고적으로 제시해본다. "직녀성인 녀수(女宿) 위에 패과(敗瓜)라는 깨진 바가지란 뜻이 담긴 별이 있다. 직녀는 견우를 만나려고 그 깨진 바가지로 은하수 물을 퍼내려고 하였는데 깨진 바가지로는 그 많은 은하수 물을 다 퍼 낼 수가 없었다. 그래서 직녀는 점대라는 정자 모양의 별자리에 올라 견우를 그리워하면서, 사랑의 정표로 자기가 짜고 있던 베틀 북을 견우에게 던졌는데 그것이 포과(匏瓜)라는 별자리가 되었다. 견우 또한 직녀가 그리워 논밭을 갈 때 끌던 소의 코뚜레를 던졌는데 그 별이 필수(畢宿)라는 별자리가 되었다. 다시 직녀가 견우에게 자기의 아름다운 머리를 빗든 빗을 던졌다. 이 별이 바로 기수(箕宿)라는 별자리가 되었다.

1) 문학작품 선정기준: 유사성에 의한 선정

문학치료에서 문학작품은 치료자가 내담자(환자)의 자기서사를 진단하거나, 또는 내담자의 변화된 자기서사를 확인하기 위한 도구로 사용된다. 그러므로 문학치료에서 무엇보다 중요한 것은 내담자의 자기서사를 효과적으로 이끌어내는 일이다. 그런데 내담자의 자기서사를 효과적으로 이끌어내기 위해서는, 먼저 내담자가 작품 속 인물이나 그 갈등상황에 동일시되고 그것을 이해할 필요가 있다. 왜냐하면 내담자 본인이 가지고 있는 심리적 문제를 문학작품에서 발견하고 그 갈등상황에 직면할 때, 내담자는 자신의 문제에 대한 인식과정[11]을 일으킬 수 있기 때문이다. 그러므로 내용의 유사성에 의한 결합방식이란, 특히 치료자가 내담자에게 문학작품을 선정하여 제시할 때, 내담자의 심리적 문제와 관련이 있는 작품을 선정하는 것과 관련될 수 있다.

특히 〈나무꾼과 선녀〉 같은 구비설화를 문학치료를 위한 도구로 사용할 때, 이것은 더욱 중요한 기준이 될 수 있다. 왜냐하면 구비설화의 특성상, 구연자들은 자신이 처한 상황에 따라 본인의 감정을 고스란히 작품 속에 담아 새로운 이야기를 만들어내기 때문이다. 그러므로 구비설화는 매우 다양한 이본들을 가지게 된다. 그리고 이들 다양한 이본들 중에서, 내담자에게 적합한 작품을 선정하는 것은 치료자의 역할이다. 내담자에게 맞는 작품이 올바르게 선택되었을 때, 치료자는 내담자의 자기서사를 무리 없이 잘 이끌어낼 수 있다.

필자는 학위논문을 준비하면서 부부갈등을 가진 사람들에게 〈나무

---

11 인식이란 자료에 내포되어 있는 것을 내담자가 지각하는 것을 의미한다. 그리고 인식과정에서는 자료의 일부를 이해하는 것보다 등장인물이나 어떤 경험을 이해하는 것이 무엇보다 중요하다.(한국어린이문학교육학회 독서치료연구회 편, 『독서치료』, 학지사, 2001, 50면.)

꾼과 선녀〉의 여러 가지 유형들을 들려주고, 필요한 자료들을 읽혀보면서 그들을 반응을 살펴본 바 있다.[12] 그런데 흥미로웠던 것은 내담자 자신의 심리적 문제에 따라 이야기에서 주목하는 부분 또한 달라진다는 것이다. 이것을 증명해보기 위해 다음과 같은 두 가지 사례를 제시한다.

〈사례1-①〉

우리는 98년에 중매로 만나 결혼했고 6살, 4살 남매가 있다. 남편과는 6살 차이고 남편 직업은 의사이다. 시아버지가 아프셔서 좀 서둘러 결혼을 했고, 얼마 있다가 시아버님은 돌아가셨다. 우리 남편은 마마보이다. 아주 전형적인… 엄마 말이라면 자다가도 일어나 전화를 하고 또 엄마가 화가 난 것 같으면 그것이 무서워서 밤에 잠을 설칠 정도이다. 또 시어머니는 우리집에 시도때도 없이 전화를 한다. 아침에 통화를 했는데도 잠깐 집이 비거나 해서 낮에 통화를 못하면, 어디 가서 전화를 못 받았느냐며 아주 꼬치꼬치 캐 물으신다. 우리는 애들때문에 밤 10시가 넘으면 다 일찍 불끄고 자는데, 밤 10시 넘어 또 별 얘깃거리도 없는 전화를 한다. 완전 스토커 수준이다. 우리는 둘째인데, 우리 남편이 마마보이다 보니 우리 근처에 사시면서 사사건건 다 참견이시다. 예를 들어 하루는 오셔서 김밥 싼 것이 있어 드렸더니, 산건지 아니면 집에서 진짜로 만들어 싼 것인지 의심하며 집에서 한거라고 해도 미심쩍어 한다. 밑반찬을 먹으면서도 조미료 맛이 난다면서 산 것 아니냐고 묻는다. 친정엄마가 밥 사준다며 오셔서 나가서 외식하고 오면, 어디 가서 무얼 먹고 왔는지까지 아주

12 필자가 내담자를 대상으로 사용한 자료는 『구비문학대계』에 실려있는 것이었다. 그런데 이들 자료는 사투리가 많이 포함되어있고, 글자체 또한 선명하지 않아 처음보는 내담자들이 읽기에는 어려운 점이 있었다. 그래서 일단 〈나무꾼과 선녀〉의 유형들을 필자가 상세하게 이야기해 주고, 필요에 따라 『구비문학대계』에 들어있는 자료들을 제시해 주었다.

꼬치꼬치 물으신다. 맏며느리는 무서워해서 꼼짝도 못하면서, 나한테만 난리다. 그러면서도 재산문제는 큰 아들하고만 쏙닥쏙닥해서 우리 남편은 하나도 모른다. 지금은 그래도 따로 살지만 앞으로 같이 살자고 할까봐 큰 걱정이다. 장남도 아닌데 억울하기도 하다.[13]

이 여성은 의사인 남편과 중매로 만나 98년에 결혼하고, 6살 4살 남매를 키우고 있다. 시아버지가 아프셔서 서둘러 결혼을 했고, 시아버지는 결혼한 지 얼마 지나지 않아 돌아가셨다. 내담자는 자신의 남편을 전형적인 마마보이라고 칭하며, 시어머니를 스토커라고 이야기한다. 남편은 시어머니의 말이라면 무조건 따르고, 시어머니가 화난 것 같으면 그것이 무서워 밤에 잠도 설칠 정도다. 이 여성이 화가 나는 것은 시어머니가 장남과 맏며느리는 무서워하면서 남편과 본인은 만만하게 본다는 것이다. 또 다른 건 시시콜콜 참견하는 시어머니가 재산문제는 장남하고만 상의를 해, 본인의 남편은 전혀 모른다는 것이다. 이 여성은 시어머니가 같이 살자고 할까봐 전전긍긍하고 있는데 평소 남편의 행동으로 볼 때, 시어머니가 같이 살자고 한다면 남편은 두말없이 어머니가 원하는 대로 따를 것이라 짐작되기 때문이다. 이 여성에서 〈나무꾼과 선녀〉를 읽혔을 때 보이는 반응은 다음과 같다.

〈사례 1-②〉

이 이야기를 보면서 나무꾼이 어머니가 잡았을 때 가야된다며 자기 마음을 똑 부러지게 왜 얘기를 못하는지 참 답답하고 화가난다. 아예 선녀 말을 들어 그냥 있었거나 내려올 수단이 없었다면 참 행복했을텐데 그러

13 김은*, 현재 서울시 봉천동 거주.(2005년)

니까 결국 비극의 주인공이 된 것 아닌가. 우리 남편같으면 선녀 따라 아마 하늘로 올라갈 생각조차 못했을 것이다. 그나마 나무꾼은 우리 남편보다는 훨씬 나은 것 같다. 나도 로또만 되면 아무 미련없이 애들만 데리고 외국으로 가버릴 것이다. 선녀네 식구들처럼 못살게 위협하고 그랬다면 우리 남편은 득달같이 달려가서 자기네 엄마한테 구원을 요청하고 아마 숨어 버렸을 것이다. 우리는 둘 사이는 아무 문제가 없고 마마보이인 것만 빼면 정말 착하고 자상한 남편이다. 항상 시어머니 때문에 문제가 생기고 싸우게 된다.

이 여성은 다른 장면들보다 지상으로 내려온 나무꾼이 자신의 어머니 때문에 천상으로 올라가지 못하게 된 부분에 주목하고 있다. 왜 자신의 생각을 어머니에게 제대로 전달하지 못하는지 답답하고 화가 난다는 것이다. 이것은 평소 자신의 남편과 시어머니의 관계를 염두에 둔 반응이다. 또 나무꾼은 선녀를 따라 천상으로 올라갔지만 자신의 남편은 아내를 따라갈 엄두조차 내지 못했을 테니, 나무꾼이 자신의 남편보다 훨씬 낫다는 평가를 내리고 있다. 천상으로 올라간 후 처가에서 시험을 당하는 나무꾼의 모습에서도, 내담자는 선녀가 나무꾼을 도와주는 부분에 대한 고려는 전혀 없이 시험을 당하는 나무꾼의 태도에 주목하고 있다. 그러면서 평소 마마보이인 자신의 남편이라면 처가에서 자신을 죽이려 하고 못살게 군다면, 늘 그랬던 것처럼 시어머니한테로 달려가 구원을 요청하든지 어머니가 없는 상황이라면 어디론가 숨어버렸을 것이라고 예상하고 있다.

〈사례2-①〉

나는 28살이다. 5살 4살 아들형제가 있고 현재 뱃속에는 7개월된 셋째가 있다. 신랑과는 대학교때 만났고, 아이를 갖는 바람에 학교는 중퇴했다. 친정 아빠는 내가 학교를 그만두고 결혼을 하겠다고 하자 무척이나 못마땅해 하셨고, 지금의 신랑과 대면하는 것조차 싫어하셨다. 난 아빠에게는 버림받은 자식이였으며 날 보려고도 하지 않으셨다. 아빠가 워낙 강경하시니, 엄마도 어쩔수없이 아빠의 뜻에 따르신 것 같다. 그래서 결혼할 당시 난 친정에서 아무런 도움도 받지 못했고, 가난한 신랑 때문에 결국 난 단칸방에서 결혼생활을 시작했다. 친정과 인연을 끊은 상태에서 난 큰 아이를 낳았다. 아이를 낳고난 후부터 친정과는 다시 왕래를 하게 되었지만, 여전히 친정 아빠는 딸자식 고생시킨다며 우리 신랑을 안좋아하신다. 지금 형편도 별로 나아진 건 없다. 여전히 우리는 반지하에서 살고 있다. 5살 4살 아들들은 지금 동네 어린이집에 다니고 있는데 아이들이 커가면서 과연 내 선택이 잘된 것인지 가끔씩 후회도 들고 친정 부모님께 죄송하기도 하다. 그러나 대체로 남편과의 사이는 대부분 좋기에 이 생활에 만족하며 살고 있다.[14]

이 여성은 광고업체에서 일하고 있는 평범한 직장인인 남편과 대학교 때 만나, 현재 5살 4살 된 연년생 아들 형제를 두고 있으며, 현재 셋째를 임신 중이다. 큰 아이를 임신하는 바람에 어쩔 수 없이 서둘러 결혼을 했고, 학교는 자퇴했다. 처음 계획은 큰 아이를 낳고 다시 복학하려고 했지만, 연이어 둘째가 들어서는 바람에 포기했다. 지금은 학교에 다닐 형편도 꼭 졸업장을 따야 될 필요도 없어서, 학업에 대한 꿈은 접은 상태이다. 결혼 당시 친정에서는 반대가 무척 심했다고 한다. 무엇보다 남부럽지 않게 정성껏 키운 딸자식을, 아무것도 없는 가난한 사위에게 줄 수 없다는 게 그 이유였다. 결국 친정아버지는 결혼할 당시 본인의 체면을 생각해 결혼식은 본인의 수준으로 해주셨으나, 실제

14 김미*, 현재 서울 신림동 거주.(2005년)

살림을 마련하는 부분에서는 아무런 경제적 도움도 주지 않았다. 아이들이 자라면서 친정과 왕래는 하고 있지만, 아직도 친정아버지는 사위에 대해 안 좋은 감정을 가지고 계시다. 이 여성에게 〈나무꾼과 선녀〉를 읽혔을 때 보이는 반응은 다음과 같다.

〈사례2-②〉

나무꾼과 선녀에서 난 나무꾼을 도와주는 선녀의 입장을 충분히 이해할수 있을 것 같다. 자신을 속여서 결혼한 나무꾼의 행동은 밉지만 그래도 자신과 함께 살기위해 올라온 나무꾼을 모른 척할 수는 없을 것이다. <u>친정 식구들이 신랑을 죽이려고 한다면, 나라도 아마 신랑을 도와줬을 것이다</u>.

이 여성은 〈나무꾼과 선녀〉에서 나무꾼이 천상으로 올라온 후 처가에서 당하게 되는 시험에 주목하고 있다. 그리고 본인이라도 남편이 위험한 상황에 처하게 된다면, 도와주었을 것이라고 이야기한다. 날개옷을 숨겨 선녀와 결혼한 나무꾼의 행동은 밉지만, 그래도 본인과 살기 위해 천상으로 올라온 사람을 모르는 척할 수는 없다는 것이다. 이 여성의 경우 현재 남편과의 관계가 원만하기에, 남편을 도와주는 쪽으로 마음이 움직이고 있다.

이처럼 내담자 자신이 가지고 있는 심리적 문제에 따라, 〈나무꾼과 선녀〉에서 주목하는 부분 또한 달라진다. 결국 내용의 유사성 때문에 내담자는 〈나무꾼과 선녀〉의 다양한 이본들 중에서도 특히 본인과 유사한 상황이 나타나고 있는 작품에 주목하며, 그러기에 치료자는 내담자의 자기서사를 효과적으로 이끌어내기 위해서 내담자의 심리적 문제와 유사한 상황이 보여주는 문학작품을 선정해 줄 필요가 있다. 만약 이러한 내용의 유사성을 기준으로 한다면, 다양한 〈나무꾼과 선녀〉의 이본들은 내담자의 심리적 문제에 따라 어떻게 효과적으로 분류될 수 있을까?

대강의 분류를 시도해 본다면, '시댁과의 갈등'이 내담자의 중요한 심리적 문제라면 〈나무꾼 지상회귀형〉이 다른 이본보다 더 효과적으로 사용될 수 있을 것이다. 그리고 '처가와의 갈등'이 내담자의 중요한 심리적 문제라면 〈나무꾼 승천형〉 중에서도 특히 처가의 시험이 드러나는 유형이 다른 이본보다 더 효과적으로 사용될 수 있을 것이다.(〈나무꾼 승천형/ 시험0〉) 또 '부부간의 갈등'이 내담자의 중요한 심리적 문제라면, 이본들 중에서 선녀가 하늘로 올라가기 전까지의 장면들이 그 이후의 사건들보다 더 효과적으로 사용될 수 있을 것이다.

2) 문학작품 창작기준: 의도성에 의한 창작

〈나무꾼과 선녀〉는 구비문학이기에 구연자에 따라 매우 다양한 이본을 가진다. 그런데 이것은 구비문학, 특히 설화를 문학치료의 도구로 사용할 때 커다란 이점이 될 수 있다. 앞서 이야기한 바처럼 치료자가 내용의 유사성에 의해 내담자의 자기서사를 이끌어낼 수 있다면, 치료자는 내담자의 심리적 문제와 유사한 내용을 의도적으로 창작해 제시해줄 수도 있다. 즉 내담자의 심리적 문제와 동일한 문제 상황을 의도적으로 작품 속에 삽입하여, 내담자가 반응할 수 있는 여지를 높여주는 것이다. 또는 내담자로 하여금 심리적으로 문제가 되고 있는 상황을 드러낼 수 있도록 의도적인 창작을 유도할 수도 있다.[15] 치료자가 내담자를 위해 문학작품을 창작하거나, 내담자가 스스로 자신의 문제를 문학작품 속에 드러내는 일을 도와주는 것, 이 두 가지를 모두 의도성에 의한 창작이라고 명명해볼 수 있다.

〈나무꾼과 선녀〉의 기본적인 줄거리는 "한 남성이 우의(羽衣)를 벗고 목욕하고 있던 여성을 발견하고, 그 우의를 감춘다. 우의를 잃어버린 여성은 날아가지 못하고 남성과 결혼하여 자식을 낳고 산다. 그러던 중 여성은 우의를 찾아 입고 하늘로 올라간다."이다. 우리는 이 기본적인 줄거리를 가지고 있는 작품들을 모두 〈나무꾼과 선녀〉라고 명명한다. 그런데 구연자들은 이 기본적인 줄거리 속에 자신들이 처한 상황에서, 본인이 느끼고 있는 감정을 고스란히 담아 새로운 이야기를 만들어낸다. 이렇게 구연자들이 자신의 상황에 따라 새로운 이야기를 창작해 낸다는 것은, 결국 이러한 창작을 통해 자신의 문제 상황을 작품에 드러내고 있는 것이다. 이러한 사례를 두 가지만 제시해보면 다음과 같다.

①

낮에 닭국 끓아 점심을 해준느 기라. 그래서 그 인자 참 그래 먹고 마. 너러와 놓이, 마 몬 올라가는데. 몬 올라 온다고. 그래서 박씨를 하나 부인이 내라 줐어. 박씨로. 박이 많이 자라가주고, 하늘 까짐 댔어. 그 줄 타고 올라오라꼬. 그래이 숙모가 닭국 끓이가 조노이, 먹골랑. 박 줄을 타고 한 반지나 올라가다가, 아 저 숙모가 마 물을 쫄쫄 끓어가주 마 박 줄에다 마 한 방태이 갖다 벘뿌이께, 고마 썰어졌벘어. 뜨거븐 거 부이께, 썰어져뿌이께, 한 중간에 올라가다 머 떨어졌어. 떨어지매 변상한 게 요

15 박기석은 연암 박지원의 「방경각외전」에 실려있는 〈민옹전〉 〈광문자전〉 〈김신선전〉 등 20세 전후에서 30대 초반에 이루어진 작품들이, 연암 스스로가 우울증이라는 자신의 심리적 장애를 극복하기 위한 수단으로 창작되었다는 것을 밝힌 바 있다. 이러한 논의는 작품을 저술하는 행위가 심리적 장애를 치료하는 수단이 될 수 있음을 증명해 보인 것이다. 필자가 내담자로 하여금 심리적으로 문제가 되고 있는 상황을 창작을 통해 드러내도록 하는 것은 이러한 자가치료적인 역할 또한 염두에 두고있다.(박기석, 「문학치료학 서설, 『문학치료연구』 제1집, 한국문학치료학회, 2004.8.)

닭이라 닭.[16]

②

"어머이, 어머이 여그 아버지 옵니다." 그랑께는 "응 느그 아부지가 와야 아부지가 여그 올 데가 못되는데, 그래 해야?" 그라고는 와서 봉께, 샘에를 와서 봉께는 즈그 아부지가 타고 올러온다 그 말이여. 진둥을 탁 짤라부네 이 여자가.[17]

①은 나무꾼이 천상으로 올라가는 것을 숙모가 방해하고 있는 장면이다. 나무꾼은 선녀의 말을 잊어버리고 닭국을 먹었기에 천상으로 올라가지 못한다. 그러자 선녀는 나무꾼에게 박씨를 하나 내려주며, 박이 자라 하늘까지 닿으면 그 줄을 타고 올라오라고 한다. 나무꾼이 선녀의 말대로 박씨를 심어 하늘로 올라가는 상황에서, 숙모는 나무꾼을 방해한다. 그것도 나무꾼이 박 줄을 타고 올라가는 상황에서 숙모는 팔팔 끓는 물을 박 줄에 뿌려 적극적으로 나무꾼이 천상으로 올라가는 것을 제지하고 있다. 결국 나무꾼은 숙모의 방해로 박줄에서 떨어져 닭이 되고 만다. 숙모가 이렇게 적극적으로 나무꾼을 방해하는 상황은 다른 이본에는 나타나지 않는다. 이것은 이 이야기를 구연한 화자의 개인사나 숙모에 대한 개인적인 감정과 관련이 될 것이다.

②는 나무꾼이 두레박을 타고 천상으로 올라오는 장면이다. 선녀가 자식들을 데리고 하늘로 올라간 후, 어느 날 아가들이 "아버지가 하늘로 올라온다"고 하자 선녀는 샘으로 나와 나무꾼이 올라오는 것을 본다. 그리고 아무런 망설임 없이 나무꾼이 올라오는 두레박줄을 잘라버린다. 두레박줄이 잘린 나무꾼은 결국 수천 길이나 되는 높은 곳에서

16 나뭇군과 선녀, 노루 이야기, 『한국구비문학대계 7-1』, 270~271면.
17 나무꾼과 선녀, 『한국구비문학대계 6-1』, 84~87면.

떨어져 죽게 되고, 그 넋은 닭으로 변한다. 이러한 선녀의 행동은 이 이본에만 특이하게 나타나는 상황으로, 이 또한 구연자의 개인사나 심리적 문제가 이 이야기가 생성된 연유와 관련이 될 것이다.

이렇게 〈나무꾼과 선녀〉 중에는 다른 이본에서는 찾아볼 수 없는 구연자의 개인사나 심리적 문제가 들어가 있는 독특한 작품들을 찾아볼 수 있다. 이것을 구연자의 의도성에 의한 창작이라고 할 수 있다. 이처럼 치료자나 내담자는 구연자가 자신의 심리적 문제를 작품 속에 담아내고 있는 것처럼, 치료자가 내담자의 자기서사를 이끌어내는 작품이나 내담자 스스로가 자신의 자기서사를 드러내는 작품을 창작할 수도 있다.

예를 들어 우리나라 〈나무꾼과 선녀〉의 경우, 시댁과의 직접적인 갈등이 나타나는 경우는 없다. 시댁과의 갈등이라고 지적해볼 수 있는 것은, 지상에 있는 어머니와 천상의 아내 사이에서 갈등하고 있는 나무꾼의 모습이다. 만약 내담자가 직접적인 시댁과의 갈등으로 힘들어 한다면, 〈나무꾼과 선녀〉 안에 직접적인 갈등의 장면을 의도적으로 설정할 수도 있을 것이다. 즉 나무꾼이 선녀를 집으로 데리고 온 상황에서, 노모가 그것을 탐탁하지 않게 여겨 고부갈등의 문제가 발생한다던지, 아님 천상과는 다른 생활환경의 변화 때문에 힘들어하는 선녀의 모습을 삽입해줌으로써 내담자의 자기서사를 이끌어낼 수 있는 폭을 넓혀줄 수 있다.

4. 결론

필자는 학위논문을 준비하기 위해 〈나무꾼과 선녀〉를 채록하던 중 기존 〈나무꾼과 선녀〉의 일반적인 내용과는 다른 특이한 이야기 두 편을 입수하였다. 이 두 편은 〈나무꾼과 선녀〉에 〈견우직녀〉가 결합되어 나타난다. 그런데 이렇게 〈나무꾼과 선녀〉와 〈견우직녀〉가 결합된 이야기는 우리나라뿐만 아니라, 중국에서도 발견된다. 『중국민담선』에 실려있는 〈견우와 직녀〉가 그것이다. 〈나무꾼과 선녀〉와 〈견우직녀〉가 결합된 양상이 우리나라와 중국에서 공통적으로 나타날 수 있는 것은 〈나무꾼과 선녀〉가 전 세계적인 분포를 보이는 설화이고, 〈견우직녀〉가 우리나라·중국·일본 3국에 분포하는 설화이기 때문이다. 그러기에 〈나무꾼과 선녀〉와 〈견우직녀〉가 결합된 이야기 결합방식을 살펴보는 작업은, 국경을 초월해 이야기가 결합되는 방식을 살펴보는 재미있는 작업이 될 것이라 생각했다.

먼저 〈나무꾼과 선녀〉와 〈견우직녀〉가 결합되는 양상을 필자가 채록한 자료 두 편과 『중국민담선』에 실려 있는 〈견우와 직녀〉를 비교하여 살펴보았다. 그 결과 필자가 채록한 자료 두 편의 경우에는 내용의 유사성으로 인해 〈나무꾼과 선녀〉에 〈견우직녀〉가 견인되어 온 것임을 알 수 있었다. 이것을 '내용의 유사성에 의한 결합'이라고 명명하였다. 그리고 중국자료인 〈견우와 직녀〉의 경우에는 작가가 〈견우직녀〉에서 인물의 이름과 특성을 가지고 왔을 뿐, 새로운 이야기를 의도적으로 창작해내고 있었다. 그러므로 이것을 '작가의 의도성에 의한 결합'이라고 명명하였다.

다음으로 이러한 두 가지 이야기 결합방식이 문학치료 연구에는 어떻게 사용될 수 있을지, 그 적용가능성을 모색해 보았다. 첫째 내담자에게 여러 가지 유형의 다양한 〈나무꾼과 선녀〉를 제시해주었을 때, 내담자는 자신이 가지고 있는 심리적 문제에 따라 주목하는 부분이 달라진다는 것을 확인해볼 수 있었다. 즉 내담자는 자신과 유사한 상황, 유사한 심리적 문제가 나타나는 작품에 반응할 수 있는 여지가 더 높아진다. 그러므로 치료자가 내담자에게 적합한 문학작품을 선정할 때, '유사성'은 효과적인 작품선정 기준이 될 수 있다. 둘째, 〈나무꾼과 선녀〉 중에는 구연자의 개인사나 개인적인 감정이 들어간 독특한 이야기들을 찾아볼 수 있는데, 이것은 구연자의 의도에 의한 창작이라고 할 수 있다. 이처럼 치료자는 내담자에게 적합한 문학작품을 창작해주거나, 내담자가 자신의 심리적 문제를 문학작품에 담아낼 수 있도록 창작을 유도할 수도 있다. 그러므로 치료자가 창작을 하거나 내담자에게 창작을 유도할 때, '의도성'은 효과적인 작품창작 기준이 될 수 있다.

문학치료에의 적용가능성으로 본고에서 주장하고 있는 문학작품 선정기준으로서의 '유사성'과 문학작품 창작기준으로서의 '의도성'은 예비적 고찰로서의 의미를 가진다. 그러므로 이것이 본격적으로 증명되기 위해서는 임상의 과정이 필수적으로 뒤따라야 한다. 특히 내담자에게 자신의 심리적 문제를 창작을 통해 드러내도록 유도하고, 그러한 작업을 통해 내담자의 변화된 자기서사를 확인하는 것은, 본고의 주장이 단지 〈나무꾼과 선녀〉 만이 아니라 구비설화 전반으로 확대될 수 있는 중요한 의미를 가진다. 이것을 향후 연구자의 과제로 남겨둔다.

나무꾼과 선녀의 부부갈등과 문학치료

Ⅱ. 〈나무꾼과 선녀〉의 부부갈등 중 '선녀의 개인적 결점'으로 인한 갈등과 그 문학치료적 가능성 탐색

1. 서론

〈나무꾼과 선녀〉라고 지칭되는 모든 작품에서 공통적으로 나타나는 내용은 한 여성이 날개옷을 감추는 남성의 속임수에 의해 자신의 의사와는 상관없는 결혼을 하게 되었다가, 날개옷을 되찾은 후 남성을 떠나는 이야기이다. 여기서 여성은 남성이 날개옷을 감추었다는 사실을 알고 날개옷을 되찾기 위한 방편으로 결혼을 하기도 하고, 혹은 남성이 날개옷을 감추었다는 사실은 모른 채 옷을 잃어버린 상황에서 어쩔 도리가 없어 남성과 결혼했다가 후에 그 사실을 알게 되기도 한다. 전자가 강압적인 결혼이라면 후자는 속임수에 의한 결혼이라고 할 수 있다.

그런데 그것이 강압적인 결혼이던 속임수에 의한 결혼이던, 선녀는 나무꾼과 결혼을 한 후에도 늘 자신의 천상생활을 그리워하며 날개옷을 되찾아 천상으로 돌아가기만을 꿈꾸고 있다. 그리고 기회가 오자 조금의 망설임도 없이 자식들을 데리고 나무꾼만 지상에 남겨둔 채 천상으로 떠나고 만다. 〈나무꾼과 선녀〉의 네 가지 유형[1] 중 선녀가 천상으로 돌아가면서 작품이 끝나는 '선녀 승천형'의 경우는 선녀의 이러한 욕망만을 충실하게 반영하고 있다.

그렇다면 선녀의 결혼이 자신의 의사와는 상관없이 이루어졌기에, 즉 원하던 것이 아닌 잘못된 결합이었기에 선녀는 늘 과거를 그리워하며 천상으로의 복귀를 꿈꾸는 것일까? 이것은 비단 선녀의 경우만이 아니다. 결혼을 한 여성이라면 누구나, 특히 친정에서 별다른 어려움 없이 자란 여성이라면, 결혼 후 생활환경의 변화로 인한 어려움을 참지 못하고 과거의 자신으로 돌아가고자 하는 욕망을 토로한다. 그리고 많은 경우 결혼생활에서 부부갈등의 문제가 되는 것은, 결혼한 여성이 아내로서의 역할을 거부하며 예전 친정에서 지냈던 시간들을 그리워하기 때문이다. 결혼을 한 이상 여성은 친정으로부터 경제적으로나 심리적으로 분리되어야 하지만, 이것을 받아들이지 못하고 친정에 의존하려고 하는 마마걸, 파파걸이 늘어나고 있는 추세이다. 그리고 이것이 사회적으로 문제가 되고 있는 오늘이다.

그러므로 〈나무꾼과 선녀〉에서 아내로의 역할을 거부하며 과거로 회귀하려는 선녀의 모습은, 시대적 상황은 다르지만 오늘날 결혼한 여성들에게서 나타나는 문제점을 잘 보여준다고 하겠다. 그리고 이 작품에서는 비단 문제만을 보여주는 것이 아니라, 그 해결방안 또한 제시해주고 있다.

〈나무꾼과 선녀〉 대부분의 작품에서는 천상으로 돌아간 선녀를 따

---

1 필자는 〈나무꾼과 선녀〉의 유형을 '선녀만 승천형' '나무꾼 승천형' '나무꾼 지상회귀형' '동반하강형'의 네 가지 유형으로 이미 분류한 바 있다.(서은아, 『〈나무꾼과 선녀〉의 인물 갈등 연구』, 서울여자대학교 대학원 박사학위논문, 2005년 2월.)

라, 나무꾼도 천상행을 택하면서 이 둘은 천상에서 재결합을 이루게 된다. 그리고 지상에서와는 달리 선녀는 나무꾼을 열심히 내조하여 일단 성공적인 부부관계를 이루게 된다.[2] 이렇게 〈나무꾼과 선녀〉는 아내의 역할을 거부하며 과거의 자신으로 돌아가고자 소망했던 여성이, 진정한 아내가 되어가는 과정을 보여준다. 그러므로 요즈음 문제가 되고 있는 마마걸, 파파걸의 문제에 대한 해결방안을 제시해줄 수 있는 작품이 될 수 있다.

본고에서는 먼저 〈나무꾼과 선녀〉에 나타나는 부부갈등 중 선녀의 개인적 결점으로 인한 갈등의 양상을 살펴보고, 다음으로 그것이 작품에서는 어떻게 해결되고 있는지 그 해결방안을 살펴보고자 한다. 그리고 아내의 역할을 거부하며 과거로 회귀하고 싶어 하는 선녀와 유사한 모습을 보여주는 실제 사례에서의 여성을 대상으로 하여, 현재 여성이 처해있는 갈등을 해결해줄 수 있는 방안을 모색해봄으로써 〈나무꾼과 선녀〉의 문학치료적 가능성을 탐색해 보고자 한다. 즉 작품에서의 선녀의 개인적인 결점이 실제 사례에서 여성의 결점과 유사하다는 전제 하에, 작품에서 선녀의 개인적 결점이 해결되는 방안을 토대로 하여 여성의 갈등을 해결해줄 수 있는 해결방안을 제시해보고자 하는 것이다. 여기서 사용될 문학치료의 방법은 자기서사의 보충이라는 부분이다.[3]

본고에서는 중심자료로 〈선녀와 나뭇군(다시 찾은 옥새)〉를 사용하고자 한다. 이 작품은 〈나무꾼과 선녀〉라는 작품에 나타나는 거의 모든 삽화를 보유하고 있기 때문이다. 그리고 필요에 따라 〈나무꾼과 선녀〉의 몇 가지 작품을 더 제시해 보고자 한다.

---

2 여기서 일단이라고 표현한 것은 '나무꾼 지상회귀형'의 경우는 새로운 시댁과의 갈등이 시작되면서, 선녀와 나무꾼의 부부관계는 분리된 채 작품이 마무리되기 때문이다.

3 '자기서사의 보충'에 관한 자세한 설명은 4장에서 논의될 것이다.

2. 선녀의 개인적 결점으로 인한 부부갈등 : 아내로의 변화를 거부

선녀는 나무꾼과 결혼한 후 그와의 사이에서 자식들을 낳았으면서도, 늘 자신의 날개옷을 되찾아 천상으로 돌아갈 기회만을 노린다. 그리고 기회가 오자 조금의 망설임도 없이, 날개옷을 입고, 자식들을 데리고, 나무꾼을 지상에 혼자 버려둔 채 천상으로 올라가 버린다. 작품에서 선녀는 날개옷을 잃어버린 상황에서 어쩔 수 없이 나무꾼과 결혼은 했지만, 아내로의 변화를 거부하며 늘 예전의 천상생활로 돌아가기만을 꿈꾸고 있다. 중심자료에서 이러한 장면을 살펴보면 다음과 같다.

> 이 예펜네는 밤낮 하늘에 올라갈 걱정이여. 그저 그 옷만 입으믄 아들 겨드랑이에 하낙씩 끼구 그냥 올라갈 작정이여. 그런데 이늠으 옷을 찾어야-입으야 올라가지. ……아 이늠으 먹을 줄 모르는 사람이 한 모금 한 모금 권하는 바람에 먹다 보니까 술이 억병이 됐어. 아 그래 이제 마누라가, "여보, 인저 갑시다." 마누라가, "갑시다." 근데 이 마누라는 그 날꺼정 그 옷 훔칠 작정이여. 하늘에 올러갈 작정이야. 아 그래 영감이 술이 취했는데, 인제 아들 하나는 마누라가 업구 하나는 영갬이 업구 이래구 인제 거기 집엘 가는 거여. 거 으떤-집이 가서 떡 인자 술이 챘으니까, 마누라는 불을 땐다구 부엌으루 나가구, 이 영감쟁인 혼자 씨러져 정신없이 자는 거지. 불을 때다 생각하니까 그냥 옷 생각이 버쩍 나, 그냥. "이 이거 들어가 봐야겄다." 아 가서 옷을 찾아봐야 없어. 근데 이늠으 영감쟁이가 옷을 꼬맨 틈바구니-꼬맨 걸 튿구서 그 속에다 눟구선 꼬맸으니 알 수가 있느냐 이런 말이여. 그 영감의 거길 튿구 보니까 옷이 거기 들었어. 끄내선 예미 그냥 아들이랑 인저 하낙씩 끼구 그만 올라가 버렸어.[4]

선녀는 나무꾼과 살면서도 밤낮 하늘로 올라갈 방도를 찾으며, 언제 하늘로 올라갈 수 있을지를 걱정한다. 그러던 중 주인집 환갑잔치에 일을 하러 가게 되고, 나무꾼은 그 곳에서 술에 대취해 집으로 돌아오게 된다. 선녀는 나무꾼이 취해있는 이 기회를 놓치지 않는다. 정신없이 자고 있는 나무꾼의 입고 있던 옷 속에서 날개옷을 발견한 그녀는, 그 옷을 입고 자식들을 데리고 천상으로 올라가 버린다. 여기서 혼자 남게 될 나무꾼을 걱정하는 선녀의 모습이나 망설임은 전혀 찾아볼 수 없다. 선녀는 지금까지 자신을 붙잡아두었던 나무꾼으로부터 탈출을 꾀하고 있는 것이다. 이러한 선녀의 모습 속에서 나무꾼에 대한 선녀의 정(情)은 전혀 발견되지 않는다.

중심자료 이외의 여타 작품에서도 이와 같이 형식적인 부부관계를 유지하면서, 날개옷을 되찾아 천상으로 올라가기를 꿈꾸는 선녀의 모습은 나타난다. 다음의 예문들에서는 선녀가 날개옷을 되찾기 위해 나무꾼에게 속임수를 사용하고 있다.

①

이 선녀가 생각을 허니깐 득천을 헤야겄는디 말여. 아들 형제를 양 쪽이다 찌구 올라 가야 할 텐디 하나 더 나면 말여 안 되게 생겻거든? 워따 가지구 데리구 잘 득천할 수가 읎어여? 그러닝깬 여자가 술을 참 아주 독주루 맨들었어. 맨들어서 하루는 독주를 맨들어 가지구설랑은 이, "당신 허구 나허구 염분을 맺어 각구설랑은 말여? 맺어 각구설랑은, 이렇게 함 번 서루 호이호식허구 뭇 지내봤어. 그러닝낀 오늘 저녁일랑 만족히 좀 먹구 놀자." 구. 그러능 기여. 그렁깨 이눔이 인저 그 여자에 꾀에 넘어 가설랑은 그냥 그 조오흔 안주닝깐 말여. 도 조 그 독주를 갖다 그냥 디려

4 선녀와 나뭇군[다시 찾은 옥새], 『한국구비문학대계 1-6』, 66쪽.

앵겼네? 앵겨서 이넘이 그냥 그 자리서 그냥 술이 독해서 쓰러져 뻐렸네? 세상 몰르구. 그 짬이, 어, 옷을 말여 워따 둔 자취를 알었어. 알었는디 내주덜 않핵거든. 그러구설랑 그때 잠 그 잠이 그케 짚이 들었는디, 옷을 끄내각구설랑 익구설랑은 말여 아들 형제를 들구 득천해 뻐렸네?[5]

②

하루는 비가 오는데 부슬부슬 비가 이래 오닌께, "아이고 보이쇼. 헤나 머리 이가 있는가 아 모르이, 내가 이를 잡아 주니 내 물팍을 비고 여 좀 누우소." 재미난 살림을 사닌께, 참 마누래 물팍을 비고 누었다. 그런께 이를 잡는 체 하여 뒷등이를 귀부리 혼자 시원하이 맴이, 기분이 좋거던. 그래 마누래가 하는 말이, 멀, 머라꼬 하니기 아이라, "우리가 벌써 부부간이 되가주고 및 해를 살고 아들로 형제를 놓도록 사는데 쎄기고 못할 소리가 있겠소. 우리 둘이 있는데 쎄기고 이래 할 필요가 없으니 쎄기지 말고, 내가 과거에 모욕하러 니리올 때 입은 옷을 자인자 내 주시이소. 내가 지끔 갈래야 어두로 가겠소. 벌써 자석을 형제 난 사람이." 그러 카닌께, 아 그것도 또 들으니 그럴싸한 기 싶으거던. '이렇기 데리고 아들을 낳는데 오두로 가겠노?' 싶어서 그래 인자 옷을 내좄다.[6]

③

하루는 나무 해갖고 오니까 아이 즈의 마누라가 술 사고, 반찬 사고, 저녁을 걸게 해서 잘 먹고는 저녁 대접을 잘 허니께, "하이 뭔 거시기로 해서 이렇게 했느냐?" 허니께, "하도 참 날마다 나무만 해서 몸도 피곤헐꺼이고, 그래서 오늘란 한번 술 잔뜩 자시고 뭐 어떻게 내 뭐 힘것 했는디 장만헌다고 이렇게 됐다."고. 그러고 저녁을 만족히 먹고는 거시 잠시로 이

5 나뭇군과 선녀, 『한국구비문학대계 4-4』, 793쪽.

6 은혜 갚은 짐승들, 『한국구비문학대계 8-6』, 914~915쪽.

날 여자가 허는 말이, "이만치 해서 내외간이 됐고, 벌써 자식을 형제나 낳고 했으니 그래도 자기가 나한테 통정을 못허겄냐. 헌게 이번은 참 다 잊어버리고 나한테 통정을 허고 그 의복을 내 줘라!" 그러닝개, 대체 술김에 좋아서 갈처준 걸, 의복을 인자, "어다 뒀은게 입으라."고 해서 갈쳐 줘버린게.[7]

④

"돈 주구두 옷을 하나 못 사다 주는 사람이 내 옷 뺏인 거 그거 줘." 사실은 할 말이 없어. 원 다먼 버선 한 켜레라두 사다가, "이거 내가 산 거니 나무라 좀 입어 봐. 신어 봐." 하구 줬이면 그 얼마나 따뜻한 말이구 좋은디 그것 잘뭇하구 보니께 사실 뭐라구 할 말이 하나두 없어. 염체가 없어서 우두머니 있이니께, "아니 내가 가지고 온 그 때 그 고쟁이 당신 뺏은 거 그 거 안 줄 끼여." 준단 말두 안 준단 말두 못하지. "당신하구 살며는 내가 한 생전 이꼴하구 살 테니께 아싸리 갈라 서. 언내 이루 오너라." 형제 들쳐 업구, 하나 업구 하나 걸리구 손 붙들구 나간다 이 말야. "야 모든 것이 내가 잘못 했이니 내 그 옷을 줄께. 아들 성제씩이나 낳구 시방 갈러서서 어떻게 살어. 그러니 그 옷을 줄 테니 나하고 삽시다." 그럼 그래라구, 되루 들어 와. 그래 그 옷을 줬다 이 말여.[8]

①에서는 하늘나라로 돌아가기 위해 계략을 꾸미는 선녀의 모습이, 화자의 입을 통해 표현되고 있다. 선녀는 자식을 더 이상 낳으면 득천을 할 수 없다고 생각하여, 독주(毒酒)를 만들어 나무꾼에게 대접한다. 기분이 좋아진 나무꾼이 술에 취해 잠이 든 사이 선녀는 자신의 날개옷을 찾아 입고 하늘로 올라가 버린다. 여기서는 날개옷을 되찾기 위

7 나뭇군과 선녀, 『한국구비문학대계 6-8』, 636쪽.
8 나뭇군과 선녀, 『한국구비문학대계 4-3』, 397쪽.

해 계략을 꾸미는 선녀의 모습이 잘 드러나는데, 선녀는 '당신하고 나하고 연분'이라는 말로 나무꾼을 안심시켜 독주(毒酒)를 먹이고는 나무꾼이 취한 틈을 타 나무꾼으로부터 탈출을 꾀하고 있다.

②와 ③의 예문에서는 부부간의 은밀한 정(情)을 이용하여 나무꾼을 설득해 보려는, 선녀의 모습이 보인다. ②에서 선녀는 이를 잡아준다고 나무꾼을 무릎에 눕혀놓고, 귓부리를 자극하여 나무꾼의 기분을 좋게 만들어준다. 그런 후 "자식을 둘이나 낳았는데 숨기고 못할 말이 어디 있겠느냐"고 하며, 더 이상 숨기지 말고 날개옷을 내 달라고 한다. 이 말에 넘어간 나무꾼은 선녀를 믿고 날개옷을 내준다. 선녀는 나무꾼의 믿음을 역으로 이용하여 자신의 날개옷을 되찾고 있다. ③에서도 선녀는 술과 반찬을 사 저녁을 대접하며, "매일 나무를 해 피곤할 것 같아 자신이 힘껏 차렸다"고 한다. 선녀의 식사대접을 받은 나무꾼이 만족해있는 사이, 선녀는 "내외간이 된 지 오래되었고 자식을 형제나 낳고 살고 있는데 통정을 못할 것이 어디있냐"며 이제는 날개옷을 내 달라고 한다. 선녀의 대접에 기분이 좋아진 나무꾼은 술김에 날개옷이 있는 곳을 가르쳐 준다.

④에서는 선녀가 나무꾼의 미안한 마음을 이용하여 날개옷을 되찾고 있다. 여기서 나무꾼은 선녀에게 경제적으로 의존해 살고 있는 인물이다. 선녀는 나무꾼에게 돈을 쥐어주며 집에만 있지 말고 나가서 쓰고 오라고 한다. 나무꾼은 그 돈으로 얻어먹는 사람들에게 점심을 사주고 옷도 한 벌씩 사 입히고 들어온다. 며칠이 지나자 선녀는 또다시 나무꾼에게 돈을 주며 쓰고 오라고 하고, 나무꾼은 전과 똑같이 돈을 사용하고 들어온다. 그러자 선녀는 나무꾼에게 "당신같은 사람을 데리고 오늘날까지 살았으니 내 속이 얼마나 썩었겠냐"면서 돈을 줘도 아내의 양말 한 켤레 선물을 사오지 않는 나무꾼을 탓한다. 나무꾼이 염치가 없어서 가만히 있자 선녀는 이러한 상황을 이용하여, "당신하

고 살면 생전 이렇게 살테니 아예 갈라서자"고 하며 아들 형제 손을 붙들고 나간다. 그러자 나무꾼은 모든 게 내 잘못이라며 날개옷을 주겠으니 같이 살자고 한다. 이처럼 선녀는 날개옷을 돌려받기 위해 나무꾼에게 미안한 마음이 들도록 만들고, 나무꾼에게 자신이 떠날지 모른다는 불안감을 조성하여 날개옷을 되찾고 있다. 그리고 이에 넘어간 나무꾼은 순순히 날개옷을 내주게 된다.

아내로의 변화를 거부하며 천상으로 돌아가기만을 꿈꾸는 선녀의 이러한 태도는, 〈바보 온달〉에서 보이는 평강공주의 태도나 〈서동요〉의 배경설화에서 보이는 선화공주의 태도와 비교해 볼 때 더욱 잘 드러난다.

나무꾼과 선녀가 신분적인 격차를 지닌 인물이라고 할 때, 이 둘은 〈바보 온달〉에서 온달과 평강공주에 비견될 수 있다. 그러나 평강공주는 남들이 바보라고 부르는 가난한 온달과 결혼하였지만, 남편을 열심히 내조하여 결국에는 자신을 쫓아낸 아버지로부터 인정을 받는다. 평강공주는 온달의 어머니가 "내 자식은 지극히 누추하여 귀인의 배필이 될 수 없고, 내 집은 지극히 가난하여 귀인의 거처할 곳이 못 되오"라고 하자, "옛 사람의 말에, 한 말 곡식도 방아 찧을 수 있고, 한 자 베도 꿰맬 수 있다고 하였습니다. 마음만 같다면 어찌 반드시 부귀한 후에야 함께 지낼 수 있겠습니까"라고 반문하며 그와 결혼을 한다.[9] 자신에게 맞지 않는 남편이지만 평강공주는 온달을 잘 내조함으로써 온달을 사회에서 인정받을 수 있는 긍정적인 인물로 변화시키며, 자신의 운명을 스스로 바꾸어 나간다.

그러나 선녀는 자신이 처한 상황을 개선하려고 노력하기보다는, 그

---

9 其母曰, 吾息至陋, 不足爲貴人匹, 吾家至窶, 固不宜貴人居, 公主對曰, 古人言, 一斗粟猶可舂, 一尺布猶可縫, 則 苟爲同心, 何必富貴然後可共乎(이병도 역,『삼국사기(하)』, 을유문화사, 1983, 348쪽.)

상황에 빠진 자신을 한탄하며 그 곳에서 벗어날 방도만을 모색하고 있다. 물론 평강공주와 선녀는 선택이라는 측면에서 차이를 갖는다. 평강공주는 자의에 의해 온달을 선택하지만, 선녀는 타의에 의해 나무꾼을 선택한 것이다. 그렇다고 하더라도 자신과 맞지 않는 배우자를 남편으로 맞이하게 된 상황에서, 이 둘의 운명에 대한 접근은 전혀 다르게 나타나고 있다.

〈서동요〉의 배경설화에서도 선화공주는 아이들에게 서동요를 지어 부르게 한 서동의 계략에 빠져 아버지로부터 쫓겨난다. 그리고 서동을 만나 '그저 우연히 믿고 좋아하는' 왠지 모를 끌림에 의해 결혼을 한다.[10] 선녀공주는 결혼을 한 후 그가 서동이라는 것과 자신이 쫓겨나게 된 것이 그의 계략이었음을 알게 되지만, 그를 탓하지 않으며 서동을 자신의 배우자로 인정한다. 그리고 결국 서동이 마를 캐던 곳에서 황금을 발견하고, 그것을 자신의 아버지인 진평왕에게 실어 보냄으로써 아버지로부터 인정을 받게 된다. 서동은 황금을 보면서도 그것이 황금이라는 사실을 알지 못한다. 이러한 서동에게 선화공주는 그것이 황금이라는 것을 알려줌으로써 그것을 깨닫게 하고 그의 모자란 부분을 채워주고 있는 것이다.

여기서 선화공주와 서동의 결혼 역시 신분적 차이를 보여준다. 나중에 서동이 무왕이 됨으로 인해 둘의 신분적 격차는 없어지지만, 선화공주가 서동을 만날 무렵 그는 마를 캐어 생활하는 가난한 인물이었다. 그리고 한쪽은 신라인 한쪽은 백제인으로 둘의 국적 또한 달랐다. 이것은 천상과 지상의 인물이며, 신분이 다른 선녀와 나무꾼의 결합과도 비견될 수 있다. 그러나 선화공주는 서동이 자신을 위기에 빠뜨린 사람이라는 것을 안 이후에도, 그를 배우자로 인정하며 그에 대한 믿

---

10 公主雖不識其從來, 偶爾信悅, 因此隨行, 潛通焉(김민수 역, 『삼국유사』, 을유문화사, 1983, 157쪽.)

음을 놓지 않는다.

이렇게 〈바보 온달〉과 〈서동요〉의 배경설화는 서로 다른 두 사람이 만났지만 본인들의 노력에 의해, 특히 여성의 노력에 의해 얼마든지 성공적인 부부관계가 될 수 있음을 보여준다. 그러나 평강공주나 선화공주와는 달리 선녀는 나무꾼을 내조하여 상황을 변화시키려는 노력은 전혀 하지 않으며, 나무꾼으로부터 벗어날 방법만을 모색하고 있다. 그러므로 선녀가 아내로의 변화를 거부하는 이상, 이 둘의 부부관계를 유지하는 조건은 날개옷 이외에는 아무것도 없는 것이다. 그리고 아내로서의 변화를 거부하는 이러한 선녀의 태도는, 결국 부부관계에서 갈등을 유발하게 된다.

3. 선녀의 개인적 결점으로 인한 갈등 해결방안 : 최선을 다한 내조

선녀는 날개옷만 되찾아 나무꾼에게서 벗어날 수 있다면, 다시 예전의 천상생활로 돌아갈 수 있다고 생각했다. 그러기에 오로지 날개옷을 되찾을 그날만을 선녀는 고대했다. 그러나 이것은 단지 선녀 혼자만의 생각이었다. 선녀가 나무꾼에게서 날개옷을 되찾아 자식들을 데리고 천상으로 돌아왔을 때, 천상의 가족들은 누구 하나 그녀를 불쌍하게 생각하거나 따뜻하게 맞아주지 않는다. 그리고 선녀는 지상의 사람과 결혼하여 자식까지 낳아왔다는 죄목으로 인해, 아버지에게 미움을 받으며 천상에서 살게 된다. 선녀의 아버지는 자신의 허락없이 나무꾼과 결합하여 자식까지 낳아온 선녀를, 중죄(重罪)를 지은 대상으로 단죄하고 있다. 나무꾼과의 결혼이 선녀에게는 불가항력적인 일이었지만, 천상의 가족들은 그 결과만으로 선녀를 죄인으로 취급한다. 그리고 이러한 상황에서 선녀는 자신의 생각이 틀렸음을 깨닫게 된다. 선녀는 천상으로만 돌아간다면 예전의 생활을 그대로 영위할 수 있으리라고 생각했지만, 이미 그녀가 지상에서 결혼을 하고 자식들을 낳은 이상 예전 생활로 돌아간다는 불가능한 일인 것이다.[11] 천상으로 올라온 선녀는 인간사람과 결혼하여 자식을 낳았다는 죄목으로 인해, 아버지로부터 미움을 받거나 격리되어 살게 된다.

이러한 상황에서 나무꾼이 선녀를 따라 천상으로 올라오게 된다. 선녀는 나무꾼이 불가능하다고 생각하며 전혀 기대하지 않았던 지상에서 천상으로의 공간이동을 해내자, 그의 행동에 감동하여 날개옷을 감추었던 과거의 잘못을 묻지 않고 그를 따뜻하게 맞아준다. 또 아버지에게 인정을 받아 천상에서 행복하게 살겠다는 공동의 목표로 지상에서의 서로의 차이를 극복하게 된다.[12]

이제 선녀는 지상에서 아내로의 변화를 거부했던 것과는 달리, 적극적으로 나무꾼을 내조하기 시작하는 것이다. 선녀는 천상으로 올라온 나무꾼을 받아들여 행복하게 살기를 원하지만, 친정식구들은 나무꾼에게 천상에서 살 만한 자격을 요구한다. 천상이라는 세계에 대해 잘 모르는 나무꾼은 그저 걱정만 할 뿐이다. 이러한 상황에서 선녀는 나무꾼을 최선을 다해 도와준다. 먼저 중심자료에서 이러한 부분을 제시해보면 다음과 같다.

---

11 나뭇군과 선녀, 『한국구비문학대계 4-4』, 794~795쪽./ 선녀와 나뭇군, 『한국구비문학대계 1-4』, 710쪽./ 나뭇군과 선녀, 『한국구비문학대계 4-3』, 400~401쪽. 참조.

12 물론 여기에는 두 사람이 천생배필이라는 운명론적인 사고방식과 둘 사이에서 태어난 자식들이 그들의 관계 를 밀착시키는 요인으로 작용하고 있다.

"아 죽여야지 안 죽이믄 우리 둘이 죽는다." 이런 말이여. 딸만 삼 형젠데 둘이 죽는대니 어떡허느냐 이런 말이여. "아 그거 할 수 없다."구. 그런데, "그 죽여 주슈." 그래 아무리 생각을 해야 죽일 수가 있나. "얘 그러믄 가만 있거라. 내가 의사를 내마." 그래 한날은, "그 아무데 그 느 거시키 오래라." 그 딸보구 그러니까, 가 오라 그랬단 말여. 그래 들우왔단 말여. "아 왜 불르셨읍니까?" "응 다름이 아니야. 너 나하구 내길 해자." 그런 말이여. "아 무슨 내길 헵니까?" "니가 내 재주를 못 아리켜내믄 니가 죽구, 니가 그걸 알이켜내믄 너를 그냥 이 여기서 그냥 아주 세상만 거시키 하두룩 살두룩 맨들어 주마." "그 그럭하겄다." 구. 그러구 집이루 왔어. 집이 와서 인저 끙-끙 앓지. 뭐 알이켜낸대는 장사가 있으야지. 그 래 마누라가 있다가, "이 여보, 아들이 형제씩 되는데 왜 당신이 앓구만 있시믄 어떡할까요?" "아 빙-아 음 빙장 으른이 내기를 해재는데 무신 내긴지를 모르겄으니 이걸 우뜩해야 좋으냐? "으응, 은제?" "내일 아침에 오라 그랬다." "그럴 꺼." 라구. "그 뭐 걱정 말우. 밥 먹우. 밥 먹은 뒤에 내일 아침에 갈 쩨 내기 얘기 하리다." 이런 말이여. 응 아침 마침 먹은 후에, "오늘 가믄 구 문간에 들어시믄, 큰 돼지가 새끼 두 마릴 데리구 당신 들어가는 길을 근너서 갈 꺼여. 가걸랑은 당신이 으쨌든지 발길루다 그 돼지-그걸구 돼지 턱주거릴 냅다 걷어찬 후에, 당신이 즘잖게 지하제 사람하구 이런 얘기 해는 데가 어딨는냐구 걷어차우.[13]

선녀의 아버지는 자신의 재주를 알아낸다면 평생 천상에서 살 수 있도록 해주겠지만, 그렇지 못할 경우는 나무꾼을 죽이겠다고 한다. 장인의 말에 나무꾼은 내기에 동의하고, 집으로 돌아와 끙끙 앓는다. 나무꾼은 천상의 사람이 아니기에, 장인 어른의 재주를 알아낼 만한

13 선녀와 나뭇군[다시 찾은 옥새], 『한국구비문학대계 1-6』, 68~69쪽.

능력이 없는 것이다. 여기서 선녀의 도움은 빛을 발하며, 아내로의 역할을 톡톡히 해내고 있다. 선녀는 "그것은 쉬운 일이니 걱정하지 말고 밥이나 먹으라"고 나무꾼을 안심시키고, 나무꾼에게 "문간에 들어가면 큰 돼지가 새끼 돼지 두 마리를 데리고 당신 들어가는 길을 건너갈 테니 돼지의 턱을 걷어차라"고 한다. 나무꾼은 선녀가 시키는 대로 행동하고, 장인과의 내기에서 이기게 된다. 이렇게 선녀는 불안한 나무꾼의 마음을 다독여주며, 자신의 가족들로부터 나무꾼을 보호해주고 있다.

이렇게 시험에 처한 나무꾼을 도와주는 선녀의 모습은, 시험이 나타나는 〈나무꾼과 선녀〉 모든 작품에서 공통적으로 나타난다. 다음에서는 여타 예문에서 이러한 장면들을 몇 가지 살펴보도록 하겠다.

⑤

"우리가 활을 쏴서 저- 동해 바다에 이미기가 있는디, 그 이미기 눈깔이다가 활을 쏴서 맞힐테니께 그 화살촉을 가 빼 오너라." 그거여. 그 화살촉을 빼 오먼은 너를 살려줄 게구, 살려주구 무슨 보답을 많이 준다는 게지. 그렇구 그렇지 못 하먼 너를 죽인다 그거여. 그렇께 죽구 살기루다가 내기를 하구서는 활을 쏘자는 겨. 이 놈이 그 이미기 눈이 화살을 가 빼 올 재간이 있어야지. 집이 와서 끙끙 앓구 두러눴지. 그러닝께 그 마누라가 '왜 그러느냐'구 달구 묻거든. 그래 그 얘기를 했어. 그랑께, "그까짓 일을 뭘 그렇게 걱정을 하슈. 일어나서 밥 자시구, 낼 가서 빼 가지구 오슈." 그래 일어나서 밥을 먹구 인저 이렇거구 그 이튿날 됐는디, 아 그 비리먹은 말, 비리먹은 말을 한 마리 주머서 '이걸 타구 가먼은 활을 쏘먼은 그 이미기 눈이 가서 화살이 맞아가지구 그 이미기가 고개를 불끈 불끈 쳐들구서 나와서는 거시키 할 겨. 그러닝께 가서 그 화살을 빼먼은 이미기는 그냥 들어 갈 게구, 가지구 오슈'. '그럭하라구.'[14]

⑥

즈 아부지가 그러더니 불렀단 말이여. "난수야." "예." "니가 내 딸허고 살려면 나러고 숨바꼭질을 허자. 그래서 내가 몬야를 숨든가 니가 몬야를 숨든가 해서 못 찾으먼 니가 내 사우 노릇을 허고 내가 찾아부리먼 내 사우 노릇을 못 헐껀데 그쯤 알어라." 대답을 해 놓고 와서 가만히 생각해 본께 어떻게 숨어야 모를 것이냐 말이여. 그래 즈그 마느래한테 가서 아니 빈장님이 이리저리 하드라. 어떻게 할 것이냐. 그런께 꺽정 마라고 당신보다 모냐 숨으라 했던가 손을 맨들어서 사람 연적 안 있드라고, 연적을 딱 맨드라서 딱 사람 앞에다 놓고 있단 말이여. 근께 압씨는 아는디, '저것이 즈그 남편을 삼을라고 그러는 것이구나.' ……"허어 그런 것을 다 꺽정허요. 낼 아침에 조반을 자시고 뒤안을 돌아가시요. 뒤안을 돌아가며는 흐컨 백장닭이 크나큰 거시랭을 찍에 물고 고 고 고 고 헐 것이요. 그러면 빈장님 뭣 허시요. 그러고 발로 딱 더듬어 차부르라고요."[15]

⑤에서 선녀의 언니와 남편들은 나무꾼에게 "동해 바다에 있는 이미기 눈깔에 활을 쏘아 맞출 테니, 그 활촉을 빼오라"고 한다. 빼온다면 나무꾼을 살려주고 보답을 많이 해주겠지만, 그렇지 못할 경우 죽이겠다는 것이다. 처형과 동서들의 내기요구를 받은 나무꾼은 집으로 돌아와 끙끙 앓는다. 나무꾼은 인간이기에 문제를 해결할 수 있는 방도가 없는 것이다. 이러한 상황에서 선녀는 "그런 일을 걱정하느냐"면서 밥이나 먹으라고 하며, 이튿날 비루먹은 말을 한 마리 내주며 이미기 눈에 박힌 화살을 빼올 수 있는 방도를 이야기해준다. 그리고 선녀의 말대로 행한 나무꾼은 내기에서 이기게 된다. ⑥에서는 장인이 나무꾼을 불러 숨바꼭질 내기를 제안한다. 숨바꼭질을 해서 이길 경우는 사위노

14 나뭇군과 선녀, 『한국구비문학대계 4-2』, 223~224쪽.
15 사슴 도와주고 옥황상제 딸을 색시로 얻은 난수, 『한국구비문학대계 6-6』, 357~358쪽.

릇을 할 수 있지만, 그렇지 못할 경우는 사위노릇을 할 수 없다는 것이다. 나무꾼이 선녀에게 장인의 말을 전하자, 선녀는 나무꾼을 연적으로 만들어 숨겨준다. 장인은 나무꾼이 연적으로 변했다는 사실을 알지만, 나무꾼을 남편으로 삼으려는 선녀의 마음을 알고 나무꾼을 모르는 척한다. 다음으로 장인이 숨게 되는데 선녀는 나무꾼에게 아버지가 백장닭이 되어 큰 지렁이를 물고 있을 테니, 가서 찾아내라고 한다. 선녀의 말대로 행한 나무꾼은 선녀의 도움으로 닭으로 변한 장인을 찾아내고, 내기에 이겨 사위노릇을 할 수 있게 된다.

이처럼 선녀는 나무꾼이 처가식구들의 시험에서 이길 수 있도록 그를 도와준다. 선녀의 도움을 받아 나무꾼이 해결하는 시험은, '숨바꼭질'처럼 변신해 있는 동물들을 찾아내는 것이나 '화살찾기'처럼 지상으로 쏜 화살을 찾아오는 것, 그리고 '목베기'처럼 서로의 목을 베는 것이 있다. 또 소수지만 '말타고 깃대 가져오기' '윷놀이' '씨름' '말에서 떨어지지 않기' '이미기 눈깔에 박힌 화살 빼오기' '장기 두기' 등이 나타난다. 이런 시험에서 선녀는 나무꾼이 해결할 수 있는 방법을 가르쳐주어 시험을 해결할 수 있게 하거나, 혹은 그 시험상황에 뛰어들어 문제를 해결을 해준다.[16]

선녀는 또 시험 도중 낭패를 당하게 된 나무꾼을 도와주기도 하는데, 이 경우는 선녀와 나무꾼이 시험에 통과하는 것을 방해하는 인물간에 변신경쟁(變身競爭)이 나타난다. 먼저 중심자료에서 그 부분을 제시해보면 다음과 같다.

---

16 목베기 내기의 경우, 선녀는 나무꾼이 벤 목에 재를 뿌려 목이 붙지 못하게 함으로써 문제를 해결해주기도 한다. 이 경우는 선녀가 문제 상황에 직접 뛰어든 것이라고 볼 수 있다.

> 이 마누라쟁이가 관상을—가만히 천길을 내려다 보니까, 자기 염감이 옥새를 가주구 와. 응 분명히 손에다 들구서 한 손으루 말고 삘 들구 오는데, 보니까 수리 한 늠—두 마리가 떠서 그 옥새—들구 오는 옥샐 뺏어 가지구 날라간다 이런 말이여. 가만히 보니까, 저이 성덜이 그거 뺏어다가 저이 냄편 죽이구 저이 시 식구 다 죽일 예산이여. '아 이래선 안 되겠다.' 그래 저이 성들 떠나간 뒤에 이것이가 조화를 부려서 쪼끄만 여치매라구 요고만한 거 있읍니다. 날은 응. 생매 잡아 길들인대는게, 그랴 그거여. 아 그래 매가 돼가지군 떠나간다 말여. 거길 향해구 쫓아가. 아 이 쫓어가니까, 저이 성들 둘이 거가 빙빙 돌더니 아 옥샐 뺏어가주구 그냥 날은다 말여, '그 이거 이 뎀벼서 어차피 우리—난 죽는 거니까 내가 죽더래두 한다.'구. 그거 둘을 붙잡구 있는 느므 옥새를 가 뺐구선 그냥 그 발루다 그냥 성에 눈깔들을 허벼내. 그래 수리가 눈을 못 떠요. 눈깔이 멀어서. 아 그래 옥새를 뺐졌어.[17]

천기를 보던 선녀는, 자신의 언니들이 나무꾼이 들고 오는 옥새를 빼앗아 나무꾼과 식구들을 다 죽이려고 하는 것을 알게 된다. 이에 선녀는 매로 변신해, 수리로 변신한 언니들이 나무꾼에게 빼앗아 오던 옥새를 도로 되찾는다. 그러던 중 매로 변신한 선녀는 수리로 변신한 언니들의 두 눈을 할퀴게 되고, 선녀의 언니들은 두 눈이 멀게 된다. 이렇게 선녀는 자신의 언니들한테 해(害)를 가하면서까지 나무꾼을 도와준다. 여기서 선녀가 언니들의 눈을 멀게 하면서까지 나무꾼을 도와주고 있는 건, 나무꾼에게 가해진 시험이 비단 나무꾼만을 죽이려는 게 아니라 자신과 자식들 모두를 죽이려는 것이기 때문이다. 그러므로 선녀는 자신의 가족들을 살리기 위해 언니들에게 해를 가하고 있다.

---

17 선녀와 나뭇군[다시 찾은 옥새], 『한국구비문학대계 1-6』, 76쪽.

이렇게 선녀가 변신경쟁을 하며 나무꾼을 도와주고 있는 모습은 다른 예문들에서도 찾아볼 수 있다.

⑦

"이게 뭐이길래 이렇게 가주구 오라구 하느냐?"구 하면서, 이저 내서 보는디, 아 워떤 소리개 한 마리가 '딱풍' 떠서 '팍' 쑤셔백이더니 그 '툭' 채틀어 가지구 날러가 버린단 말여. 아! 그 닭 쫓던 개 울 처다 보기라더니 잃어버렸어. 그 솔개미한티. 아! 그 쪼끔 있더니 워서 큰 독수리 한 마리가 오더니 쫓어가서 솔리개미를 한 번 냅다 때리며 이 눔을 뺏어 가지구 내빼거든. 뺏어가지구 내뺀단 말여.[18]

⑧

아 그런디 중간쯤 가다가 비둘기 두 마리가 훙 날라간단 말야. 아 보니께 활촉을 빼 물고 날아가요. 활촉을 이놈들이 빼서 물고선 그냥 공중으로 뜬다 이거야. 아 그러니 당나귈 타구서, 건공중에 천장만장으로 사뭇 올라가니 어떻게 찾어. 그래 허비덕하구 들구 쫓아오는 판인데, 베란간에 난데없는 독수리가 냅다 오려 채더니, 비둘기 두 마릴 탁 채갖구 그저 무한으루 하늘루 올라가 버렸어. 비둘기는 갠신히 꽁무니를 쫓어왔는데 독수리가 채가지고 건공중에 올라간 뒤에는 우엔지두 몰라. 아무것도 당체 없어.[19]

⑦에서 나무꾼은 고양이나라와 쥐나라 임금의 통천관을 가져오던 중, 통천관이 뭔지 궁금해 그것을 꺼내본다. 그러자 소리개가 나타나 통천관을 채간다. 그리고 소리개가 가지고 가던 통천관을 다시 독수리

---

18 나뭇군과 선녀, 『한국구비문학대계 4-2』, 227~228쪽.

19 나뭇군과 선녀, 『한국구비문학대계 4-3』, 412~413쪽.

가 가져가는 것을 본다. 통천관을 잃어버리고 집으로 풀이 죽어 돌아온 나무꾼에게 선녀는 나무꾼이 잃어버린 통천관을 내주며, 언니들이 소리개가 되어 뺏어가는 걸 자신이 독수리가 되어 찾아왔다고 이야기한다. ⑧에서 나무꾼은 활촉 세 개를 잘 싸서 품에 넣고 온다. 그러다가 비둘기를 만나게 된다. 나무꾼은 비둘기가 귀여워, 집으로 데리고 가서 같이 살려고, 비둘기를 품 안에 넣는다. 그러자 비둘기 두 마리는 나무꾼의 품안에 있던 활촉을 가지고 하늘로 날아올라간다. 그리고 독수리가 나타나 비둘기를 채간다. 활촉을 잃어버린 나무꾼이 집으로 돌아와 근심을 하자, 선녀는 자신의 언니들이 나무꾼을 죽이려고 비둘기가 되어 활촉을 빼앗아간 사실을 이야기해준다. 그리고 자신이 독수리로 변해 활촉을 빼앗아왔다고 하며, 나무꾼에게 활촉 세 개를 내준다.

이러한 변신경쟁[20]이 나타나는 모습을 살펴보면, 선녀의 언니들이 비둘기로 변신했을 경우 선녀는 독수리로 변신을 하며[21], 선녀의 언니들이 까치나 까마귀로 변했을 경우 선녀는 소리개로 변신을 한다.[22] 또 선녀의 언니들이나 처남들이 소리개로 변신했을 경우 선녀는 독수리로 변신을 하며[23], 처남댁이 까치로 변했을 때 선녀는 매로 변하게 된다.[24]

이처럼 변신경쟁에서 선녀는 늘 자신의 경쟁자보다 강한 동물로 변하여, 그를 제압하고 나무꾼이 잃어버린 화살을 찾아오고 있다. 선녀가 경쟁자보다 더 뛰어난 도술을 발휘할 수 있는 것은, 나무꾼과 살고

---

20 변신경쟁에 대한 부분은 '표2〉 처가갈등 중 시험 장면'을 참조할 것.

21 나뭇군과 선녀, 『한국구비문학대계 4-3』, 412~413쪽.

22 선녀와 수탉이 된 총각, 『전북민담』, 19쪽,
나무꾼과 선녀, 『임석재전집: 전라북도편 I 』, 174쪽.

23 나뭇군과 선녀, 『한국구비문학대계 4-2』, 227쪽.
천국의 시련, 『한국구비문학대계 4-5』, 311~312쪽.

24 나무꾼과 선녀, 『임석재전집: 충청남도편, 충청북도편』, 311~312쪽.

자 하는 선녀의 바람이 그만큼 간절하다는 것을 의미한다. 그리고 늘 선녀는 자신의 친정식구들보다 남편인 나무꾼을 우선시하고 있다. 선녀가 자신의 친정식구들보다 남편인 나무꾼을 더 우선시하고 있다는 것은, 다음과 같은 예문에서 더욱 잘 드러난다.

⑨

총각은 센네 오래비과 칼싸움을 하게 됐넌데 총각은 센네 오라비 목을 텠다. 그랬더니 오래비 목이 툭 떨어뎄넌데 이 목이 다시 가서 부틀라고 했다. 이때 센네레 와서 매운 재를 오래비 목이 베인 자리에 뿌렜다. 그랬더니 떨어진 목이 도루 와서 부틀라구 하다가 붓딜 못하구 떨말데서 오래비는 죽구 말았다. 그 후보타는 아무 일 없이 총각은 센네와 잘 살았다구 한다.[25]

⑩

목베기내기 하는 날이 돼서 옥황상제와 총각은 마주 서서 목을 베게 됐넌데 옥황상제는 총각과 맨제 비어 보라구 했다. 총각은 옥황상제에 목을 비누꺼니 옥황상제에 목은 툭 잘라데서 따에 떨어지더니 다시 부텄다. 옥황상제는 또 베어 보라구 했다. 총각이 옥황상제에 목을 베었더니 떨어뎄다가 다시 부텠다. 옥황상제 또 베라구 했다. 총각이 옥황상제에 목을 베서 떨어데서 다시 부틀라 할 적에 선녀레 와서 옥황상제에 목 벤 자리에다 매운 재를 뿌렜다. 그랬더니 목은 부틀라 하다가 붙디 못하구 데구르르 떨어뎄다. 그래서 옥황상제는 죽구 말았다. 그 후 총각은 하늘서 아무 일 없이 선녀와 잘 살다가 무진년 홰통에 달구다리 뻗두룩 했다구 한다.[26]

---

25 나무꾼과 선녀, 『임석재전집: 평안북도편 I』, 53쪽.
26 나무꾼과 선녀, 『임석재전집: 평안북도편 I』, 63쪽.

⑨에서는 나무꾼이 선녀의 오래비와 ⑩에서는 옥황상제와 목베기 내기를 하는 장면이 나타난다. 목베기 내기란 생사(生死)가 걸려있는 문제로, 한쪽이 죽어야만 내기는 끝나는 것이다. ⑨에서 나무꾼은 선녀의 오래비와 목베기 내기를 하는데, 오래비 목이 다시 붙으려고 하자 선녀가 매운 재를 오래비 목에 뿌려버린다. 그러자 떨어진 목은 제자리에 붙지 못하고, 오래비는 죽어버린다. 그 후 선녀와 나무꾼은 아무 일 없이 천상에서 잘 살게 된다. 이 예문은 선녀가 자신의 남편을 살리기 위해, 혈육인 오래비를 희생시킨다는 점이 좀 특이하다. 여기에는 아마도 결혼을 한 이상 여성은 친정과 독립되어야 하고, 모든 것은 남편을 중심으로 이루어져야 된다는 화자의 의식이 반영되어 있다고 보인다. ⑩에서도 마찬가지로 나무꾼은 옥황상제와 목베기 내기를 하고 있다. 옥황상제는 나무꾼에게 먼저 목을 베어보라고 한다. 나무꾼이 목을 베자, 옥황상제의 목은 다시 제자리에 붙는다. 몇 번을 반복해도 마찬가지로 옥황상제의 목은 떨어지지 않는다. 그러자 선녀는 나무꾼이 옥황상제의 목을 벤 자리에 매운재를 뿌리고, 목은 제자리에 붙지 못하고 떨어져 결국 옥황상제는 죽게 된다. 둘 사이를 방해하던 옥황상제가 죽어버리자, 나무꾼과 선녀는 아무 일 없이 행복하게 잘 살게 된다.

이것은 선녀가 자신의 혈육보다 남편인 나무꾼을 더 우선시하고 있다는 것을 잘 보여주는 장면이다. 그런데 오래비나 옥황상제는 죽음은 실제 죽음이라기보다는, 일종의 상징으로 사용되고 있다. 자신의 혈육을 죽이고 행복할 수 있다는 것은 아무래도 수용자들에게 받아들여지기 힘든 일이기 때문이다. 그러므로 오래비나 옥황상제의 죽음은 그들의 방해가 이제는 완전히 끝났다는 것을 의미하는 것이다.

4. 〈나무꾼과 선녀〉의 문학치료 가능성 탐색

여기서는 〈나무꾼과 선녀〉에서 살펴보았던 '아내로의 변화를 거부'하는 선녀의 모습과 유사하다고 생각되는 사례를 대상으로 하여, 사례에서의 여성의 모습과 선녀의 모습이 어떠한 면에서 연관될 수 있는지 살펴보도록 하겠다. 그런 다음 이러한 유사성을 바탕으로 작품에서 선녀의 갈등 해결방안을 사례에 적용하여, 실제 사례에서 여성의 갈등을 해결해줄 수 있는 방안을 제시해보고자 한다. 이러한 과정을 통해 〈나무꾼과 선녀〉라는 작품이 부부갈등을 해결하는데, 어떻게 기여할 수 있을지 그 문학치료적 가능성을 탐색해 보고자 한다.

그런데 여기서 중요하게 사용될 문학치료의 방법은 '자기서사'의 보충(補充)이다. 정운채는 김춘추가 선도해로부터 〈거북과 토끼의 이야기〉를 들은 후 억류에서 풀려나게 된 방법을 깨닫게 되었다는 것에서, 서사의 발견을 지적한 바 있다. 즉 김춘추는 〈거북과 토끼의 이야기〉에서 자신의 처지에 맞는 서사를 발견하고 이에 따라 행동 방침을 결정할 수 있었다는 것이다. 그는 "환자의 자기서사로는 현실을 파악하거나 대처할 수 없을 때, 문학작품의 작품서사는 현실을 파악하고 대처할 수 있는 서사를 제공한다."고 하였다.[27] 여기서 〈나무꾼과 선녀〉의 갈등양상과 실제 갈등양상이 유사함을 증명하고 동일 선상에서 작품의 해결방안을 토대로 하여 실제 갈등을 가진 환자에게 갈등 해결방안을 제시해주는 것은, 결국 환자에게 문학작품을 통해 새로운 서사를 제공하는 일이다. 갈등이 일어나고 있다는 것은 환자 본인의 '자기서사'만으로는 그것이 해결되기 어렵다는 것을 의미한다. 그러므로 환자

27 정운채, 「서사의 힘과 문학치료방법론의 밑그림」, 『고전문학과 교육』 제8집, 2004, 171쪽.

에게 작품의 해결방안을 통해 새로운 서사를 제공해주는 작업은, 곧 환자의 부족한 자기서사를 채워주는 일이라고 할 수 있다. 그리고 환자가 작품 속에서 그 부분을 스스로 발견하지 못할 때, 치료자는 환자가 그것을 인식하고 깨달을 수 있도록 자극하고 도와줄 필요가 있다.

> 안녕하세요? 대구에 사는 결혼 1년 3개월된 27세 주부입니다. 연애를 7년이나 했는데 결혼이라는걸 하고나선 역시 경제적 문제로 싸우게 되더라구요. 남편은 인터넷 사업을 합니다. 24시간중 잠자는 6시간을 빼곤 컴퓨터를 하지요. 일 하는데 비하여 경제적으로 들어오는 돈이 많지 않으니 전 돈 많이 못 번다고 짜증을 내곤하지요. 남편은 몸이 피곤하게 일하는데도 수금이 잘 되지 않으니 자기도 짜증을 내고 나도 내고 매일 좋은날이 없습니다. 전 요즘들어 자꾸 눈물이나요. 대학원 학벌이며 친정 가정환경 어려움 모르고 모자라는것 없이 살았는데… 남편을 잘못 만나서 고생한다는 생각이 요즘 많이 들어요. 다른 남편들은 모두 안정된 월급도 받아오고 가정일도 잘돕고 아무튼 다른 남편보다 우리 남편이 너무너무 안좋아보여요. ……요 며칠전엔 이혼이라는 말을 꺼냈다가 신랑한테 많이 혼났습니다. 신랑은 예전 7년전이나 지금이나 제가 좋은가봐요. 전 다른 남자와 비교를 자꾸하게 되는데… 지금도 너무 울적해서 눈물이 나네요… 하루하루가 답답합니다.[28]

이 사례에서 부부는 7년 동안이나 연애를 하고 결혼을 했다. 7년 동안 연애를 했다는 것은 그들이 충분히 서로에 대해 안 상태에서 결혼이 이루어졌음을 뜻한다. 그러나 결혼 이후 이 부부는 늘 싸우게 되는데, 그것은 경제적인 이유 때문이다. 남편은 인터넷 사업을 하지만 일

---

28 이대*, 현재 대구시 북구 거주.

하는 것에 비해 경제적으로 들어오는 돈은 많지 않고, 아내는 그것 때문에 짜증이 난다. 남편이나 아내 둘다 감정적으로 힘든 상황이니 서로 사이가 좋을 수 없다. 어려움을 모르고 자란 아내는 남편을 잘못 만나 고생한다는 생각에 힘들기만 하고, 다른 친구들의 남편과 본인의 남편을 비교하면서 속만 상한다. 아내는 이혼이라는 말을 꺼냈다가 남편이 아직도 자신을 사랑한다는 것을 확인하게 되고, 다른 남자와 자신의 남편을 비교하며 속상해하는 자신의 현실이 답답하고 울적하기만 하다. 여기서 부부가 결합하기 위한 날개옷으로 작용한 것은 서로에 대한 애정이라고 보여진다. 그리고 부부갈등의 원인은 경제적인 어려움이다.

이 여성의 글에서 "전 요즘 들어 자꾸 눈물이나요. 대학원 학벌이며 친정 가정환경 어려움 모르고 모자라는 것 없이 살았는데… 남편을 잘못 만나서 고생한다는 생각이 요즘 많이 들어요." 이 부분은 선녀가 자신이 원하지 않는 배우자감인 나무꾼을 만나, 천상의 생활을 그리워하며 한탄하고 있는 부분과 유사하다. 이 여성 또한 아무런 어려움 없이 생활했던 과거 자신의 모습을 그리워하고 있는 것이다. 그리고 지금의 남편과의 결혼생활보다는, 어려움 없이 친정에서 생활했던 그 시절로 회귀하고 싶은 소망이 이 글 속에는 드러나고 있다. 여기서 이 여성은 이미 결혼을 한, 한 가정의 아내라는 생각보다는 아직도 과거에 사로잡혀 친정 부모님의 아래에서 경제적인 부담 없이 보낼 수 있었던, 딸의 역할을 고수하고 있다. 그러기에 부모 대신 남편에게 경제적으로 의존하려고 하고, 남편이 그런 부분을 만족시켜주지 못하니 부부간에 갈등이 발생하고 있다.

〈나무꾼과 선녀〉에서 이러한 갈등 즉 '아내로서의 변화를 거부'하는 선녀에 대한 해결방안으로 제시되었던 것은 '최선의 내조'라는 해결방안이었다. 작품의 이러한 해결방안에 맞춰, 이 여성의 부부갈등 해결방안을 제시해 보면 다음과 같다.

이 여성은 자신이 이미 결혼을 한 사람이며, 한 남성의 아내임을 깨달을 필요가 있다. 이제는 본인이 소속된 곳은 친정이 아니라, 남편과 살고 있는 새로운 가정인 것이다. 그러기에 무엇보다 친정에서 심리적으로 독립될 필요가 있다. 선녀가 본인의 친정으로부터 독립되어 한 가정의 아내로서 역할을 하고 있는 것과 마찬가지로 이 여성 또한 친정으로부터 심리적으로 독립될 필요가 있다. 다음으로 천상에서 선녀는 나무꾼의 부족한 부분을, 아내라는 이름으로 채워주고 있다. 즉 선녀는 나무꾼의 부족한 부분을 탓하기 보다는, 충실한 내조로 그를 도와주고 있다. 이 여성의 경우도 선녀처럼 행동의 변화를 실천해 볼 필요가 있다. 경제적으로 어렵다고 남편을 탓하기 보다는, 자신이 경제적으로 본인의 가정에 도움을 줄 수 있는 방안을 모색해 보아야 되는 것이다. 이 여성이 짜증이 나는 이유는, 친정에서 부모님의 경제력에 의존했던 것처럼 남편의 경제력에 전적으로 의존하려고 하기 때문이다. 그런데 이 여성이 대학원 학벌이라고 이야기하는 것을 보면, 스스로 경제적인 활동을 할 수 있는 능력은 충분하다고 보인다. 다만 자신이 한 가정의 아내라는 역할을 거부하고 있기에, 그저 친구들의 상황과 자신의 상황을 비교하며 한탄만 하고 있는 것이다. 이 여성의 경우 자신이 이미 결혼하여 친정과는 독립된 사람이라는 것을 인식하고, 아내라는 의식을 가지고 노력한다면 현재의 부부갈등은 얼마든지 해결이 가능하다고 보인다. 그리고 〈나무꾼과 선녀〉에서 이 여성에게 강조해 줄 필요가 있다고 보이는 부분은, 선녀가 지상에서 과거를 그리워하며 한탄만 하다가 천상으로 복귀한 후 남편인 나무꾼을 열심히 내조하여 성공적인 부부관계를 이루어나가고 있는 바로 그 지점이다.

5. 결론

본고에서는 〈나무꾼과 선녀〉에 나타나는 부부갈등 중 '선녀의 개인적 결점'으로 인한 갈등의 양상을 살펴보고, 그것이 작품에서는 어떻게 해결되고 있는지 그 해결방안을 살펴 보았다. 그리고 실제 사례를 대상으로 하여 〈나무꾼과 선녀〉의 문학치료적 가능성을 탐색해 보았다. 그 결과는 다음과 같이 정리해볼 수 있다.

첫째, 선녀의 개인적 결점으로 인한 부부갈등은 선녀가 아내로의 변화를 거부함으로 인해 유발되고 있다. 선녀는 나무꾼과 결혼은 했지만, 과거 천상생활을 그리워하며 날개옷을 되찾아 천상으로 복귀할 그날만을 소망하고 있다. 선녀에게는 자신의 상황을 개선해보려는 의지가 전혀 없다. 선녀의 이러한 태도는 〈바보 온달〉에서 보이는 평강공주의 태도나 〈서동요〉에서 보이는 선화공주의 태도와 비교해볼 때 더욱 잘 드러난다. 선녀는 아내로서의 변화를 거부하고 있고, 이러한 선녀의 태도는 부부관계에서 갈등을 유발하게 된다. 그리고 이것은 결국 선녀와 나무꾼의 부부관계를 단절시키는 이유가 된다.

둘째, 지상에서 천상으로 복귀만을 꿈꾸던 선녀는 결국 날개옷을 찾아 천상으로 돌아오게 되지만, 그녀가 생각했던 것과는 달리 모든 상황은 변해 있다. 천상 가족들은 그녀를 따뜻하게 맞아주지 않으며, 선녀는 인간사람과 결혼하여 자식을 낳았다는 죄목으로 인해 아버지로부터 미움을 받거나 격리된 채 살아가게 된다. 이러한 상황에서 나무꾼은 등장하게 된다. 선녀는 나무꾼이 불가능하다고 생각했던 일을 해내자 감동하여 과거의 잘못을 묻지 않고 그를 따뜻하게 맞아준다. 또 그들은 행복하게 살겠다는 공동의 목표로 지상에서의 차이를 극복하게 된다. 이제 선녀는 아내로의 변화를 거부했던 지상에서와는 달리,

적극적으로 나무꾼을 내조하기 시작한다. 선녀는 나무꾼에게 시험을 통과할 수 있는 해답을 제시해주기도 하고, 위기에 처한 나무꾼을 도와주기도 한다. 또 자신의 혈육을 희생시키면서까지, 남편을 우선시하는 모습을 보여준다. 그리고 최선을 다한 선녀의 내조에 힘입어 선녀와 나무꾼은 성공적인 부부관계를 이루게 된다. 결국 아내로서의 변화를 거부함으로 인해 유발되었던 지상에서의 갈등은, 최선을 다한 선녀의 내조에 의해 해결되고 있는 것이다.

셋째, 〈나무꾼과 선녀〉의 문학치료적 가능성에 대한 탐색이다. 여기서는 〈나무꾼과 선녀〉에서 살펴보았던 '아내로의 변화를 거부'하는 선녀의 모습과 유사하다고 생각되는 실제 사례를 대상으로 하여, 사례에서의 여성의 모습과 선녀의 모습이 어떠한 면에서 연관될 수 있는지 살펴보았다. 그리고 이러한 갈등양상의 유사성을 바탕으로, 작품에서 선녀의 갈등 해결방안을 사례에 적용하여 실제 사례에서 여성의 갈등을 해결해줄 수 있는 방안을 제시해보았다. 그 결과 사례의 여성에게 문제가 되고 있는 것은 경제적인 어려움이지만, 그 내면에는 지금의 남편과의 결혼생활보다는 아무 어려움 없이 친정에서 생활했던 과거 그 시절로 회귀하고 싶은 소망이 드러나고 있다는 것을 밝혀보았다. 그리고 이러한 여성에게 제시해줄 수 있는 해결방안은 선녀가 본인의 친정으로부터 심리적으로 독립되어 한 가정의 아내로서 역할을 하고 있는 것과 마찬가지로 이 여성 또한 친정으로부터 심리적으로 독립할 필요가 있다는 것, 선녀가 나무꾼의 부족한 부분을 아내라는 이름으로 채워주고 있듯이 이 여성 또한 선녀처럼 행동의 변화를 실천해 볼 필요가 있다는 것을 제시해 보았다.

갈등이 일어나고 있다는 것은 환자 본인의 '자기서사'만으로는 그것이 해결되기 어렵다는 것을 의미한다. 그러므로 환자에게 작품의 해결방안을 통해 새로운 서사를 제공해주는 작업은, 곧 환자의 부족한 자기서사를 채워주는 일이라고 할 수 있다. 그리고 치료자의 역할은 환자 스스로가 그 부분을 발견하지 못할 때, 환자가 그것을 인식하고 깨달을 수 있도록 자극하고 도와줄 필요가 있다. 본고에서는 문학치료의 가능성만을 탐색해 보았을 뿐, 실제 치료과정에 대해서는 아직 제시하지 못하였다. 필자가 다음으로 해야 될 일은 이 사례의 내담자와 만나 〈나무꾼과 선녀〉에서의 해결방안을 제시해줌으로써, 내담자의 자기서사에서 부족한 부분이 채워질 수 있도록 도와주는 일이 될 것이다. 그리고 여성의 변화된 '자기서사'를 〈나무꾼과 선녀〉라는 작품을 통해 재확인하는 작업이 될 것이다.

Ⅲ. 〈나무꾼과 선녀〉의 옹서갈등과 문학치료적 접근

1. 서론

호주(Australia)를 제외하고 전 세계적으로 분포되어 온 〈나무꾼과 선녀〉는 두 남녀의 결혼으로 묶여진 가족 내 인간관계에서의 여러 갈등을 보여준다. 처음 나무꾼과 선녀의 결합은 서로 이질적인 두 사람이 부부라는 이름으로 결합되어 이름뿐인 부부생활을 영위하는 장면에서 선녀와 나무꾼 사이의 부부갈등이 나타나고, 아이들을 데리고 천상으로 올라간 선녀를 되찾기 위해 나무꾼이 천상으로 올라간 장면에서는 나무꾼과 처가식구들 사이의 갈등이 나타난다. 또 선녀와 행복한 부부생활을 하던 나무꾼이 지상의 가족들이 그리워 다시 지상으로 내려오고 금기를 어겨 지상에 남게 되는 장면에서는 선녀와 시가식구들 사이의 갈등이 나타난다. 이러한 인물간의 갈등은 지상과 천상이라는 공간을 중심으로 펼쳐지는데, 이 공간은 시가와 처가라는 공간으로 환원될 수 있다.

본 연구에서 분석해 보고자 하는 것은 나무꾼과 처가식구들 사이의 갈등으로, 그 중에서도 특히 장인과 사위 사이의 옹서(翁壻)갈등이다. 작품에서 보통 장인은 천상의 지배자인 옥황상제로, 선녀는 그의 막내딸로 그려진다. 자신이 사랑하는 딸을 날개옷을 빼앗는 편법을 통원하여 강제로 취하고 자식까지 낳게 한 나무꾼, 신분이나 계층 또한 자신의 딸과 너무나 어울리지 않는 지상 최하층, 무일푼 사위를 대면하는 순간 장인의 심정은 어떠했을까? 세상이 혼자 사는 곳이 아니라 다른 사람들과 더불어 사는 곳이고, 주위 사람들의 호기심과 비웃음 어린 시선이 느껴질 때, 장인에게 사위는 죽이고 싶은 존재가 아니었을까?

'결혼해도 될까요?'라는 메인카피를 달고 등장했던 영화 〈게스 후(Guess Who?)[1]〉에서는 이런 사윗감을 쫓아내려는 장인의 감정이 잘 드러난다. 그리고 어쩌면 그것은 당연한 것인지도 모른다. 그러기에 〈나무꾼과 선녀〉에서 장인은 시험이라는 형식을 빌려 사위를 죽이려 하고, 자신의 눈에 보이지 않도록 지상으로 쫓아 보내려 한다. 때로 장인의 이러한 노력이 성공을 거두어 나무꾼이 지상으로 돌아가게 되는 경우도 나타난다. 그러나 나무꾼 또한 만만한 존재가 아니다. 그는 이미 목숨을 걸고 지상에서 천상으로 삶의 공간까지 바꾼 인물이다. 그에게 아내와 자식들은 목숨보다 귀한 존재이고, 결코 포기할 수 없는

---

1 감독: 케빈 로드니 설리반 주연: 베니 맥(퍼시 존스), 애쉬튼 커처(사이몬 그린)
이해를 돕기 위해 이 영화의 줄거리를 간략하게 요약하면 다음과 같다. 뻐대 있는 흑인 집안에 어느날 불쑥 찾아온 첫째 딸 테레사(조 살다나)의 남자친구는 다름 아닌 백인이고, 아버지 펄시(버니 맥)는 가문의 순수한 혈통을 위해 이 녀석 쫓아내기 작업에 착수한다. 남자친구인 사이몬(애쉬튼 커처) 또한 만만하지 않은 상대로 그 딸과 결혼하기 위해 예비 장인을 상대로 여러 가지 해프닝을 펼친다. 눈에 흙이 들어가도 안 된다는 아버지와 죽어도 테레사를 포기할 수 없다는 사이몬의 서로 기죽지 않는 신경전은 계속된다. 원래 이 영화의 원작은 〈초대받지 않은 손님 (Guess Who's Coming To Dinner, 1967)〉으로 여기서는 장인이 백인으로, 사위가 흑인으로 나온다.

사람들인 것이다. 그러므로 사위를 인정하지 않고 쫓아버리려는 장인과 어떻게든 장인의 마음에 들어 아내·자식들과 살고 싶은 사위 사이의 대결은 독자들에게 흥미진진한 구경거리를 제공한다. 선녀 또한 지상에서와는 달리 남편의 마음을 이해하고 그를 받아들이고 싶어 하기에, 나무꾼은 아내의 전폭적인 지원을 받으며 장인과 대결하고 있다. 어쩌면 〈나무꾼과 선녀〉에 나타나는 옹서갈등은 사윗감이 마음에 안 들어 딸의 결혼을 반대하는 아버지(사위를 못 마땅하게 여기는 장인), 여자친구의 아버지를 설득해 여자 친구와 결혼하고 싶은 남성(장인에게 사위로 인정받고 싶은 남성), 남자친구를 도와 아버지께 결혼을 허락받고 싶은 딸(남편을 도와 아버지의 인정 하에 행복한 부부생활을 영위하고 싶은 딸)의 전형적인 삼각구도를 보여준다.

그런데 지금까지 옹서갈등, 옹서대립담은 대하소설에만 나타나는 특이한 단위담이라고 이야기 되어왔다.[2] 그리고 이러한 주장을 뒷받침하듯 대하소설 연구에서는 옹서갈등과 관련된 여러 연구자들의 논의가 있어왔으며, 대개의 경우 대하소설에 나타나는 옹서갈등의 양상은 '소인형 장인'과 '군자형 사위' 사이의 갈등이었다.[3] 그러나 앞서 이

---

2 송성욱, 「혼사장애소설형 대하소설의 서사문법 연구-단위담의 전개양상과 결합방식을 중심으로-」, 서울대학교 박사학위논문, 1997.

3 옹서갈등을 이야기하고 있는 대하소설 연구로는 양영찬, 「〈창난호연록〉의 애정갈등」, 고려대 석사학위논문, 1984. 김홍균, 「복수주인공 고전장편소설의 창작방법연구」, 한국정신문화연구원 박사학위논문, 1991, 심경호, 「낙선재본 소설 선행본에 관한 일고찰 -온양 정씨 필사본 〈옥원재합기연〉과 낙선재본 〈옥원중회연〉의 관계를 중심으로」, 『정신문화연구』38, 한국정신문화연구원, 1990. 양민정, 「〈옥원재합기연 연구〉」, 『고전문학연구』8, 한국고전문학연구회, 1993, 양혜란, 「〈옥원재합기연〉의 예비적검토」, 『한국어문학연구』 5집, 한국외국어대학교, 1993. 양혜란, 「창란호연록에 나타난 翁-壻, 舅-婦間 갈등과 사회적 의미」, 『연민학지』 4집, 1996. 김재웅, 「강릉추월전 연구」, 『한국학논집』 26권, 계명대학교 한국학연구원, 1999. 김양진, 「〈玉鴛再合奇緣〉의 서사 양상 연구」, 『새얼어문논집』 14집, 새얼어문학회, 2001. 한길연, 「소인형 장인이 등장하는 옹서대립담 연구-여주인공의 입장을 중심으로-」, 『고소설연구』 15집, 2003. 이은경, 「〈완월회맹연〉의 인물 연구」, 충북대 박사학위논문, 2004. 등이 있다.

야기한 바처럼 〈나무꾼과 선녀〉에는 장인과 사위 사이의 옹서갈등이 나타나며, 그 양상 또한 현실과 밀접한 관련을 보여주고 있다. 그러므로 작품에서 나타나는 옹서갈등의 양상과 해결방안을 분석하고 그것을 현실과 연관시켜보는 작업은 대하소설 외 옹서갈등의 새로운 양상을 보여주는 계기가 되며, 현대 옹서갈등을 해결해주기 위한 실마리를 마련해줄 수 있을 것이다.

본고에서는 나무꾼이 선녀를 따라 천상으로 올라가는 '나무꾼 승천형' 중 시험이 나타나는 자료 17편을 대상으로 논의를 전개하고자 한다. 이것을 표로 정리해보면 다음과 같다.

표1〉 나무꾼 승천형 중 시험 有

	제 목	수록 저서
나무꾼 승천형	1. 선녀와 나뭇군	한국구비문학대계 1-4 (707~715)
	2. 선녀와 나무꾼(고양이 나라의 옥새)	한국구비문학대계 1-6 (622~632)
	3. 나뭇군과 선녀	한국구비문학대계 4-2 (219~228)
	4. 나뭇군과 선녀	한국구비문학대계 4-3 (390~414)
	5. 나뭇군과 선녀	한국구비문학대계 4-4 (788~798)
	6. 천국의 시련	한국구비문학대계 4-5 (302~316)
	7. 멧돼지의 보은	한국구비문학대계 6-5 (36~41)
	8. 나무꾼과 시녀	한국구비문학대계 6-5 (167~170)
	9. 은혜갚은 쥐	한국구비문학대계 7-4 (165~167)
	10. 쥐에게 은혜 베풀어 옥황상제 사위 된 이야기	한국구비문학대계 8-6 (138~145)
	11. 짐승을 구해 은혜를 입은 사람	한국구비문학대계 8-11 (272~277)
	12. 은혜 갚은 짐승들	한국구비문학대계 8-6 (910~919)
	13. 나무꾼과 선녀	임석재전집: 평안북도편 I (49~51)
	14. 나무꾼과 선녀	임석재전집: 평안북도편 I (51~53)
	15. 나무꾼과 선녀	임석재전집: 평안북도편 I (54~57)
	16. 나무꾼과 선녀	임석재전집: 평안북도편 I (58~63)
	17. 선녀와 혼인한 나무꾼	한국구전설화집6 (140~149)

2. 〈나무꾼과 선녀〉의 옹서갈등

1) 옹서갈등 양상

하늘로 올라온 나무꾼이 선녀와 다시 부부관계를 영위하려고 할 때 가장 문제가 되는 것은, 자신의 허락 없이 결혼한 나무꾼과 선녀의 부부관계를 인정하지 않으려는 장인이다. 장인에게 나무꾼은 자신의 사랑하는 딸을 강제로 취해 결혼을 하고, 자식까지 낳게 한 장본인이다. 그러므로 장인에게 나무꾼은 용서할 수 없는 미움의 대상이며, 심기를 건드리는 불편한 존재일 수밖에 없다.

나무꾼뿐만 아니라 천상으로 올라온 선녀도 아버지로부터 미움을 받고 있는데, 선녀는 지하사람(인간)과 결혼하여 자식을 낳았다는 이유로 친정과 격리된 채 살고 있다. 이런 선녀의 모습은 작품에서 "인간사람과 살았다고 하늘에 올라온 후 박대를 당해 좋은 집을 차지하지 못하고 움막을 지어 놓고 구박을 받으면 산다."[4]는 구절이나 "지하 사람과 자식을 낳았다고 귀여움을 주지 않고 오두막집에서 살고 있다."[5]는 구절을 통해 알 수 있다. 아버지로부터 미움을 받고 있는 선녀의 상황은 〈제석본풀이〉에서 당금애기가 화주승의 아이를 잉태하고 자신의 가족들에게 쫓겨나 토굴 속에서 세 아이를 출산하는 장면과 유사하다. 당금애기 역시 자신의 의지와는 상관없이 화주승의 아이를 잉태하게 되지만, 그녀가 잉태했다는 사실을 알게 된 그녀의 부친은 노여움에 사랑했던 딸을 죽이려고 한다. 모친의 만류로 그녀는 죽음은 면하지만 토굴 속으로 들어가게 되고, 결국 그곳에서 세 아들을 출산하게 된다.[6] 〈주몽신화〉에서 하백 또한 장녀인 유화가 해모수에게 붙잡힌

4 나무꾼과 선녀, 『한국구비문학대계 4-3』. 400~401면.
5 나무꾼과 선녀, 『한국구비문학대계 4-4』. 794~795면.

바 되었다가 풀려나자 "너는 나의 가르침을 따르지 않고 나의 가문을 욕되게 했다."고 하며, 딸의 입을 잡아 늘려 입술의 길이가 삼척이나 되게 하고 우발수(優渤水) 가운데로 귀양을 보내버린다.[7] 두 경우 모두 여자는 자신의 의사와는 상관없이 불가항력적으로 잉태를 하거나 남성에게 잡힌바 되지만, 부친은 딸의 상황을 이해하기는커녕 그 결과만으로 딸을 징벌(懲罰)하고 있다. 이렇게 당금애기의 부친이나 하백의 행동은 〈나무꾼과 선녀〉에서 선녀에게 분노하고 있는 아버지와 그 모습이 닮아있다.

그러므로 〈나무꾼과 선녀〉에서 장인은 시험이라는 형식을 빌려 나무꾼을 죽이거나 지상으로 다시 내려 보내려 한다. 나무꾼에 대한 장인의 감정과 시험이 나타나는 장면들을 몇 가지 제시해보면 다음과 같다.

> ①
>
> 인간 아버지 왔다는 바람에 들어가서 문을 열어 보니까 즈 아들들이여. "니 어머닌 어디?" "어디 가셨는디 잠깐이면 와유. 들어오슈." 게 들어가니께 인제 즈 어머니가 왔단 말여. 그러니 어떡할꺼여 인저. 거기까정 가서 만났이니 말이지. 게 애덜 둘데루구 두 내우가 이렇게 썩 사는데 <u>아주 처갓집하군 박대여. 뭐 처갓집이두 가두 못하구. 못 가요. 오지 말라구 아주 그래서. 딸이 무릅쓰구선 한 번 즈 친정엘 갔어</u>. "너 이년! 말 들으니께 인간 사위놈 왔대메. 네 남편 왔대메." "네, 왔이유." "<u>거 얼마나 재미시럽게 사느냐?"구 호통을 하구 야단여</u>. "아버지, 인간 사우라구 너머 그렇게 모라세우구(몰아세우고) 그러지 마슈. 재주가 유궁무궁하게 용해유. 뭐 이루 말핼 수 없이 용합니다." "용하구 말구요." "그럼 느 남편을 한 번 보내라. 나라구 내길 한 번 해보자."[8]

---

6 김진영, 『서사무가 당금애기전집 I -양평 김용식 본-』, 민속원, 1999, 209~211면.
7 서대석, 앞의책, 22~23면.

②

올라 가닝낀 자기 처가 뭐라구 허느냐 허먼, "예이, 여보슈. 뭣허러 올러 오쇼. 여기 올러 오먼 말여, 올러 오야 당신 귀염두 몹 박구 까딱하먼 죽어. 그런디 뭣허러 올러 오느냐구 말여. 야 중이 자연적 앞이루는 말여 당신 이 자식두 보게 되구 나두 보게 되는디 말여. 여기를 뭣허러 왔느냐구 말여. 귀염두 몹 받을 디 뭣허러 왔느냐." 구. "그러나 도리 있느냐." 구 말여. "그러나 저러나 우리 집이루 집이루 나가자." 구. 아 가구 보니깐 말여. …… "차암, 그러냐구. 도리 다." 구. "내 시기는 대루 꼭 해야지 만약 내 시키는 대루 안 했다는 말여 당신 모가지, 인저 목심이 위험혀. 그러닝깐 내 시기는 대루 꼬옥 짚이 들으쇼." ……그러닝깨 인제 즈이 처 허라는 대루 말여. '빙장님 빙모님 뭣이 못 돼각구서는 미물 짐승이 돼각구서는 저렇기 치쓸구 돌아 댕기느냐.' 구. 그러 그러닝깨 아, 안 되겄으닝깨 뒵문이루 후루루 그냥 돌아 가거든? 그래 밤이 자구 일어 나니껀 참 옥황상제 내우간이 떠억허니 앉어 앉었어. 그래 인사를 다아 올린 뒤에, 그 옥황상제가 생각을 가마안히 해 보니깐 말여, 고대(비록) 지핫 사람이래두 말여 참 이상헌 맹랑헌 맹랑한 눔이 참 이(예)삿 사람이 아니거든?[9]

③

그 사람이 인자 죄를 머시기 해서 인자 용왕에서 인자 천당에서 인자 내려보내 안 하고 인자 그런 사람인디 거그서 약혼하고 인자 언제 여자는 거그 가서 하늘에서, 아 애기들도 솔찬이 커갖고 있더라요. 그래 찾을라고 저리 찌웃찌웃하고 돌아댕기니, 하루는 인자 몇 달이 가고 몇 년이 갔든가, "아부지." 하고 나타나드라우. 그랑께 인자 즉어무니보고, "아부지 왔드라."고 말한께, 이 엄매는 씨집을 가것는디, 즉아부지라고 엄매가 오

8 나무꾼과 선녀, 『한국구비문학대계 4-3』, 400~401면.

9 나무꾼과 선녀, 『한국구비문학대계 4-4』, 794~795면.

> 락한께 안 가것소? 즈그 아부지가 인자 절대 마닥하드라우, 여자 아부지가. 이 지하 사람 소용없다고. 사정사정해갖고 인자 거그서 인자 산디 경쟁했어. …… 잉 그래갖고는 할 수 없이 그 사람이 물러나고 이 사람이 인자 즈그 자석들 성제하고 즈그 마느래하고 즈그 쟁인 장모한테 승낙 받고, 아 그 사우가 그렇게 잘 하니 그 사람한테 자우라지제 못한 사우한테 자우라지것소?[10]

①에서는 장인은 천상으로 올라온 나무꾼 역시 박대하며, 처가에도 오지 말라고 한다. 선녀가 아버지의 노여움을 무릅쓰고 친정을 찾아가자, 아버지는 "나무꾼이 올라온 것을 알고 있다"며 "얼마나 재미있게 사느냐?"고 호통을 친다. 아버지의 이 말 속에는 마음에 안 드는 사위에 대한 불만과 그런 사위를 남편으로 받아들이고 있는 딸에 대한 못마땅한 마음이 담겨있다. 이런 아버지에게 선녀는 "남편의 재주가 무궁하다"며 역성을 들고, 아버지는 "그렇게 재주가 있다면 나무꾼을 한 번 집으로 보내라"고 한다. 장인은 딸의 말대로 사위가 정말 그러한 재주가 있는지 확인하고 싶은 것이다.

②에서는 선녀가 이미 자신의 아버지가 나무꾼을 죽일 것이라는 것을 예상하고 있다. 선녀는 나무꾼에게 "여기를 왜 올라왔느냐"고 하며, "여기서 당신은 귀여움도 못 받고 까딱하면 죽을 것"이라고 이야기한다. 또 "내가 시키는 대로 하지 않으면 당신의 목숨이 위험하다"고 하며, 아버지의 시험을 예상하고 나무꾼에게 시험에 통과할 수 있는 방법을 알려준다. 나무꾼이 자신이 낸 시험을 통과하자 옥황상제는 "비록 지하 사람이라도 참 맹랑한 놈이며 예사 사람이 아니다."라는 말로 나무꾼을 평가하고 있다. 이 장인의 평가는 나무꾼을 죽이려던 분노감

---

10 나무꾼과 시녀, 『한국구비문학대계 6-5』, 169면.

이, 혹시 자신의 사위가 될 만한 인물이 아닐까 싶은 기대감으로 바뀌고 있음을 뜻한다.

③에서 장인은 딸에게 "지하의 사람은 소용이 없다"며 천상의 사람과 다시 결혼할 것을 요구한다. 그리고 선녀는 아버지의 뜻대로 천상 사람과 약혼까지 한 상태이다. 이러한 상황에서 나무꾼은 등장한다. 자식들이 선녀에게 아버지가 왔다는 것을 알리자, 선녀는 일단 나무꾼을 만나러 집으로 돌아온다. 그리고 나무꾼과 천상 약혼자는 장인의 명에 따라, 선녀를 차지하기 위한 시합을 하게 된다. 이 작품에서는 '말 달리기' '윷놀이' '씨름'이 시합종목으로 등장하는데, 선녀는 전 남편인 나무꾼이 시합에서 이기도록 도와준다. 이 작품의 경우 장인은 지상에서의 나무꾼과 선녀의 결합을 아예 인정하지 않는다.

이와 같이 〈나무꾼과 선녀〉에는 자신의 허락 없이 딸과 결혼하여 자식까지 낳게 한 사위를 괘씸하게 여기고 그 관계를 인정하지 않으려는 장인과 자신의 아내·자식들과 함께 살고 싶은 사위 사이의 갈등이 나타난다. 나무꾼은 지상에서도 최하층 인물이고, 경제적인 능력이 없어 주위에서 정상적으로 배우자를 구하지 못한 사람이다. 이런 사위가 천상 권력자인 장인의 마음에 들지 않는 것은 당연하다. 그러기에 나무꾼은 자신이 천상에서 살 만한 인물이라는 것을 증명해 보여야 한다. 이것이 나무꾼에게 요구되는 시험의 의미이며, 이 시험은 보통 사람이라면 통과할 수 없는 어렵고 불가능한 것들이다. 이렇게 〈나무꾼과 선녀〉에서 나타나는 옹서갈등의 양상은 장인이 사위에게 시험을 부과하여 그가 자신의 사위가 될 만한 인물인가를 판단하려는 사위에 대한 장인의 자격요구로 나타난다.

2) 옹서갈등 해결방안

나무꾼은 장인이 요구하는 시험을 통과함으로써, 일정한 자격을 획득하여 선녀와 행복한 재결합을 이루게 된다. 장인의 인정은 나무꾼과 선녀가 재결합을 이루기 위한 필수조건이 되는데, 결혼이란 당사자인 남녀 둘만의 문제가 아니라 그 남녀를 둘러싼 집안과 집안의 결합이며 인정인 것이다. 그러므로 나무꾼과 선녀가 행복한 부부생활을 유지하기 위해서 나무꾼은 장인의 인정을 받아야만 한다. 나무꾼이 주어진 시험을 성공적으로 수행하여 장인의 인정을 받게 되는 부분을 몇 가지 제시해보면 다음과 같다.

④

"아 빙장 어른, 여기 가져왔읍니다." 그러니까, "하, 얘 지하지에 사람이 하늘에꺼지 도를 닦어… 이렇게 좋은 사람을 저런 망한 년들 대민에 그 쥑이라구… 이년 느이 눈깔이 다 멀어두 괜찮다." 그래서 걔가 하늘에서 사는 거여.[11]

⑤

그러니깐 인제 그늠을 뭘 시켰냐면 천둘 따 오래는 거야, 하늘 꼭대기서. 천둘 따 오래는데, 천둘 따러가믄 백 명이구 만 명이구 몇 그 뭐 다 죽게 마련이지. 살어 오는 거시킨 없거든. 그래 자기 부인이, "당신은 이왕 마지막 가-마지막 가는 길이니깐…" ……페 보니까 따는 천두야. 그래 장인헌테 떡 갖다가, 두 내우가 가서 인제 바치구서 절을 허니깐두루, "이게 실지가?" '이게. 내가 이거 잘못했다.'는 걸 이제 그 때 깨달았어. '그 하늘-

11 선녀와 나뭇군[다시 찾은 옥새], 『한국구비문학대계 1-6』, 77면.

이 사람을 갖다 괄세를 했구나!' 인제 큰 사우 둘째 아 사우는 개돌-아주 개도토리루 생각해.[12]

⑥

"참 용하다 아주. 니가 그렇게 용하니 시험 한 번만 더 해여. 한 번 더 하자." "게 무슨 시험을… 무슨 내길 또 합니까?" "내가 활을 한번 쏜다. 호라을 한 번 탁 쏘머는 활촉 시 개가 빠져나가, 활촉이. 활촉 시 개가 빠져나가니 활촉 시 개를 가서 찾어봐라." 이거여. 아 이거를 뜩 와서, 활을 한 번 쏠 것 같음 이백 릴 나갈지 삼십 릴 나갈지 사백 릴 나갈지 어떻게 알어. 워디가 백혔는지 알어 찾아? 그 활촉을.…그래구선 한 갠 몰러어. 당신이 인간에서 잘 했어야 찾어." ……"인간사위, 인간사위." 하늘사위는 뭐 돌두 안 돌아 봐. 아주 뭐 거꾸로 돼서 아주 인간사위면 고만이여. 노다지 아주 인간사위여. 아 그래갖구 거기서 과거를 보는데 이 사람이 장원급제를…[13]

④에서 나무꾼은 예전에 도움을 주었던 쥐들의 보답으로, 장인이 고양이 나라에 빼앗겼던 옥새를 찾아온다. 옥새를 장인에게 바치자, 장인은 "나무꾼이 하늘에까지 도를 닦았다"고 칭찬하며, 나무꾼을 죽이라고 했던 자신의 두 딸을 '망할 년들'이라고 욕한다. 그리고 두 딸이 변신한 상태에서 선녀인 동생에게 눈을 할퀴어 눈이 멀게 된 것도 괜찮다고 말한다. 장인은 천상 누구도 하지 못했던 일을 해낸 나무꾼을 자랑스러워하며, 사위로 인정하고, 자신의 가족으로 받아들인다. 나무꾼은 이제 옥황상제가 남들에게 떳떳하게 내세울 수 있는, 능력 있는 막내사위인 것이다.

---

12 선녀와 나뭇군, 『한국구비문학대계 1-4』, 715면.
13 나뭇군과 선녀, 『한국구비문학대계 4-3』, 413면.

⑤에서 장인은 나무꾼과 숨기내기, 화살 찾아오기 내기를 한다. 선녀의 도움으로 나무꾼이 이 두 가지 시험을 통과하자, 이번에는 천두를 따오라고 한다. 예문에서 나타나듯이 천두를 따러 간 사람은 백이면 백, 만이면 만 다 죽어 돌아오지 못한다. 선녀도 '마지막 가는 길'이라며 나무꾼을 떠나보낸다. 그러나 나무꾼은 예전에 쥐에게 묘를 잘 써준 보답으로, 쥐 왕의 도움을 받아 천두를 따오게 된다. 나무꾼이 불가능하다고 생각했던 천두를 따오자 장인은 나무꾼의 진면목을 깨닫게 되고, 나무꾼을 사위로 인정한다.

⑥에서 나무꾼은 장인과 숨기내기를 한다. 나무꾼이 이기자 장인은 활을 한번 쏘는데, 이 활은 한번 쏠 때 활촉이 세 개 빠져나간다. 장인은 나무꾼에게 이 세 개의 활촉을 찾아오라고 한다. 나무꾼은 선녀의 도움으로 두 개의 활촉은 찾게 된다. 그러나 선녀도 세 번째 활촉은 찾을 수 있는 방법을 알지 못하며, "당신이 인간에서 잘 했어야 찾게 된다."고 이야기해 줄 뿐이다. 나무꾼은 예전에 자신이 살려주었던 쥐나라 왕의 도움으로, 고양이나라 왕의 베개 속에서 활촉을 찾게 된다. 나무꾼이 활촉 세 개를 장인에게 가져가자 장인은 나무꾼을 사위로 인정해주며, 나무꾼은 이러한 장인의 기대에 보답이라도 하듯 하늘나라에서 장원급제까지 하게 된다.

이와 같이 나무꾼은 장인이 요구하는 시험을 모두 무사히 통과하고, 장인의 인정을 받게 된다. 나무꾼이 사위로 인정을 받기까지 선녀는 늘 나무꾼과 함께 한다. 선녀는 나무꾼의 불안한 마음을 달래주고 그의 용기를 북돋아, 그가 힘을 내 시험에 임할 수 있도록 도와준다. 그리고 나무꾼 역시 이런 아내에게 고마워하며 최선을 다했기에, 하늘도 그를 버리지 않는다. 나무꾼은 다들 불가능하다고 생각했던 일을 아내와 하늘의 도움으로 이루어내고, 장인은 이런 사위를 자랑스럽게 생각하며 그의 능력을 인정해주고 그를 자신의 가족으로 받아들인다. 애초

장인은 사위를 죽이려는 생각에 시험을 부과했지만 예상 밖으로 나무꾼은 모든 시험을 통과해내고, 장인은 이제 그를 따뜻하고 긍정적인 시선으로 바라보게 되는 것이다. 즉 〈나무꾼과 선녀〉에서 옹서갈등 해결방안으로 제시될 수 있는 것은 나무꾼에 대한 장인의 자격인정과 남편이 아버지에게 인정을 받을 수 있도록 최선을 다해 돕고 있는 아내의 내조이다.

3. 현대 옹서갈등과 〈나무꾼과 선녀〉의 문학치료적 접근

1) 〈나무꾼과 선녀〉의 옹서갈등과 현대 옹서갈등과의 상관성

나무꾼이 천상으로 올라왔을 때, 장인인 옥황상제의 감정은 어떠했을까? 다음 사례는 이러한 상황에 처한 아버지의 감정 상태를 잘 보여준다.

> 나는 28살이다. 5살 4살 아들형제가 있고 현재 뱃속에는 7개월 된 셋째가 있다. 신랑과는 대학교 때 만났고, 아이를 갖는 바람에 학교는 중퇴했다. 친정 아빠는 내가 학교를 그만두고 결혼을 하겠다고 하자 무척이나 못마땅해 하셨고, 지금의 신랑과 대면하는 것조차 싫어하셨다. 난 아빠에게는 버림받은 자식이었으며 날 보려고도 하지 않으셨다. 아빠가 워낙 강경하시니, 엄마도 어쩔수 없이 아빠의 뜻에 따르신 것 같다. 그래서 결혼할 당시 난 친정에서 아무런 도움도 받지 못했고, 가난한 신랑 때문에 결국 난 단칸방에서 결혼생활을 시작했다. 친정과 인연을 끊은 상태에서 난 큰 아이를 낳았다. 아이를 낳고난 후부터 친정과는 다시 왕래를 하게 되었지만, 여전히 친정 아빠는 딸자식 고생시킨다며 우리 신랑을 미워하신다.[14]

여기서 글쓴이의 아버지는 선녀의 아버지인 옥황상제와 두 가지 면에서 유사하다. 첫째, 옥황상제가 천상으로 올라온 선녀를 박대하고 미워하는 모습이, 사랑하는 딸임에도 불구하고 딸이 본인의 뜻에 맞지 않는 사람과 결혼하자 버린 자식으로 취급하며 아무런 경제적 도움도 주지 않아 딸을 고생시킨 아버지의 모습과 유사하다. 둘째, 나무꾼에 대한 분노로 그를 죽이거나 안 보이는 곳으로 쫓아 보내려는 장인의 모습이, 사위를 대면하는 것조차 싫어하고 이미 손자가 둘이나 있는 상황에서도 여전히 사위를 미워하는 장인의 모습과 유사하다.

이처럼 자신의 허락 없이 결혼을 한 딸과 사위에 대한 태도나 감정은 〈나무꾼과 선녀〉의 옥황상제나 현실에서의 아버지나 별반 다르지 않다. 그리고 이러한 감정으로 인해 야기되는 옹서갈등 또한 유사하게 나타난다. 다음에서는 이러한 사례[15] 두 편을 제시해 보겠다.

〈사례1〉

울 친정아버지가 반대한 이유가 홀시할머니에 홀시어머니 거기다가 3남 1녀 중 막내인데두 농사져서 시어른 모셔야 된다는 거에서 반대가 심하셨어요. 결혼할 때야 시할머니가 돌아가신 후라 시엄니만 모시구 살게 됐지만. 그때는 한동안 저랑 말두 안하실 정도였네요. ㅠㅠ 당신이 홀어머니에 둘째 아들이었는데… 엄마고생 심했다구. ㅠㅠ 저희 친정아버지가 4남 1녀의 2째인데 할머니가 농사지으며 키워낸 경우거든요. 그래서 아버지가 엄청 반대하셨어요. 엄마랑 똑같은 길 간다구.[16]

14 김미*, 서울시 신림동 거주.(2005년 면담시) 현재는 서울시 상도동 거주.

15 본고에서 사용한 옹서갈등 사례들은 유아를 둔 엄마들이 주로 이용하는 아이베이비(www.i-baby.co.kr) 사이트에서 실제 여성 내담자들에게 제공받은 것이다.

16 원혜*, 경기도 양평군 거주.(2005년 면담시)

〈사례2〉

그냥 저같은 경우에도 결혼반대가 심했어요. 그래서 결혼식도 애 낳고 했는데요. 처음 제가 남편을 만난 건 23살 때입니다. 그때 남편의 나이 34살이지요. 11살 차이에요. 그러니 나이에서 분명히 반대를 했구요. 그 다음엔 남편이 어릴 때 부모님 다 여의고 혼자였어요. 형제들이 많긴 했지만 경제적으로 도움을 주는 형제는 한사람도 없었습니다. ……모아놓은 돈 십 원 한 푼 없었으니 어떤 부모가 딸을 주고 싶겠어요. 전 어린나이에 사랑 하나 믿고 그 남자를 택했습니다. 결혼하겠다고 해서 엄마한테 엄청 두들겨 맞기도 하고, 엄마랑 아버지께서 남편을 찾아가서 안된다고 몇 번 말했지요. 그래서 전 임신을 했고 그렇게 집에서 쫓겨났어요. 1년 가까이 친정 부모님 안보고 살다가 아기 낳고 몸조리 하러 친정엘 갔습니다.[17]

〈사례1〉〈사례2〉는 아버지의 반대를 무릅쓰고 결혼한 딸들의 이야기다. 〈사례1〉에서 장인이 반대한 이유는 눈에 뻔히 보이는 딸의 고생을 두고 볼 수 없었기 때문이다. 시할머니에 홀시어머니, 3남 1녀 중 막내인데도 불구하고 농사를 짓는 시어른을 모셔야 되는 사위의 조건은 친정아버지가 결혼할 당시 조건과 비슷했고, 몸 고생 · 마음고생이 심했던 자신의 부인(친정어머니)을 떠올리며 딸이 그 길로 가는 것만은 막아보고 싶었던 것이다. 〈사례2〉 또한 11살이나 나는 나이차에, 경제적으로 도움 주는 형제 하나 없고, 모아놓은 돈 한 푼 없는 사위와 결혼할 경우 딸의 경제적 고생은 불 보듯 뻔했기 때문이다. 이처럼 아버지가 딸의 결혼을 반대하는 이유는 저마다 다르지만, 〈나무꾼과 선녀〉에 나타나는 옹서갈등은 현대에서도 동일하게 나타나고 있다.

17 한성*, 경상남도 양산시 거주.(2005년 면담시)

2) 〈나무꾼과 선녀〉의 문학치료적 접근

문학을 치료의 관점에서 연구하는 문학치료학은 문학이 서사를 바탕으로 하여 성립한다고 본다. 서사가 인간에 대한 것이고, 인간이 관계에 의해 규정되는 존재하고 할 때, 서사의 본질과 핵심은 인간관계(人間關係)에 있다. 우리들이 이 세상에서 맺고 있는 인간관계 가운데 가장 기본적이면서 필연적인 인간관계가 가족관계라고 할 때, 가족관계는 아들 또는 딸로서 맺게 되는 인간관계, 남자 또는 여자로서 맺게 되는 인간관계, 남편 또는 아내로서 맺게 되는 인간관계, 아버지 또는 어머니로서 맺게 되는 인간관계로 나누어 볼 수 있다. 이렇게 인간관계의 발달 과정에서 필연적으로 거치게 되는 네 영역의 인간관계를 자녀영역, 남녀영역, 부부영역, 부모영역이라고 이야기할 수 있다. 서사 또한 이 네 영역에서 성립하기에 자녀서사영역, 남녀서사영역, 부부서사영역, 부모서사영역은 기초서사의 네 영역이 된다.[18]

그렇다면 문학치료적인 관점에서 볼 때 옹서갈등이 나타나는 〈나무꾼과 선녀〉는 어떤 이야기일까?

선녀의 아버지인 옥황상제는 선녀가 지상에서 나무꾼과 결혼을 하고 자식까지 낳았다는 사실을 인정하지 않고 있다. 즉 선녀가 여성이라는 것과 어머니라는 것을 간과하고 있다. 옥황상제는 선녀에게, 지상으로 내려가기 전 딸의 위치에서, 자신에게 순종하기만을 기대하고 있는 것이다. 그리고 선녀 또한 아버지가 시키는 대로 그의 명에 순순히 따르고 있다. 나무꾼이 천상으로 올라오기 전까지 선녀는 비록 지상에서 결혼을 하고 자식까지 낳았지만, 여전히 아버지의 명에 순종하는 자녀서사영역에 머물러있다.

---

18 정운채, 「인간관계의 발달과정에 따른 기초서사의 네 영역과 〈구운몽〉 분석 시론」, 『문학치료의 이론적 기초』, 문학과 치료, 2006. 참조.

그러나 나무꾼이 등장하면서 선녀의 자기서사에는 변화가 찾아온다. 선녀는 나무꾼을 자신의 남성으로 선택한다. 지상에서의 선녀와 나무꾼의 결합이 나무꾼의 일방적인 선택에 의해 결정되었다면, 이제 선녀는 나무꾼을 자신의 배우자로 인정하고 받아들이고 있다. 즉 선녀는 자녀서사영역에서 남녀서사영역이나 부부서사영역으로 이동해가고 있는 것이다. 그런데 이러한 선녀의 변화는 아버지에게는 도전으로 받아들여지며, 아버지는 선녀가 선택한 남성인 나무꾼을 제거함으로써 선녀를 여전히 딸의 위치에 두려고 한다. 이에 선녀와 아버지는 갈등상황에 빠지게 되는 것이다.

즉 〈나무꾼과 선녀〉에 나타나는 옹서갈등이란, 자신의 딸이 여성으로 성장하는 것을 막고 싶은(즉 자녀서사영역에서 남녀서사영역으로 이동하는 것을 막고 싶은) 아버지와 자녀서사영역에서 남녀서사영역이나 부부서사영역으로 이동하고 싶은 딸, 그리고 아버지에게는 제거의 대상이자 딸에게는 선택의 대상인 남성 사이의 갈등인 것이다. 그리고 옹서갈등이 성공적으로 해결되는 〈나무꾼과 선녀〉는 선녀가 자녀서사영역에서 남녀서사영역이나 부부서사영역으로 성공적으로 넘어가는 과정을 잘 보여주고 있다. 나무꾼이 선녀의 도움으로 장인이 요구하는 시험을 잘 통과해내고 행복한 부부관계를 이루었다는 것, 장인이 자신이 거부하던 사위를 인정하고 자신의 세계로 받아들이고 있다는 것은, 아버지의 판단이 잘못될 수도 있으며 아버지의 세계가 늘 올바른 것은 아니라는 사실을 의미한다.

그렇다면 이렇게 옹서갈등이 성공적으로 해결되고 있는 〈나무꾼과 선녀〉는 특히 어떤 사람들에게 치료적 효과를 줄 수 있을까?

첫째, 아버지가 반대하는 남성과 결혼한 여성이나 혹은 아버지가 반대하는 남성과 결혼하고 싶은 여성의 경우이다. 이 경우 여성은 그동안 자신을 양육해준 아버지에게 순종하지 못했다는 사실로 인하여 죄

의식이나 죄책감을 가질 수 있다. 이러한 여성들에게 〈나무꾼과 선녀〉는 아버지의 판단이 늘 올바른 것은 아니며, 자신과 자신이 선택한 남성의 노력에 따라 아버지의 마음도 얼마든지 변화될 수 있다는 것을 이야기해줄 수 있다. 그리고 이런 상황을 인식하면서 여성은 아버지에게 순종하지 않았다는 죄의식에서 벗어날 수 있다. 앞서 〈사례1〉과 〈사례2〉의 경우는 〈나무꾼과 선녀〉처럼 아버지가 자신이 거부하던 사위를 자신의 세계 안으로 받아들이고 있다.[19] 즉 딸은 남녀서사영역과 부부서사영역을 지나면서 아버지와의 갈등을 성공적으로 해결하고, 다시 자녀서사영역으로 돌아오고 있다.[20]

둘째, 자신의 딸이 여성으로 성장하는 것을 받아들이지 못하는 아버지의 경우이다. 대체로 아버지가 딸이 선택한 남성을 반대하는 이유는 남성의 외적인 조건 때문이다. 아버지는 딸에게 자신의 세계가 옳다는 것을, 자신의 판단이 옳다는 것을 강조하며, 딸에게 순종하기를 요구한다. 그러나 남성의 외적인 조건이 꼭 딸의 행복을 보장해주는 것은 아니다. 그러기에 아버지는 자신의 판단이 틀릴 수도 있다는 것을 인식해야 하며, 딸의 선택을 존중해줄 필요가 있다. 물론 아버지의 예상대로 딸의 선택이 틀릴 수도, 스스로를 위태롭고 불행한 상황으로 몰아넣는 잘못된 선택을 할 수도 있다. 그러나 딸이 아버지의 소유물이 아닌 이상 남녀서사영역으로 이동하려는 딸의 성장을 막을 수 없으며, 딸이 언제까지나 자녀서사영역에만 머무를 수는 없다. 이러한 사실을

---

19 〈사례1〉의 경우는 친정 부모님이 교통사고로 1년 5개월 입원하셨을 때 한결같이 찾아오는 것을 보고 부모님이 사위에 대한 마음을 돌리셨다고 되어 있으며, 〈사례2〉의 경우는 맏사위로 노릇 한다고 동생들 다 챙기고, 장인이 일하시는 것을 군소리 없이 돕고, 한결같이 가족들을 챙기는 모습에 아버지가 마음을 여셨다고 되어 있다.

20 현대 옹서갈등 사례 중에는 아버지의 반대를 무릅쓰고 결혼을 했다가, 이혼을 하거나 자신의 선택을 후회하는 경우도 찾아볼 수 있다. 그러나 본고에서 다루고 있는 자료의 경우, 선녀가 자녀서사영역에서 남녀서사영역으로 넘어가는 과정을 성공적으로 보여주고 있기에 실패한 사례들은 고려하지 않았다.

깨닫게 될 때, 아버지는 진정한 부모로 거듭날 수 있다. 진정한 부모가 된다는 것은 자식을 있는 그대로 인정할 뿐만 아니라, 자식이 자녀서사영역에 머물지 않고 남녀서사영역이나 부부서사영역으로 나아갈 수 있도록 허용해주는 것이다.[21] 이처럼 옹서갈등이 나타나는 〈나무꾼과 선녀〉는 딸이 자녀서사영역에서 남녀서사영역으로 이동해가는 것을 받아들이지 못하는 아버지에게, 딸이 남녀서사영역이나 부부서사영역으로 넘어가는 것은 인간이면 누구나 필연적으로 거치게 되는 발달 과정이라는 것을 이해시킴으로써 분노한 아버지의 감정을 가라앉혀줄 수 있으며, 아버지의 판단이 잘못되었을 수도 있다는 것을 깨닫게 함으로써 아버지의 불안한 마음을 가라앉혀줄 수 있다.

또 옹서갈등이 자신의 딸이 여성으로 성장하는 것을 막고 싶은(즉 자녀서사영역에서 남녀서사영역으로 이동하는 것을 막고 싶은) 아버지와 자녀서사영역에서 남녀서사영역이나 부부서사영역으로 이동하고 싶은 딸의 갈등이라면, 고부갈등은 반대로 자신의 아들이 남성으로 성장하는 것을 막고 싶은(즉 자녀서사영역에서 남녀서사영역으로 이동하는 것을 막고 싶은) 어머니와 자녀서사영역에서 남녀서사영역이나 부부서사영역으로 이동하고 싶은 아들과의 갈등이라고 이야기할 수 있다. 그렇다면 옹서갈등이 나타나는 〈나무꾼과 선녀〉에 이어 〈적지늪과 회룡봉〉[22]이나 〈우렁색시〉처럼 자식이 남녀서사영역이나 부부서사영역으로 이동하는 것을 막고, 자녀서사영역에 머무를 것을 요구하다가 결국 자식을 죽음으로 몰고 가는 작품을 제시해주는 것도 치료의 효과를 높일 수 있을 것이다.

이처럼 옹서갈등이 나타나는 〈나무꾼과 선녀〉는 두 부류의 내담자에게 사용이 가능할 것이다. 또 장인에게 인정받지 못하는 사위와 그

---

21 정운채, 「부모 되기에 대한 고전문학의 시각」, 『인문과학논총』, 제43집, 건국대학교 인문과학연구소, 2005.12, 33면.

런 남편을 둔 딸에게 강조해 그들에게 긍정적인 힘을 실어줄 수 있는 부분은 둘이 힘을 합쳐 장인이 요구하는 시험을 잘 통과해내고, 장인의 인정 속에 행복한 부부생활을 영위하게 되는 그 지점이다. 그리고 장인의 감정 상태를 딸이나 사위에게 이해시키는 데도 〈나무꾼과 선녀〉는 적절하게 사용될 수 있다.

4. 결론

본고에서는 옹서갈등이 나타나는 〈나무꾼과 선녀〉를 분석하여 옹서갈등의 양상과 해결방안을 살펴보고, 〈나무꾼과 선녀〉의 옹서갈등이 현대 옹서갈등과는 어떠한 상관성을 가지며 현대 옹서갈등을 해결하는데 작품이 기여할 수 있는 문학치료적 효과는 무엇인지에 관해 살펴보았다. 그 결과를 정리해 보면 다음과 같다.

첫째, 〈나무꾼과 선녀〉에서 옹서갈등은 나무꾼이 선녀를 따라 천상으로 올라가면서 시작된다. 나무꾼은 자신과는 어울리지 않는 선녀를 옷을 숨기는 편법을 동원하여 강제로 취했기에, 천상에서 그녀와 살기

22 〈선녀와 나무꾼〉의 이본으로 볼 수 있는 조선족 구전설화 〈적지늪과 회룡봉〉에서는 실패한 옹서갈등이 나타난다. 이 작품에서 선녀는 몽월이라는 남편의 순박한 심성에 감동해 날개옷이 있지만, 하늘나라로 돌아가지 않고 몽월과 결혼하여 즐거운 나날을 보내게 된다. 그러나 하늘의 옥황상제인 아버지는 천병을 시켜 딸을 되찾아오게 하고 딸을 빼앗은 자에게 천벌을 주라는 엄명을 내린다. 몽월이가 천병을 잘 막아내자 옥황상제는 간계를 부려 몽월이의 힘을 소진시킨다. 몽월이는 장인의 간계를 알지 못하고 그 뜻을 받들기 위해 온힘을 다하다 결국 땅에 떨어져 죽는다. 선녀 또한 남편이 떨어지는 것을 보고 대성통곡하다 피를 토하고 죽는다. 이 작품에서 아버지는 딸이 남녀서사영역이나 부부서사영역으로 넘어가는 것을 막다가, 사위 뿐 아니라 자신의 딸마저 죽게 만든다.

위한 대가를 치러야 한다. 〈나무꾼과 선녀〉에서 장인은 사위에게 시험을 부과하여 그가 자신의 사위가 될 만한 인물인가를 판별하려고 하는데, 이에 〈나무꾼과 선녀〉의 옹서갈등 양상은 사위에 대한 장인의 자격요구로 나타난다.

다음으로 나무꾼은 장인이 요구하는 시험을 통과함으로써, 일정한 자격을 획득하여 선녀와 행복한 재결합을 이루게 된다. 선녀 또한 남편이 아버지에게 인정을 받을 수 있도록 최선을 다해 도와준다. 그러므로 〈나무꾼과 선녀〉의 옹서갈등 해결방안은 장인의 자격인정과 아내의 내조로 나타난다.

둘째, 〈나무꾼과 선녀〉에 나타나는 옹서갈등의 양상이 현실에서 나타나는 옹서갈등의 양상과 별반 다르지 않다는 것을, 아버지가 반대한 결혼을 한 여성들의 사례를 통해 살펴보았다. 이러한 사례들에서 장인이 자신이 반대하는 결혼을 한 딸이나 사위에게 느끼는 감정은, 옥황상제가 나무꾼이나 선녀에게 느끼는 감정과 별반 다르지 않았다.

다음으로 문학치료적인 관점에서 볼 때 옹서갈등이란, 자신의 딸이 여성으로 성장하는 것을 막고 싶은(즉 자녀서사영역에서 남녀서사영역으로 이동하는 것을 막고 싶은) 아버지와 자녀서사영역에서 남녀서사영역이나 부부서사영역으로 이동하고 싶은 딸, 그리고 아버지에게는 제거의 대상이자 딸에게는 선택의 대상인 남성 사이의 갈등이라고 이야기할 수 있다. 그리고 옹서갈등의 성공적인 해결을 보여주는 〈나무꾼과 선녀〉는 선녀가 자녀서사영역에서 남녀서사영역이나 부부서사영역으로 성공적으로 넘어가는 과정을 잘 보여준다. 그러므로 이 작품이 치료적 효과를 줄 수 있는 대상은, 아버지가 반대하는 남성과 결혼한 여성 혹은 아버지가 반대하는 남성과 결혼하고 싶은 여성이나, 자신의 딸이 여성으로 성장하는 것을 받아들이지 못하는 아버지의 경우가 될 것이다.

〈나무꾼과 선녀〉의 옹서갈등은 본고에서 다루어진 자료처럼 성공으로 끝나는 경우도 있지만, 실패로 끝나는 경우도 있다. 두 경우 모두 내담자를 위한 상담 자료로 사용이 가능하며, 주어진 작품에 따라 내담자의 반응 또한 달라질 것이다. 그러므로 서로 다르게 진행되는 작품서사를 내담자에게 제시하고, 그에 대한 내담자의 반응양상을 비교해보는 것도 재미있는 작업이 될 수 있다.

Ⅳ. 〈나무꾼과 선녀〉에 나타나는 고부갈등과 문학치료적 가능성 탐색

1. 서론

〈나무꾼과 선녀〉는 호주(Australia) 외 전 세계적인 분포를 보이는 설화로[1] 중국에서는 곡녀전설(鵠女傳說), 일본에서는 우의전설(羽衣傳說)[2], 서양에서는 백조처녀(白鳥處女, swan maiden)[3]로 불린다. 모든 설화들에서 공통적으로 발견할 수 있는 줄거리는 다음과 같다. "한 남성이 우의(羽衣)를 벗고 목욕하는 여성을 발견하고, 그 우의(羽衣)를 감춘

---

1 장주근(1971). 『한국구비문학사(상)』, 한국문화사대계 5, 고려대학교 민족문화연구소, 670쪽.

2 최상수(1957). 「백조처녀설화의 비교 연구」, 『민속학보』 제2집, 3쪽.
손진태(1954). 「조선민족설화의 연구」, 을유문화사, 193쪽.
권영철(1969). 「금강산 선녀 설화 연구」, 효성여대 연구논문집 제1집, 효성여대, 165쪽.

3 A. Aarne S. Thompson(1964). The Type of Folktale, Helsinki:Suomalainen Tiedeaka temia Academia S'cientiarrum Fennca.

다. 우의(羽衣)를 잃어버린 여성은 날아가지 못하고, 남성과 결혼하여 자식을 낳고 산다. 그러던 어느 날 여성은 우의(羽衣)를 발견하여 입고는 하늘로 올라간다." 이런 기본적인 줄거리에 여러 가지 삽화들이 첨가되면서, 한국의 〈나무꾼과 선녀〉는 더욱 복잡하고 다양한 양상을 보여준다. 그렇다면 이렇게 전 세계적인 분포를 보이며, 우리나라에서 또한 여러 가지 이름으로 전승되고 있는 〈나무꾼과 선녀〉는 과연 어떤 의미를 지닌 이야기일까? 〈나무꾼과 선녀〉가 전 세계적으로 분포되어 있고 오랫동안 이야기되어 왔다는 것은, 이 설화가 이것을 향유하는 사람들에게 어떤 문학적 효용을 주었음이 분명하기 때문이다.

그런데 필자는 이미 박사논문[4]에서 『한국구비문학대계』 42편, 『임석재전집』 8편, 『한국구전설화집』 2편, 『한국민족설화집』 1편, 『용인 서부지역의 구비전승』 1편, 『전북민담』 1편, 『서사민요연구』 1편 등 56편의 자료와 연구자 채록자료 10편을 대상으로 〈나무꾼과 선녀〉의 유형을 네 가지로 분류하고, 부부갈등을 중심으로 〈나무꾼과 선녀〉를 분석해 본 바 있다. 이러한 작업을 진행하면서 흥미로웠던 사실은 나무꾼이 천상에서 선녀, 자식들과 행복한 생활을 누리다가 어머니가 그리워 다시 지상으로 내려오게 되는 '나무꾼 지상회귀형'에서는 고부갈등의 문제가 나타나고 있다는 것이다. 나무꾼이 지상의 어머니를 선택할 경우 선녀는 남편을 잃게 되며, 나무꾼이 선녀를 선택할 경우 어머니는 아들을 잃게 된다. 즉 〈나무꾼과 선녀〉에 나타나는 고부갈등은 며느리와 시어머니가 정면으로 충돌하는 갈등의 형태가 아니라, 한 남성을 사이에 두고 며느리와 어머니가 우위를 점하려고 하는 갈등의 형태로 나타난다. 그리고 이렇게 아내와 어머니 사이에서 누구를 선택해야 될지 고민하는 남성의 모습은, 현대 고부갈등

4 필자(2005). 「〈나무꾼과 선녀〉의 인물갈등 연구」, 서울여대대학원 박사학위논문.

에서도 얼마든지 그 모습을 찾아볼 수 있다. 다음은 인터넷에 올라온 한 남성의 글이다.

> 잠이 안 오네요. 퇴근해 보니 아내가 아이 2명과 함께 집을 나가 소식이 없습니다. 어머니와 싸우는 일이 자주 일어나더니, 기여코 일이 벌어졌군요. 새벽 2시가 넘도록 아내와 아이들이 오길 기다립니다. 아마, 이 밤이 새기전 오기는 힘들것 같군요. 세상의 모든 것이 의미를 잃은 듯 합니다. 직장도, 직장 내에서의 야망도… 인생 설계도 모두가 무의미군요. 어디에 있는지 아이들의 얼굴이 눈에 아른거리기만 합니다. 조금만 이해하면 되리라 생각했는데, 그것이 그렇게도 힘든가 봅니다. 아-의미가 없습니다. 착해만 보이던 아내도 매서운 데가 있군요. 저라면 전화라도 할텐데… 굳게 마음을 다져먹은 듯합니다. 모두들 어머니 모시고 사는 것이 보통일이 아니라고 하더니, 저에게도 어쩔 수 없는 일들인가요. 그러나, 어떡합니까? 어머닐 저버릴 수도, 아내와 헤어질 수도 없으니… 답답합니다. 삶의 의미를 잃어 가는 사람들의 마음을 이해할 것도 같습니다. 힘들군요. 안녕하세요 이글은 제가 다른 사이트에서 하소연 한글인데 읽어주시고 제가 어떻게 해야할지 조언 부탁드립니다. 너무 힘들어요.[5]

여기서 아내는 두 명의 자식을 데리고 집을 나간 상태이다. "모두들 어머니 모시고 사는 것이 보통일이 아니라고 하더니"라는 구절로 미루어 볼 때, 아내는 고부간의 갈등으로 인해 집을 나간 것이라 짐작해볼 수 있다. 남편은 어머니를 저버릴 수도 아내와 헤어질 수도 없어 답답한 상황이다. 어머니와 아내 사이에서 갈등하고 있는 이 남성의 모습은, 천상의 선녀와 지상의 어머니 사이에서 갈등하고 있는 나무꾼의

5 온누리상담센타(http://www.onnoori.org/online/index.htm)에서 인용함.

모습과 닮아있다. 그러므로 〈나무꾼과 선녀〉에 나타나는 고부갈등은 비단 작품 안에서의 갈등이 아니라, 현대사회에서도 얼마든지 발생 가능한 고부갈등의 형태인 것이다.

그러므로 본고에서는 먼저 〈나무꾼과 선녀〉에 나타나는 고부갈등 양상과 이러한 고부갈등이 작품에서는 어떻게 해결되고 있는지 그 해결방안을 살펴보고자 한다. 그런 다음 작품에서 보이는 고부갈등 해결방안이 이와 유사한 현대 고부갈등 사례에서는 어떠한 도움을 줄 수 있을지 그 문학치료적 가능성을 탐색해 보고자 한다. 〈나무꾼과 선녀〉가 현대 고부갈등을 해결해줄 수 있다면, 그럴 수 있는 가능성이 제시된다면, 〈나무꾼과 선녀〉는 화석화된 옛 시대의 구물이 아니라 현대에도 얼마든지 변용되어 실생활에 도움이 될 수 있는 문학임을 증명할 수 있기 때문이다.

〈나무꾼과 선녀〉 자료 중 본고에서 논의할 C유형 '나무꾼 지상회귀'의 자료를 표로 제시해보면 다음과 같다.

표 1〉〈나무꾼과 선녀〉 중 '나무꾼 지상회귀형'의 자료

C형 나무꾼 지상 회귀	a형 시험 유	1. 나뭇군과 선녀	한국구비문학대계 1-7 (287~292쪽)
		2. 나뭇군과 선녀	한국구비문학대계 6-3 (111~116쪽)
		3. 나뭇군과 선녀	한국구비문학대계 6-11 (527~532쪽)
		4. 나뭇군과 선녀	한국구비문학대계 8-9 (357~361쪽)
		5. 선녀와 나무꾼(다시 찾은 옥새)	한국구비문학대계 1-6 (58~79쪽)
		6. 나무꾼과 선녀	임석재전집:전라북도편 I (172~175쪽)
		7. 나무꾼과 선녀	임석재전집:충청남도편 (309~312쪽)
		8. 선녀와 수탉이 된 총각	전북민담(15~22쪽)
	b형 시험 무	9. 닭이 높은 데서 우는 유래	한국구비문학대계 3-2 (250~258쪽)
		10. 나뭇군과 선녀	한국구비문학대계 4-2 (340~346쪽)
		11. 나뭇군과 선녀, 노루 이야기	한국구비문학대계 7-1 (268~271쪽)
		12. 한살먹어~	서사민요연구 (269~270쪽)
	c형 시험 실패	13. 뻐꾸기의 유래	한국구비문학대계 1-3 (68~71쪽)
		14. 선녀와 나뭇군	한국구비문학대계 1-7 (839~842쪽)
		15. 나무꾼과 선녀	임석재전집:평안북도편 I (48~49쪽)

2. 〈나무꾼과 선녀〉에 나타나는 고부갈등 양상

천상에서 아내, 자식들과 행복하게 살던 나무꾼은 지상에 두고 온 어머니가 그리워진다. 어머니를 그리워하는 것은 인간 본연의 감정이기에 어머니가 그리워 지상으로 내려간 나무꾼을 탓할 수만은 없다. 그러나 나무꾼은 이미 한 가정의 가장이기에 자신이 원하는 것을 가슴에 묻고, 가족들을 위해 본인의 감정을 희생할 필요도 있었다. 어머니가 그리워 나무꾼이 지상으로 내려오는 '나무꾼 지상회귀형'에서는 아내, 자식들보다 자신의 감정에 충실하려는 나무꾼의 모습이 그려진다. 또 지상으로 내려간 나무꾼이 아내의 말만 잘 지켰다면, 그는 어머니에 대한 그리움을 해소하고 다시 가족들 곁으로 돌아올 수도 있었다. 그러나 이 유형의 모든 작품에서 나무꾼은 선녀와의 약속을 지키지 못하고, 결국 비극의 주인공이 된다.

본고에서는 나무꾼이 지상으로 내려오게 되는 장면과 나무꾼이 천상으로 돌아가지 못하게 된 장면을 분석해봄으로써 〈나무꾼과 선녀〉에 나타나는 고부갈등의 양상을 살펴보고자 한다.

1) 아내보다 어머니를 우선시하는 나무꾼의 태도

나무꾼은 지상에 혼자 남겨진 어머니가 그립고, 어머니의 안위(安危)가 걱정이 돼 지상으로 내려온다.[6] 이러한 어머니에 대한 나무꾼의 감

---

6 본고에서는 고부갈등을 중심으로 다루었기 때문에, 어머니 때문에 나무꾼이 지상으로 내려오는 예문에 한해 논의를 진행한다. 어머니 외 지상에 남겨둔 가족들이나 자신의 살던 고향 또한 나무꾼이 지상으로 내려오는 이유가 된다.

정은 선녀에게 고부갈등을 유발시키는 원인이 된다. 왜냐하면 이것은 나무꾼과 선녀의 부부관계를 단절시키는 요인이 되기 때문이다. 나무꾼이 지상으로 내려오는 부분을 살펴보면 다음과 같다.

①

그 나뭇군의 즈 어머니 되시는 양반이 있는디, 여간 반가허 갔시유? ……그래서 거기서 한참을 사는데 이 나뭇꾼이 가만히 생각해니까 늙은 어머니를 이렇게 혼자 두고 혼자 와서 아무리 호화롭고 좋은 생활을 한다 해도 참 걱정이거든요. 그래서 그냥 즈 자기 처보고 이야기를 했어유. "아다시피 어머니가 지금 산 깊은 산기슭에서 혼자 사는데 내가 다시금 오더래도 한 번만 보고 올라 왔으면 좋겠다." 고 그러니께, 그 처가, "그건 안 되는데, 안 되는데…" ……그런데 참 그 신랑이 하도 낙심하고 뭐 식사도 잘 않구, 걱정을 하구 있으니께, "그라면 꼭 갓다 오는데 나 시키는대로 꼭 하니 해야 한다." 구 "그럼 그렇게 하겠다."[7]

②

결국은 마누래두 좋구 자식두 좋지만, 나는 어머니한티 질 딱하거든. 그래 자기 마누래보구 그랑 겨. "나는 지하에 계시는 어머니가 나를 길러 가지구서 후세 영화를 볼라구 이렇게 고상을 하셨는디 지금 우리 내외만 좋고 살면 안 뒝게, 어머니를 가서 내 보고 올 수가 읎느냐." 닝께, "아 보고 올 수가 있다."구. 그래 부모한티 그렇게 효성이 있응께 인저 선녀두 그걸 이해를 헝 게지. …… 끝두 밑두 읎는 얘기여. 그래 용마를 하나 내 주더래요. 용마를 하나 내 주는디, "여기만 타면 시각내에 어머니를 가서 볼 껭게 어머니를 봐두 하여간 말에서 내린다면 당신은 지하에서 자식 구

7 닭이 높은 데서 우는 유래, 『한국구비문학대계 3-2』, 257-258쪽.

경두 못하구 어머니를 하여간 말에 올라 앉어서 복구서 그냥 오면은 나허구 인연이 다서 끝까지 살게다."[8]

①②의 예문에서는 지상에서 선녀와 시어머니 간의 관계가 나타나고 있는데, 시어머니는 나무꾼이 데리고 온 선녀를 무척이나 반가워한다. 특히 ②에서는 집안이 가난하여 장남인 나무꾼을 장가보내지 못하는 어머니의 걱정이 나타나고 있다. 이러한 상황에서 나무꾼이 데리고 온 선녀는 어머니의 커다란 근심을 덜어주는 기쁨으로 받아들여진다. 그러나 지상에서 좋았던 선녀와 시어머니의 고부관계는 선녀가 날개옷을 입고 천상으로 올라가면서, 삶의 공간이 천상과 지상으로 이분되고 나무꾼이 선녀와 어머니 사이에서 선택의 문제로 고민하게 될 때, 적대적인 고부관계로 바뀌게 된다. ①에서 천상으로 올라가 선녀와 호화롭고 좋은 생활을 하던 나무꾼은 늙은 어머니를 혼자 지상에 두고 온 게 마음에 걸리고, 선녀에게 한번만 어머니를 보고 올라오겠다고 청한다. 선녀는 처음에는 안된다고 하지만, 나무꾼이 낙심하여 식사도 않고 걱정하는 것을 보고는 지상으로 내려갈 방도를 마련해 준다. ②에서도 선녀를 만나 즐거운 생활을 하던 나무꾼은 "아내도 좋고 자식도 좋지만 어머니가 제일 딱하다"고 하며, 지상으로 내려가 어머니를 만나고 오겠다고 한다.

두 경우 모두 선녀는 혼자 계실 어머니를 그리워하고 걱정하는 나무꾼의 마음을 모르는 척 할 수 없다. 선녀 또한 지상에서 시어머니와 함께 지냈던 인물이고, 어머니를 그리워하고 걱정하는 나무꾼의 마음은 자식으로서 당연한 감정이기 때문이다. 그러므로 나무꾼이 지상으로 어머니를 보러 내려가기를 바라는 이상, 선녀는 나무꾼을 붙잡을 수

8 나뭇군과 선녀, 『한국구비문학대계 4-2』, 340-346쪽.

없다. 나무꾼은 선녀와 행복한 생활을 하면서도 늘 어머니의 안위(安危)가 걱정이 되고, 어머니에 대한 생각을 떨쳐 버리지 못한다. 이러한 나무꾼의 마음은 "늙은 어머니를 이렇게 두고 혼자 와서 아무리 호화로운 생활을 한다 해도 참 걱정"이라는 구연자의 말이나, "지상에 계신 어머니가 나를 하나 길러가지고 후세 영화를 보려고 하셨다"는 나무꾼의 말을 통해 잘 드러난다.

선녀는 나무꾼을 지상으로 내려 보내며 "말에서 내린다면 지하에서 자식 구경도 못하고, 그냥 온다면 나하고 인연이 끝까지 닿는다."고 이야기 하는데, 이 말을 보면 이미 선녀는 나무꾼의 행동을 예상하고 있다. 그러나 나무꾼의 어머니에 대한 그리움은 본인이 스스로 단념한다면 모를까, 나무꾼에게 강요할 수 있는 성질의 것이 아니다. 선녀는 나무꾼을 지상으로 내려 보내며, 천상으로 돌아오기 위해 '절대로 해서는 안될 일'을 분명하게 이야기해 주고, 나무꾼 또한 선녀에게 지킬 것을 약속한다. 그러나 나무꾼은 선녀와의 약속을 어기고 만다. 이것은 이미 나무꾼의 마음이 잠시나마 선녀보다는 어머니에게로 기울고 있음을 의미한다. "끝도 밑도 없는 문제"라는 구연자의 말처럼, 결혼한 남성이 자신의 배우자인 아내와 자신을 낳아주고 길러준 어머니 사이에서 누구를 선택하느냐의 문제는 해결하기 힘든 과제인 것이다.

2) 어머니가 나무꾼의 재승천을 방해

'나무꾼 지상회귀형'의 결말을 살펴보면, 나무꾼은 지상에서 살려는 생각으로 천상에서 내려오는 것은 아니다. 다만 어머니에게 천상에서 잘살고 있는 자신의 상황을 전하고, 어머니를 한번 본 후 선녀와 자식들이 있는 천상으로 돌아오려는 것이다. 나무꾼이 천상에 있는 아내와 자식들을 그리워하다 뻐꾸기나 수탉이 되는 비극적인 결말은 나무꾼의 이러한 생각을 반영한다. 왜냐하면 지상에 남게 되는 것이 나무꾼이 원했던 일이라면, 나무꾼은 비극의 주인공이 될 하등의 이유가 없기 때문이다. 그러나 나무꾼은 자신의 뜻과는 달리, 혼자 계신 노모의 소원을 차마 거절할 수가 없어 어머니의 소원을 들어주다가 결국 지상에 남게 된다.

③

내리지 않구 서서 문앞에 가서 어머이를 불렀거던. 그러니깐 어머이가 그냥 내달으며, "아휴! 너 어디 갔다 이렇게 오냐?" 그러니깐 반색을 하거던. 그러면서, "어서 들어오라." 그러거던. 어머니, 저는 못 들어갑니다. 어머이만 보고 인사만 드리고 저는 가갔읍니다." 그러거던. "얘! 내가 너를 위해설라무니 음석을 해 놓은 게 있다. 그리구 날마다 기둘렸다. 어서 들어오너라." 그러거던. "들어 갔다가는 그럼 못 간다." 구. 아 그러니깐 할 수 없이 어미 말에 못 이겨서 그만 말에서 내렸거던. 말에서 내려 박국을 먹었어. 박국을 끓였드랴.[9]

④

그런데 그 나무꾼이 호박죽을 좋와 했어드래요. 그래서 막 인사를 하고 갈려구 하는 판인디 자기 어머니가 부엌에 들어 가면서, "지금 호박죽이 다 끓었으니께 너 참 그렇게 맛있게 먹던 호박죽이나 한 그릇 먹고 가라."구. 그래 약간 좀 멋쳤어요. 자기 어머니 참 그 소원이 참 저기하다구.[10]

9 나뭇군과 선녀, 『한국구비문학대계 1-7』, 290~291쪽.
10 닭이 높은 데서 우는 유래, 『한국구비문학대계 3-2』, 257~258쪽.

③④에서 나무꾼은 어머니가 그리워 지상으로 내려오기는 하지만, 어머니와 함께 살 생각으로 내려오는 것은 아니다. ③에서 나무꾼은 "가서 잠깐 보고 올라오겠다"고 하며, ④에서는 "선녀가 시키는 대로 하겠다"고 약속을 한다. 그러나 어머니와의 만남은 나무꾼의 생각대로 진행되지 않는다. ③에서 나무꾼은 선녀의 말대로 말 위에 앉아 어머니께 인사만 드리고 가려고 하지만, "음식을 만들어놓고 날마다 기다렸으니 어서 들어오라"는 어머니의 부탁을 차마 거절할 수가 없어 말에서 내리고 만다. 그리고 어머니가 끓여놓은 박국을 먹다가 지상에 남게 된다. ④에서도 나무꾼은 선녀의 말대로 말 위에 앉아 자신은 땅에 내릴 수가 없다고 이야기를 하고, 어머니께 인사만 드리고 가려고 한다. 그러나 어머니가 호박죽이 다 끓었으니 호박죽이나 한 그릇 먹고 가라고 하고, 나무꾼은 어머니의 소원에 멈칫한다. 나무꾼은 말 위에 앉은 채 어머니가 내 준 뜨거운 호박죽을 먹다가 그만 그릇을 놓쳐 버리고, 뜨거운 호박죽에 놀란 말은 혼자 천상으로 올라간다. 나무꾼은 어머니의 부탁대로 박국을 먹다가, 어머니의 소원대로 호박죽을 먹다가 결국 지상에 남게 된다. 그리고 천상의 가족들을 그리워하다가 죽어 수탉이 된다. 특히 ④에서 나무꾼은 밤낮 하늘만 쳐다보다가, 죽을 병에 걸린다.

예문에서는 아내와 자식들이 있는 천상으로 가고 싶은 나무꾼과 오래간만에 마주한 아들을 잠시라도 곁에 두고 음식이라도 먹여 보내고 싶은 어머니의 심리적 갈등이 잘 나타난다. 결국 나무꾼은 천상으로 돌아가고 싶은 자신의 마음을 어머니에게 전달하지 못하고 머뭇거리다가, 비극의 주인공이 되고 만다. 본인이 의도했건 의도하지 않았건 어머니는 나무꾼이 천상으로 올라가는 것을 방해하고, 나무꾼은 어머니에게 자신의 의사를 전달하지 못한 채 결국 비극의 주인공이 된다.

3. 〈나무꾼과 선녀〉에 나타나는 고부갈등 해결방안

〈나무꾼과 선녀〉라고 이야기할 수 있는 작품 중 고부갈등이 해결된다고 할 수 있는 작품은 없다. 왜냐하면 모든 '나무꾼 지상회귀형'에서 지상으로 내려온 나무꾼은 다시는 천상으로 올라가지 못한 채 수탉이나 뻐꾸기같은 비극의 주인공이 되고 있기 때문이다. 그러므로 본고에서는 나무꾼의 실패 원인을 거울삼아, 고부갈등 해결방안을 제시해 보고자 한다.

1) 아내에 대한 나무꾼의 태도 변화

나무꾼이 천상으로 올라가지 못해 수탉이나 뻐꾸기와 같은 비극적 주인공이 되는 '지상회귀형'과 비교될 수 있는 유형은, 나무꾼이 선녀, 자식들과 천상에서 행복한 결말을 맞게 되는 '나무꾼 승천형'이다. 그렇다면 선녀와 나무꾼이 행복한 부부관계를 유지하면서 작품이 끝나는 '나무꾼 승천형'의 경우 나무꾼과 어머니와의 관계는 어떻게 다루어지고 있을까? 나무꾼은 지상에서 어머니를 모시고 살던 인물이지만, 천상으로 올라온 후 어머니의 존재를 망각하고 있다.[11] 이 경우 나무꾼의 생활에서 중심이 되는 것은 선녀와 자식들이다.

---

11 이 외 "나무꾼은 처음부터 혼자 사는 인물이거나 남의집살이를 하는 인물로 설정되어, 어머니나 가족들을 찾기 위해 지상으로 내려갈 이유가 없다." "나무꾼은 지상에 친척이 있지만 그들이 나무꾼을 박대하고 구박했기에, 굳이 그들을 보러 지상으로 내려갈 이유가 없다."와 같이 나무꾼과 지상의 관계는 설정되어 있어서 나무꾼이 지상으로 내려갈 이유는 처음부터 차단되어 있다.

⑤

먼저, 황해도 구월산 하에 가서 참 그 늙은 총각이 어마님를 모시고 간신히 사는데, 워낙 자상 해서 나무를 해다가 그저 팔아서 단일 당일이집 생활을 해 나오는데 하루는 산에 나무를 허러 갔어요.[12]

⑥

나무를 하러 가서 나무를 하믄서두, "나는 어떻게 나무를 남과 같이 해서 어머니 봉양하구, 나두 장개를 갈까?" 나무를 하다가 그 개개미라구 산에서 열어, 그것이 나무에서 줏으면, "아이고 우리 어머니 드려야지." 또 하나가 줏으믄, "이놈은 나먹고." 아마 둘이 살았던 모양이지.[13]

⑤⑥에서 나무꾼은 지상에서 어머니를 모시고 살던 인물로 그려지고 있다. 특히 ⑥의 예문에서는 어머니에 대한 나무꾼의 효심이 드러난다. 나무꾼은 어머니를 어떻게 봉양할 지 고민하는 인물이며, 먹을 것이 생기면 어머니부터 챙길 줄 아는 효심 있는 인물로 그려진다. 그러나 두 작품 모두 작품의 결말에서 어머니의 존재는 망각(忘却)되고 있다. 이러한 작품의 결말은 무엇을 의미하는 것일까? 나무꾼이 어머니보다 선녀를 우선시할 때, 원만한 부부관계는 유지되는 게 아닐까? 아래 제시되는 구연자의 말은 어쩌면 이러한 생각을 반영해주는 것인지도 모른다.

엄니는 필요 없제. 저만 잘 사면 되제. 어짜것소? 그랑께 그 식이 시방 맞어가라우. 시방 사람들 부무 생각하요? 다 도시로 가서 다 즈그 팬할라고 다 살제.[14]

12 나뭇군과 선녀, 『한국구비문학대계 6-8』, 634쪽.
13 나뭇군과 선녀, 『한국구비문학대계 5-2』, 380쪽.

이 작품의 경우 처음부터 어머니는 등장하지 않는다. 다만 이야기의 구연자가 나무꾼과 선녀가 천상에서 행복하게 살았다고 하자, 이야기를 듣고 있던 사람들이 그러면 지상의 어머니는 어떻게 되었냐고 물어본다. 그에 대한 대답이 앞의 예문이다. “어머니는 필요 없지. 저만 잘 살면 되지. 어쩌겠냐?”는 구연자의 말은 현실에 대한 비판처럼 들리나, 한편으로 생각해 본다면 남성이 어머니보다 자신의 아내를 우선시할 때 아내와 시어머니와의 갈등은 그 해결의 실마리를 찾을 수 있는 게 아닌가 싶다.

고부갈등은 한 남성을 사이에 두고 두 여자가 우위를 점하고자 하는 일종의 세력다툼이다. 어머니는 자식인 남성에게, 아내는 남편인 남성에게 무언(無言)의 압력을 행사하고 있는 것이다. 그러므로 고부갈등을 해결하는 데 무엇보다 중요한 것은 남성의 역할이다. 남성은 어머니로부터 심리적으로 독립하여, 아내와 본인이 한 가정을 이루는 주체임을 잊어서는 안 된다. 어머니보다 아내를 우선시하는 태도를 취할 때 원만한 부부관계는 유지될 수 있으며, 그 안에서 고부갈등 또한 그 해결의 실마리를 찾을 수 있기 때문이다.

2) 나무꾼의 명확한 의사전달

나무꾼이 천상의 선녀와 자식들을 그리워하며 하늘만 쳐다보다가 수탉이 되었다거나, 박국을 먹은 것을 한탄하며 ‘박국박국’ 우는 뻐꾸기가 되었다는 결말은 지상에 남겨지게 된 상황이 나무꾼이 의도했던 바가 아니라는 것을 뜻한다. 그렇다면 나무꾼은 왜 자신이 처음에 의

---

14 나뭇군과 시녀, 『한국구비문학대계 6-5』, 169~170쪽.

도했던 대로 행동하지 못했을까? 이러한 물음에 대한 답을 찾기 위해, 나무꾼이 지상으로 내려온 장면을 제시한다.

> 내리지 않구 서서 문앞에 가서 어머이를 불렀거던. 그러니깐 어머이가 그냥 내달으며, "아휴! 너 어디 갔다 이렇게 오냐?" 그러니깐 반색을 하거던. 그러면서, "어서 들어오라." 그러거던. 어머니, 저는 못 들어갑니다. 어머이만 보고 인사만 드리고 저는 가갔읍니다." 그러거던. "얘! 내가 너를 위해설라무니 음석을 해 놓은 게 있다. 그리구 날마다 기둘렀다. 어서 들어오너라." 그러거던. "들어 갔다가는 그럼 못 간다." 구. 아 그러니깐 할 수 없이 어미 말에 못 이겨서 그만 말에서 내렸거던.[15]

나무꾼이 지상으로 내려가려고 하자, 선녀는 '말에서 내리지 말 것' '박국을 먹지 말 것'이라는 금기를 준다. 예문에서 나무꾼은 선녀의 말을 그대로 이행하려고 애쓰는 모습을 보인다. 나무꾼은 선녀의 말대로 말에서 내리지 않으며, 어머니에게도 "전 못 들어가니 어머니만 보고 인사만 드리고 가겠다"고 한다. 그러나 오래간만에 아들을 보게 된 어머니는 아들을 그냥 놓아주지 않는다. 어머니가 몇 번을 청하자, 나무꾼은 어머니의 말을 거절할 수가 없어 말에서 내리게 되고, 결국 어머니가 원하는 대로 박국을 먹다가 수탉이 된다. 나무꾼은 어머니에게 전혀 자신의 의사를 밝히지 못하고 있다. 만약 나무꾼이 어머니에게 천상으로 돌아가겠다는 본인의 의사를 분명하게 밝혔다면, 나무꾼이 비극의 주인공이 되거나 부부가 이별하는 일은 없었을 것이다. 나무꾼이 실패한 원인을 거울삼아 남편이 아내와 어머니 사이에서 취해야 될 태도는, 본인의 의사를 분명히 밝히고 상대에게 전달해야 된다는 것이다.

---

15 나뭇군과 선녀, 『한국구비문학대계 1-7』, 290~291쪽.

4. 현대 고부갈등 해결을 위한 〈나무꾼과 선녀〉의 문학치료적 가능성 탐색

앞서 살펴본 바대로 〈나무꾼과 선녀〉에서 나타나는 고부간의 갈등은 시어머니와 며느리가 정면으로 충돌하는 직접적인 갈등이 아니라, 남편을 사이에 두고 시어머니와 며느리가 서로 우위를 점하려고 하는 간접적인 갈등의 형태로 나타난다. 두 사람은 모두, 자식이자 남편인 한 남성에게 무언(無言)의 권력을 행사하고, 서로 남성을 차지하기 위한 경쟁을 하고 있는 것이다. 오늘날 홀어머니의 장남인 경우는 혼기를 앞둔 여성들에게 기피 대상 일 순위가 되고 있는데, 그 이유는 홀어머니의 장남일 경우 어머니와 밀착되어 있을 확률이 여타 다른 조건의 남성들보다 높기 때문이다. 이것은 '나무꾼 지상회귀형'에서 보여주는, 나무꾼의 어머니와 선녀의 고부갈등에도 동일하게 적용될 수 있다. '나무꾼 지상회귀형'에서 보여주는 인물구조, 즉 어머니와 아내 사이에서 갈등하다가 결국 어머니를 선택하고 비극의 주인공이 된 나무꾼의 모습과 가장 잘 연결될 수 있는 것은 아내보다 어머니를 우선시하는 남편, 자신의 의사를 명확히 밝히지 못하는 남편 때문에 힘들어하는 여성의 경우이다. 다음에서는 이런 고부갈등으로 힘들어하고 있는 사례를 두 편 제시해 보도록 하겠다.

〈사례1〉

저는 결혼 6년차 입니다. 제 나이는 31살이고 남편은 33살… 4살 큰 아이가 있고 지금 임신 10개월입니다. 시어머님은 55살이시고… 31살에 혼자 되신 홀 시어머니십니다. 전 장남의 맏며느리입니다. 남자처럼 살아오신 시어머니에게는 시누이 한 명과 시동생 한 명도 있습니다. 한마디로 전 삶이 무의미합니다. 제가 남편의 아내로서 설 자리도 없거니와 아무 소용이 없습니다. 시어머니는 남편을 세살먹은 아이처럼 여기고 사사건건 따라다니고, 간섭하십니다. 남편이 작은 사무실을 오픈해서 사업을 하는데 거기서 전화 받고 재무업무며 모든 일을 처리하는 분은 어머니입니다. 그리고 저희집 살림살이 재정도 맡으셔서 남편에게는 아무 권한이 없습니다. 남편은 어머니 말이라면 자다가도 벌떡 일어나고, 병원을 가도, 시장을 가도, 그리고 하다 못해 남편 바지 한 벌 사는데도 어머니가 따라다니시며 사줍니다. 저에게는 경제권도 없고, 살림 권도 없고, 그렇다고 남편과 대화할 시간도 없습니다. 항상 남편은 어머니랑 같이 행동하며 어머니랑 같이 출근했다가, 어머니랑 같이 퇴근해서 들어옵니다. 그러면 둘이 다정하게 텔레비전 앞에 앉아 이야기꽃을 피우고.. 그리고 눈뜨기가 무섭게 둘이 나갑니다. 집에서 살것이 필요한 물건이 있으면… 어머니가 달려오셔서 사야되는지 아닌지 판단하고 어머니 맘대로 판단한 후에 사오시거나 안 사주거나 하십니다. ……남편은 이런 어머니에게 말 한마디도 못합니다. 시어머니가 다 그렇지… 그것도 못 참냐고 합니다. 하지만… 전 알콩 달콩 사는 재미도 없고… 살림하는 재미는 더욱 없으며.. 이 상태로는 저는 아주 불필요한 존재입니다. 다정한 어머니와 남편 사이에 부담스러운 존재일 뿐입니다. 이런 상태로는 더 이상 같이 살고싶지 않습니다. 남편은 내가 이런 얘기하면 나를 잡아먹을 듯이 노려보고 화를 냅니다. 어머니에 대해선 불침 범구역입니다. 도망가고싶고.. 여기서 탈피하고 싶습니다. 남편도 밉고… 시어머니는 얼굴만 봐도 죽이고 싶을 정도입니다.[16]

16 온누리상담센타(http://www.onnoori.org/online/index.htm)에서 인용함.

〈사례2〉

전 항상 일주일에 한번은 전화하구요. 전화 한번 하면 최소 15분입니다. 안하면 우리 어머니 시도때도 없이 스토커처럼 하셔선 화내십니다. 이번주에는 몸도 안좋고 바빠서 짧게 했습니다. 근데 다시 하라고 하셨는데 제가 깜빡하고 못했더니 이틀 뒤 전화하셔서 저녁에 전화하라고 하시길래 했더니 안 받으시더군요. 3시간에 걸쳐 6번을 했지만 안받으시길래 남편이랑 극장에 갔다 밤 12시에 왔습니다. 그날이 토요일이었고 일요일 시어머니 전화에 잠이 깨서 받으니 다짜고짜 천안에서 올라오신다더군요. 비가 억수같이 쏟아지는 서울에 분해서 오시는 시어머니가 전 소름끼쳤습니다. 암튼 오시라고 하고 전 직장에 나가 저녁 8시쯤 와 시어머니 오셨길래 오셨냐고 암말 안했습니다. 반기지 않는다고 시어머니 노발대발하고 급기야 저도 대들고 소리지르고 뛰쳐나갔습니다. 시어머니 쌍소리하시고… 전 줏대없는 남편도 이제 싫고 3년동안 전화며 시어머니 스트레스 받으며 이제 더 이상 살기 싫습니다. 이럴때마다 항상 무능력한 남편. 필요없습니다. …목숨보다 더 소중하다는 아들 너 혼자 잘 먹고 잘 살라고 했냐고 소리 지르시는 시어머니 소름 끼칩니다. 시아버지도 계신데 아들을 너무 의지하고 남편보다 아들을 더 사랑합니다. 아들이랑 연애하는게 좋을 듯 합니다. 맨날 시어머니 전화만 생각하고 살아야 하나요? 놀러가도 아 전화해야 하는데, 하는 강박관념에서 사는 거 이제 싫습니다. 이혼하고 싶습니다.[17]

〈사례1〉은 결혼한 지 6년이 된 여성의 글이다. 여기서 시어머니는 모든 경제권을 손에 쥐고, 집안 살림을 도맡아하는 사람으로 나타난다. 홀어머니에 장남인 남편은 어머니의 말이라면 자다가 벌떡 일어날

17 지복*, 현재 서울시 송파구 거주.

정도로 어머니한테 항상 절대적이며, 병원에 가도 시장에 가도 하다못해 바지 한 벌 사는 데도 시어머니가 항상 남편을 따라다닌다. 아내에게는 경제권도 살림권도 없으며, 남편과 대화를 할 시간조차 없다. 항상 남편은 시어머니와 함께 출근했다가 함께 퇴근하며, 집에 돌아와서도 어머니와 다정하게 텔레비전을 보다가 아침에는 눈뜨기가 무섭게 둘이 나가버린다. 아내는 그런 시어머니와 남편의 행동에 소외감을 느낀다. 그리고 남편에게 시어머니에 대해 불평을 하면 "시어머니가 다 그렇지 그것도 못 참는다"며 남편은 핀잔을 준다. 남편에게 시어머니란 아내가 침범할 수 없는 구역인 것이다. 시어머니가 모든 권한을 쥔 가정에서, 남편에게조차 위로받지 못하는 아내는, 임신 10개월 만삭의 몸으로 숨 막히는 상황에서의 탈출을 꾀하고 있다.

〈사례2〉은 결혼한 지 3년이 된 여성의 글이다. 현재 임신 3개월 입덧으로 힘들어하며 직장 생활을 하고 있다. 여기서 문제가 되는 것은 시도 때도 없이 전화를 하고, 전화걸기를 강요하는 시어머니이다. 아내는 정해진 시간에 전화를 안했다고 비가 억수같이 쏟아지는 날, 천안에서부터 서울로 올라오는 시어머니가 무섭고 소름이 끼치도록 싫다. 그리고 이런 시어머니로부터 자신을 지키고 보호해주지 못하는 무능력한 남편도 싫다. 내용상으로 볼 때 이 남편은 앞 사례의 남편처럼 어머니와 밀착된 관계를 보여주지는 않지만, 그렇다고 아내를 방어해주지도 못하는 방관자적 존재인 것 같다. 아내는 놀러가서도 시어머니께 전화해야 된다는 강박관념에 시달리는 것이 싫어, 남편과의 이혼을 생각하고 있다.

〈사례1〉처럼 아내보다 어머니와 더 밀착된 관계를 유지하고 아내보다 어머니의 편에서 어머니를 우선시하는 남편이나 〈사례2〉처럼 아내가 힘들어하는데도 불구하고 어머니한테 한마디도 이야기하지 못하는 남편은, 〈나무꾼과 선녀〉에서 아내와 어머니 사이에서 누구를 선택할지 몰라 갈팡질팡하거나 혹은 자신의 의사를 밝히지 못하고 어머니가 원하는 대로 행동하다가 결국 비극의 주인공이 된 나무꾼의 모습과 닮아있다. 이렇게 '나무꾼 지상회귀형'에서 보여주는 '시어머니–나무꾼–선녀' 세 사람의 모습은, 현재 나무꾼과 같은 남편을 둔 아내와 시어머니 사이의 고부갈등에도 그대로 나타나고 있다.

그렇다면 〈나무꾼과 선녀〉에서 보여주는 고부갈등 해결방식은 이와 같은 사례들에서 어떻게 사용될 수 있을까? 〈나무꾼과 선녀〉에서 고부갈등을 해결하기 위한 방안으로 제시된 것은 '아내에 대한 나무꾼의 태도 변화'와 '나무꾼의 명확한 의사전달' 두 가지였다.

첫째, 우리는 앞서 〈나무꾼과 선녀〉에서 나무꾼과 선녀의 행복한 부부관계가 지속되기 위해서는 나무꾼이 어머니보다는 아내를 우선시 해야 된다는 사실을 이야기한 바 있다. 남편이 아내보다 어머니와 더 밀착된 관계를 유지하고, 아내보다 어머니 편에 서 있는 사례에서 이 공식은 그대로 적용될 수 있다. 남편은 본인의 가정에서 중심이 되는 사람이 아내와 본인임을 잊어서는 안 된다. 그리고 무엇보다 아내가 자신의 반려자이며, 아내를 보호하여 자신의 가정을 소중히 생각하고 잘 이끌어 나가는 것이 남편으로서의 의무이자 책임임을 기억해야 된다. 그렇다고 어머니를 기피하라는 것이 아니다. 일단 아내와 돈독한 관계가 이루어졌을 때, 어머니와 아내의 고부갈등은 그 실마리를 찾을 수 있기 때문이다.

둘째, 아내가 힘들어 하는데도 불구하고 어머니에게 한마디도 말하지 못하는 남편의 경우는 의사소통의 문제와 연관시켜 볼 수 있다. 성장하는 과정에서 부모님이 엄하셨을 때, 대개의 남성은 부모님 편만 들게 된다. 부모님의 뜻에 동의해서 그 뜻에 따를 수도 있지만, 싫지만 참고 따르는 경우도 많다. 부모님의 태도가 싫을 때는 본인이나 아내가 힘들다는 것을 전달해야 된다. "저는 어머니의 요구가 부담이 됩니다." 또는 "저는 어머니가 우리 입장을 생각해 주지 않아 섭섭합니다."는 식의 '나-전달법'으로 감정을 표현해야 된다. 물론 대부분의 부모가 이러한 아들의 감정표현에 대해 속상해하기 때문에, 아들은 부모님이 속상해하시는 것이 두려워서 자신의 감정을 제대로 표현하지 못한다. 그러나 이러한 전달법은 사태를 직시하게 만들고, 부모님이 자식의 감정을 이해하게 만드는데 큰 도움이 될 수 있다.[18] 그러므로 남성은 아내와 어머니 사이에서 방관자적 입장을 취할 것이 아니라, 부당한 어머니의 요구에 대해서는 당당히 자신의 의사를 밝혀 아내를 보호해줄 책임이 있다.

5. 결론

본고는 〈나무꾼과 선녀〉의 유형 중 '나무꾼 지상회귀형'에 나타나는 고부갈등 양상과 고부갈등 해결방안을 살펴보고, 이 설화가 현대 고부갈등을 가진 수용자들에게는 어떠한 도움을 줄 수 있는지 그 문학치료적 가능성을 탐색해 보았다. 그 결과를 요약해보면 다음과 같다.

먼저 〈나무꾼과 선녀〉에 나타나는 고부갈등의 양상은 며느리와 시어머니가 정면으로 대결하는 것이 아니라, 그 가운데서 누구를 선택할

---

18 '나-전달법(I-message)'은 화가 나거나 불만이 있을 때 그것을 꾹꾹 참고 있는 것이 아니라 말 로 솔직하게 자신의 감정을 나타내는 것이다. 너로 시작하는 '너-전달법'은 비난을 받으면 감정이 상해서 잘못을 인정하기보다는 같이 비난하기가 쉽다. 그러므로 '나-전달법'이 효과적이다. '나-전달법'에는 세 가지 구성요소가 있는데, ① 문제가 되는 상대방의 행동과 상황을 구체적으로 말 하고 ② 상대방의 행동이 나에게 미친 영향을 구체적으로 말한 후 ③ 그런 영향 때문에 생긴 자 신의 감정을 솔직히 말한다. (http://stewardess.inhatc.ac.kr/data/philoint/culture/speech-techniques-1.htm) 참조.

지 몰라 고민하는 남성이 중심이 된다. 이에 〈나무꾼과 선녀〉에 나타나는 고부갈등 양상은 첫째, 아내보다 어머니를 우선시하는 나무꾼의 태도 둘째, 어머니가 나무꾼의 재승천을 방해 두 가지로 제시해볼 수 있었다.

다음으로 〈나무꾼과 선녀〉에서 이러한 고부갈등은 어떻게 해결되고 있는지 그 해결방안에 관해 살펴보았다. 그런데 〈나무꾼과 선녀〉라고 이야기될 수 있는 작품 중에서 이러한 고부갈등이 해결되고 있다고 할 수 있는 작품은 없다. 왜냐하면 모든 '나무꾼 지상회귀형'에서 지상으로 내려온 나무꾼은 천상으로 올라가지 못한 채 수탉이나 뻐꾸기 같은 비극의 주인공이 되고 있기 때문이다. 그러므로 나무꾼의 실패 원인을 거울삼아 고부갈등 해결방안을 제시해보았다. 그 결과 첫째, 아내에 대한 나무꾼의 태도 변화 둘째, 나무꾼의 명확한 의사전달 두 가지를 제시해볼 수 있었다.

마지막으로 〈나무꾼과 선녀〉에 나타나는 고부갈등이 현대 고부갈등을 해결하는데 어떠한 도움을 줄 수 있을지 그 문학치료적 가능성을 탐색해 보았다. 그 결과 〈나무꾼과 선녀〉에 나타나는 인물구조 '어머니-나무꾼-선녀'의 고부갈등은 현대 고부갈등에서도 그대로 나타나고 있음을 사례를 통해 확인해볼 수 있었다. 특히 아내보다 어머니와 더 밀착된 관계를 유지하고 아내보다 어머니의 편에서 어머니를 우선시하는 남편이나, 아내가 힘들어하는데도 불구하고 어머니에게 한마디도 하지 못하는 남편의 경우 〈나무꾼과 선녀〉는 유용하게 사용될 수 있으리라는 것을 분석을 통해 제시해볼 수 있었다.

부록

※ 연구자 채록자료

※ 〈나무꾼과 선녀〉 유형별 예화자료

나무꾼과 선녀의 부부갈등과 문학치료

연구자 채록자료

① 2004년 11월 11일/ 신내동 노인정/ 김홍연/ 82세/ 신내동 9단지 908동 거주/ 고향: 충청북도 청원군/ 채록자: 서은아, 윤미연, 하은하

옛날에 양반 쌍놈이 있어갖고 하상 종 부리는 하인 말하자면 그런게 없지만 그땐 그러니까 남자라도 종놈 새끼라고. 부엌에 밥을 먹으면 다 좋은데 앉아서 좋은데 좋은 밥 그릇에 밥을 주는데 좋은 밥상에 항상 하대를 하고 대우를 못받아. 밥을 주었어. 쥐가 부엌에서 왔다갔다 하니까. 쥐가 부엌에서 먹은 쥐는 부엌에서 먹고 방에서 먹은 쥐는 방에서 먹고 배고픈 시절이라도 지가 덜 먹고. 쥐가 항상 졸졸졸졸 강아지만 따라 뎅기는거여 안도망가는거여. 밥을 항상 조금씩 주고주고 그러는데 쥐가 은혜를 갚을 생각을 하는거여. 근데 쥐가 이 사람이 커가지고 낭구를 하러가는데 항상 포수쟁이가 총을 들고 다니는게. 근데 그래서 가서 장개를 못들고 총각으로 낭구를 하러 가는데 노루가 덜컥 뛰어오대래. 오는데 “너는 왜 뛰어오니?” “어이구 나 좀 살려달라”구 근데 가랑잎이라고 하는데 옛날에는 가랑잎이라 하고 지금은 낙엽이여. 근데 거기다가 나는 파묻어달라고 하는거여. 근데 못할게 뭐 있어. 나무속에다 파묻어 넣어놓고 낭구 긁는 척도. 포수쟁이가 “여기 노루지나가는거 못봤느냐”구. “못 봤습니다” 그러니께 아 “욜로 왔는데 일루 왔는데” 앙 “못보았습니다.” 아 지나갔어 지나간 다음에 노루가 나온거여. 포수 피해서 뭘로 갚을 수가 없다. 요 위에 올러가면 호수같은 물이 있고 그기에 선녀들이 와서 놀으니까 선녀들이 와서 갈갈대고 웃을 때에 옷을 한 벌을 감춰라. 그래서 옷을 감추고 총각놈이 장가를 못들고 있으니 그 소리가 번쩍 귀에 들리던말야. 아 그렇구나 실상아 선녀들이 낭구를 선녀들이 내려와서 이쁘구 아름답구 근데 목욕을 안하구 갈갈갈갈 셋이서. 아, 옆에 가서 옷을 이렇게 감추고, 아 그런데 옷을 감춰야 올라가잖아아. 둘은 올라갔어. 하나는 못가고 있는데. 슬슬 올라가서 나무꾼이 가서 얘기를 하는데, 이러저러하고 이러저러한데 이 옷을 주워서 입고 올라가느니 나하구 살자구. 그러니까는 옷을 안주니까 못올라가는거야. 그러니까 그치 와서 같이 사는거야. 와서 같이 사는데 하는 말이, 그 노루가 애기를 셋을 낳으면 그 옷을 주워도 둘을 낳았으면 주지 말아라. 그래서 애기를 셋을 낳기루 아니 둘을 낳기루 믿었다. 이 옷을 주어도 괜찮겠다. 셋 낳걸랑 주라구 한건데 둘을 낳는데 줘. 미쳐. 이건 잘못한거여. 아 어디 갖다 오니까 애들 양 옆에 끼고 선녀옷 입고 하늘로 훽 올라가 버렸어. 허 해서 갔어. 그래갖구 애들 데리고. 하나님 아버지 저를 살려줄라면 은동아줄을 내려 주시고 죽이시려면 썩은 동아줄을 내려주시고, 은동아줄에 은바구니를 내려서 올라가서 선녀 선놈 죄다 다 된거여 하늘나라에서 좋게 산거래.

(처음에 쥐는 어떻게 되었어요? 쥐가 보은한 이야기는 없나요? 라고 묻자 다시 시작하심.)쥐가 많이 크고 애도 크고 키도 크고 컸는데, 아 일케 사는데. 어떻게 아 참내 인제는 색시 만나 살림하고 잘 사는데 아 그 건너 김동지가 김동지라는 사람이 색시를 빼앗아갈려고 아 이쁘고 좋으니까 뺏어가려고. 아 고문 쥐가 꾸민게 뭐냐면 불로초, 불로초를 먹어야 산다는 걸. 그걸 구해오라는데 그걸 먹고 커야만 색시 뺏겨. 그걸 구해오라는데 어디가 구해와. 어떻게 구해. 불로초를. 네. 그러니까 그 쥐가 그 밥을 묵고 커가지고 은혜를 갚을려고 기대를 하고 있어. 용궁으로 들어가는겨 용궁. 아는거여. 색시와. 당신 밥을 안잡숫고 왜 이렇게 끙끙 앓느냐고 그러니까 이러저러해서 나라에서 저기한데 불로초를 구해오라는데, 내가 어디가 그걸 구하냐. 배를 타고 한없이 어디까지 가면은 배가 뒤집힐꺼니까 배가 홀딱 뒤집힐 꺼니까. 배가 뒤집힌겨. 한파가 몰아와갖고 배가 뒤집히며는 거기서 쥐가 와서 받아갈거라고. 그러드래. 게서 배를 타고 하아안참 만경창파 비바람을 뚫고 가는데, 배가 홀랑 뒤집히더래. 쥐가 쥐나라에서 와가지고는 이 속에 쥐나라가 있댜. 쥐도 위해야 해. 이렇게.

쥐가 쥐나라에서 와가지고 번쩍 안아갖고는 저 저기를(청취자:불로초), 불로초 그 약을 구해와서 갖고 왔어. 엊그저께 막걸리는 체에다 받고 대추는 귓구녕에 끼고 다 왔어.

② 2004년 11월 11일/ 신내동 동성 3차 노인정/ 이한순/ 78세/ 신내동 동성 3차아파트 12동 거주/ 고향: 강원도 인제군/ 채록자: 서은아, 윤미연, 하은하

생각나시는데까지만 해주세요. 아 근데 잊어버려가지고 생각이 안나 생각나는데까지만 해주세요. 나무만 해묵고 사는데, 하루는 산이 가이께 노루가 뛰다 내려와서 노루를 사람들이 마악 잡으려고 하니까 잡았나? 자기 나뭇짐속에 숨겼어. 그닝께 포수가 지나갔거든. 엉. 그제? 그래서 인자 가고 나니까, 한날은 나무를 하러 가니께 하늘에서 선녀가 선녀들이 내려와서 모욕하고 모욕하고 그랬제? 예 모욕하고 그랬는데 그 그거가서 모르겠다. 그 선녀 선녀를 모욕할 때 옷을 심겼지?(조사자 예) 자기가 옷을 심겨 가지고 집에 갖다 놨는데 말하자면 애 셋 놓도록 둘을 낳고 서이 안낳고 옷을 내 줘삔적 버렸어. 거 선녀가 한날 하늘타고 올라갔지. (올라간 다음에 그 다음에 따른 얘기는 없나요?) 그럼. 그 다음에는 자세히 모르겠다. 선녀랑 살다가 옷은 찾아가지고 올라간거에요? 나무꾼은 그냥 그냥 밑에서 나무꾼은 사실은 탄복을 하고 저 나무하러 연못가에서 울고 그랬지. 그래가지고 어떻게 되었는지 몰라. 나도 요새 어지럼병이 와가지고 거기까지 밖에 몰라. 난중에는 거기서 그러고 있으니까 한번 뚜루백이 내려왔어. 내려와가지고 따라 올라갔어, 선녀 따라 올라갔어, 잘 살았겠지. 아 생각이 안난다.

③ 2004년 11월 11일/ 최영희/ 59세/ 경기도 구리시 한진그랑빌 거주/ 고향: 경기도 고양군 벽제면/ 채록자: 서은아, 윤미연, 하은하

깊은 산골에 나무꾼이 하나 살고 있었데요. 하루는 나무를 하러 갔는데, 바위 밑에 못이 막 흐르는데 맑은 못이 선녀들이 내려와서 목욕을 하고 있었데요. 그랬는데 나뭇군이 너무 아름다웠데요. 그래서 옷을 한 벌 훔쳤데요. 선녀 옷을. 그래 가지고 목욕을 하는걸 몰래 보고 있었는데 목욕을 다하고 옷을 입을라구 했는데, 옷이 없어진거야. 마악 옷을 찾구 어떡하면 좋냐구 쩔쩔 매구 있는데, 나뭇군이 가서 선녀를 집으로 데리고 갔데요 자기 집으로. 데리고 들어가서 같이 살았어요. 행복하게. 그래 갖구 애기를 하나 낳구 좀 있다가, 또 둘을 낳고 너무 행복하게 살다보니깐 셋, 셋까지 애기를 낳았데요. 셋을 놓으면 하늘나라로 갈 수 없겠지하고 선녀 옷 얘기를 했데요. 그러니까 그 선녀가 그 얘기를 다 듣고 그러면 옷이 어디 있냐고 보여달라고 나뭇군이 갖다 보여 줬데요. 그런데 하늘나라에서 내려온 아버지 생각을 하고 애기를 양쪽에 안고 하나는… 셋 낳았나 둘 낳았나… 아우… 아마 둘인가보네. 하여튼 간에 그 애기를 날라갔데요 옷을 입고. 날개옷을 입고. 그러니까 그 나무꾼은 날아간 붙을 수도 없고 그저 바라다만 보고 울을 수 밖에 가이 있다고. 그리구 인제 하늘나라로 올라간거야. 나뭇군은 매일 선녀가 목욕하던 그 그거 뭐라고 해(조사자 연못) 아 연못 같은데 가서 슬피 우는거여. 그런데 아버지가 무서워서 못내려가고 있는거야. 그래 가지구서는 그러면 너무 안되갖구 목욕을 해야 되구, 하여간 거 뭐지 물을 들어올리는거(조사자 두레박) 엉 둘박, 두레박을 내려보내서 목욕을 하는거야. 그러니깐 그 나무꾼이 두레박에 앉아 버렸어. 물 대신. 무거우니깐 물이 올라가는 줄 알았는데 나뭇군이 올라왔잖아. 그러니깐 그 선녀 아버지가 화가 많이 나신거야. 인제 인간하고 만난다고 안된다고 해서 결별을 시켜 놓은거야. 그래서 땅으로 다시 내려갔을거야. 땅으로. 그래 갖구서는 너무 슬퍼서 애닳아 하니깐 그러면 칠월칠석날 한번 만나라고. 그래서 인제 칠월칠석날 만나서 올라가는거야. 그날은 두레박을 내려보낸데나… 나무꾼이 너무 착하고 그 선한 일을 많이하고 그러니까 그러니깐 인제 만나러 올라가는거야. 거기를 나무꾼이 있으라고 물대신. 그래갖구 칠석날 만나는데 나무꾼이 너무 착하고 그 선한 일을 많이 하고 그러니까 까치들도 만나는거야. 협조를 해주는거야. 그래갖구서는 그 칠석날은 까치가 다리르 놔주는 거야. 그래가지구 선녀하구 만나서 슬퍼서, 그 칠월칠석 날은 비가온대요. 눈물이래요. 나무꾼하고 선년의 눈물이 뿌려진다해서 칠석날 비가 온다는 전설이에요.(조사자 그럼 선녀와 나무꾼은 결국 만나지 못하고 그렇게) 칠석날 만나는거야. 매년. 그렇게해서 칠월칠석날은 선녀와 나무꾼이 만나는 날이라 해서…

④ 2004년 11월 12일/ 김인경/ 67세/ 강릉시 포남2동 거주/ 고향: 개성시/ 채록자: 서은아

옛날 옛적에 아주 깊은 산골에, 산골 마을에 살았어요 늦도록 장가를 못가고 있었어요. 그런데 마을 사람들이 하는 이야기가 선녀가 아주 깊은 샘물이, 샘물이 있는 곳에 목욕을 하러 내려오는데, 그 선녀옷을 감춰 버리며는 선녀가 하늘에 못올라 간다는 말이 있었어요. 그래서 나무꾼이 하루는 나무를 하러 갔는데 선녀들이 마침 그날 하늘에서 내려와서 목욕을 하는 날이라 나무꾼이 나무뒤에 가만히 숨었다가 싹 선녀옷을 감춰 버렸어요. 그랬더니 다른 선녀들은 목욕을 하고 하늘로 올라갔는데 한 선녀만 옷이 없어서 못올라가게 되었어요. 그래서 그 선녀랑 나무꾼이랑 함께 살게 되었어요. 그런데 사람들 말로는 애 셋 낳을 까지 동안은 옷을 주면 안된다고. 옷을 주며는 하늘나라로 다시 올라가게 되니까 옷을 절대 주지말라고 그랬는데 살다가 보니까 자기 아내, 선녀 아내가 너무너무 슬퍼하고 하늘나라를 그리워해서 애 셋 낳기 전에 나무꾼이 옷을 꺼내줏더니 선녀가 그 옷을 입고 하늘나라로 올라가버렸어요. 그래서 너무너무 자기 부인을 그리워해서 병이 드니까 선녀가 하늘에서 내려다보고 옥황상제한테 말했어요. 내 남편이 저렇게 슬퍼하니까 살려달라고 옥황상제가 선녀가 간곡하게 부탁하니까 두레박을 내려보냈어요. 두레박을 타고 나무꾼이 올라가서 선녀하고 행복하게 살았데요.

⑤ 2004년 11월 12일/ 김자경/ 58세/ 장안동 현대아파트 거주 / 고향: 인천시/ 채록자: 서은아

옛날 옛날 아주 먼 옛날 아주 마음씨 착한 나무꾼이 살고 있었어요. 근데 그 나무꾼은 마음도 착하고 그랬는데, 돈이 없는 아주 가난했어요. 하루는 산에 가서 나무를 베고있는데, 신령님을 만났어요. 신령님이 나무꾼아 어째서 아직 장가를 못가고 있니 그랬어요, 신령님 저를 장가를 가게 하새주세요. 저쪽 깊은 계곡에 가면 보름달이 뜰 때 선녀들이 와서 목욕을 한다고 그랬어요. 그 중에 날개옷을 하나 감추렴 그랬어요. 그래서 보름달이 뜨는 날 나무꾼이 몰래 숲속에 숨어서 보니까 예쁜 선녀가 여러명 내려와서 목욕을 시작했어요. 나무꾼은 얼른 날개옷을 갖다 숨겼어요. 목욕이 다 끝나고 선녀들이 하늘로 올라가려고 날개옷을 입는데 선녀 한사람이 날개옷을 못입었어요. 선녀는 슬프게 울었어요. 나무꾼은 시치미를 뚝 떼고 나무꾼은 선녀님 선녀님 왜 우십니까? 선녀는 제 날개옷이 없어졌어요. 나무끈이 선녀를 자기 집에 데리고 와서 둘이 행복하게 사는데 산신령이 이야기 하기를 애기를 셋 낳을 때까지는 날개옷을 주며는 안된다고 그랬어요. 선녀가 애기를 둘 낳았거든요. 선녀가 아주아주 날개옷을 갖고 싶어하고 슬퍼하길래 고만 신령님이 당부한 말을 알면서도 나무꾼이 아내를 사랑하니까 날개옷을 한번만 입어보라고 주었어요. 선녀는 날개옷을 입자마자 양손에 애들을 데리고 하늘로 올라가버렸어요. 나무꾼은 너무너무 슬펐어요. 얼마나 슬펐는지 날마다날마다 선녀가 하늘로 올라간 강가에서 계곡에 가서 울었어요. 그랬더니 신령님이 나무꾼아 나무군아 울지말고 보름달이 뜨며는 또 와보렴 한편 하늘에 올라간 선녀는 애기들하고 하늘에 올라와서 기쁘기는 하지만 나무꾼이 보고 싶었어요. 그래서 옥황상제님께 청을 넣었어요. 옥황상제님 저희 남편을 하늘에 데려올 수 있는 방법은 없나요, 그랬더니 옥황상제님은 나무꾼이 착한걸 알기 때문에 아 그러면 보름달이 뜰 때 하늘에서 저 나무꾼이 있는 그 계곡으로 두레박을 내려보내라구 했어요. 그래서 동아줄을 길게 한 두레박을 내려보냈어요. 보름달이 뜨는 날, 정말로 나무꾼이 그쪽에 왔어요. 그래서 두레박을 타고 하늘로 올라갔어요. 애기들도 만나고 나무꾼이 하늘에서 선녀랑 행복하게 살았데요.

⑥ 2004년 11월 13일/ 이인호/ 71세/ 목동 트윈빌 거주/ 고향: 청주시/ 채록자: 서은아

사슴을 구해준 나무꾼 총각이 있었는데, 사슴이 은혜를 갚느라고 어느때 이 연못에 선녀들이 내려오니까 옷을 감추라고 일러줬대요. 그래서 나무꾼 총각이 연못에 가서 선녀 옷을 감췄어요. 그러니까 딴 선녀들은 다들 올라갔는데, 선녀 하나만은 옷이 없어 못 올라가는거야. 그래서 둘이 결혼을 했지. 결혼을 했는데 그 사슴이 얘기를 했어. 애기가 넷 될 때까지 이 옷을 주지 마라. 그랬는데 선녀가 향수에 젖어서 애가 타니까 애기들 셋 낳았을 때 옷을 줬거든. 그랬더니 양쪽 팔에다 끼고 한 애기는 다리 사이에다 끼고 셋이서 그냥 그래가지고 하늘로 올라간거야. 그러니 이 총각이 아니지 애기 아빠가 너무 허망해서 어떻게 할 수 없지. 사슴말을 듣고 넷 낳았을때 주면은 하나는 어떻게 할 수 없으니깐 못 올라가거든. 그랬는데 셋 낳았을 때 얘기한 걸 후회했는데 뭐. 할 수 없지 뭐 그랬는데 뭐 할 수 없지. 앞으로는 뭐 선녀들이 그런 일이 있을까봐 타루박 물을 길러 올리는 타루박이 있는데 그 타루박으로다가 이게 물을 길어 올라가다더구만. 애기 아빠가 그 타루박에 탔어 하늘로 올라갔대. 그래 갔고 행복하게 잘 살았대야.

⑦ 2004년 11월 13일/ 김경희/ 49세/ 경기도 고양시 일산구 주엽동 건영 아파트 거주/ 고향: 서울/ 채록자: 서은아

옛날에 나무꾼 나무꾼이 있었는데 그곳에 착한 나무꾼이 장가를 못가고 있었어요. 그런데 어느날 나무꾼이 나무하러 갔는데 산길을 들어가다보니까 샘터가 있었는데, 거기에 선녀들이 목욕을 하고 있었어요. 목욕하는게 너무너무 아름다워 보였으니까 구경을 하고 있었는데 가만있다가 생각하니까 그 나무꾼이 선녀의 옷을 하나 감췄어요. 그 감춰가지고 선녀가 나왔는데 선녀가 나오니까 거기 나오니까 옷이 없잖아. 그래 가지고 어떻게해. 나무꾼이 나타나가지고 너무너무 좋아했어요. 그래가지고 그 나무꾼하고 살자고 하니까 나무꾼이, 선녀가 살겠다고 그래가지고 살다가 아들도 낳고 딸도 낳고 잘 살았어요. 그러다가 이제 어느날 옛날 마음이 선녀가 살던 왕궁에 가고 싶어 가지고 그랬는데, 두레박이 어느날은 거기서 가면은 선녀가 가면은 두레박이 내려오는 걸 알았어요. 선녀가 그 아이들하고 같이 거기 가가지고 두레박이 내려오는거야. 거기 가보면은 거기 가보면은 거기 두레박이 내려오는걸 갔다가 타가지고, 선녀가 타가지고 두레박에 아이와 함께 탔어요. 타가지고 올라갔어요. 하늘나라로 올라갔는데 그러고 보니까 또 자기 남편이 못 올라온거야. 그러니까 또 마음이 섭섭해가지고 아 그러면 안되겠다 싶어 두레박을 내렸어요. 내려가지고 남편을 올려가지고 하늘나라에서 아주 행복하게 잘 살았답니다.

⑧ 2004년 11월 14일/ 박상용/ 50세/ 대구시 수성구 황금동 거주/ 고향: 대구/ 채록자: 서은아

옛날옛날 한 옛날에 산골짜기에 나무꾼이 살았거든요 근데 나무꾼이 마음이 아~주 착하고 이제 자식을 키우고 있는데 어느 날 산 속에 갔는데 보니까 아주 희한하고도 하늘에서 내려온 선녀가 목욕을 하고 있었거든요 목욕을 하고 있는 광경을 멀리서 가만히 보니까 하늘에서 내려온 옷을 벗어놓고 목욕을 하거든요. 그래서 나무꾼이 옳다 됐다 옷을 가저 가면은 저 선녀하고 내가 잘 살겠다 싶어서 선녀가 그 호수에서 목욕을 하는 동안 나무꾼이 그 옷을 숨겨 가지고 있었단 말이죠. 그런데 인제 선녀가 목욕을 마치고 하늘로 올라가야할 시간이 된거에요. 옥황상제가 기다리고 있는 시간에 닿지 못하며는 벌을 받아서 하늘나라로 가지를 못하는거죠. 그래서 인제 옷을 벗어놓은데를 찾아보니까 그런데 어떻게 옷이 있어야지. 온데를 다 찾아봐도 하늘나라로 올라가는 옷이 없는거에요. 그래서 인제 애가 끓다보니까 나무꾼이 갖다주거든요. 그래서 어디 머… 살데도 없고 하니까 나무꾼 집에서 아주 살게 되었는거죠. 살다보니까 자식도 생기고해서 이제 작정을 새로하고 사는데 나무꾼이 생각하는데 어느날 이 정도 같으면 그 하늘나라에 올라가는 옷을 줘도 마 옷을 보여줘도 괜찮지 않겠냐 하는 생각을 했지요. 그래서 장롱 깊숙~히 숨겨놓은 그 옷을 꺼내서 여보 내가 당신이 하늘나라에서 내려와서 그 목욕을 하는 것을 보고 감추어 놓았는데 이제 보여주겠다구 했죠. 선녀가 옷을 보더니 대개 반가워하면서 옷을 입어보겠다고 하는거에요. 그러니까 나무꾼이 입어보라고 하니까 선녀가 그 싸악 옷을 입더니만 갑자기 하늘나라로 폴싹폴싹 올라갔어요 그런데 나무꾼이 보니까 같이 살다가 애까지 있는 부인이 옷을 입고 하늘나라로 올라가버리니까 슬픔은 말할 수 없잖아요. 그래서 그 나무꾼이 계속 상심을 해서 호숫가에서 기다리며 하늘에서 내려오는게 없을까 몇 날 몇 시에 하늘에서 두레박이 내려올테니까 마침 두레박이 내려오니까 두레박을 타고 하늘로 올라갔어요 올라가니까 그래가지고 저 두레박을 타고 올라가니까 선녀가 신랑을 보고 얼마나 반갑겠어. 그런데 애를 놨두고 올라갔단 말이지 애를 놨두고… 그래서 두레박을 같이 타고 내려와서 애들과 살았데요.

⑨ 2004년 11월 14일/ 박재연/ 33세/ 동작구 상도2동 대림아파트 거주/ 고향: 서울/ 채록자: 서은아

선녀와 나무꾼. 옛날에 착한 나무꾼이 살았는데 근근히 먹고 살았데요. 그래서 형편이 어려워서 마음씨 착하고 심성은 고운데 형편이 어려워서 장가를 못가고 그러고 있었는데, 나무를 해다 팔면서 살아가는데 어느날 사냥꾼한테 쫓기던 사슴을 구해줬데나 그래가지고 어… 그래서 구해줘서 사슴이 고마워서 선녀가 저쪽 연못에서 연못에 가면 목욕하는데를 가르쳐 준다고 가리켜줘서, 나무꾼은 사슴이 시키는데로 선녀가 목욕할 때 옷을 숨겨놓고 또 자식을 셋 낳기 전까지는 절대 옷을 주지 말라고 그래서 약속을 잘 지켰데요. 그래서 선녀의 옷을 숨겨서 결혼해서 살다가 애를 둘만 낳았는데 셋을 낳기 전까지는 절대 주지 말라는 말을 깜빡 잊어 버리고 옷을 주는 바람에 선녀가 하늘로 올라가버렸데요. 그래서 나무꾼은 땅에 남았어요.

⑩ 2004년 11월 14일/ 정청자/ 64세/ 경기도 과천시 별양구/ 고향: 경상남도 진주/ 채록자: 서은아

옛날에 아주아주 못사는 나무꾼이 매일 나무를 해가지고 끼니를, 가족끼리 생계를 해결하고 그랬는데 하루는 나무를 다 못해가지고 너무너무 더워서 인자 그 밑에 목욕하러 내려간다고 내려갔더니 선녀들이 와서 목욕을 하고 있었어요. 그래서 그 나무꾼이 내가 선녀 옷을 하나 훔쳐뿌면 선녀가 내 색시가 되겠다 싶어 선녀가 입고온 너울을 살짝 숨가 놓았어요. 나무 뒤에 탁 숨겨놓고 있으니까 다 목욕하고 올라가는데 너울이 없는 한 선녀가 막 울고 그랬거든. 그래서 그래갖고 인제 막 울고 있었어요. 나무꾼에게 살려달라고.. 자기가. 우리집에 가자고… 랬더니 선녀가 어떡해? 따라가야지. 그 때까지 자기 집에서 너울을 안내줬어. 너울을 내주면 날라가버리기 때문에. 집에 갖다가 탁 넣어놨어. 재미나게 알콩달콩 잘 지냈어. 애도 하나 낳았어. 그래서 나무꾼이 인제는 한번씩 나무를 하러 갔어. 그런데 선녀가 내 하늘나라가 그리워서 자식 하나 낳았으니까 지금은 내줘도 안날라가겠다 싶어가지고 당신 너울을 내가 훔쳤오 하면서 내주니까 선녀가 너무너무 고맙다고 그러면서 그것을 잘 쳐다보고 너울을 만져보고 눈물을 흘리고 있는데.. 한편 같이 내려와서 목욕한 선녀들이 올라가서 옥황상제한테 일러 준거야. 선녀가 하나 왜 안나왔노, 너울을 잊어버려 못올라왔다고. 옥황상제가 노발대발하면서 시녀를 밑으로 내려 보낸거야. 선녀가 그 소식을 동네에서 듣고 선녀가 너울도 있겠다 남편이 있지만 하늘로 올라가버린거야. 옥황상제한테 사실대로 말한거야. 옥황상제가 그 불상한 나무꾼 끝까지 안가고 너울 내주어 선녀가 올라가게 했으니 나무꾼도 하늘로 올려보내라 하는거야. 두레박을 내려보낸거야. 그래갖고 두루박에 나무꾼하고 애기하고 엮여갖고 올라가서 하늘나라에서 선녀는 베틀을 짜고 나무꾼은 옥황상제의 문지기가 되었다고 하데. 옥황상제가 사정을 듣고는 너무 안돼 가지고 너희 둘이가 날마다 붙어 갖고 살진 못하겠고 너는 견우별이 되고 선녀는 베틀 짜는 직녀가 되고 견우는 왜 견우가 되었는지 모르겠지만, 일년에 한 번씩만 만나라. 밑에서, 세상에서 애기까지 낳고 살았으니까. 1년에 한 번씩만 만나라. 선녀는 베틀을 매일 열심히 1년에 한 번 견우를 만나기 위해 열심히 베틀을 짜는 직녀별이 되었고, 나무꾼은 견우가 되어 칠월 칠석에 다리를 놓았어요. 그 다리를 까마귀가 놓은다고 하던가.. 애는 어떻게 되었다고 하던데.. 칠월 칠석이 그래서 생겼데. 그래서 칠월칠석이 되면 대체적으로 비가 온데. 왜 비가 오냐면 견우가 직녀가 1년만에 너무너무 그리워서 만나니까 기쁨과 그리움 때문에 땅으로 칠월칠석날이 되면 비가 온데.

나무꾼과 선녀의 부부갈등과 문학치료

〈나무꾼과 선녀〉 유형별 예화자료

* 중심자료: 선녀와 나무꾼[다시 찾은 옥새], 『한국구비문학대계 1-6』

그 참 동네에 여러 가구 사는데, 두 내외 살다가 늦게 아들을 하날 낳았에요. 근데 즈 어머니가-즈 아버지가 한 댓 살 먹어 죽구, 즈 어머니가 한 일구 여덟 살 먹어서 죽었어. 아 그래서 그 동넬… 그 즈 아버지-즈 어머니가 사람이 얌전했에요. 그래 동네 그 있는 사람이, "얘, 너 그 읃어 먹어 댕기지 말구 우리 집이 와 있거라." 그 데려다 뒀에요. 거 옷 해 입히구 밥 멕이구 이렇게 길렀는데, 그럭저럭 걔 나이가 열 대여닐곱 됐어. 근데 봄에… 그 있는 집이래두 가래질은 해야겠구 낭구는 읎구, 모 심꾸두 낭구는 했었구 그러니까. "너 가서 낭구를 해 오너라." 이렇게 시키는데, 그 때 걔가 어디서 뭐 밥을 먹구 자냐면 부엌에서 밥을 먹구 자랐어. 그 주인-안주인이 부엌에다 밥을 주구, 부엑에-있는 집 부엌이 이런 방 같지. 훈훈한 게. 그래 밥을 먹으믄 저 살강 밑에서 쥐가 한 늠이 나와. 쥐가 나와서 부뚜막에 올롤롤로 허구 댕겨. "아이 너 배 고프냐?" 그러구 밥을 한 숟갈씩 떠서 거기다 놔줘. 쥐가 먹구 들어가. 그래 그렇게 기르기를 몇 삼 년을 길렀어. 아 그래 낭굴 허러-인저 낭굴 허러 뚝 산엘 갔는데, 그 봄새에 이 예전에 흔 누더기 이 꼬이듯 했는데, 이는 가렵게 물구, 낭구는 할 꺼 읎구 가꺼운 데 죄 해 가구, 근데 갈퀴는 뻐드러져서 나무는 긁여지지 않구, 낫엔(낫은) 안 버혀지구, 그 잔딩인 햇잎이 푸룩푸룩나구, 건너산에 아지랭기가 정신이 팽팽 돌 판이라 그런 말이여. 근데 앉어서 이를 잡다가, "에이 낭구 좀 해야 되겄다." 구. 낭구를 해서 북북 긁어서 이렇게 긁어 놓군 가려워 배길 수가 있어야지. 부샅이 가렵구 왼통 가려워, [자신의 살을 긁으며] 이를 잡느라구 있으니까, 어디서 베란간 낭구 긁어 놓구서 앉어서 있는데, 쾅 하는 소리가 난단 말이여. 아 그래 깜짝 놀라서 보니까, 이 집테미만한 놈이-노루가 겅중겅중 뛰어와. 아 뛰어 오더니 나무-이잡는 애게, "얘!" "왜 그러니?" "너 나 좀 살려 다우. 내가 지금 미구에 죽을 지경이다." 근데 그 표수가 그 노루 잡을라구 사흘을 쫓아 댕긴 거여. 그래 그 날 그거 잡을 껀데 어떻게 헷팡질을 해서 놓쳐 버렸다. 이런 말이여. 그래구 그 노룰 쫓어 오는 길인데 노루가 사람 살려 달라구, 걔보구 그러니까, "아 그래 안 됐구나!" 그러군 낭구를 갈퀴루 떡 비구, "너여 가 두러눠라." 그랬어. 노루가 그 안에 가 두러눴어. 그래 긁어 덮지. 긁어 덮군 그 낭구 긁은 자리 발자구니만 갈퀴루 댕기믄 슬슬 긁구 앉아선 이만 이렇게 잡지. 이를 뚝뚝 잡구 앉았으니까, 포수까–표수가 총을 들러미구 쫓어 오더니, "하 이늠이 여기꺼지 왔는데 어디루 갔어?" 아 이러더니, "얘, 이 노루 일루 가는 거 못 봤니?" "못 봤어요." "하 이거 내가 사흘을 쫓어 댕기는데 이늠을 못 잡다니. 아이그, 다리나 아프니 낭구에 좀 쉬어 가자." 낭구에 가 털썩 주저앉는 거야. 아 이늠으 노루가 고만 다리가–허릴깔구 앉았으니, 소리 질를 테니 죽을 테구, 꼼짝 못하구 그냥 밟히구 도루 있지. 아 그러더니 그–그 때는–지끔은 탁자지만, 그 때는 화승이여, 화심이. 부실 툭 쳐서 이렇게 이렇게 긴 이거 한 발 정도 되는 담밸 빼끔빼끔 피어. "에이 쯧, 인젠 헐 수 읍다. 이늠을 사흘을 쫓아 댕겨두 못 잡었으니 이젠 놓쳤구나!" 그래구는, "아이, 가야겄다." 그러구 간단 말여. 그래 일어나니깐 노루가 등허리가 개벼니까 그늠 가는걸 알았더라 이런 얘기여. 그래 이 그 속에 들어서, "얘?" "왜 그러니?" "표수 갔니?" "갔다." "어디쩜 갔니?" "저 모퉁이 돌아가." "안 보이니?" "안 보인다." "그럼 나 나와두 괜찮냐?" "나와두 괜찮다." 나왔단 말여. "얘, 내가 죽을 껀데 너 때문에 살았어." 노루가 하는 말이, "네 신세를 갚아야 헐 텐데, 내가 네 신세를 뭘루 갚니? 너 인제 장가 들 때가 돼서 나이 열 일구 열 여덟 살이 돼가주구 장갈 들어야 될 꺼아니냐?" "날 새악씰 누가 주니?" "너 그 부잣집이서두 너 장가들기가 어려워. 그러니까 너 장가 들 도릴해라." "그 어떡해니?" "너 저–근너에…." 그 소나무가 여기 근처에 섰네. "저 솔밭 속에 가믄 연못이 있어. 연못이 있는데, 느 주인집이 가서 쌀서 되 서 홉을 달래서 씰쿠 씰어서, 서 되만 해가주구 솥 하나 가주구 바가지 두 짝가지구서, 거기서 일어서 그 바위가 있으니 게다 노구멜 드려라." 이런 말이여. "그러믄 노구멜 드리구 있시믄 시악시가 내려 올 꺼다." 이런 말이여. "시악시가 내려 와서–하늘 선관 시악시가 셋이 내려와 목욕을 핸다. 그러니까 하나 내려와서–그 큰 거다, 먼저 내려오는 건. 거 둘째는 둘째구, 셋짼 막내가 내려올 거니까, 첫째 시악시 목욕해구 옷 벗어놓구 들어가 목욕허걸랑 내비려 두구, 둘째 색시 목욕허구 가걸랑 내비려 두구, 셋째 시악씨째와서 목욕을 핼라구 옷을 벗어 놓구 들어가걸랑, 옷을 집어 들구서, 아들 샘 형제만 낳걸랑 옷을 주지, 그 안에 주지 말아라." 이런 말이여. "그래 그럭하믄 장가 드니?" "그 빨개벗구–뻘거벗어두 괜찮어. 그리구 그 옷을 주지 말어야지. 너 그 옷만 주믄 그 시악시가 서–하늘루 올라간다. 그러믄 못 만내야. 그러니까 옷을 주지 말어라." "그럼 그래겠다." 구. 가 이저 그 산 꼭대기 가서–참 주인더러 얘길 해서, 쌀 서 되 서 홉을 씰어가주구서 노구멜 지내니까, 한나절찜 돼서… 옥 같은-옥같은 시악시가 내려오는데, 돋어오는 반달 같구 월궁 선녀 같구 물 찬 제비같구 우박 맞은 재테미 같다, 이런 시악시가 내려온다 이런 말이여. 예. 우-재테미 우박 맞으믄 얼숭얼숭해 볼 꺼 읎지. 그런 인물이 내려 온단 말여. 그래 옷을 훌훌 벗어 놓구 들어가 목욕을 해구 올라가. 그래 그냥 가냥 가만히 두구 있지. 있으니까 옷을 줏어 입구는 그냥 무지개를 타구 올라가버려. "허 이거 놓쳤구나!" 그러나 이거 노루가 한 얘기가 있으니까 거 상관 없다. 또 한참 있드니 또 시악시 하나 내려 오는데, 또 와서 옷을 훌훌 벗구서 들어가 목욕을 해구-한단 말여. 그러더니 또 나오더니 입구 올라가. 또 내버려 두랬으니까 그냥 내버려 두구 있지. 셋째 체-시악시가 내려와서 옷을 벗구서 막 물루 뛰어 들어가서 옷을 바짝 걷어 들었어. 걷어 들어야 한 웅큼두 안 되여. 손아구에 들어서. 아 그러니까 이 시악시가 들어와, "당신허구 살 테니 옷을 제발 달라." 는 거여. 주면 잊어버리는 거여. "안 된다."구. "아 여보, 이-이 이렇케구 어딜…." "아 괜찮어." 그 산꼴에 떡가랑잎이라구 이것 만합니다. 그걸 따서 '보질 가려라.' 이런 말이여. 아 그래 한 손으루 떡가랑잎을 따서 보질 가리구 쫓어 가는 거여. 아 이 저 주인집에 슬슬 가니까, 아 그 시악시가 그-그렇게 정성드려 묻어 온대니까, 주인네두 좋아헌다 이런 말이여. "아이그, 그 시악시 데리구 오나?" "네, 그렇습니다." "어이 들어가라." 아 그-그 옷 한벌 내서 시악실 입히는데, 아 무거워 댕길 수가 있으야지. 지금 뒤기장 모냥으로 뒤땅뒤땅 하구 댕기질 못히야. 아 그래두 헐 수 없어 그럭저럭 사는데, "아이, 너 시간을 내야 할 텐데. 어느 날 집을 장만해야지." 근데 그 때 아들 하날 낳았어. 그래 또 멧 핼 그-그 집이서 또 나았어. 또 또 거기다 또 하날 낳았어. 형제를 낳았다 이런 말이여. "야, 인제는 너 거식허니 저 산꼴에 가 그 火田이래두 해 먹구 살어라." 그 산꼴루 들어갔어. 산꼴루 들어갔는데 아 가서 서숙 농사를 지어서 참 뭐 서숙 부자여. 그 주인네 집이서 씨앗 주구 이래서 그래 먹구 사는데 이 예펜네는 밤낮 하늘에 올라갈 걱정이여. 그저 그 옷만 입으믄 아들 겨드랑이에 하낙씩 끼구 그냥 올라갈 작정이여. 그런데 이늠으 옷을 찾어야-입으야 올라가지. 아 그런데 마치 그 때에 그 주인네 환갑이라구 '아무개 내외 오너라.' 이렇게 기별이 왔어. 그래 쫓아갔지. 갔더니 참 그 부잣집이라구 진-환갑 잔칠 하는데, 별식을 모두 맹길구 이러는데, 보니까루-아 이 선녀가 가만히 보니까, 다 있어두 지푸래기 과자가 없어. "그래 그 이 세상 만사가-만물 음식이 다 있는데 한 가지가 없으니 나 시키는 대루 해 주슈." 그러니까, "뭐냐?" "여기 이 농사 짓는 이 쌀-먹는 쌀 짚 그 웃매디 그걸루다 석 단만 짤러서 뽑어 주슈." 이런 말이여. "그렇게 그 석 단을 뽑아서 이럭해서 요 웃 딱딱한 거 짤라 내버리구 연한 것만 해서 요렇게 단을 지어 다오." 그래 그렇게 단을 지어 주었지. "저 마당에다 가마솥을 걸어라." 그런 말이여. 가마솥 걸어 노니까, 기름 가져 오라구. 기름을 거기다가 붓구는 기름을 끓여. 아 그늠 지푸래기, 그 실뭉지같은 늠은 하나 느믄 이거만큼 굵어져. 투각이 돼서. 그 잔치꾼 오는데 많이 대접을 할 꺼-한 잔치꾼에 대해서 그거 투각 하낙씩이여, 꼭. 아 그래 만인 잔치꾼이 시상에 살어두 이런 음식을 처음 먹어 봤다. "거 이거 이 음식이 어서 났냐?" 그러니까, "하늘에 선관에 시악시다." 이런 말이여. "우리 집 있든 아무개가 하늘 선관 시악시하구 장가 들어서 그 시악시가 맹긴 음식이다." "아이구 얘, 참 이런 음식 처음이다." 이런 말이여. 아 그래 먹구서랑 이렇게 한갑을…가령 그래니까 그거있는 집이 갔으니까 이럭저럭 한 오륙 일 됐지 뭘. 이 뒷설거지 하구 잔시중 겉은 거…. 아 그래 인제 그 바깥사람은 참 바깥 일 보구, 안사람은 안 일 보구 그러는데, 아주 손님 접대를 잘 허구, 이 안성 시내에두 그렇게 손님 접대할 사람없우. 아 칭찬들을 놀랍게 했단 말야. 그래 잔치꾼 다 헤어진 뒤어 메칠 놀다가, "아, 즈이 집이 인저 가야겄읍니다." 그러니까, 웅 그 아들들두, "그 이왕 갈래믄 인저 또 이 좀 지내-몇 달 지내야 만날 테니까 술을 한 잔 더 먹구 가거라." 구. 아 이거 붙잡구 자꾸 권고를 하네 그래. 아 이늠으 먹을 줄 모르는 사람이 한 모금 한 모금 권하는 바람에 먹다 보니까 술이 억병이 됐어. 아 그래 이제 마누라가, "여보, 인저 갑시다." 마누라가, "갑시다." 근데 이 마누라는 그 날꺼정 그 옷 훔칠 작정이여. 하늘에 올러갈 작정이야. 아 그래 영갬이 술이 취했는데, 인제 아들 하나는 마누라가 업구 하나는 영갬이 업구 이래구 인제 거기 집엘 가는 거여. 거 으떤-집이 가서 떡 인자 술이 췠으니까, 마누라는 불을 땐다구 부엌으루 나가구, 이 영감쟁인 혼자 씨러져 정신없이 자는 거지. 불을 때다 생각하니까 그냥 옷 생각이 버쩍 나, 그냥. "아 이거 들어가 봐야겠다." 아 가서 옷을 찾아봐야 없어. 근데 이늠으 영감쟁이가 옷을 꼬맨 틈바구니-꼬맨 걸 튼구서 그 속에다 놓구선 꼬맸으니 알 수가 있느냐 이런 말이여. 그 영감이 거길 튼구 보니까 옷이 거기 들었어. 끄내선 예미 그냥 아들이랑 인저 하낙씩 끼구 그만 올라가 버렸어. 아 술이 얼취 깨가주구 방에 불을 때지두 않았으니까 차겁지 뭐여. 아 자지가 바짝 오그라들어 그저 꼬들꼬들할 지경인데, 일어나선 보니깐드루 아 으째든지 얼굴이 써늘허단 말여. 아 보니깐 예미 아궁지 불두 안 때구 마누라두 읎지 아들 형제두 읎지, 기가 맥히드라 이런 말이여. "하 이거 그냥, 쯧, 천상 할 수 없으니 도로 있든 그 댁으로 가여겄다." 구.

거길 도로 내려와. "아 너 으째 도로 오느냐?" "간밤에 마누랄 잊어버려서…." "어? 마누랄 잊어버려? 그 어떻게 잠만 잤니?" "아 술이 췌서 잠만 자서 어디루 간질 모르겠다."구. "에이 빌어먹을, 그 헐 수 없지 어떡해야. 거 하늘 선관 색씨니까 하늘루 올라갔지 거 뭐 별 거냐? 아 그래 가만히 생각을 하니까 큰일 났어. 그 아들이 생각이 나-버쩍나 죽겄어. 마누라보덤두. "예이 정칠 거, 내가 낭구하던 데나 도루 가봐야 하겄다." 구. 그래 낭구하던 델 도루 찾아 가서 거 가 낭구 양지 짝에 가 우두커니 앉었지. 앉았으니까 노루 한 늠이 겁실겁실 해구 뛰어온다 이런 말이여. 그래 오드니, "야 이늠아, 너 간밤에 마누라 잊어버렸지?" 아 이런 말이여. "아, 너 어떻게 그렇게 잘 아니?" "야 이 자식아, 너 아들 셋 낳걸랑 옷 주랬더니, 그 술두 좋은 거지만, 그래 아들 둘 낳았는데 술을 먹구 씨러져 자서, 마누라가 옷 꺼내 입구 아들 둘 달구 하늘루 올라갔다. 인저 못 만낸다." 이런 말이여. 그래 노루가 와서, "너 그 마누라 볼라믄 말이여, 쌀 서 되 서 홉을 또 씰어 가주 가서 거가 정성을 드리구 있시믄 그 때선 두레박이 내려올 꺼다. 그러믄 첫째 두루박 내려와서 넘실넘실 해가주구 물 퍼가주구 올라갈래믄 가만 두구, 셋째 두레박-둘째 두레박 내려와 물 퍼가주구 올라가걸랑은 내버리구, 셋째 두레박이 내려와서 우물가에 넘실넘실 두레박에 들어 앉어라." 이런 말이여. "그래구 줄을 놓치지 말어라." 아 그래 이 사람이 인젠 참 가 가서 노금멜 드리구 있으니까, 한나절찜 되더니 하 공중에서 줄이 내려오더니, 두레백이 휘휘휘휘 내려오면서, 그 우물가에루 돌어댕긴다 말야. 지금 한참-저 금광면 수리조합에 배돌어댕기듯 해야. 아 돌어댕기는데 가만히 내버려 두니까 달구 올러 간다 말야. 또 둘째 두레박 내려 달구 셋째 두레박 내려와서 우물가에 넘실…. "옳다 됐다." 구. 그저 텀벙 들어앉어서 바짝 붙들어. 아 물동인 줄 알구 인제 마누라 아들 형제가 꼭대기서 들구 잡어 대리지. 그런데 저이 성들 둘은 아 그 저이는 사내가 없는데 동생은 아들꺼지 있으니까 뵈기 싫었지. 즈 아버지더러 그걸 죽이라구 해는 중이여. 그 동상을 죽이라구. 그 모두 죽여 달라구 그러니까, 즈 아버지가 '인간 사람이래두 그 못 죽인다.' 이러구 줄곧 내버려두는 차인데, 두레박에 올라앉아 있으니까, 이 저 아들 둘이 양짝에서 잡아대리구, 즈 어머니두 거기서 겹줄루 쥐구 잡아대리구, 아 이 마누라가 잡아대리구 보니까 자기 영갬이 올러 온단 말여. 그러니까 줄을 놓구, "아이구 우리 지하에 아부지 올러온다." 구. 아 이 형제늠이 냅대 둘러쥐구 그 이거 지-지금엔 줄다래미읍지, 예전에 줄다래미 줄이 굉장했어. 아 이 잡아대려 올렸다 말여. 아뜩 올리니까 "아이그-아유." 그 마누라는, "어이구, 저 인저 아부지한테 또 구박-성덜한테두 또 구박맞겄다." 구 하는데, "아버지 온다." 구. 아버지한테, "아 아버지 인제 와 만날 줄을 누가 알았냐?" 구. 아 그래서 인제 같이 살지. 아 같이 사는데 아 이 성-성년덜이 즈 아버지더러 그 죽이라구 그런 말여. "그 시식구 다 죽이라." 구. 아 그래즈 아-즈 아버지가, "그 그럴 수 읍다. 아무리 생각해두 그거 느이는 냄편덜이-너이 사내들이 없지만, 그건 그러구 그거 인간 사람이래두 만내서 아들꺼지 낳았으니 그 죽일 수가 있느냐?" "아 죽여야지 안 죽이믄 우리 둘이 죽는다." 이런 말이여. 딸만 삼 형젠데 둘이 죽는대니 어떡허느냐 이런 말이여. "아 그거 할 수 없다." 구. 그런데, "그 죽여 주슈." 그래 아무리 생각을 해야 죽일 수가 있나. "얘 그러믄 가만 있거라. 내가 의사를 내마." 그래 한날은, "그 아무데 그 느 거시키 오래라." 그 딸보구 그러니까, 가 오라 그랬단 말여. 그래 들우왔단 말여. "아 왜 불르셨읍니까?" "응 다름이 아니야. 너 나하구 내길 해자." 그런 말이여. "아 무슨 내길 햅니까?" "니가 내 재주를 못 아리켜내믄 니가 죽구, 니가 그걸 알이켜내믄 너를 그냥이 여기서 그냥 아주 세상만 거시키 하두룩 살두룩 맨들어 주마." "그 그럭하겄다." 구. 그러구 집이루 왔어. 집이 와서 인저 꿍-꿍 앓지. 뭐 알이켜낸대는 장사가 있으야지. 그래 마누라가 있다가, "이 여보, 아들이 형제씩 되는데 왜 당신이 앓구만 있시믄 어떡할꺼요?" "아 빙-아 음 빙장 으른이 내기를 해재는데 무신 내긴지를 모르겄으니 이걸 우뜩해야 좋으냐? "으응, 은제?" "내일 아침에 오라 그랬다." "그럴 꺼." 라구. "그 뭐 걱정 말우. 밥 먹우. 밥 먹은 뒤에 내일 아침에 갈 쩨 내기 얘기 하리다." 이런 말이여. 웅 아침 마침 먹은 후에, "오늘 가믄 그 문간에 들어시믄, 큰 돼지가 새끼 두 마릴 데리구 당신 들어가는 길을 근너서 갈 꺼여. 가걸랑은 당신이 으쨌든지 발길루다 그 돼지-그걸구 돼지 턱주거릴 냅다 걷어찬 후에, 당신이 즘잖게 지하제 사람하구 이런 얘기 해는 데가 어딨느냐구 걷어차우. 그러믄 그 볼 께 있으리다." 이런 말이여. 에 이-이 참 가지. 인제 그 마누라 하는 데로만 가니까 아 이 돼지가-그 집채만한 돼지가 새끼 두 마릴 데리구서 굴굴거리구 저는 이렇게 했을 때 이리 간다 말야. 그저 발길을 그냥 죽어라 하구 턱주가리를 가… 아 이늠이 걸귀가 턱주리가 아퍼 배길 수가 있어? 뻘떡 일어나 껄껄껄 웃구, "얘 지하제(地下에) 사위두 용하구나!" 아 그래, "아이, 천상 할 수 읍다. 어이 가거라." 왔단 말여. 아 거 저 이 형님년 둘이 생각을 해보니까 꼭 죽일 줄 알았는데 또 살려놨단 이런 말이여. '아 이거 헐 수 읍스니까 이거 어떻게든 또 죽여야 되겄다.' 구 "그래 아버지, 그래 못 죽이슈?" "그 못 죽이겠다." 근데 그 때 하늘 옥황상제가 옥새를 괭이나라한테루 뺐겼어. 괭이나라 한테루 옥새를-괭이가 와서 물어갔으니까 왕 노릇을 해두 옥새가 있으야지. 옥새를 찾을라구 해믄―괭이 나랄 가자믄 쥐 나랄 근너 가야 괭이 나란데, 쥐 나라 가다가 죽어. 으 그 쥐가 또 옥새를 괴―괭이 나라루 가질러 가믄 괭이가 쥐 잡아먹으니까 가질 못핸다 이런 말이여. "그래 이거 할 수 읍스니까 그 옥새를 찾아 오두룩 시키시우." 그래 쬥일 암만 생각해두 거기 가믄 죽어. 뭐 도리없이 죽는다 이런 말이여. 그래 그거 하나만 죽으믄 그까짓 외손자 뭐 둘이구 뭐 딸이구 뭐 상관없이 다 죽일 꺼라 이런 말이여. 즈 큰 딸 둘이 다 죽일 꺼여. 그래인저 또 불렀어. 그래 갔지. "왜 오래셨읍니까?" "음 그런 게 아니라 지끔 내가 이기 임금 노릇을 해구 있어두 옥새를 괭이 나라한테 잊어 버렸어. 거 가 거 옥새를 찾어 오너라. 이래―이래야지, 옥새를 못 찾어오믄 너를 죽인다." 이런 말이여. 찾으러 가두 죽구 안 찾으러 가두 죽어. 죽긴 일반이다 이런 말이여. "아, 그러믄 갈 수 있느냐?" "아, 죽으나 사나 가야죠." 어차피 죽으니까. 그래 가면서 응, "우리 네 식구가 다 죽었구나!" 이러면서 신세 한탄 하믄 가는 거여. 그래 가니까, 마누라가, "아 오늘 아부지가 무슨 얘길 해자구 불르십디까?" 이런 말이여. "그런 거 아니라 여기 옥새가 괭이나라 가 있대며?" "여보 괭이 나라한테 옥새 뺏긴 지가 수십 년이유." 이런 말이여, "그래서 그 옥새를 못 찾어오우. 인간 사람이구―이거 우리 성들 냄편들두 옥새 찾으러 갔다가 죽었수, 다. 그래 과부들이유. 그러니 나 당신허구 사는거 뵈기 싫어서 죽일랴구 그러는 거여. 그러니까 인저 당신 죽었수." 그런 말이여. "거기 가서 다 죽었시유." "거 어떡허믄 살겠느냐?" "어려운데, 당신만 떠나는 날이믄 우리 세 식군 그냥 죽어. 메칠 기둘러 안 오믄 다 죽는 거여. 그러니까 아무 날 오랬으니 그 날 가우. 가는데 장인이 몇 만릴 타구 갈라믄 말을 좋은 걸 타구―가져 가라구 그럴꺼여. 거르믄 그 살찐 말이 수십 바리가 있을 테니 그거다 싫다 그러구 외양간 구석에서 씨러져서 일어나지 못해는 말을 달라 그러우. 그런 하루 천리마여. 그걸 가져야 쥐 나랄 가지 그렇게는 못 가우." 그래. "쥐 나라엘 가두 당신이 쥐하테나 좋을 했시믄 살지만, 그러지 않으믄 쥐가 잡아 먹어. 그러니까 어떻게 됐든 간에 그 말을 달래 가주가우." 그래 그 날 뜩―. "그래 왔니?" "예 왔읍니다. 거 너 이왕 인저 옥새 찾으러 갈 테니 네 마음대루 그 중 좋은 말을 가주 가라. 이 말 가질래, 저 말 가질래?" 아 이 살이 미력 같이 찐 말을 내준단 말여. "아이구 장인 다 전 그거 싫읍니다." "그럼 뭐, 걸어 갈래?" "저기 저 구석에…." 아 그래, "이 말 가져 가겠읍니다." "아 이늠아, 그거 단 십 리두 못 가는 걸 가주 가?" "아, 글쎄 이걸 주시우." 아 그래 발길루 가서 꾹―채쭉을 주면서 흠칫 때리며, "너 천리마를 갔다가 올라믄―너허구 나허구 살라믄, 니가 걸음을 부지런히 가라. 그러지 않으믄 못 갈테니까 가자." 이래. 그래 일어나선…. 그 또 장인 어른-그 즈 저 저 큰딸 둘은 그거 아주 이제 다 잡아 논 거여. 아주 죽인 거나 마찬가지다 이런 말이여. 그래 말을 타구 가지. 가 뭐 인적 없으니 자꾸 한읍시 가는 거야. 아 한 군델 떡 가니까 큰 산 두메에 그저 쥐 한 늠이 수천 마리가 나와서 들썩들썩 들썩들썩 하구 밤도토리 줏으러 댕길라구 정신이 없어. 아 거길 가니까, "얘, 이거 이 참 이런 음식은 처음 먹어보겠다." 구. 아 쥐덜이 뎀벼들드니, 아 말째 그 사람째 그냥 거둬 들군, "우리 갖다 잡아 먹자." 구. 아 들구 가는 거여. 아 그러니 애개개 소리두 못하구 그냥 쥐한테 물려서 가는 거지. "얘 우리가 잡아 먹을 꺼 없이 우리 임금한테다 바치구 잡아 먹자." "아 그럼 그래자." 아 이제 가지구 들어가선, "아 임금님, 오늘 저희가 먹을 건 가주구-먹을 걸 가주구 왔에요." "어디 보자, 뭐…." 아 보니까 저 밥 주던 그 사람이여. "얘 이거 이거…당신 이거 웬만-을마만이유. 인간에서 만나던 사람이 하늘에 와서 말날 줄 어떻게 알았어? 어이 들어오우." 아 이거 물어왔던 쥐들이 고만 질겁해다가서 말두 못해구 그랴. "하 그거 우짜-우짜 그리슈?" 그러니까, "너이가 내 몇 십 대 손-손덜이여. 내가 이 냥반한테 밥을 얻어 먹구 가래서 내가 도를 닦아가주구 하늘에 와서 너이 人總[1]이 그만큼 퍼졌어. 그러니까 이 냥반에 신세를 뭐 우리 죽어두 못 갚는다." 이런 말이여. 아 그래, "아이 우선 그 시장하니 됐느냐?"구. "가서 밤-가서 가주구 나와." 아 도토리-저이들은 도토릴 먹구, 밤을 한 끼에 두 되씩을 삶아서 준다 이런 말이여. 세상 없어두 사람은 삶은 밤 두 될 못 먹어. 아 먹어보니까 배가 불르구 살이 미륵같이 쪄지지. 한데 말은 아 이늠으 쥐들-저 쥐들이 댕기믄 풀 벼다 주지, 아 또 밤 같은 것두 삶어서 주지, 도토리 삶어 주지, 말두 잘 먹었어. 아 잘 먹구 있는데, "그래 으째서 여길 왔느냐?"구. "응 당신에 신세는 많은데 신셀 갚을 쩨-당신에 신세 갚을 일을 생각하니 으 기가 맥힌데, 뭘루 해야 여기 왔느냐?" 물으니까, "그런 거 아니라 내가 하늘 선관에 딸하구 장갈 들어가주구서 사는데, 그 성덜이 나를 죽일라구, 내가 아들 형젤 낳았어. 그런데 하늘에꺼지 올라왔는데, 죽이라 그래서, 괭이 나라에 가 옥샐 찾어오래서, 그 옥셀 찾으러 가믄 죽는대야. 그래 죽으나 사나 할 수 없이 여기를 왔다." 이래 "아유, 어려우." 이런 말이여. "인전 당신 살기가 어려우." 그래더니 아 때마둑[2] 잘 해 줘. 몇-몇 메칠을-몇 달을 두구. 아 잘 먹구 있는데, 쥐들이 회의를 해여. 죄 불러 놓구 회의를 허더니, 아 지끔 저

1 원래는 '인구(人口)'의 뜻이나, 여기서는 '무리'의 뜻임.

2 식사 때마다

서울서 대통령이 무슨 회의 헌다 그러믄 이 안성 사람이 안 가진 뭇히여. 가야지. 그래 모여 들었다 말야. "야 이 냥반이 대대 이하루 우리 참 은인이야. 은인이니까 이 냥반에 신세를 갚자믄 괭이 나라에 가서 옥새를 가주 와야지, 그러지 못하믄 이 신세를 우리가 죽어두 못 갚는다." 이런 말이여. "그러니까 그 옥새를 가 가주 오너라." 하니까, 아 괭이나라에 굴을 파자문–몇 천 리를 가자믄 아 쥐가–괭이가 알구 쑤시믄 몽조리 죄 죽겄다 이런 말이여. "아 그래 어떻헙니까?" "너 不應 말구서 쑤시라. 가 괭이 나라에 가 옥새를 물어와." 그래 괭이는 여기쯤 있구 이 여기 옥새를 여기다 턱 놔뒀는데 저 밖에서 쥐가 뚫어. 괭이가 날마둥 자믄서 그거 옥새 잊어비리까봐 그냥 그거만 눈을 뜨고 자는 거야. 반은 눈을 감구 반은 뜨구 자. 괭이가 으쨌든지–쥐란 늠이 굴을 뚫어서 거기꺼지 들어갔에요. 아 거기꺼지 떡 들어가서 보니까 괭이가 요러구 아 예이 가만히 빠삭 말려 쥐를 이러구 쳐다봐. 보기만 하믄 내치거든. 아 그런데 떡 있더니 괭이가 눈을 하날 스르르르 감는다 말야. 가만히 한 늠이 잡아대려선 옥새를 끌어서 이렇게 앉었는데, 나 이렇게 있는데, 이–이 사람은 이 사람, 이 사람은 이 사람…[3] 자꾸 나간다. 괭이가 보니까 옥새가 없어. 그래 대구 쑤시는 거여. 그저 송장이여. 그저 쥐가 죽는 거라. 웅, 그래서 그 나라–쥐 나라에 옥새가 왔더라 이런 말이여. 그래 옥새를 갖다 놓구, 인제 그거 참 쥐 나라 왕이, "인젠 내 당신의 신세 반은 갚었수. 웅 이걸 잘 가주 가서 보관헐 꺼 같으믄 당신에 아들이구 대대이 하늘 선관이 돼서 살 테니까 잘 보관해 가지구 가우." 이러구 준다 이런 말이여. 하 그거 제미, 잘 먹구 옥새 읃었으니 시상에 그보다 더 좋은 데가…. 그 때 춤 춰. 저기 미친 년이 춤추는 게 그 때 그거 보구서 춤추는 거여. 아 그래 인제 옥샐 들구서 인저 말을 타구, 인저 여기 옥–이 옥샐 들구 인제 말을한 고삘 틀구 이러는데, 아 이거 성년들 둘이 가만 있자니까 아 그 옥샐 가주구 오는지 안 가주구 오는지 알 수가 없다 말야. "우리 둘 형제가 가서 옥새를 가지구 올라믄 그 옥새를 뺏구서 아부지 갖다 주구서 그늠 죽이자." 이렇게 公論이 돌었어. "그럼 그래자." 구. 그럭했는데 이 마누라쟁이가 관상을–가만히 천길을 내려다 보니까, 자기 염감이 옥새를 가주구 와. 웅 분명히 손에다 들구서 한 손으루 말고 삘 들구 오는데, 보니까 수리 한 늠–두 마리가 떠서 그 옥새–들구 오는 옥샐 뺏어 가지구 날라간다 이런 말이여. 가만히 보니까, 저이 성들 떠나간 뒤에 이것이가 조화를 부려서 쪼끄만 여치매 라구 요고만한 거 있읍니다. 날은 웅 이 그

3 여기에서 '사람'은 쥐를 가리킴. 그러므로 이 부분은 쥐들이 연달아 옥새를 전달하는 모양을 말한 것임

거 빳어다가 저이 냄편 죽이구 저이 시 식구 다 죽일 예산이여. '아 이래선 안 되겠다.' 그래 저이 성들 생매 잡아 길들인대는게, 그랴 그거여. 아 그래 매가 돼가지군 떠나간다 말여. 거길 향해구 쫓어가. 아 이 쫓어가니까, 저이 성들 둘이 거가 빙빙 돌더니 아 옥샐 빳어가주구 그냥 날은다 말여. '그 이거 뎀벼서 어차피 우리-난 죽는 거니까 내가 죽더래두 한다.'구. 그거 둘을 붙잡구 있는 느므 옥새를 가 뺏구선 그냥 그 발루다 그냥 성에 눈깔들을 허벼내. 그래 수리가 눈을 못 떠요. 눈깔이 멀어서. 아 그래 옥새를 뺏겼어. 뺏겨가주군-가주군 집이루 갓어. 이늠이 인제 말을 타구서 오면서 울지. "이 우리 네 식구 다 죽었구나!" 이러믄서 신세 한탄하니까, 아 이 딸년 둘은 눈깔이 그냥 그 그 보라매한테 할켜서 그냥-그 빳느라구 그냥 할켜서 눈깔이 멀어선 잘 보지두 못허구 있어. 아 그래 갓다 놓구 있으니까, 영갬이 그냥 울면불면 오는데 대한해단 말여. 아 그래 아들들은, "아, 어버지 오네." "어 아버지나마나 우리 네 식구 인제 다 죽었다." 그뿐이야. 그래 내일은 돌어가야-옥새를 가주구 들어가야 할 텐데 큰일 났다 이런 애기여. 그래 아 인저, "내일 갖다 옥새를 갖다 바치야 헐 텐데 옥새를 잊-그렇구 오다가 잊어버렸으니…." "웅, 그렇겄다."구. "그 당신이 그 지하에서 쥐한테 선심을 많이 했어. 웅 그래서 그 쥐가 쥐나라에서 당신 신세 갚느라구 당신 멕여 주구 그 쥐가 수만 마리 죽었수. 그 옥새를 당신 준 거니까, 하늘에 우리 아버지두 그 신세는 못물러. 그러니까 당신 걱정 말구 내일 아침 먹구 가라." 구. 아침 먹구 그 이튿날 옥샐 들구 오니 아 눈 먼 예미 저 큰딸 둘이 옥새를 가주구 오건 봐야 뭘 어떡허지. 그저 눈만 꿈먹꿈먹해. [이 다음에 저 산에들 가보슈. 수리가 꿩이나 뭘 [청취 불능] 잡을라구 냅대때려. 눈갈을 때리믄-땅바닥만 때리면 그냥 꿈벅버리구 졸어. 지끔두 그려.] 아 그래 갖다 옥새를, "아 빙장어른, 여기 가져왔읍니다." 그러니까, "하, 얘 지하지에 사람이 하늘에꺼지 도를 닦어… 이렇게 좋은 사람을 저런 망한 년들 대민에 그 죽일라구… 이년 느이 눈깔 둘 다-눈깔이 다 멀어두 괜찮다." 그래서 걔가 하늘에서 사는 거여. 사는데, "하두 오래 살었으니 내 지하에 내려가서 그 우리 큰집 어떻게 됐나 좀 가보겄다."구. 인제 아들들두 둘 있구, 마누라두, "당신 지하에 내려 가믄 올라 오질 못하우." 이런 말이여. 그래 아이들이 있다가, "아 아부지, 갔다 오믄 어떻게 올러 오세요?" "에이구, 글쎄 가구 싶긴 가구 싶으구…." 그러믄 마누라가 또, "야, 그러믄 별 수 없어. 내가 강아지 한 마리 줄 테니 이 강아지-까막 강아지 꽁딩일 붙잡구 내려가우. 웅 지하엘 내려갔다가 그 까막 강아지 데려가서 까막 강아지가 간다구 끙끙 거리걸랑 그 꽁질 놓치지 말구 붙잡구 올라오우." 이런 말이여

"그래야지 그럭–만일에 강아지 꽁뎅이만 놓치믄 당신은 지하에서 죽우." 그런 말이여. "아 그렇것다." 구. 그래 강아질 붙잡구 내려왔어. 내려오니까, "아이구 십 년만에 만났나? 아이구 이 세상에 서울[4] 살림이 그렇게 좋은가?" 아 그 반갑기가 이를 데 없어. 아 그래 간다 그래니까 아 강아지두 끙끙해여. "아 이 사람아, 밥이래두 한 끼 먹구 가야지 그냥 가는게 뭐냐?" 구, 아 둘러 붙잡어. 아 강아지가 꿈틀거려 꽁딩이 놓쳐 그만 올라가버렸지. 올라갈 때믄–올라간대는 장사가 있어? 그냥 그 집이서 그럭저럭 살다 그냥 게서 늙어 죽었어. 늙어 죽었는데, 하늘에서 그 마누라쟁이가 내려다 보는데, 자기 영감이 거기 그 집이 가 죽었다 이 말이여. 그래서, "얘 별 수 웁다. 느이 아버지가 이 인간 민간 사람이래두, 나하구 백년 해로허구 살구 우리가 지내니까, 느 아버지 송장을 져다 이 하늘에다가 묻어야 되겠다." 그래서 그 형제가 내려왔어요. 내려왔는데 지끔은 行喪[5]이구 영구차가 있는데, 그 땐 막대기 두 개 베서 새다릴(사다리를) 맨들었어. 그래 둘이 해미구서 올라가서 그게 이름이 뭐냐믄 마주잽이[6]야, 마주잽이. 마주잽이. 그래서 하늘에 갖다 장살 지내구 잘–잘살다 죽더래요.

A형: 선녀만 승천형

1. 나뭇군과 선녀(『한국구비문학대계 2-7』, 420~424쪽.)

그 금강산이라는 산이 외금강은 고성군 일대가 외금강이구, 또 내금강은 내금강 호양군 웅. 근데 인제 외금강 일대에 총석정꺼정 들어가구 외해금강 그 근 통천, 그 통천, 고성, 호양, 그것이 합한 것이, 산이 그 금강산인데, 원정리지? 거기 고성이여, 고성 원정리에서 남으 집 사는 총각이 낭글 하러 갔는데, 낭글 이래하러 갔는데, 사슴 음 게 이게 허무맹랑하지. 포수가 사슴을 쫓아서 오는데 사슴이 꼭 포수한테 죽겠거던. 게 덤부사리 밑에서 숨으믄선 그 총각더러, "내가여기서 숨는

---

4 옥황상제가 있는 옥경(玉京)을 가리킨 말
5 상여
6 두 사람이 무자 메는 상여나 들것

다구 니가 포수한테 얘기 하지 말아 주시요." 그래, 그. "포수가 날 잡으러 곧 쫓아오니 날 봤느냐구 그래거던 못 봤다 그래구서 어, 여기 숨었다 그랜 말 하지 마시유." 그래, 그이디 아마. "그래마." 하구 승락을 했던 모냥이여. 헌데 웬걸 참 포수가 총을 미구 오믄서, "사슴, 고기 뛰어 갔는데 어디루 갔는 거 봤냐?" 하구 묻는다. 그러그던, "아, 난 지났는데도 못 봤다." 구. "아, 그 으쨴 일이여. 못봤다니." "아, 글쎄 못 본 걸 못 봤다." 구. "눈에 띤 걸, 벌써 본 게구. 그런데 내 눈에 안 띠었으니 못 본게 아니유." 아, 인제 고허지 않았단 말야. "스으-." 다른 데루 갔뻐렸단 말야, 포수가. 그래 그담. 사슴이 나왔지. 오월 단오날이믄 다 알지? 음력으루 오월 오일이 단오날인 거. 오월 그 사심이여 허무맹랑하지 사슴이 말하니. 이게 다 호랭이 담배 먹던 그 시절 얘기여. "저, 거시기, 이 오월 단오날이믄 하늘서 선녀 서이가 내려 와서 여기와서 저 목욕을 할텐데, 여 구룡폭포, 그, 와서 목욕을 할테니 잊지 말구, 냐년 오월 단오날 그 날 꼭 잊지 말구 가서 아침부텀 가 기두리구 있이믄 그, 선녀 서이가 하늘서 무지겔 타구 내려와서 여기 와서 목욕을 할테니, 목욕할 때 그, 이 여 의복, 옷을 벗구서는 그 목욕을 할테니 옷을, 그 뛰어가서 옷을 한 벌을 가주구, 거시기 감쳐두믄 그 선녀가 올려가질 못하구 하늘루 못 올러 갈테니, 그 선녀하구 같이 사시요. 살되, 어린네 서이를 낳기 전에는 그 절대적 그 옷을, 그 옷을 내 주지 마시우." 으응 이렇게 부탁…. "그 내 주는 날이믄 안 될 테니 꼭 그렇게 해 주시유." 니까, "그러마." 구. 아 명심불망하구서 참 오월 단오날 간단 말이야. "가는데, 여자의 입을 입을, 여기 보통 여자가 입을, 여, 여, 여, 여자가 입을 옷을 한벌 가주 가시유. 그카구 그거이 응 감친 옷은 내 주지 마슈." 그랬단 말야. 그래 인제 그대루 이런데루 사심으 씨긴대루 해서, 이걸 갖느니란 말야. 가서. 이, 여자의 의복 한 벌 구해가주구. 건 샀던지 웬 빌렸던지. 그래 가서 갔지. 나무지겔 지구. 게 요총객이 나이 아마 한 근 삼십된 총각이. 그 예전엔 가세가 구 넉넉지 못하면 장개 들기가 게 힘이 든다구. 지금은 돈은 고사하구 인물주의지마는 인물이 잘 났더라도 예전에 남의 집 살구 그랜덴 딸을 안 줄라 그래거던. 그, 그 시절이. 갔지 갔는데, 아, 이 숨어서 보까는 아 참 하늘서 무지개를 타구서 내려온단 말이야. 내려더니 웃티를 훨훨 벗구서 거기서 목욕을 한다 이거야. 해서 막 뛰어가가준 그냥 의복, 여자 의복 한 벌을 그만 기냥 뚜르륵 쥐어가준 훔쳐져가주는 우에 들구선 왔느니, 아 그래 여자가 올라가, 올라갈라구 볼 적에 아 이 빨가둥이란 말이야. 뭐 있어야지. 이런 망할 꼴이 있어. 그래 둘은 등천해서 가뻐리구 하나 떨어졌단 말이야. 아 그래 맘이 불쌍한척 하구선, "아, 왜 그렇게 그 적신으루 그렇게 무얼 그, 고, 낙심해 가주구 고생을 허느냐." 이렇게 물었단 말야. 총각이, "아, 그런거 아니라, 내 의복 벗어논 거를 어떤 놈이 훔쳐가서 아 그래, 빨간 몸땡이로 하늘로 못 올라가구 천상 선년데, 못 올라가구 우리가 서이가 왔다가 내가 적신이루 가게 되믄 아, 옥황상제님헌테 득죄할테니 빨간 몸땡이루 인간에 갔다 오느냐구 온통 호통이 나구 벌을 받을테니 겁이 나서 못 가구 말이야. 하, 그 됐느냐." 구 말이야. "그, 그 의복은 아주 아주 으젯군." "하, 이것두 뭐 이거 할 도리가 없다."구. "그러나 그럼 인간이세 인간의 우티라두 한 벌이 입어야지. 어떻게 빨간 몸뚱이루 그래두 되겠소?" 그 이게 가주 간 웃토리를, 이 이거…. "여보 그래지 말구 네 이게 이복을 입으면 하늘에 올라갈꺼?" "아, 이걸 입구선 못 올라간다."구. "아, 그 아, 그럼 뻘개 벗구, 나두 장개 안 드느냐. 총객인데 당신 나하구 가서 살면 어떻소?" 하깐 아, 그 선녀가 가만 생각… 별 도리 단 말이여. 뭐 해 볼 수가 구, "좋은데루 합시다." 이래 왔단 말이야. 주인집이 와서 밤새 새매드룩 내가 여자 하나, 장개들게 해 해 주슈. 내가 데리구 왔으니 예 이뤄주. "아, 그램 그래라." "예, 이뤄주." 사슴이 그때 그 이복을, 이복을 주지 말구 어린애 서이 낳거던. 웅 이복을 찾거던 그때 주라구. 그전엔 주지 말라구 부탁했는데. 게 같이 인제 살림을 하구 사는데, 아 그 소생이 둘이 됐단 말이야. 둘이 됐는데 대구 애걸복걸 자꾸 그 이복을 봐하니 당신이 훔쳐서 그랬지 다른 사람이 훔친거 아니니까 의복을 내달라구 그런단 말야. 하두 그래기 때문에 '에이 뭐 인제 애를 둘씩이나 낳구 뭐 했이니, 천상으루 안 올라 가겠지? 그런 생각으루서 사슴이 얘길 하던걸 그만 그 말을 집어 내삐리구, 고만 이복을 내 주느니만. 아 거 어린애 둘을 갖다 양쪽 손에다 찌구서는 그만 그길루 그 하늘루 올라가 뻐렸어. 게 그런 얘기가 있다구. 게 금강산 얘기여.

2. 수탉의 유래(『한국구비문학대계 3-1』, 335~337쪽.)

사람이라는 것은 남의 공을 모르면 짐승만도 못합니다. 그래서 어느 참 총각이 하나 있는데 나이 참 많도록 장가를 못 들었어요. 그런데 산엘 나무를 갔는데 사슴이 한 놈이 그 포수한테 쫓겨와서 죽겠다고 살려 달라고 애걸을 하드랍니다. 그래서 그 참 어따 감춰가지고 그 사슴을 살려 주었어요. 살려 주었는데 그 사슴이가 하는 소리가 그전에는 말을 했던지, "그 은공을 내가 뭐 도대체 참 어떻게 갚을런지 모르겠다. 그러니까 장개를 들어주겠다." 그 총각한테 그랬답니다. 그러니께 참 나이가 많도록 장가를 못들었으니까 하도 반가울 것 아녀요? "아 그럼 어떻게 하면 장가를 들어? 나 장개 좀 들어 달라" 그러니까, "그 근처에 참 좋은 물이 있는데 거기에서 하늘에서 옥황사제들의 선녀들이 내려와서 목욕을 하는데요 그 아무데 가면 그 물탕이 있는데 그 선녀가 내려와서 훌훌 벗고 목욕을 할기다. 목욕을 할테니 가서 그 날개옷을 하나 슬며시 감춰라. 그러면 그 선녀가 못 올라가고서 이젠 너하고 살게 될테니 그렇게 하거라." "예" 그 사슴이가 총각에게 시키더랍니다. 자 그 말을 듣고서 찾아 가니까 그곳을 찾아 가니께 참 물이 좋고 참 깨끗한 물이 있는데 아 선녀들이 내려와서 아 참 목욕을 하더라는데 아 참 날개옷을 슬며시 하나 감추어서 어디서 숨어서 근황을 보니까 이제 목욕을 하고서 이제 곧 시간이 되니까 서임이 내려 왔다가 둘은 올라 갈려고 하는데 하나는 날개옷이 없으니까 아 못 올라가고 두리두리 하는데 시간은 되지 그러니께 그만 둘은 올라가 버리고 이제 하나는 떨어졌는데 이제 그제서 그 참 그 총각이 나서 가지고서는 그 선녀를 서로 만나고서는 이렇게 내가 그 선녀가 하는 소리가, "아 내가 하늘로 올라 갈텐데 날개옷이 없어 가지고서는 못 올라 갔으니 어떡하면 좋겠느냐?" 하니께. "아 어떻게 하느냐고. 그러면 내 옷이라도 벗어 줄테니 입고서 우리 집으로 가자"고. 간단히 말을 하니께 아 참 어떻게 할 수도 없고 그 총각을 따라서 그 이젠 총각의 집엘 갔어요. 가 가지고선 이젠 그 시어머니 되는 사람 늙은이가 있는데 그 어머니한테도 인사를 시키고 이래 가지고선 같이 결혼이 돼서 같이 살게 됐었죠. 됐는데 그 이젠 아들을 둘을 낳어요. 둘을 낳는데 그 사슴이 하는 소리가 좌우간 셋을 낳도록은 그 날개옷이니 그런것 참 전부 말하지 말라고 이렇게 당부를 해 놨었읍니다. 근데 둘을 낳구선 하루 저녁 참, 그 남자는 픽픽 웃는다는거요. 그래서 그 여자가 하는 소리가, "도대체 무엇 때문에 웃느냐?" 그러니까 그 남자 하는 소리가, "그게 사실로 자기가 선녀가 하늘에서 내려 올 적에 날개옷을 내가 감추었느리라"고. 아 그 말이 토설이 됐어요. 그러니까 그 선녀 하는 소리가. "그러면 여적지 이렇게 살구 이렇게 됐으니 그 날개옷을 그 좀 입어 보는게 어떠냐?"구. 아주 애걸복걸 하더랍니다. 그러니까 그 사슴이 하는 소리가 셋을 낳도록은 날개옷을 주지 말라고 했는데 이젠 두를 낳구선 그런 얘기를 듣구서는 자꾸 애걸복걸 하니께 아 좀 입어보게 해달라구 자꾸 그러니까 그 남자가 하 그러니까 날개옷을 그만 주었어요. 주니까 입어보구선 아 그만 하나씩 양쪽에 끼구선 그만 하늘로 올라갔어요. 셋만 낳으면 하나를 떨어 뜨리고 하늘로 못 올라 가거든. 그래 둘 낳은 뒤에 얘기를 해 주어선 올라 갔단 말여. 그래 가지구선 하두 원통해서 그 사람이 닭의 상이 됐어요. 그래 숫닭이 왜 저 높은데 올라가서 하늘을 보고 '꼬꼬오' 하구 울잖어요 그 혼이 됐답니다.

3. 나뭇군의 실수(『한국구비문학대계 4-1』, 97~100쪽.)

옛날에 옛날에 한 때가 있었는데 참 30도령에 옛날에 장가갈 때만도 우리가 30도령이 있는, 이 장갈 못가서 매일 한탄여. 만날 머슴살이 하다가 칠성단을 모여놓구서 후회여. 날마다 후회여 후회하는디 나뭇지겔 지구가서 양지쪽에 요렇게 두러눠서 반듯이 두러눠서 공상을 했던지, 나무를 한짐쯤 해다가 받쳐 놓구선 양지쪽에 가 반듯이 드러누웅께 노루란 놈이 한 마리 쓱 뛰어 오드니, "아이고 총각님 날 좀 감춰주슈." "아이고 내 너를 감추다니 뭣 땜에 감추느냐?" 그러니까. "나를 화물대를 든 포수가 나를 잡으러 오는 포수가 있기 때문에 나 좀 나뭇단 속에다 감춰주면 내 목숨이 구해 나갈테니까 나 좀 감춰 쥬슈." "오, 그래라" 나무 뒷단 해놨던 데다 폭 감춰놓고 가만히 앉었으니께 포수란 놈이 총을 냅다 끈아가지고선 썩 오더니, "아이구 여보쇼." "예." "이리 노루 뛰어 가는 것 봤소?" "예, 노루 저 건너 건너 산으로 발써 뛰어서 올라 갔시다." 그랬거든. 아 이놈들이 슥 지나서 그 산만 향하고 훨씬 가서 참나무로 넘어간 뒤에 노루를 꺼내고 '나오너라' 하니까 나와서 하는 말이 코가 땅에 닿게 첫 인사를 썩 하더니, "총각님 신세를 갚을 길은 뭘로 갚아야 할 질 모르겠읍니다." 말이여, "그러니 너가 내가, 내가 너에게 잘 해준 것은 알고 내 생명을 구해주셨으니까 내 생명을 바치는 한이 있더라도 신세를 갚아야 할테니께 어떻게 갚아야 옳은지 막연합니다." 그래 이제 가만히 노루가 앉아서 끔적끔적 하구 앉았더니, "제가 시키는대로 한번 해 보시면 장가를 드실 수 있는 문제가 있시다." "그래 무슨 일이냐. 그러지 않아도 그놈에 장가를 한 번 가볼려고 칠성단 모여놓고 울어야 하는디, 네 말이 구스름한 말이 들리니 어떻게 했으면 좋으냐?" "이 질로 떠나서 나뭇지게도 여다 내버리고 암디암디 골을 가며는 그 무슨 골인지 내가 이름을 모릅니다. 모르니께 그만한 장사님 요로 조로 생기고 못한 산이 골목이 두 개가 있을테니 그 골목 넘어가서 보면은 조고마한 옹달샘이 하나 있시다. 옹달샘을 바라보고서 옹달샘에서 뵈지 않을 이 만큼 숨어서 요렇게 저 천당 옥황상제께서 동고리가 둥둥 떠서 하나가 쑤우욱 내려오면, 동고리 하나가 떡 내려 지면서 왕 선녀들이, 선녀가 내려오는 것은 샘으로 목욕을 하러 들어간다. 그러면 세째 마지막 내려오거들랑 가만히 발견해서 차차차차 가까이 쫓아가면 유가끈채가 당신이 가시며는 나머지 두 동고리는 또 올라가고 나머지 세 동고리째에는 동고리채 들어 앉아서 꼭만 있어 보라구. 그러며는 그 동고리에 그 여자와 당신과 같이 쌓여서 저 위왕으로 떡 올라가서 내려놀테니 유왕에서 인제 당신을 떡 내려놓고 유왕에서 인제 왕실에 들어가 당신을 불러서 '그놈이 웬놈이냐?'하고 물을테니 '난 지하에서 이리 온 사람이니 처분만 바라겠수다' 그러면 그 도고리 선녀가, 내려왔던 선녀는 발써 죄를 짓기 때문에 '지하로 내려가서 살아라' 그럴테니 만약에 네가 불려와서 사는 동시에도 3남매를 낳기 전일랑 그 집을 비질 말라구 했어. 3남매 낳기 전에 집을 비우면 그 동고리에 있던 선녀를 잃어버리구 말테니께 집을 비지 마시라구." 부탁을 하구선 그 노루가 간 곳 없이 가버렸어요. 아하 그 사람이 암만 생각해구 그 산 그 골 그 골을 다 찾아가자니께, 몇 날 며칠을 걸렸더니 걸려서 찾아를 갔어. 찾아가서 그 노루가 한 얘기대루 둘러보니께 요만한 옹달샘이 하나가 있는디. 잠간 가 옹달샘을 들여다 보니께 참 물이 맑기두 하구 그러한 맑은 물을 자기가 일생이 30이 넘도록 보질 못했어. 거 참 맑은 물이다 말여. 그래 인제 뵈지 않을 만큼 와서 은신해서 있으라니께 내 참 고리가 빙빙빙빙 떠서 연 떠내려오듯 떡 내려와 가지고서 생둑에가 떡 하니께 옷을 훌훌 벗어서 동고리 안에다 들여 놓고 샘으로 다 들어가고 둘째 들어가고 세째 들어간 뒤 나타나가지구 쫓아가서 그 동고리가 뜩 들어 앉았으니께 나머지 둘은 목욕을 하고 둥둥 떠서 냅다 천당으로 올라가 버리구 마지막 동고리가 나오더니 둥둥둥둥 떠서 또 올라갔단 말이다. 아 영락없이 노루가 시킨대로 잘 올라갔는디, 가서 이제 사람이라구 타구 가서 어떻게 그 지방에 가서 살거 같지가 않아. 걱정이 참 많고 수심이 가득할 때 가서 동고리에 앉은채 그냥 앉았어. 그러니께 유왕 옥황상제가 뜩 나서서, "저놈이 누군가 문초 좀 해봐라" 그러니께, "저는 다름이 아니라 서른이 넘도록 장가를 못가서 칠성단을 모셔놓고 위하다가 아무 일로서는 노루를 만나가지고 노루가 생명이 위태로운 걸 구해줬더니 이리저리 방향을 일러줘서 이렇게 한 것 밖에 없읍니다." "그러며는 니가 별다른 도리없으며는 이 선녀 하나로 죄를 졌으니까 지하에 내려가서 너희끼리 살아라." 내려보냈어. 아 오던 달부터 태기가 있어 가지구는 아들 삼형제를 쓱 낳기는 낳는디 삼형제 낳는 동안에 집을 비우지 못했어. 비우질 못하고 꼭 간직하고 있다가는 삼형제 낳슨께 어떠냐 생각하고 있는디. 아 하나가 펄썩 죽었어. 그래 둘밖에 안 남았거든. 야 이게 하나가 죽었으나 셋 낳으면 된다 했으니께 자유를 달라고 자꾸 날마다 사정을 혀, 이 여자가. "여보 당신 날 그렇게 의심하지 마슈. 셋두 나구 했으니께, 셋가지 난 사람이 어디를 가냐구. 당신 날 그렇게 의심 하구 있느냐?"구. 그도 그럴싸한 말이구, 노루 말도 부탁을 받았겄다. 셋만 나면 괜찮다는 말을 들었기 때문에 그대루 믿구서 자기 볼 일을 보러 어데루 갔단 오니께 애들하구 마누라가 없어졌어. 가만히 생각해 보니께 큰일 났거든. 이제 도루 허위 탄식하고 애들도 다 어디 가구 애초에 총각으로 지내던 때만도 못하게 이 사람이 병에 걸리게 됐다 그말여. 오, 이젠 할 수 없이 그전에 나무하던 양지쪽으로 또 나뭇지게를 지고 나무를 하러 가. 가만히 가 앉아서 이 질목이 노루의 질목 같으니께 한 번 노루님이나 만나보까 다른 도리 없다. 그러고 있으니께 얼마 며칠을 댕겼더니 한 번은 노루가 쓱 오더니 인사를 하면서 하는 말이, "아이고 아저씨 잘못하셨지. 셋 나서 키우게 되걸랑은 자유를 주라니께 미리 자유를 주니께 그 벌루 제일 처음으로 되루 갔시다." "그러면 다시 찾을 도리는 없느냐?" 하니께, "전혀 없읍니다. 하두 섭섭하거들랑은 그 섬이나 한번 더 찾아가 보슈." 말여. 아이 샘을 찾아 가서 이렇게 구경을 보니께 빈 동구리가 내려와서 물을 떠가거든. 도저히 소용이 없어. 그 어떻게 해볼 새를 참을 수가 없어. 동고리가 번쩍하고 번갯불 치듯 몇 번 내려와서 물을 "풍" 떠가지고 올라가고 "퐁" 떠가지고 가버렸으니. 도저히 타고선 그 지방을 한번 다시 가 볼 수 없구. 허유 탄식을 하구서 일생을 홀애비로 그럭 저럭 살다 세상을 떠났어.

4. 선녀와 나무꾼(한국구비문학대계 5-1』, 283~285쪽.)

녹음기 틀어 놨어? 아이, 저녁때 됐겠네. 처음이 무엇이냐 생각할 때 틀지, 그것 그새 틀어 놔? 전에 전에 한 사람이 나무를 갔드래. 그런데 그 사람이 아주 빈곤하게 살았드래. 잉, 빈곤하게 살았는디 나무 가서 나무를 잘 끊은개 노루가 한 마리 뛰어 오드래. 노루가 한마리 뛰어 오길래 그 놈을 나무 속에다 감추어 놓았드래. "아저씨, 아저씨, 금방 이리 뛰어간 노루 한 마리 안 봤오?" 그런개, "안 봤다." 고 했거든. 그런개 포수는 달리 지나가 버렸어. 포수는 지나가 버렸는디, 하 노루는 말하자면 고속에 가만히 들어 앉었지. 놀노리(속으로 기뻐하며 고소하게) 듣고, 지나간 뒤에서 노루를 내놨어. 그런데 그 사람이, 한 사람이, 그 사람이 바로 누구냐 하면 장개를 못가고 노총각이여, 노총각! 아 그런디 노루가 가면서, "아저씨 아저씨, 오늘밤에는 방에서 자지 말고 이 나무 속에서 자라."고 그러드래. 그래놓고 노루는 가버렸어. 가버렸어. "이것 이상한 일이다." 그러고서 좌우던간 자 그 노루 시킨 대로 그 나무속에서 잤어. 잔개, 자 들어서서 잠이 들었는디, 자기도 모르는 순간에 말하자면 하늘로 올라 가 버렸어. 그런개 그 누구냐? 바로 그 사람이 맘이 옳기 때문에, 하늘의 옥황상제 딸이여, 잉. 하늘로 올라 가본개 옥황상제 셋째딸허고 혼줄(혼인연분)을 맺었네. 혼줄을 맺었어. 그러면 나중에 노루가 찾아 왔드래. "딸 셋 낳다륵은 말하자면 애기 셋 낳드락은 이 설명은 해 주지 말아라." 아(아이) 둘을 낳고난개 아, "설마 니가 갈란가." 허고 해 버렸네. "옳다. 그러면 그렇지 너허고 나허고 혼줄이 되냐?" 양쪽에다가 양쪽 쭉지대기(날개)에다가 딱 쥐고는 하늘로 올라 가버린개. 허두장군(허망한 장군)이 되어 버렸어. 그런개 허두되어 버렸어. 그런게 마누라를 놓쳐 버렸어, 잉. 아들 성제허고 마누라허고 셋을 놓쳐 버렸어, 셋을. 노루가 시킨 대로 셋 낳은 뒤에 그랬드라면 잉, 업고 양쪽에다 찌고는 못 올라간 거거거든. 그런디 둘 낳은 뒤에 해 놓은개로 양쪽 어깨에, 날개에다가, 여기 쭉지가 겨드랑에다 끼고는 하늘로 올라 가 버리드래, 그런개 낙원이미이고(樂은 이미 없고?) 복이 없으면 어찌 게뿐이던지(어찌 그것뿐이지) 없어져. 노루는 많이 갚았지만. 그런개 그 자기 앞이 방정이 맞어서 갖다 준 복도 못찾아 먹드래. 그런개 입을 무겁게 놀려라.

5. 선녀와 나무꾼(『한국구비문학대계 6-6』, 683~685쪽.)

전에 어뜬 사람은 사람이 태어나서부터 떨거머리 총각으로 살았는디, 부모게 잔생히 못 했든갑디다. 즈그 부모게다 안 부모게다 멋도 해 노면 딱 묵어 부리고, 어디를 간다 하면 옷도 안 해주고, 아조 즈그 어매를 거지 생활을 시켰단 말이요. 그래서 인자 즈그 어매도 돌아가시고 마느래를 얻어 논께, 그 죄 닦음 하니라고 마느래가 딱 죽어버렸거든이라. 웅 죽어버리고 한 삼 년을 고생하고 살다가는 에이, 나무가 없은께 나무를 간다고 지게를 지고 인자 산천으로 나무를 갔든 것입니다. 그래 나무를 한께, 아 노리가 어짠일로 막 뛰어와서는, "나만 살려 주시요. 나만 살려 주시요." 노리가 인자 말을 하드라. 그란께는 나무 깍지 밑에다가 딱 해논께, 인자 총이 빵빵해서 그 소마만 듣고 있는디, 여태 와서 나만 살려 주라 한께 나무

깍지 속에다 살려논께는 인자, 그 사람은 지내가고 없거든. "뽈새 저 너머로 넘어 갔다." 고 그란께, "가 버리고 없는디 네가 나를 살려 줬은께 당신 한 가지 것 살려 줄텐께 각씨를 얻으며는 여그서 이 자리서 각씨를 얻으며는 애기 싯 낳트록은 그 각씨옷을 주지 말으라. 하늘에서 각씨가 내려올 것이다."고 그란께 인자 이 노리가 산신령이여. 그렇게 비켜주고 해서, 그래서 하늘에서 인자 가스나가 내려와서는 날개옷을 벗어 놓고 목간을 하드라. 샘에서, 그란께 그 때 얼른 노리가 있다가 그 때 얼른 저 각씨를 잡으라고 옷을 딱 곰쳐부린께, 옷을 찾니라고 그렇게나 울어싸, "당신하고 나하고 살면 이 옷을 주고 안 살면 안 줄란다." 그란께, "살란다."고 데꼬 왔단 말이요. 나무는 지고 오든지 마든지 집어 땡겨 버리고 인자 각씨를 댁고 집으로 와서 사는디, 살 것이요? 하늘에 사람하고 이승 사람하고 못 살제. 자꼬 울어 날마다. "왜 우냐?" 그란께, "나는 내 곳을 가고 잡은디 이렇게 잡아갖고 못 간께, 날개 옷만 주면 가겄다." 그런께, "아이 산 대로 살으라."고. "살면 인자 곧 갈 날이 생긴다."고. 그래서 인자 머시마를 한나 딱 낳제. 또 살다가 서너살 먹은께는 기집애를 한나 딱 낳제. 그란께는 둘을 낳거던. 근디 하도 날마다 잠도 안자고 주라 해싼께 날개옷을 주어 부렀네. "그 샘으로 목간을 갈란다."고. "아그들 둘을 데꼬 갈란다."고. 그래서, "가라"고 같이 가기는 가는디, 목간하는 체하고 물만 퍼붓고 그냥 하늘로 올라가 부리드라. 올라가부린께 날마다 그 자리에서 땅을 두드리고 울어도 되아야제. 올라간 사람이 만나질 것이요? 그래서 인자 도로 인자 하날 사람 존일만 해부리고 내려와서 그라고 저라고 살다가 여그 저그 살고 그렇게 하다가 인자 막지기 할멈을 한나 얻어갖고 삼시롱, 막지기 할멈께 다 여간 잘 했드라. 부모도 인자 그 때는 해석을 해갖고 지사도 잘 모사 드리고 인자 뫼도 잘 써 디리고 맹탕을 잡어서 즈그 엄마 잘 쓰고는, 어쩌기 됐든지 막지기 각시한테서 아들 한나 낳고 딸 한나 낳고. 뽀도씨 그래 갖고 묵을 만하게 살다가 그락 저락 하다가 죽은 부모 뼈다귀라도 공경을 해서 참 복을 타갖고 잘 살었더라.

B형: 나무꾼 승천형/ a형 시험 유(有)

11. 선녀와 나뭇군(『한국구비문학대계 1-4』, 706~715쪽.)

그 전에 깊은 사중에서 홀애비가 화전이나 일구구 먹구 땔나무나 해 때구 이렇게 사는데, 이렇게 사는데, 이렇게 총각으루 지내기를 갖다가 몇 십 년 지내구 보니깐두루, 좀 하여간 생각두 많이 나죠. 그러자 하루는 조밥이나마 여鬪일래니깐 생쥐새끼가 부뚜막에 왔다 갔다 허거덩. 그래 인제 그거를, "얘 니-너두 그래두 인생이라구 나한테 그래두 온 거 보니깐 나한테 뭘 읃어 먹으러 온 거 겉은데…" 그래 인제 그걸 한 숫갈-조밥을 한 숫갈 주니까 참 먹구, 아 이겟이 몇해 자라구 보니깐두루 뭐 엄청나게 쥐가 컸죠. 그래 인제 그게 정이 들어가주구선 으레 아주 한 이불 속에서 자다시필 허구 이러는데, 하루는 때나물 갔다 오믄 바깥에꺼정 마중을 나와요, 이 쥐가 네. 그래 나와서 이걸 참 거식허는-그 그렇게 순 허다 어-어떡허다 이 놈을 밝어서 그만 죽었구려. 이제 똘마누 한 잔뜩 질머진 데다… 그래 밟어 죽었으니-죽었으니깐, 그래두 이걸 '내가 내 생각을 해두 이거 좋은 데다 갖다 묻어 줘야겠다.' 가만히 올라 가다, 이 산을-쥐를 지게에다 질머 지구 올라가다 보니깐두루, 질번드르르 금잔디가 깔린, 기가 맥힌 거기다 떡 모일 써 줬다 이거야. 그래 이 모이를 써 주구선 이늠이 하연없이 인제 때라무나 해다 때구 화전을 일쿠구 먹구 이러구 사는데, 하루는 그 저 갈퀴 나무를 해서 그냥 산데미겉이 긁어놨는데, 노루 한 놈이 냅다 그냥 총알겉이 뛰어 돌-들-돌어오더니, "나좀 살려 달라."구, 아우성이라 이거야. "너 왜 그러니?" 그러니깐두루, "이 모퉁이 포수가 날 쫓어 오는데 덮어 놓구 이 모퉁이 돌아갔다구만 그래구선 나-나무 속에다가 파묻어 달…." 래는 거야. 게 이 나뭇 속에다 푹 파묻어 놓구 북북 나물 긁으니깐두루, 포수가 아니나 달를까 그냥 헐레벌떡 쫓아 오는데, "노루 봤냐?"구. 소릴 질르거덩. "아이구 나두 깜짝 놀랬읍니다. 이 모퉁이 돌아갔에요." 그랬단 말야. 그러니까 이제 이놈이 그 포수 돌아갔을 때 쯤-그 때 노루가 허는 소리가, "총각으루 여마 여적지 사 겟이-산 겟이 참 끔찍허게 살았수." 옛날에 노루가 말을 했에요. 허는 소리가 뭐냐 하며는, "아무 데 아무 데 가면 큰 연-그 산을 돌아가면 연못이 있어. 거기 일주일에 한 번씩 하늘에서 선녀들이 내려와서 목간을 헐꺼야. 목간을 허는데, 속-선녀 셋이 내려와서 목간헐 때 끝에치 옷을 감추며는 당신이 장가를 들을 수가 있어." "그 끝에치가 어떤 거냐?" 니깐두루, "옷이 어떻게 생기구 어떻게 생겼는데, 어떡허던지 그거를 그 날짤 잊어버리지 말구 그걸 꼭 기억했다가 감춰라." 했단 말야. 그래 인제 그 노루가 허는 소리가, "삼 형제를 낳거던 옷을 줘라." 이랬단 말야. 그래 이늠이 그 날짜를 기달려서, 땔나무두 안 허구 정신이 팔려서, 거기 가 대길 허구 바우틈에 가 숨어서 있을래니깐두루, 참 하늘에서 선녀들이 냅다 두레박을 타구 내려와서 목간허는데, 끝에치 옷을 갖다 살살 영글게 훔쳤단 말야. 아주 단단히 감췄지. 감추구나니깐두루 둘은 그냥 벌써 또 다들 올라가는데 이거 옷이 있어야 올라가지. 허는데 이늠으 자식 덥척 끌어 앉았다 말야. "나허구 살자." 끌어 안으니깐두루, "그럴 줄 알았다." 는 거야, 벌써. 그 선녀가 그래 선녀 도실루 그냥 어떡허든지 그냥 베란간에 고래당 겉은 개와집이 뭐 말할 수 없는 그냥 뭐 사랑이구 뭐구기가 맥히다 이거에요. 그래 여기 앉아서 이제 그 음식을 갖다 주는거 보니깐 당체 그냥 생전 한 번 먹어 보지두 못헌 음식을 채려 주는데 뭐 기가 맥혀. 그래 이렇게 세월 지내니 이늠이 그저 날마다 독주만 디리 앵겨서 먹구 잠이나 자구 그저 이거 세월을 지내는데, 이럭허다 어연간 벌써 아들 하나 낳았단 말야. 그래 이늠은 그저 그 색씨가 얼마나 잘 해주는지 만날 먹구 그저 세월이 흘러. 인제 그런데 어연간 이럭저럭 허다가 형젤 낳았단 말야. "여보 이젠 내가 갈-갈래야 갈 수두 없구 꼼짝달짝 못해. 그러니깐 이마큼 자식을 나줬-나놨는데 내가 인제 어딜 가겠수? 이마큼 만당 겉은 개와집이서 우리가 둘이 인젠 살믄 그걸루 끝나는 건데 내가 어딜 가느냐?"구. 인제 그 때 옷을 달래는 거야. 그래 가주구 그 독주를 대구 이늠을 그냥 그저… "그래 그래 그래." 이 정도루쯤 됐단 말야. 거기에 호강해 인제 뭣허니깐두루, '인제야 설명 니가 가렴?' 그때 줬다 그거지. 그 주구나니깐두루 이늠이 독줄 잔뜩 먹구 난 뒤에 잠을 자구 깨 보니깐 이 바우 꼭대기두 없네. 이런 제기 아무 것두 없구 허사야. 그 벌써 앨 양쪽에다 끼구선 올라갔다 이거야. 그래 이 바우 꼭대기에 그냥 있는데, 노루가 뛰어 내려와 툭툭 찔르거던. "이런 제기 그러게 셋 낳거던 주래니깐…" 노루가 허는 소리가, "아문 날 메친 날 여기 두레-하늘에서 두레박이 내려올 테니 그걸 타구 올라가서 허길 잘 해야 헌다, 잘 해야지. 근 보나마나 동구 밖에 따루 살꺼야. 그 민간놈허구 살았다구-하늘 선녀가 민간놈허구 살았다구. 옛날에 백정에 자-백정들 딸이 동구 밖에 살 듯이, 아주 동구 밖에 따로 살 꺼야. 거길 찾아 가라."구, 일러 줬단 말야. 그래 이놈이 떡 내려가 있는데 참 아닌 게 아니라 거기가서 인제 그걸 기다리구 있는데, 그 날 참 두레박이 내려와 물을 좍 올려가는 판에-두레박을 내려 좍 올라가는 한틴데, 타구서 이늠이 올라갓단 말야. 아 민간인이 왔다구, 그냥 거기서 그냥 큰 사우 둘째 사우 뭐 이것들이 괄세를 허구 말이지, 장인 장모가 괄세를 허구 헹편 없단 말야. 그래, "저기 너의 처 보구 싶은 대루 한 번 가 봐. 저 저…." 이렇게 일러줘서 가니깐두루, "으쩌자구 여길 올러 왔수? 뭘 허러 쫓어 왔냐?" 이거야, 응. "그러나 여기 올러와 당신이 살 길이 막막-막연헌데 어떡 했이면 좋겠느냐? 장인이 재주가 비상헌데 장인이 당신을 그 인제 알기 위해서 '그 민간민 뭘 좀 아나?' 그 재줄 부릴 꺼야. 오늘 아침에 당신이 가 인사를 허러 갈 때 큰 황계 수탉이 돼가주구서는 지붕 꼭대기 가 있을꺼야. 그래 '장인 왜 거기 올라가 있수?' 이러구 절을 해라." 이거야. 그래 이거 아침에 일지감치 거길 가니깐두루 용마름에 그-그 개와집 꼭대기 황계 수탉이 홰를 치구 울거던. "아 장인어른 왜 거기 가서 홰를 치구 우세요?" 이러구선 절을 허니깐, 이 민간놈두 알거던. 그래 인제 그 이튿날 인제 그냥 그 절을 받구서 인제 내려와가주구선, 그 이튿날 또 말-그 색씨가-그 색씨가 아주 영우이야, 뭐 말할 꺼 없어. 그래서 인제 또 그 역마따나, "그 이튿날은 대밭에 가서 대밭에 들어가 웅크리고 있을 테니, '왜 장인 어른, 왜 대밭에 들어가 앉아 계세요?' 이렇게 절을 허라."구. 그 즈이-즈이 색씨가 일러 줬어. 그 이튿날 영락없이 인살 가니깐 거기 가 앉았거든. 그래 절을 허구선 "장인어른, 그 대밭에 가 앉아 계세요?" 민간민이 아는 게 많거던. 그러자 이 활을 쏘기 했는데 민간으루 대구 활을 쐈에요. 그래 활을 냅다 민간으루 대구 쏘아가주구서 이늠더러 그걸 찾아 오래는 거야. 쏴 찾어 오래는데 그 활이 활이 어디가 백혔느냐 하면 이 정승에-그 이 정승에 따님에 넙적다리에 가 백혔거던. 이걸 찾어 오래는데 그 자기 색씨가-부인이 그걸 가르쳐 줬어. "이러저래해 암-민간을 내려가거덩 아무데 그 뭐 거기 가믄 굉장헐꺼다. 말야. 판수·의사·장님·무당 뭐 말할 꺼 없이 들끌을 테니깐, 덮어 놓구 내가 고친다구 장담허구 좋아 들어가서, 병풍을 몇 겹을 둘르구 이래서 넙적다릴 이렇게 쓰다듬으믄 거기 꽂혀 있을 테니깐두루, 그걸 뽑아가주구 오너라." 그게 형식적으루 화살이지. 말하자믄 화살이 옛날에… 인제 그래 일러주는 바람에 민갈 내려왔단 말야. 아니나 달를까 이정승댁엘 가니깐두루 그냥 뭐 야단인데 이늠이 가서, "이리 오너라." 그러니깐두루 그저 뭐 의사 뭐 판수 한쪽으루 정 읽구 뭐 야단 났어. 뭐 당체 굿허구… 그래 그 사실 애길 허니깐두루, "저놈을 만약에 살리믄 다행이지만 뭇 살릴 꺼 같으믄 이쪽을 죽인다."구. 그 걱정될 껏 하나두 없다 이거에요. 그래 이늠은 그래-참 그렇게 해서 뭐 '사람 이거 참 통 근처두 비치두 않게 해 달라.' 그래구선 그걸 찾았단 말야. 그래 싸구 싸서 호주머니다 집어 넣구선, "인제 살아나셨읍니다." 그러니까 그래 이늠이 두러눴는데 감짝같이 살아났거던. 그래 인제 가만히 보니 그 장인 될 자가 허는 소리가, “뭐 다른 놈 줘야 별 다른 거 없거던. 그늠 주믄 질 좋다.” 이거야. 그늠이 이왕 손댄 거니까 그늠 줬이믄 좋겠는데, 저늠이, “내가 오되 메칠만 참으시오. 난 급헌 걸음입니다.” 그래 이늠이 급헌 걸음을 가지구 거길 가니깐두루 두레박이 열 개 있더래. 그래 그냥 말하자믄 요비링 흔들드키 흔들어서 올라갔어. 그래 장인헌테다 바치니깐 민간민이 기가 맥히게 재주가 좋거등. 그러니깐 인제 그늠을 뭘 시켰나면 천둘 따 오래는 거야, 하늘 꼭대기서. 천둘 따 오래는데, 천둘 따려가믄 백 명이구 만 명이구 몇 그 뭐 다 죽게 마련이지. 살어 오는 거시킨 없거던. 그래 자기 부인이, “당신은 이왕 마지막 가-마지막 가는 길이니깐…” 응. 인제 그 흔무릴해서 괴나리봇짐을 해서 보내-떠나보내- 참 떠났는데, “당신 시장허거던 개울 건너 가던지 어딜 건너 가던지 이걸 한 뎅이씩 떼 자셔야만 가오.” 그래 떡 그저 거처없이 인제 하늘에서 떠나는 거야. 얼마쯤-메칠 날 메칠을 가니깐두루 쥐나라엘 떡 들어섰다 이거야. 그 쥐나라엘 들어섰는데 쥐 나라에서, “이거 어서 이 녀석에게 하나 생겼다.” 이러구서, “또 생겼구나!” 그냥 뭐 그냥 그 쥐 역졸덜이 그냥 붙들어다 그냥 상-상관한테다 떡 바치는 거야. 상관한테 떡 갖다 바치자, 상관이 뛰어 내려와서 그냥 절을 허면섬, “아부지, 어떻게 여길 을러 오셨읍니까?” 절을 허거덩, 그 죽은 쥐를 갖다가 모이를 얼마나 잘 써 줬는지 그늠이 천당에 가서 이거-왕치가 됐다 이거야. 그래 절을 헌다 이거야. 그니까 그 부하들이 입이 쫙 헤졌을 밖에. 인제, “이거 아부지 웬 일이세요? 어떻게 된 사실입니까?” 인제 그 얘길 쫙 했다 그거야. 그러니까 그 사우가, “장인이 허시는 말씀이, 그저 저-자-장인이 허는 말이, 그 널더러 뭘 거시키 해야…” 아이 참 저 그 아들-인제 아들- 아들이 허는 소리가, “아부지더러 그래 뭘 거시키 요굴해요?” 그래 인제 인제 그러니깐두루, “게 괭이나라에서 글쎄 천둘 따 오래니 이게 어떻게 당헌 얘기냐? 괭이 나라가 어떻게 생긴 걸 알지두 못허구 이게 어떤 거냐?” 그 뭐 어떤 명령이야? 쥐나라에서 그 상관이 그저 명령 내려, “굴을 뚫어라.” 이 말야, 고양이나라꺼정. 그래 공사가 대단허지. 시방두-그냥 거기꺼정 디리 뚫는거야. 그래 고양이나라꺼정 굴을 뚫어서 다 인제 뚫어서 그냥 남포질해 가면서 막 뚫어 나가는 거야. 뭐 말할 꺼 없이. 그래 다 뚫었는데, 천두나무에 닥쳐서 천두나물 파 올라간다. 인제 파니 딱 하나가 열렸어. 딱-천두가 딱 하나 열렸는데, 괭이 용상에 앉어서 괭이 왕치가 그것만 쳐다 보구 앉었는 거야, 왕치가 그거 행여나 누가 어느 놈이 이거 뭣 헐까배. 딱 그거만 연굴허는데 거기꺼정 아주 화발통[7]을 맨들어 뚫어 놨어. 고 달 때꺼진 거진… 그래가주구선 이 안에서 뭐 덕

커덕 허믄 싸움이 났단 말야. 그러는 바람에 고개 비특헌 바람에 그게 따서 거서 굴렀어 그저. 그래 디리 굴러서 그저 흙투성이가 되든 말든 그냥 용상[8]에다 뜩 갖다 앉혀 놓구는, "과연 따왔읍니다." "참 느이들 애썼다. 오늘은 한 잔 먹구 놀아라." 그래 막 그냥 먹어치구 그냥 뭐 니나니떵까허구 뭐 굉장허지 뭐. 먹어치는 바람에 인제 그 천두를 씻구 씻어서 싸구 싸구 괴나리봇짐에다 두구, "아부님 언제나 메칠 있다 더 있다 가세요. 더 있다가 가세요." "애, 내 일이 바-참 일이 급허다." "그 덩[9] 준비해." 그 모두 어른-그 꽹이 왕치들 게 덩을 그냥 준비해가주구선, "그 꺼진 다 가-거기꺼정 다 태다 드려. 태다 드리구 거리 얼마 안 되니 태다 드려라." 그래 이늠들이 그냥 미구 에카라제카라 허군 냅다 이거 이리 달리는데 그냥 번갯불이 거뜬허게 거기 다 당도를 했단 말야. 저 집일 들어가 보니까 마누라가 팍팍 머리가 하얗게 파뿌리가 됐어. 어연간 벌써-그래 벌써 몇 수- 몇 수 년 됐지, 그 동안에. 그래, "당신이 죽은 줄 알았더니…" 아들들이 뭐 그 뭐 워낙 아들들이 뭐 뭐 말할 수 없이 수염이 이렇구 뭐 정정허지. "그래 어떻게 당신 살았수?" '아니 어떻게 당신이 살어 왔나?' 이거야. 이거 붙들구 서루 울구 불구 인제 이러는데 게 대관절 살아 온 게 이상스럽대는 얘기야. "그 나라에 가믄 죽는 건 사실인데 어떻게 살어 왔나?" 이거에요, 그래서, "그러나 저러나 장인이 부탁헌 게…" "부탁헌 거 결국은 내가 성립을 해가주 왔다." 구, 인제 그런 얘길 허니깐, "그 뭔 천둘 따왔단 말야?" "따왔자." 그래 참 신기허거덩, 그 얘기헐 꺼 없이, 따왔댄 말이. 그래 거짓말-그래 폐 보니까 따는 천두야. 그래 장인헌테 떡 갖다가, 두 내우가 가서 인제 바치구서 절을 허니깐두루, "이게 실지가?" '이게. 내가 이거 잘못했다.'는 걸 이제 그 때 깨달았어. '그 하늘-이 사람을 갖다 괄세를 했구나!' 인제 큰 사우 둘째 아 사우는 개돌-아주 개도토리루 생각해. 이 사우만 이렇게 해. 그래 여적지-시방 그저 그 사람두 아주 그냥 뭐 굉장히 잘 허구 살지. 가끔 나오는데 뭘. 잘 살다 죽었지.

---

7 화발 허통(虛通). 막힐 만한 자리에 막힌 것이 없이 사방이 탁 터짐

8 쥐 임금의 용상을 말함

9 가마

12. 선녀와 나뭇군[고양이 나라의 옥새](『한국구비문학대계 1-6』, 622~632쪽.)

옛날에 한 총각이 머슴살이를 하는데, 예-예전에는 남으집살이를 하믄은 으레 쇠죽을-이제 소를 쇠죽을 쒀 주문, 새벽 쇠죽을 쒀 주구 식전에 일을 한단 말이야. 그래 인제 새벽마다 쇠죽을 쒀 주는데, 참 커다란 쥐 한 놈이 쇠죽 쑤는 부뚜막으로 왔다갔다 한단 말이야. 그럼 쇠죽 쒀 주는데, 거기 콩을-쇠죽 쑤는데 콩을 넣어줘요, 소가 살 찌라구. 그래 콩을 한웅큼 이렇게 집어넣어 주면 이 쥐가 먹구 올러가고, 또 그 이튿날 새벽에 또 쇠죽을 쑤러 나오믄 또 나와서 왔다갔다 한단 말이야. 그래 또 콩을 한 웅큼 집어 주문 그래 또 와선 먹곤 또 올러가구, 아 이 나중엔 얼만큼 되다보니깐, 쥐가 거짓말 보태문 참 개만하게 됐단 말이야. 그러더니 참 한날은 쇠죽을 쒀두 쥐가 안 나와요. 그래서 인제 이 사람이 이 봄철이 됐던지 간에 산이루다 낭구를 가는데, 낭구를 한 짐 이렇게 깎어서 인제 긁어놓구 짊을라구 긁어 와 놨는데, 노루란 놈이 헐레벌떡하구 뛰 오더니, "여보슈, 나 좀 살려줘슈." 이거여. 그래니께 낭구해 논 데다 파묻어 주었어요. 그래니까 쪼끔 있더니 표수가 총을 들구서, "여기 노루 가는 거 못 봤소?" 이러거든. "못 봤읍니다." "아, 곧 일루 갔는데 못 봤느냐?" 고 그러니께, 이 사람이 영남 사람이던지, "못 봤다문 못 봤는지 알지 모슨 여러 잔말이여, 그렇게." "어이, 영남내기 무섭구먼." 그라구 인제 지나갔단 말이여. 그러니까 지나간 뒤에 노룰 꺼내니께, "참 고맙다."구. "그대 당신이 천생에 내가 당신이 나를 살려줬으니께, 나두 당신 원을 한 번 풀어주구 나두 갈 꺼니까 당신의 천생의 원이 무엇이요?" "예, 저의 소원은 남과 같이 장가를 들어가지구 아들 딸 낳구 재미 있게-안락하게 사는 게 천생의 원이요." "아, 그게 뭐 어려울 게 있느냐."구. "그건 쉽다."구. "나 시키는 대로만 하라."구. "그럭하라."구. 그러구 있으니께, "요-산밑에 요기쯤 내려가문 산에 옹달샘이 있지 않았어?" "있다."구. 그래니께, "거기서 가서 지키고 있으믄, 하늘에서 선녀가 내려서 멱을 감을 테니까, 첫 번에 하나 내려와서 옷 벗어놓구 멱하구 가문 그만 두구, 둘째 번에 내려와서 멱 감고 올라가는 거는 가만 두구, 세 번째 내려와서 멱 감으러 옷 벗어놓구 들어가거든 옷을 감춰라. 그래가지구 내 옷 어디 갔느냐구 찾거든, 옷 여기 있다구 그래구선, 옷 달래거든 나하구 살어야 된다." 이래라구. "그-그럼 그렇게 하겠다."구. "살되, 아들 샘 형제 낳거든 옷을 줘야지, 형제 난 연후에 줘두 안 된다." "그럼 그렇게 하겠다."구. 참 여전히 그 시키는 데루 가서 하니까 참 멱을 감고 올러간단 말이야. 하나 감구 올러가, 둘 감구 올러가, 세째 감으러 들어가는

걸, 옷을 감춰가지고 숨어 있으니까, 멱을 감고 나오더니, '내 옷 어디 갔다'구 왔다 갔다 하구 동동거리며 야단인데, 나서서, "네 옷 여기 있다."구. 그러니까, "옷 달라."구. 사정을 하거든. "나하구 살어야 되지 안된다."구. 그러니까, "그럼 살자."구. 참 재미있게 잘 사는 거여. 재미있게 잘 사는데 참 아들 하나나 둘을 낳았어요. 둘을 낳아서 참 재밌게 잘 사는데, 아 한날은, "그래 인제 옷을 달라." 그러거든요, 둘을 낳구선. 그래 그 아들 둘씩 났으니께 설마 어떠랴 하구 옷을 줬어요. 옷을 주니까-줬는데, 한날은 참 낭구를 또해가지구 들어오니까-저 문간쯤 들어오니깐, 여자가 마당에다가 청수를 한 그릇 떠다놓더니, 아들이 핵교 갓다 돌아오는 걸 칼루 목아질 탁탁 쳐서 죽이구선, 그냥 손바닥 싹싹 빌구 하늘루 그냥 도망쳤단 말이야. 그래 탄복할 일 아녀? 그게 아들 형제씩 낳구 재미 있게 살다가 영 마누라가 그냥 하늘루 도루 내빼버렸으니… 이 탄복할 일 아니겠어? "하, 인젠 내 신세가 인젠 여전히 옛날과 같이 되-따라지 신세가 되었구나! 예전에 낭구하던 산에 나가서 한 번 바람이나 쐬구 인젠 죽을 것이다." 그라구선 이젠 산에 낭구하던 데 가선 눈물을 뚝뚝 떨어트리구 있으니까, 참 노루가 또 나왔어요. "거 보슈." 노루가 벌써 먼첨 알구, "아들 셈 형젤 낳으며는-낳거든 주랬더니 왜 형젤 난 후에 주었느냐? 아들 셋을낳으면 달구 못 올라간다. 둘은 양쪽 손에 달구 올러간다. 당신 눈에는 그 사람 칼루 쳐서 죽인 거래두 양짝 손에 달구 올라갔다." 이거여. "아, 그렇겠다."구. "이젠 나두 한 번만-한 가지 방법만 더 아리켜주구서, 나두 이 곳을 떠나구 다른 데루 갈 꺼니까, 꼭 시키는 대루 하라."구. "그럭하겠다."구. "어떡 하냐 하믄, 이제 그 사람네들이 속어서 물을 용두레박으루 퍼 올려가서 멱을 감는다. 그러니까 하나 퍼 올려 갈 제 가만 두구, 둘 퍼 올려 갈 제 가만 두구, 세째 퍼 올려 갈 적엔 물을 쏟구 거길 타면은 당신 마누라 만나본다." "그렇겠다."구. 그래 아닌 게 아니라 가서 참 지키구 있으니까 용두레백이 내려오더니만 물을 한 타레박 떠 올려 가, 두 타래박 떠 올려 가, 세째 타래박 떠올려 갈 제, 물을 얼른 쏟구 거길 올라타니까, 참 자꾸 달아 올려서 하늘에 거진 다 올러 가니께 여자가, "아이구! 형님들, 이 줄 좀 잡아댕겨. 어째 내-내 물은 이렇게 무거우냐?"구. "좀, 줄 좀 잡아 댕겨 달라."구. 아, 제 성들이 줄을 확 잡아 댕겨서 쑥 올려가고 보니까, 아 저 마누라가 거기 있단 말이여. "아이구! 이거 이렇게까지 쫓아 올라와서 만나볼 줄 꿈에두 생각 안했다."구. 아, 참 인제 그 다시 마누라 만나구, 참 재미 있게 그거 하늘에 가서 인제 잘 사는 거거든. 사는데 아 저의 성님들이 보니까 참 욕심이 나 죽겄거든. 저동생은 냄편넬 얻어서 잘 사는데, 즈덜은 시집두 못 가구 그냥 있는 생각을 하니까, 참 으떻게든지 즈 동생의 냄편을 죽여야겠거든. 그러니까 즈 아버지허구 어머니한테 가서 자꾸 동생의 냄편을 죽여달라구 모햄(謀陷)을 허니까 영 성가시러워서 백여낼 수가 있어야지. 그래 즈 아버지가, "그럼 그렇게 해라." 한날은 참 사우를 불러가지구서, "내가 내일은 어디 가서 숨을 테니까 나를 찾어야지 나를 못 찾으먼은 너를 죽인다." "아 그럭 하시겼다." 구. 아 뭐 어디 가서 숨은 걸 어떻게 찾어. 집에 가서 덮어놓고 앓는 거지. 끙끙 앓으니까, 마누라가, "왜 앓으시우?" 사실 이렇구 저렇구 해서 장인 장모가 어디 가서 숨는대는데, 찾으래는데, 어디 가 찾느냐? "걱정 말구 진지나 잡수라." 구. 그래 참 밥을 먹구나니깐, "우리 어머니 아버지는 숨는 방법이 거 우리집이를 가먼은 양계장이 있다."구. "그 양계장에 가먼은 황계(黃鷄) 수탉·암탉이 껄꺼덕거리구 왔다갔다할 테니까, '장인 장모는 무슨 허물을 못 써서 이 숭악한 닭의 허물을 쓰구 있느냐?' 구, 왼발을 탕탕 세 번을 굴리면서 이-그라구 하먼은, 재주를 홀떡홀떡 넘어가지구서 장인 장모가 되어 나올 것이다." "아, 그럭하겠다." 참 가보니까 역시 참 황계 수탉·암탉이 참 껄꺼덕거리구 왔다갔다 하니께 이 사람이 참 시키는 대루, "아 장인 장모는 무슨 허물을 못 써서 이 숭악한 닭의 허물을 쓰고 여기 와서 계십니까?" 그러니께 재주를 펄떡펄떡 넘더니 장인양반이, "참 내 사위다. 가 살아라." 아 참 가서 또 재미 있게 잘 사는 거지. 이-그러니까 재미 있게 잘 사는 걸 보니께, 이 형년들이 아무렇게두 꼭 시기해야 되겼는데, 이 즈 어무니 아버지를 날마다 밥만 먹으믄 들볶는 기여. 쥐기 달라구. 아, 배기다 배기다 못해서 또 한날은 또 불렀단 말이야. 그래서 또 갔지. 가니까, "내일은 내가 또 다시 한 번 숨을 테니까 나를 찾어야지 못 찾으면 너를 죽이겠다." "예 그럭하겠읍니다." 구. 또 집이를 가선 또 앓는 거지. 그리니까 마누라가, "왜 그러시냐?" 구. "사실이 이러저러 해서 숨는다구 하는데 어디 가서 찾느냐?" 구. "걱정 말구 진지나 잡수라." 구. 또 밥을 먹고 나니까, "우리 어머니 아버지는 우리 집이 가문 양돈이 있다." 구, "그 그 장인 장모는 무슨 허물을 못 써서 그 숭악한 돼지 허물을 씌구 있느냐?" 구. "왼발을 또 먼저처럼 굴르고- 세 번을 굴르구 차먼은, 또 장인 장모가 나올 것이다." "그럼 그럭하겠다." 구. 참 가보니깐, 이 참 돼지덜이 두 마리가 껄꺼덕거리구 참 꾹꾹거리구 그냥 왔다갔다 하더니, "장인 장모는 무슨 허물을 못 써서 이 숭악한 돼지 허물을 쓰구 있읍니까?" 그러구 왼발을 탕탕 세 번 구르니까, 여전히 참 장인 장모가 나오거든. "아 참 내 사우로구나!" 그래서 이젠 또 집이 와선 재미 있게 또 참 잘 사는 거지. 아, 잘 사는데 그래두 이 성년들이 으뜨케던지 지 동생하구 저 참 재미 있게 잘 사는거 보니께 샘이 나서 참

백일 수가 있어야지. 밥만 먹으면 날마다 아침 저녁이면 두 성년– 성년들이 가서 졸르는 기여. 자꾸 '쥑여 달라'구. "그렇게 하겄다." 구. 아 한날은 또 불러서 갔더니, "내가 활을 가지구서 동서남북으로다가 화살을 한 개씩 사방으로 네 개를 쏠 테니까, 이 화살을 찾아와야지 못 찾아 오면 너를 죽이겠다." 말야. "예, 그럭 하겄읍니다." 그래 인자 또 집이 가서 앓는 거지 뭐. 그러니까– 앓으니까 마누라가, "왜 그러시냐?" 구, "아, 사실이 이래저래 해서 활을 동서남북으로 네 개를 쐈는데, 화살을 찾아 오라는데 어디가 찾느냐?" 구. "걱정 말구 진지나 잡수라."구. "그럭 하겄다." 구. 참 밥을 먹구 났더니, "요 한 이– 삼십 리쯤 나가면은, 상두군들을이 생여를 미구서 오호 뗄랑하구 가다가, 술들이 췌서 생여를 집어 내던지구 자빠져서– 생열 놔두구 있으니까… 우리 아버지는 활을 동서남북으루, 당신 눈에는 쐈지만, 한 군데루 가서 그 송장 배때기 속에 들었다. 그래 송장 클루구서 거기서 꺼내 오너라. 거기 다 들었다." "아, 그럭 하겄다." 구. 참 한 십 리 밖에쯤 참 나가보니깐, 참 생여꾼들이 인제 술이 취해서 오호 딸랑 하더니, 여 상여두 못 미구, 가구 그냥 죄 엎어져 있단 말야. 그래 생여 속에 가서 그냥 송장 배지를 보니깐, 거기 참 화살이 네 개 들었다. '하아 인젠 되었구나' 하구 잘 가지구 들어 오는데, 아 집이 한 이마장쯤 남았는데, 황새란 놈이 왔다갔다 하더니, 화살을 하나 쓱 채가지구 내뺀단 말야. '하아, 한 개만 없어두 죽는데 이젠 이젠 죽었구나!' 그래 남아논 시 개래두 가져 가야지. 또 한 일 마장쯤 더 오니까 아 왜가리란 모이 또 왔다갔다 하더니 한 개를 또 뺏어 가져 간단 말이야. 하아 이건 내가 이제 아주 죽었구나. 두 개만 가지구서 와구 그냥 씨러져서 또 앓는거지 뭐. "왜 앓으시냐?" 구. "그런 게 아니라 이러저러 해서 화살을 가지구 오다가 황새·왜가리한테 두 개를 뺏겼다. 그래 이 두 개를 갖다 주문 뭘 허느냐?" 구. "걱정 말구 진지나 잡수라." 구. 그래 밥을 먹고 나니까 반짇그릇을 훔치덕훔치덕 하더니 화살 두 개를 쓱 꺼내 주거든. "이게 웬 화살이냐?" 그러니까, "큰아들은 당신–황새는 큰 아들이구– 작은 아들은– 왜가린 당신의 둘째 아들이다." 이렇게 말하거든, "그러냐?" 구. 그래 화살 네 개를 갔다 주니깐, "이젠 내 사우다. 가서 살어라." 아 참 가선 이젠 재미 있게 참 잘 사는 거지. 참 이 성년들이 그래도 안 되겠어. 그냥 날마두 또 가서 들볶는 기여. 쥑여 달라구. 그래 아 배기다 배기다 못해서 한 날은 또 불른단 말여. 그래 또 갔지. 갔더니, "이번에는 인피가죽 슥 장을 얻어 와야지 못 얻어 오면은 쥑이겄다." "응. 그럭하겄다." 구. 또 집이 가서 앓는 거지. 그러니께, "왜 그러시냐?" 구, "사실이 이러저러 해서 인피 가죽 슥 장을 얻어 오라는데 어디 가 얻어 오느냐?"구. "그것

참 사실 어려운 일이라."구. "그러나 해볼 수 없이 하는 데까지는 해봐야 된다구 밥이나 잡수라." 구. 그래 밥을 먹구나니까, "우리 집이 가문은— 우리 친정엘 가문은 참 말이 수십 필이, 참 좋구 큰 말 뭐 엄청 많은데, 거기서 젤 비루먹은 말을 하나 달래가지구 오라."구. "그럭 하겠다." 구. 그래 가서, "거 말이나 한 필 주십시오." 그러니께, "네 맘대루 골라 가거라." 그러거든. "아 저기 저 비루먹은 말이나 하나 주십시우." "왜 하필 좋은 말을 두구 그런 걸 가져 가느냐?" "그저 저는 이거나 가져 가겄읍니다." 그래 인제 시키는 대루 인제 그걸 가지구 오니까, 그래 밥을 먹구선 인제 그 이튿날, "인피 가죽은 천상 쥐나라에나 가야 인피 가죽을 구하지…." 마누라가 이제 시키는 거지. "쥐나라에나 찾아가야 인피 가죽을 구해오지, 쥐나라엘 못 찾아—아니문 인피 가죽을 구핼 수가 없다." 이러거든. "그렇겄다." 구 "쥐나라에나 찾어 가는 수밲이 없다." 구. 그래 인저 비루먹은 말을 타고서 인제 쥐나라엘 찾아가는 거지. 아 처름엔—십 리 오 리 갈 땐, 이놈므 말이 비틀거리구 잘 못 가더니, 참 순식간에 쥐나라엘 찾아갔단 말여. 쥐나라엘 찾아가서, 아 쥐란 놈덜이 여그저기서 삐끔삐끔 내다보더니, "얘, 밥 왔다, 얘 밥 왔다. 우리 잡아 먹자." 아 이라구 말을 살점을 뚝뚝 물어 띠구, 사람두 물어 띨려구 그러구— 영 그러는데, 말은 죽는다구 소리치구 그러는데, 한 놈이, "얘! 잡아 먹더래두 우리 대감— 임금님한테 물어보구 잡아먹자." "그러자." 그러구 죽덜 들어가더니—들어가서, "대감님, 여그 밥 왔는데 잡아 먹을까요?" 그러니께, "이눔아, 내가 봐야 안다." 이렇게 내다보더니, "천해 고얀 놈덜! 절루 못 가느냐." 구 호령을 냅다 하니까, 아 쥐덜이 쥐—쥐굴—쥐굴 들어가서, "아, 그 그 바깥에 손님 들어오시래라." 아 참 들어가니깐, 쥐 대갬이—임금님이, "날 몰라보것시입—몰라보것십니까?" "예, 몰라 보겄읍니다." "사실이 아무저께 이러저런 데서 당신이 남우 집살이 한 일이 있잖소?" "예, 있십니다." "그때 당신이 이 콩을 자꾸 나를 줘서, 내가 그걸 먹고 커가지고서, 여그 와서 임금 노릇을 하고 있다. 예, 참 이렇게 만나보긴 참 꿈에도 생각지 못했다. 참 고맙다." 고 그래. "내 소원이 하나 있어서 왔십니다." 그러니께, "선생 소원이 무엇입니까?" 그러니께, "참 인피가죽 석 장을 구하러 왔습니다." 그러니께, "아, 그거 어려울 거 없다." 구. 쓰억 내주거든. 하아 그걸 가지구선 참 말을 타구서 떠나는데, 참 이놈므 말이 참 잘 못 오더니만, 한 십 리 오 리나 오더니 그냥 버쩍하더니 집에 왔다 말이지. 그래 그 길루는 인피 가죽 갖다 주니까, 뭐 그 뒤루는 뭐 더 뭐해 볼 도리가 없으니, 그 길루 참 재미 있게 잘 살다 죽더래요.

13. 나뭇군과 선녀(『한국구비문학대계 4-2』, 219~228쪽.)

아득한 옛날에 한 사람이 있는디, 조실부모를 하구 삼춘 집이 가서루 의탁을 하구 있어. 삼춘 집이 가서 사는디, 이게 그 사춘이라든지 숙모라든지 구박이 자심하거든. 그 뭘한 사람같으면 그래도 그 자기네가 살만하니께 그 공부래도 시켜서 워텋게 장손이니께 가르쳐 줘야 옳은디, 맨날 심부름이나 시키구 나무나 가 해 오라구 하구, 이런단 말야. 그래 날마두 나무 하러 댕기구 일이나 하구 이려. 그 쥐 같은 걸 잡어서는 자루에다 너서는 갖다가 쥑이라는 거지. 그럼 야이가 그걸 받아 가지구 나와서는 저 후면이 가서 이렇게 쏟어 노메, "후루루루 늬들 얼른 가서, 잘 살어라." 하구서는 쏟어 놓구 쏟어 놓구 그랴. 그럭게 하기를 수차례를 인저, 쥐를 그렇게 살려 주구 살려 주구…. 하루는 나무를 하러 가서 나무를 하는디 큰 노루란 놈이 펄– 펄– 뛰들오더니 '나좀 살려 달라'는 게지. '저기 포수가 지금 나를 잡으러 쫓아 오니께 나 좀 살려 달라'구 그라거든. 그러닝게 나무를 수북하게 했는디, 이 나뭇속이 들어 가라구. 파 묻어 줬어. 거 쪼끔 있으니께 포수들이 쫓아와서 인제 '노루 가는 거 못 봤느냐.'구. "못 봤어요." "왜 일루 왔는디 못 봐?" "저짝으로 돌아 갔어요. 저 짝으로 절루 해서 절루 갔읍니다." 그래 글루 맬짱 쫓아 가거든. 그래 노루가 나와서는, "너 나 살려준 은혜를 갚을텐디 워떻게 갚으야 옳으냐?" "네 나를 묶어서 가주 가거라. 네 집이루 가주 가면 늬 삼춘이나 숙모가 좋다고 할 게다. 그 팔월 추석이 잡어 먹는다고 길르라구 할 겨, 그렇게 네가 울을 져서 갖다가 나를 키워라." 그거여. 그럭허라구. 이 눔을 묶어서 짊어지구 왔단 말여. 아! 노루 잡아 왔다구 좋아 한단 말여. 팔월 추석이 잡아 먹는다구 나무도 하러 가지 말라는 겨. 이 노루나 키우라는 겨. 그래 울을 져서 이렇게 해 놓고서는 만날 그 풀 뜯어다가 그 노루나 주구 그렇게 노루만 질르고 있는겨. 그래 편할 거 아녀? 그래 팔월 추석때가 됐어. 인저 열 나흗날 그 눔을 잡는다는 게거든. 걔이가. "너를 잡는다구 하니 거 어터거야 옳으냐?" 그러구 해 인저. "그러면 다른 사람이 못 잡게 하구, 니가 잡는다구 하구서 내 노루니께 내가 잡는다구 하구서 션찮이 묶어라. 션찮이 묶어 놓구서 내다 놓구서 웅! 잡을라구 할 적이 내가 '후닥닥' 내뻐릴 테니께 그렇게 해 다구." 아! 그럭허라구. 그래 하인들 보구 노루를 잡으라구 하니께, '내 노루 내가 잡는다'구. '구만 두라'구 하구서 이 눔이 달라 들어서는, 들어가서 션찮게 묶어 가지구 나와서는 노니께 '후닥닥' 하더니 그냥 삼십육계 줄행랑을 놓는단 말여. 산으루 그냥 치달아 뻬려. "이놈의 자식. 하인들 보구 잡으라고 하니까니 지가 잡는다구 하더니 놓쳤다."구. 생 야단을 치메 어떻게 구박이 또 자심한지 몰라. "가 나무나 해 오라."구. 이놈이 또 나무를 하러 그 산이루 갔어. 그 노루를 춧어온 디를 갔단 말여. 가서는 엉엉 울구 앉었지. 하두 구박이 자심해서 인저 신세 자탄을 하구 우는겨. 그러니께 그 노루가 워서 펄- 펄- 뛰오며, "너 왜 우니?" 이라거든, "너 놓쳤다구, 워떻게 구박이 자심하구 야단을 치는지 당최 견딜 수가 없다. 그래서 운다." "그려! 그러면 존 수가 있다. 나하구 가자." 노루하고 같이 가서는 산이 가서 인저 그 낙엽이 수북하게 떨어지고 이랬는디, 낙엽 속이 들어가서 자두 노루하구 자닝께 춥도 안 하구 괜찮여. "내 너 장개를 들여 줄테닝께 장개 들으라." "니가 장개를 워떻게 들여 주니?" 항께, "이 산꼭대기루 올라 가면은 못이 하나 있어. 못이 하나 있는디, 하늘의 선녀 샘(삼)형제가 옥황상제 따님이 싯(셋)이 있는디 거기 와서 해돋이에 와서는 목욕을 한다. 목욕을 하는디, 거기 가서 숨어 있다가 맨 끄트머리 내려 오는 선녀가 끝의 선녀여. 그 선녀 옷 벗어 논 것을 가지구 오너라. 그러면 그 선녀가 쫓아와서 댈구 달라구 그럴 겨. 주지 말구서 아이들 싯을 낳걸랑 옷을 줘라." '아! 그러냐'구. 그래 이 눔이 갔단 말여. 가서 보니께 참 선녀가 싯이 내려 와서 모욕을 하구 있어. 그래 끄트머리 그 내려온 선녁의 옷을 싸 짊어지구 내빼니께 쫓아 올거 아녀? 그 선녀 둘은 그만 하늘루 승천해 빼리구. 가 '달라.'구 이라니께, "안 된다. 나하구 살면 준다." 그래 살게가 됐어 인저. 그래 아들을 하나 났어. 아들 하나 났으니께 달라는 겨. 안 된다고. 몇 해가 흘러가다 보니께 포태가 됐어. 그래 몇 개월이 됐던지 배가 이렇게 불르단 말여. "여보 그래 내외간이 발써 자식을 싯채나 월마 안 있이면 날껜디, 그 안 줄 게 뭐 있소?" 달라구 댈구 이러니께 줬단 말여. 옷을 입더니 하나 업구 하나 안구서 득천을 해 버렸어. 그냥. 하늘로 올라가 버렸단 말여 닭 쫓던 개 울 처다 보기지 인저. 그래 또 거기 가서 '엉엉' 울구 앉었는디, 하두 기가 맥혀서. 그러니께 그 노루가 '펄펄' 뛰서 또 왔어. "너 왜 우니?" 그 얘기를 하거든. "니가 싯 낳걸랑 주지, 주지 말라구 하는 걸, 댈구 달라구 해서 줬더니 업구 안구서 그냥 하늘루 올라가 빼렸다." "그려?" "그렇게 주지 말라고 하지 않았니? 그러면 존 수가 있어." "워턱케 햐?" "너한티 속아서 지금은 물을 타래박으루 잡어 올려 가지구 목욕을 한다. 그렇께 거기 가 지켜 섰다가, 맨 층이 내려오는 건 큰 선녀구, 둘째번 내려오는 건 둘째 선녀, 맨끄트머리 내려오는 두레박이 늬 마누라 두레박여. 그렁께 그 물을 폭 쏟아 내빼리구서 타레박을 타면 올라가서 늬 마누라를 만날테니께." 아! 한 두레박 갖다가 목욕할 타레박인디 그럼 사람 들어 가두 훌륭할테지-. 아! 그럭헌다구. 그래 인저 거기 가서 지달리구 보니께 참 두레박이 내려와서 물을 잡아 올려간단 말여. 그 맨 끝이 내려 오는 두레박을 물을 푼 눔을 푹 쏟아 놓구서. 두레박을 타구 있으닝께 올라갔단 말여. 하늘루 올라갔어. 올라갔는디, 아! 자기 아들. 아이들이, "아이구 아버지 오네! 아버지 오네!" 그라거덩. "아부지가 여기를 워디라구 오니?" "아니, 아부지 왔슈. 아부지 왔어." 보니께 남자가 왔단 말여 참! 그러니 워떡햐? 인저 거기서 사능 겨. 가보니께 벌써 아이까장 나서 아들이 삼 형제란 말여. 그래 인저 다섯 식구가 거기서 사는디, 그 성(兄)들이 그렇게 미워햐. "저눔의 지지배는 인간 사람허구 산다."구 말여. 구박이 여간 자심헝 게 아녀. 근디 옥황상제는 또 인간사위라구 이 사위를 사랑워 허구 그라거든. 여간 사랑허는 게 아녀. 그라니께 이것들이 시기를 해 가지구서는 그렇게 구박을 한단 말여. 근디 인저 그 우이로(위로) 선녀들 둘 그 냄편들하구 인저 내기를 하라는 겨. 내기를 하는디 무슨 내기를 하는구 하니, "우리가 활을 쏴서 저-동해 바다에 이미기가 있는디, 그 이미기 눈깔이다가 활을 쏴서 맞힐테니께 그 화살촉을 가 빼 오너라." 그거여. 그 화살촉을 빼 오먼은 너를 살려줄 게구, 살려주구 무슨 보답을 많이 준다는 게지. 그렇구 그렇지 못 하면 너를 죽인다 그거여. 그렁께 죽구 살기루다가 내기를 하구서는 활을 쏘자는 겨. 이 눔이 그 이미기 눈이 화살을 가 빼 올 재간이 있어야지. 집이 와서 끙끙 앓구 두러눴지. 그러닝께 그 마누라가 '왜 그러느냐'구 달구 묻거든. 그래 그 얘기를 했어. 그랑께, "그까짓 일을 뭘 그렇게 걱정을 하슈. 일어나서 밥 자시구, 낼 가서 빼 가지구 오슈." 그래 일어나서 밥을 먹구 인저 이렇거구 그 이튿날 됐는디, 아 그 비리먹은 말, 비리먹은 말을 한 마리 주머서 '이걸 타구 가먼은 활을 쏘먼은 그 이미기 눈이 가서 화살이 맞아가지구 그 이미기가 고개를 불끈 불끈 쳐들구서 나와서는 거시키 할 겨. 그러닝께 가서 그 화살을 빼먼은 이미기는 그냥 들어 갈 게구, 가지구 오슈'. '그럭하라구.' 그, 비리 먹은 말을 타구서는 인저 나갔어. 나가닝게, "내가 활을 쏠텡께 가 빼가지구 오너라." 그러먼서 활을 탁 쏘니께, 바라다 보니께 아! 큰 집동 같은 이미기 눈깔이 화살을 맞았는디, 고개를 들구서 이 눔이 야단을 친단 말여. 그 비러 먹은 말을 타구서 인저 채쭉질을 하며 가니께 번개같이 가거던. 딱 당해서 이미기 눈이 화살을 잡어 빼니께, 아 이 눔의 이미기가 좋다구 가뻐려서는 화살을 가지구 왔단 말여. 그래 인저 상품두 타구 아! 그 옥황상제가 인간 사위 재주 용하다구 여간 대우를 하는 게 아녀, 이게 더 시기가 나거든. 그럴 거 아녀? 그렁께 또 내기를 하자는 겨. "그 무슨 내기를 할라느냐?" 그러니께, 고양이 나라가 있는디 그 근너 고양이 나라에 가서 고양이 나라 통천관하구 쥐나라에 가서 쥐나라 왕의

통천관하구 쥐나라에 가서 쥐나라 왕의 통천관하구 그걸 가져 와야지, 그걸 안 갖오면 쥑여 버린다 그거여. '아 그러냐'구. 그러니 이걸 할 도리가 있어? 집이 와서 또 두러눴지. 머리를 싸 짊어지구 두러눴단 말여. "왜 그라쇼?" 그러거든 마누라가, 그 얘기를 하니께, "거 참 어려운 일입니다." 그러거던. "어려운 일인디 할 수 있우? 해 보야지 머 도리 으닝께 걱정마시구 어이 뱁이나 잡수쇼." 그래 밥을 먹구 일어나 있으니께 그 이튿날 인저 가라는 겨. 그래 그 비러먹은 말을 타구서 인저 갔단 말여. 메칠을 갔던지 가다가 보닝께 그냥 쥐가 큰 가이(개)만큼한 쥐떼가 그냥 몰려 오더니 '와르르르' 달려 들어서 그냥 거시카는디, 뭐 당할 도리가 읎어. 그러더니 쥐덜이, "야-, 이거 아주 우리가 포식을 허게 됐으닝께 잡어 먹자." 그거여. 그런디 워서 쥐 한 마리가 떡 나시더니, "안된다. 우리가 이렇게 좋은 밥을 우리찌리 잡아 먹었다구 허먼은 나라이서 상감이 알먼은 큰 화를 당할 겨. 그렁께 우리가 진상을 하구서 거기 가서 쪼끄만큼 온어 먹자." 그거여. 아! 이 눔들이 그냥 끌구서는 간단 말여. 가서 인저 그 쥐 왕이 있는디 대문 앞이다 갖다 떡 딜여 노면서 진상을 바친다는 게지. 아 그래 그 쥐 왕이라는 자가 이렇게 바라다 보니께 자기 살려준 사람여 그게. 응-. 그 쥐 한 마리가 워떻게 근근자성(손)해서 쥐나라이서 왕이 됐어. 쫓아 나와서는 이게 워짠 일이냐구, 붙잡구 끌구 '어이 들어 가자'는 겨. 그래 들어가서는, "그래 대관절 워 게 된 일이냐?"구. 그래 그 사실 얘기를 족- 했어. 그 삼촌한티서 고생하던 얘기와 그 선녀 구하던 얘기와 전부 그런 얘기를 죽 했어. 그래서 그 동서놈들이 괭이 나라에 가서 쥐왕의 통천관하구 괭이 나라에 들어가서 괭이 나라 그 통천관을 가주구 와야지, 안 쥑이지, 그걸 안 가주먼 쥑인다구 해서 이렇게 왔다구. "아! 그거 걱정 말라구. 내거야 뭐 내게 있는 게니게 걱정 말구, 그렇지만 괭이 나라의 왕의 통천관이 그게 젤 어렵다." 그게여. "그렇지만 도리 있우? 여러 목숨을 끊더래두 내 심껏 해 볼텡게 걱정마쇼." 그래 쥐를 전부 불러 딜여 그냥. 불러 딜여서 그 질 강한 샹지(새앙쥐) 그 눔을 수천 마리를 불러 딜여 놓구서루, "니덜!" 강이 이렇게 있는디, 강 근너는 괭이 나라구 입짝(이 쪽)이는 쥐나란디, 저짝 갱변이서, '아옹-'하고 건너다 보고 쥐를 보고 소리를 질르먼 이 쥐들은 꼼짝두 못허거든. 그런디 이 강속이루 굴을 파라는 겨, 샹쥐들 보구. 그래서 굴을 파기를 시작해서 인저 굴을 파 들어 가는디, 그거 뭐 이빨 부러진 눔두 있구 다리 부러진 눔두 있구, 그 뭐 죽는 눔이 부지기수지. 그래 다-파 들어 가서는 인저 그 괭이 왕이 있는 그 침소에 방구둘을 뚫어 올라갔단 말여. 방구둘을 뚫어 올라가서 있이닝께, 쥐가 들어 갔으니께 '아옹'하구서 발로 꽉 눌러서 거시카먼은 또 죽구 앙하면은 또 죽구 허는디, 워낭 댈구 올라가머서 거시카서 통천관을 벗겼단 말여. 뱃겨 가지구서는 구녁으루 들어 와서는 가주구 왔어. 가주구 와서 내 놓거든. 근디 수천 명이 죽었어. 뭐 얘기할 거 읎이, 쥐가. “아 내 백성을 이렇게 살해를 시켜가메 했는디 네 은공을 갚을라구 이렇게 거시키 했으니게 이거 가지구 가쇼.” 말여. 그래서 이 눔을 받어 가지구서는 가지구 오는디 말을 타구 오는디, 이저 어지간히 왔어요. 속으로 인저 하늘 나라를 어지간히 왔단 말여. 월마 안 오면 자긔네 집인디, 하두 신기하구 좋아서, 이 눔을 마상이서 이렇게 내 가지구. “이게 뭐이길래 이렇게 가주구 오라구 하느냐?” 구 하면서, 이저 내서 보는디, 아 워떤 소리개 한 마리가 ‘딱풍’떠서 ‘팍’ 쑤셔백이더니 그 ‘툭’ 채틀어 가지구 날러가 버린단 말여. 아! 그 닭 쫓던 개 울 처다 보기라더니 잃어버렸어. 그 솔개미한티. 아! 그 쪼끔 있더니 워서 큰– 독수리 한 마리가 오더니 쫓어가서 솔리개미를 한 번 냅다 때리며 이 눔을 뺏어 가지구 내빼거든. 뺏어 가지구 내뺀단 말여. 그걸 보니께, “그거 저눔우 게 월마나 좋은 보배걸래. 저런 미물 짐승두 저걸 저렇게 뺏어 가는가.” 하구서는 집이를 와서루 들어가서 인저 시늠(시름)이 돼 인저. 그걸 못가지구 왔응게 죽을 생각을 해서 드러와서 시늠을 하구 두러눠 있으니께 마누라가 들어오더니, 잘 댕겨 오느냐구 인사를 하구, “잘 댕겨 오구 워짜구 이저 나는 죽게 됐다.” 구 말여. “그 왜 그러슈?” “아 가지구 오다가 하두 신기하구 좋아서 이걸 가지구 마상이서 이렇게 내 가지구 구경을 허는디, 아! 워떤 솔리개미 한 마리가 오더니 툭 채틀어 가지구 내빼더니, 쪼끔 있더니 독수리 한 마리가 와서루 솔개미 가주구 가는 걸 뺏어 가지구 내뺍디다. 그래서 그 잊어 버렸으니, 나는 이제 죽는 게 아니냐.” 그거여. “걱정마슈, 걱정말구 일어 나서 이 뱁이나 자슈.” 그 밥을 먹구 나 앉었응게 그걸 내놔. 그 성덜은 솔개미가 돼 가지구서 가서루 뺏었는디, 이 끝이 선녀가 독수리가 돼 가지구 가 자기 성해를, 성이 가지구 가는 걸 뺏어 왔단 말여. 그러니께 그걸 인저 옥황상제 앞이다 바쳤단 말여. 아! 참! 인간사위 참! 재주 용하다구 말여. 그 뭐 큰 사위들은 다 젖혀 놓고 이눔만 그냥 아주 뭐 칙사 대우허더랴.

14. 나뭇군과 선녀(『한국구비문학대계 4-3』, 390~414쪽.)

어느 한 사람이 하두 없어서 인제 남의 집을 살러 돌아댕기는데 남의 집을 살러 돌아댕기는데, 게 촌 머슴살이여. 이놈이 남의 집을 살 망정 한 번 살아보겠다는 지독한 맘으로 '십 년만 굴어야겠다' 이렇게 맘을 먹구서 갈에 쉬는 시간임 벳이삭을 줏어. 벳이삭을 줏구 일 년에 몇 섬씩 받구 이렇게 해서 십 년을 살었어. 십 년을 살구선에 빗 백 가마니나 됐단 말야. 게 그 눔 늘리구. 한 삼년 살구나니께, 그게 죽 예산한 거야, 머슴을. 혼자 삼 년 살구 나니께, 그 눔이 대꾸 늘어나가구, 그렇게 늘려가면서 한 십 년을 더 사는데, 어느 창고루 베를 한 창고 됐단 말야. 그 안에 수세를 해 넣었는디, '야 이제 내가 십 년을 살었는데 이것만 하면 내가 싫것 먹구 살어. 그러니께 요놈을 가주구서 살림 나야겠따. 방아를 찧야지.' 베를 인제 말리는 거여. 마당에다 인제 멍석을 좌아 깔구선에, 한 이십석 깔구선에 한 오십 가마씩 내선에 날마두 말리는 건데, 말리는 도중인데 베를 한 가마니 져다가 마당에다 덜컥 부리니께 왱겨라. 또 한 가말 져다 쏟으니께 또 왱겨여. 곡간에 있는 그 창고가, 한 곡간 쟁인놈의 곡간에 있는 것이 전부 왱겨여. 곡간에다 한 곡간 채워 놓은 놈에 것이 베는 전부가 다 없어지고 왱겨만 남었이니 쌀은 없어지구 어떻게 될 꺼여?[김기석:게 십 년 고공살이 해서 판 걸.] 웅 십 년 공부 나무애비타불이란 말여. 벳간에, 인제 양석가마를 턱 깔구 앉아서 신세타령을 하구 엇다 호소할데가 없구 우떻게 할 질이 없어. 그래자 그 집 머슴살이 하는 집 쇠 오양깐이라는디 오양깐에 쇠 오줌 나오는데 쇠 오줌독이 있는디 쥐구먹이 이만하게 하나 뚫렸는데 거기서 쥐가 한 마리 떡 나온단 말야. 쥐가 나오더니 눈을 꿈벅 꿈벅하더니, 큰 강아지만 한 놈이 나오더니 그 사람 앞으루 가. 그 사람 앞으루 가서, "너허구 나하구 웬수간이여. 네게 웬수는 나다." "우째 웬수냐?" "너 십 년 나무집 산 거 내 홀랑 까 먹었어. 전부 왱겨만 남았다. 너 십 년 고공살이 해가꾸 뫄논 쌀을 내가 홀랑 먹었이니 내가 웬수 아니냐? 그러니께 나를 쥑여라." 웅. "네 웬수니까 니가 나를 쥑이며는 웬수를 갚는 게 아니냐." 그 소리를듣구서 가만히 생각을 해보니께 웬수 갚구 자시구 할 것이 뭬 있어. 까짓 쥐 한 마리 쥑여가주구. 다 없어진 놈에 걸. "니가 그 쌀 아니었으며는 네가 죽을 건데 그 쌀 먹구 오늘 날까징 살았니?" "그 쌀 먹구 살았다. 그러니 너는 내게 은인이지마는 나는 네게 웬수여. 그러니까 나를 쥑여라. 쥑여다고." "너 쥑여본댓자 까짓 쥐 한 마리 죽여서 뭐가 시원하냐? 니가 오늘 날까장 살았다는 것이 내 쌀로 살았대니 니가 살은 것만 해도 다행인데 널 쥑일 것이 없다." "참 고맙다." 쥐가, "참 고맙다. 인제 헐 수 없어. 의형제를 맺어." 의형제를 맺고 사람이 성(兄)이 되고 쥐가 동생 된다. 항렬루 따져서. "내가 인제 동생이 되구 당신 성이 되어." "그래자." 그래 인제 성님 동생을 하구 지내는데, 그저 밥 먹을 적이면 쥐가 들어와 배 으니께. 그래 밥 먹다 한 반 먹구 쥐 동생 내주고 이렇게 달을 했는데 쥐가 간 곳이 없어. 여엉 해 쌌두 안 뵈여. 어디루 갔넌지 어딜 간단 말두 없었는지. '히 이게 어디 가서 괭이한테 물려 죽었나.' 원 날마다 보다가 못 보니께 또 궁금증도 난단 말야. 그렇게 하는 도중에 늦은 봄새나 됐던지 이놈이 나무 지겔 해 질머지고 저 큰 장산으루 나무를 갔어. 나물 가서 갈키로 긁어서 나무를 한동내기 수북하게 해 놨는디, 해 놓구서 담배 한대 먹구서 이놈을 묶어 짊어지구 가야지 하구서 한 동내길 긁어 놓구 인제 댐밸 한 댈 먹구 쉬는 거여. 쉬니께 노루 한 놈이 저기서 사뭇 헐레벌떡하구 뛰 온단 말여. 그러드니 그 나뭇군 보구서 노루가, "에 이 내 등댕이 포수가 쫓어오는디 내 금방 죽게 됐어. 그러니께 이 나뭇 속에다 묻어다고." "그래라." 나뭇 속에다 묻어 뒀지. 게 포수가 오거던 못 봤다구 그래라구. 그러라구. 아 묻어놓구 댐배나 한 대 먹구 앉었이니께 포수가 막 헐레벌떡하구 쫓어와. 쫓어오더니, "여 나무하는 도령 나무하는 도령!" "왜 그러느냐."고. "아 여기 노루가 금방 한 마리 이리 왔는데 어드루 갔느냐?" 고. "발써 여보 저어 넘어루 넘어갔다." 구. 저 넘어루다. "아이구 그 놈 하나 잡을라구 사흘을 쫓어다니다 결국은 못 잡았다." 구. 저 넘어루다. "아이구 그놈 하나 잡을라구 사흘을 쫓어다니다 결국은 못 잡았다." 구. "인젠 놓쳤다." 구. "에이 인젠 놓쳤이니 뭐 쉬나 가야지." 아 이놈이 나무에 가서 덜퍽 주저앉었는데 워디를 가서 앉었느냐 하면 노루 대가릴 덜퍽 가서 깔구 앉었네, 노루 대가리럴. 거기 앉어서 댐밸 먹는 거여. 노루 대가리를. 노루가 밑에서 환장할 지경일세. 버썩만 하면 총으로 디려 갈길 테구 금방 죽을 지경이여. 꼼짝 못 허구. 이 자식이 또 댐배 한 대두 안 먹구 또 두 대를 먹어유. 그래 한 시간이나 있다 이 자식이 간다 이 말여. 영 놓쳤다구. 그래 그 졸경을 치루구, 노루가 꼼짝 못 하구 졸경을 치렀이니 얼마나 애썼일 게요? 그 놈두 대가리가 하얗게 셨을 거요. 그렇게 치루구서 포수가 산 넘어루 넘어간 뒤에, "넘어 갔다 나오너라." 아주 땀을 쪽 흘렸어. "많이 애썼다." "그러나 저러나 나는 그 놈이 깔구 앉어서 앨 썼지마는 내가 산 것은 너 땜에 살었는디, 도령 땜에 살었는디 도령을 뭘루 은혜를 갚어야 할런지 모르겠어. 도령 장가 안 들었구만." "안 들었어." "내 장가나 하나 드려주지. 내 말대루만 함 장가 들어. 이 나뭇지게를 두구서 이 위 산고랑텡일 들어가며는 옹달샘이 하나가 있어. 샘이 하나가 있넌디 그 샘은 하늘에서, 하늘 옥황선녀들이 내려와서 목욕하구 올라가는 샘이여. 그 샘에 으쨌던지 큰 고목나무가 속이 볐어. 그러니 거기 가 은신하구 있다가, 첨에 내려오는 것이 그 중 맏 딸, 두째 번 내려오는건 두째 딸, 셋째 번 내려오는 건 삼 형제 막내딸이여. 시째 번 내려 오는 거, 고것들 홀락 벗구서 목욕덜 할 테니까는 위로 둘이 먼저 내려 온 거는 그냥 두고 맨 끝째 막내딸 속곳을 훔쳐서 감춰라. 그럼 하늘로 못 올라가고 너허고 살게 되여. 너허구 살게 되는데 아뭇 때고 아들 삼형제 낳거든 그 옷을 줘라." 꼭 그러면 장가드느냐고. 든다고. 그래라고. 그래서 나뭇 지갤 그냥 거기다 내버려 두고 그 위루다 올라갔지. 올라가서 고목 밑에 가서 얼말 앉었이니께 하늘에서 참 선녀 하나가 내려온단 말여. 줄을 타구. 그래더니 훌훌 벗구서 그냥 물루 들어가요. 또 쬐끔 있이니까 또 하나가 내려와. 게 둘이 들어간 뒤에 또 하나가 내려온단 말야, 시째. 아주 뭐야 잡어 먹어야 비린내두 안 나겄어. 어떻게 이쁜지. 막대길 해가주구선 꼬쟁이 벗어논 걸 살살 이렇게 비벼갖곤 끌거 잡어대려 파묻어 뒀단 말야. 이것들이 얼말 목욕을 하구서 올라간다구, 나와서 인제 옷들을 줏어 입는데 즈 성들은 옷이 다 입으니께 좀 잘 줏어 입어. 이 이거 막내째는 꼬쟁이(고쟁이)가 있어야 입지. 흥. "아이 난 속곳이 없어." "아 어디 찾어봐 이년아." 즈 성들이 그래지. 암만 찾어봐야 없어. "아 그럼 이 워떡해여. 그럼 워떡해 올라가야 옳우." "넌 이년아 인간 냄새 맡은 이년아. 인간에서 살어라 이년아." 즈그 성제만 올라가는 거여. 그래구 찾으러 돌아댕기는 척하구 여기저기 댕기더니 고목나무 에 와서, "나오슈. 당신하구 나하구 인연인디 삽시다, 둘이. 당신 나뭇지게 있는드루 갑시다." 나뭇지게 있는드루 쪽 인제…, 양달 그 좋은 양달에다가 나뭇지겔 바쳐놓고 이렇게 있는데, 거기다 네 구텡잉에다가 뭐를, 네 구텡이에다가 십자를 띠여놓구 뭐라구 하니께 기양 고래등 같은 기와집 한 채가 덜컥 솟는다 이 말여. "삽시다." 뭐이가 기울 것이 하나두 없네. 그냥 그 꽃 속에서 그냥 사는 거여. 그래 아들을 하나 떡 낳지. 아들을 하나 낳구 어언간 한 이태 만큼 있으니까 또 아들을 하나 낳어. 그래 아들을 성제(兄弟)나 낳지. 아들을 성제나 낳구서는 에펜네가 그러는 거여. "당신 날마두 들어앉었지 말구 저 시내 장같은 데 도시같은 데 가서 돈두 좀 씨구 활발하게 기운두 좀 떨구 돈좀 씨구 오우." 원 그 때 돈으루 참 몇 만 원을 준단 말여. "이거 당신 오늘 다 쓰구 오우." 돈은 잔뜩 가주 갔는데 엇다가 쓸 데가, 한 군데두 없어. 뭐 집이서 기리울 게 있어야지. 한 군델 가니까 얻어먹는 사람들이 한 삼십 명이 주욱 그늘 나무 밑에 자빠졌단 말야. "너들 죄 오너라. 얻어 먹는 것들." 전부 나와서 점심 한 상씩 하구 옷 한 벌씩 싹싹 사 입혀서 아주…, 그래 그 돈을 홀랑 씨구 들어왔지. 집이 들어와선에, "돈 다 씨구 왔느냐?" 고. "다 썼다." 구. "워떻게 썻어?" "사실 약차(若此) 이만저만해서 얻어먹는 사람들 점심 한 상씩 사주고 옷 한 벌씩 사 입혔지." "잘 썼다." 구. 그러구서 또 메칠이 지나니까 또 그런단 말여. 뭘, 돈을 줘. 가 돈좀 더 씨구 오라구. 그래 나가보니까 뭐 쓸 데가 없어. 뭐 재겨 입을 것이 있어, 신을 것이 있어, 뭐 먹을 것이 있어. 아무 데도 씰 데가 없어 이놈의 돈. 또 한 군데 가니까 또 얻어먹지가 또 많어. 게 그놈들 죄 불러서전부 불러서 옷 한 벌씩 하구 점심 한 그릇씩 다 사 멕였어. 사 멕이구 나서 집일 떡 들어왔는데, "돈 다 썼어?" "다 썼오." "워떻게 썼오?" "약차 이만 저만하게 다 썼지." "쓰긴 잘 썼는디 무지백지한 사람은 당신백인 없어. 저런 인간을 데리구서 내가 오늘날까지 살았이니 내 속이 얼마나 었겠오. 여보 당신좀 생각해 보오. 당신이 여기서 일 전 한 푼이나 당신 살림에 보태줘 가주구 오늘날까지 살았어? 내 손으루 내가 전부 내 조화루 내 돈 갖다가 이렇게 당신이 사는데 돈 그만큼 주면서 다먼 양말짝 한 컬레라두 나좀 사다주면 당신 손 부러져? 에핀넬 그렇게 몰라 봐? 그런 사람하구 나하구 살았이니 내가 얼마나 속 었겠어? 돈 주구두 옷을 하나 못 사다 주는 사람이 내 옷 뺏인 거 그거 줘." 사실은 할 말이 없어. 원 다먼 버선 한 켜레라두 사다가, "이거 내가 산 거니 마누라 좀 입어 봐. 신어 봐." 하구 줬이면 그 얼마나 따뜻한 말이구 좋은디 그것 잘뭇하고 보니께 사실 뭐라구 할 말이 하나두 없어. 염체가 없어서 우두머니 있이니께, "아니 내가 가지고 온 그 때 그 고쟁이 당신 뺏은 거 그 거 안 줄 끼여." 준단 말두 안 준단 말두 못하지. "당신하구 살머는 내가 한 생전 이꼴하구 살 테니께 아싸리 갈라 서. 언내 이루 오너라." 형제 들쳐업구, 하나 업구 하나 걸리구 손 붙들구 나간다 이 말야. "야 모든 것이 내가 잘못 했이니 내 그 곳을 줄께. 아들 성제씩이나 낳구 시방 갈러서서 어떻게 살어. 그러니 그 옷을 줄 테니 나하고 삽시다." 그럼 그래라구, 되루 들어 와. 그래 그 옷을 줬다 이 말여. 그 옷을 주니께 걷어 입어. 그게 그 옷 뺏일라구 묘수를 꾸민 거여. 갈라선다구 갈라서구 어린애 업구 나가는 것이 그럭함은 줄까 하구. 게 인제 고 꾐에 넘어가수 헐 수 없이 옷을 준 게란 말여. 삼형제 낳거던, 삼형제 나야 주라구 그랬는데 둘 난데 거 그 지경이 됐이니 어떻기여. 옷을 주니까 하늘루 쓱 올라가 버렸단 말야.[조사자: 애들은 어떻게 하구요?] 애들들은 다 들쳐업구서. 아 이거 하늘루 이렇게 올라가는 것을 쳐다 보구서 다 올라간 뒤에 떡 내려다 보니께 어 나무구, 나무 지게구 나무하구 그냥 있시우. 게 이 사람이 머슴 살던 사람의 죈네가, 우리 집 일꾼이 나무 가서 아무데 가선에 고래등

같은 지와집을 짓구 거기서 잘 산다구 오는 사람 가는 사람 행인한테 그런 소릴 들었어. 우리 집이서 살던 사람이 나무 가서 베란간에 부자가 돼서 잘 산다구. 아들 성제씩이나 낳구 잘 산다구. 원 내가 쥔네 노릇을 했는데, 한 십 년 우리 집이서 살 고생한 사람인데 가서 인사라두 좀 해야 할 텐데. 그러자, 그 사람이 그렇게 맘을 먹고서 그 사람네 집일 이제 오는 거구. 이 사람은 나무짐을 묶어서 지구 오다 가다 덜컥 만났다 이 말야. 아 쥔네가, "아 자네 이거 어쩐 일인가?" "하 임시 잠간 호강하구 좀 살었었입니다. 사실 복이 없으니까 또 댁에 들어가서 또 남의 집 에 살 수 없어. 가십시다." "아 거렇게 됐어. 잠깐이라두 호강시럽게 살어봤구먼 그려." 그래구서 그 집이서 사니 꽃 속에서 살던 놈이 무슨 일에 또 손에 잽혀 마누라 생각나서. 영 당체 일이 손에 잽혀야지. 야 암만 생각해두 안 되겠어. '이놈의 노루나 좀 찾어야겠어. 이놈의 노루를 찾어갖구서 사정 얘길 또 한번 해봐야 살지 안되겠다.' 모든 것을 다 전폐하구 산으루 인제 노루를 찾아 돌아댕기는 거지. 이놈의 노루가 어디 가 있는지 알어. 삼지 사방으루다 메칠 날 메칠을 돌아댕겼든지 원 어느 짚은 산중에 들어갔더니, 까시덤풀이 사뭇 욱어진 속에 그- 안에 가서 노루 한 마리가 자유 이놈의 가시넝쿨을 간신히 사뭇 줘 뜯구서 사뭇 줘 분질르구 노루 있는 델 게우 파구 들어갔이유. 아 가니께 노루가 코를 골구 자네. 코를 골구 자는데, 내가 이 노루 보구 사정하러 온 놈이 고단하게 자는 것을 깨우기는 사실 곤란하거던. 한 숨 자고 난 뒤에, 일어난 뒤에 사정 얘기 하는게 의례 내게 떳떳하다. 고단하게 자는 걸 깨울 수 없이니. 거렇게 맘을 먹고 얼-마를 몇 시간을 지달리니 시상 일어나야지. 아 이거 해가 거웃거웃 넘어가두 이게 안 일어나유. 그래 인제 마지뭇해서, "좀 일어나." 하구 가서 덜컥 건드리니께 꼼짝두 않구 그냥 자. "일어나아." 첨엔 말이 일어나 일어나 하다가 말이 언성이 높아지니께, 꼼짝 않하구 자니께 야중엔 부애가 나서 화닥닥 떠다 밀면서 좀 일어나라구 무신 잠을 이따우루 자느냐구. 아 그래두 그놈이 이리 들어가면 그냥 거기서 골구… 하두 깨다 깨다 멀미가 나서, "에이 엠병할 놈에 거! 짐승한테 이런 사정얘기 하러 온 내가 글르지, 이 옘병할 놈에 노루 너두 뒈져봐라." 하구 이놈이 꽁뎅일 들어가주구서 냅다 들쳤지. 자는 놈을. 꽁뎅일 쥐구 냅다 들치니까 그냥 꽁뎅이만 쏙 빠졌단 말야. 아 이놈의 노루가 뻘떡 일어나더니 말야. "꼬리루 불어 먹구 사는 놈을 꼬리를 빼놨으니 어떡할 거냐." 말야. 그래서 시방 노루 꽁뎅이가 없이유, 그 때 빠져서. 그래 노루 꽁뎅이가 없잖어유. "꽁뎅일 빼놨이니 이거 어떡할 테냐." 말야. 아 사실은 또 생각해보니까 저놈을 또 손해를 가게 해놨이니 또 뭐라구 할 말이 없네. 그러나 일단 저한테 뭐 저기하러 온 놈이니께 덮어놓구 빌쓰구, “잘못했으니 용서해라.” 말여. “그런디 한 가지 더 일러줘서 나 살게 해야 할 텐데 어떡할 거냐.” 말여. “글쎄 내 꽁지만 안 뽑아줬이며는 당신을 잘 살게 해 줄 수가 있는디 얼마든지 하겄는데 꽁지를 뽑아놨이니 나두 감정이 나 못 하겄다.” 이놈이 참 굉장히 빌었어. 다부지게 빌어갖구, 야중엔 승낙을 해여. 해 넘어간 뒤에, 해 넘어갈 임석에서, “오늘 제녁 어디 가 자구서 이 위 산꼭대기루 올라가면 그 옹달샘이 있다. 그런 샘이 있어. 그런 샘이 있는데, 그 때 너한테 벵변당한 뒤로 너한테, 벵변당한 뒤론, 그 전엔 선녀들이 내려와서 목욕을 하구 갔는데, 하구 올라갔는데 시방은 이 물을 퍼다가 올려다가 하늘서 해여. 그러니께 거기 가서 있으면 첨에 동이 하나 내려와서 풍덩 퍼가주구 올라가구 또 두째 번에 퍼가주구 올라가구 맨 세째 번에 하나, 타구 올라 가거라. 끝으머리엔 올라 타아. 올라 타면 그 때 가선 살게 될런지 어떻게 살게 될런지, 어떻게 살게 될런지 그건 몰러. 그래니깐 그렇게나 해봐라. 그럼 만나서 살 수가 있을 거다.” “그래라.” 구. 그날 해가 넘어가서 자구서 그 이튿날 거길 갔어. 거기 가서 얼말 있으니까, 참 거진 한나절은 되어서 동이 하나가 내려와서 물을 퍼가주구 올라가요. “이건 첫째 꺼.” 또 하나가 또 내려오더니 또 퍼가주구 올라간단 말야. “이건 두째 꺼.” 끝으머리엔 또 하나가 내려와서 물을 퍼가주구 올라가. 올라 탔지. 시방 젯트기 탄거나 폭이나 될 꺼유. 사뭇 막 올라가니 말여. 사뭇 건공중으루 올라가서 하늘에가 떡 내려놨다 이 말야. 하늘에 갓다…. 하늘 갓다 내려놔 보니까 어디가 어딘지두 뭐 분간 못 하겄어. 아니 하늘나라엔 올라갔일망정 그 얼굴이 뵈어야 그걸 찾지. 에펀네 얼굴이 뵈야 찾지. 뭐 이루 말할 수 없어. 이루 지웃 저루 지웃 찾아 돌아댕기는데 큰 고래당 같은 기와집이 수북하게 있는데 한 편짝에 뗏장으루 움을 해갖구 서리막처럼 지어놓구 이런 집이 하나가 있어. 그 집 문 앞을 썩 지나너라구 이렇게 지나가니께, 그 집인지두 모르구 인제 그 집 문 앞을 떡 지나가니까 방에서 애덜 목소리가, “야 인간 아버지 왔다.” 어쩌구 이 소리가 들린단 말여. “야 이집이로구나.” 하늘 옥황상제 샘 형제가 성들은 잘했는데 이 막내딸은 인간죄를 져, 인간 사람하구 살었다구 하늘에서두 올러 온 뒤에두 박댈했어. 그래서 좋은 집을 차질 못하구서 그 뗏장집을 지어 놓구서 움막을 지어 놓구서 거기서 살어라 이거여. 그래서 거기서 구박을 받아가며 사는 거란 말여. 인간 아버지 왔다는 바람에 들어가서 문을 열어 보니까 즈 아들들이여. “니 어머닌 어디?” “어디 가셨는디 잠깐이면 와유. 들어오슈.” 게 들어가니께 인제 즈 어머니가 왔단 말여. 그러니 어떡할꺼여 인저. 거기까정 가서 만났이니 말이지. 게 애덜 둘

데루구 두 내우가 이렇게 썩 사는데 아주 처가집하군 박대여. 뭐 처가집이두 가두 못하구. 못 가요. 오지 말라구 아주 그래서. 딸이 무릅쓰구선 한 번 즈 친정엘 갔어. "너 이년! 말 들으니께 인간 사위놈 왔대메. 네 남편 왔대메." "네, 왔이유." "거 얼마나 재미시럽게 사느냐?" 구 호통을 하구 야단여. "아버지, 인간 사우라구 너머 그렇게 모라세우구(몰아세우고) 그러지 마슈. 재주가 유궁무궁하게 용해유. 뭐 이루 말핼 수 없이 용합니다." "그렇게, 느 남편이 그렇게 용하냐?" "용하구 말구요." "그럼 느 남편을 한 번 보내라. 나하구 내길 한 번 해보자." 그럼 그래라구. 즈 친정에 뜩 댕겨서 와가주구 재겨 냄편 보구서, "낼랑(내일은) 당신 처가집에를 가우. 가서 쟁인 쟁모 보구서 인살 하구, 이를 꺼 같으면 거기서 대접을 받구 무슨 내기를 쟁인이 하자구 그랠 꺼여. 그럼 낼 모래나 이렇게 이틀 사흘 냉겨 놓구서 오겄다구. 그래구서 대답, 승낙하구서 오시우." "그래라." 구. 에핀네가 시키는대로 그 이튿 날서 즈 처가집일 간 거여. 그렇께, "인간 사위 왔느냐." 고. 그 쟁인 쟁모 있으니께 절을 하고 모두 이럭하군. 대접을 잘 해여. 하두 용해다구 그래서 이제 재주를 보기 위해서. 그래 거기서 슬슬 묵어서 가겄다구 그래니께, "아 인간 사위 네가 하두 용하다니 말여. 넌 나하구 내기를 한 번 하자." "무슨 내깁니까?" "숨박꼴장난을 한 번 하자. 내가 홍키구[10] 니가 나를 찾아라." "그럭하것시우." "그럼 시방 하겄니?" "아뉴 낼 모리쯤 와서 하겄입니다." 에핀네한테 그래두 뭐좀 들어야지 지가 뭐루 찾어. "낼 모리쯤 오겄입니다." "그럼 낼 모리 아무 때 와서 찾아라." "그래라." 구. 워디가 홍긴 줄 알구 가서 찾아? 이놈의 쟁인이 워디가 홍킬 줄 알아서 지가 가서 찾느냐 말야. 집어 와서 끙끙 앓구서 있이니까, "왜 그러느냐." 고. 그런 얘길 인제 했단 말야. "걱정 말고 일어나서 밥 먹어. 걱정말구 일어나서 밥 먹구 정신차리라." 구. 그래 인제 에핀네가 시키는대루 하는 도리뱪에 없이니께 자구서 그 이튿 날 가라구. "아버님이 홍켰는 데 당신이 가서 찾기 어려워. 그러니께 이루저루 찾아 댕기는 척, 시늉하다가 아무 데 돌아가면 변소가 있어. 화장실, 변소가 있이니 변소 문을 떡 열구설랑 볼 꺼 같음 빗자루 몽뎅이 하나 꺽구루 세운 거 있다. 빗자루 몽뎅일 쳐다 보면서 '아 빙장어른 워디 가서 뭇서서 해필 냄새 나는데 가서 스셨읍니까.' 하구서 문을 닫구와. 그래면 그게 장인이니." "그래라."구. 이루저루 찾으러 댕기는 척 하구선에 그 변소문을 참 아닌게 아니라 열구서 보니께네 빗자루 몽뎅이가 꺼꾸로 썼어. "아이 빙장으른은 어디가 뭇 서서 냄새나는 데 가서 섰입니까?" 아 그래니 이 빗자락이 도십[11]해서 사람이 돼서 껄껄 웃구, "참 용하

10 숨고

다." 이 말여. "참 용하다 아주. 니가 그렇게 용하니 시험 한 번만 더 해여. 한 번 더 하자." "게 무슨 시험을… 무슨 내길 또 합니까?" "내가 활을 한 번 쏜다. 활을 한 번 탁 쏘머는 활촉 시 개가 빠져나가, 활촉이. 활촉 시 개가 빠져나가니 활촉 시 개를 가서 찾어봐라." 이거여. 아 이거를 뜩 와서, 활을 한 번 쏠 것 같음 이백 릴 나갈지 삼십 릴 나갈지 사백 릴 나갈지 어떻게 알어. 워디가 워디가 백혔는지 알어 찾아? 그 활촉을. 그까짓 활촉 하나씩 백힌 놈에 걸. 그 또 낙심천만하니께, "무얼 땜에 그러느냐." 고. 그런 얘길 하니께, "걱정 말고, 찾이야지. 뭐 어떡하느냐."고. "낼 처가집이 가서, 당신 처가집 가며는 활을 쐈어. 당신 쟁인이 활을 쐈는데 활을 찾이러…, 활촉을 찾이러 갈 것 같으면 백리말이니 천리말이니 말이 있으니 그걸 타구 댕기면서 찾아라. 그라구서 말을 주구서 거기서 맘대루 골라 가라구 그랠 끼여. 이 말 저 말 다 싫구 저 담 뒤 저 구텡이 그 비루먹은 당나구 하나 담 구텡이 가서 매달려 있는 게 있어. 그 놈을 끌구 와. 그 놈 글구 와야지 다른 놈 가주가야 못 찾어." "그래라." 구. 그래 그 이튿날 처가집에 가설라믄 활촉을 찾어야 할 테니깐…, "내가 활을 쐈이니 니가 활촉을 찾어야 할 테니껜 니가 걸어선 못 댕기겠구 백리말두 있구 천리말두 있으니 네 맘대루 골라서 좋은 말이 있으니께 네 맘대루 골라서 타라." 는 거라. 그래 지름이 절절 흘르는 그 좋은 말 쌨는데[12] 이렇게 돌아댕기다 저 담 구텡이에 비루먹은 당나구 하나 나자빠진 것이, 그냥 나자 빠진 거. "저거를 주시와요." "에이 이녀석 너두 맘 먹는 거 보니까 그까짓 거 가주가서 뭘 찾는다구 그래느냐고. 넌 오늘 내동댕이[13] 죽는다." 고 그래구선 이놈의 당나귀를 잡아 끌으니 세상 일어나야 해 먹을 말이지. 아주 문 백낕에를 끌구 나오는데 어떻게 진땀을 흘리구 간신히 끌구 나왔는지 뭐. 배깥에 나와서 아 죽었지 더욱 뭐 한 자욱 어떻게 할 도리가 없어. "에이 이 옘병할 당나구 새끼 너두 죽구 나두 죽구 둘이 다 죽어뻐리자." 구. 당나구를 니미 들쳐서 냅다 넝거쳤더니, "어헝" 하더니 그냥 하늘루 떠 올라가 버리는 거야. 당나구가. 아 그러니 그러나마두 뭐 어떻게 된 게 죽두룩 그 놈을 끌구 가야 할 텐데 이게 하늘루 올라갔이니, 건공중으로 올라가 놨이니 뭐이 있어야 해먹을 말이지. 허황해서 집으루 온 거란 말야. 집이 와서 보니께 쇠죽 먹구 있이유. 웅 즈 집이 와 보니께 그게 쇠죽을 먹고 있어. 게, 들어가선에, "화살 싸 논 걸 찾아오라구 그래서 내가 당나굴 끌구 오다가 하아두 내

11 도술을 부려 변해서

12 쌓였는데, 많은데.

13 내동댕이치면

가 이걸 끌구 오느라구 혼이 나서 '너두 죽구 나두 죽자 둘이 다 죽자' 하구선 메어 팼는데 이게 건공중으루 올라갔는디, 그래서 할 수 없이 죽겠다구 그래구서 내가 집에 온 중인디, 집이 와 있이니 이게 무신 조화지?" 그래니까, "흥 내가 요기서 천기를 보니까 당신이 그거 끌구 나오느라구 숱한 고생을 합디다. 천기를 보니께, 그래서 당신이 메어 팽개치니께 그것이 죽었지 살었수? 내 조화루 하늘로 올라 간 게야, 그게. 내가 하늘루 올라가게 해가주구 우리 집에 온 거야 그게. 그래서 우리 집이 와서 시방 쇠죽을 먹었이니 타구 가. 타구 가되 당신이 인간에서 잘-해야 찾는디 첨에는, 두째 꺼꺼정은 찾우. 그런디 끝으머리 한 개 찾는 거까지가 그중 힘들지. 당신이 인간에서 잘 해야, 맘 먹어야 찾지 그거 하나 못 찾어. 그렁게 당신이 수단이, 당신의 복이니께 찾어 봐. 맨 첫째 꺼는 어느 동네, 백여 호 동네에 인제 떠억 당나귈 타구서 시간이 바쁘니, 사람 살려야 할 테니까 시간이 바쁘다고 회촉을[14] 한 번 후려 쌔릴 꺼 같음 건공중에 뜬다. 건공중에 떠서 어느 동네, 백여 호 동네 떠서 내려. 내릴 꺼 같으면 그 거기에 정승이 있는데 그 정승의 무남독녀 외딸이 오늘 식전에 베란간에 죽었이니께. 그거 뭐 의사덜이니 의원이니, 경쟁이[15]니 판수니 별 거 다 불러다 놓구 시방 굉장할 꺼다. 할 테니께 절대적 못 고쳐. 네가 고친다구 하구선 평풍 빽 돌라치구 아무도 보지 못하게 하군 요 마빡을 볼 꺼같음 요 별거스름한 데가 있어. 이 활촉이 거기가 백혔다. 그래 고거 갉작갉작 하구서 활촉을 뽑아내. 그럼 그 딸은 살어. 그 놈 하나 찾구. 하나는 또 어늬 동네에 가서, 백여 호 동네에 가서 또 내리며는 그 사람들이 사뭇 수백 명이 넘나들어. 그 동네 큰 부자집이 있는데 큰- 황소 한 마리가, 화초소[16]로 멕이는 소가 있어. 좋은 화초소로 멕이는 소가 있는디 그 화초소가 오늘 식전에 죽었어. 그래 당신이 이러구 저러구 한다구 살린다구 그러구 아무두 보지 못하게 하구서 그 이마빡에, 쇠머귀 있는 데 점 사마귀 있는 데 거길 헛치구 나면 활촉이 거기 가 백혔어. 그래 그 뽑어내면 그 소가 또 살어. 그래구선 한 갠 몰러어. 당신이 인간에서 잘했어야 찾어." 두 개는 일러주는데 한 개는 참 안일러주는 게야. 그래 말을 타구서 시각이 바쁘니께, 사람이 금방 죽어 있으니께 시각 없으니께 빨리 가자구 냅다 재촉을 하구선 장등일 한 번 후려 쌔리니까 그냥 올라타구선 그냥 건공중에 떠나가는 기여. 아 어늬 동네 백여 호 동네 가서 뜩 내리는데 사람이 사뭇 뭐 들락날락 큰 재상가

14 회초리. 말채찍

15 讀經하는 사람

16 애완용 또는 관광용으로 기르는 소

집이 사람이 들락날락대구 어쩌구 그러는데 그 하인들 보구 물으니께, “느 집이 뭐가 나서 이러느냐?” 고 그러니께, “여보 지나가는 사람이면 고히 지나가지 남은 정황두 없는데 뭐 으짜구 저짜구 잔소릴 하느냐.” 고 말여. “아 여보 모르는 사람이 혹 물어갖고 좋은 말이 나올른지 알 수 있오? 그 좀 궁금해서 묻는데 뭘 그리 책망을 하오.” 그래니깐 아닌게 아니라 이 동네 이 정승의 딸이, 무남독녀 외딸인데 오늘 식전에 베란간에, 열 일곱 살 먹은 딸이 베란간에 죽었다구. 그래니깐 뭐 판수니 무당이니 점두 치구 뭐두 약두멕이구 으짜구 해두 들은 척도 안 해여. 그냥 나둥그라졌단 말여. “그럼 그 딸을 보며는, 보며는 내가 혹시 살릴런지두 모르는데 나좀 한 번 뵈여줬으면 어떡했오?” 그래 심부름꾼들이 이거 알 수가 없단 말야. 젊은 놈이 또 혹시 살릴런지두 모르겄구. 그 뭐 한 번 뵈여줬다구 해서 변당하는 것두 없구. 죽은 딸인데. 가서 얘기하니께 들어오라구 그런단 말야. 들어갔지. 들어가선에 샤씨 아버질 보구선, “내가 살릴 테니께 나 하라는대루 하라.” 구. 평풍을 겹겹이 치구선 인제 드려다 보지 못하게 하군 무슨 꿀이래두 한 사발 꿀물이래두 타서 놔 두라구. 그래놓구선 아무도 보지 못하게 하군 그래구 지가 거펴 들어가서 마빡을 보니까 요기 볼고족족한 데가 있어. 그래 요걸 손톱을 갉작갉작 하나까 활촉이 하나 백였단 말야. 그 놈을 뽑고나니께, “후유-.” 하고 한쉼을 쉬구 일어나. 아주 뭐 금방 죽은 거지. 그래 인제 물을 좀, 꿀물 좀 멕이구, 문을 탁 열어부치고, “보라고. 사람 살렸이니.” 어이구 뭐 정승이 나와서 사뭇 뭐 칭찬하구 뭐 어떻다구 말 할 수가 없지. 죽은 딸을 살려놨이니 얼마나 칭찬을 받을 게여. 아 동네사람덜 뭐 집집 문문마두 참 용하다구 말여. 죽은 사람하나 살렸이니 참 용하다구. “아 우리 딸, 우리 아들두 죽었이니 죽은 거 며칠 되는 거부터 사느냐?” 고. “아 삼년 되는 거까진 살린다.” 구 이놈이 뻥뻥댔단 말야. 아 그 동네놈덜 모주리 모이 파러 갔네. 애새끼 살린다구. “갖다 나래비해 놔 두라.” 구. 그래구선 거기서 인제, 동네놈덜은 모이 파러 나가구, 쥔하구선에 가겠다구. “아 가다니? 내 딸 살려놓구선 당신 맘대루 가? 우리 재산이 암만석이니께 반 줘. 아주 반, 반 주구 우리 딸 데리구 당신 살어. 내 사위돼서 살자.” “아녀. 나는 돈을 바라구 대니는 사람이 아녀. 사람 하나 구하러 댕이는 거여. 당신네가 무남독녀 외딸이기 땜에 내가 하두 딱해서 그거 하나 살리러 온 거지. 내가 돈을 바래구 다니는 사람이 아녀. 그러니께 또 급한 데가 있어서, 시방 시각이 급한 데가 있으닝께 가야 해여.” 아 그러니 뭐 붙들 도리가 있어야지. “그럼 댕겨서 이 담에 오슈. 그 복구를[17]해 디릴 테니 이 담에

17 보답(報答)을 말함.

오슈." "아 그 이 담에 오겠다." 구. 그래구서 인제 또 당나굴 타구서 나신 게야. 그 어늬 동네 들어가니, 또 한 백여 호 동네 또 내리니께 사람들이 사뭇 웅기중기 사뭇 모여섰단 말야. 그래 물으니께, "이 동네 부자 사람인데, 소를 화초루 멕이는 소가 오늘 식전에 벨안간에 죽었다. 황소가. 그래 의원을 불러대구 약을 멕이구 별소릴 다해두 시방 못 고치고 파복[18]을 하느니 시방 갖다 묻너니 이랜다." "그 소 내가 좀 보며는 살릴 도리가 있을 거 같은디 한 번 봤으면 어떡 허겠느냐?" 고. 심부름꾼 보고 물어보니께, 심부름꾼이 가서 얘길 하니께, "그럼 그래라고, 와 보라." 고. 아 가서 보니께 이마빼기 저기 허접어 보고 활촉 하나 쏙 뽑으니께 소가 벌떡 일어나. 아이구 죽은 소 살렸다구 동네 사람들이 또 야단일세. 활촉 두 개를 찾아 넣었네. 잘 보관해서 싸서 넣구서 한 개를 찾아야 할텐데 한 개는 워디가 있는지 알 도리가 있어야지. 시상(世上)이 그렇대요. 인간나라에, 인간나라 배깥에는 괭이나라에요. 아니, 인간나라에 지나며는 쥐나라가 있대요, 쥐나라. 쥐나라 배깥에는 괭이나라가 있구. 인간나라 지나서 쥐나라 근너가서 괭이나라에 임금님 벼개 속에 가 이 활촉이 백혔대요. 그 뭐이가 찾아 워떻기. 아니 시방 거렇게 백여 있는 거라 이거여. 그래서 당나구 타구서 시각이 없으니께 빨리 가자구 냅다 저걸 하는디 인간나라 끝으머릴 지나갖구 쥐나라에 갖다 떡 내려놓는데 말캉 쥐여. 건 사람두 없구. 아주 쥐나라니께 전판 쥐덜이여. 사람을 갖다 내려 놓니께, "야아 좋구 뻴건 괴기 들어왔다." 구 말야. 이놈의 쥐덜이 끌구 간다 이 말야. 이건 도리개[19] 하자구 동네 사람 덜이.[20] 아 그러드니 상고 어떤 사람이 나시더니, "그런 좋은물건은동네 사람덜이 맘대로 못 잡어먹어. 허가가 있어야 잡아먹는 거지. 워서 맘대로 잡아먹느냐." 고. 한 놈이 그러니께 이장한테 가서 얘길 했단 말여. 쥐 이장(里長) 쥐 이장한테 가니까, "아 그거 동네서 잡아 먹다간 큰 저거가 상할 테니깐 가서 보고해 된다." 구 말여. 면(面)에 가서 보고하니께, 안된다구. 이거 정부에 가야 한다구. 아 그래 이게 정부까지 갔네. 응 쥐나라 정부. 이놈을 끌구선 인제 정부, 임금님 앞으루 간 거여. 쥐를 끌구 잡어 먹을라구 이놈들이, 장정놈덜 몇이. 임금님 앞에 가서, "허가를 해 주십소사." 하니, "사실 약차 이만저만한 물건이 들어왔이니 이걸 이 아래서 잡아 먹을랬더니 위에서 정부 다 명령을 받아서 허가를 맡어야 먹는다니 임금님이 허가좀 해주쇼." "그래 무슨 물건이 들어왔건 날 보구 허갈 해

18 배를 가름

19 여럿이 나누어 먹는 것

20 동네쥐들이

달구 그려어." 하구서리 밀무감툴 씨구 왱겨신을 신구 쥐 임금님이 떠억 나온다이 말여. 나와서 보니께 시굴서 살던, 베 한 곡간 까먹은 즈 성일세. "아휴 성님 시방 오셨읍니까. 아이구 저를." 아 이놈들은 잡어먹는다고 허가 맡으러 갔던 놈들이 임금님이 성님이라구 하구 또 임금님 사무실로 들어가는디 저들 깨딱하단 죽겄어. 임금님이 즈 성 갖다가 좌정해 놓고서 나와선에, "느덜 우리 성님 모시고 오느라고 애, 수고했이니 느덜 가거라." 아 석방을 시겨준단 말야. 아주 고마워서 살아나온 것만 해도 고마워서 이 놈들이 지랄하고 내뺀단 말야. "야 성님이 여기 오실 줄 알었오. 성님이 여기 오실 줄 알었는데 괭이 앞에 쥐걸음이요. 우리 쥐나라에 가서 있는 거래면 내가 무슨 수를 해던지 찾는데 인간나라에 가서 있어도 내가 찾우. 괭이 앞에 쥐걸음인디 쥐 임금님 벼개 속에 가 들어 있는데 괭이 임금님 벼개 속에 가서 있는디 무슨 수루 그걸 가서 어떻게 뺐느냐." 이거여. 쥐는 알어요. "아 그래두 동생이 어떻게 서들어서 해보도록 해야지." "글쎄 지가 성의껏 하느라고 하긴 하겄이오." 그 이튿 날부터 칭량걸[21] 불러다가서 쥐나라에서 괭이나라로 칭량을 해여. 칭량을 탁 탁 해가주구서, 한 사날 칭량해가주구서 그 이튿 날부터 네미 보급대 그저 각 지방으로 가장 신놈의 쥐, 땅 잘 파는 놈의 쥐, 그 중 신놈의 쥐루 보국대를 뽑아디려다 그저 교대식으루 막 통로를 뚫는다 땅속으루. 아 시방 이북놈덜 땅 파듯히 교대식으루 사무를 봐서 임금님 사무실이 몇 자 몇 척인데 거기까지 통로를 내라 하구서, 이놈들이 사뭇 뭐 밤교대 낮교대 사뭇 뭐 잠 안 자구 사뭇 드리 쑤셔대더니 순식간에 거길 뚫었이우. 임금님, 괭이 임금님이 떠억 앉었으니께 한편짝 귀퉁이에서 쥐구멍이 뽀금하게 뚫리더니 쥐가 주둥일 쏙 내놓고 뭐라고 주둥일 나불나불하고 있단 말야. "하 조런 망한 놈의 쥐. 괭이나라가 망했지. 저 놈이 워디 와서 내 앞에 와서 주둥일 내놓고 잔소리하고 있다."구 말여. 호령을 사뭇 한단 말여. 그래구선 땅하구 물을 꺼 같음 쏙 들어 가버려. 아니 거기 있으면 안 나오구 이만치 있으면 쥐가 나와서 뭐라구 주둥일 나불나불한단 말야. 가서 물을라구 그래면 쏙 들어가고. 이게 할 도리가 있어. 거기선 방위부대를 불르더니 거기서 포습[22]을 하구 있에요. 날마다 아 이게 하루 이틀이래야지. 날이면 날마두 나오면 쏙 들어가고 물으면 쏙 들어가고 이 지랄하니께 우떻게 할 도리가 있어. 널찍암치 인저 방위만 하고 있어. 야중에는 지쳐서 '지가 어디 가서 여기 얼찐하고 와서 지랄하고 돌아댕기느냐. 거기서 지랄만 하지. 여기 와서 돌아댕기겄

21 측량(測量)하는 기술자

22 포진을 하고 지킴

느냐. 어떤 놈이 뛰던지 뛰기만 하면 죽을 테니까 요기서 방위나 하고 널찍암치 있자'고. 아 그런디 날 메칠을 밤을 샛이니 즈는 잠 안 자구 전뎌 통이면. 잠 깜박 들은 새 임금님 버개 밑에 가서 떡 빼가주구. 응 쥐가. 떡 가주구 왔어. 그래 활촉 한 개를 준단 말여. 쥐 임금님이 그러는 거여. "그 때에 당신이 나를 줘였으며는 이거 못 찾어. 당신이 여 기 됐다하면 못 찾어. 내 그 때 당신 거를 먹구 여기 와서 임금이 되끼 때문에 사실 그걸 찾었지. 내가 여기 와서 임금님 안 댔으면 그 거 못 찾어. 성님이 십 년 산 거를 날 멕여줬기 땜에 사실 이거 찾어서 성공했이니께 이거로 성님 웬수를[23] 인저 다 갚었오. 응 은혜를 갚았으니께 앞으루는 당체 나를 볼래야 볼 도리도 없구 볼 시기두 없구 그래니께 아주 여기서 잘 가지구 가슈." "고맙다." 구. 그래서 그 활촉 시 개를 싸서, 싸구 싸구 해서 호주머니에다 잘 넣구서 오는데, 당나구를 타구서 거리노중에 떡 오는데, 건공중에 오는데 비둘기 두 마리가 푸르륵 날라가더니, 말 안장을 붙잡구 이렇게 앉었는데, 비둘기 한 마리, 양짝에 팔뚝에 와서 떡 앉어. "내가 좋은 일을 하구서 이렇게 좋게 가니께 이런 짐승도 좋아하는구나." 비둘기가 구여워. 이뻐. 참 좋다구 아 만져두 가만 있어. 게 싸서는 이 주머니 이런 데다, "나하구 같이 가서 살자." 하구서 몸둥이 짐 속에다 집어 쳐 넣구, 아 그런디 중간찜 가다가 비둘기 두 마리가 홍 날라간단 말야. 아 보니께 활촉을 빼 물고 날아가요. 활촉을 이놈들이 빼서 물고선 그냥 공중으로 뜬다 이거야. 아 그러니 당나귈 타구서, 건공중에 천장만장(千丈萬丈)으로 사뭇 올라가니 어떻게 찾어. 그래 허비덕 허비덕하구 들구 쫓어오는 판인데, 베란간에 난데없는 독수리가 냅다 올려 채더니, 비둘기 두 마릴 탁 채갖구 그저 무한으루 하늘루 올라가 버렸어. 비둘기는 갠신히 꽁무니를 쫓어왔는데 독수리가 채가지고 건공중에 올라간 뒤에는 우엔지두 몰라. 아무 것두 몰라. 아무 것두 당체 없어. '야 이걸 잊어버렸으니 집에 가면, 찾긴 잘 찾었는데 집에 가면 죽긴 꼭 죽었다' 이거야. 그러니 그거 거리노중으루 허는 도리없구, 게니 즈집일, 인제 당나귈 타구 와서 즈집이 와서 떡 내렸단 말야. 방에 들어가니까 즈 마누라가 바느질을 하구 앉었어. "많이 애썼우." 에핀네 말이, "당신 많이 애썼우. 그거 찾느라고." "찾긴 잘 찾았는디 내가 인간에서 잘 해기 땜에 모든 것이 순화롭게 잘 찾아졌는디 사실 오다가 약차 이만 저만한 일을 당해서 아무 이렇게 됐이니 시방 빈 몸둥이로 왔이니 난 꼼짝없이 죽잖어." "걱정 말우." 반지그릇을 떠들더니 활촉 세 개를 준단 말야. "내가 집이서 당신이 찾나 못 찾나 밤새도록 잠 안자구서 천기를 보니께, 다 찾입디다. 게 활촉

23 은혜를

시 개까정 다 찾어가주 오는디 당신이 올 때에 당신이 짐승을 하두 구엽게 여긴 덕분에 그 놓친 거여. 우리 성님덜은 어떻게든지 당신을 쥑여야 즈가 호강을 해며 산다구 그래서 당신 쥑일라구, 어떻게 해던지 쥑일라구 시방 막구하는디 우리 성덜 조화가 비둘기여. 그 두 마리가 우리 성님덜이여. 비둘기가 돼가주구서 당신한테 앵겨가주구서 당신 하두 좋아해니께 몸둥이에다 가져가니께 활촉을 빼물구 나온 게여. 내가 그 천기를 보니께. 비둘기를 무어가 잡니. 그래서 내가 독수리여. 독수리가 나여. 그래, 내가 독수리가 돼가주구 비둘기 두 마릴 탁 채가주구 올라갔거던. 이거 뺏어가주구 그래서 여기 있어." 아 이놈을 갖다 주니께 참, "인간사위, 인간사위." 하늘사위는 뭐 돌두 안 돌아 봐.[24] 아주 뭐 꺼꾸루 돼서 아주 인간사위면 고만이여. 노다지 아주 인간사위여. 아 그래갖구 거기서 과거를 보는데 이 사람이 장원급제를…. 그 사람이 이름이 메꾸리여. 그 때서, "메꾸리 쉬이." 하구 하늘 나라에서 베실해가주구 살았어.

15. 나뭇군과 선녀(『한국구비문학대계 4-4』, 788~798쪽.)

아주 옛날 아주 태곳 시절에 헌 그짓말 좀 하야겄네. 옛날에 에, 한 집안에 머슴을 두구 살었어. 일꾼을. 그린디 그 일꾼이 하루는 참 머언 산이루 나무를 갔는디, 나무를 가설랑은 인저 대구 나무를 긁어서는 모터 놓구우 모터 놓구 이랬는디이. 아, 노루가 함 마리가 팔짝팔짝 뛰 오거든? 뛰 와설랑은, 예전이는 아마 그 짐승두 말을 했던 모냉여. '나를 살려 달라'능 기여허. 그러닝까 인저 "여기다 묻혀라." 인저 그 나무 긁어 간 수부욱이 싼 그 나무 새 묻히구설랑은 그냥 나무루 덮어 놨다 이거여. 그래 쪼끔 있너라닝깐 참 포수가 오능 기여어. 포수가 오더니 '여보, 여보' 불르능 거여. "왜 그러냐?" 구. 그러닝껀, "여기 노루 이루 왔는디 뭄 봤느냐." 구 허거든. "아, 뭄 봤다." 구. "아, 이리 분명히 왔는디 뭄 봤다느냐." 구. 냥, 그러니껀, "아, 절대루 뭄 봤다." 구. "그러냐." 구. 냥 훌떡 지나가거든? 쪼끔 있느라닝깐 참 노루가 훌 훌 털구서 나오능 거여. 나와서, "야. 도령? 내가 아, 당신 은혜를 뭘루 할 보답헐 수가 어. 그러닝껀 내 말 함 마디 짚이 알어 듣구설랑은 내 말대루 꼭 시행하라." 능 기여. "그래 무슨 말이냐? 말 좀 해 봐라." "한 사날(사흘) 있으면

24 돌아다 보지도 않는다.

은 저 위디에 큰 샘이 있지 않느냐구. 그 샘이 어떤 샘이냐 하면은 옥황상제 샘형제가 말여. 샘형제가 거기 와서 목욕헌 샘여. 그런디 이, 한 사늘 있으면 이, 그 선녀가 네러 온다. 네러올 테니낀 젤 먼저 네러온 선녀느은 젤 큰 딸, 둘째루는 두째 딸이구, 막내애애 끄트머리는 막내 딸인디이? 막내 딸 옷을 벗어놓 걸 말여 속곳을 그 근처에 수풀 속이 있다가설랑은 마침 그으, 속것을 말여 감춰 놨다가서, 아 아무 때라두 아들 샘형제 낳걸랑 줘라. 샘형제 낳기 전이 주면 말여 허사다. 꼭 내 말 짚이 알어 들어라." 그거여. "아, 그럭허라." 구. 아, 이눔이 인저 나무를 해설랑은 짊어 지구서 즈 인제 에, 쥔네 집이 가설랑은 밥 먹구서 그 날 오기를 기다리네 인저? 이눔이 인저, 참 그날 어영(어언) 간 참 그날이 왔어. 와설랑은 열 일(모든 일) 전폐허구서는 갔더라 그거여. 나뭇짐이나 뭐나 불고하구설랑은 인저 그 샘뚝이 갔어. 가설랑 그 근처 수풀 속이가 가마안히 있이니라느니낀 아니나다르까 하늘이설랑 선녀가 네러 오는디 참, 참 천하일색같은 선녀가 네러오능 기여. 네러 와설랑 옷을 화알활 벗더니 그냥 샘이 들어가설랑은 모이   을 허능 기여. 또 두째 와설랑은 그 그렇게 참 들어 가서는 모욕을 허거든. 그 이, 노루 말마따나 끄트머리루 네러 오는 딸이 옷을 벗어 농 걸 눈 고느구(주시하며 벼르고) 있다가설랑 샘이 들어 가는 동안이 그 옷을 갖다설랑은 감춰 놨다 이기여. 가주 가설랑은. 그 무슨 인제 수풀 속이 가 인제 은신허구 있지. 그래 그 모이   을 다아 하구 나오더니, 큰 딸 먼지 나와 가운데 딸 먼지 나와 나오더니 옷을 훠얼훨 익구설랑은 끝이 딸 나오노(나오네) 끝이 딸꺼지. 그런디 끝이 딸 옷이 있으야지? 옷이 있으야 하늘루 올라가 득천헐 텐디 옷이 있냔 말여 그게? 찾다아 찾다 못착구서는 인저 큰 딸덜 둘만 하늘루 득천하구설랑은 그 끝이 딸만 못 올라가구 있네. 그렁깨 이 사람이 나왔어. 나오닝낀, "아, 서방님 참 오실 줄 알었다." 구 말여. 아, 이렇게 반색을 험서 아주 안타까워하구서 그냥 그냥 얼싸안능 기여. "당신허구 나허구— 이 이 선녀 말이 — 당신 나하구는 천생연분여어, 그러닝까 당신 나허구, 에, 이 근처 어느 동네가 젤 큰 동넹가 큰 동네루 가자 그게여. 가면은 당신허구 나허구 말여, 천생에 호이호식허구 살 수 있어. 자식만 나 노면? 살 수 있으닝낀 가자아." 그렁깨 아주 젤 큰 동네 찾어 가서는 참 갔더라 그거여. 가서 이 여자가 선녀가 뭐라구 했느냐 해면은, 이, '인부를 멥 백 명이구 좀 부려라.' 그러능 기여 그러능 기여. "그래설랑은 터를 닦으야 한다. 우리 집을 지야할 테닝깨…." "그럼 우리가 무슨 둔이 있느냐아? 둔이 읎는디 워터게 인부삯을 주야할 텐디 인부   이…." "글쎄 터만 닦으라구 인제 그러시구요. 그걸랑 걱정말구 나 허라는 대루만 허라." 구. "그러라." 구. 인부를 아마 멥 백 명이구 아마 동원시겼던 모냉여어? 시겨 각구설랑은 아마 한 멥 백 평이구 아마 한 천 평 계산하구서 그냥 닦었던 모냉이지 몇 날 메칠? 이눔이 인저 여전히 그 여자라설랑은 선녀라설랑 인부삯 줘설랑 참 다아 돌려 보내능 기여. 보내구서는 단 둘이 앉어설랑은 하는 얘기가 뭐라구 해면은, "저 산이 올라 가설랑은 수뭇대(어린 가지) 니 개만 꺾어 오쇼." 그러거든. 그래 그 그 여자 하라는 수백이 더 있느냔 말이지. 산이 올라가서는 이 솔나무 수뭇대를 니 개를 꺾어 왕 기여. "당신 맘대루 말여. 크게 질라면 넉게 꼬구 즉게 질라면 즉게 꼬구 말여. 족게 꼬구 장, 당신 봇장대루(맘 내키는 대로) 꼽으쇼. 네 구텡이 말여." 그러거든? 그러닝께 아마 이눔이 인저 허라는 대루 인저, 아마 제 심껀(마음껏) 아마 널리 꼽었던지 네리 꼽았던 꼽았던 모냉여. 아마 그 큰 아마 대핵교 운동장 만허게 아마 꼽았던 모냉여. 그래 단둘이 앉어설랑은, "그 눈을 감으시요." 하능 기여. 그여자 말이. 선녀 말이. "강구서 아무 때래두 내가 눈 뜨쇼 하걸랑 뜨쇼오." 그러구거든. "그러라." 구. 이 이 죽으라면 죽는 시눙꺼지 헐 수백이 읎다 이거여. 허어 눈을 깜으라닝깨 눈을 꽉 감어 감어 감억거든. 한, 머라구 머라구 씨부렁대능기여. 이 여자가. 선녀가. 한참 있더니, "눈을 떠 보쇼." 허닝껀, 아, 떠 보니껀 크은 고래당(등)같은 기와집이다가설랑은 네 귀에 풍경, 핑경 달구서는 '왕그렁' '덩그렁' 허구우, 종 노속덜이 왔다 갔다허구 참 아주 어마어마허거든? 참 그거. 이상할 일이란 말여 그게에? 참. "그러냐." 구. 인저, 그러니 이눔이 인저 남으 집 고공 고공살이 허던 눔이 아주 지거기 지대각구설랑은 아주 호이 호식허구 지내네에? 그런디 머 날마두 여저언히 조오흔 음석으루 그저 전부 크은 상이다가설랑은 들어 오는디 이거 당최 워트게 장만해 들어 온지 몰르겄어 당최. 이눔으 음식이. 뭐 안이서는 나오는디이 이상하거든? '그렁가 보다. 좀 이 이상허다아.' 그렁 저렁 세월을 보내는디, 어영간 참 아들을 하나 낳어. 또 몇 해간 지나닝깨 또 또 아들 아들 하나 낙거든. 그 노루 말이 삼인이(을) 낳걸랑은 낳걸랑은 숭켜 농 걸 내주라 했는디 말여, 이 선녀가 생각을 허니깐 득천을 헤(해)야겄는디 말여, 아들 형제를 양 쪽이다 찌구 올라 가야 할 텐디 하나 더 나면 말여 안 되게 생겨거든? 워따 가지구 데리구 갈 득천할 수가 읎어어? 그러닝깬 여자가 술을 참 아주 독주루 맨들었어. 맨들어서 하루는 독주를 맨들어 가지구설랑은 이, "당신허구 나허구 염분을 맺어 각구설랑은 말여? 맺어 각구설랑은, 이렇게 함 번 서루 호이호식허구 뭇 지내봤어. 그러닝껀 오늘 저녁일랑 만족히 좀 먹구 놀자." 구 그러능 기여. 그렁깨 이넘이 인저 그 여자에 꾀에 넘어 가설랑은 그냥 그 조오흔 안주닝깐 말여. 도 조 그 독주를 갖다 그냥 디려 앵겼네(안겼네)? 앵겨서 이눔이 그냥 그 자리서 그냥 술이 독해서 쓰러져 뻐렸네? 세상 몰르구. 그 짬이, 어, 옷을 말여 워따 둔 자취를 알었어. 알었는디 내주덜 않핵거든. 그러구설랑 그때 잠 그 잠이 그케 짚이 들었는디, 옷을 끄내각구설랑 익구설랑은 말여 아들 형제를 들구 득천해 뻐렸네? 아, 이눔이 술을 깨구 보니껀 선서언헌디 보닝깨, 워떤 덤풀 속이가 덤풀 속이가 덤풀 속이가 들어 들어 있다 이거여어? 내 참…. 가마안히 두러눠 생각을 허닝깨 참 한심헌 일여. 이게 한참 세월에는 말여, 아들 형제꺼지 낳구 말여. 호이호식허구 말여, 잘 지냈는디 참 한심하거든 참. 그러나 도리 있느냔 말이지 '엉엉' 울다아 울다 참 그냥 헐 수 읎이 허이(희) 탄식허구서는 집이 둘우왔어. 들어오닝껀 쥔이 '아, 워디 갔다 인제 왔느냐.' 구 말여. 야단을 치거든. '하루종일 오, 오기 기다리구 말여 쪼 쫓아 저 워디 찾어 댕기다 뭐, 참 못 착구 말었다.' 구. '싸게 와서 밥 먹으라.' 구. 그러구, 그래 밥얼 먹구서 무슨 신명이 있느냔 말여. 밥을 먹구설랑은, 났는디. 하루 인저 헐 수 읎이 인저 헐 수 읎이 인저 무슨 신명이 이 또 거기 참 나무를 갔더라 그거여. 갔는디 그 노루가 또 왔어? 책망을 노루가 책망을 허능 기여. "이게 무슨 짝이냐구. 암지(아무 때)라두 아들 샘형제 낳걸랑 주라는 속것을 말이지 미리 줘 각구설랑은, 그게, 이 모냥 했느냐구 말여. 당신 아들은 말여. 벌써 당신 처라(처가) 찌구서는 하늘루 득천해서는 지금 하늘루 올라 갔다구. 올라 갔는디, 가망읎어. 가망읎는디. 한, 꾀는 한 꾀뱪이 읎다." 능 기여. "무슨 꾀냐?" 허니껀, "당신한티 속아서 선녀덜이 말여 인저 네러 오던 앙쿠. 두룸박으루만 물을 떠 올려설랑은 모욕을 헌다. 그런디, 젤 먼저어, 네러 오는 두레박은 이, 당신이 이 참 처이(의) 형이 참 두레박이구. 젤 끄트머리 네러 오는 두 두레박이 당신 처에 두레박여. 샘뚝이 마침 섰다가서 말여. 그 두레박을 떠 각구 올로 가걸랑 말여 물 쏟아 내빌구 거 가 타. 거기는 그 수뱪이 읎어. 그래각구서는 득천해라." 구. 그러구, "그러라." 구. 이넘이 인저 그날 기다려 각구설랑 인저 나무가는 나뭇짐 집어 팽개치구서는 샘이 갔네? 아니나가나(아니나 달라) 두레박이 네러 오는디 참 두개가 떠 올라 가는디, 마지막채 떠 올라 가는 눔을 말여 냅대 집어 팽개치구설랑 거가 타 올라 갔네? 올라 가는디 하늘찜 거진 올라 가닝깨 내앱다 내둘루는디 말여. 금방 떨어져 죽게 생겼어. 그래 워트게 그냥 갱신히 참 올라 갔더라 그거여. 올라 가닝껀 자기 처가 뭐라구 허느냐 허먼, "예이, 여보슈. 뭣허러 올러 오쇼. 여기 올러 오먼 말여, 올러 오야 당신 귀염두 몹 박구 까딱하먼 죽어. 그런디 뭣허러 올러 오느냐구 말여. 야 중이 자연적 앓이루는 말여 당신 이 자식두 보게 되구 나두 보게 되는디 말여. 여기를 뭣허러 왔느냐구 말여. 귀염두 몹 받을 디 뭣허러 왔느냐." 구. "그러나 도리 있느냐." 구 말여. "그러나 저러나 우리 집이루 집이루 나가자." 구. 아 가구 보니깐 말여. 그 옥황상제에 딸인디 말여, 아, 조그만한 오막오막살이 가서 말여, 제금을 내서는 혼자 사능 기여어? 애들 애덜 즈이 자식덜허구우. "왜 여 냐." 구 허닝깐, "아버니한티 지핫(地下, 地上) 사람하구 말여 그럭해설랑은 자식 났다구 말여. 자핫 사람허구 자식 났다구, 예. 귀염을 안줘설랑은 이러구 있다." 구 말여. "차암, 그러냐구. 도리없다." 구. "내 시기는 대루 꼭 해야지 만약 내 시키는 대루 안 했다는 말여 당신 모가지, 인저 목심이 위험혀. 그러닝깐 내 시기는 대루 꼬옥 짚이 들으쇼." "그래, 무슨 일이냐." 구. "내일은, 이, 아버니허구 어머니허구 말여 당신을 불를 기여. 불를 테닝깨애 가거들랑 말여. 아버니 어머니가 닭이 되여, 닭 한 쌍이 돼각구설랑은 말여 두구(절구) 맡이서 말여 그 곡식을 찍구 돌오댕길거여. 그러거들랑, 당신 기를(지기를) 볼라구, 그러거들랑은 뭐라구 허느냐 해면은 '빙장님 빙모님 뭣이 못돼 미물 짐승이 돼각구서는 이렇게 돌아댕이느냐구 말여. 짓(겨) 속이 돌어댕기느냐.' 구 이렇게 말을 함 마디만 허시요." 그러거든. "그러라." 구. 아, 가니 올라 가서 인저 가닝거 말여 아니나 달르까 크은 닭 한 쌍이 말여 도구맡이설랑 참 '꾹꾹꾹꾹' 참 곡식 찍구 찍구 돌아댕기거든? 그러닝깨 인제 즈이 처 허라는 대루 말여. '빙장님 빙모님 뭣이 못 돼각구서는 미물 짐승이 돼각구서는 저렇기 치쓸구 돌아 댕기느냐.' 구. 그러 그러닝깨 아, 안 되겄으닝깨 뒵문이루 후루루 그냥 돌아 가거든? 그래 밤이 자구 일어 나니껀 참 옥황상제 내우간이 떠억허니 앉어 앉었어. 그래 인사를 다아 올린 뒤에, 그 옥황상제가 생각을 가마안히 해 보니깐 말여, 고대(비록) 지핫 사람이래두 말여 참 이상헌 맹랑헌 맹랑한 눔이 참 이(예)삿 사람이 아니거든? 큰 딸덜이 뭐라구 허느냐 허면 대애구 얼른 직이라능 기여어? 직이라구 대구 그냥. 지핫 사람허구 무슨 사위 삼어 각구서말여 재수없게 그렇게 되냐구 말여. 그 바램이 인저 그 지기를 볼라구 인저, 사램이 옳은 사램잉가아? 지핫 사램이래두 참, 이, 당당헌 사램잉가 아닝가 그걸 지기를 볼라구 하능 긴디. 아, 그 보닝껀 사람은 참 옳은 사람 같어. 그러나 직일 수 는디, 아 딸덜이 대애구 직이라구 해싸닝껀, 또 하루 또 승낙[25]을 받었네? "너 지하에 네러가서 화살 시 촉을 여기서 화살 쏠 테닝깨 줏어 오너라아." 그러거든? 아, 이눔이 즈 집 와설랑 아랩 이 와설랑은 앓구 두러눴네. 인제 즈이 처는 알지이. 그 기색을. 아, 밥을 해다 줌설랑은, "밥 자시요." 그래 밥을 안 자시거든. "걱정말구 밥을 자시라." 구. 대애

25 조건부로 죽임을 연기시켜 주겠다는 허락

구 궝고허거든. 그러닝깐, 마지못해 자셔. 먹구설랑은, "무슨 승낙을 들었소오?" 묵그든? "지하에 가서는 화살을 시 촉을 쏜 쏜 쏨서 말여, 그 화살을 줏어 오라니 말여, 무슨 용맹이 줏어올 용맹이 있느냐능 기여. 죽지 않했소, 그러니?" "걱정말구 밥이나 자시요. 그럼…." 사흘 말미를 줬덩가 나흘 말미를 줬덩가 말미를 줘각구서는 인저 그날 당도했는디이, 그 즈이 처가 하는 말이 뭐라구 허느냐 허면, "마구깐이 있어. 마구깐이 있는디, 이 말 함 필 읃으쇼. 말을 말을 함필 달라구 하면 말여, 젤 최고 존 눔이루 줄 게여. 존 눔이루 주걸랑 말여, 점부 다 제각기 사양허구설랑은 그 뒤에 께(뒤엣 것이) 아마 젤 비리먹은 당나구 같응 거 말여 그겁만 달라구 허쇼. 그게 비용(비룡)여 그게 용마여 그게. 용마닝껀 그 용마를 읃으야 당신이 살읍니다. 그러닝깐 용마를 읃으쇼." 그러거든. 그렁깨 인제 갔지? 가설랑 인저, "그 화살을 시 촉을 쐈으닝껀 줏어라아." 그러거든. "예. 죽겄읍니다." 아이, 말만 들어두 참 이상한 눔여어? 즈이 형부덜 즈 이 처형덜언 말여, 대이구 직이라구 막 대구 해쌌는디, '무슨 옥황상제에서는 말여, 지핫 사람허구 혼인허느냐.' 구. '사우를 삼느냐.' 구 대이구 막 직 직이라구 야단쳐. 화살 시 촉은(을) 말여 쏘능 기여. "쏘구 나서 줏으라아." 그러거던. 그러닝깨 이 사램이 그라니, "말을 한 필 주시요. 말 타구 가 가야겄읍니다아." "그래 말 네 네 맘대루 골라라." 아, 마구깐이 들어가니껀 뭐 참 무지헌 무지헌 참, 집채같은 말이 잔뜩 익거든. '이눔 가지구 네 맘대루 골르라.' 능 기여. "예. 이것이 내 감히 이런 말 탈 수가 읎어요. 읎으닝껀 저 구석진 디 저 비리먹은 당나구 저걸 주시요." 이러거든? 아, 옥황상제가 가마안히 생각하닝깨 용만디 이게. 그걸 취택항 걸 보니껀 첨 이상헌 놈두 아니구 참, 그거 지하, 사람이래두 말여 참 직이기가 참 아깍게 ᄄᆡᆨ거든. 아, 대구 권고허니껀 그눔 헐 수 읎이 빼겼네? 그눔을 타구서는 인저 즈이 처 지시헌 대루 말여, 아래루 네러가 지하루 참 네러강 거여. 네러가서 한 쪽, 즈이 처가 머라구 헝구허니, 용마보구 뭐라구 했느냐 허먼 말여, '한 쪽은 어, 해 나오는 구녁이가 백히구, 한 쪽 한 하나는 이… 워디가 백혔다덩가? 백히구, 한 쪽은 해 떨어지는 구녁이가 백혔다. 백혔으니 백혔으닝껀 틀림읎이 줏어각구 오너라아.' 용마보구설랑은 지시를 네리능 기여. 그러닝깐 용마가 참 끄떡 끄더억 허더니 참 말 참 말에 올라타닝껀 지하루 네러 쏘능 기여. 쏘더니, 눈을 즈이 처가 말여 '눈을 강구설랑은 아무 때래두 이 말이 말여 잔딩이를 흔들 흔드을 허걸랑 눈을 뜨시요.' 그랙거든, 아, 오, 멫 시간이나 왔덩가네러 와설랑은 말이 흔들 흔드을 허능 기여. 보니껀 해 나오는 구녕여. 거기 화 화살 한 쪽이 바위에 백였어. 그눔을 참 빼서는 둘쳐 맸지. 단단히 참 맸단 말여. 만약 떨어지 참 하나 참 떨어지는 날이면 참 제 목심이 관계있이닝깐 말여. 단단히 단속하능 기여. 하나는 참 중간이서는 또 하나 참 빼구, 하나는 해는 해 떨어지는 구녕이서는 참 뺐단 말여. 빼구서는 득천했어. 아, 그 위에서 옥황상제가 참 즈 장인이 보닝껀 참, 즈이 큰 딸덜이 암만 직이라구 별 소리 다 해두 말여 직이기가 아깍게 돼 있어. 즈이 큰 사우들보던 다 낙거든? 허어…. 그래서 직이지두 못 허구우, 그으, 그 사램이 천상이서 호이호식허구 자식 낭 건(낳은 것)허구 잘 살다, 참 죽더랴.

16. 천국의 시련(『한국구비문학대계 4-5』, 302~316쪽.)

그전이 한 사램이 있는디? 스모를 읃었어. 스모. 즈 어머니는 죽구? 스모를 읃었는디, 아부지라는 사람이 그 스모한티 빠져서는 그저 스모 허자는 대로만 하네? 으트게 구박을 하는지 당최 밥두 쪼끔 주구 당최 살 수가 　어. 하루는 나무를 갔어. 나무를 가서 참 나무를 허너라구 허닝개는 노루 한 마리가 막 뗘 온단 말여? 그 때는 짐승두 말을 하덩가, "총가악? 총각." 불룬단 말여. "왜 그러냐."구. "시방이 너머서 표 표수가 나를 시방 쫓는디, 사냥개허구 쫓는디 나 나무다 좀 파묻어달라." 구. 갈쿠나무를 수부욱허게 싸놨으닝개? 응. "그러라."구. 그러구서는 갖다 푹 파묻어줬단 말여. "그린디 오걸랑은 발쌔 저 너머루 갔다구 그렇게 허머넌 그냥 갈 게라." 구. "그러라."구. 그래 나무를 허너라구 허닝개 참, 표수가 사냥개를 하나 데리구 와서는, 데리구서는 막 총을 미구서 온단 말여. 들구서. "총각–? 총각?" "왜 그러세요?" "아 여 금방내 노루 하나 안 지내갔느냐?"구. "지나가기는 지나갔는디 발쌔 저 산 너머 넘어각겄수다." 그랬단 말여. 그러닝개 개가 냄새를 여간 잘 맡어? 사냥개가. 나무…돌오댕기면서나 냄새를 쿨쿨 막구 돌아댕기는 눔 깔퀴짝으루 여뚱빵텡이를 냅디 쌔링개 '낑'허구 내빼더랴. 그래서 인저, 참, 그 노루가 죽을 고삐(고비)를 넹겨줬단 말여. 양중이 노루가 '툭툭–' 나오더니, "너 나무 총각 이 나무 전부 묶어서 내기다 실어." "실으먼 어트갈라구 그러냐." 닝개, "내게다 실으라." 능기여. "그러라."구 나무를 실었지. "나를 이렇게 실쿠 가먼 너 총각 대우두 잘 받을 기여. 밥두 많이 주구 그러닝개 갖다가서, 내가 인저 내가 인저 붙잽혀 옹 개(것이) 총각이… 좋아서나 워뗘던지 그 단단히 매라구 할기여. 나를 잡울라구. 그러닝개 슬그만치 그저 끼떡허먼 풀리게 이렇게 매라." 구 했어. "슬그만치 그렇게만 해달라." 구. "그러라."구. 참 집이를 인제 그 참 노루에다가서 나무를 실쿠 가닝개, 그 여간 좋아할 기여? 주인네가 아니지. 저 어매 아배지. "아이구, 우리 아덜 오널언 워쩐 일루 나무두 많이 해오구우, 저런 노루를 잡어 가지구 온다." 구. 좋와서 아주 야단났단 말여. "아이 쟈 밥좀 많이 줘." 워쩌구 그러구. 그러닝개 인제 그러구 있는디 인저 붙들어 매놨는디 뭐 칡으루 목을 매서 워트갰던지 인제 갖다가서 싸립문 귀투리다 매 매는디인제 잡는다구. "단단히 매라." "예." 시지부지 워트게 맸단 말여. 끌쩍만 허먼 풀어져 도망가게. 매구서는 밥을 한참 먹는디 즈 아배는 그걸 작겄다구 칼을 써억썩 간단 말여. 그러구서는 인저 그걸 나무는인저 다아 디리구했이닝개 인제 몸뗑이만 갖다 붙들어 맹 게지. 그래서 인제 밥을 먹구 나올라구 하닝개는 인제 그 노루를 잡을라구 붙잡으루 가닝개 '후닥닥' 허더니 튀서 그저 산이루 막 도망해 빼린단말여. 아아 그냥 아들을 막 투드러패머, "이눔아 그걸 단단히 매라구 그랬더니 워트게 맸느냐?"구. 막 뚜디려 팬단 말여. 어트게 트디려 맞었는지 쬐껴나서는, "나가 뒈지라."구 해싸쿠 그러넌디, 엉-엉 울구서는 인저 그 산길루다 가지. 노루가 워서 툭 튀나오더니, "너 참 나 때미 되게 맞었지?" "그렇다."구. 그럴 적이 그 즈 집이서 그렇게 살 적이 샹쥐 한 마리가 부뚜막이를 와. 나와. 밥먹을 때먼? 그래서 참 나오닝개, "총각 나 때미 맞었지?" "맞었다."구. "엉엉." 울지. "그러먼 총각 인저 나를 따러와." "워디루 따러가냐."구. "나만 따러 오라."구. 산말랭이를 써억 갔더니 옹달샴이 하나가 있는디, "총각 여기 앉어 있으라."구. 그래 집이서 밥먹을 적이 시양쥐 한 마리가 나와. 나오먼 밥 한 숙갈 떠 주먼 그 시양쥐가 고걸 다 먹구 들어가구우 들어가구 그랬어요. 그러자 그렇게 쬐껴났단 말여요. "그래 여기 앉었이며는 느닷 이 노성벽력을 허구 빗방울이 뚝뚝뚜욱 떨어지구서는 여기 와서 무지개를 턱 박을 거라구. 그려 앉었이머넌 노성벽력을 허구 무지개를 박을 텐디 박걸랑은 박밖으머넌 하눌서 선녀가 네려와. 선녀가, 네러오는디, 이 가랑입(잎)이 떡갈입이 싯 있는디 이 젤 큰 떡갈입은 떡갈있은 맨 먼저 첩번이 네러오는 큰 선녀가 네러오구, 그게 샘 형젠디? 두채번이 또 네러오는 선녀가 또 있으머넌, 네러오구 허구서 양중이 싯째 네러오는 선녀가 옷을 활활 벅구 말짱 인저 그 시암이서 멱을 감는다."구 하더랴. "멱을 감는디, 다아- 강꾸서 그 싯이 올라갈 텐디? 그중 끝이 선녀이 옷을 감춰라. 오따 감추구서 오디 은신허구 숨어 있으라."구. 그랬어. 그라구서 그 참 워디 은신해서는 바윗독께 워디 가 은신하구서는 안 뵈게 은신허구서는 앉었는디. 참 노성벽력을 허더니 난디 이 빕방울이 '뚝뚝뚝' 떨어지더니 무지개를 갖다가 턱 박는단 말여. 그 샴께다가. 박더니 참 선녀가 공중이서 네러온단 말여. 무지개를 타구서. 그래 싯이 활활 벗더니 거기서 참 그 샴이서 멱얼 감는단 말여. 월매나 샴이 널떵가. 감는디, 참 끝 끝이 선녀 벗은 옷을 감췄단 말여. "감췄다가서 그 양중이는 인저 그 옷 찾다가 못찾이먼 그 시간이 어겨징개 거 못올라가. 그랬다가 인저 총각을 만날 기여. 만나걸랑은 '나하구 살으먼서 살으먼 옷을 준다.'구 그렇게 말하라구. 그래, 그래 그렇게 살다가 사는디 아들 삼 형제 낳걸랑은 옷 줘라." 그랬어. "그러라."구. 아 그랬는디, 그래, 그러더니 노성벽력을 허더니 참 무지개를 박구서 싯이 네러오는디, 차례-루 네러오는디, 참 워디 가 숨어 있다가서는 그 맨 끝이 네러오던 그 선녀에 옷을 갖다 감췄어. 그러더니 인저 멱을 다아 감더니 올라가자구 그런단 말여. 올라가자구 그러닝개는, 아 이 끝이 선녀는 옷을 찾이니 있이야지. 천지에. 그래서, "성님덜 먼지 올라가시요. 헐수 웂이 나는 양중이 워트기 올라가던지 해야겄다."구. 그러먼서…. 그러니 그 옷을 입으야 천상이 등천을 허는모 이지요. 그래서 인제 그, 다 오 올라가더라너먼그려. 올라가더니, 무지개를 걷구서는 올라가더라너먼. 그러구는 이 워트게 그 선녀가 처 둘러보닝개는 그 총객이 워디서 나타나거던? 나타나닝개는, "총각 옷 감 걸랑 줘." "나허구 살으먼 주지." "살께 줘." 그래서 인제, "그런디 살 디두 는디 워트게 워트게 워디 가 산댜?" 그러닝개는 그 선녀가, 무슨 참 재주를 볐던지 금방내 지아집(기와집) 한… 채를 짓더랴. 져서는 거기서 살어. 사는디, 아들 하나를 났단 말여. "옷 줘." "에이, 안 돼. 더 있으야여." 고놈 한… 서너 살 먹어 또 터울 둬서 또 아들을 또 하나를 났어. "인제 둘 났응개 달라."구. "못 줘." 그게, 그렇게 가지구서는 그냥 있는디. 아덜 성제를 나닝개 재미가 있어서? 이눔 즉은 애는 다섯 살을 먹구? 참, 큰 애는 다섯 살을 먹구 즉은 애는 한 시 살 먹었어. 그것얼 억구서는 시 살 먹웅 걸 억구서 이리이저리 댕이먼서 집이루 빵빵 돌아댕기며, 참 코노래를 불러가며 돌아댕이먼서, 돌아댕이다가서 한 간디를 가서는, 무슨 오양(외양간) 처마에 그 옷을 싸서 감췄는디 그눔을 보구 "아가아? 아가? 이겁 봐라. 이겁 봐라." 하닝깨 그걸 애덜이 봤어. 보구서는 인저 뻰 또 감췄어. 뵈구서. 감추능 것두 봤지 개가? 개덜이. 다섯 살 먹웅 건 다 눈치는 알을 거 아녀? 전부? 하루는 워디를 갔다 왔덩가 오너라구 오닝개나 집이가 똥 뭐 말맸던 자리 똥두 웂더랴. 각시가 오디루 가 빼리구. 애덜두 욱구? 그러닝개는 애덜얼 머리 싸악 빅겨서 옷 다 입혀서, 입혀 가지구서는 양짝 져드랭이다 찌구서는 하눌, 다가, 참 시방처럼 즌화를 했덩가 어쨌덩가 무지개를 박구(밟고) 올라가 빼렸단 말여. 집이 와 보닝개 참 닭 쫓던 개 울 쳐다보기지 뭐. 뭐 닭 쫓던 개 울 쳐다보기지. 뭐 뭐 터분시기나 있이야지? 집만 익구. 하두 기가 맥혀서 뺑- 허구 앉었으닝개 워서 노루가 또 껑쩡껑정 뗘온단 말여. 뗘오더니 그 쪽발루다 귀퉁방머리를 냅대 쌔리더랴. "이 자식아. 아덜 삼 형제 낳걸랑 주라구 돌려주라구 했더니 왜 미리 줬어?" 그러닝개 할 말이 있으야지? "너는 인제 다시는 인제 그런 각시 몹 만난다." 아, 그러나 저러나 인제 그렇게 맞구서는 인제 뺑 허니 앉었잉개. "그러나 총객이 나를 살려준 은예를 생각허먼 당최 이루 얘기헐 수가 읎어. 그러닝개 한 가지를 또 일러줄 테닝개 그대루 허라." 구. "그래 워터가느냐?"구. 그러닝깨 또 '나만 따러오랴.' 인제 다른 산이루다 간단 말여. 다른 산이루. 산이다가, 산이를 가 말랭이를 가보닝개 거기두 옹달샴이 있어. "여기는, 에, 멱 감으러 안 네러와. 안 네러오구서 인제 두루박이 네러와 가지구 물을 퍼 가지구 올라갈 기여. 올라갈 텐디, 첩번이 떠 가는 눔 가만두구 두째번이 가는 눔 가만두구, 시째뻰이 떠 가지구 가는 눔 쏟구서 거기 들어 앉어라." 두루박두 어지간히 크덩개벼. 사람 하나 들어 앉게. 참 이 허황한 얘기지. 그래 참 가서 앉었이닝개는 두루백이 네려오더니 물을 '텀벙' 떠가지구 올라간단 말여. 올라가더니 또 월-마 있더니 또 함 두루박이 네러오더니 '텀벙' 떠가지구 올라가. 시째 번이 네러오는 눔 인저 물을 참 '텀벙' 떠서 올라갈라구 허거던? 두루박을 붙작구서는 쏙구서는 거기 올러 앉었어. 둥 둥 올라가네? 하눌루 하눌 거짐 올라가닝깨, 그 아들떨이 벌써 커서, "우기여차! 인간 아버지 올라온다."구. "우기여차! 인간 아버지 올라온다."구. 그러거던? 그러닝깨 즈 엄매가, "쏟어라. 쏟어. 쏟어. 쏟어." "아버지 올러오는디 왜 쏟으라구 그러느냐?"구. 끌어 올렸어. 그러닝개는 즈 어머니가 한단 말이, "할 수 읎소. 당신하구 나하구 천상연분잉개 헐 수 읎어. 그러닝개… 나 사는 집으루 가자."구. 하눌이지. 거기서 인제 사는디, 장인 장모를 가서 뵈야한다구 그런단 말여. 그러니 장인 장모가 옥황상제지. 그래 장인 장모를 인저 보러 갔지? 가서 참 인사를 했어. "저는 인간에서 올러온 아무개라."구. 인사를 허닝개. "인간 사위, 참 인간사위냐."구. 그랬단 말여. "그렇다."구. 그러구 집이를 왔는디. 인저 그 아마 그 처남덜이 몇 있덩개벼. 뒷이나 있덩가 처남덜이 써억허니, 암만해두 이 잉간 사람을 천상이 올려다가서 자기 동상허구 살리기를 싫거던? 이걸 워트개래두 읎이야겄어. 그래 꾀를 내기를, "내기를 허자." "무순 내기를 허자느냐?"구. "냘 우리 엄니 우리 아부지를 감출 텨. 그러닝개 와서 찾어라. 찾어내 머너언 돈 삼천 량을 주구? 못찾이먼 니가 죽는다." 그렇게 내기를 떠억허니 맹세를 했단 말여. 그러니 이 천상이 올라와가지구서 자기 쟁인 장모를 감추먼 워터게 찾는 요령을 알으야지? 그래 집이 가서는 말두 앙쿠 그저 밥두 안먹구 '꿍-꿍' 두러눴단 말여. 그래 마누라가 한단 말이, "당신은 뭣 때미 근심이오?" "단신 알 거 읎어. 나는 죽는 사람이라."구. "죽기는 왜 죽느냐구. 얘기를 허라."구. 그 얘기를 사실 죽 했단 말여. "처남덜이 장인 장모를 갖다 감춘 다는디 내가 여기를 워디가 워딘지 알어서 찾느냐구. 그렇개 죽는 수밖이 더 있느냐."구. 그러닝개, "헤헤에. 그거 하찮응 거 가지구 그렇게 거시가면 워터간대요? 걱정 말구 밥 잡수. 그러구서 집이럴 갔 거기를 냘 가시라구. 우리 오빠덜 있넌 디루 가시라."구 그런단 말여. "가며넌, 엄니 아버지를 찾이라구 할기여. 찾이라구 하걸랑은 아암 디이러 저러헌 디 그 방향을 찾어가며는 크은 돼지가 워떻던지 들머리 가 '꿀꿀꿀꿀' 허구 댕길 기여. 그러걸랑 그 앞이 가서는, 수돼지는 우리 아부지구 암돼지는 우리 어머니여. 그링개 그 두 양반 두 돼지게다가서 절얼 허머서 '장인 장모님 워쩐 일이시요-.' 그렇게만 허라구. 그러먼 사램이 된다."구. 가서 그릏게 또 했단 말여. 가서 하닝개는 참 돼지가 돌어댕기는디 절얼 허닝개는, "하참 인간 사위 용타."구. 그러구서 사램이 되거던? 또 그러닝개 인제 오닝개는 돈 삼천 량을 준단 말여. 그래 또 그 이튿날 또 불렀어. 가닝개는 '이번이두 또 엄니 아부지를 감출 테닝개 좀 찾이라.'구. 안 찾이먼 또 그렇게 헌다구 그러더랴. 또 가서 와서 걱정을 허닝개, "걱정 말구 밥 먹으라."구. 그래 밥을 또 머 먹었어. "오늘은 암 디 이러저러헌 디를 갈거 같으머넌, 크-은 바탱이를 들여다보먼 워떠던지 똥꼬자리가 똥물 똥구녁을 마주 붙어가지구서 꾸물-꾸물허구 두글러 등글 기여. 그러걸랑 그 항아리다 절얼 허먼서 '아이구 추저분허게 빙장 장모 장인 장모가 워째 이런 디 가 있느냐.'구 허먼 또 사람이 된다."구 허더랴. 그렇게 인제 시켜서 그렇게 했단 말여. 허닝개 참말루 사람이 돼서 또 '참 용타.'구 그러구 나오거던. 그래 돈 삼천 량을 또 받어 놨지. 또 내기를 또 허쟈구 햐. "그래 워터게 내자 내기를 허자(하잔 말이냐구)."구. 허닝개, "냘은 내가 활을 함 번 쏠 텐디? 활을 하나 함 번 화살을 쏠 텐디 활을 함 번 쏘걸랑 활촉을 찾어오너라." "그러라." 구서 인저, 내기를 허구서 또 와서 마누라한티 와서 사실 얘기를 했어. "그까이꺼 간찮다."구. "워트게 허능 거냐."구. 허닝개, "우리 오빠덜이 활을 쏠기여. 워디루 방향을 허던지 쏘머넌 그 활 간 방향 대루다가 가. 무지굼허구. 가며는 어딧 지경을 가머는 생여 시 채가 나가. 생여 시 채가? 나가는디, 정승을 헐기여. 정승얼 허걸랑은 다아 구만두구서 한 간디 그 가운데 생여 가서는 그 휘장을 떠들어 보머넌 신체 항 가운데 가서는 백혔을 게다."구. "그렁개 그눔 뽑아 가지구 오라."구 그러드랴. 그래서 거기를 가서 인자 참 가닝개 인제 활을 쏠 텡개 찾어오라구 한단 말여? 화살두 멀리

두 가던모냉여. 한 번을 쏘는디 가는 방향만 알었지 워디가 떨어지는 줄을 몰러. 그래 인제 그냥 참 그 활 쏜 방향을 따러서 참 무지굼허구(무조건) 어디 지경잉가 갔어. 가닝개 한 간디를 써억 가닝개는, 그 생여가 시 채가 나온단 말여. 나오더니 자기 가는 그 방향 바아루 나오더니 시 채가 조옥 쉰단 말여. 정수를 헌단 말여. 그래 그 생여군 몰루게 사알살 인저 돌어댕기며 보다 가운데 생여 휘장을 떠들어 보닝개 참 화살이 백혔어. 뽑어 가지구 인제 오지. 이넘이 오걸랑은 잘 간직허구 그냥 오야 하는디? 뒤가 마렵드랴. 그래 워디 가서는 화살을 꼭 쥐기나 했던 말이지(쥐기나 할 일이지) 화살 끄트머리를 이 이렇게 붙작구서 깐드랑- 깐드랑 허면서 이 인간에서 허던 콧노래를 불러가며 깐드랑거리구 똥을 누구 앉었네? 앉었는디 느닷없이 '휙' 하더니 독수리란 눔이 와서는 화살을 '톡' 채 가지구 도망가 버린단 말여. 날러가 뻐려. 그런디 워디 가 찾을 곶(곳)이 있으야지이? 그냥 가 뻐렸지. 워디루 간지…. 그거 참 난처허지… '인제는 꼼짝없이 죽었다' 하구서 인제 '훙-훙' 이래가며, 소리개나 차 갔으면 왕솔밭이나 찾어가 봤으면 혹시 떨어트릴란지두 모루겄는디 독수리란 눔이 차 가지구 갔으니, 소루개가 차 가지구 가는 눔 독수리란 눔이 뺏어 가지구 내빼더랴. 워디 가 찾을 고적(곳)이 없단 말여. 그래 인제 추렸- 허니 인저 참 집이를 가능 거여. 가서는 인저 마누라한티 가서 추렸- 허니 앉었지. "워트게 됐소?" "이 사람아. 화살을 찾기는 찾었는디 오다가서 나 인간에서 허던 노래를 함 번 콧노래를 헤가면서 뒤를 보다가, 화살을 꼭 쥥 것이 아니라 이렇게 간드랑 간드랑허구 손이다 이룧게 꼬트머리 작구서 있더니 소리개란 눔이 '툭' 채 가더라구. '툭' 채 가서 그 눔이나 채 갔으면 워디 왕솔밭이나 찾어가지만, 그눔다 또 그 떨어트렸을지두 몰루겄는디, 아이 독수리가 오더니 그눔 마져 차 가지구서 뺏어 가지구 내빼니 어디 간 곳이 있느냐."구. "껄꺼-얼." 웃더니 자기가 내놓더랴. "여깄다."구. 그러닝개 소루개는 즈 오빠덜이 가서 그룧게 돼가지구 뺏었는디 즈 동생이 독수리가 돼가지구 차 가지구 왔단 말여. 그래 인제 목숨은 살었지. 안적언. 내우간이 낙구말구 뭐 얘기할거 뭐 있어? 그래서 인제 함 번은, 그러더니, "인제 함 번 내기를 더 헌다구. 더 허넌디 워트게 허느냐허면, 쥐나라를 가. 쥐나라를 찾어가서- 암디 이런 그 방향을 일러주면서- 거시를 가며는 쥐가 아주 쥐나라가 있어. 가서 쥐껍데기를 삼백 장을 벡겨 오너라. 안 벡겨 오머넌 너는 죽구, 벡겨 오머넌 또 돈 삼천 량을 준다."하이 마누라한티 가서 떠억 그 게 문이를 해봉개, "인제는 할 수 없소. 거기는, 사람이라구 가머넌 죽어. 쥐가 즉두 앙쿠 당나구만씩 허다구 허더랴. 웅. 그런 눔으 쥐가 쥐떼가 와서는 '툭' 채 가머는 워느 귀신이 몰르구 죽는다구. 잡어먹구 하닝개." 그래 죽을 디다 몰아 놓능기여. 그러니이 내기를 작정했으니 죽구 죽으나 사나가야 하거던? "그래 쥐 나라를 인저 가는디, 강이 있는디 강이 그 배가 있는디, 그 배라능 건 뭥고허니 빨래방맹이를 하나 집어 이눔얼 던지면 배가 돼. 그래 그눔 타구 근너가라구. 근너가서 쥐나라를 가서 쥐껍데기만 벡겨 가지구 오라." 구. 한단 말여. 그래 쥐나라 찾어가서는, 가는디 강이 이렇게 있는디 그방맹이를 이롷게 던징개는 배가 되드랴. 그래 그눔 타구서 근너갔어. 가보닝개 참말루 당나구만썩한 눔으 쥐가 막 몰려 댕이는디 겁나더랴. 마악 배에서 네링개는 느닷없이 올라오더니 '툭' 채 가지구서는 가능기여. 가는디 이눔덜이 공론해기를 워터게 허능구 허니, "아 이거 슨물이 워서 둘왔는디. 이거 우리가 먹을 수가 없어. 그링개 우리 왕께 가서 고허자." 그러구서는 막 떼미구 가능 기여. 꼬옴짝 이 죽었어어. 그래서 인저 그 눔덜한티 붙들려서 가는디. 원 참 그거두 쥐 나라두 대궐이 있덩가 워쩌덩가 그 왕 있는 디 가서는 떡허니 네려 놓더니, 가서는 문 안이루 써억 들어가더랴. 늘르리 지와집이루. 들어가더니, 모두 이렇게 꿇어 엎디면서나, "그 워서 슨물이 하나 들어왔는디 왕께 바칠라구 갖왔읍니다아." 그러면서 이렇게 고럴 허닝개는, 그 잉금 왕쥐가? 문을 활딱 열었는디 열구서는 이러어-케 보더니 그저 막 나오더랴. 뛰나오더니 그 사람을 '딱' 붙잡어. "나 몰르겄느냐." 구. "워트게… 쥐 나라 잉금을 내가 워트게 아느냐."구. 그 사실 얘기를 해여. "당신이, 당신네 집이 당신 스모가 있지?" "그렇다."구. "또 아부지가 있지?" "그렇다."구. "당신 방이서 밥 함 번두 몹 먹었지?" "몹 먹었다."구. "당신 부뚜막이서 밥 먹을 적이 요고마안한 시양쥐가 당신 밥먹을 때마두 고기 가서, 나 가머는 당신이 밥 한 숟갈 똑 떠 줘서 고눔 먹구 들어가구- 들어가구. 내 컸어. 컸는디 커가지구서 하눌루 등천해서 올라가 가지구서 내가 쥐의 왕이 됐다." 그거여. "그래서 저 쥐덜언 내 부하닝개는 내 말 한마디면 꿈쩍못한다."구 그러드랴. "아이 그 소리만 들어두 귀가 번쩍 띄거던?" "그래 워째 여까지 이런 위험헌 디를 왔느냐아?" 허닝개는 그 사실 얘기를 했어. "나두 시방 이 천상이 올라와서? 옥황상제에 사위가 됐어. 됐는디. 그 처남덜이라는 사람덜이 나럴 없일라구 헌다. 없일라구 해서, 별 은구럴다 허구 별시럭게 다 해두 안들으닝개는 인저 종짱에는(종국에는) 이 이루 보냐. 이리 보내여. 얘기 들으닝개 이거 거 가면 헐 수 없이 죽는다구 허더라구. 그런디이. 아 와보닝개 참 그대를 만났다구. 그런디 소원이 뭐냐 해며는 이 쥐껍디기 삼백 장을 베 벡겨서 갖오라구 했이니, 그러니 어트갰으면 좋냐."구. "걱정 말라구. 내가 왕인디이 그거 뭐 걱정헐 거 뭐 있느냐?"구. 뭐라구 한

마디 허더니 쥐라는 쥐는 말짱 몰려 들었단 말여. "내 느이, 그 중- 그 중 못생긴 눔-못생긴 눔만 삼백 마리를 잡어라. 잡어서 껍데기를 다 벡겨." 인제 즈이찌리두 못생긴 눔이 많을 거 아녀? 못생긴 눔 인제 잡어서는 말짱 벡겼단 말여. 벡겨다가 버쩍 말렸어. 말려서 이눔얼 착착 인제 묶어서는 쥐 한 마리 떠억허니 참, 원 부담을 졌던지 져 가지구서는 그 쥐껍데기를 양짝이다 실어서는 아주 쥐 하나 참 당나구처럼 이렇게 해가지구서 보냈단 말여. 보내서 근너왔어. 와서 떠억허니 옥황상제 앞이 갖다가 바칭개는, "차암-. 인간 사위 참! 저런 사람을 죽일라구 했다."구. 아주 걱정이 대단허거던? "인저 헐 수 읎어. 너는 인저 이 잉간에 네러갈 게 아니라 여기서 그냥 살어." 그러구 처남덜두 인제 다시는 헐 말 욱구 인저 다시는 뭐 내기할 필요두 읎어. 그러더니 그 옥황상제께서 뭐라구 허능구허니, "낼은 우리 집으루 와라." 그렁개, "예." 허구서는 인저, 집이를 갔어. 갔더니 마너라가 월마나 방가혀? 그 사실 얘기를 허닝개, "당신 죽은 지 알었더니 차암, 응? 그런 인기가 워딨느냐구. 그 쥐 나라 가먼 아무껏두 못살어. 그저 그 밥되지." 그랬는디. 천행으루 또 그것들이 잡어먹었으면 소용욱거던? 안잡어 먹었잉개 왕게루 바치기또래 그게 발쐐 살라구 그렇게 됐지. 그래서 인저 '살어 왔다.'구 인제 와서 그러구서는 그 사실얘기를 다 하구서는 인저 거기서 자구서 인저 그 이튿날 가는디. "나를 오라구 했는디 뭣 때미 오라 오라구 허느냐."구. "그렁 것이 아니라 당신, 소원을 얘기시킬라구 오라구 헝 기여. 그러닝개 아아무 껏두 구만두구 '저 구석챙이 슨 지팽이나 하나 하나 달라.'구 하라."구 하더랴. 응. 마누라가. 그래 그 이튿날에 가서는 참 인사를 허구보닝개는, "너는 네 평상 소원이 뭐냐?" 금을 주랴 은을 주랴 뭐 참 무슨 보화를 주랴 별 걸 다 묻거던? "아아무껏두 구만두구 저 끄 구석챙이 신(세운) 흔 지팽이나 하나 주쇼." 그러닝개 이맛살을 찌푸리거던? 그 옥황상제가, 그러닝개는 그참 황후되는 양반이, "그거 뭐 그거 하찮웅 거… 아 주라구. 그 인간 사위 그렇게 고생허구 거시갰는디 안 줄 게 뭐 있느냐?"구. 얼릉 내 주거던? 그래서 인제 참 왔단 말여. "이게 뭣허능 게냐구. 대관절. 지팽이 가지구 흔 지팽이 가지구 뭣허느냐."구. 그랬어. "이것이 우리 평생 먹구살어. 돈 나오구, 옷 나오라먼 옷 나오구, 입이루 돌아서[26] 소원 있는 대루 다 나오라먼 다 나와. 그러닝개 그눔 가지먼 살 게 아니냐?"구. 그래서, 거기서 참, 한 일생을 살다 그렇게 죽었다능 기여.

---

26 생각나는 대로 말을 하기만 하면.

17. 멧돼지의 보은(『한국구비문학대계 6-5』, 36~41쪽.)

전에 옛사람이 인자 누님네 집에서 놈의 집을 살었어. 그랬는디 참말로 섣달 그믐이나 되얏든가 아조 소등게같은 눈은 온디 가서 마포 중의적삼을 입고 가서 갈쿠나무를 함스로 '엄매엄매 우리 엄매 소등게같은 눈은 오고 맹절은 닥쳐오고 우리 부모 어이를 하꼬?' 그라고 있응께 멧뒤야지가 홀딱홀딱 뛰여 넘어오드니 '어야 총각님 총각님 나 조깐 숨켜주게. 짐본수, 박본수가 날 잡을 여그 넘어 온다.'고 그라드라우. 짐본수 박본수가 저를 잡으러 온다고. 짐포수 박포수가 두 놈들이 인자 멧뒤야지를 잡으러 온다고 멧뒤야지를, 옛날에는 말을 했든가 인자 나무 긁는 머시마그 보고 그랑께, "내가 너를 엇다 숨길 것이나?" 그랑께, "나 여그 나무 깍지 밑에가 가만히 있으께." 나무 깍지를 덮어주라고 그라드라우. 그랑께 나무 깍지를 덮어놓고 이렇게 긁고 있응께 참말로 김포수 박포수가, "총각 총각 여그 멧뒤야지 안 넘어오든가?" "내가 멧뒤야지 안 봤어요." 그랑께 그양 가불었어. 인자 가고 없응께 멧뒤야지가 나오드니, "아야 저 느그 집으로 가자." 그랑께, "아야 우리 누님이랑 너 잡어묵자고 그라먼 어차것이냐?" 그랑께, "거 걱정 없어. 나는 가서 솔나무에다가 썩은 산내끼를 매놓고 한 번 탁 때리먼 나온다." 고 가작 하드라우. 그랑께 인자 간께는 즈그 매양이랑 누님이랑 좋아서 그양 좋은 핟옷을 내놓고 이 놈 입으라고 하고 그 놈 설에 잡어 묵자고 난리드락 하요. 즈그 매양 누님이 그래서 인자 잡어 묵을락 한디 데차나 인자 약속을-전에는 멧뒤야지도 말을 했든 것이제-그래 인자 썩은 산내끼를 달아 매놓고 탁 때린께 멧뒤야지가 내빼불었어. 내빼분께는 인자 마포 중의적삼을 도로 입히고 인자 엄나무 가지-그 벙구나무가 엄나무요-그것으로 어찌게 뚜들어 팼는가 이런 디가 저런 디가 천지가 그양 이런 디가 모도 그 가시가 백혀갖고 인자 그라고 있어. 그라고 도로 나무를 하러 갔드락 하요. 나무를 하러 간께 멧뒤야지가 풀떡풀떡 뛰여오드니 그양, "워다 총각님 총각님 나남시 많이 맞었제." 그라고 이빨로 다 빼줌시로 그랄 수가 있냐고 그람시로 인자 가자고 그라드라우. 따라가자고. 간께 여그서 같으먼 저그 팽상바우 바우나 된 놈이 있드락 하요. 있응께 여그 가만히 안졌으먼 옥황상제 딸네들이 동애줄을 타고 인제 여그를, 이 금샘에서-큰 동백나무 밑엔디-금샘으로 여그서 뫼욕을 하러 내려 올테니깨 큰딸은 또 곰치지 말고 둘차딸그것도 곰치지 말고 막둥이 딸 옷을 곰치라고 그라드라우. 멧뒤야지가 그래 놓고 어드로 가고 없어서 그랑께 데차나 큰딸이 내려와서 모욕을 하고 올라 가드락 하요. 동애줄을 타고 내려와서. 그래 인자 그놈은 올라가고 또 두차딸이 내려와서 모욕을 하고 그양 올라 가드락 하요. 그랬는디 막둥이 딸이 와서 모욕을 한께는 옷을 곰쳤어. 옷을 곰친께 옷을 찾니라고 그양 난리가 났어. 그랑께는 그 총각 하는 말이 '내가 늬 옷을 곰쳤다.' 그랑께 바우에 가 그 딸을 옷을 준께는 가만히 앙져서 바우에가 앙졌응께 뿔더둑 같은 지와집이 생기드락 해라우. 거그 앙졌응께 지와집이 생겨서 아조, 아니 꿀더둑 같이 이렇게 좋은 지와집이 그렇게 생기드락 해라우. 좋은 지와집이 바우에가 그 큰애기 옷을 곰쳐 놓고는 인자 그 큰애기 옷을 인자 내중에는 준께는, 그 놈을 준께는 '나랑 살자.'고 그라고 앙졌응께, 가만히 앙졌응께, 조화로 그랬지라잉 인자 앙졌응께 그양 거가 이렇게 좋은 지와집이 이렇게 생기드락 하요. 그래 거그서 살고 인자 그래 그 멧뒤야지 하는 말이 아들 한나 낳아도 어디 물꼬도 가지 말고 둘 낳아도 가지말고 싯나면 어디를 가락 하드라우. 그랬는디 둘을 낳는디 그양 인자 물꼬를 보고 온께는 없드락 해. 지와집도 없고는 아무것도 없드락 해라우. 아무것도 없응께 조화로 그랑께 그양 저리 가불었어. 애기들도 없고 없어. 싯 나면 어디 가도 둘 나먼 가지 말랑께 둘다 다 옆구리 찌고 그냥 하늘로 올라가불었어. 가불었어. 동애줄을 내려서 가불었어. 잉. 올라가불었어, 올라가불었는디 인자 얘기라 그라제. 오래되야서 인자 멧뒤야지가 '내 대그빡을 한 번 탁 때리게.' 그래 탁 때린께 파란 구슬이 툭 떨어지드락 하요. 그랑께 그 놈을 '그라먼 너 죽으먼 어차것이냐?' 그랑께 '아니 안 죽는다.'고 떡 벌어진께 파란 구슬이 땅에가 저렇게 큰 놈이 툭 떨어진께, 땅에 떨어지자 얼른 줏어서 묵고 생키락 하드라우. 그래 그 놈을 주워 묵고 생킨게, 머리박은, 인자 멧뒤야지 머리박은 딱 오므라졌제. 그래 갖고 여그 안져서 바우 밑에다가 똥을 누라고. 똥을 눈께는 아니 이놈의 사다리 되드니; 죽신이 둘이 나란히 이렇게 나드니 또 나다가 또 사다리 되고 또 나갖고 또 사다리 되고 나갖고 또 사다리 되고 그라드락 해라우. 그래갖고 하늘 갓이 딱 닿아불었어. 그 사다리가 되야 갖고 그래서 그놈을 인자 딛고, 멧뒤야지가 말한께 그놈을 딛고 올라 갔드라우. 간께 여그서 데리고 간 아그들이 얼마나 안 컸것소? 그랑께는 그 아그들도 알었든가 '지하에 아부지 오네.' 내다보고 '지하에 아부지 오네.' 그래쌓더라우. 그랑께 '느그 아부지가 여가 어디라고 여그를 온다냐?' 즈그 어멈 말이 '여가, 느그 아범이 여가 어디라고 여그를 온다냐?' 그랑께 그래도 늘 내다보고 '지하에 아부지 오네. 지하에 아부지 오네.' 그래 쌓그덩이라우. 그랑께는 데차나 내다본께 즈그 신랑이여. 아니 그래서는 인자 맞어 들여갖고는 한께, 딸이 싯인디 인자 성이 둘 안 있것소? 그랑께는 아니 쬐간 남었소. 그랑께는 '아니 이놈의 새끼야. 저것이 지낭이라고 왔냐? 뭐 내려가.'라고 하고 지랄지랄 하드라우. 지 성들이. 그래싼게 그 남자가 인자 즈그 뭐시기 즈그 쟁인이 '그라먼 우리가 뭣을 해서 저놈을 내려 보내것냐? 그라니깨 우리가 숨바꼭질을 하자.'고 그랬어. 숨바꼭질을 하자고 그랑께 숨바꼭질을 하먼 인자 지먼 내려 보낼라고 했지라잉. 지면 내려 보낼라고 한께, 아이 숨바꼭질을 한디 즈그 마느래 보고 그랬어. "아니 뭣이락 해사 쟁인을 찾일 것이요?" 그랑께, "누런 꾸렝이가 지스럭에가 딜룽대면 워매 짝대기로 뚝 떠낸 김시로 '쟁인님, 일어나시요.' 그라먼 '어허어, 늬가 날 찾았냐?' 그랄것이라." 고 그라드라우. 아이 데차나 본께 꾸렝이가 그냥 여그 지스럭애가 딜룽딜룽하고 있응께 데차나 여그서 올라간 즈그 사우가 뚝 떠냉김시로 '쟁인님 일어나시요.' '어허이 늬가 날 찾냐?' 그랬어. 그래 인자 또 숨을란다고 그라그덩이라우. 그랑께 인자 사우보고 숨으랑께 사우를 아무보고 숨을라다 방으로 들어갔는디 못 찾아. 그랑께 즈그 마느래가 이렇게 베를 짜고 있었어. 베를 짜고 있는디-다 얘기제-머리, 머리, 전에는 머리 얹진께 머리 속에다 옇고 베만 짜싼게 찾일레야 어이 찾것소? 못찾제. '나 못 찾것다.' 그랑께 '쟁인님 나 여그 있소.' 그라고 방에서 쑥 나오그덩 '어허이 늬가 이겼구나.' 그랬어. 아니 그래서 또 인자 쟁인이 숨을라고 하드라우. 그래서 숨을라고 한디 제미할 어디 가 찾것소? 못 찾제. 그랑께 즈그 각씨보고 인자 마느래보고 물은께 '저 괴데리가 백 마린디 그놈을 활가락을 다 물고 올 것이라고. 물고 올 것인께 활가락, 활가락을 괴데기 백 마리가 인자 조르르하니 활가락을 물고 와서 놀 것이라.'고 그라드라우. 그랑께는 참말로 데차나 한 백 마리가 아니 와서 활가락을 갖다가 갖다가 딱 놔도. 그랑께 인자 또 사우가 이겼제잉. 이긴께 그 활가락을 그렇게 갖다논께 '에헤 늬가 이겠구나.' 그 활가락을 괴데기 백 마리가잉 활가락을 백을 물고 와서 조르르하니 와서 놨어. 논께 인자 사우가 이겠소? 쟁인이 졌제. 그랑께 쟁인이 졌제. '어허이 늬가 이겠구나.' 그러면 아 그랑께 사우가 그랬닥 하드랑께 사우가. 사우가 그랬드라우. 그랑께 사우가 다 이겠어. 이게갖고는 아-저 즈그 성들은 염뱅하게 모도 못살고 동생은 까지나무 텍걸이하고 군지를 달고 거치뛰고 아조 잘 살어불었드라우. 꼬치나무에 군지뛰고, 예. 그네뛰고 까지나무에 텍걸이하고 그렇게 잘 살어 불었드라우. 아니 거그서 인자 하늘에서 살었제. 그 애기들하고 그라고 여그서 내려온 성들은 저것이 사우라우? 지냉이랄가 뭣이락하게 내려보고 안하고 염뱅지랄한 것을 그 마느래땜세 그렇게 잘 살어불었제. 거그서 아조 모지하니 잘 살어불었드라우, 동생이.

18. 나무꾼과 시녀(『한국구비문학대계 6-5』, 167~170.)

총각 한나가, 덜거리총각이 나무하러 갔는디 하늘에서 인자 시녀들이 내려와서 인자 목간하든 것입디다. 동상들하고 언니하고 서이 와서. 산에 와서. 인자 물 좋은 데 인자 용이나 올라간 그런 물구녁에서 인자 목간하고 올라가고 그런디, 이 사람이 봤어. 그것을 보고는 옷 한나를 곰쳐 부렀어. 옷 한나를 곰쳐분께는 인자 옷 없응께 꾀벗고 못 가고 둘이는 올라갔단 말이요. 동상 한나하고 언니 한나하고는 올라가고 가운데, 망네는 올라가고, 가운뎃 놈이 못 올라갔어. 못 올라갔는디 옷 없응께. 인자 올라간 뒤로 인자 나무꾼이 나타나갖고 지가 데꼬 가것다고 옷을 줬어. 입고 가자고 즈그 집으로. 그랑께 즈그 집 가서는 옷을 뺏어부렀어 또. 그라고 남자는 인자 들에 일하러 댕기고 그란디 부부로 삼고, 일하러 댕기고. 애기를 인자 싯 나서 줬으면 괜찬하것인디 머이마들 둘을 낳거둥이라우. 둘을 난께 맨날 애기들하고 인자 놀아 방안에서. 방안에서 논께 '인자 둘 낳는디 어쨋을라딩이야. 둘 났응께 옷 줘야제.' 밤나 옷 주라고 성가시게 하거둥이라우. "내 옷 주라." 고. 거그서 인자 하늘, 천당에서 입고 온 옷 주라고, 밤나 성가시게 한께 인자 '에이. 애기 둘 났는디, 머시마들만 둘 났는디, 어쨋을라딩이야. 지가 가기사 할라딩이야.' 하고 그라고 옷을 줬어. 들에 갔다 온께 딱 가고 없어. 하늘로 올라가. 애들은 데꼬. 둘 딱 이렇게 찌고. 한나 여그 찌고 한나 여그 찌고. 두 저드랑에 딱 찌고 올라가부렀드라우. 날마당 울고 인자 거그를 댕겨. 저-그 용샘을, 용샘을 댕긴디 나중에는 하늘에 시녀들이 내려오자네 저른 탈박 같은 탈박으로 물을 떠올라 가드라요. 그랑께는 인자 연구가 났제. '에이 저 바가지를 내가 타고 올라가야 쓰것다. 물을 비여불고.' 하고 물을 비여불고 인자 바가지를 타고 올라갔어. 그 사람이 인자 죄를 머시기 해서 인자 용왕에서 인자 천당에서 인자 내려보내 안 하고 인자 그런 사람인디 거그서 약혼하고 인자 언제 여자는 거그 가서 하늘에서, 아 애기들도 솔찬이 커갖고 있더라요. 그래 찾을라고 저리 찌웃찌웃하고 돌아댕기니, 하루는 인자 몇 달이 가고 몇 년이 갔든가, "아부지." 하고 나타나드라우. 그랑께 인자 즈어무니보고, "아부지 왔드라."고 말한께, 이 엄매는 씨집을 가것는디, 즈아부지라고 엄매가 오락한께 안 가것소? 즈그 아부지가 인자 절대 마닥하드라우, 여자 아부지가. 이 지하 사람 소용없다고. 사정사정해갖고 인자 거그서 인자 산디 경쟁했어. 말을 사갖고 내가 저그 머시기해서 몇 백 리를 담박질 해갖고 모냐 들어선 놈이 인자 각씨를 뺏기로, 그라자고 인자 즈그 마느래보고 그란께 즈그 마느래가 가만 있으라고 추래주마고 말을. 질 비리묵고 못 되고 삐척삐척 자빠진 말을 주드라요. 그라고 그 사람이 상당히 갔는디, 아 그놈이 그놈보다 더 잘 가드라요. 그래서 인자 가서, 인자 어디 산에 가서 깃대를 갖고 왔어. 깃대를 빼갖고 왔는디, 인제 졌제. 또 인자 윷을 놀작 하드라요. 윷을 놀작 한께는 인자 윷을 놀아아 어찌게 했든가 이 사람이 인자 거그 있는 사람보다, 천당에 있는 사람보다 더 잘 놀았드라우. 그래갖고 또 윷 놀아서 이긴께 뭣이든지 삼시 머시기라고 시판 또 인자 졌제. 또 뭣이드라…시름을 붙여줘. 시름을 인자 하작 하드라우. 이 사람이 기운이 더 빨딱빨딱, 이 사람이 기운이 잔 서운해져 갖고 시름이 설고 인자 그랬든 것이여. 시름해 갖고도 이 사람이 이개부렀제. 잉 그래갖고는 할 수 없이 그 사람이 물러나고 이 사람이 인자 즈그 자석들 성제하고 즈그 마느래하고 즈그 쟁인 장모한테 승낙받고, 아 그 사우가 그렇게 잘 하니 그 사람한테 자우라지제 못한 사우한테 자우라지것소? 그래갖고 잘 살었드라우. 응. 하늘에서 못 내려오고. 엄니는 필요 없제. 저만 잘 사면 되제. 어짜것소? 그랑께 그 식이 시방 맞어가라우. 시방 사람들 부무 생각하요? 다 도시로 가서 다 즈그 팬할라고 다 살제.

19. 은혜갚은 쥐(『한국구비문학대계 7-4』, 165~167쪽.)

옛날에 남의 집을 사는 사람인데 암만 살아도 모친게 없어. 밥상만 맏으마 쥐가 나온다 캐. 쥐가 나와가주고(가지고) 밥 한 숟가락, 쥐 먼저 떠주고 지가 묵고, 그럭으로 한 삼년을 되이 쥐가 없어져. 쥐가 어데로 갔는지 섭섭해서 이 사람이 너무 (남의) 집도 안 살고, 저 가서 한날은 나무를 하이까네, 노루가 펄떡 펄떡 한마리 왔어. "총각 총각 날 좀 숨키 주소." 나무 속에 숨키노이 포수가 뛰어와서, "노루 한 마리 지나 가는 거 못 봤소?" "나무 하기도 바쁜데 내 몬(못) 봤소." 포수가 가고 나이 노루가 나와서, "내 시킨대로 하소. 아무데 아무데 가면 선녀가 목욕하는데, 맨 가에 선녀 옷을 가주와가 아(아이) 서이 놓을 때까지 벗어 온 옷 주지 마라." 캤어. 그런데 이 사람이 고마 둘 낳았는데 얘기해 뿌렀어(버렸어). 그래고만 아 둘을 옆우랑에 끼고 선녀가 올라 가 빼렀어(버렸어). 다시 나무하러 가이 노루가 또 와서, "왜 나 시킨대로 안 하냐 인자는 선녀들이 목욕하러 안 니리오고 물을 떠서 한다. 첫 박재기, 두 박재기, 시 박재기 할 때 따라 올라가라?" 하늘로 올라가이 마누래가 있어. 그 집 장모, 사우 셋이 됐는데 지하 사람 사우 봤다고 흉을 보거덩. 언니랑 형부들이 장모가 이바구 오라 하이 걱정을 더러 하는데 부인이 시킨다. "암닭 장닭 싸우면 빙모님 저 보는데 이런 일을 합니까?" 그래 가서보이 그때사 지하사우 좋다고 손뼉을 친다. 또 불러가, "오늘을랑 이 사람아, 말을 불러 강을 뛰어넘어라." 부인이 있다가, "나쁜 구석에 눈꼽짱 찌인 말을 타라." 캐서, 동네 사람이 보이, 지하 사람이 되서 바보거치 저그한다 카거덩. 딴 사우들은 좋은 거 하는데, 그 두바리는 다 발을 다 적셔. 이 말은 뛰넘고 물을 안 적씻거든. 그래 1등을 했어. 또 한 며칠 뒤, 또 밤에 장모가 불러, 부인이 눈물을 흘리매, "오늘은 어렵십니다." 하고 울거든. "내가 딴 기 아이고, 영감 밥 그릇을 쥐가 가주(가지고) 갔는데 찾으러 가마 다른 사람 다 죽는다." 캐, 그부인이, "당신도 돌아오기 어렵다." 고 한숨을 쉬는 데 이 사람이 갔다. 가이꺼네 쥐들이 밥 왔다고 좋아 야단이라 미고 가거든. 원대가리가 쫓아 나와 보이 지 밥 준 사람이라. 그래 버선 발로 뛰어나와, "선생이 우짠 일로 저거 있는 데 오셨나요."하이 딴 쥐들이 눈이 둥그레 보거든. 그래 잘 모시가 보냈어. 인자 죽었다꼬 마누라 혼자 땅을 치고 울고 있지 인자. "아이고 이 사람아, 내가 오기는 자네를 보러 왔는데, 우리 빙모님 밥그릇을 쥐나라에 가주 갔는데 찾을 수 있겠는가?" "예, 우리 영감 할마이가 밥 받아 묵소. 드리지요." 부하를 시켜 잘 닦아 드리게 했어. 그래 인자 쥐가 밥 주던 은혜를 갚았어. 그래 집에 가이 마누라 장모 칭찬이 자자하고 동네 사람들이 전부 칭하하더라 말이라. 그래 보이, 악한 끝은 없다캐도 후한 끝은 있능기라. 사람은 악몽을 해도, 짐승은 은혜를 다 갚는다 말이라.

20. 쥐에게 은혜 베풀어 옥황상제 사위된 이야기(『한국구비문학대계 8-6』, 138~145쪽.)

옛날 한 사람은 너머집을 사는데, 이전에는 그 밥을 섬뜰(섬돌)에도 앉아 먹고, 나뭇간에도 앉아 먹고, 정짓간에도 먹고 이래 할 때라. 일 마이할라고. 그 머심(머슴)이 밥을 앉아 먹으잉께 새앙지가 한 마리 나와. 아 요놈이 밥상 밑에 댕기미 밥띠끼을 흐러면 그저 날람날람 지묵고(주워먹고) 이라거덩. 이 머심이 그기 지이 먹는 것이 갖다 기특해서 머 할쩍에는 밥을 한 숟갈썩 떠주먼 그 눔 다 먹고. 그 인자 날마둥 그 사람 밥만 먹으먼 그 쥐가 나와. 그럴 제마다 또 인자 떠주고, 떠주고 이렇기 만날 키우는데 아 이노무 지(쥐)가 자꾸 커올라. 그러구로 그집에 삼 년을 살았어. 너머집을. 지 거따가[27] 낙을 부치놓고 일도 된 중 모르고 그 삼 년을 너머집을 살고 났는데, 사 년채 너머 집을 사는데 한 번은 나무를 해갖고 오닝께 아, 쥐가 안 나와. 또 정때 와도 쥐가 안 나오고, 그 이튼날도 안 나오고. 아 고만 쥐가 안 나옹께 일도 안 되고 영-매앰(마음)이. 영- 그저 가로 뻗치고.[28] 인자 그렇기 됐는데. 그래 인자 봄철 다음 해 닥 는데 그전에는 이거 거름을 받을라고, 재를 받을라고 전부 해재기라고 빽디기 그걸 많이 긁어다가 모도 때고 이라는데 그 해재기 끌로간다고 가서 해재기를 많이 끌어냈는데 노루가 한 마리 뛰옴성, "나 좀 살리달라." 고 하거덩. "와 그라냐?" 고 물웅께, "포수가 뒤에 따라오는데 날 잡을라고 하는데 날 좀 오데다 감차 달라."고. 사방 둘러봐야 감출 데가 있나, 해재기 긁어논 데 거따가 더가라고 하고 그 놈으로 가저고 인자 덮어뿌 지. 딱 덮어났는데, 아 조금 있인께 포수 둘이 오더니, "아 여보시오. 여 노루 한 마리 가는 거 못 봤소?" "못 봤십니다." "이 님이 방금 이리 왔는데 어디로 갔으꼬?" 괘(괘, 卦)를 해내빼본다고 솔잎파리를 따가지고 어째 빼어보더니, "아이, 요놈이요. 해재기뽕으로 갔다." 이라거덩. "아! 요보시요 여 해재기뽕이 어데요?" 머 해재기뽕은 듣도 보도 못한 소리지. 그 어만(엉뚱한) 데를 갈치 주민성, "저 건너 저리 갔입니다. 저 건너 저기 해재기뽕이요." 아 요 놈이 고리 갔다고 그래 인자 포수는 그리 가삐리네. 그 포수 가고난[29] 뒤에 그 인자 해재기를 끌어냄성 노루를 가라고 하거덩. 그래 노루가 감성 인사를 참 마이 하고 이래 가. 그래 그 이튼날 또 해재기를 끄머로 가잉께 노루가 오더니 머라고 하는 것이 아이라, "내가 그어[30] 때므로 살았으잉께 나도 그게 갖다가 그 공을 해야지. 아무날 저어게 그 아무데 그 새미에(샘에) 거게 처녀 서이 내리와서 모욕을 할끼라. 모욕을 하걸라컨 옷을, 앞에 벗어난 사람 옷도 감추지 말고 그 중간 옷도 감추지 말고 맨 뒤에 벗어논 옷을 감차 가지고 있다가 아들 하나 낳아도 옷 주지 말고, 둘 낳아도 옷 주지 말고, 그 서이를 다 놓걸라건 그 옷을 주라. 그 부디 나 시긴대로 하라." 고 하고. 그래 그 노루는 뛰 갔삐리고 없고, 그래 참 그 날 가서 숨어 가지고 있씨인께 참 무지기가 쌍무지기가 시고 이러하더니, 선녀가 턱 니리와. 그래 그, 새미에서 인자 모욕을 할라고 옷을 딱 벗어놓는데 그 아까 말대로 맨뒤에 벗어난 옷을 딱 감차가지고 있인께 둘은 모욕을 하고 나더

27 쥐에게다

28 여기서는 마음의 엉뚱한 곳으로 쓰인다는 뜻임

29 포수가 가고난

30 상대방을 지칭하는 것임

니, 그 옷을 입고 고만 하늘로 득천을 했뿌리고 없고, 하나는 옷이 없어서 거 있는데 그 덤불 밑에서 빼꼼 내다 봄성, "옷 주까?" 이라거덩. 그래, "달라고." "주기는 멀 주(뭘 줘). 우리가 살아야지." 그래 이 반식이 머 변해가지고 집이 되가지고, 양석을 안 팔아주도 밥도 잘해 주고, 아 세상 기릴 기[31] 없어. 그러구로 아들 하나아 둘 나아. 그래 둘 놓고 나서는 옷을 달라고 하거덩. "내가 아들 둘 놓고는 인자부터 갈 데도 없고 이러하잉께 인자 옷을 달라."고. 그래 이 사람도 가마니 생각을 하잉께 '아아들 둘이나 낳는데 인자 오더로 안가겄다' 싶어서 옷을 어. 고마 옷을 입고 떠억 나더니, 아 궂은 비가 실실 오고, 무지개가 시고, 햇빛이 나고, 어짜다 아들 둘을 양쪽 여푸랑에(겨드랑에) 하나씩 찌고 고마 올라가뿌리고 없네. 올라가고 나잉께 이노무 반석 뿌이라. 집도 없고 아무 것도 없고 엉파디끼 거게 앉아[32] 울고만 있어. 울고만 있인께, 노루란 놈이 훌쩍훌쩍 뛰오더니 울고 있는 놈 귀싸대기를 갖다 패댔뿌리거덩. 옷 주지 말라카잉께 옷 주가지고[33] 이런 고통을 받는다고 이라거덩. 박씨를 큰 두룸박찌기(두레박) 같은 놈을 하나 떠억 갖고 왔어. "이 놈을 심거라. 이 놈을 심구머 이 박넝쿨이 전부이 그마 하늘로 올라갈 터이니 뻗지도 안하고 애사더이(어슷하게) 꼿꼿하이 고래(그렇게) 서갈 테이니 고마, 그래 이 바가지를 짚고는 하늘로 올라 가라." 고 이라거덩. 참, 박씨를 거따(거기에다) 심거났다. 아 심거논께 이노무 바가지가 어떻기 자라나가지고. 총총하이 거저 허북다리 겉은 괘이가 생기고 이라더니 '아, 하늘에 인가이 노 닿는상' 싶어. 그 순전하기 거짓말이지. 그 이놈을 타고 안 올라갔나. 떠억 올라가더니 저거 작은 아들이 어찌 빼꼼 내다보고, "아버지가 왠 일이고?" 이라거덩, 그 인자 큰 것이,[34] "에, 이놈 거짓말 말아라. 여게가 어데라고 아부지가 여게를 와." "아 참말이라." 고. "저 봐라."고. 아 참 나와보잉께 저거 아부지가 거 와 섰거덩. 그 저거 어머이를 보고, "어머이, 어머이, 아부지가 왔다." "에이놈 너거 아부지가 여 어데라고 너거 아부지는 지하 싸람인데 여게 오나. 못온다." 그 하도 그렇싸아서 주구메(저거 어머니)가 내다본께 참 왔거덩. 그렁께 나와가지고는, "아이고 이 양반아 당신은 거게서 살지 머 할라고 여게를 오까부냐?" 고. "여게는 오면 잘못하면 죽는 곳이라고. 그래 이미 온 김에 옥황상제님한데 가 인사 디리라."고. 그인자 옥황상

31 아쉬울 것이
32 펑 퍼질고 앉아
33 옷을 주어서
34 큰 아들을 말함

제님한테 인살 디리인께, "허허, 지하 사람이 천상에를 올라와 너, 야 참 무던하기는 무던한 사람이다. 그래 니얼은(내일은) 숨바꽁질을 한, 우리 한 분 해 보자. 숨박 우리가 숨을 터인께 너거가, 니가 찾아라." 그래 그 소리를 듣고는 저거 마느래한테 와가지고는, "내가 어제 아래 여게 온 사램이 여게 지리를 어째 알아서 옥황상제님이 숨는다고 하는데 오데 가서 내가 찾으까 부냐?"꼬 이카거덩. "아 그거는 염려말라."고. 그래 그 이튿날 회차리를 조그마한 걸 하나 주먼서, "조오 마당에 조고매 있시먼 암닭하고 장닭하고 그 모시를 줏어 묵고 있을 터이니, 요 회차리로 때리민성 재인 장모 아이냐고 이라먼 알 도리가 있다." 고 이라거덩. 참 그 꼬재이(꼬챙이)를 받아가지고 아 거기를 보인께 참 암닭하고 장닭하고 있거덩. 그래 때림성 재인장모 아이냐꼬 이랑께, "어허 그 놈한테 졌네." 이라거덩. "그래 니얼은 내가 찾을 터잉께 니가 숨어라." 이기라. 그 인자 또 저거 마느래한테 와가지고, "날 숨어라고 하니 내가 어떻게 숨어야 되겄냐?" 이라거덩. 그렁께, "그거는 걱정말라."고. 그런데 어째했는지 고만 숨었뿌리고 없재 참. 그래 이양반들이 암만 찾아댕기야 있이야지. 못 찾겄어. 그래, "이놈아 못 찾겄다. 나오이라." 이랑께, 저거 딸 손가락 새에서 바늘이 하나 소로로 널찌더니(떨어지더니) 그 사램이 되갖고, "나 여기 있어요." 이라거덩. "아 이놈한테 졌구나. 내가." 그래 그 이튿날 또 머라고 하는 것이 아이라, "니가 재주가 그렇기 좋으니 여게 저어 가면 쥐국이 있는, 쥐국이 있는데 쥐국에서 갖다 쥐뿔을 떼갖고 오이라 하나." 그래 인자 그 저거 마느래한테 와서 또 그래 이얘기를 한다. 사맥(事脈)이 여해가저고 쥐뿔을 떼오라고 하니, 쥐가 뿔이 있냐고. 내야 듣도 보도 못한 소리라고 이랑께. 그래 쥐뿔이 있다고 이라거덩. 쥐뿔이 있기는 있는데 기 쥐국에는 가기만 가면 죽는 덴데, 여게서 하는 일 겉으먼 내가 어째해다 당신을 살리는데 쥐국에 가라고 하먼 거어 죽으러 보내는 데라고. 그는 살아오는 데가 아이라고 이래 하는데, 인제 당신은 죽지. 살지는 못한다 이기라. 그러나 옥황상제님 맹령이니까 안 갈 수 없다 이기라. 그 그 이튿날 밥을 먹고 나니 참 나와가지고 전송을 하거덩. 그래 마지막 가는 질이라고 이래 탈기를 함성 전송을 해. 그래 쥐국을 안 찾아갔나, 쥐국을 찾아가잉께 집을 참 잘 지이 놓고 대문을 하여간에 고만 거창군내[35] 매이로 이렇기 떠억 지이 놓고는 현판을 써 붙이기를 쥐국이라 이래 써 부치놨어. 말막썩[36]한 노무 쥐들이 나오더니 참 모얀(묘한) 거 밥 들어왔다고 막 떠미고 야다이라. "자, 대왕한테로 갖고

35 居昌郡
36 말의 크기만큼 한

가야 된다." 그래 대왕한테로 갖고 간다고 가가닝께 변성[37]을 해가지고 그 놈 사램이 정자관[38]을 떠억 해 씌고 시임(수염)이 백수가 되고 이래가저고 참 용탑에 따악 앉았거덩. 그래 앉았다가 그 사람을 떠억 보더니, "그 손님 이리 모시라." 이라거덩. 그 이 지들이 어떤 영무인지 모르고 그 그래 떡 모시닝께 그래 손을 턱 잡더니, "여게 어짠 일이시오. 날 모를 게요. 내가 이만저만해서 아무데 갔다가 참 그 넘의 집 살고 이래 할찍에 밥상 밑에 댕기민성 주어 묵은 내가 쥐올시다. 내가 사서[39]를 많이 많이 해가지고 참 그 은혜를 내가 못 잊어서 사철 내가 생각을 했더니 그래 오늘은 오짠 일이시냐?" 고 이래 하잉께, 그래 옥상, 옥황상제님 사우된 말을 그래 하거덩. 그래 해가지고, "옥황상제님이 쥐뿔 하나 떼갖고 오라고 하니 그래 쥐뿔 떼러 여게를 왔다." 이라거덩. "쥐뿔 하나 아이라 둘이라도 떼 줄뎅께 염려말고 갖고 가시라."고. 그래 쥐를 떠억 부르거덩. 그래 쥐를 부르인께, 눈꿉재기(눈꼽)가 찌질찌질한 놈이 있거덩. 그래 쥐뿔 둘을 딱 떼줌성 갖고 가라고 그라거덩. 그래 간혹 오라고. 그래 인자 쥐뿔을 가지고 오지. 그러이 또 저그 마느래는 '호역(혹시) 참 머 천명이라더니 천명이면 오는가' 싶어서 마중을 나왔더라네. 그래 마중을 나오잉께, 오거덩. 쥐뿔 안 갖고 와도 죽는 기고, 떼갖고 와도 죽는 기라. 그 쥐뿔은 아 아 떼가 떼갖고 오면 안 죽지마는 그래 쥐뿔 뗐냐고 하잉께, 그래 쥐뿔 뺐다고 두 개를 주거덩. 그래 저거 마느래가 생각해 '이런 사람은 하여간아 넘의 집을 살고, 없이 살았더래도 그래도 다 참 하늘에서 아는 사람이라디 아는구나. 그렇지 안하고야 그 쥐뿔 떼서 오기는 만무하다.' 이기라. 그 옥황상제님한데 떠억 갖다 바치잉께, "그러먼 그렇지 지하에서 천상꺼정 올라온 님(놈)이 어는 거석이 있어서 올라왔지. 그 쥐국에 가먼 죽는다. 인자는 내가 그런 짓 안할데잉께 그 저 여게서 갖다가 잘 살아라." 그래하고 그 삼(그 사람)들이 거서 잘 살드래아.

21. 짐승을 구해 은혜를 입은 사람(『한국구비문학대계 8-11』, 272~277쪽.)

옛날에 삼십 청춘이, 세 살에 엄마 죽고 다섯 살에 아바 죽고 굴러댕기다가 커가지고, 남으(남의) 집으로 남으 집으로 커가지고, 그러구러 나이 한 이십 세가 가직

37 變成
38 程子冠
39 社鼠

이(가깝게) 된께 마음도 다르다 카는 거는 사실인데, 아적밥을 받은, 그 때만 해도 남으 집 담살이로 인간겉이 취급을 했는교. 사랑방에도 밥 못 묵고, 웃청에도 밥 못 묵고 마구 부석(부엌)에 가, 장(늘) 부섴에 가 밥을 무웄거등(먹었거든). 쥐란 넘이 아적밥 묵을 때 한 마리 부섴에서 쑥 나오머 한 숟가락 뚝 떠 주고, 점심 묵으머 뚝 떠 주고. 죽을 묵으나 밥을 묵으나 한 숟가락 줘야 묵고 들어가지 안 들어가고 딱 상 밑에 와서 엎드렸거등. 그래 십 년을 딱 그래 미이(먹여) 키았는데. 하루 저녁에는 본께네, 그 저거 신랑 제산가 뭐 뭐 눈가 몰라도, 청에(청어)를 세 마리 딱 꾸우서(구워서) 장고방 독 우에다 얹어 놓은 거로, 그 집에 여러 십 년 큰 갱이(고양이) 큰 기 있는데, 갱이가 와서 그 청에를 묵을라 쿤께네, 그마 안주인이 그 부작대기(부지깽이)를 가 와서 그 모진 독물[40]로 마 때리직일라 쿤께네, 죽는 소리를 하거등. 그래 이 머슴이 불을 때다가 奚아가서, "그라서 마시오. 그 말 몬하는 짐승을 때리머 뭐할 낀교? 저 저 숭한 독물인데 때리직이머 집이 망합니다. 그라지 마이소." 그 말긴께네(말리니까) 그마 천 리 만 리 뛰가 뿐 기라. 예, 천 리 만 리 뛰가 삐   는데. 그러구로 인자 봄새(봄 시절)가, 봄이 닿아서 저 산에 가 신기풀로[41] 뜯는데, 오늘 뜯은 거 몰라(말려) 놓고 내일 뜯은 거 모른(마른) 거를 지고 오고 그라는데. 그마 마음이, 한 삼십 댓 된께네, 마음이 달떠(들떠) 쌓아서 점심 밥을 가서 묵고 지게를 비식하이(비스듬히) 풀밭에 누우 갖고 있은께 어데서 총소리가 벼락겉이 나거등. 그래 쪼끔 있은께네 큰 소 만한 노리(노루)가 한 마리 훌쩍 뛰오민서로(오면서), "보소 보소, 선부(선비), 날 좀 살리 주소. 내 목숨만 살리 주먼 자기 소원을 갚아 드리리다." 그래 저 선부가 고마 풀로 거문거문(듬성듬성) 덮어주는데, 고마 숨카(숨겨) 뿌린다. 포수 이넘(이놈)이 헛방을 놔가지고 저넘(놈)이 그만 벌맞아[42] 갖고 뛰와삐리, 선벌맞아 가 뛰와삐   거등. "보소 보소, 여어(여기) 노리 한 마리 안뛰옵디꺼?" 쿤께, "벌써 저짜(저쪽에) 넘에(너머에) 넘어 가여(넘어 가서), 선벌로 맞아 다리로 접디다. 세이(속히) 가소." 쿤께, "옳다, 그마." 해도, 참 노리가 말을 해도, 마, 이거는 참 진짜 거짓말은 거짓말이지. "그래 보소, 선부, 나를 살렀은께 당신, 당신 소원되는 걸 내가 해 드릴 테인께 뭐가 제일 소원이요?"쿤께, "내 나이 삼십이 넘어도 장개를 몬 가 소원입니다."쿤께, "그래, 그라머 인자 시간이 오늘은 늦었고, 내일 오후 자시(子時), 열 두시에 이 넘에 여어 연못

40 毒物. 고양이를 독한 靈物로 보는 경향이 있다.

41 新起풀을. '신기풀'은 그 해에 새로 돋은 풀이란 뜻인데 맬감이나 퇴비로 베어 쓴다.

42 잘못 맞아.

이 있는데요, 딱 요 때 되거등 요 때 쪼끔 일찍해서 연못 가에 딱 눈만 내 놓고 숨어가 있으머, 하늘에 옥황상제들 딸이 삼 형제 분이 저 연못에 목욕하러 내려올 끼거등. 두룸박(두레박) 타고, 두룸박 타고 내리오걸랑, 앞에 가는 거는 생이고(형이고) 뒤에 가는 거는 중간이고 제일 막내이가 쳐년데, 고결(고것을) 옷을 끝에다가 벗을 낀께네, 고 옷을, 날개옷을 딱 심카 삐리머 날개옷이 없으머 몬 올라가거등. 그래 그 옷을 딱 숨카 놓고, 울어 쌓걸랑 '보소, 아가씨 와 우는교?' 쿠걸랑 '옷을 잊아삐리서 우리 형들 못따라가고 운다.' 이러거등요. '그라머 날 따라오시오.' 쿠머, 그기 당신 부부 될 낀께네, 고 부부가 돼가지고 아들은 한 탯줄에 삼 형제 놓을 끼다. 삼 형제 놓거들랑, 삼 형제 놓걸랑 그 날개옷을 내 주고, 딱 숨카 놨다가 둘 놓걸랑 내 주지 마라." 캐 놓은께 이놈우 자석이 마음이 바빠, 좋아 갖고, 욕성은 안옇어야(넣어야) 되는데 여어(여기) 또 그 소리까지 나올 끼다.[43] 그래서, 그래서 고만 좋아 쌓아서 마 날개옷을 내 주 는 기라. 웬걸? 그만 한 쪽 팔에 하나썩 찌고(끼고) 고만 두룸박 타고 올라가 삔 기라. 그런께, 아이구 고만 날이 날시굼(날마다) 포리고[44] 지랄이고 뗀지 놓고, 마 연못 가에 와서 마 '우리 아가야'꼬 마 울거등. 운께네, 하늘에 옥황상제님이 '아이, 저 목딱(목탁)겉은[45] 넘이 주야장천 저 연못에서 울고, 아아들이 그 시간되면 목욕을 몬 하거로 저란다(저렇게 한다).' 싶어서, "에라, 저 안 된다. 저 저 내라 주머 안 되고, 썩은 두룸박을 하나 내라 주머 타고 올라오다가 떨어져 못에 빠져 죽어 뿌리거로(죽어 버리게)." 썩은 두룸박을 내란 준다 쿤께, 애기를 둘이나 낳고, 하룻밤을 쌓아도 만리성을 쌓아라고, 애기를 둘이나, 아들을 둘이나 낳아 놓고 델고 올라 갔는데, 우째 지 가장 직이고 짚겠는교(싶겠는가요)? 그래 우째 도술로 부리도, 도술을 부리 갖고 썩은 두룸박을 타고 하늘로 올라간 기라. 아, 조놈우 자석이 떨어져 죽어라꼬 썩은 두룸박을 내라 줐는데 타고 올라갔거등. '이상하다' 싶어서, 그래 인자 하늘에 용말이라꼬 용이 여러 쉰 질 되는 용말이 있는데, 말 우에다 올라(올려) 앉하(앉혀) 놓고 말을 쉰 질로 뛰라 쿠는데, "그까짓거, 한 바꾸마[46] 뛰도 떨어져 죽을 낀데, 뚝 떨어져 죽거로 그

43 앞에서 '이놈우 자석'이라고 한 상말은 녹음하지 말아야 될 텐데, 그 소리까지 녹음되어 나올 거라고 걱정하는 말이다.

44 무슨 뜻인지 확실하지 않다.

45 '목탁같다'는 말은, 생김새가 못생겼거나, 일이나 행동이 바르지 못할 때 쓰는 관용어이다.

46 한 바퀴만. 여기서는 한 번만이라는 뜻이다.

래라."쿤께네, 마느래가 "아이구, 여보, 나는 인자 죽는다."쿤께, "어어, 걱정 마라꼬. 내 시기는 대로 하라."꼬. 우떻기 했는지 눈에도 안 비는(보이는) 머리카락 겉은 줄을 갖고 말하고 그 사람하고 싸 놓은께, 마 쉰 질 아이라 백 질을 뛰도 안 떨어지거등. 그래 갖고 인자 시간이 된께 딱 내 놓는다. "아이, 요놈우 자석 보래이. 이기 무슨 발랑개비가(바람개빈가)?"쿠고, "아무래도 안 된다." 쇠활을 매 갖고 활촉을 백 리 밖에다 쏨시로(쏘면서), "니가 이 활촉을 말이지, 이 땅에 안 널쩌서(떨어져서) 받아가 와야 니가 내 사우가 되지, 그란하머(그래 안 하면) 안 된다." 이래 쿤께 할 짓 없이[47] 죽겠다 싶어서 탄식을 한께, 마느래가. "염려 말고 가라." 쿠거등. 우째 했는지 십 리도 못 가 그 화살로 받아가 왔다 말이지. 그래 시간이 안 돼 시간 채우느라고 좀 멈추고 그래 온께네, "아이구, 이거 할 수 없네. 이놈우 새끼를 어떻게 해야 되노?"하고, "고양이 나라로 지내 갖고 쥐 나라에 가가 쥐왕을 잡아가 오니라."캤거등. 그런께 고양이 나라 지내서 쥐왕을 잡아 오머 고양이가, 벱(밥)인데 그거 고양이 왕이 자아(잡아) 묵을 거는 사실 아인가? 쏘안[48] 옥낭강 수천 리 강가에다가 외나무 다리로 놔가지고 그랬는데, 그래서, "하이고 마, 하이, 여보, 나는 인자 안 돼, 안 돼."쿤께, "하이고, 염려 말고 가시라고. 내 시기는 대로만 하라." 이라거등. 그래 가서 고양이 나라 지내간께, 고양이가 뭐 자아 무우머커녕[49] 빨리 갔다 오라 쿠거등. 그래 쥐 나라 간께, 지 밥 줘가 키아 놓은 그기 하늘나라 가서 왕이 딱 돼가 있는 기라. 그래마 딱 안기(안겨) 줌시로(주면서) 가자 쿠거등. "나도, 자기도 내 목숨을 구해 줬은께, 나도 자기 목숨 구해 주야 안 되겠느냐꼬. 가자." 이라거등. 그래 고양이 나라로 지내서 겁이 나서 벌벌 떤께 고양이가 그란다. "여보, 선부, 두 말 말고 가시라고. 당신이, 내 당장에 그 모진 년 손에 죽을 내 목숨을 당신이 구해 줬으니, 내가 당신 은혜로 안 할 수 있느냐꼬. 가라." 고 가아온께네 그 때는 할 수 없어서 사우로 삼는다 말이야. 할 수 없이 사우로 삼는다. 그래 왜 그랬나? 이 사람이 일천 때로(끼니를) 밥 줬고, 고양이는 맞아 죽을 꺼로 구해 줬고, 그래 그 노리가(노력이) 들어서 그 사람을 생전 부부로 정하고, 그래 잘, 하늘나라에 옥황 막내이 사우가 돼 잘 사더란다. 그런께, 사람은 구하면 앙물(앙갚음)을 하고, 짐승은 구하면 공을 갚는다고 그런 말을 하지. 예, 그것뿐입니더. 그것뿐….

---

47 할 수 없이.

48 흉칙한

49 잡아 먹기는 커녕

22. 은혜 갚은 짐승들(『한국구비문학대계 8-6』, 910~919쪽.)

짐승을 구지(구제)를 하면 은혜를 갚는다 카는 이얘기를 한 번 해보지. 옛날에 참 성은 김가던갑더라만, 이 아이가 남의 집을 사는데, 참 나이 많아도 장개도 가도 못 하고 장 일편상 생활이 공상생활 빼끼 할 줄 몰라, 그래 하루는, 하루 아직에는 밥을, 밥상을 떡 받은께 난데없는 새앙쥐가 쪼깨난(조그마한) 기 뽀로로 나오거던. "이 놈의 쥐란 놈이 사람을 보만 겁을 낼 낀데, 내가 밥상을 받아논께, 이 놈이 나와. 이 놈아 밥을 좀 조을 빼끼 없다." 그래 밥을 좀 주닌께 아 쥐란 놈이 그 밥을 주 묵거던. 그래 주 묵고 그래 하는데, 아 이 이 놈의 때마던(때마다) 밥상만 받으만 오네. 그리저리 세월이 흘러가 한 삼 년을 쥐를 밥을 믹이 조노인께, 삼 년을 큰께 아 쥐가 고만 참 조그만한 강세이(강아지) 만 해. 크기를 그만큼 컸단 말이라, 사 년 만에는 밥상을 받아도 안 와. '아 이 거 하메 오까, 오까.' 밥상을 받아놓고 인자 기다린다. 오도록 기다리도 안 오거던. 그래 안 와서 인자 참 밥을 묵고 한께 섭섭하지. 한 몇 분 기다리도 안와서 인자 그 뒤에는 '안 오는 갑다. 참 죽었는 갑다. 인자 나이 많애 죽었는갑다.' 혼자 이런 맘을 묵고 밥을, 참 지 혼차 이런 맘을 묵고 이래 했는데, 그러구로 금년 봄에 산에 나무 하로를 갔다. 나무를 하로를 가서 남기를 하는데 슬슬 부아놓고 까꾸리로(갈퀴로) 가지고 끌어서 나무 무디기를 한 무디기 커다라이 이래 해 놓고 난께, 오데서 노리(노루)가 한 마리 펄펄 뛰 오디, "하이고, 김도령 어 나를 좀 살리 도라." 꼬 말이지. "날 좀 살리도라꼬. 날 좀 살리 주면 내가 은혜를 갚을 모냉이니, 날 좀 살리도라꼬." "허, 그래" 나무 모디기 끌어 논 밑에다가, "아 거 들어가라." 꼬, 거 흐지기고 드가라 해. 나무 위로 덮어서 놓고 지게를 갖다 그따 턱인자 떤지놓고 남기를 인자 한다 한다. 한참 있은께 헐떡헐떡거리면서 포수가 총을 울리메고 어 쫓아 오거던. 오민선, "하, 나무하는 총각. 여 노루 한 바리 뛰가는 걸 못 봤느냐?" "예, 봤지요." "그래, 어데를 가더냐?" "저 건네 저 지가산으로 갔소." "허, 지가산이 어데 있느냐?" "저 건너 저 큰 산 저기 기요." 그래 칸께, 그래 포수가 그래 가뺐다. 고만 마, 그래 가고 나서, "인자 갔다. 나오너라." 그래 참 끌러 놓인께 허지기고 나왔어. 노루가, "하이고, 김도령 때문에 내가 오늘 내가 죽을 껄 살았으니, 내 그 은혜를 갚아야 될 낀데. 은혜를 갚지 몬하고 이래 하는데 은혜 갚을 날이 있을 끼니 하의를 기달려라." 이카미 그래, "나무 해가 잘 가자." 카고, 저는 지 갈 데로 갔뿌 거던. 그래 이 사람이 남기를 해 가지고 집에 와서 있는데. 그러구로 한 일 년 떡 지내간께, 그 노루를 한 분 찾아온

기라. 와가지고 그 때는, "아이고 형님, 장 나무짐 해가 살게 아이라 장게를 가야 안 되겠소?" 그 때는 형님이라 칸다. "그래, 장개를 가야 되지마는 내가 배운 것도 없고 돈도 없고 이러니 누가 나를 장게 오라 카겠노?" "통 내 시긴대로 하만 장개를 갈 수 있읍니다. 한데 내 시긴대로 하겠읍니까?" "하 좋으만 시긴대로 하지. 하머." "그러면 형님 사는 동네 뒤에 큰 대밭이있지요?" "그래, 대밭이 있지." "그 대밭에 찬물이, 찬물 새미가, 좋은 찬물 새미가 있읍니다. 있지요." "아, 있지." "여름에, 칠 월에 칠석날이면 일 년 한 분 씩 하늘에 옥황상제 딸 삼 힝제가 거 목욕을 하로 니리옵니다. 그래 니리오거들랑 그 날은 목욕을 깨끗이 하고 거다 살모시 은신을 해 가져 있다가 제일 끝이 딸, 끝에 딸 막내이 딸을 옷을 벗어 놓은 옷을 싱키이소(숨기시오). 그래 그 옷을 싱키되 아들을 샘 힝제를 놓거들랑 아 서이를 놓거들랑은 그 옷을 내 주시소. 어 똑 내 시긴대로 하이세이(하십시오)." 거꼬 가거던. 그래 그 칠월 칠석 날 참 모욕을 하고 가서 숨어가지고 아 은신해가 숨은께, 참 무디가(무지개가) 죽 실리디 하늘 참 처녀가 옥황상제 딸 샘 힝제가 쭉 니리오거던. 니리오민선 우우로(위로) 둘을 훨훨 벗고, 아 벗어놓고 목욕을 하러 물에 드가고, 막내딸은 있다가, "하이고, 언니야. 인내가 난다. 인내가, 너 인내가 안 나나? 인내가 난다." 옷을 안 벗고 쌓거든. 그래 저거 싱이둘이, "하이고, 인내가 무슨 인내가, 여 인내가 날게 있노. 어픈 벗고 들어 오이라. 어픈 하고 가구로. 우리는 다 해 간다. 어픈 벗고 들어 오이라." 이래 재촉을 하거든. 그래 몬 이긴 듯이, 참 부득한 힝핀에 옷을 벗고 어 드가서 목욕을 하는데, 고역에(그 때에) 이 사램이 옷을 싱다. 옷을 싱키 가지고 나가서 이래 딱 앉았으니까, 아 이 나와서 모욕(목욕)을 다 하고 옷을 입을라 카닌께 저거 시이들 둘이는 옷이 있고 제 옷은 옷이 없거던. "하이고, 언니야 봐라. 내가 인내 난다 안 쌓더나. 내 옷이 없다. 내 옷이 없다. 옷 찾아 시야!" 싼께, 그래 저거 언니들은 둘이, "아이고, 나는 갈 질을 우선 급해서 그석한데 너는 뒤에 옷 찾아가 올라 오이라." 이카고 아 고만 무디가 죽 서디, 무디를 타고 둘을 올라가뿌고, 그 처녀 혼자 있을 때 이 사람을 꽉 붙들었다. 붙들어 놓인께 굉이 부득 우짤 수없어서 내우간이 되었어. 인자 부부간이 되가지고 어 참 살림을 사는데 그러구러 세월이 흘러가서 아들 둘을 났다 말이라. 둘을 놓고 이래 사는데, 하루는 비가 오는데 부슬부슬 비가 이래 오닌께, "아이고 보이쇼. 헤나(혹시나) 머리 이가 있는가 아 모르이, 내가 이를 잡아 주니 내 물팍(무릎)을 비고 여 좀 누우소." 재미난 살림을 사닌께, 참 마누래 물팍을 비고 누었다. 그런께 이를 잡는 체 하여 뒷등이를 귀부리 혼자 시원하이 맴이, 기분이 좋거던. 그래 마누래가 하는 말이, 멀, 머라꼬 하니기 아이라, "우리가 벌써 부부간이 되가주고 및 해를 살고 아들로 형제를 놓도록 사는데 쎄기고(속이고) 못할 소리가 있겠소. 우리 둘이 있는데 쎄기고 이래 할 필요가 없으니 쎄기지 말고, 내가 과거에 모욕하러 니리올 때 입은 옷을 자 인자 내 주시이소. 내가 지끔 갈래야 어두로 가겠소. 벌써 자석을 형제 난 사람이."그러 카닌께, 아 그것도 또 들으니 그럴싸한 기 싶으거던. '이렇기 데리고 아들을 낳는데 오두로 가겠노?' 싶어서 그래 인자 옷을 내 다. 그래 그 옷을 내주민선, "하도 입어 본 지가 오래 되서 한번 입어 보겠다."꼬 이카고 옷을, 그 옷을 입디 고만 아들 한 쪽 옆으로 하나씩 끼고, 끼디아 고만 무지개가 죽 서디 고만 따라가 하늘로 올라가 다. 올라가고 나니 이 사램은 마누래 잃었제 아들 잃었제, 각중에 참 허붓포싹한 형편이 되었거던. 하도 원통해서 이 사램이 두 다리 쭉 뻗으면서 대성통곡을 한다. 하닌께, 아 그 때 또 노루가 오는 기라. 오디, "하이고, 형님. 내 시긴대로 했으만 괜찮을 낀데 왜 시긴대로 안했노 말이라. 아들로 서이 낳으만 한 쪽 으랑 하니씩 쪄도 하나가 남으니 그 하나 정을 못 잊어서 하날로 올라가지를 몬할 낀데, 아이 서이 놓고 들랑 주라 카는 걸 둘 나가주고 조, 옷을 조가주고 이런 변을 안 당했느냐꼬 말이지. 그러면 이 앞으로라도 또 나 시긴대로 꼭 어기지 아니하고 하며는 만내 볼 수도 있다 말이다. 내 시긴대로 하겠느냐?" "하이고, 이사람아. 동상 시긴대로 하지. 한 분 안 들은 것도 내가 시긴대로 안해가주고 이런 변을 한대 시기는 대로 하겠다." "그래." 구실을 두 개를 주민선 요걸 땅에다 파고 땅에다 묻자마자 눈을 짝 깜고 "요 구실을 밟고 앉았으만 알 수가 있을게다. 내 시긴대로 눈 뜨지 마라." 그래서는 참 구실을 두 개를 파고 묻고 고 우에 올라앉자만 눈 두 눈을 짝 깜고 있으닌께 한참 참 오래꺼전 있은께, 아 저그 아들이, "하이고 제 아버지가 왔다. 엄마, 제 아버지가 왔다." 이러쌓거던. 주구매는, "하이고야, 야. 하 이놈아, 지하 너거 아버지가 오마 좋지마는 여게가 어데라꼬 오겠느냐?" "하이고, 저 왔다. 저 왔다. 보래. 엄마, 보래." 그래 주거매가 나와본께 지하서 사던 참 가쟁이 올라왔다 이 말이라. 그래 눈을 떠 보니 저거 아들 힝제도 있고 저거 마누래도 있고, 거 가서 이래사, "하이고, 어째 이래 왔느냐꼬. 참 잘 왔다꼬. 내가 떠라놓고(떼놓고) 와서 나도 맘에 장 짠하디 마츰 이 참 잘 올라 왔다."꼬. 그래 만족한 살림을 인자 하늘에 산다. 산께 우로 저거 언니 둘이 저거 막내동생은 내우간에 만내가 아들을 놓고 딸 놓고, 저리 재미지기 잘사는데 저거는 시집도 가도 못하고 그냥 있다. 저거 큰언니가 본께 용심이 잔뜩 나는 기라. 고만 샘이 나서 그래 한 분은 카기로, "제부, 제부 우리가 수수꺼끼를 해가 주고 어 내가 모르면 생금장을 서말로 줄게고 제부가 모르면 내한테 목숨을 바치야 된다." "그래, 수수께이 하자." '아이고, 큰일이지.' 이 대걱정을 하고 인자 굴심을 한다. 하닌께 그래 저거 마누래가 하기로, "걱정마소. 말고 뱁이나 잡수소. 나 시기는대로 하소. 저 뒤에 거 텃밭에 가면 암닭이 삐가리를 나 가주고 날개쭉지 밑에다가 품어가지고 구굴구굴 그럴 낀께 그걸 보고, '하이고 참, 처힝(처형)이 그래 있으만 내가 모를까이 그래 있소? 나오소' 어 그카만 되요. 그카소." 그래 참 시긴대로 가닌께, 아 텃밭에 그 암 이 삐가리를 날개쭉지 밑에다가 품고 앉아 구불구불 쌓고 이래 있거든. 그래, "아이고! 처형, 처형이 그렇게 있기 내가 모를 리가 있소. 나오소 고만." 그래 허허 저 나오는데 보다 저거 처형이라. "어, 생금짱 서 말 땄다." 그래 또 하민선, "내가 모르만 또 생금장을 나는 서 말 줄 끼고 제부는 그런 목욕을 하자." 아, 이거 또 걱정이다. 그래 참 밥하는 것도 걱정을 하고 있은께 그래 저거 마누래가 하기로, "하이고, 그거 아무 걱정 없소. 밥 잡수소. 내 시기는대로 하만 되요." 밥을 묵고 그래 저거 처형 집에 찾아가만 대들보에 큰 지네가 베가지고 벌거이 해가 붙어 있을 끼니 그 때, '하이고 처형, 그래가 있으만 내가 모를까이 그래 있소. 내리 오소.' 그카라꼬 시 거던. 어 그래 참 밥을 묵고 인자 간다. 가닌께, 저거 처형 집에 가닌께 아 대들보에 큰 지네가, 지네가 벌거이 해가지고 굼실굼실거리미 붙어가 있거던. "아이고, 처형. 그런 걸 그래 가져 있으만 내가 모를까이 그러카요? 내리오소. 고만." 이칸께, 그래 참 니리오는데. 니리와, "또 생금짱 서 말로 또 받았다." 아무래도 저거 제부를 직일 도리가 없어. "알아서 하소." "내가 또 지만 생금짱을 서 말로 줄 모냉이고 어 제부가 모르면, 제부가 모르만 생명을 바치야 됩니다. 천도 복숭을 가서 구해가 오소. 구해가 오면은 생금짱을 서 말을 줄 끼고 몬 구해오미는 에 절, 제부가 죽소." 그래 가마이 생각해보인께, '천도 복숭이 어데 있노? 쥐국을 가야 되야. 쥐국을.' 저거 지부가 가만 아 거 머 쥐, 쥐떼가 어. 쥐한테, 그래 '쥐한테 재(잡아) 믹히고 오니라.' 카는 마음을 묵고 그래, "쥐국을 가라" 켓는데, 그 천도복숭을 쥐국에로 가야 그 천도복숭을 따는데, '마 이번에는 자 할 수 없다.' 저거 마누래도 모루고 저도 모루고, 인자 쥐국 가만 확실히 죽지. 살아 올 진도 모도 모루고. 아들이고 참 거 마누래가 잭빌하고(작별하고) 갈 때 울어쌓고 이러싸미, 참 쥐국에를 갔는데. 쥐국 가서 떡 보닌께, 아 이 삼 년 때마던 밥을 믹이 준 쥐가 그 질로 쥐국 가 왱이(왕이) 떡 되가 돌아와 앉았거던. 그래서 그 쥐국 왱이, "하이고, 형님 오 냐꼬. 나가 행님 덕분에 내가 삼 년 동안을 내가 참 잘 묵고 커서 여 와서 이래 왱이 되가지고 있는거지. 행님 덕분에 그래 무슨 소감으로 왔읍니까? 여 오시 올 때가 아닌데요. 무슨 소감으로 오 읍니까?" 그래 사실 역사 긴 이약을 쭉 한께, "그 어렵잖습니다." 그래 천도복숭을 세 개를 따 주민선, "하나는, 저거 제일 묘한 거는 저그 마누래 주고, 제일 몬한 거는 저거 처형을 주고." 그래 하민선, 그래 구실을 세 개를 내주는 기라. "이기 섞이고서는, 이 구실이 참 보물인데 에 이 세 개를 가져가서." 제일 존걸 딱 말하민선, "요걸랑은 참 우리 형수를 디리고 제일 몬한 걸랑 처형을, 큰 처형을 주라꼬. 그래 하면 이후에 다시는 후환이 없을 듯 하다꼬." 카미 주거던. 그래 인자 가져왔다. 아 온께 모돈 그래 저거 처형이 고저 저거 마누래고 아들이고 생전 몬 볼 줄 알고, 죽을 줄 알았더니 떡 가져와서 아 보물을 내놓는데, 아 그럴 수가 없어. 그래서 구실하고 인자 천도복숭하고 내 노민선, "이기 취국 선물이니 선사한다꼬." 그래 제일 존 놈을 저거 마누래 주고 제일 몬 한 놈을 저거 큰 처형을 주고 좀 낫은걸 저거 작은 처형을 주고 그래 인자 구실도 그래 갈라 다. 제일 존 놈 그래 주고, 저거 동상 구슬이 어여기, 저거 처형이 본께, 좋든지, 그기 욕심이 나서 말할 수가 없어, 그래 어 그 구슬을 보고, 딱 차라보고 정신을 잃었다가 고만 저거 큰 처형이 거서 작심해 죽었삐 어. 떡 죽고 나닌께 저거 처형 죽고 나닌께 아무 탈없이 그 사람이 짐승들을 구제해 준 바람에 하늘 사람이 되서 가 잘 사더랍니다.

23. 나무꾼과 선녀(『임석재전집: 평안북도편 Ⅰ』, 49~51쪽.)

넷 날에 총각 하나이 있었드랬넌데 산으루 새하레 가서 새를 하구 있느라느꺼니 노루 한 마리가 숨이 차게 뛰어오멘 포수레 쫓아오느꺼니 좀 숨게 달라구 했다. 그래서 총각은 샛단 안에다 구 잘 숨게 주었다. 인차[50] 포수레 달레와서 노루 뛔가능거 못 봤능가 물었다. 총각은 델루루 갔다구 하느꺼니 포수는 글루루 뛔갔다. 포수가 멀리 간 뒤에 노루는 샛단에서 나와서 고맙다구 하구 자기를 따라오라구 했다. 총각이 따라가느꺼니 노루는 어드런 게수[51] 있는 데루 가서 "이 게수에는 하늘서 仙女 서이 내리와서 멕감는 덴데 여기 숨어 있다가 왼 적은 仙女에 소곳을 감추어 두구레. 그러면 그 仙女레 소곳이 없어서 하늘루 올라갈 수 없을 거이느

50 곧바로
51 늪

꺼니 그 仙女와 같이 살문 옷을 주갔다 하구 아이 너이 난 담에 그 옷을 주라." 이렇게 말하구 노루는 어데메루 가 삐렜다. 총각은 노루가 말한 대루 계수 옆에 숨어 있었다. 이즉만해서 하늘서 仙女 서이 내리와서 계수에 들어가서 멕을 감았다. 총각은 왼 저근 仙女에 소곳을 감추었다. 仙女덜이 멕을 다 감구 나와서 소곳을 입넌데 웬 저근 仙女는 소곳이 없으느꺼니 닙덜 못하구 있었다. 하늘에 올라갈 시간이 돼서 다른 仙女는 "우리는 맨제 올라간다. 넌 투데[52]라두 입성을 얻게 되문 입구 올라오라"하구 올라갔다. 두 仙女가 하늘루 올라간 담에 총각은 仙女 앞에 나가서 님제 소곳은 내레 개지구 있넌데 나하구 같이 살문 주갔다구 했다. 仙女는 할 수 없이 총각하구 살기루 했다. 몇 넌이 지난 후에 아이를 셋을 낳았다. 총각은 아이를 셋이나 낳았으느꺼니 이자는 소곳을 줘두 일없갓디 하구서리 소곳을 仙女에게 줬다. 그랬더니 선네는 그 소곳을 닙구 아들 양넙헤 하나식 끼구 하나는 잔등에 업구 하늘루 올라가 삐렜다. 총각은 기가 맥혀 발을 동동거리며 하늘만 테다보구 있었다. 이때에 전에 노루가 나타나서 "아이 너이 난담에 주랬넌데 서이 난넌데 주어 개지구 하늘루 올라가게 했능가. 이젠 할수없으느꺼니 이제 이거 줄꺼느꺼니 이걸 심어서 넝쿨이 뻗으면 그넝쿨 타구서 하늘에 올라가 보라"하멘 호박씨 한 알을 줬다. 총각은 호박씨를 받아 개지구 심어서 넝쿨이 뻗어서 하늘에 닿었을 때 그 넝쿨을 타구 하늘루 올라갔다. 하늘에 올라가느꺼니 아덜이 보구서 아바지 왔다구 하멘 달라오구 仙女도 마주나왔다. 그런데 仙女는 여기는 인간사람은 못 오는 곳이 돼서 여기서 살라문 훌륭한 재간이 있이야 한다구 말하구 내일 우리 형덜이 와서 재간이 있나 없나 시험할 터인데 우리 형들이 수탉이 돼서 잿간[53]에서 꾸더꾸더 할 터이니 그때 가서 "점디않은데[54] 와 티꺼운 데 이러구 게시우"하구 말하라구 대줬다. 다음날 아침에 총각은 재통[55]에 가서 수탉이 두 마리 꾸더꾸더 하구 있넌 걸 보구서 "아 형님덜, 점디않는데 와 이 티꺼운 데서 이러구 게시우"하구 말했다. 그러느꺼니 수탉은 인차 벤해서 仙女가 되더니 님재 어드릫게 알아보능가 그만한 재간이 있으문 하늘에서 살 수가 있다구 말했다.

---

52 나중에
53 뒷간
54 점잖은데
55 뒷간

24. 나무꾼과 선녀(『임석재전집: 평안북도편 I』, 51~53쪽.)

녯날에 어느 곳에 늪이 있넌데 이늪에 하늘서 센네덜이 내리와서 맥을 감구 감구 했다. 센네가 맥감는 거를 근체 사넌 총각 하나이 보구서리 하루는 가만히 가서 센네 옷 하나를 채서 감차 뒀다. 그랬더니 다른 센네는 옷을 닙구 하늘루 올라갔넌데 이 센네는 옷이 없으느꺼니 하늘루 올라가디를 못했다. 그래서 이 센네는 할수 없이 총각하구 살게 됐다. 살멘서 아를 둘이나 낳구 사넌테 하루는 근체 집에 잔채가 있어서 센네는 그 잔채집에 가고푸느꺼니 총각과 옷을 내달라구 했다. 총각은 아를 둘이나 났으느꺼니 일없갔디 하구 옷을 내주었다. 그랬더니 샌네는 그 옷을 닙구 아를 낭팔에 하나식 끼구 하늘루 올라가삐 다. 총각은 기가 막혀서 왕왕 울구 있었다. 그때 웬 사이 한 마리가 날라와서 총각과 와 우능가 물었다. 총각은 항께 살던 센네가 하늘루 올라가서 슬펴서 운다구 했다. 그러느꺼니 사이는 웬 씨알을 서이 알 주멘 이걸 심어서 넉줄이 뻗어서 하늘루 올라갈 꺼이느꺼니 사흘 만에 그 넉줄을 붓잡구 하늘루 올라가라구 말했다. 총각은 그 씨알을 받아서 심구 다음날 아침에 보느꺼니 넉줄이 뻗어서 하늘꺼지 올라가 있어서 그걸 붓잡구 하늘루 올라갔다. 그런데 그 넉줄이 아직으는 덜 자라서 약해서 둥간에서 끈어데서 고만 올라가딜 못하구 따우루 떠러뎄다. 총각은 또 왕왕 울구 있었다. 그랬더니 그 사이가 또 와서 와 우능가 물었다. 넉줄을 붓잡구 하늘루 올라가드랬넌데 고만 끈어데서 따우에 떠러지구 말아서 운다구 했다. 사이는 오이씨를 주멘 이걸 심어서 넉줄이 뻗으면 사흘 있다가 잡구 올라가라구 했다. 총각은 오이씨를 받아서 심구 넉줄이 하늘꺼정 뻗어 올라가서 붓잡구 올라갔다. 그런데 이 넉줄이 아직 덜 자라서 도둥에서 끈어데서 따우루 떠러뎄다. 총각은 또 왕왕 울구 있었다. 그 사이가 또 와서 와 우능가 물었다. 넉줄을 잡구서 하늘루 올라가다가 넉줄이 끈어데서 떠러데서 하눌루 올라가디 못해서 운다구 말했다. 사이는 또 씨를 주멘 이거이 마즈막이느꺼니 이제는 꼭 사흘있다가 잡구 올라가라구 했다. 총각은 그 씨를 심어서 삼일 만에 넉줄을 잡구서 하늘루 올라갔다. 올라가느꺼니 아덜이 보구서 아바지 온다구 하멘 끌구서 센네 있는 데루 갔다. 센네가 아덜이 과티는 소리를 듣구 "야 아비지가 여기가 어드메라구 오갔네"하멘 나왔다. 보느꺼니 정말 총각이 와 있어서 기뻐하멘 어드렇게 왔능가 했다. 그런데 좀 있으느꺼니 仙女 아바지레 와서 "인간세상 사람이 하늘에 올라오기란 아주 어려운 일인데 님제레 올라온 걸 보니 재간이 용쿠나."하멘 나하구 내기해 보자. 내기해서 이기문 센네와 살구 이기디 못하문 못 산다구 했다. 총각은 이 말을 듣구 근심이 돼서 센네과 어드릏게 하문 이기갔는가 물었다. 센네는 근심 말구 내가 대준 대루만 하라 하구 "낼 내레 베를 짜구 있넌데 숫달[56]이 와서 구둘구둘 하거던 '아비지 어드래서 숫달이 돼서 구둘구둘 합니까' 하구 말하라"구 했다. 다음날 센네가 베를 짜구 있넌데 수달이 와서 구둘구둘 하구 있었다. 총각은 이걸 보구, 아바지 어드래서 달이 돼서 구둘구둘 합니까 하구 말했다. 그랬더니 수달이 센네 아바지가 돼서 님제 용쉐 하구서 천리 밖에다 활을 서이대를 쏘구서 그 활촉을 얻어오라구[57] 했다. 총각은 근심이 돼서 센네과 어드릏가문 돟갔능가 물었다. 센네는 "아바지과 말 한 마리 달래 개지구 그걸 타구 가넌데 아비지과 말을 달래문 상사말을 주갔다구 할 꺼이느꺼니 그 말은 싫구 죽어가는 배지말[58]을 달라구 하시라요. 그래 그 말을 타구 가문 큰 기와집이 있넌데 그 집 체네레 활촉에 맞아서 앓구 있을 터이니 그 체네 벵을 고테 준다구 하구서리 그체네 가슴에 박힌 활촉 서이 개를 뽑아서 개주구 오라"구 했다. 총각은 센네 말을 듣구 센네 아바지한테 가서 말 한 마리를 달라구 했다. 센네 아바지는 상사말을 주갔다구 했다. 총각은 그 말 말구 죽어 가는 배지를 달라구 했다. 센네 아바지는 그 배지는 안 된다구 하는 거를 총각은 그 말만 달라구 했다. 센네 아바지는 할수 없이 배지를 주었다. 총각이 배지를 타구 가넌데 배지는 힘이 나서 눈 깜작할 사이에 千里를 달려서 큰 기와집 앞꺼지 왔다. 그 집이 들어가서 체네 벵을 고테 주갔다구 하구서 체네 가슴에 백혜 있는 활촉 서이를 뽑아 개지구 말을 타구 갔다. 가넌데 도둥에서 웬 꿩 한 마리가 나타나더니 게게소리하멘 달라들었다. 총각은 이거이 머이가 하멘 활촉으루 탁 텠더니 그 활촉 하나를 빼틀어 개주구 달아났다. 그러느꺼니 어드메서 마이[59] 한 마리가 날라와서 꿩이 빼틀러간 활촉을 빼틀어서 날라갔다. 총각은 활촉 두 개만 개지구 집에 돌아와서 풀이 죽어 개지구 걱정하구 있었다. 센네레 보구서 와 그런가 하구 물었다. 총각은 활촉을 서이 개 뽑아 개주구 오다가 꿩한테 하나 빼틀렀넌데 마이가 이거를 빼틀러 멀리 날라가서 그런다구 말했다. 그랬더니 센네는 활촉 하나를 내주멘 빼틀린 활촉이 이거이가 하구 물었다. 총각은 깜작 놀래며 이거이 어드래서 여기 와 있능가 물었다. 센네는 활촉을 빼틀러 간 꿩은 우리 오래빈데 그 오래비는 당신이 활촉 서이 개를 아바지한테

---

56 수탉

57 찾아 오라고

58 약하고 병든 말

59 매

바테서 칭찬받는 거이 미뚱스러워서[60] 빼틀러갔넌데 내레 마이가 돼서 그걸 빼틀어서 여기 개저왔다구 말했다. 총각은 그 말을 듣구 기뻐하구 활촉 서이 개를 센네 아바지한테 개저다 바티구 또 칭찬받았다. 그 후 메칠 지나서 센네 아바지는 총각과 칼싸움내기 하자구 했다. 그래서 총각은 센네 오래비과 칼싸움을 하게 됐넌데 총각은 센네 오라비 목을 텠다. 그랬더니 오래비 목이 툭 떨어뎄넌데 이 목이 다시 가서 부틀라구 했다. 이때 센네레 와서 매운 재를 오래비 목이 베인 자리에 뿌렜다. 그랬더니 떨어진 목이 도루 와서 부틀라구 하다가 붓딜 못하구 떨말데서 오래비는 죽구 말았다. 그 후보타는 아무 일 없이 총각은 센네와 잘살았다구 한다.

25. 나무꾼과 선녀(『임석재전집: 평안북도편 I』, 51~53쪽.)

넷날에 총각 하나이 있넌데 이 총각이 밥을 하구 있누라문 아침이건 저녁이건 쥐 한 마리가 나와서 놀구 있어서 이 쥐에게 밥두 주구 멋두 주구 하멘 먹을 거를 당창 주어서 길렀다. 그래서 이 쥐는 큰 쥐가 됐다. 하루는 이 총각이 산으루 새 하레 가서 새를 하구 있넌데 노루 한 마리가 숨이 차서 뛰오멘 뒤에 총배치레 쫓아오느꺼니 날 좀 숨게 달라구 했다. 총각은 그렇가라구 하구서 노루를 샛단 안에다 숨게 놨다. 그러자 바루 총배치레 달레와서 노루 지나가는 것 못 봤능가 물었다. 노루는새나[61] 노루 그림재두 못 봤다구 하느꺼니 총배치는 델루루 가구 말았다. 총배치가 간 담에 노루는 샛단에서 나와서 고맙다구 절을 하구 색시 하나 얻게 해줄 꺼이느꺼니 날 따라오라구 했다. 노루는 총각을 데불구 고개 넘에 늪 있는 데꺼정 왔다. "이 늪에는 하늘서 仙女 서이 내리와서 맥을 감으느꺼니 이 아근[62]에! 숨어 있다가 가운데 仙女에 속옷을 감차 두먼 그 仙女는 옷이 없어서 하늘 루 올라가딜 못하구 있을 터이느꺼니 그때 仙女한테 가서 같이 살자구 하구 집으루 데불구 와서 사넌데 아를 다섯 난 담에야 그 옷을 주라"구 말하구 노루는 가삐렀다. 총각은 노루가 말한 대루 늪옆에 숨어 있으느꺼니 하늘서 仙女 서이가 내리와서 옷을 벗구 늪에 들어가 맥을 감았다. 총각은 가운데 仙女에 속옷을 채서 감췄다. 仙女들은 맥을 다 감구 나와서 옷을 닙구 하늘루 올라갔넌데 가운데 仙女는 옷이 없으느

60 미워서

61 노루는커녕

62 근처

꺼니 올라가디 못하구 있었다. 총각은 仙女한테 나가서 나하구 같이 살갔다문 옷을 주갔다구 했다. 仙女는 그카라 하구 총각을 따라와서 살기루 했다. 이렇게 해서 仙女와 총각은 부체레 돼서 사넌데 아를 너이나 낳게 됐다. 총각은 이자는 옷을 내줘두 일없갈디 하구서 옷을 내줬다. 그랬더니 仙女는 아를 양 옆에 하나식 끼구 하나는 등에 업구 하나는 가슴에 안구 하늘루 올라가 삐렸다. 총각은 이걸 보구 슬퍼서 발을 동동거리며 울구 있었다. 그러느꺼니 그 노루가 와서 와 우능가 하구 물었다. 총각은 속옷을 仙女에게 내주었더니 아를 다 데불구 하늘루 올라가서 슬퍼서 운다구 했다. 그러느꺼니 노루는 "님제레 하늘에 올! 라가서 仙女를 만나라구 하멘 바가지 씨를 한 알 주멘 이걸 심어서 넝줄이 뻗어서 하늘꺼정 닿거덩 그 넝줄을 잡구 올라가 보라. 그런데 올라갈 적에 아레를 내리다보문 떨어지느꺼니 그리 알라"구 말하구 가 삐렸다. 총각은 그 바가지 씨를 받아서 심었더니 인차 넝줄이 뻗어서 하늘꺼정 올라갔다. 총각은 그 넝줄을 잡구서 올라가넌데 가다가 아레를 내리다봤다. 그랬더니 고만 떠러데구 마랐다. 총각은 또 울구 있었다. 노루레 와서 와 우는가 물었다. 하늘에 올라갈 적에 아레를 내리다보디말라 한 걸 내리다봤다가 떠러데서 운다구 했다. 노루는 또 바가지 씨를 주멘 이거는 마즈막 주는 거이느꺼니 그리 알구 이젠 올라갈 적에 절대루 내리보디 말구 올라가라구 했다. 총각은 그 씨를 심었더니 바가지 넝줄이 뻗어서 하늘꺼정 올라갔다. 총각은 그 넝줄을 잡구서 하놀루 올라갔다. 하늘에 올라가 보느꺼니 큰 버드낭구 밑에서 놀구 있던 아덜이 보구서 아바지 온다 하멘 뛔와서 손을 잡구 오마니 있는 데루 갔다. 仙女는 밥하다가 나와서 반가와하멘 끌구 방안으루 들어갔다. 이때 仙女 아바지가 오더니 "야 왼 인간 내레 나네?"하구 말했다. 仙女! 는 인간 세상에 내레갔을 적에 살던 가당[63]이 와서 그른다구 했다. 仙女 아바지는 총각을 보더니 "님제레 인간사람인데 여꺼정 오다니 참 재간 있소아. 재간 있으문 나하구 내기새 해보간?" 하멘 숨기내기를 하자구 했다. 仙女 아바지가 맨제 숨기루 했넌데 총각이 찾일라구 하넌데 아무리 찾아 내려구 해두 찾아낼 수레 없어서 이거 야단났다 하구 밥두 먹디 않구 울구만 있었다. 仙女는 이걸 보구 근심 말라 하구 여기서 고추[64] 가멘 조고마한 집이 있구 그 집 앞에 수탉이 있을 터이니 그 닭보구 "아바지, 될 거이 머이 없어서 놈으 집 수탉이 돼 있습니까" 하구 말하라구 말했다. 총각은 그 말을 듣구 그 조고마한 집에 가서 수탉과 "아바지 될거이 뭐이 없어서 놈으 집 수탉이 돼 있습니까"

63 남편, 가장
64 똑바로

하구 말했다. 그랬더니 수탉은 仙女 아바지가 돼서 “야 네레 재간 있소와” 하멘 칭찬했다. 다음날 仙女 아바지레 와서 또 내기새하자 하구 내레 숨은 거를 찾아내라구 했다. 총각은 또 어떻갈 줄 몰라서 울구 있으느꺼니 仙女레 와 우능가 물었다. 仙女 아바지가 숨은 거를 찾아내라 하넌데 어데메가서 찾아내야 할디 몰라서 운다구 했다. 仙女는 “울디 말구 데켄 山 아래에 가문 집이 하나 있넌데 그 집에 가서 그 집에 젊은 색시과 ‘나요. 손가락에 가시가 ! 들어서 그러넌데 바늘 좀 빌레 주구레’하구 바늘을 빌레 개지구 ‘될 거이 머이 없어서 놈에 색시 바늘이 됐입니까’ 하구 말하라”구 대줬다. 총각은 山 아래 집이 가서 그 집 색시과 바늘 좀 빌레 달래 개지구 “될 거이 머이 없어서 놈에 색시 바늘이 됐입니까” 하구 말했다. 그랬더니 바늘이 仙女 아바지가 돼 개지구 “님제 참 용쏘와” 하멘 칭찬했다. 다음날 仙女 아버지는 “내레 활대 세 개를 쏠 터이니 그 활대 서이 개를 얻어오라” 하멘 “만일에 얻어오디 못하문 죽이갔다”구 했다. 총각은 이거이 또 근심이 돼서 울구 있으느꺼니 仙女레 와 우능가 물었다. 仙女 아바지레 활대 서이 개를 쏴서 그걸 얻어와야디 못 얻어오문 죽이갔다구 해서 울구 있다구 말했다. 仙女는 아바지한데 가서 말을 한 마리 얻어 개지구 오넌데 왼 못되게 보이는 말을 얻어 개지구 오라구 했다. 총각이 仙女 아바지한데 가서 말을 한 마리 달라구 했다. 仙女 아바지는 데일 좋은 말을 주멘 이걸 개저가라 했다. 총각은 왼 못된 말을 달라구 하구서리 못된 말을 끌구 仙女한데 왔다. 仙女는 멩디베[65] 석자를 주멘 이걸 목에 감구 말을 타구 가멘 가는 도둥에 아무것두 방해되넌 거이 없이 가게 되넌데 가다가 큰 기와집이 나올 거이니 그 집 대문 밖에는 죽어 가는 까투리 한 마리가 암만 죽어 가는 모양을 하구 있어두 너주억질[66] 말구 그 집 안으루 들어가서 활대 서이 개를 맞구 죽은 그 집에 독신아덜[67] 몸에서 활대를 빼개지구 오라구 말했다. 총각은 왼 못된 말을 타구 멩디베를 목에 감구 가는데 말은 千里馬가 돼서 잘 달리구 높은 산두 깊은 강두 아무 일 없이 넘어가구 건너갈 수가 있었다. 이렇게 해서 큰 기와집이 있넌 데꺼정 왔다. 그 집 大門 앞에는 죽어 가는 까투리가 있었다. 총각은 이런 너주억질하디 않구 그 집으루 들어갔다. 들어갔더니 그 집에는 독신아덜이 죽었다구 동리 사람들이 늘피하게 많이 모여서 슬퍼하구 있었다. 총각은 그 죽은 아덜에 몸에 박힌 활! 대를 서이 개 뽑아서 개지구 나왔다. 나오다가 대문 앞에 죽어 가는 까투리

65 명주베
66 건드리지
67 외아들

를 보구서 너무너무 불상해서 활대루 좀 툭 다테 봤더니 까투리는 그 활대를 빼틀러 개지구 공둥으루 날라가 베렀다. 총각은 이거 야단났다 하구 어카노 하구 있넌데 어드메서 왔넌지 마이 한 마리가 와서 그 까투리를 뒤쫓아갔다. 그런데 독수리 한 마리가 날라오더니 이거이 마이 뒤를 딸라 쫓아갔다. 총각은 이러한 거를 보구 말을 몰구 仙女한테루 돌아와서 근심하구 힘 없이 한숨만 딥다 쉬구 있었다. 仙女는 와 그렇게 힘 없이 한숨딥구 있능가 물었다. 총각은 까투리한데 활대를 빼틀레서 仙女 아바지에게 활대를 개저다 줄 수 없게 돼서 죽게 돼서 그른다구 말하구 마이와 독수리가 나타나서 까투리를 쫓아가던 말을 했다. 仙女는 빙그레 웃으멘 근심 말라 하멘 활대를 내놨다. 총각은 깜작 놀라 이거 어드렇게 된 노릇인가 하구 물었다. 仙女는 "그 까투리란 거는 나에 저근니으 새시방인데 그 활대를 자기레 갲다 아바지한테 바치려구 하느꺼니 형으 새시방이 마이레 돼서 활대를 빼틀어 아바지한테 바치레 했이요. 그래서 내레 독수리가 돼서 쫓아가서 빼틀어다가 여기! 개저다 놨이요"하구 말했다. 총각은 기뻐서 그 활대를 仙女 아바지한테 개저다 바다. 仙女 아바지는 "참 님제 재간 있음메" 하구 칭찬했다. 다음날 仙女 아바지는 이거 마즈막이다 하멘 과이[68] 나라에 있는 보배구이를 개저오라, 만일에 개저오디 못하문 죽인다구 했다. 총각은 말을 타구 보배구이를 얻으레 가넌데 어드메루 가야 할디 몰라서 그저 스름스름 가드랬넌데 가다가 쥐나레에 가게 됐다. 이 쥐나라서는 농세레 잘됐다구 왕과 신하덜이 많이 모여서 큰 잔채를 하구 있었다. 총각이 잘 보느꺼니 쥐나라 王이란 쥐는 자기레 세상에 있을 적에 밥을 줘서 기르던 쥐레 돼서 쥐왕한데루 가서 인사하려고! 했다. 그랬더니 쥐왕두 총각을 보더니마는 "아 쥐인님 어드렇게 여기에 다 오섭십니까?" 하구 절을 하구 쥐나라 대궐루 데불구 갔다. 쥐왕은 총각을 잘 대접했다. 총각은 광이나라에 보배구이를 어드릏가문 얻갔능가 하구 쥐왕과 물었다. 쥐왕은 "광이나라 보배구이를 얻는 거 혹게 힘드는 일우다마는 얻어 보갔이요" 하더니 쥐란 쥐를 모주리 모아개지구 여기서 과이 나라 대궐꺼정 굴을 뚫루라구 영을 내렸다. 그러느꺼니 숫한 쥐덜은 모주리 달라들어 과이나라 대궐꺼정 굴을 다 뜰어놨다. 그래 개지구 보배구이를 개저왔다. 쥐왕이 보배구이를 총각에게 주느꺼니 총각은 그 보배구이를 개지구 와서 仙女 아바지한테 바텠다. 仙女 아바지는 "참 님제 재간 용쏴아" 하멘 기뻐했다. 그리구 그 댐보탐 어려운 일두 시키딜 않구 하늘서 살게 했다. 그래서 총각은 仙女하구 아덜하구 하늘서 잘살앗다구 한다.

---

68 고양이

26. 나무꾼과 선녀(『임석재전집: 평안북도편 Ⅰ』, 54~57쪽.)

넷날에 한 총각이 있드랬넌데 어드런 부재집이서 멈살이[69]를 하구 있었다. 하루는 산으루 새하레 가서 새를 하구 있누라느꺼니 사심이 한 마리가 뛔오멘서 더기 총배치레 나를 쏠라구 하느꺼니 날 좀 숨게 달라구 했다. 그래서 총각은 그카라 하구서리 사심이를 새루 덮어두었다. 이즉! 만하더니 아닐세라 총배치레 헐덕거리멘 달레와서 사심이 뛔가능 거 못 봤넝가 물었다. 총각은 데켄이서 머이 어슬렁어슬렁하넌 거이 있었넌데 그거이 아매두 사심이레 글루루 간 것 같다구 했다. 총배치는 그 말을 듣구 글루루 뛔갔다. 총배치레 멀리 간 담에 사심이는 샛단에서 나와 개지구 고맙다구 인사하구 자기를 딸라오라구 했다. 총각이 딸라가느꺼니 사심이는 험한 산골째기루 가더니 더기 누펑이레 있넌데 그 누펑이에 하늘서 仙女덜이 내려와서 맥을 감으느꺼니 님제는 요기 숨어 있다가 왼 적은 仙女에 입성을 감춰 두라 仙女레 맥을 다 감구 하늘루 올라갈 적에 닙을 입구 올라가넌데 왼 저근 仙女는 입성이 없어서 못 올라갈 거이느꺼니 그 仙女한데 가서 같이 살문 입성을 내주갔다구 하라. 그런데 같이 살멘서 아이 너이를 난 담에 그 입성을 내주라구 말하구 가삐렸다. 총각은 사심이가 대준 대루 누펑이 아근에 숨어 있누라느꺼니 아닐세라 하늘서 仙女 서이서 내리와서 둘은 입성을 척척 벗구서 누펑이루 들어갔넌데 왼 저근 仙女는 입성을 뱄디 않구 난 오늘은 벨수러워서 멕 안 감갔다구 했다. 그러느꺼 다른 仙女들은 벨수럽기! 는 멀 "벨수럽깐. 날래 벗구서 둘오라"했다. 그러느꺼니 왼 저근 仙女두 입성을 벗구 물에 들어가서 멕을 감았다. 총각은 가만히 가서 그 입성을 채서 감추어 놨다. 仙女들은 맥을 다 감구 나와서 입성을 닙넌데 왼 저근 仙女는 입성이 없으느꺼니 닙디두 못하구 있었다. 다른 仙女는 하늘루 올라갔다. 왼 저근 仙女는 하늘루 올라가디두 못하구 있넌데 총각이 나타나서 자기하구 같이 살갔다문 입성을 주갔다구 했다. 仙女는 할수없으느꺼니 같이 살갔다구 했다. 총각은 仙女를 대불구 와서 같이 사넌데 아들 서이 낳게 됐다. 어늬날 仙女는 입성을 달라구 했다. 총각은 아럴 서이나 났으느꺼니 줘두 일없가디 허구 입성을 내줬다. 그날 나주[70] 총각은 자다가 깨어 보느꺼니 살던 집두 없어디구 仙女두 아덜두 없구 풀밭에 누어 있었다. 총각은 기가 막혀 울구 있었다. 그때 사심이레 오더니 아를 너이 난 담이 주라구 했넌데 어드래서 서이 난 담에 줬능가,

69 머슴살이
70 밤에

仙女는 그 입성을 입구서 낭켄 소매에 아 하나식 끼구 하나는 잔등에 업구 하늘루 올라갔다구 말했다. 총각은 이렇게 된 헹펜에 더 메라겠능가, 하늘에 올라가 부구푸다구 말했다. 사심이는 말을 한 마리 주멘 이걸 타구 하늘루 올라가 보라구 했다. 총각은 그 말을 타구 하늘에 올라가서 仙女에 집 앞으 엄물[71]께 있는 낭구 우에 올라가서 겡우[72]만 보구 있었다. 이즉만해서 아덜이 나와서 낭구 우를 테다보더니 야아 아비지레 왔다구 과티며 가더니 저 오마니를 앞에서 끌구 뒤에서 밀구 해서 총각 있는 데꺼지 왔다. 仙女는 총각을 보더니 기뻐하멘 여기를 어드릏게 올라왔능가 하멘 저으 집으루 대불구 갔다. 조금 있누라느꺼니 쿵쿵하멘 머이 들어오구 있었다. 仙女는 얼른 총각을 학갑[73] 안에다 숨겼다. 쿵쿵거리며 仙女 오래비덜이 들어오더니 "야 원 벌거지[74] 내레 난다. 원 노릇이가?" 하멘 벅작 과텠다. 仙女는 방을 잘 쓸디 안해서 그러무다레 하멘 구둘을 쓸었다. 그래두 오래비는 벌거지 내레 난다구 했다. 仙女는 내레 모욕을 하딜 안해서 그러는가무다레 하구서리 모욕을 했다. 그래두 벌거지 내가 난다구 하멘 한참 돌아가다가 하갑을 열구서 총각을 보구서리 데거이 머이가 하구 물었다. 仙女는 그제야 人間世上에서 같이 살던 서나[75]라구 했다. 그러느꺼니 오래비덜은 총각과 학갑에서 내리오라구 하구서리 내리오느꺼니 절을 하넌데 반절만 하구 벌거지 내레 나서 더 못 있갔다 하구 가뻐 다. 오래비덜이 총각에게 대하는 꼴을 보느꺼니 아무래두 못살 것 같이 굴 것 같았다. 그래서 仙女는 총각과 "여보시 이거 암만해두 당신은 여기서 살디 못할 것 같수다. 그러느꺼니 다시 인간세상에 내리가는 거이 좋! 갔수다."하구 말했다. 와 그렁가 하구 물으느꺼니 仙女는 여기 하늘에는 재간이 많은 사람만이 사는 데가 돼서 재간이 없으문 쥑이게 돼요. 아매두 메칠 있으문 玉皇上帝가 불러내서 여러 가지 어려운 문데를 내주구 그걸 알아맞추라 하기두 하구 어려운 내기새를 해서 내기새에 지문 죽일 꺼이느꺼니 야단 아니갔소. 그러느꺼니 날래 인간 세상으루 내리가는 거이 좋갔수다 하구 말했다. 총각은 이 말을 듣구 "그렁가. 그런데 내레 여기꺼정 올라왔넌데 어드레 도루 인간세상에 내리가갔소. 난 죽어두 일없으니꺼니 내리가디 않구 여기 있갔수다"하구 말했다. 멧날이 지난 담에 아닐세라 옥

---

71 우물
72 형편, 상황
73 벽장
74 벌레
75 남자

황상제레 총각을 불레내 개지구 님제레 인간세상 사람으루 이 하늘에 온 건 처음인데 님제레 재간 많갔는데 우리 숨기내기 해서 님제레 이기문 여기서 살 수 있지만 지문 죽는 줄 알라구 했다. 총각은 그렇가갔다 하구서리 仙女한데루 돌아왔넌데 어칼디 몰라 근심이 돼서 꿍꿍거리구 있었다. 仙女레 보구서리 와 그룽가 말이나 해보구레 했다. 총각은 옥황상제과 숨기내기를 했넌데 어칼디 몰라서 그른다구 말했다. 仙女는 옥황상제과 숨기내기 할 적에 옥황상제! 더러 맨제 숨으라 하구 옥황상제가 다 숨은 댐에 아무데 가문 큰 닭우가리레 있을 터이느꺼니 그 닭우가리 앞에 가서 옥황상제님 숨을 데레 그렇게두 없어서 닭우가리에 숨었입니까 하구 말하라구 대줬다. 다음날 총각은 옥황상제하구 숨기내기를 했넌데 옥황상제과 맨제 숨우라구 했다. 그래서 옥황상제레 맨제 숨었넌데 총각은 仙女레 대준대루 큰 닭우가리 있넌데 가서 옥황상제님 숨을 데레 없어서 닭우가리에 숨었있닙니까 하구 말했다. 그러느꺼니 옥황상제는 그 닭우가리에서 나와서 "님제레 참 재간 있쉐"하멘 칭찬했다. 그런 뒤에 한 다쌔쯤 지나서 옥황상제는 총각과 숨어 보라구 했다. 총각은 仙女한테 와서 옥황상제과 숨기내기를 하게 됐넌데 나는 어드렇게 숨어야 하능가 하구 물었다. 仙女는 아무 데라두 가서 숨구 있으면 내레 님제 머리 낭켄에다 꾸리를 달아 놀 터이니 아무런 일이 있어두 음 말구 가만히 있어야 한다구 말하구 웃던지 하문 꾸리레[76] 떠러데서 님제 모습이 헨둥하게[77] 나타나게 돼서 옥황상제레 찾아내게 된다. 그러느꺼니 절대루 웃지 말구 가만히 있으라구 말했다. 다음날 총각은 옥황상제와 숨기내기를 하넌데 총각은 한곳에 가서 숨었다. 仙女레 와서 총각에 머리 낭켄에다 꾸리를 달아 놓구 갔다. 옥황상제는! 총각을 찾갔다구 여기더기 다 뒤져보넌데 아무리 뒤져두 찾아내딜 못했다. 요고이 어드메 숨었길레 안 보이누 하멘 총각 앞을 싹 지나가멘서두 알아보디두 못하구 지나갔다. 총각은 웃으워서 웃음이 나넌 걸 깍 참구 있었다. 옥황상제는 아무리 찾아두 찾딜 못해서 야 못 찾갔으느꺼니 나와 보라 했다. 총각은 이 말을 듣구 하하 웃으메 니러서느꺼니 꾸리레 뜰룽 떠러지멘서 총각에 모습이 나타나게 됐다. 옥황상제는 이걸 보구 "야 님제 참 재간 용쉐. 꾸리 속에 다 들어가 숨어 있구만" 하멘 칭찬했다. 그 후 메칠 지나서 옥황상제는 활을 세 번 쏘아서 활대 서이를 얻어 개지구 오라구 했다. 그 쏜 활대가 어드메에 떨어덴넌지 알 수가 없어서 총각은 仙女에게 와서 그 말을 하구 야단났다구 근심하구 있었다. 仙女는 말을 한 마리

76 실꾸리가

77 분명하게

주멘 이 말을 타구 하하 가누라면 큰 기와집이 있갔넌데 그 집이서는 곡소리가 날 거이느꺼니 그 집이 들어가서 경우를 보다가 벵을 고테 준다 하구 벵자에 맥을 딮어 보멘서 그 벵자에 박힌 활대 서이를 뽑아서 주머니다 넣구서 오라구 했다. 총각은 仙女가 준 말을 타구 하하 가는데 큰 기와집이 나타났다. 그 집이서는 곡소리가 요란하게 났다. 총각은 대문을 열구 들어가느꺼니 사람들이 많이 모여 있었다. 하인과 이 집에는 와 사람이 많이 모여있구 곡소리가 요란하게 나능가 물었다. 하인은 사할[78] 있으문 시집 가게 된 체네가 갑자기 벵이 나서 죽게 됐넌데 약이란 약을 다 써 봐두 낫딜 않구 이사[79]란 이사를 다 보여두 고티디두 못해서 그른다구 말했다. 총각은 그 말을 듣구 그렇다멘 내래 한번 고테 보갔넌데 어떵가 하구 말했다. 그 집이서는 벵만 고틸 수 있다먼 고테 보라구 했다. 총각은 체네방에 들어가서 체네 허리춤을 풀구 보느꺼니 너꾸리에 활대가 서이 꼬테 있었다. 총각은 그 활대를 얼렁 뽑아서 자기 허리춤에 찬 주머니에다 넣구 방에서 나오면서 이젠 벵이 났다구 했다. 과연 체네 벵은 다 났다. 그 집 사람은 기뻐서 잔채를 베풀구 총각과 잔채상을 받으라구 했다. 총각은 나는 갈길이 바빠서 그럴 짬이 없다 하구 말을 타구 집으루 돌아왔다. 오넌데 버리[80] 한물커리 나타나더니 총각에 달라들어 살을 쏘구 물어뜯구 했다. 집이서 떠나올 적에 仙女는 어떤 고생스런 일을 당하드래두 참구 오라구 해서 총각은 아픈 걸 참구 버리를 쫓갔다구 활대를 넣둔 주머니를 내두르멘 버리를 쫓았다. 그리구서 오넌데 이번에는 가마구레 와서 총각에 머리와 손을 물어뜯었다. 총각은 너머너머 큽해서 주머니를 내둘으며 가마구를 쫓을라구 하느꺼니 가마구는 그 주머니를 물구 하늘루 높이 떠서 날라갔다. 그런데 독수리가 갑작이 나타나더니 가마구한테서 그 주머니를 빼틀러서 날아갔다. 그러느꺼니 또 검독수리레 나타나더니 독수리한테서 주머니를 툭 채개지구 멀리 날라갔다. 총각은 힘들여서 얻은 활대를 빼틀리구 보니 고만 맥이 빠져서 꿍꿍 하멘 "에이 고놈에 빌어먹을 가마구 같아네. 에이 고놈에 망할 놈에 검독수리 같아네" 하구 투덜거리멘서 仙女한테루 왔다. 仙女레 총각이 풀이 죽어 개지구 오는 거를 보구서 와 그러능가 물었다. 총각은 활대를 잘 얻어 개지구 오넌데 고놈에 가마구까타나 고놈에 검독수리까타나 활대를 빼틀리워서 아무 겡황이 없다구 했다. 仙女는 비식히 웃으멘 머이가 내주멘 "이거 말이요" 했다. 자세히 보느꺼니 활대를 넌 주머

78 사흘
79 의사
80 벌이

니레 돼서 총각은 기뻐하멘서두 피쭉 해 개지구 "고롬 님제레 검독수리가 됐단 말이가. 그렇다멘 '내레 검독수리가 돼서 활대주머니를 개구 가갑메'하구 한 말이라두 하구 갔더라멘 내레 근심이나 놀 거 아니갔능가" 하구 투덜댔다. 총각은 그 활대 서이를 옥황상제한데 밭텟다. 옥황상제는 활대를 받구선 "님제 참 재간 둏쉐" 하멘 칭찬했다. 그 후 메칠 지나서 옥황상제는 총각과 자우광텅에 두드런 金冠을 얻어오라구 하멘 만일에 얻어오디 못하문 죽이갔다구 했다. 총각은 이 말을 듣구 근심이 돼서 仙女과 이 노릇을 어카멘 갔능가 하구 말했다. 仙女도 그 말을 듣구 어카멘 둏을지 모르갔다구 했다. 仙女두 어칼디 모르것다 하느꺼니 총각은 고만 앞이 캄캄해데서 이 자는 죽게 됐다. 죽을 바에야 인간세상에나 내려가서 죽갔다 하구 말을 한 필을 얻어서 타구 인간세상으루 내레왔다. 그리구 가넌데 짠내비나라두 지나가구 멋 나라두 지나가구 하면 여러 나라를 지나가드랬던데 쥐나라두 지나가게 됐다. 이 쥐나라 王은 이 총각이 인간세상에서 멉살이 할적에 한 집이서 항께 지내던 쥐더랬넌데 이 쥐王이 총각을 보더니만 어드레 여기꺼정 오셌소 하구 물었다. 총각은 자기는 지금 하늘서 사넌데 하늘에 옥황상제레 자오광텅에 두드린 金冠을 얻어와야지 그라느문 줙인다구 해서 그 金冠을 얻으레 가는 도둥에 여기 왔다구 했다. 쥐王은 그 말을 듣구 자기가 알아보갔다 하구 점티는 쥐를 불러다가 金冠이 있는 곳을 알아보라구 했다. 점티는 쥐는 한사날 점테 보더니 모르갔다구 했다. 쥐王은 그 말을 듣구 "이넘! 모른다는 거이 머이가, 썩 알아보야지 못 알아보문 줙인다!" 구 과텠다. 그러느꺼니 점티는 쥐는 하하 낑낑 푸넘하더니 그 金冠은 총나라 님금님 책상 우에 있다구 말했다. 그러느꺼니 쥐王은 신하쥐덜을 모주리 모아 개지구 여기서 총나라 님금님 책상 밑꺼정 굴을 뚤르라구 했다. 숫한 쥐덜이 모여서 총나라 님금님 책상 밑꺼정 굴을 다 뚫었다. 그리구서 그 金冠을 채왔다. 총각은 그 金冠을 개지구 와서 옥황상제한테 바텠다. 옥황상제는 님제 재간 용쉐 하멘 칭찬했다. 그 후 메칠 뒤에 옥황상제는 총각을 불러다가 목베기내기를 하자구 했다. 목을 베면 그것으로서 죽게 되느꺼니 총각은 그만 근심이 돼서 기가 팍 죽어서 仙女한테 와서 그 말을 했다. 仙女는 아무턴지 옥황상제의 목을 맨제 비라구 했다. 목베기내기 하는 날이 돼서 玉皇上帝와 총각은 마주 서서 목을 베게 됐넌데 옥황상제는 총각과 맨제 비어 보라구 했다. 총각은 옥황상제에 목을 비느꺼니 옥황상제에 목은 툭 잘라데서 따에 떨어지더니 다시 부텄다. 옥황상제는 또 베어 보라구 했다. 총각이 옥황상제에 목을 베었더니 떨어뎄다가 다시 부텄다. 옥황상제 또 베라구 했다. 총각이 옥황상제에 목을 베서 떨어데서 다시 부틀라 할 적에

仙女레 와서 옥황상제에 목 벤 자리에다 매운 재를 뿌렜다. 그랬더니 목은 부틀라 하다가 붙디 못하구 데구르르 떨어뎄다. 그래서 옥황상제는 죽구 말았다. 그 후 총각은 하늘서 아무 일 없이 仙女와 잘살다가 무진년 홰통에 달구다리 뻗두룩 했다구 한다.

27. 선녀와 혼인한 나무꾼(『한국구전설화집6』, 140~149쪽.)

옛날에 옛날에 고이(고양이) 나라 쥐나라 얘기가 하나 있는데, 이렇게 앉아 얘기하니 싱겁구먼. 모두 턱을 괴고 앉아 '응, 그려! 응. 그려!' 해야는데. 이게 고이 나라 쥐 나라 이야기인디, 어떤 총각 하나가 남의 집에 가서 머슴을 사는디, 처음날부터 방에다 밥을 안 주고 부엌에다 밥을 줘서 부엌에서 밥을 먹는디, 혼자 부엌에서 밥을 먹는디, 살강 밑에서 째끄만(조그만) 새앙쥐 하나가 나와서 밥상 밑에가 있다가 흘리면 주서(주워) 먹고, 안 흘리면 처다보고 앉아 있어서, 밥을 쪼금씩 떼 놔 주고 했는디, 그걸 먹고 들어가고, 점심 먹을 때 또 그렇게하구. 저녁 먹을 때 또 그러커구. 하루 지나 이틀 지나 커 가거든. 그래 일 년 지나, 이태 지나 삼 년이 되니까, 막 강아지 만하게 쥐가 컸는디, 어느날 그 총각이 산으루 나무 하럴 갔는디, 나무를 많이 쌓아 놓구서 짊을려고 하는디 노루 한 마리가 펄펄 뛰어 오드니, "아이구, 지금 포수들이 와서 나를 잡을려고 하는디, 도련님 나를 여기다 좀 묻어 달라."구. 그러니까 나무 속에다 얼른 묻고 나니께, 포수들이 세 사람이 막 쫓아오드니, "여기 노루 지나가는 거 못 봤냐구. 지금 노루가 여기루 왔다구." "아니라구. 저기루 뛰어서 저 근너루 갔다."구. 그러니께 막 뛰어 갔거든. 그래 그 때 내놓으니께, "참 고맙다구. 나를 살려 줘서 얼마나 고마우냐구. 그래서 내가 무엇으루 되련님(도련님) 은혜를 갚으야겄냐구. 아 되련님 장가 들었느냐?"구. 그래서 안 들었다구 그러니께, "그럼 내 장가들여 주랴구." "그러라구." "그럼 아무 데 조그만 샘이 하나 있는디, 오늘 저녁에 가서가만히 앉았으면, 하늘에서 임금님의 딸들이 목욕하는디, 인간에 있는 물이 참 좋다구 해서 타레박으루(두레박으로) 들어올리는디, 처음에 한 타레박 떠 올라가구, 그다음에 두번째 내려오구, 그 다음……." 아, 하나가 내려와서, 잊어 버렸구먼. "하나가 내려 와서, 임금님의 딸 하나가 목간(목욕)을 허구 올라가구, 또 두 번째 내려와서 목간을 허구 올라가면, 세 번째 내려오는 선녀가 인물도 예쁘고 막내인디, 그 선녀 내려오걸랑 옷을 갖다 감췄다가

주지 말라구. 야중에 (나중에) 같이 살다가 애기 셋 낳걸랑 주라구." 그랬는디 참 그 날 저녁에 가 보니께, 먼저 한 선녀가 네려오더니 목욕을 허구 올라가더니, 두 번째 선녀가 네려오더니 목욕허구 올라가구, 세 번째 선녀가 네려 왔는디, 그 때는 적삼 하나를 갖다가 감춰 버렸는디, 목욕을 허구 들구 찾어싸두 당체 없구. 아마 하늘의 법칙두 아마 시간이 지나면 못 올라가는 모야여. 하늘의 법칙은 더욱. 그래서 그만 못 올라가구 방황허구, 막 울구 막 허넌디, 그 사람이 안 가져간 척 허구, "여기 있는 게 아니냐구?" "그게 기라구."주니께, 타리박은 올라갔으니까 못 올라가구 헐 수 없지. "헐 수 없으니께 나하구 살자구." 그래서 같이 살아서 애기를 셋 낳았으께 아마 삼사 년 살았겠지. 그 때부터, 둘 낳고 셋 채 뱄넌디, 자꾸 적삼을 달라구 허거든. "내가 이미 하늘 나라에서 입던 거를 왜 안 주구 혼자 가지구 있을 게 있느냐구. 자식을 둘이나 낳고 셋이나 뱄는디, 갈 줄 아느냐."구. 그래서 주구서는, 그 날 밤에 같이 두러눠서 셋이, 넷이가 짝 잤는디, 참 선선해서 보니까, 정말 거기가 넓은 바위구, 집이 아니구. 정말 좋던 집을 짓구 살었는디. 그래서 집!을 지을 때두, 내가 잊어 버리구 지레 했구먼. 집두 그 선녀가 그러라구, 같이 살자구 인연 맺은 뒤루 워떠케 떨거덕 하더니, 참 좋은 집 한 채가 생겨서 그렇게 잘 살았거든. 그런디 그냥 선선한디 보니께, 그 집이 좋은 집이 아니구 넓은 바위구, 애두 없구. 오매(엄마)두 없구, 아무두 읎서서 헐 수 없이 그 이튿날 울다 울다가 노루나 다시 만날까 허구 산으루 슬슬 나무를 허러 갔더니, 참 노루란 놈이 따뜻한 자리에 누워 자다가서 총각이 올라가는 걸 보구 슬며시 눈을 떠 보더니, "아 도련님 오느냐구." 그러니까, "야, 나는 큰일 났다. 네 말과 같이 안 되구 이렇게 각씨가 읎서졌다." 그러니께, "그레기 왜 적삼 미리 주구 그러느냐구." "글쎄 달래서 주었다." "그것 보라구. 왜 미리 주구 그러느냐구. 내 말 안 들으면 안 되지 않느냐구. 이번에는 꼭 내 말 들으라구." "그러라구." 그러구서 그 날 밤에 우물가에 가 있으니께, "물을 언제 떠 올려갈 테니까 첫 번째 타레박 올라가구, 두 번째 타레박 올라가구, 세 번째 타레박 올라갈 때 물을 쏟구 올라가라구." 그래 인저 세 번째 타레박 물을 쏟구서 올라갔는디, 그 때야 말로 이게 누구냐구 소동이 났고, 야단이 났는데, 에-그 막 쫓겨나구, 물 퍼올린 사람 볼기 맞고, 막 야단났었는디, 그래 헐 수 없이 당장 쫓겨나 가꾸서는, '어떻게 허면은 아내를 만날 수 있을까?' 허구서 보니께, 조그만 우물이 하나 있는디, 우물가에 들축 나무가 하나 서 있는디, 사철나무, 그게 서 있는디, 거기 올라가서 앉았으니께, 밤이 물을 길러 누가 하나 나오는데, 보니께 보지 않던 사람이여. 그전에 목욕하러 네려왔던 임금님의 큰 딸 선녀거든.

그래서 거기다가 아무 소리두 않구 컴컴한 달밤이니께 달빛에 낮아서 주루룩 들축나무 잎새를 훑어서 넣으니께, "이게 뭐가 이런다느냐?"구 무서워서 막 가 버렸어. 그러니께 두 번째루 두째 딸이 길러 왔는디, 또 한 번 주루룩 던지니까, "아이구, 이거 귀신이라."구 막 도망쳐서 가 버렸거든. 그런디 세째가 이제 물 길러 나왔는디, 가만히 보니께, 그이가 자기 아내거든. 어쨌거나 자기 아내라면은, 이제 어두우니께 희미하게 같기는 같구. 그러니께 또 다시 들축나무 잎새를 훑어서 넣으니께, 그 여자는 자기 언니들이 허는 소리를 듣구 인저 이상허다 허구서 살펴 봤거든. 나무 잎새기가 동이에가 주루루 앉는디, 물을 쏟아 내뻐리구 또 펐어. 또 퍼부니께 또 쏟아 넣거든. 또 ! 내버렸어. 세 번째 또 퍼 놓으니께 또 훑어 넣었어. 그러니께 그 때서야 가만히 보더니만, 자기 남편인 줄 알구서, "네려오라구. 왜 여기와 그렇게 계시냐구. 우리 아버지두 어머니두 다 좋아할테니 어서 네려오라구." "나를 죽이지 않겠냐구?" "아니라구. 괜찮다구. 어서 내려오라구." 가서 임금님께 인사하구, 좋은 집을 지어서는 줘서 잘 살구있는디, 언니들이 시기가 나서 어떻게 하면 줙이나(죽이나) 둘이가 짜구서는, 둘이가 막 아프다구 허자구. 그러구서 아무 약도 소용 없다구 허구 고이(고양이) 나라에 가면 팔자각이 있다는디, 팔자각은 사람의 뼈와 같이 생긴 건디, 천장에다 달아 놓구 항상 그걸 고이들(고양이들)이 쳐다보구 산대야. 그런 고이 나라가 있는디, 그걸 따다가 삶어 먹어야 산다구 허자구, 형제가 짜구서는 막 아프다구, 배 아프다구 둘이가 대굴대굴 둥글구 야단인디, 임금님이 백 가지루 약을 써두 하나두 낫지두 않구, 점덤 더 그러더니, "나는 저 인간에서 온 사위가, 동상의 남편이 쥐 나라를 건너 고이 나라에 가 팔저각을 따다가 그걸 삶어 먹어야 산다."구 그러거든. 그러니까 그 나라 임금이, 아마 큰, 이런 나라루! 말하자면 명패지, 호패, 그런 귀중한 것을 워치게(어떻게) 찾느냐구 그러니께, "그래두 그걸 인간의 사위 보고 따 오라구 허라구. 못 따오면 죽인다구 허라구." 그러니께 임금님두 하두 답답하니께, "네가 가서 그 걸 따 와야지 못 따오면 죽을 줄 알으라."구. 그래서 와서 그냥 막 앓고 있는데, 각씨가 왜 그러느냐고 허니께, "나는 이런 명령을 받았는데, 워치게 내가 고이 나라 쥐 나라에 가고, 가서 내가 워치게 허느냐?"구 그러니께, "가라구 말여. 가면은 에-, 당신을 도와줄 터이니 죽지 않는다."구. 그 막내딸은 천문두 할 줄 알구 예언두 할 줄 알구, 지리두 알구, 천문지리를 알게 돼서 고이 나라 쥐 나라에 들어가는 데두 알고 그래서, 가면은 도와줄 테니까 가라구 그러거든. 그래서 처음에는 거기서 나귀 하나, 나귀도 비리먹은(비루먹은) 나귀를 참꽤(참깨) 스(서)되 해서, 아 참, 그 비리먹은 나귀를 각씨가 참꽤를 멕여서 기름이 흐르게 길렀어. 그러구서 참꽤 스 되 해서 가라구 보냈어. 석 달 안에 돌아와야지 숙들이 지난 뒤 오면 소용 없거든 인저. 슥 달 기한을 줬어. 원체 먼 나라여서. 그래 인저 쥐 나라를 가넌디, 쥐 나라루 해서 몇 달 걸려서 가는디, 쥐 나라에 사람이 있는 디겠어 뭐? 그러니까! 아무 것도 없는디, 허허벌판에 가서 나무 하나 서 있는 그 밑에 가서, 아주 피곤에 지쳐서 잠을 자는디, 잠이 들었는디, 아주 '찌짜찌짜'하는 소리가 나서, 무슨 소리인가 하구 눈을 떠 보니께, 자기가 둥둥 뜨는거 같어서 보니께, 쥐덜(쥐들)이라 막 떼미구 가는 거여. 수천 수만 마리가 대갈루(머리로) 받치기두 하구, 밀기두 하면서 가는디, 임금님 앞으루 가는 거여. 임금님 한티 보이구서 우리가 뜯어 먹어야 한다구. 그래 수천 마리의 쥐한티 물려가꾸서 임금님한티 갔는디, 아 들어 갔는디, 임금이, "애햄!"하면서, "웬 일로 이렇게 부산허냐?"하니께, "예, 여기 인간이 하나 있는디, 죽었다구. 죽었으니께 뜯어 먹어야 헌다구. 그래서 임금님께 보이구서 먹을라구 메구서 왔다구." "야, 인간이 워터케 여길 와서 죽었단 말이야. 그런 소리 허지 마라. 아마 무슨 짐승인가 보다." "아니라구, 인간이라구." 그래서 보니까, 쥐들이 워낙 많아서 잘 일어나지도 못해. 그래서 비키라구 허구서 이렇게 들여다 보구서는, "여봐라, 다 비켜라. 썩 물러나라."하고 호령을 치니까, 쥐들이 딱 물러나. 말짱(모두) 다 썩 물러나니께, "아, 일어나시라구. 아 선생님 일어나시라구. 날 몰라보시느냐?"구 그러거든. 그래 보니까 자기가 머슴살 때 자기한티 밥 얻어먹던 쥔디, 그 쥐를 왜 물르것어. 삼 년을 멕여 살렸는디. 큰 쥐가 떡 앉아서 눈물을 흘리면서, 이게 웬일이냐구 허거든. "아, 워터케 되서 이렇게　지?" "아, 선생님은 대관절 워터케 되서 이러냐구? 그때 선생님이 먹여서 키운 쥐가 아니냐구. 나는 어렸을 때 부모를 잃고 고독해져 살 수 없고, 먹을 것 없어 굶어 죽게 되었을 때 멕여 살려 주신 선생님이라구." "아, 그러냐구. 그 말을 들으니께 점점 다 생각이 난다구." 그래 일어 앉어서 얘기를 허넌디, "대관절 워터케 돼서 여길 왔느냐구. 도무지 여기는 올 수가 없는 디인디." 그래 그 얘기를 다 했어. 사실 얘기를. "그 집이서 그래 너를 밥을 먹이구서 나무를 허러 갔다. 나무하러 갔다가 노루를 만나서 장가를 들었다가……." 그 후 전후 일장을 주욱 얘기를 허니까, "쥐 나라를 건너가서 고이 나라에 가서 팔자각을 따 와야 산다구. 하늘 나라의 임금님이 그러니, 그 걸 못 따오면 죽인다구 허구. 슥 달 기한을 주었는디, 지금 벌써 두 달이 지나구, 아니 두 달 반이 지나구 보름밖에 안 남었다. 그러니 워트게 하면 좋겠느냐?"구 하니, 한참! 앉았다가, "걱정하지 말라구. 내가 죽더라두 은혜를 갚겠다."구 그러구는, 고이를 다 불렀어. 아니 쥐를 다 부르거든. 수천 마리를 다 불렀어. "너희 중에 고이 나라에 가서 팔자각을 따올 자 누구냐? 대답하라."하는디, 아무두 수천 마리가 대답을 않구 머리만 콱콱 숙이거든. "만일 여기서 한 놈두 안 나오면 다 죽여 버린다." 고 하니께, 가장 늙은 쥐가 있다가 "소인이, 소신이 가겠읍니다." "네가 가겠느냐?" "네 가겠습니다." "어떻게 해서 따오겠느냐?" "예, 제게 맡겨 주시면 갔다 오겠습니다. 꼭 따 가지고 오겠습니다." "그러면 네가 가서 네 재주껏 해서 따 가지고 오너라. 그러나 부산하게 갈 수는 없고, 몇이나 가겠느냐." "예, 여럿이 갈 수는 없고, 내가 성이서(성에서) 나가서 고이 나라에 들어가는 가장 좁은 디가 있는디, 거기만 지나가면 마음대로 할 수가 있는디, 고기만은 나를 끌어 줘야 합니다." 그러거든. "그러면 젊은 쥐들 나오너라. 요기까지만 같이 가서 망을 보구 있다가 야중에 협조만 해 줘라." 그러구서 한 여나믄 명 장정 쥐를 배당해 주거든. 장정 쥐가 가서 좁은 구녕을 막 팠어. 막 파기 시작하니께, ! 이 저, 아 벽을 뚫고 들어갈라니께, 그렇구먼. 참, 먼저 얘기한 거지, 벽을 뚫고 들어갈라니께 고기만이 아니라 벽을 뚫고 들어가 천장에 달린 거니까, 자기 힘으로는 힘이 모자라 그런다니께 이 놈들이라 막 벽구녕을 뚫기 시작했어. 그래서 이저 벽을 막 뚫어 놓구서는 가만히 보니께, 쥐가 적은 구녕으루 인저 쥐가 쥐꼬리 물고, 꼬리 물고, 꼬리 물고 들어가면서 파기 시작했는디, 이 놈들이 다 파 놓고서 늙은 쥐를 끌어올리기 시작했어. 그래서 늙은 쥐가 가서 이렇게 보니께, 고양이 나라인디 임금이 있는 디지. 그날 고양이 나라에 무슨 잔치가 있었어. 그러니께 팔자각을 맡은 디는 임금님이 맡아 두는 아마 그 뭐라구 하나, 보관하는 사람이지. 이런 디루 말하자면 국회의원이나 임금님의 호패를 보관하는 디지. 보관해서 있는 집인디, 그 날 임금님의 생일 잔치가 있어서 다 가게 돼서는 다 가고, 늙은 고양이, 할머니 고양이 한 마리만 남겨 놓고는 팔자각 따 가나 잘 보라구 그러구 갔거든. 그런디 보니까, 아무두 없구 혼자 앉아 있는디, 팔자각은 시(세) 개, 시 개를, 천장에다 달었는디, 아 꼬박꼬박 졸구 앉았어. 그 고양이가. 그래서 가만히 늙은 쥐가 가서 하나를 가시를 똑 땄어. '오도독' 하니까 깜짝 놀라서 눈을 딱 떠 보거든. 떴다가 도루 졸아. 졸으니께 그 걸 얼른 갖다가 젊은 놈들 줬지 인저. 그리구 또 얼른 가서 '오드득' 하구 또 따니께, 얼른 떠 보더니 또 졸아. 그런디 가운데에가 큰 놈이 남았는디, 그 건 정말 안 되겠어. 그러니 가만히 있다가 자기가 명령을 받고 왔으니까 담대해져 가지고, 또 올라가서 마지막 남은 거를 딸라구 따니까, 그놈은 '오드득' 소리가 나거든. 그러자 바깥이서 고양이 식구들이 오는 거여. '오드득' 소리가 나며 깼는디, 그것은 못 봤지. 그러자

문을 열면서, "야, 팔저각 읎다." 그러거든. 한 놈이 들어오더니, "야, 팔저각 없다." 그러니까, 또 한 놈이 "뭐, 팔자각이 읎다니?"하거든. "야, 이 느므 할메, 뭐했느냐구. 팔자각 지키라니께 잠만 잤다구." "아니라구. 잠 안 잤다구. 오드득 소리가 나서 지금 막 봤는디 모르겠다."구. 이게 뭐냐구 늙은 고양이를 마당에다 막 메패구 그러는디, 팔자각은 땄것다 인저 그 늠을 젊은 쥐들이라, 그 늠을 둥쳐 가지구 오는디, 가만히 늙은 쥐가 보니까 참 안타깝기두 허구, 재미두 나더라는 거지. 메때리구 야단쳐서 고양이 할매 죽는거를 보구서, '야, 내가 죽을 거 네가 죽는다. 내가 죽을 거 네가 죽는구나. 하지만 우리 대장을 살려준 은인을 살려야 할 테니까 헐 수 없다.' 그리구서는 팔자각을 가지구 왔댜. 그래 갖다 주니까, 쥐 대장이라 그 늙은 쥐를 벼슬을 주었어. 그 늠을 그 사람이라 가지구 와서, 팔자각을 갖다 주니, 월마나 잘 했어. 아프다구 더 하겠어? 그 사람이 팔자각을 갖다 주니까, 그래두 그 늠을 쌂어서 먹구서 아픈 게 나섰다구 그러구서, 그 사람은 거기서 임금에게 더 벼슬을 받구, 그 세상에서 잘, 하늘 나라에서 잘 살구, 그 형들은 다음에 시집은 갔어두 별 수 없이 가서, 남을 쥐일려구 했었던 때미(때문에) 좋지 못하게 되었다는 그런 전설이 있어.

B형: 나무꾼 승천형/ b형 시험 무(無)

29. 선녀와 나뭇군(『한국구비문학대계 1-4』, 797~799쪽.)

옛날에 한 사람이 머슴을 살았는데요. 그 머슴으루 사는 사람이 인제 이 주인한테 야단을 맞구, 뭐를 잘못했는지 그건 몰라요. 또 잊어버려서 주인한테 야단을 맞구서는… 그래서 인제 머슴을 사는데, 머슴을 살다 주인한테 뭘 잘못해서 쫓겨나갔에요. 땔낭구를 나가가주구 하염없이 울구-울면서는 낭구를 긁는데 참 노루가 겅충거리구 뛰어오면서, "난 저기 포수가 따라와서 죽게 됐으니 날 좀 숨겨 달라." 그러니까, 자기가 낭구 긁은 속에다가 집어너 너놨는데 포수가 헐떡거리구 뛰어와서, "여기 사슴 가는 거 봤느냐?"구. 그러니까, "못 봤다."구. "저짝으루 뛰어가느게 사슴인진 몰라두…" 그래서 인제 노루가-노루한테 인제 그런 얘길 듣구서는 있는데, 정말 포수가 뛰어오면서, "여기 사슴 가는 거 봤느냐?"구. 그러니깐, "사슴인지 뭔지 이리는 안 왔어두 저짝으루 가는 건 봤다."구. 그래 인제 그짝으루 보내놓구 인제, "됐이니 나오라." 그랬더니 사슴이가, "너는 뭣이 제일 소원이냐?"구. 그러니깐, "나는 일평생을 나서 부모두 없이 동기두 없이 남으 집 밥으루 잔뼈가 굵었는데 인제는 어떻게 짝을 맺어가지구 유자생녀(有子生女)하구 사는 게 인간의 본능이 아닌가?" 그러니까, "그러믄 되는 수가 있다."구. "아무데를 가면 하늘에 선녀가 내려와서 목욕을 할 테니 가운데 옷을 숨기라."구. 그랬어요. 그리구 인제 애기 셋 낳걸랑 주라구. 그래서 인제 그 참 사슴이가 가리켜준 데루 가서, 그 천상에서 내려와 목욕허는 그 우물가에가 앉았으니까-참 어느 때나든지 세 선녀가 내려와선 목욕을 해서, 가운데 옷을 한 가질 감췄드니 뭇 올라가구서 쳐저 있어. 있어선 밤이 됐는데-쳐져 있구는 밤이 됐는데, 난데없는 개와집이 생기구, 난데없는 쌀이 생기구. 모든것이 살림이 일절 다 생겨서 거기서 밥을 해먹구 살구, 그렇게 참 부부가 돼가주구 유자생녀를 했는데, 아들 삼형제 나믄 주라 그러는 걸 형제 난 해 줬단 말이에요. 그때 형제 난 해 주니까는 고마 양쪽에다 안구- 안구 업구 그리구서는 올라갔잖아요. 올라갔으니까 부르지서 거기서 울구 있에요. 울구 있으니까는 인제 또 내려왔어. 또 사슴이가 와가주구- 사슴이가 내려와가주구서는, "왜 옷 셋 나믄 주랬드니 둘 난 해 주었으니 어떡하느냐?"구. 그래서는 인제 사슴이가 와가주구서는, "그러니 그렇게 내 말을 안 듣구 그렇게 울구 있으니 어떡허느냐?"구. "내일은 또 목욕을-목욕물이 인제 두레박을 끌어올려 갈 테니, 니가 그 두레박 물을 푹 속에 니가 거기 들어앉어 올라갈 거 같으믄 그 분인 그 자식을 다시 만나 살꺼라."구. 그래서 인제 그건 참 우물에 가서 앉어 있으니깐, 정말 두레박이 물-사슴이가 가르쳐준 대루 내려와서 그걸 푹 쏟구 거기 들어앉어 올라갔드니, '인간세 사람들이 올라왔다.' 구 다른 사람들은 참 비웃구 학대가 신데. 그래두 그 부인은 아들 형젤 생각해서 그 남편을 찾아서 같이 천상 극락에서 잘 살드래요.

32. 나뭇군과 선녀(『한국구비문학대계 5-2』, 379~383쪽.)

나뭇군이 인자, 그 동네에서 총각 하나가 맘은 참 좋은디 장개갈 임이 없던 것이지. 그래 넘은 장개가는데 자기가 힘이 없어, 장개를 못가서 항상 그것이 한이었어. 나무를 하러 가서 나무를 하믄서두, "나는 어떻게 나무를 남과 같이 해서 어머니 봉양하구, 나두 장개를 갈까?" 나무를 하다가 그 개개미라구 산에서 열어, 그것이 나무에서 즛으면, "아이고 우리어머니 드려야지." 또 하나 즛으믄, "이놈은 나 먹고." 아마 둘이 살았던 모양이지. 그래서 나무를, 갈퀴 나무를 많이 긁어 놨는디, 그 노루 한 마리가 저쪽에서 포수한테 몰려 갖고 벌떡벌떡 뛰어오르더니 그 나무 속으로 쏙 들어가 버려. 그래 그 나무를 턱 걸터 앉아서, 아무일 없는 것 같이 하는데, 포수가 그 노루를 찾아와, "여기 노루 안지나 왔냐?"구. "저 넘어로 훌떡 지나 갔응게 얼른 가라"구. "다 갔응게 이제 가그라! (가거라)" 하닝게 노루가 나와서 이제 그 말을 노루가 할 수가 없잖아, 그렁게 땅을 탁탁치면서 글씨를 썼어. 응 노루가. 글씨를 썼어. 글씨를 어떻게 알았던가. 그래 보니까, "항상 나무만 하지 말구, 요 넘어로 가면 강이 있으니까 강에서 선녀가 내려와서, 선녀가 세 분이 내려와서 목욕을 하구 갈테니까, 먼저 올라간 이는 첫째 딸, 다음 올라간 이는 둘째 딸, 나중 올라가는 이가 세째딸이닝게, 옷을 벗어 놓은것에, 세째 딸 옷을 벗어 놓거든, 목욕다하구 올라갈 때 그 옷을 감춰놓구는, 데려다 살면선, 애를 셋 낳걸랑은 그 옷을 주구, 둘 낳걸랑은 주지말라."구. "맘이 착해놔서 나를 살려줘서 이렇게 은혜를 갚는다." 구 하구선 갔어. 그래 인제 나무를 갖다 두구선 저녁에 장개 갈 생각을 하닝게 좋아서, 인제 장개를 갈라구 하닝게 넘 하는 것은 다 해야 하개든. 그래 넘 하는 것을 다 해 놓구서는 그래서 가보니 그렇게 좋아. 백옥같은 물이 있는데, 폭포루 물이 내려 가는데 그렇게 좋을 수가 없어 그래 한참 이러구 있으닝가, 아니 하늘에서 저, 텔레비에서 언제가 두레박 맨들어서 내려 오드먼, 애기를, 그런걸 타구 내려와서 목욕을 하구, 올라가구, 또 하나 내려와선 목욕을 하구 올라가구, 또 하나가 내려와서 목욕을 하닝게 옷을 감췄어. 옷이 있어야 올라가지. 그래 못올라가구는, 옷을 벗구 어떻게 올라가겠어? 그때 총각이 갔어. "뉘시오?" "나는 사람인데, 저 당신 옷을 내가 우리 집으루 갖다 놨어. 그러닝가 어서 갑시다." "어떻게 이렇게 벗구가냐?" 구 하닝게 그 대신의 옷을 갖구 왔던가, "어서 가자."구. 가갖구는, 이제 "이것두 인연이지 않냐구, 나는 장개두 못가구 했응게, 어차피 나를 불쌍하게 생각하구 살아달라." 구. 그렇게 해서 사는데, 애기를 둘을 낳았어. "당신, 이렇게 정답게 사닝게 그 옷을 달라."구. "가만히 있으라구. 애기 낳아야 주지 애기를 안 낳는데 당신을 뭘 믿구 주느냐."구. "아, 이렇게 잘 사는데 뭘 못믿냐?" 구, 또 애기를 하나 낳구, 또 달라구해. 그 옷을 그렁게, "애기 더 낳믄 그때 주마."구, "내가 잘 간직을 하구 있응게, 어디다가 간수를 했던지 잘 간수를 하구 있응께 주마구." 그래, 애기 둘을 낳았어. "이렇게 둘을 낳는데 어떡하겠냐구, 그렇게 달라구, 그게 천상에서 참 사랑하던 옷인데 달라구. 쳐다라두 보게." "애기 둘이나 낳았는데, 어찌여." 허구선 줘 버렸어. 그래 나가서 나무를 해갔던가 어쨌던가, 하구 오닝게 애기들 둘을 양쪽 팔에서 끼(껴) 앉구선 올라가 버렸네. 그래서 가서 그가서 쑹(성, 화)내야 아무 소용두 없어. 그래 그 자리 가서 갈퀴나무를 긁으믄서, "이런 데는 노루두 안오더라. 이런 데는 노루두 안오더라. 노루나 좀 왔으믄 좋겠다." 그러믄서 나무를 하면서 항상 그 자리 가서 울어. 애기 잊어 버렸지, 각시 잊어버렸지. 그럴 수가 없응게 그냥, "이런 데는 노루두 안 온다." 인제 말하자믄 노루, 좀 살릴라구 나무를 긁어 짓구, 짓구 하는데, 인제 말하자믄 천생이 돌봐 줬어. "그러지 말구, 그렇게 애태우지두 말구 그 참 선녀를 만날라거든. 물을 세 번 떠올리는데, 그 세 번째 물을 쏟구, 그 물을 밤중에 하닝게, 세 번 다 떠올라간 그 세째에, 네가 쏟아버리구, 네가 그 올라 앉아라. 그러면 그 여자를 만날 것이다." 그래서 인제 갔어. 떠올라가서, 참 천상이니까 그렇게 좋을 수가 없잖어? 그런데 물을 떠올려 보닝게 남편이 올라오거든, 남편은 남편인데, 그 옥황상제님 딸들이여. 옥황상제님 보고, "돼지 짐승이, 짐승 중에 돼지 짐승이 제일 불쌍하지 않냐."구 "암, 돼지 짐승이 제일 불쌍허지, 아 왜 돼지 짐승이 불쌍한가구 묻냐?"구. "아, 사람, 개두 다 책임이 있고 소 그런 것도 다 책임이 있는데 돼지는 책임도 없구 얼마나 불쌍하냐?" "아, 불쌍하지." "그럼 어머니가 좀 도와 줄수 있냐?"구. "아, 도와줄수 있지. 왜 못 도와주겠냐."구, 그래 그 얘기를 했어. "내가 내려가서, 그 애기가 돼지 새끼라."구. 하믄서, 돼지를 됐든자, 하여튼 그렁게 "별수 있냐." 그래 다 살도록 해줬는데 끝에는 어떻게 됐든가 잊어 버렸어. 늙어서.

34. 나뭇군과 선녀(『한국구비문학대계 6-8』, 633~637쪽.)

먼저, 황해도 구월산 하에 가서 참 그 늙은 총각이 어마님을 모시고 구처히 사는데, 외품 자상 해서 나무를 해다가 그저 팔아서 단일 단일(당일) 이집 생활을 해 나오는데 하루는 산에 나무를 허러 갔어요. 가나서 나무를 허고 있노라니까 사심 한마리 오더니 그 나무허는 총각한테, "나를 좀 살려 돌라." 고 인자 비니까 나무를 떠들고, "그럼 이 속에로 들어가라."고 해서 들여놓고 있으니까 대체 포수들이 사심을 잡을라고 쫓아 와. 와서, "아 총각님 사슴 가는디 안봤는가?" 하니까, "아니라, 봤소." "어디로 갔나?" 허닌게, "저리 내빼다."고 말이여. "어디까지 갔냐?" 허니까, "설찬히 갔것다." 그러거든. 그런게 포수가 그 사심을 잡을라고 인자 쫓아가. 거기를 가니까 얼마나 갔겄다 짐작을 두고는. "인자 가버렸은게 나오라."고. 그런게 사슴이 나와서 허는 말이, "나를 이! 렇게 내 생명을 구제해 줬었으니 내가 응 총각의 소원허는 것이 뭐냐?"고 물었어. 물으니까 이사람이 대체 한 노, 노총각이 되드락 장가도 못가고 어마니, 홀어마니 모시고 사는디 해야, "어째 내 소원이 이쁜 새악시나 하나 데리고 어마니 모시고 살림이나 좀 해봤으면 쓰겠다."고 허니까, "아 그러냐고. 그럼은 그대로 나 허라는 대로만 족 허라."해서 지도허기를 뭐라 하는고 허니, "내년 칠월 보름날 천상에서 선녀들이 이 선상에 가서 팔용담이란 하는 뫼이, 못이 있으니까 그 못은 선녀들이 와서 못 일년에 한번씩 내려와서 목욕허는 못이니까, 거기가서 정오에 가서 가만이 숨어 있다가 선녀들이 주루루 내려와서 목욕허고, 헐려고 옷을 벗고 들어가거든 가서 자기 맘에 드는, 응, 그 선녀의 옷을 갖다 잠춰라. 그러면 다른 선녀들은 옷이 있응게 옷 입고 올라가는디, 옷 감춰버린 선녀는 옷이 없응게 못 올라가니께, 그때 가서 나허고 같이 베필을 맺여 살자고 사정을 허면 옷 없응게 못가고 못올라가고 따라올 것이니 가서 그렇게 허라." 허니께, 대체 그때 가서 보니께 천상 선녀가, 칠선녀가 주루룩 내려와서 목욕을 헌단 말이여. 그런게 대체 옷을 하나 맘에 든 사람의 옷을 갔다가 감췄어. 그래서 감추고 하는디, 감추라 할 때, "하야튼 간에 아들 딸 간에 싯 낳도록은 가르쳐 주지 마라. 옷을 내 주지 마라." 했는데, "그런다." 하고 와서, 집에 와서 인자 여전히 마누라. 없는 마누라 데리고 오고 허니께 아이 즈그 어머니가, "아이 웬 일이냐?" 그런게, "이렇게 됐다." 고 허닌게 그때부터 인자 참 재미가 져서 집안이 더 화락허고 사는데, 날마다 지게지는 사람은 아무것도 는 사람이라 나무만 해서 팔아서 먹고 사는게 그 이튿날 인자 또 나무를 허러 갔어. 하러 가서 늘 나무만 인자해다가 벌어 먹고 사는디 그러는 순간에 아들 형제를 낳어. 형제를 낳는디. 하루는 나무 해갖고 오니까 아이 즈의 마누라가 술 사고, 반찬 사고, 저녁을 걸게 해서 잘 먹고는 저녁 대접을 잘 허니께, "하이 뭔 거시기로 해서 이렇게 했느냐?" 허니께, "하도 참 날마다 나무만 해서 몸도 피곤헐꺼이고, 그래서 오늘란 한번 술 잔뜩 자시고 뭐 어떻게 내 뭐 힘것 했는디 장만헌다고 이렇게 됐다."고. 그러고 저녁을 만족히 먹고는 거시 잠시로 이날 여자가 허는 말이, "이만치 해서 내외간이 됐고, 벌써 자식을 형제나 낳고 했으니 그래도 자기가 나한테 통정을 못허겄냐. 헌게 이번은 참 다 잊어버리고 나한테 통정을 허고 그 의복을 내 줘라!" 그러닝개, 대체 술김에 좋아서 갈쳐준 걸, 의복을 인자, "어다 뒀은게 입으라." 고 해서 갈쳐 줘버린게. 아 그러고 자고 그 이튿날 아침 먹고 또 나무를 해갖고 와, 가서 나무 해갖고 와서 보닌께 마누라도 읎고, 의복 아, 저 아들도 읎고 다 없어. 아 그래서, "어디 갔냐?" 허닌게 아! 누가 알아야지. 모르지. 그런게 이 사람이 그제야 원통해서 참 앙천통곡을 허고 산으로 댕임시로 울고, 밤낮 그러닌게 사슴이 또 그렇게 나와서, "아 뭐 어째서 그러냐?" 허니께, "사실이 이리저리 됐다." 허니께. "하이 내가 갈쳐 준대로 했으면 그러 않을 것인데 싯이 되면 하나는 떠놓고 못간게 못 올라가는디 둘은 양쪽에 끼고 올라간게 싯 낳거든 내주라 허닌게 그랬다."고 그러니게, "아! 그러냐고. 아! 그러면 어쩔 것이냐?" 헌게, "인제는 헐 수 없으니, 니가 한번 그러한 뒤에는 천상에서 선녀들이 이번은 내려오들 못헌다. 못허고 그 물을 길러다가 위게 천상에서 목욕을 허지. 인자 지하에 내려오덜 않으니 내년 칠월 보름날 기달라가지고, 아 가서 은신허고 있다가 물질러 가는 두레가 내려올 것이니, 그때 두레속에 들어가시 들어앉으면, 네 니 마누래 니 아들들을 만날 것인게 내년 칠월 보름날 또 그렇게 해라." 허닌께, 그때까지 기다려가지고 대체 그때 가서 그랬어. 헌게 대체 크나큰 두레를 줄 줄이 줄 달어서 내려 보내서 물을 길러 내려오는 순간에 가서 들어가서 인제 옷벗고 들어가서 두레 속에가 들어 앉았어. 인제, 그런게 달고 올라갔지잉! 물길러 갖고. 올라서본게 칠선녀가 조르르니 앉았는디, 자기 마누라 됐던 사람은 양쪽에다 애기 하나씩 요렇게 보듬고 거기가 앉았거든. 아 그래서 가서 그 그냥 울면서 반가와서 울면서 갈쳐준게, "아! 우째서 여기까지 왔냐." 고. 그런게, "아 이러이러해서 왔다." 고 한게, 그런기에 여자가 인자는, "아마 여기까지 오는 것 보닌까, 자기허고 나허고는 천상배필여. 그러니 이제는 변동헐 수가 읎으니 지하에 내려갈 것 없이 여기서 같이 살자." 그래서 지하 사람이 천상에 올라가서 천상선녀허고 만나가지고 참 나중에 그 일생을 마치고 살았단 말이 있어요. 그래서 이것이 뭐냐 한번 저 미국 야사에도 한번 나온 예가 있어요. 그런디 그 뭐냐 학생들 보고, 한번 그러드라니께 여럿이 모여서 그런 얘기 들었어.

35. 나뭇군과 선녀(『한국구비문학대계 7-12』, 171~173쪽.)

저 어데 선녀 이애기 하나 내가. 저어 나무하러 가가주고, 참 총객이 산골짝에 혼채 낭글 인제 사미 한다. 이, 하이께네 그래 아이 노리가 한 마리 펄쩍펄쩍 뛰오거던. 이래 뛰오이께네, 노리가 거, “총각, 총각.”카이께네, “왜.” 카이, “나 좀 숨가 돌라.” 카거든. 그래 또 숨가놨다. 풀 속에다 숨가놓이 그래 좀 있다이 사냥꾼이 오거던. 와가주고 그래, 그래, “여 저게 노리 저게 한 마리 안 봤나?” 카인께, 안 봤다 카거던. 안 봤다 카인께네, 그래. “여 와 저게 이리 왔는데 안 봤노?” 카이, “저 짜아 산에 가더라.” 카인께, 그래 노리가 나오디 카거든. “총각 총각, 저 저 가만 선녀 목욕탕이 있는데, 그래 저 목옥하는 선녀가 서이가 내리올 챔이니 그래 하나 옷을 감찼뿌만, 감차가주고 아를 서이 놓거던 주라.” 카거든. “둘 놓거던 주지 마고 서이 놓거던 주라.” 이카거든. 그래 그 말을 듣고 거 참말로 거 가이께네, 선녀가 서이가 주욱 내리오디만 거 옷을 훌떡 훌떡 벗어놓고 목욕탕에 드가디이, 요래 숨어가 보이께네, 드간 뒤에 고마 하나 옷을 감찼뿌 다. 감차노이 둘이는 옷을 막 자아 입고 올라가는데, 하나는 옷이 없어가주고 빌빌빌빌 돌아댕기미 울거던. 그래 해가 빠진 연에 그래 인제 참말로 나뭇꾼 총객이 캤거던. “왜 이러고 우노?” 카이께네, 그래 옷이 없어서그렇다 카이, “고마 그렇거던 나 따라가자.”카이, 그 고마 구처없이 따라갔다. 따라갔는데, 그래 옷으는 날개옷을 감찼거던. 딴 거는 있는데, 속옷은 있고. 아들을 그래 하나 놓고 둘 놓고 막 만날 거 날개옷 타령이라 말이라. 그러인께 그래 보다 모해가주고 참 죴뿄어. 설마 둘 낳는데 어떨라 싶어 죴디. 한날은 낭글 하러 갔다아 해가주 오이 여자가 고만 아를 말이라 양짝 한 쭉찌이 고마 하늘 올라갔뿌고 없어. 그적시는 이 여자들이 저게 목욕을 하러 안 내리오고 물통을 주루루 인제. 그래 참말로 남자가 저 낭글 하러 가가주고 또 인제 이래 울고 앉았거던. 앉았은께, 노리가, “왜 우노?” 카거던. 그래, “아 아들을 둘 낳은 때무로 옷을 디이만 그래 올라갔뿌고 없더라.” 이카이, “아, 그렇거든 이젤랑 그 사람들이 니러오지는 안 할 터니 저 물통을 죽내룻거덜랑 거 물통에 물을랑 버었뿌고 거 올라앉아 가라.” 카거던. 그래 참 물통 거 내리온데 물랑 버었뿌고 거 올라앉아 갔다. 올라가이께네, 그래 딴 사람들은, “아이고, 오데 이런 거러지가 있노?” 카고 야다이거던. 하늘나라 사람들이 말이라. 그렇고, 그 여자하고 그래 아 둘 하고는 참 ‘아빠’카고 여자도 맹 참 남자라꼬 반가와하고 이래가주골랑, 그래 거 하늘나라 올라가가주고 그렇기 잘 사더란다. 그 아들형제하고 그 마느라하고 얼매나 잘 사더란다. 그 나무하던 사람이 거 사람이 팔자 참 시간문제라 카디이 그렇기 잘 안사나, 잘 사더란다.

36. 선녀와 나뭇군(『한국구비문학대계 7-16』, 504~508쪽.)

에구야 가리가리가리 갈가무야 난질 가거라 기리기리 갈라무야 카민서 남글 석석 빈께로 포수가 한 놈이 저저 노루란 놈이 헐떡헐떡 오디마는, "청각 총각." 카이, "와?" 카이, "아이 날 여 지게 밑에 좀 숨가두만 웅 숨가주만 좋겠다. 아이 뒤에 포수가 오거들랑 그래 '노루 안봤나?' 카거든 모린다 카라." 그래가주고 그 소리 듣고 여 지게밑에다 숨가 노코 "애이구 기리기리 가리가리 갈가무야 난드리 가거라." 캐미 남클 설설 빈깨로 참 총각이 한 놈이 껄덕껄덕 오디이, "총각, 총각." 카더래. "야?" 카인, "하이구, 여어 노리 한 마리 안 봤나?" 카인, "나 못봤다."카인 고마 헐떡벌떡 갔뿠거든. 갔뿐 뒤에 노리가 나와가, "총각, 총각. 내 말 들어라." 카거든. 그래 총각 말을 듣고, 참, 노리 말을 듣고 따라가자 카더라는구만. 그래사 지게하고 다 내비리고 까꾸리하고, 따라가자 카더라. 그래 따라갔어. 어델 가인깨로 참 이만한 웅뎅이 있는데 고오 가가주고, "총각, 총각. 내 말만 들어라." 이러거든. 그래 요만한 웅덩이가 있는데, "그래 요오 가만히 앉았어라." 카거든. 그래, "가마이 앉았다가 그래 앉았으마 하늘에서 선녀들이 둘이가 니러올텐께 내리 오거든 니러오거들랑 첫째 나온 사람 놔뚜고 두째 나온 사람 옷을 감추라." 이라거든. 그래 감추란 때문에. 이래 있으니 선녀들이 둘이 니러오거든. 그래 니러오더이 첫째 사람 놔두고 두째 사람 옷을 고마 집어 감추 어. 그래 감추리뿌고 이래 있은깨로 그래가 선녀들 둘이 목욕을 하디이만 나온깨로 첫째 나온 사람 옷을 입고 둘째 나온 사람 옷이 업따. 업서가주고, "그래 나는 옷이 업따." 이라인께로 고만 머이 입은 사람이 고만 선녀가 올라가뿌리고 그래 이 옷 업는 사람은 그래 참 쭈굴시가 안자있으이 그러구로 해가 빠졌다. 그래 해가 빠져가 이래에 있으이 총각이 이래 나떠비이고 옷을 비이거든 빈께네, "아이 여보소, 그 날 옷 주소. 주소." 카인께로, 그래, "나캉 당신캉 운연이 됐으니 고마, 나캉 삽시더." 캐미 이 붙들고 그래 됐어. 그래 돼가지고 인제 저거꺼정 인제 그래 살기 됐어. 그래 마, 그래 살기 돼가 이래 살드라이 그래 만, 처음 만내가주고 지녁부터 총각이 아무것도 업섰어. 더벅머리 총각이. 이랜데 만낸데 온지녁부터, "자 부자방맹이가 나오너라." 나오네. 이래가주고 부자방맹이를 하나 내노코 자아, "챙기애집 나오너라. 또드락딱." 카이 집이 화딱 청개집이 하나 나왔뿌고, 나왔부고. 웅 자아 그 다음에는, 카인깨 또 옷이 나오고 그 담에는 또 뭐, "쌀 나오너라. 또드락닥." 카이 쌀 나오고 마 부자가 됐부렀어. 이래 부자 됐부렀다. 돼가주고 인제 그러구로 사다가 보인깨 보인깨 애기가 하나 났뿌렀어. 그래에 애기가 하나 나고 그래 또 그러구로 또 사다가 보인깨로 애기를 하나 뱄는기라. 뱄어. 뱄는데 그즉세는 인제 비는 부실 부실 오는데 처자가 비가 부실 오는데 총각머리다가 여어 눕히노코 이를 뚜딕뚜딕 죽이민서 그래. "에이 여보소. 내가 지금 애기 하나 났는데 또 가겠는교? 또 하나 배고 있는데 가겠는 교. 옷을 고마 그 주고리 날 주소." 이카거든. 그카인깨로 그 옷을 찾아야 가여. 그걸 안 갈케 좌야 되는데, 그래 고마. "옷을 주소." 칸 때민에 그래 그 옷을 좌뿌렀어. 고마 좌뿌고 본께로 아이구, 주고 보이께 아침에 자고 나인께로 고마 숭악한 못 둑에가 혼자 둥그렁이 누었거든. 그래 혼자 눕우가 둥그러이 있이이 하도 같잖애. 그 당세에 부자가 되고 아들도 있고 마누래도 있던 것도 없고. 이래가 둥그라이 눕어가주고 운다. 엉엉 울미, "궁산밑에 궁노리야, 궁산 밑에 궁노리리야." 캐민 울더란깨로 울더라인께로 노리란 놈이 머 여 그래 지 봐주는 노리가 놈이 헐떡헐떡거미 뛰어오디만, "총각, 총각. 와?" 카이, "그마 옷을 달라 카는데 그걸 달라 깨가 좌따." 카이, "그캐, 아아 서이 놓을딴에 주지마라 캤디이 와좄노?" 이라거등. "그래 하도 돌라 캐가 좄다." 응. 좄다 이란이깨로. "그래 그렇거든 날 따라 오너라." 또 따라갔어. 그래 또 따라가인깨로 또 어데까정 가더라인께 또 여어 웅덩이 샘이 하나 있는데, "그래 요오 가마이 안자서 보다가 뚜르박이 하늘에서 금뜨드박이 하나 니러오고 두째 니러오거들랑 두째거 물을 붓뿌고 따라 올라가, 것도 저 붓뿌고 고오 설풋 올라가라." 카더란다. 응, 줄을 잡고 올라가라 카더래여. 그래가주 안좄인깨로 참말로 금뚜레박이 두, 하나 니리오고, 두나 째 니리오더란다. 니러오는 거를, 참 물을 벗뿌고 고마 그 줄을 타고 달아 매친깨로 막 딸리 올라가는 기라. 어머이는 모르고 땡기 올리는데, 땡기 올리이, 올라가이고 애기, 낳았는 애기가 니라다 보고 '하이구.' 니라다 보고, "엄마, 엄마. 저 지아부지 오신다. 저 지아부지 오신다." 캐도 어머이 모리고 땡기 올리뿌렀어. 그래 땡긴이 고마 하늘에, 하늘에 올라 갔뿌렀어. 응. 그래 하늘로 올라 갔 다. 가인깨로 저 그 어마이가, 마누래가 하도 어이가 업서가주고 참 남편이 왔다고 옛말이 아즉 그렇대여. 그래가주고 겨울게 춥은데 밥국을 끓이가주구 남편을 좄어. 주인깨로 남편이 이거 뜨거버서 못묵고 고만 말귀에다 그만 들어붓다 카는키라. 그 밥국으를. 그 말귀에다 훌들어 부뿌인께로 들어 붓뿐깨로 그래 고만 말키 죽었다. 죽었뿌리가주고 지금 닭이 우는 기요, 그 넉시가 되가, "꼬꼬오, 지오빠고골." 그 넉시라꼬예. 옛날 이야기가 그렇더라고요.

37. 금강산 선녀(『한국구비문학대계 8-14』, 507~508쪽.)

옛날에, 금강산에 나뭇군이 살았는데, 그 나무하로 하루는 산에를 가서, 깊이 들어가서, 참 나무를 하고 있는디, 사슴이 헐레벌떡 뛰어 와가지고, 나뭇군을 보고, 살려 달라고 애원을 해서, 얼른 나뭇짐 속에 숨겨서, 숨겨 놓고 나서 쉬니깐, 포수가 달려 와서, "지금 이리로 사슴이 왔지 않느냐?" 물으니까, "사슴 방금 저리로 갔다." 그러니까, 포수가 그쪽으로 가고 난 뒤에 사슴이 나와서 살려줘서 고맙다고 인사를 허고. "은혜를 갚기 위해서 내가 한마디 하겠으니께, 그리하라."고 그리 이야기를 하고난 뒤에, "아무디 여기 연못가에 가믄 보름달이 떠거든. 연못가에 가므는 선녀들이 내려 와서 목욕을 헐테니까, 거 가서 옷을 한 불 숨겨 놨다가, 아이 셋 낳을 때까지 주지마라. 그러면 평생 당신과 같이 살 수가 있을 것이요." 그러고 사슴이 가고 난 뒤에, 인자 그 보름달이 뜰 때 연못가에 가서 인자 옷을 숨겨 놨다가, 참 옷을 숨겨 놔노니까. 그 선녀들이 다 모욕을 하고 옷을 입고 다 하늘 나라에 올라 가는디, 선녀 한 사람이 못 올라가고 그 나뭇군과 같이 결혼 해가지고, 결혼 해가지고 살아도 그 하늘 나라 항상 그리웠는디. 아들 둘 낳고, 둘 낳은 뒤에, "설마 아들 둘 낳는디, 우리 인간 같으믄 모정이 있어서 못 떠날 줄 알고, 이 아들 둘 낳는데 갈꺼냐." 싶었어. 내 날개옷 때문에 항상 수심에 차가 있어서, "내 날개옷 한번만 입어 봤이믄, 한번 만 입어 봤이믄." 그러니까 아들 둘 낳다고 인자 믿고 날개옷을 내 줬다가, 그만 아기 둘도 안고 그만 하늘로 올라 가버렸어. 평생 후회를 안고 살아가는 그런 얘기가 있어요. 그래 다시 또 나무하로 가서, 맨날 수심에 차서 있었지요. 수심에 차서 있는디, 그래 다시 또 사슴이 나와서, "왜 그래 날개옷을 주었느냐?" 그런께, "잘못해서 날개옷을 주었더니, 그만 애기 둘을 안고 올라 가버려서 이리 혼자 외롭게 살고 있는디, 매일 생각는 기 애기하고 그 선녀 생각밖이 없다." 그러니까, "꼭 보고 싶거든, 보름달이 뜨거든 연못가에 가서, 그 먼저 모욕했던데 거 가서, 선녀들이 물을 퍼올릴테니까, 두레벅 안에 들어 앉아라. 그러므는 선녀를 따라 갈 수 있다." 그래 가지고 인자 보름달이 뜰 때, 올로(홀로) 우물가에 가서, 그 두레박이 내려왔을 때 타고 올라갔어. 가서는 뭐, 하늘 나라니까 잘 살았는지 못살았는지 알 수가 없지.

B형: 나무꾼 승천형/ c형 승천실패형

39. 나무꾼과 선녀(『한국구비문학대계 6-1』, 81-88쪽)

그란디 이런 데서는 인가가 잘 안 사요. 그런 때가 되았등가 모르십디다. 실인지 몰라도 [청중: 인간이 귀할 때 옛날에.] 인간이 귀할 땐지 몰라도 육지 근방에서 평상이 불시철 나왔던지 이랬든 거제. 사람이 인간은 귀하고 이랄 때 이러했던가를 몰라도. 좌우간 산천에서 초목이나 어케 뜯어다 먹고 또 지게나 짊어지고 나무나 해서 인자 더러엇기(어디) 부자집이다 폴아먹고 이라고 인자 지내는데, 어디서 했냐 하면은 평상에 옴다리 저 강원도 금강산 골짝에서 했드라 합디다. 서씨란 한 양반이[청중: 응?] 아까 내동 이얘기하덧끼 구차한 서씨가[청중: 응 사람이.] 사람이 이리저리 돌아댕김시로 인자 참 고고히 삼시로 나뭇짐이나 해다가 머시기 부자집이다 폴아묵고 이렇게 생명유지를 해 나가는 판이여. 그래 어디서 했냐 하면은 강원도 금강산에서 했던 거입디다. 그래 그 초군이 이고 온 적을 다 비고 댕긴다 그 말이여. 하루는 나무를 비러(베러) 인자 산천을 헤맴시로 지게목발을 뚜둠시로 참 거기서 좋은 노래도 저까장은 불러가면서 인자 나무를 빈다 그 말이여. 아이 뚱금없는 사심(사슴) 한 마리가 훌뚝 뛰어나옴시로, "아잡씨 ! 아잡씨 !" 그라그든. "멋할라고 나 부르냐?" [청중: 그런, 거짓말이 잘 헌다. 그래서.] "나 잔 살려 줏시오." "이놈아 내가 너를 엇찌게 살려야." "아이 나를 잔 살려줏시오. 포수가 나를 잡을라고 지금 막 애를 쓰는데 엇찌게 하든지 나 잔 살려줏시오." 그라그든. 암만이 미욱한 인간이라도 할 재주가 없근마는, "그래라, 그람." 그러고는 우선 웃도리를 딱 벗어서 딱 엎졌어, 맨 나무가지에가 엎졌어, 그라고 함시로 엎졌승께는 거기다 웃으로 이렇게 덮어 놓고는 막 있는데 포수랄 놈이 헐떡헐떡 뛰어와서는, "여보게, 여보게." 그라그든. "멋할라 내 좃이나 니가 부르냐?" 그라고[청중: 웃음소리] "금방 이리 사심(사슴) 한 마리 안 갑딩겨(갑디까?) 그라그든, "사심 한번 내 좆같은 것을 다 들맹이네(들쳐내네), 저 뛰어 넘어가드라, 저 산골짝이로 금방 가드라." 그라그든, 말 떨어지게 저 이놈은 그라나 총에다 불댕겨 갖고는 저 산으로 기양 도망쳐. 막 내삔다(달아난다) 그 말이여. 그때 아실게 웃옷을 비낀거 지가 벗어서 덮어산 옷을 걷음시로, "야, 가거라 기양 가거라. 너 나와서 걸어댕긴다꾸나. 낸장칠것 너나나나 똑같은디 별 다르나?" 그랑께는, "예 아잡씨 좌우간 내가 아잡씨 남시(때문에) 살았소. 그라이 아잡씨 소원이 머시오? 인자 엇찌게 하든지 위해 드립시다." 이라고 이 말을 한다 그 말이여. "오냐 내 소원이라 하는 것은 사람이 이렇게 늙도록 까장 참 지게목발이나 투둥김시로(두들기면서) 제우 목숨만 살리고 잇는데, 그 가운데 그래 해도 부부가 제일 나는 상인줄 안다. 그란데 부부를 못 정해갖고 있는데, 엇찌게 하겄냐, 너한테다 이런 소리를 해봤자 먼 쎌데있는 소리냐?" 이라고는 지 소감의 소리를 한다 그 말이여. 그랑께는, "예, 아잡씨 그라십니까? 돌아오는 보름날 저녁에 암데 둔벙에(연못)로 웃시오. 그라거든. "오먼 머 거기가먼 멋한데야." "하늘에서 선인(仙人)들이 내려와서 서이(셋이) 모욕을 하는데, 아무놈이라도 한나만 거기서 옷을 벗어노먼 고놈을 딱 걷어갖고는 딱 감차서 절대 주지 마시오. 그라면 두놈은 기양 없어진 뒤로 있다가 옷은 주지 말고, 언제든지 옷은 주지 말고, 자우간 거그를 가먼 나 잔 살려주라고 할 것이요. 그라면 그때 집이를 내려와서 집에 와서 다른 옷을 갖다가 입혀갖고 대래 가먼 부부를 정해갖고 사는데, 아들이든지 딸이든지 자식을 싯(셋)낳도록 까지는 이 옷을 내주지 마시오." 하고 당부를 단단히 한다 그 말이여.[청중: 저기 저 각시가.] "꼭 니 말대로 그케 하면 되겄냐?" 그랑께, "예 그렇게 합니다. 틀림없이 될 것잉께, 그렇게 하시란 말이지라우." 그랑께, "오냐 그람 그케 하지 그람 엇째야." 그라고는 참 사심이 시긴대로 그날 저녁이 보름달이나 되았둥가 갔던 모냥이여. 거리를 가서 보이 천상에서 선인들이 내려와 갖고는 모욕을 하는데 아름다운 경치에 사람이 미치겄드라우 [청중: 그라제.] 엇뜬 놈 다 싯 다 훑아도 좌우간 목구녀이 넘어가능께, 넘어가겄드라 그 말이여. [청중: 여자들이 그란데 그라제 그람.] '그라허나 시긴대로 밖이 더 하겄냐' 그라고는 아식아식 숨어서 웁성(옷) 한 불을 감찼다 그 말이여. 엇뜬 놈이 되었든지 감차 놓았는데, 모욕을 깨끗이 잘 하고는 다 읍성을 찾아 입는 것이 한 사람의 읍성이 남어져 갖고 없잉께, 못입고는 외뜨로(외따로) 넘어져 있드라 그 말이여. 둘이는 기양 얼로 가는 새 없이 없어져 버리고 한 사람만 있기뜨게 그 뒤에 나타나 가지고는, "아이 너 어짠 일이냐?" 그라고 항께는, "아이고 나 잔 살려주시오." 이라고 꽉 부둥꼬는(부둥켜 안고는) 사정을 한단 말이여. "그나 제나 너는 엇찌 꾀벗고 그라고 있냐?" 그라고 항게는, "아이고 나 잔 살려줏시오. " 이라고 울어쌈시로(울면서) 야단이거든. "그람 여가 가마이 있거라. 내가 집이를 갔다 옷께." 이라고는, 참 즈그 집이가 먼 헌 치매라도 있든가 어 든가 두루두루 한 뭉치를 갖고 [청중: 여자도 없는 집에 먼 치매 같은 거 있었둥고.] 갖고는 인자 거기를 올라가서는 중께는(주니까), 그것도 아름답게 받음시로 치매를 인자 아랫도리를 개리고는 두 손목을 마주 잡고는 즈그 집이를 내려와서 호가산천을 이뤄감시로 산다 그 말이여. 수년간 아름답게 보내고 사는 것이 주고 받고 하는 정리가 무지하게 두터웁다 그 말이여. 뭇헐 말이 없어. 대처간 일하는데, 머라겄냐 하는 세월이 흐른 것이 아들을 둘을 낫습니다. 둘을 나가지고 잇는 처지에 얼마나 정다와서 그러했등가 하루는 비가 촉촉하이 올떠게(올때에) 그 영감되는 사람이 신을 삼음시로 옛날에 생각이 나서 곡 비탠다고 피는 것이 그 이야기를 했다 그 말이여. 하다가 그 이얘기를 의심없이 쭉 햇부렀다 그 말이여. 지내온 이야기를 내 이야기같은 이런 이야기를 쭉 했는데, 그 각시가 하는 말이, "영감님 그래라우 그라먼 그 읍성이 지금까장 있소?" 그라고 항께는, "있다." 그란다 말이여. 그라먼 어디가 있소? 한번 보기나 합시다." 이라고 항께는 갖다 준다 이 말이여. 떠억 뇌중께는 고놈을 입고는, "영감님 안녕이 편이 기싯시오. 느그들 이리 오이라." 그람시로 마당케서 양쪽에다 하나썩 탁 보둠고는[여자 청중: 올라가부러.] 구름타서 둥둥해서 하늘로 올라가 부렀다 그 말이여. [여자 청중: 지 복이 아니제.] 아이 이런 참말로 시상천지(世相天地)에 기가 맥힐 놈의 일이 있는가? 기에(그래) 그 각시를 잃어버리고는 한 이삼개월간 고생함시로 또 그 나무목을 짊어지고는 깨끔을(산비탈을) 헤매고 매일 매일 나무를 하러 댕기는데 그 사심이 또 나서 선다 그 말이여. "아이 엇찌 아잡씨 그러고 댕기요?" 그라그든, "아이 이만저만 했지 엇찌디야." "아이 그랑께나 아들 싯낳도록 아무 말하지 말아게도 꼭 그케 하셨오." 부부란 것은 아들 싯 낳드기 전에는 속엣 말을 하지 말라는 것이 여기있다 그 말이여.[조사자: 예.] [화자: 아들 싯을 낳지마 애기 싯낳기 전에는 부부간에도 깊은 속엣 말을 하지 말아 하는 것이 이런 자리에 있는지도 몰라.] '야 이란 것이다.' 이라 하고는, "그라먼 내가……." [테프 교환으로 이야기가 진행되었으나 채록불능.] 두루막에가 턱 앉어가지고는 물로 그 빌 그 순간에 딱 떠갖고 비어분데 얼른 비어부리고 거기서 지가 두르박(샘에서 물뜨는 표주박)에가 탁 앉었다 그 말이여. 이때 둥둥 떠서 인자 올라가는데, 줄타서 연해 올라가는데, 세상에 그때 어느 세상이었든지 몰라 그때 비행기가 없는 시상이라 그때 강원도 몇봉이라 하는 것을 이 사람이 시어보아서 전설로 내려온다 그 말이여. 팔만이천봉. [청중: 일만이천봉이란 것을.] [화자: 팔만이천봉이라 합디다. 일만이천 아름다운 경치를 다 사진과 같이 찍어서 전설로 내려보냈던 이것이 그 사람이 아주 두루박을 타고 감시로 내려다 봉께나 강원도 금강산이 팔만이천봉 아주 소문 안났소. 지금 이런디까장. 그 사람한테서 우리가 들은 소리여.] 그래갖고 염차 우리가 거그 인자 천당에를 아주 쓰윽 올라갔던 거입니다. 올라가서는 이케 봉께, 즈그 아그들이 물을 질따가 어머이 뫼욕(모욕) 시길라고 물을 질러 올리는 판이여. 그라고 항께나 즈그 물을 올리잔 해, 즈그 아부지가 올라오거든. [청중: 홍-홍.] 아그들이 거작 올라올 때 봉께나 아버지가 올라와서 헝께, "어머이, 어머이 여그 아버지 옵니다." 그랑께는, "응 느그 아부지가 와야 아부지가 여그 올 데가 못되는데, 그래 해야?" 그라고는 와서 봉께, 샘에를 와서 봉께는 즈그 아부지가 타고 올러온다 그 말이여. 진둥을 탁 짤라부네 이 여자가. 그래 천당에서 떨어지는 것이 수백 질이나 되았던가 수천 질이나 되았던가 높은 디서 떨어짐시로 이 사람이 모양없이 어디 바우독이나 어디가 떨어져서 죽었던 거입디다. 그 넉(넋)이 닭이 되았던 모냥이여. 그 넉이 인자 새나 이런 닭이 되었던 거입디다. 그래 가지고는 하늘에서 즈그 아들이, "아부지 조반 잡숫시오." 이라고 하먼, 닭이 울 띠게 엇찌게 우는고 하이는 처음에 날개를 턱턱 쳐가지고는 진목을 빼어 웁니다. 움시로. "하이고 나는 다리 아퍼 못가겄다." [손뼉치면서 닭우는 소리를 낸다.][청중: 웃음소리.]꼭끼요.…… [청중: 그라겄어.] 날개치잉께[청중: 웃음소리.] '다리는 다쳐나서 못 가겄다. 아아 다리아퍼 못 가겄다.'[화자:아하……]이라고 우는 소리가 시를 마차서 엇째 닭이 우냐 하먼은 천당에서 '아버지 와서 조반 잡숫시오. 한 몇 시나 되았읍니다.'(청중: 각자 한마디씩 한다.) 운다 그 말이여. [조사자: 예.] [화자: 그란데 우리도 인자 술시가 되았소. 그라하이 아리고 다리 아퍼 못가겄다. 아하-] [청중: 웃음소리.] [화자: 한 잔석 먹읍시다.] [청중: 웃음소리.]

C형: 나무꾼 지상회귀형/ a형 시험 유(有)

40. 나뭇군과 선녀(『한국구비문학대계 1-7』, 287~292쪽.)

낭구꾼이 내깥에 가서 낭구를 하는데 사슴이가 포수에게 쫓겨서 따라나오면서 낭구꾼더러, "나좀 숨켜 달라." 고 그랴. 그러니깐, "난 저기 포수가 온다."구. 그러니깐 낭구를 헤치고설라무니 그 속에다 감춰주고 낭구를 덮었어. 덮었는데 아, 뒤쫓아 오단 말야, 포수가. "아, 여보 여보, 여기 사슴이 하나 지나가지 않았오?" 그러니깐, "네, 저리 뛰어가던 걸요. 저 건너짝으로 뛰어가던 걸요." 그랬거든. 그러니까는 그리 뛰어가거든. 그러니까 그러니깐, 이 사슴이가 나왔단 말야. 나와가지고는, "아휴! 도령 때문에 난 살았으니 내 그 신세를 갚아 주겠소." 그러거든. 그러니깐, "어떻게 그 신세를 갚어?" "아무데 이러저러한데 가면 우물이 있소. 우물이 있는데 밤에 보름날이 거던 그 우물을 가라." 그러거던. "그럼 하늘 선녀들이 거시에 내려서 미역을 감는다."고. 그러니깐 그 사슴이 일러주는 데로 갔지. 가니깐 아닌게아니라 선녀 싯이 내려와서 미역을 감거던, 옷을 벗어 놓구, 그런데 그 사슴이가 허는 말이, "옷을 싯을 벗어 놓되 멀저 성의옷 둘째 옷 말구 싯째 옷을 감추라."구 그러거던. 그래서 가 그 소릴 듣고 가서 살그머니 멱감는 김에 막내동생의 옷을 감췄어. 감춰가지구 어디로 숨었어. 전, 아, 멱을 다 감고 나오더니 웃도릴 입는데 막내동생의 옷이 없거던. 그냥 그래서, "내 옷이 없어졌으니 웬 일이냐?" 구. 펄펄 뛰거던. 그런데 그 사슴이가 일어주기를, "그 옷을 감춰뒀다가 아이 싯만 낳거던 내 줘라."그랬거던. 그러니까는 그렇게 일러줬거든. 그러니까는 이 옷을 감췄지. 감춰선 감추고 있는데 아, 이 선녀 둘은 시간이 되까 올라가잖어? 그러니까 아, 이 동생은 그 날 옷을 못 찾았거던. 못 올라가구 쩔쩔 매니깐은 그 총각이 그 땐 옷은 딴 대다 감춰두구, "그런데 왜 이렇게 이러냐구 우리 집으로 가자."구 그러거던. 그래 인제 갔지, 좇아가선 그 집에 가서 살잖어? 살아서 인젠 내외가 되선 살지. 내외가 되서 사는데, 아이를 참 하나 낳거던. 아이를 하나 낳구. 두째 아이까진 낳거던. 낳았는데 맨날 성화 박쳐 한단 말야. "아휴! 난 옷을 잃어버려서 이렇게 못 찾고 있으니 그냥 나는 인제 천상에 생전 못 올라가갔다." 구. 아, 이러면서 한탄을 하거던. 아 그러니깐 안타까와서 아이 둘 난 년에 옷을 줬단 말야. 옷을 내주니까 신랑이 옷을 내 주니까 아, 그냥 옷을 입구 아이 둘을 옆구리에다 끼구 그냥 하늘루 올라가 버리거던. 그러니까는 여편네를 잃어 버리지 않았냐 말야. 그러니까는 계속 혼자서 실심을 하고 인제 홀애비로 사는데, 인제 한 날 사슴이가 또 왔드랴. 와서, "왜 내가 아이 싯만 낳거든 내주라니까 둘 난 년에 옷을 내 줬냐?"구 그러면서 인제는 또, "보름날 인제 그 연못 움물에 가라구 그리면 인제 속아서 인제 멱을 감으러 내려오질 않고 두레박으로 퍼 올릴 거니, 퍼 올릴 테니 첫 번 내려오고 두 번째 내려오고 시번째 내려오거던 그 두레박 물을 쏟아내버리구 두레박을 타구 앉았으라." 그러거던. 그러니깐 인제 일러준 대루 그대루 하는 거야. 일러준 그대로 허니까는 천상으로 올라 갔거던. 올라가니까는 시악씨가 거기 왔거든. 아이들두 둘하고. "아니 어떻게 올라 왔냐?" 하니까는, "사슴이가 일러 줘서 올라 왔노라." 고 그러니까는 그러구 인제 부인하고 거기서 살려고 그러는데, 아! 장인이,

시악씨 아베가, "너 내 딸하구 살려면 살을, 인간에게 활을 쏴서 쏘라."구 그러거던. 쏘라구 그러니까는 활을 쐈는데 누구네 외아들 겨드랑을 그냥 했을 맞쳤거던. 활을 맞아서 죽었거던. 그냥 이 사람넨 초상이 나구 야단이 나지않았나베, 그러니까는 부인이 또 일러줬어, 시악씨가. "다시 활을 쏴서 그 아이를 고치라."구. 그러니까는 똑바루 일러 줬거든.그러니까는 다시 활은 쏘니깐 그 아이가 살아나지 않냐 말야. 그래서 아니 그러질 않아. 내려 보냈어. 누굴 내려보내설라무니, "누굴 내려보내서 그 활은 빼게, 화살을 빼게 하라."구. "빼 주라."구. 그래서 인제 화살을 빼서 그 아인 살았지. 살았는데 그래두 또 못마땅해서 또, "무얼 하라."구 장인이 그러거던. 그 무슨 얘기를 하라구 그랬는지 그건 잊어 버렸어. 그러니깐은 인제 그것을 새악씨가 일러 주거던. 새악씬 같이 살라구 일러 주니깐, 일어주니깐 그대루 허거던. 그대루 새악씨가 일러 주는 대루 허니깐 됐잖어? 아 그래선 다 인제 그 거시키 해준 건 다 모면해서 인제 그땐 살게 됐어. 새악씨가 일러 주는 대루 말을 들어서. 아 그런데 그냥 가만히 있었으면 괜찮았을 텐데 즈의 색씨한테, "난 여기 온 지가 하두 오래 되니깐 가서 인간에 내려가서 어머니 좀 보겠다." 그러거던. "어머니 좀 보구 오겠다."구. "올라 오겠다."구, 그러니깐 부인이, 새악씨가 하는 말이, "절대 내려가지 말라." 그러거던. "내려가지 말라."구. "내려가면 여기 못 올라 온다."구 그러거던. "그래두 부모님이 원한데 어머님 한 분을 그렇게 오래 효재를 못하구 있으니 가서 잠깐 보구 올라 오겠다."구 그래그던. "그러면 정히 가고 싶으면 인간에 내려가서 말에서 내리지두 말구 그냥 어머이 찾아서 말 위에서 어머이 하구 말하구 울라오라." 그리거선. "그리구 인간에 내려가서 절대 박국을 먹구 오지 말라." 그리거던. 박, 국 박, 박 열리는 것, 박국, 그렇게 알려 주거던. 그래 인제 내려왔지. 말을 타고 내려 왔지. 내려 왔는데 내려와선 말에서 내리지두 않구 시악씨가 일러 줬거던. 내리지 않구 서서 문앞에 가서 어머이를 불렀거던. 그러니깐 어머이가 그냥 내달으며, "아휴! 너 어디 갔다 이렇게 오냐?" 그러니깐 반색을 하거던. 그러면서, "어서 들어오라." 그러거던. "어머니, 저는 못 들어갑니다. 어머이만 보고 인사만 드리고 저는 가갔읍니다." 그러거던. "얘! 내가 너를 위해설라무니 음석을 해 놓은 게 있다. 그리구 날마다 기둘렸다. 어서 들어오너라." 그러거던. "들어 갔다가는 그럼 못 간다." 구. 아 그러니깐 할 수 없이 어미 말에 못 이겨서 그만 말에서 내렸거던. 말에서 내려 박국을 먹었어. 박국을 끓였드랴. 박국을 밥해서 박국을 먹구 나와 보니까 벌써 말은 하늘루 치빼드랴. 치빼니까는 어떠캬? 말이 없으니. 그러니깐 그건 그때는 이 사람이 죽었댜. 죽어가지구 수탉이 됐다. 수탉이 돼가지구, "꼬끼요." 하구 울잖아? 그러면 있는데, "박국일세." 하구 우는 거래, 그 소리가. 닭이 그러구 울잖아? 목을 누루구, 그러니깐 '박국일대' 그러구 운대. 그 박국 때문에 그러니깐 시악씨가 박국일랑 절대 먹지 말라구, 그리구 말 잔등에서 내리지두 말라구 그랬거던, 그런 걸 어머니가 하두 자꾸 권하니까 말에선 내려가지군 들어가니깐 박국을 갖다 주거던. 게서 그 박국을 먹었는데 먹구 말이 없으니 어떻게 올라가냐 말야? 그러니깐 그땐 고만 이제 수탉이 돼버렸댜. 수탉이 돼가지구, "꼬끼요." 허게 울잖아? 수탉요. 하늘을 쳐다보구 울잖어? 울문 벌써 이리구 울잖어? '박국일데' 그리구 우는 거래, 그게. '난 박국 때문에 하늘에 못 올라갔다.'구 그 다 모두 말에 이치가 있는거야.

41. 나뭇군과 선녀(『한국구비문학대계 6-3』, 111~116쪽.)

어느 한 아들이 저거매 저가부질 조실부모하고 어려서 할 수 없이 고모집에서 살기 되었어. 고모집에서 살기 되앗는디, 어째 고모가 악하게 하던지 여하간 일을 어찌게 디린지 되게디리. 정월 초하릿날도 없이, 섣달 그믐날도 없이 일을 한디, 정월 초하루릿날 눈이 소복하게 쌔인디 나무를 가서 해갖고 오라니 나무를 하러 갔어. 나무를 하러 가서, 그 눈밭에서 나무를 어찌게 하냐 그 말이여. 그래 계우 나무 한 까치나 어찌 해놔 둔께, 사심이 뛰어 옴서롬, "날 좀 살겨 주라." 허거든. 그래 "어찌게 살리끼냐?" 이란께, "저어 포수가 쫓아오니께, 날 좀 살려 주소." 나뭇가치 밑에다가 해놓고는 심아 놔두고, 포수가 와서, "사심이 가는 거 못 봤냐?"고 그란께, "사심이 절로 가더라."고 그양 갤쳐 줘버렷거든. 어만 델 가르쳐 줬다 그 말이여. 웅, 어만 데로 달리 갈차준께 기냥 포수는 그리 좇아 갔어. 그래 사심이 와서, "자 날 살려준 은인이니까 나 은혜 보답을 하거인께, 날 좀 따러 오라."거든. 그래 따라 갔어. 따라 간께로, 인삼밭을 데리고 갔어. 거어서 인삼을 몇 뿌리 이리 캐가지고, 나물 해서 짊어지고 저거 고모집에를 가인께, 저거 고모가, "하! 이거 어서 가져 왔냐?" 고 또 다부 쫓거든. 아 이거 인자 사심이 갤쳐 주서 캤는디, 어디 다시 해 볼 수가 없어. 그래 인자 울고 앉았이니까, 사심이 또 나타나 갖고는 그러겠다고. 그래, "날 따라 오라."고 그라거든. 또 인삼을 몇 뿌리 갈차 주믄서, "인자 또 가라 하믄 인자 　게나서 어디로 가라 하믄 어느 산꼴짝 어디로 가믄 선녀들이 와서 뫽을 감을 거여. 뫽을 감을 거인께 한나 감고 올라가고, 둘 감고 올라 가믄, 셋차 감고 셋차 선녀 옷을 감춰부라."거든. "감춘 뒤 아들 샘 형제를 낳아야 그 옷을 내주지 아들 샘 형젤 낳기 전에는 내주지 말라." 그랬어. 그런디 재차 삼 몇 뿌리를 캐가지고 간께 또 쫓아. 또 쫓은기, 그래 산삼이 돼서 그러기 되니 욕심이 날 거 아이라고, 그래 인자 또 쫓아서 할 수 없이 인자 그 사심 시키는 대로 했어. 어느 산에를 그날 가인께 선녀들이 와서 목욕을 하고 둘이 올라 가고, 한나이 마지막하고 인자 올라 갈라고 한디 옷을 감췄어. 거어서 감춘기 아이라 거어서 감췄지. 감춰서 그렇게 하고 있다가, 애길 셋을 낳아서 내주라 했는디, 낳기 전에 기양 옷을 조부렸어. 옷을 갈쳐 좄어. 그란께 옷을 입고 선녀가 도망을 가. 인자 날러가 부렸거든, 하늘로. 그란께 지 호차 떨어졌어. 그라믄 그때는 지가 살기를 어느 정도 알고 그란께, 인자 고모집에서 자꾸 일도 해주고 또 이렇기 묵고 있다가 그 이듬해 정월에 또 산에를 갔는디 나무를 하러 갔는디, 또 사심이 나타났어. 나타나서, "왜 옷을 주지 말란께 줬냐?" 그 말이여. 그래서, "깜빡 잊어 불고 그양 좄노라."고 그란께, "지금에는 절대 여기는 목욕을 하러 내려온 것이 아이라, 타레박으로 물을 질러 올리낀께, 몇 월 몇 일날 타레박으로 물을 질러 올리꺼인께, 한나 올라가, 둘 올라가, 시개 올라가믄 물을 비우고 당신이 딱 들어 앉으시오. 들어 앉으믄 하늘로 올라갈 거인께, 들어 앉으시요." 그래 인자 그대로 딱 해서 하늘로 올라 가부렀어. 가서 사는디, 저거 손욱에 동서들이 어찌 좌우간 지하의 사람이라고 미원한지 뭘 해 볼 수가 없어. 그라고 또 지가 배운 것이 없어갖고 아무 것도 몰라. 그란디 여자는 잘 안다 그 말이여. 잘 알고 있는디, "내일은 동서들이 장기를 두자 하꺼여. 장기를 두자 하꺼인께 장기를 당신이 이기야지, 지게 되면 안 돼. 그란께 이기야 돼요." 이란께, "나가 장기를 안 두봤다." 이란께, 포릴 한 마리 주면서, "'웽'이라고 날아가믄 장이야! 그라고 여거 만일 앉었다가 요 금에 가 앉으믄 말을 그리 옮기고, 또 이 말을 옮기고 저 말을 넘어가믄 그 말을 잡고 이렇게 하라."고 포리를 한 마리 옷 옷에다 앤기 주거든. 그래 포리를 가지고 가서 장기를 두는디, 말 썰 줄도 몰라. 언제 장길 둔 걸 봤어. 언제 쥐 봤어. 말 놀 줄도 모르고 있는디, 인자 포리가 날아 대이서 놔 줘서 인자 그래 찾아 갖고 장기를 두는디, 그러자 그렇게 되다보니 장기를 이겼어. 한 번 이겨 놓고 본께, 인자 그 다음 날은 또 뭐이라고 하냐 그라믄, "나가 또 졌은께 또 하자." 하는디, "내일은 숨바꼭질하자." 그라거든. 숨바꼭질하자 그래서, "그람 숨바꼭질 어떻게 할 거냐?" 이란께, "내일 숨바꼭질 해보자." 이러거든. 그래 와서 저거 마느래 보고 고 이약을 한께, "그럴 것이요, 그러믄 당신이 술래가 될 거이요, 당신이 술래가 되고, 저 형부들은 숨으러 갈 거인디, 무엇을 어찌게 찾냐 그라믄 그 마당이에 큰 닭이 두 마리가 돌아 다님서로 모시를 주어 먹고 댕길낀께, 형님들은 될 것이 없어 닭이 돼가지고 자갈을 주워 먹고 있느냐고 그렇게 말을 하믄 알 동정이 있을끼요." 그라거든. 그렇게 해서 인자 술래잡기를 하는디 대차 지가 술래가 돼갖고 술래를 하고 있는디, 대차 없던 닭이 굵은 닭이 두 마리가 모시를 쫓고 있거든. 그란께, "형님들은 될 것이 없어 그 모래를 주어 먹고 있느냐?" 고 그란께, 기양 홀딱 그 자리에서 사램이 돼서 일어나부렀어. 그래서 두벌이   다 그 말이여. 두 벌 이   는디, 이긴께 알로 가란 말안 하지. 거기서 그리고 살다 본께, 아들 한 두어 행제 인자 낳았던 모앵이지. 낳아갖고, 그렇게 고모가 밉게 하고 밉게 했어도 고모집을 가고 싶거든. 그래 인자 저거 마느래 보고, "나 고모집에를 좀 가고 싶는데 어짜꺼냐?" 그란께, "지금 가서는 안 된다." 그 말이여. "지금 가서 안 된께 가지 마시요." "꼭 좀 갈란다." 그라거든. 그라니 마구에 가서 살찐 말 내부리뿌고 질 팬한 말을 주면서, "요놈을 타고 가는디, 가서 올라 올 직에 고모가 아무리 잡어도 소양없이 떨어붙고, 말이 한 번 울고 두 번 울고, 세 번 울때까지 해서 올라 앉어야 하늘로 올러 오지 그랗으믄 못 올러오요. 그래 못 올러 온께, 그렇게 아시요." 그래. 그래 인자 내려와서 저거 고모집이로 온께, 앗따 좌우간 천방지방 반가이하고 기양 다시 없게 그래하거든. 그래 막 점심 묵고 가라고 어짜고 해쌓는디, 말이 인자 한 번 울어. "갈란다." 고 그런께, "아이 조까마 더 앉아서 이액 좀 하고 가라." 거든. 또 인자 두 번 울어. 그래 나선께 꽉 잡고는 못 가게 한디, 말이 세 번 울었어. 세 번 운 뒤로 올라가서 말을 타러 간께 말은 밸밸이 기양 가불고 없어. 그래 인자 영원히 하늘로 못 올로 오고 기양 거어서 살다가, 이 땅에 살다가 죽은 넋이 닭이 돼가지고 꼭 고모 땀세 나가 못 올라가고 이 땅 사람이 되었다 그래서 '꼬꼬꼬' 그라거든.

42. 나뭇군과 선녀(『한국구비문학대계 6-11』, 527~532쪽.)

전에 옛날에 퍽 께으고 찌간에 먹으리 총각이 있어가지고, 즈그 엄마가 밥을 해주고 받어다 주고 주고 하면 부서 버려. 밥을 먹다 나면, "나는 죽고 살고 구정물 속에다 손 넣고 밥받어 주면, 뭘 할라고 찌간에 다, 변소다 부서버리냐?" "줘도 먹어야지우. 줘도 먹어야지라우." 그러드라요. 그런가 하고는 하두 애가 터져, "아무개는 뭣을 하고 뭣을 하드라. 너는 갖다 주는 밥만 먹고 쥐나 주고 이러고 있느냐?" 그런께, "그러면 나 짚 한다발 읃어다 주제. 나무 갈란께." 그래서 반가와서 즈그 엄마 얻어다 주니께, 산내끼를 벌벌 틀더니만 '나무 간다.'고 가드만. 나무를 가서, 막 인자 못허는 놈이 풀나무를 뜯어 놓으니께, 고란이 하나가 막 잡아 뛰어 오드래요. 고란이, 산에 고란이 산 고란이 있어. 생쥐 생긴 것, 고것이 뛰어 와서는 캭 할라고 했든가, 그놈을 막 뛰어서, 거시기 사람을 보고는 주저 앉고, 주저 앉고 나무를 뜯어 논 걸로 딱 감추어 줬드라요. 감춰 준께로 포수들이 넘어 오드래요. 잡을라고 쫓는 판이여. 시방, 고란이는 쬤겨온 판이고, 못 봤다고 덮어 줬더니마는, "고란이 안 넘어 왔느냐?"고. 그래서, "나 고란이 못 봤다."고 그랬더니 지나 가드래요. 그러더니 고란이, 포수들이 얼마나 가버린 내 후에 고란이를 열어준께, 고란이가 아니고 그것이 지복으로 산신령이던가, "내가 좋은 것을 가르쳐 주께. 나를 이렇게 살려 줬으니 나도 그 은혜를 해야 안 쓰것냐."고 그러닌께로, 그래, "은혜는 무슨 은혜냐."고 그런께로, "저그 아무날 저기를 내려 가면, 이 밑에 내려 가며는 맑은 샘이 있을꺼니께, 하늘에 선녀들이 서이 목욕하러 내려 올 것이니께, 둘은 올라가게 두고 하나는 꽉 붙잡으드라고 그러드래요. 마지막치를 꽉 붙잡고 오라. 그래가꼬, 가만히 앉아서도 묵을 것이니께, 애기 싯낳도록은 가자도, 올라 가자고 올라 가지 말라." 고래. 대차, 그 선녀를 시간이 되니께 줄은 올라 가쁘고 그놈은 못 올라 가쁘러. 그러니께 할 수 없이 총각하고 왔어. 와서 그 총각하고 맥없이 앉아 묵고 그랬는디, "애기 싯 나면 거기를 가보라고 했는디, 갈라고 하면 가라."고 했는디, 둘 낳은디, 애기를 둘을 낳는디, "하이고 천당에를 한번 쪼케 올라 갔다 내려 와야 쓰겠다."고 하두 그래싸서, 대차 그 시암으로 또 가는 것을 봐줬어. 그랬더만 애기를 데리고 가. 싯이 되면은 양짝에다 찌고, 하나는 못 잊어서 못 가는디, 둘이라 딱 찌고 올라 가버려. 샘에서 줄을 타고 그래쁘러가꼬는, 아 인자, 요놈은 좀 떨어진 매가 되어가꼬는, 요래가지고 있으니까, 어느 때나 된께로 선녀가 왔드래요. 샘에 간께 왔어. 서방님하고 같이 올라 갔어. 타고 시간되니께, "얼른 줄을 잡으로."고 하늘로 올라 갔는디, 각시가 뭐이라고 허고, "시골 땅 밑에서 와. 하나님이 애기 낳았다고 반대를 허고 침을 　어브러. 그런께로 거시기 뭣 일고는, 담배다 한중기다 첫번으로 인사를 하라."고 하드래요. "하나님 담배대에다 너프시 인사를 하고, 두째번에는 빗지락, 방 비지락에다 인사를 허고, 싯째번에는 마당 빗지락에다가 인사를 허고, 니째번에는 정재 빗자락에다가 인사를 하라."고 그러드래요. 그래서는 가서 인사를 했어. 대차, 각시가 시키는대로 인사를 헌께, 하나님이 고개를 까닥까닥 하면서로, "그도 니가 아는 것은 있구나." 그러고는 하나님이 쪼께, 쬐게 쬐었어. 딸도 쬐게 거시기하게 보고 또 뜻을 볼라고 하나님이, "괴관을 하나 빗겨가꼬 오너라, 하나님이 괴관을 하나 벳겨가꼬 오니라." 괴관이. "인자 굉이관을 가 어서 버거가꼬 오라."고. "굉이 관을 벳겨가꼬 오라."고 해. 어디 가 굉이 관을 빗길 이유가 있간 잉. 어디 가 고양이가 관을 쓸 이유가 없고. 각시가 또 시겨, "저 어디를 가면, 검은 구름을 타고 가면 흰 구름이 나오면, 힌 구름을 타고 가면 가. 기와집이 많이 있을 꺼니께, 거기 가면 괴 관을 하나 버칠 것이라."고 각시가 시켜서, 인자 검은 구름을 태나 주고, 흰 구름을 타고, 인자 어디를 간께, 그 저 밥 준 쥐가, 변소에다 부수어 준 밥 준 쥐가 굉이도 어른도 있고, 졸병도 잇고, 담뿍 있더라요. 그래서 간께, "아이고 성님 오시냐."고. 저 밥 준 쥐가 귀양을 가가꼬 말여. "성님 오시냐."고 인사를 하고 야단이드래요. "아이, 어찌 문 일로 여기를 오시냐고. 어떻게 여기를 오시냐?"고 쥐들이 인사를 허고 야단이드래요. 반가와서. 그러니께 뭐이든 거둬 놓으면, 저 밥준 모두 은혜여. 그래가꼬 하나, 괴관을 하나 괴추어 왔는디, 괴관을, 각시가, "괴관을 허여 벗기면 꽉 쥐고, 볼라도 날고 쥐어 주면 쥐어 주는대로 저한테로 가꼬오라."고 했는디, 아 인자 시켰는디 "괴관을 하나 괴추어 왔다."고 헌께, 흠두덕같은 놈이 부대가 있어. 쥐가 군인맹이로 어린이, 대장이, "저그 괴관 하나 벳겨가꼬 오라."고 하믄은 단 못벳겨가꼬 줄줄 분지매로 와, 또 시켜도 또 못벳겨가꼬 와, 몇번째 시키니까로는 고양이가 잠이 꼬박 들었던가. 대차 마지막 판에 간 놈이 괴관을 하나 벳겨가꼬 왔어. 괭이한테서. 굉이관을 벳겨서 딱 싸주면서, "이것을 가꼬 가시라."고 줬는디. 호랑이 물려갈 놈이 복이 없던가. 복이 없던가, 하느님의 자손이 못될라고 햇던가, 아이, 오다가, "대차 뭐를 이러고 주면서 피보지 말고 오라고 하고, 가라고 그러는고." 딱 쥐고 오다가 요러고 쪼게 본 새에, 그 시년들이, 선녀들이 줄타고 목욕을 하고 올라 가고 내려 온 놈들이 시기가 나서, "어디서 요로고 조케." 탁 훔쳐가지고 가버렸어. 괴관을 손에서 선녀들이 훔쳐가꼬 가버려가꼬는, 그 괴관을 못가꼬 와서, 고자, 하나님이 자손 노릇을 못하고 도로 줄을 태워 줘서 내려 왔는디, 도로 또 올라 갔는디, 그렁저렁 사는디, 지그 '집을 조케 가고 잡다'고 항께, 인자 또 내려 왔어. "아들을 내려 보내면서 시간적으로 줄 올라 오기 전에 얼른 오라." 고 각시가 그랬는디, 지기 어머니가 반가워서, 그래서 인자 지그 엄마가 지붕은 쑥대밭이 돼야가꼬 있고, "여기를 왔다가 시상에 입맛을 안 다시고 가, 야 박속이나 좀 먹고 가거라. 박   운께 박속이나 좀 입맛 다시고 가거라." 그러고 박속 한점 먹는 새에 올라가버렸어. 줄이 올라븐께 못 올라 가. 그러니께 샘에 가서 자살을 해브렀어. 자살을 해브러. 그래가꼬 댉이 돼, 댉이 돼. 혼령이 닭이 됐어. 우렁에 제상에 오르고 뭔 벼슬이 있는 것이 없어, 뭔 짐승이 벼슬이 닭 같이 달린 짐승이 없어, 앗싸리 닭이 작고도 높아 서로 잡아 먹지마는, 그런께 신녀가 알고는, 닭을 닭으로 돼야 주어가꼬, "시시때 때로 소리나 올라 보내라." 고, 하늘로 그런께, 밤중에 첫 닭 울고, 둘째번 울고, 세 째번 울고, 천당으로 닭소리가 올라가다 소리만 벼실이 달려, 벼실이. 천상에서 높은 짐승이 하나님 자손이 될라다 못 되가꼬 벼실을 달려 줬어. 그런께 인자 그 아까 요소리도 하제. '꾀끼요 박교고르르' 그런다는 말이 있어. 닭이 끝터리가 있어. 첫머리 전에 조선닭, 시방 닭은 꼬꼬해블고 날지만은. 전에 그전에 일반에 먹인 닭은 꼬끼요 아르르안혀. '박교고르르' 그런다는 소리여. 박속 한점에 천당을 못 올라 갓다구. 박속 한 점에 천당을 못 올라갔다는 그것으로 '꼬끼요 박교고르르' 끝터리가 있어.

45. 나무꾼과 선녀(『임석재전집:전라북도편』, 172~175쪽.)

옛적으 어떤 총각이 산에 가서 나무를 허고 있니랑께 노루 한 마리가 숨이 차각고 뛰어오더니 총각이 히논 나뭇단 속으로 쑥 들어가서 몸을 감추었다. 조금 있더니 포수가 뛰어오더니 총각보고 노루 가는 것 못 봤냐고 물어서 총각은 저어리 뛰어가더라고 힜다. 포수는 총각이 갈쳐 준 디로 갔다. 포수가 저어리 가서 안 뵈이게 될 만헝께, 노루가 나뭇단 속에서 나와서 총각보고 저를 살려 주어서 고맙다고 인사허고, 내가 그 은공 갚기 위히서 장개가게 히 줄 팅께 나를 따러오라고 힜다. 그리서 따라강게 노루는 산등성이 하나 넘어각고 저어쪽에 보이는 둠병을 갈침서 "저 둥병에는 하늘서 선녀가 셋이 내려와서 멕을 감으니께 숨어서 지켜보고 있다가 그 중 제일 막내 선녀 옷을 훔쳐 두라. 옷이 없이면 하늘로 못 올라강께 그때 나가서 같이 살자고 히서 각시를 삼으라."고 일러줌서 애기 셋 날 때까지는 그 옷을 절대로 내주지 말라고 하고서 가 버렸다. 총각은 노루가 갈쳐 준 둠병을 지켜보고 있니랑게 하늘서 선녀가 셋이 내려와서 옷을 벗어놓고 둠병에 들어가서 멕을 감고 있었다. 총각은 가만가만 가서 제일 어린 선녀으 옷을 훔쳐서 숨어 있었는디 선녀들은 멕을 다 감고 옷을 입고 하늘로 올라갔다. 그런디 제일 적은 선녀는 옷이 없어서 하늘로 올라가지 못하고 울고 있었다. 총각은 선녀한티 가서 하늘에 못 올라강게 나랑 여그서 살자고 힜다. 선녀는 헐수없이 총각허고 살기로 했다. 총각은 선녀를 각시로 삼어각고 살면서 애기를 둘이나 났다. 애기를 둘이나 났잉게 이제는 일없겠지 허고 선녀한티 선녀 옷을 내주었다. 그랬더니 선녀는 애기를 하나씩 양 저드랭이다 찌고 하늘로 올라가 버렸다. 총각은 각시랑 애기랑 잃어 버려서 실퍼서 울고 있잉게 그 전으 노루가 오더니, 내둥 애기 싯 날 때꺼지는 옷을 내주지 말랬넌디 둘 낳고 주어서 애기를 데릿고 하늘로 올라갔다고 험서, 인제는 선녀들이 하늘서 내레와서 멕감지 않고 두룸박을 내려서 둠벙으 물을 질어올려서 멕을 감응께 선녀 두룸박이 내레오면 두룸박 물을 쏟아버리고 두룸박 안에 앉어 있이면 하늘로 올라가서 선녀를 만날 팅게 그리 히 보라고 일러 주었다. 총각은 노루가 일러 준 말을 듣고 그 둠벙에 가서 지켜보고 있었더니 하늘서 두룸박이 내레와서 물을 질어올렸다. 세번째 내려온 두룸박 물을 쏟고 그 두룸박 안에 들어가 앉었더니 하늘로 끌어올려서 하늘로 올라가게 됐다. 총각으 아그덜이 보더니만 아부지가 왔다고 소리치며 저그 어매한티 가서 아부지가 왔다고 헝께 여그가 어디라고 너가부지가 와야 험서 나와서 보고, 저그 서방이 와 있잉게 반가히 맞어서 집으로 들어앉혔다. 이렇게 히서 총각은 선녀와 애기들과 같이 지내는디 쟁인과 장모와 처형들은 지상으 사람이 어찌 하늘에 와서 살어야, 하늘서 살라면 그만한 재주가 있어야 허는디 어디 그런 재주가 있는가 없는가 시험히 보아야 허겄다 허고, 쟁인 장모는 내일 아침에 와서 우리헌티 인사를 올려보라고 힜다. 선녀는 총각보고 아버지는 황계수탉이 돼각고 저 담모퉁이에 가 있고 어머니는 큰 구렝이가 돼각고 담장 우구가 누어 있을팅게 거그 가서 인사를 허고, 왜 이런 디에 지십니까 허고 데릿고 방으로 가라고 일러 주었다. 다음 날 아침에 총각은 쟁인 장모헌티로 아침 인사허로 가는디 담모퉁이에 황계수탉이 꼬그댁끄그댁 허고 걸고 있어서 "아이고 장인, 어찌서 그런 모십을 허고 그런디 지십니까? 빨리 본 모십을 허시고 방으로 들어가서 인사받으시요." 허고, 담장 우그 걸쳐 있는 구렝이보고 "아이고 장모님, 어쩌자고 그런 추한 모양을 허고 지십니까? 어서 본 모습을 허시고 방으로 들어가서 인사받으시지요" 힜다. 그랬더니 장인 장모는 원 모십으로 돌아와서 그만허면 하늘서 살만한 재주가 있다고 힜다. 그런디 처형들은 장인 장모가 둔갑한 것을 알어낸 재주가 있다고 그런 재주만 가지고는 하늘에 살 자격이 없다 허고 화살을 시대 먼 데로 쏘아서 그것을 다 챚어가지고 올 만한 재주가 있어야 하늘서 살 수 있는디 지상 사람이 그런 재주가 있는가 없는가 시험해 보라고 아버지보고 말했다. 선녀 아버지도 딸들으 말이 그렇겄다고 이 총각보고 내가 화살을시 대 쏠 테니 그 화살촉을 챚어가지고 오라고 하고서 활을 쏘았다. 총각은 그 화살촉을 어디 가서 챚어오겠어. 그래서 집이 와서 밥도 안 먹고 앓고 두러누어 있잉게 선녀가 강아지

한 마리를 내줌서 이 강아지 가는 디로만 따라가면 화살촉이 있일 티니 그 화살촉을 가지고 오시요, 그런디 올 적에 가슴에 짚이 품고 오지, 꺼내서 보지 말라고 일렀다. 총각은 선녀가 준 강아지가 가는 디로 따라가서 장인이 쏜 화살촉을 시 개를 다 줏어서 가슴에 품고 오는디 오다가 이 화살촉이 어　게 생긴 것인가 하고 가슴에서 꺼내서 볼라고 허넌디 난디없이 깐치 한 마리가 날라오더니 그 화살촉을 채가지고 날라갔다. 그렁께 까마구가 날러오더니 깐치헌티서 화살촉을 뺏어서 날라가넌디 솔개미가 나타나서 까마구헌티서 활촉을 뺏어각고 공중 높이 떠서 어디론가 가 버렸다. 총각은 장인이 쏜 화살촉을 가져오지 못히서 그만 풀이 죽어각고 누어서 심애에 빠졌다. 선녀가 와서 이것이 없어져서 그러지야 험서 화살촉 시 개를 내주었다. 총각은 깜짝 놀래서 이것이 어뜧게 당신 손에 와 있는가 물응게, 선녀는 당신이 화살촉을 챙어각고 오면 하늘 나라서 살게 되는디 우리 성들이 그것을 못마땅히 여겨서 못 살게 허니라고 큰 성이 깐치가 돼서 화살을 당신헌티서 뺏어각고 도망칭게 작은 성이 까마구가 돼각고 성한티서 뺏어각고 달어나길래 내가 솔개미가 돼서 작은 성헌티서 화살촉을 뺏어서 그리서 내가 가지고 있다고 말했다. 총각은 이 말을 듣고 마누래 선녀를 고맙게 여기고 그 화살촉을 가지고 쟁인한티다 바쳤다. 그랬더니 쟁인은 니 재주가 비상하구나 험서 하늘서 살만하다고 했다. 이렇게 히서 총각은 하늘서 살고 있는디 세월이 지내다 봉게 지상으 고향 생각이 나서 한번 지상에 내레가 보고 싶었다. 선녀보고 지상에 가 보고 싶다고 헝께 가지 말라고 힜다. 그런디도 총각은 가고 싶은 마음이 더욱 간절히서 선녀보고 지상에 꼭 가 보고 싶다고 힜다. 그렁께 선녀는 정 그렇다면 가 보라 험서 말 한 마리를 내줌서 이것을 타고 지상에 내레가되 이 말에서 절대로 내레서 땅을 밟지 말고 또 지상에서 음석을 먹지 말라고 일러 주었다. 총각은 그 말을 타고 순식간에 지상에 내려와서 그 전에 살든 데를 여그저그 돌아댕김서 봤다. 그때는 가을철이 돼서 집집마다 박을 해서 박속으로 국을 끓여서 먹고 있는디 한 집이 강게 박속국을 먹으라고 한사발 주었다. 총각은 그 박속국을 받어각고 먹을라고 하는디 박속국 그럭을 그만 엎질렀더니 그 뜨거운 국물이 말으 등에가 쏟아징게 말이 놀래서 홀떡 뛰었다. 그 바람에 총각은 땅에 떨어져 땅을 밟게 뒹게 말을 그만 하늘로 올라가 버렸다. 총각은 하늘로 가지 못하게 돼서 하늘에다 대고 꼬끼요 박속으르르르 하고 소리 질렀는디 그 순간 장닥이 됐다. 총각은 박속국 먹다가 하늘에 못 오르게 돼서 그것이 한이 돼서 장닥이 돼서, 꼬끼요 박속으르르 박속국 땜이 하늘 못 올라간다고 한탄하는 소리를 지른다고 헌다.

46. 나무꾼과 선녀(『임석재전집: 충청남도편』, 309~312쪽.)

옛즉에 총각 하나가 있는디 날마다 산에 가스 나무를 하는디 하루는 나무를 하고 있니랑게 느닷읎이 노리 한 마리가 뛰여오드니 이 총각이 해 논 나뭇단 속으로 쑥 들으가스 숨읐다. 조금 있잉게 포수 하나가 달려오드니 노리 뛰여가는 긋 못 봤냐고 물읐다. 나는 나무하니라구 못 봤는디 멋인가 즈리 뛰여가는 긋 같드라구 말했다. 그랬드니 포수는 그르냐고 함서 즈리 뛰여갔다. 포수가 간 담에 한참 있다가 노리는 나뭇단 속에서 나와서 살려 주으스 고맙다구 인사하구 내 그 은공으루 공 갚겠다구 장개들게 해 주마구 했다. 그리믄스 요 느메 가믄 큰 둠붕이 있는디 그 둠붕에 하늘스 슨녀 싯이 내리와서 멕을 감으니게 그 슨녀가 붓으 논 옷 하나를 감추으 두라, 그 옷을 못 입으믄 하늘로 못 올라가니게 그 슨녀를 각시 삼으스 살라, 그른디 애기를 닛을 날 때꺼지는 옷을 즐대루 내주지 말라고 말하구 가 뻐다. 나무꾼 총각은 노리 말을 듣구 등 느미를 늠으가 보니께 큰 둠붕이 있는디 그 그 슨녀 싯이 내레와서 멕을 감고 있읐다. 총각은 살금살금 기여가서 슨녀 옷 하나를 훔츠스 숨으각고 엿보구 있읐다. 슨녀들은 멕을 다 감구 둘은 옷을 챙겨입구 하늘로 올라갔는디 하나는 옷이 읎인게 하늘로 못 올라가구 있읐다. 그그에 총각이 나와서 나하구 같이 살자 하구 집이루 데리구 와서 각시를 삼으스 살았다. 몇해를 사는 동안에 애기를 싯이나 났다. 애기를 싯이나 났잉게 인제는 옷을 내주으두 일

겠지 하고 슨녀 옷을 내주읐드니 슨녀는 옷을 입구 애기 하나는 등에 읍구 양 으깨 밑에 하나식 찌구 하늘루 올라가구 말읐다. 슨녀가 아이들을 다 데리구 하늘루 올라가 뻐려스 총각은 기가 막혀스 울구 있느라닝게 노리가 오드니 내중 애기 넷 날 때꺼지는 옷을 내주지 말랬는디 싯 나스 내주으스 슨녀는 하늘로 올라갔다구 함스 이제는 슨녀들이 그 둠붕에 내려와스 멕을 안 감구 둠붕 물을 두레박으로 뜨올려스 멕 감웅게 그 둠붕에 가서 하늘스 두레박이 내리오그든 그 두레박에 들으앉으스 하늘로 올라가라구 대주 다. 총각은 노리 말을 듣구 등 느므 둠붕에 가 보니게 하늘스 슨녀는 내레오지 않구 두레박이 내리와서 물을 프올렸다. 총각은 두레박 물을 쏟아브리고 두레박 안에 들으가 앉읐드니 하늘로 끌으올려스 그리스 하늘에 올라가게 됐다. 하늘에 올라가니게 총각으 아들들이 보구 아브지 왔다구 소리치면스 즈으 으므니한티 가스 아부지가 왔다구 했다. 슨녀는 여그가 워디라구 느가브지가 와야? 함스 쫓아나와서 보구 증말 지 남펜이 와 있인게 반가와스 즈으 집이로 데리구 갔다. 그른디 슨녀으 남동생은 이 총각을 보구 “워디 지상으 인간

이 여그촌상 세계에 다 올라왔느냐? 지상으 인간이 이 츤상에 살려믄 여그스 살 만한 재주가 있이야 한다. 니가 그른 재주가 있는가 시흠해 보아야겠다. 만일에 그른 재주가 읎이믄 쥑이 뻐리겠다" 함스, "니얄 아침에 내가 워데 가 숨으 있일 팅게 으내 보라. 못 찾으내문 죽인다!"구 하구 갔다. 총각은 이 말을 듣구 걱증이 돼스 끙끙 앓구 있읐게 슨녀는 이것을 보고 걱증 말라, 니얄 식즌에 즈 모캥이 가스 보면 누른 가이가 쭉 뻗구 드르누읐일 팅게 그 가이보구, "으으 츠남 뭐이 못돼스 가이가 돼스 여그 와스 드르누으 있는가? 으스 일어나게" 하라구 일르 주읐다. 총각은 다음날 아침 일직이 모캉에 가니게 누른 가이가 다리를 쭉 뻗구 누으 있으스 "어어 츠남 뭐이 못돼스 가이가 돼스 여그 와스 드르누으 있는가? 으스 일으나게"했드니 가이는 츠남이 돼스 일으나각고 "매부 재주 용하이"했다. 그 다음에 츠남은 "내가 활을 시 대를 쏠 티니 가스 그 화살 시 개를 다 찾으와야지 그리 못 하문 죽인다"구 했다. 총각은 이 말을 듣구 극증이 돼서 집이 와스 또 끙끙 앓구 있읐다. 슨녀가 와 이래 그르냐고 물으스 츠남이 이르이르해스 그른다구 하니게 극증 말고 밥이나 믁으라 함스 내가 일르 준 대루만 하라구 했다. 여그스 즈 아무 데 가믄 큰 부자집이 있는디 그 집 딸이 벵이 나스 곧 죽게 됐는디 그 집이 들으가스 내가 딸 벵을 고츠 주로 왔다 하구 딸 방에 들으가서 딸으 배를 살살 문지르믄 뱃속에서 활촉 시 개가 나올 테니 그르믄 딸은 벵이 다 낫는다, 그르믄 그 활촉을 가지고 곧바로 집이로 와야 한다, 그른디 오면서 그 활촉을 들구 보지 말구 가슴에 꽉 감추구 오라고 일르 주읐다. 총각은 슨녀가 일르 준대로 즈 믈리 있는 부자집이 가서 딸으 벵을 고치로 왔다고 하니까 그 집이스는 이 총각을 딸으 방으로 안내했다. 총각은 츠녀으 배를 살살 문질릈드니 활촉 시 개가 나오구 츠녀 벵은 담방 낫읐다. 총각은 그 활촉 시 개를 가지구 오다가 이놈으 활촉이 뭣이간디 그른가 하구 내스 볼라구 하니까 워데스 까치가 날라오드니 그 활축을 툭 채각고 날라갔다. 그른데 곧 마이 한 마리가 날라와서 까치한티스 그 활촉을 뺏으각고 워디론가 날라가 브릈다. 총각은 활촉을 찾읐는데 두 까치한티 뺏기구 마이가 빽으가구 해스 빈 손으로 오게 돼스 이그 인제는 꼭 죽 다 하고 시름읎이 앉으 있읐다. 슨녀가 와서 활촉을 찾으왔는가? 물으스 가지구 오다가 까치한티 빼앗기구 마이한티 빼앗겨스 인제는 나는 죽게 됐다 하면서 한숨을 푸욱 쉬 다. 그르니게 슨녀는 웃으면스 활촉 시 개를 내놨다. 총각은 이긋을 보구 깜짝 놀래면서 이게 워틓게 돼스 당신 손에 가 있는가 물읐다. 슨녀는 그런 게 아니라 당신이 활촉을 찾으각고 오는 긋을 내 동생으 댁이 방해하니라고 까치가 돼각고 뺏으가길래 내가 마이가 돼스 까치한티스 뺏으 왔다구 말했다. 다음날 츠남이 와스 활촉 시 개를 챗으왔느냐고 해스 챗으왔다고 함스 활촉 시 개를 다 내놨다. 그르니게 츠남은 그만한 재주가 있으니게 매부도 하늘 나라스 살 만하다 하구 하늘스 살게 했다. 총각은 이룧게 해스 하늘스 살게 됐는디 을마 동안 살다 보니게 지상으 고향 생각이 났다. 그래스 슨녀보구 나 지상으 고향이 궁금해스한 븐 가 보구 싶다구 말했드니 가지 말라구 했다. 그래두 가 보구 싶다구 자꾸 말하니게 슨녀는 말 한 마리를 주며 이 말을 타구 내레가 보라고 하면스 지상 세상에 가그든 호박죽은 즐대로 믁지 말라, 호박죽을 믁으믄 말은 그만 죽으 뿌릴 테니 그르면 당신은 다시 하늘에 올라오지 못한다구 말했다. 총각은 그르겠다 말하구 슨녀가 준 말을 타구 지상으루 내레왔다. 그때는 지상은 여름츨이 돼스 지상에는 호박이 많이 열리구 집집마다 호박죽을 끓여 믁고 있읐다. 한 집이 가니게 오래 간만에 만났다 함스 호박죽을 믁으라고 자꾸 권했다. 총각은 자꾸 권하는 바람에 호박죽을 믁읐는디 타고 온 말은 죽으 뿌릈다. 그래스이 총각은 하늘에 올라가지 못했다구 한다.

47. 선녀와 수탉이 된 총각(『전북민담』, 15~22쪽.)

내가 노루이야기를 하지. 노루이야기가 다른 것이 아니라, 옛날에 옛날에 어미도 애비도 없는 자손이 작은아버지한테 가 있는데, 작은아버지는 들어가라고 들이차고 작은어매는 나가라고 내차고, 그렇게 서럽게 사는 총각이 있단 말이여. 그래 들어가라 나가라 그런 모양이 된개, 인제 하루는 궂은 비는 축축히 오는데, 우장(雨裝)으로 삿갓 있지 않아? 도롱이 있고 삿갓이 있고 우장삿갓이 있지. 그래 들에 가서 삿갓을 쓰고 풀을 베고 있은개, 노루 한 마리가 벼락같이 쫓아오더니, “야 총각, 나 조깨(조금) 살려도라.” “야 노루야, 어떻게 너를 살려 줄끄나(줄까?)” “내가 이렇게 여기 바자기(지게 위에 올려놓은 것)에 누울 텐개, 빵빵 돌려서 풀을 놓고 도롱이를 덮고 삿갓을 덮어 놓으면 살 도리가 있는개, 그리 풀을 놓아도라.” 그래 그러고 있은개, 좀 있다가 포수 서이(셋이) 와. 사냥꾼이 서이가 와갖고, “야, 여그(여기) 노루 한 마리가 왔지야?” “아니, 안 왔어요.” 어떤 포수하나가 이리 풀을 보더니, “여기 우장산에 들어서서 삿갓산에 있는데 노루가 안 왔단 말이냐?” “여보, 저기 저 산이 민두름(밋밋하다)한 것은 도롱이 산이고, 저기 뾰족한 것은 삿갓산이오.” “아 그러냐?” 하고 갔어. 포수가 가버리고 없어. 인자 가고 없는데,

"야 노루야, 나오니라. 인제 살았다." 그래 풀을 헤쳐 내놓은개 노루가, "그러면 자네는 나를 숨겨서 살렸는데 나도 자네를 살릴 테니, 꼭 내 말대로만 하라고. 하루는 저녁밥을 먹고 저건너 벼랑 밑에 방죽(연못)이 쫙 깔렸는데, 거기 가 가만히 앉았으면 하늘의 옥황상제님 딸이 삼형제가 목욕을 하러 줄을 타고 내려올 것이다. 목욕을 하러 내려올 테니 목욕하러 내려오거들랑은, 성제(兄弟分, 두 언니)분 목욕하고 벗은, 성제분 속곳(속옷)은 내버려두고, 막내딸 속곳을 감추어 버려라." 그러고 노루는 갔어. 그래서 가서 요렇게 (앉은 동작) 딱 발을 개고 앉았은개, 아 성제분 둘은 목욕을 하고 하늘서 내려온 줄을 타고 올라가는데, 아, 이 막동이딸은 내 옷이 없어서 못 가겠다고 동당거리고 울거든. 속곳을 입어야 올라가는데, 그래서 없어서 못 올라가고 앉았은개, 아 즈그아버지 옥황상제가 내려다보고는, "아, 저런 막내가 있구나!" 그리고 집을 한 채 반석에다가 내려앉혔어. 반석에다가 집을 하나를 딱 내려 앉히고 살림과 길쌈하는 것을 죄다 내려다 주고, 총각이랑 사는데, 노루가 한 말이 있어. "어쩌케든지 자네가 속을 챙기고 늙어죽기 한정을 하고 살라면, 자식 세 개 낳아야 그 속곳을 뵈이지, 둘 낳아서 뵈이면 낙동강 오리알 떨어지득기(듯이)할 텐개, 꼭 내가 시킨 대로만 하라." 고 그랬는데 갖다가, 어떻게 새댁이 첫아들 낳지 둘째아들 낳지 성제(형제)를 낳고는, 아 서방님 머리를, 이를 시원하게 이렇게(머리 눌러주는 동작) 손을 눌러, 이를 죽여가면서, 속곳만 보자고 조르거든. 속곳만 보자고 조르는데 그만 주었어(청중, 아이고 ! 하고 놀람). 할 수 없어서 주었단 말이여. 준개 그만 새끼를 둘을 양옆구리에다 딱 찌고(끼고), 살림은 앞세우고 싹- 올라가 버렸어. 신랑은 혼자 똑 떨어져 버렸어! 자식을 찌고 살림 들고 각씨가 등천(登天)해 버렸어. 그 중의(속옷)만 입으면 하늘로 올라가는 것이여. 아 그래 혼자 이러고(턱괴고 앉은 동작) 앉아서 며칠을 굶고 앉았은개, 참 이거 기가 막히지. 그래서 그만 거기를 또 갔어. 깔(소먹일 풀) 베는 데를 또 갔어. 아 가닝개 그때 노루도 늙었는디(청중 웃음), 노루도 늙어서 그만 눈이 빠지게 나무래거든. "아이 셋 낳면, 애기 하나 하고 자네하고 먹고 살 것은 두고 갈 건데, 왜 둘 낳아서 주었느냐?" 이거여. 아 그래서 이만 앉아서, "야 노루야, 그러면 어쩌면 좋냐?" 그런개, "오늘 저녁에 그리 가라. 그 방죽에 두룸박(두레박)을 달아올린다. 하늘나라에서 두룸박으로 물을 달아올리면은, 세 번 내려올 건데 두 번은 그냥 두고, 세번째는 물을 붓고 자네가 올라 앉소. 두름박을 타고 줄을 꼭 붙잡고 올라가면은, 장인은 황계장닭(黃鷄 수탉)이 되고, 장모는 큰 구렁이가 되고, 또 즈그 큰처제는 솔갱이(솔개미)가 되고, 둘째는 까마구가 되고, 세째는깐치(까치)가 되고 그렇게 뒤집어 바꾼단 말이여 자꾸. "아 그래서 할 수가 없어. 아 그래 그날 저녁에 가서 앉았는개로, 하늘서 두룸박이 내려오거든. 내려와서 둘은 올라가고 세째만에 물을 붓고 타서 올라가 버렸어. 올라간개 아들이 즈그아버지 왔다고 좋아라고 해쌓거든. 천상(天上)에 올라간개 좋아라고 해싼개, 하룻밤을 자고 난개. "그러면 어머니 아버지를 가 보라." 고 해. 그래서 웃모퉁이를 가 본개 뻘건 장닭이 이러고 (손벌리고 엄숙한 동작) 앉았거든. 그래 장인영감 보자고 절을 한개 활개를 치더니 사람이 되고, 아랫모퉁이를 간개 먹구렁이가 이렇게(고개빼는 동작) 앉았는데, 인제 장모님을 보자고 절을 한개 꽁댕이(꼬리)를 탁 치더니 사람이 되고, 그래 장인장모가 다 됐단 말이여. 그래 인자 사는데 숨박꼭질을 하자고 해 장인이. 숨박깜질(숨박꼭질)을 하자고. 거기는 시간을 주고 하는데 이런데와 같지 않고. "아이구 아버님, 나 여기 숨습니다." 하고 시간을 안 주고 푹 나와서 각씨한테 온개, 각씨가 얼른 골미(골무)속에다 넣고 바느질을 해 버렸어. "아가, 여기 네 신랑 안 왔더냐?" "네, 금방 나갔읍니다!" 그리고는 골미 속에서 사람을, 남편을 내놓았어. 그러니 각씨 솜씨가 무궁하지. 남편을 골미 속에 넣었다가 얼른 꺼내 놓고는, "얼른 가라."고. "아버님, 나 여기 있는데요." 그런개, "아, 지하(地下, 地上)에서 왔어도 숨박꼭질 잘 한다." 마누라가 자꾸 도와준 거지. 아 그래 거기가 살다가 하루는 활, 한량들이 쏘는 활 있지 않아? 그활의 꼬챙이 (화살)을 줏어 오라고 하거든. 근심걱정이 되지. "아, 그것을 어디가 찾을꼬?" 그런디 각씨가 흰 강아지 한 마리를 내주면서, "이것만 따라가면 찾아올 수가 있다. 그러나 어떻든 주지 말고 꼭 쥐고 오라." 고 그랬어. 그래 강아지를 데리고 간개, 개가 거기 앉아어, 뺑 둘러찾아 본개 화살이 꼽혀갖고 있거든. 그래서 빼가지고 오닝개, 아 느닷없이 소리개가 날아와서 뺏을라고 야단이거든. 그 삥아리(병아리) 차가는 소리개가 덮쳐도 안 뺏기고 가지고 오지. 그런데 소리개 다음에 새까만 까마구가 왔어. 그래도 안 뺏겼어. 쪼끔 있은개 또 깐치가 오더니만 별안간 뺏아가 버렸어. 깐치한테 뺏긴개, 집에 와갖고 뺏겼단개. "걱정 말라고 내가 갖다 준다" 고 그래. 그제는 맘을 놓고 살아. 마음을 놓고 사는데 어쩌케 지하(地下)에 내려오고 싶어 죽네, 남자가. 이 지하에만 내려오면 좋겠다고 졸라싼개, 그러면 아버님한테 가서 그 비루먹고 못생긴 병신 말 한 마리 달라고 하라고. "아버님, 내가 지하에 잠깐 갔다 올라는디 그 그 중 못난 놈 말 한필 주시오." "아, 너같이 재주 좋고 한 사람이 좋은 놈 가져 가거라!" 그럴 것 없다고 말 한 마리 타고는 내려왔어. 지하에 내려왔어. 오닝개 구시월 시단풍이 됐던가. 구시월 시단풍이 됐던가 박을 따갖고, 그만 막 갈라갖고는 쌂아서 박속을 긁어서 술안주를 허고, 사람들이 술안주를 한개 먹고 싶어 죽겠더래. 술 한 잔을 마시고 박속을 하나를 집어 먹고 난개, 말이 올라가 버렸어! 말이 하늘 문 닫기 전에 가 버렸어. 말은 하늘나라 말이여. 그만 혼자 떨어졌어. 살다살다 그이가 죽었어. 살다가살다가 예편네를 천상에다 두고는 자기는 내려와서 지하에서 살다가 죽어서, 죽었는데 닭이 됐어. 황계장닭이 됐어. 빨간 장닭이 되었는데, 세 끄니에, "아버지- 와서 진지 잡수세요-"하면, 하늘나라 아들이 부르면, 여기서 시간을 잡아서, "꼬끼오- 박속으르르" 그게끝이여. 박속을 먹어서 못가겠다. 하하하, 꼬끼오 박속으르르, 닭이 고르르하거든.

C형: 나무꾼 지상회귀형/ b형 시험 무(無)

48. 닭이 높은 데서 우는 유래(『한국구비문학대계 3-2』, 250~259쪽.)

옛날 옛날에 아득한 옛날에 백두산 산 기슭에 어머니하구 아들하구 살구 있드래요. 그런데 어떻게 생활을 하느냐 하면은 그 아들이 참 산골에 들어가서 매일같이 나무만 해다가 이렇게 팔아서 그 날 그 날 생활을 허구 있는데 하루는 참 이렇게 나무를 가서 인자 한 짐을 해서 딱 허니 이렇게 해놓구 바위가 이렇게 앉아서 놀 만한 바위가 옆에가 있는디 거기서 인자 쉬느라구 허구 있으니께루 사슴 한 마리가 어디서 뛰어 오더니, "포수가 바로 뒤에 쫓아 오니까 나 좀 숨겨 주실 수 없어요?"라고 나뭇군한테 인자 그렇게 그러니께, "아 그러냐?"구. "그러면 내가 이 나무에다 숨기구 감쪽같이 헐테니께루 이 나뭇짐 속으루 들어가라."구, 그렇게 해서 인자 그 숨었단 말이유. 그리구 그냥 그전에 말한 솔이 우거지고 그런 산중이라 솔을 떠서 인자 덮어주고 그랬단 말유. 그래서 인자 약 한 담배 한 대 정도 못 있으니께루 바루 포수들이 쫓아와서 그 나뭇군 보고 묻는거유. "여기 사슴 한 마리가 금방 요리 왔는디 못 보셨냐?"구. "아니라"구. "못 봤다."구. "아니 내가 봤는데 내가 보구선 나두 잡을려구 이렇게 허니께 저 숲속으로 그냥 쑥 허니 들어가 버리더라."구 저 인자 동쪽이 됐든 북쪽이 됐든 이렇게 가르치면서, "저리 쑥 들어 갔다."구 그러니 그냥 포수는 갔단 말이유. 가구서 났는데 인저 한참 있다가 나뭇군이 인자

간 지가 얼마 됐으니께루, “잘 어디로 가라.”구 아 이렇게 거시기 해두 그냥 참말로 그냥 절을 몇 번 하면서 사슴은 그냥 이렇게 가면서, “내가 어느 땐가는 에 참이 공을 갚을팅게루 그리 알라.”구 그러니께 인자 그 나뭇군은, “아 그런 소리 담에나 하시구 어서 빨리 거시기 하라.”구 “포수가 다시 여기 돌아 올지 모르니깐 그렇게 하라.”구. 그래서 인자 보냈단 말이유. 그래 인자 보내구 나서 인자 그러구선 그냥 탄탄 저기하구 밤낮 인자 그 사람은 인자 직업이 나무를 해다 팔아서 저기하는 거시긴게유 인저 그 근처를 다니면서 밤낮 나무를 해유. 그러는디아 또 그냥 아그냥 그 때… 꿩이 나타나 가지구서 그냥 이렇게 나무를 한 짐을 해 놓구 이렇게 받쳐놓구 있는디, 꿩이 피두둥하니 옆에서 그라니께 나뭇군이 깜짝 놀랬어유. 아그래서 이렇게 보니께루 꿩은 어디로 날렀는지 날르는 소리는 났는데 어디로 간곳이 없구 사슴이 또 나타났다 이거여 아 그래가지구선, “아 전번에 참 이러구 저러구 해서 참 그 공을 십분지 일할이라도 갚을려구 이렇게 왔다.”구. “아 그러냐? 뭘 그런걸 갖고 저기 허느냐?”구 나뭇군이 그러니까 아 그 사슴이 있다가, “나 시키는 대루만 꼭 허시라, 그러면 괜찮을거라.”구. “그럼, 그러마.”구. “소원이 하여튼 뭣이냐?”구 그렇게, “나는 아무 소원두 없다. 나는 매일 같이 이렇게 나무짐이나 해다가 그날 그날 생활을 허구 허니께루 난 아무 이런 저기 무슨 걱정이 있냐?”구 그러니께 그 사슴이 있다가, “아니유. 내가 저기 허는디 생각한 바 소원이 꼭 있을 것이유. 그러니 하여튼 나한테 쇡이지 말구 얘기 허시유.” 아 인자 이렇게 저기를 하두 해 싸니께루 그 인자 나뭇군 그 총각이 장가를 못 갔던가 봐요. 그때까지, 그렇게 인자 그런 얘길 했시유. 허니께루, “그러냐? 그럴 것 같다.”구 그 사슴이 그렇게 해유. 그러면 어떤 저기를 인자 허까 인자 말을 해서 인자 이렇게 저렇게 허까구 이 나뭇군은 가만히 있는디 사슴이, “나 허라는대루 하라.”구. “어떻게 해야 옳랴?”구 그러니께루, “해가 질 무렵 쬐 이 산 이렇게 인자 산이 있는디 그 산 날맹이를 올라 가면 그 커다란 연못이 있으니게루 연못이 있는디, 그 연못 옆에 가서 그 연못 옆에 바루 거기 뵈지 않게끄름 인자 한 쪽으로 숨어 있으문 하늘에서 선녀들이 서이 삼남매가 내려와서 거기서 목욕을 허구 이렇게 올라가구 그란다. 그러니게루 거기 숨어 있다가 그 다 인자 목욕허구 다 올라간 연후에 끝에 제일 맨 나중에 올라가는 그 여자 처녀옷을 감추라.”구. 응 이렇게 인자 했단 말유. 감추라구 그러면서, “그러면 그 여자가 인자 옷을 찾느라구 저기 헐 것 아니냐?” 그러면 그양 내버려 두라. 내버려 두구서는 인자 거기서 하는 거동만 보라.“구. 인자 그렇게 시키는데루 했단 말이유. 허구선,” 인자 맨 나중에 인자 저기허문 한참 인자 거기서 그러구 저러구 인자 울구 어쩌구 허다가서 지친 연후에는 인자 나타나서 '왜 이렇게 이 험한 산중에서 이렇게 혼자 울구 있느냐?' 구 이렇게 나타나라."구 인자 그러믄서 인자 얘기를 했단 말이유. 그래서 인자, "아 그렇게 허겠다."구 그러구선 참 거기를 해질 그럭에 거기를 올라 갔어유. 그러니까 참 해가 막 떨어진게루 참 아닌게 아니라 참 선녀들이 서히 쭉 허니 내려 오더니 그 그냥 연못에서 참 목욕을 허구 이렇게 인자 저기 허는디, 다 인자 목욕을 하구 올라 가는디, 인자 그 막내딸이죠. 말하자면 세째 끝잉께 그러구선 인자 그 옷을 목욕을 한참 허는 동안에 이미 감췄었드라 이거유. 그러구선 인자 그 옷을 목욕을 하구 나와서 옷을 입을려구 하는디 옷이 즈 언니들 옷은 있는디 없단 말이유. 자기 옷은. 아 그래서 그냥 찾다 찾다 못해서 찾을 도리가 없고 그러닝게 슬프구 그러닝게 앉어서 우는 거유. 그래 인자 그럴 적에 이 나뭇군이 나타나서, "아 이런 참 깊은 산중에서 울구 있느냐?" 구 그러니께루, 아 그런 얘기를 죽 허니 하믄서, "내 옷을 못 봤느냐?" 구. "아 난 이레 나무 저기 하러 왔다가 이렇게 참 가는 길이라." 구. 이렇게 인자 핑계를 댔어요. 그렇게 허구서 거시기 허니게루 그 처녀가 그 선녀가 뭐라고 허는고 하니, "나는 인자 하늘나라도 못 가구 이 땅에서 참 저기 허겠다. 외롭게 인자 저기 허구." 그렇게 인자 얘기 허니께루 그 나뭇군이, "그럴 것 없이 우리 집에 가서 같이 나허구 살자." 구 그러니게루 처녀가 그 산중에서 그냥 그 자리에서 죽는 것보다 낫게 생겼거든. 그래 그냥 따러 왔어유. 그래 내려와 가지구선 참 이렇게 사는디 울며 집에 옹게 그 나뭇군의 즈 어머니 되시는 양반이 있는디, 여간 반가허 갔시유? 그래서 인자 그렇게 사는디 참말로 기가 먹히게 잘 살었시유.아 그렇게 허구서는 참 있는디 그리구 인자 이 나뭇군은 생활이 나무해서 팔어서 이렇게 밤낮 생활허니께 헐 수 없이 밤낮 이렇게 나무를 다니는디 워떻게 냥 뭣이 그냥 무슨 소리가 나구 거시기를 허더니 양, 바람이 그냥 느닷없이 일어나구 그러더니 아 그 사슴이 느닷없이 또 아 저 나타났어유. 아 그러더니만은, "나 허라는 대로 했냐?"구. "아 했다." 구. "그러면은 담에도 문제가 있으니께 나 이번 한 번만 빌려 줄탱게 고대루만 허면은 당신은 장래적으로 괜찮을 것이유. 그러니 이번에 나허라는 대루 하시유. 지금 당신이 시방 그 저 선녀들 의복을 잘 감쪽같이 안 뵈게 잘 감추었냐?"구 그러니께, "아 잘 감췄다."구. "그러면은 아들 셋 넷 낳도록은 그 옷을 절대루 있는 티도 말구 내놓지 마슈." 말요 그랬단 말유. "아 그럼 그렇게 허겠다."구 아 그러구선은 인자 참 그 말만 듣구서는 집에를 나무를 해 가지구 와서 인자 하여간 몇 삼년을 살었던지 간에 아들 셋을 낳았시유. 셋을 낳구 넷 가량 뱃더라 이거유. 그랬었는디 인자 어디 그 밭을 인자 그 채소밭을 매러 갔드니만 아 가 가지구서는 참 그사는 동안은 여간 참 재밌게 안 살구 오래 됐으닝게 아 인제 무슨 얘기를 해두 괜찮을라나 어쩔라나 하구서는 망설이다가 해 전에는 얘기를 안 했어유. 않구서는 인자 일을 하구 밤에 인자 들어와서 인자 씻고 밥을 식사를 허구 이렇게 인자 거의 잘 시간이 됐더라 이거유. 지금으로 말하면 밤 한 시경이나 그렇게 인자 됐는디 아 그 선녀가 인자 자기 남편 보고 얘기를 하는 거유. "참 내 옷을 엇다가 누가 어떻게 했는가 한 번 보구나 한 번 구경이나 했으면 좋겠다." 구. 아 이렇게 인자 거시기를 허니께루 그 나뭇군이 생각헐 적에 참 벌써 아들을 셋이나 낳구 이렇게 오랜 세월을 넘어가구 그랬는디 참 이 양심이 저기 하거든요. 그러기 때무, "마 내가 잘 됐다."고, "그렇게 그걸 뭣 헐려구 그러냐?" 구 그러니게, "하여튼 구경이나 해 보자." 구 그래 여자가 자꾸 꼬시는 거유. 그래서 인자 그 옷을 내줬어유. "여기 있노라." 구 장독 속에다 깊이 깊이 넣놨어요. 그래서 인자 내 주니까. "한 번 인자 입어나 보야것다." 구. 인자 즈 신랑한테 인자 그랬더란 말이유. "아 입어보라." 구 아 이렇게 입구서는 저기 허는디 인자 그렇게 에 그 옷을 입구서는, "배깥에 좀 이렇게 바람을 쐬러 나가야것다." 구, 아 이렇게 나갔단말유. 아 인자 방문두 열구 이렇게 나갔시유. 올라 가더니 아이 단 5분도 안 되어서 그냥 이렇게 뭐 높이 뜬 비행기같이 보일 정도로 막 올라 갔단 말이여. "아이구 인자 나는 죽었다." 인저 이렇게 그냥 한탄을 하구 저기 하는데, 아이 올라가 가지구선 영 올라갔어. 그 날개 옷만 입으면 그냥 올라 가는거요. 기래 인자 할 수 없지. 그래 사슴이 넷 낳도록 까지는 그 옷을 내놓지 말라고 했는데 옷을 내 놨으니 그냥 돌아가요. 그때라도 하늘만 쳐다보고 있다가선 헐 수 없다 하구선 아이구 그만 이 이야기를 빼먹었구먼. 그 아들이 말이유. 그 난 아들들을 하나는 여기다 끼고 하나는 여기다 끼고 하나는 등에다 없구 그렇게 하구선 다 데리고 올라 가 버렸어. 그 날개 옷을 입구, 아 그래서 뭐 생으로 죽을 수 없구, 그래두 그 나무가 거시기라 밤나 나무를 댕기구 이자 하늘만 쳐다보구 있다가선 할 수 없다 하고서 한탄만 하고 있는데, 하늘만 쳐다보구 이러구 참 낙심을 하고 이렇게 다니느데, 아 또 하루는 나무를 하구 인저 한짐 해서 이렇게 짊어놓고 이렇게 쉬고 있노라니께 그 사슴이 또 나타났어유. 나타나 가지구선 뭐라고 하니, "아 나 하라는대로 하라니까 않고서 그렇게 저기 하느냐? 구 그냥 못살이를 하더니만 난 이제 모른다"구 그냥 갈려구 한단 말이요. 그때 나무꾼이 사슴한테 사정을 했어요. "아이구 한번만 어떻게 저 볼 수 없느냐?"구. 말하자면 즈 자기 처를 뵈여 줄 수 없겠느냐구 아이구 사정을 해샀구 그랜단 말이유. 그런께루, "그러면은 이번 저기면 다시는 뭐 뭐 저기 안 했테니께루 그냥 나 하라는대로 하라."구. 이래서 인저, "그렇게 그럭겠다."구. 참 그 사슴이 인자 이러구 저러구 그 저 저런 얘길 했어유. "내가 인자 어느 땐가는 인저 저 하늘나라에서 선녀가 자기 처되는 사란이 며칠 몇일날 당신들 집에 몇시경에 밤에 이렇게 내려 올거여. 그러면 그때 함께 올라 가라."구. 그래서 인제 참 그 날짜를 기다리고 있는데, 참 왔는데 그게 뭐여? 뭐 하늘에서 용 용마(龍馬)라고 그랬든가? 뭔 말을 타고 내려오면 그냥 순식간에 눈 깜박할 사이에 내려 온데요. 보던 않하고. 우리가 알 수 없지만, 내려 왔는데 내려 와선 인자 그 말을 타고 갔어유. 올라가서 보니까 아들도 많이 크고 그냥 그 색씨도 좋아라하고 참 편신하고, 이 땅이 하고는 하늘하고는 천지차 이라더니 뭐 거기 거기 가니까 정말 세상이 더 좋을 수 없구 참 좋더래요. 그래서 거기서 한참을 사 사는데 이 나뭇꾼이 가만히 생각해니까 늙은 어머니를 이렇게 혼자 두고 혼자 와서 아무리 호화롭고 좋은 생활을 한다 해도 참 걱정이거든요. 그래서 그냥 즈 자기 처보고 이야기를 했어유. "아다시피 어머니가 지금 산 깊은 산기슭에서 혼자 사는데 내가 다시금 오더래도 한 번만 보고 올라 왔으면 좋겠다." 고 그러니께, 그 처가, "그건 안 되는데, 안 되는데..." 하면서 잠잠하게 그레더대요, 그런데 참 그 신랑이 하도 낙심하고 뭐 식사도 잘 않구, 걱정을 하구 있으니께, 그라면 꼭 갖다 오는데 나 시키는대로 꼭 하니 해야 한다." 구 "그럼 그렇게 하겠다." 구. 그런데 그저 자기 처가 먼저번에 타고 내려 왔던 말을 끌고 오더래요. "이 말을 타면은 그냥 순식간에 내려 가니께루 내려가는디 내려가서 그 집 마당에 가 딱 설테니까니루 이 말에서 땅바닥에 내리지 말고 발을 대지 말고 말 신장에 앉아서 어머니한테 대충 얘기하고 참 인사나 하고 올라오라." 구. 인저 그렇게 해서 내려 보냈는데 그러며 말을 타고 앉았는데 자기가 생각하더라도 눈 깜박할 사이에 자기 마당에 와 떨어지거든. 그래서 인자 그 색씨가 시키는대로 내리지 않고 말 말 위에 앉아서 인자 자기 어머니한테 인자 인사를 하고 저기를 하면서, "난 이라구 저라구 한 사실이 있구 거시기 하니께루 이 땅에 내릴 수가 없다구. 내릴 것 같으면 저 하늘나라에 다시 올라 갈 수 없니께 그렇다." 구 하면서 그 소시때에 그 저기 나무 댕기면서 그 식사하는 중에 참 그전에 웅 참 먹기가 곤란, 식사하는 거시기가. 그날 그날 곤란하셨잖어요? 그런데 그 나무꾼이 호박죽을 좋와 했어드래요. 그래서 막 인사를 하고 갈려구 하는 판인디 자기 어머니가 부엌에 들어 가면서, "지금 호박죽이 다 끓었으니께 너 참 그렇게 맛있게 먹던 호박죽이나 한 그릇 먹고 가라." 구. 그래 약간 좀 멈쳤어요. 자기 어머니 참 그 소원이 참 저기하다구. 그래서 인저 떠다 가서 참 그 솥지기 그 참 끓기만 했지 좀 식어야 하는데, 아 그 뜨거운 것을 이렇게 떠다가 주니께루 주니까루 말 안장에서 이렇게 받았어요. 받아 가지구 말 안장에 이렇게 먹는데, 아이 손도 뜨겁지 입도 뜨겁지 하니까 그냥 놓쳐버렸어요. 그 그릇을. 놓쳐 버리니께 놓쳐 버렸으니. 그러니께 소리를 벽력같이 막 질러대니까 혼자 혹 주인을 버리고 그냥 올라가 버렸잖어요. 올라가 버리니까 다시는 못 만나고 그랬는데 이 나무꾼은 밤낮 이렇게 하늘만 쳐다 보다가 이제 죽게 죽을 병이 들었이유. 그러는데 그냥 죽어 버렸어유. 그러는데 그냥 죽어 버렸어유. 인자 그 병을 앓다가. 그랬는데 지금 닭 여기 돌아 댕기잖어? 닭들이 그 저기를 비롯해서 나온 말인가 모르지만, 하늘만 쳐다 보다가 죽었다는 그 형우(모습)에 따라서 닭이 저기 높은데서, 어디 울적에나 평지에서 땅바닥에서 울적에도 하늘만 쳐다보고 운다는 이치가 여기에 있다는 거래유.

49. 나뭇군과 선녀(『한국구비문학대계 4-2』, 340~346쪽.)

옛날 옛날에 워느 산골에서 한 사람이 아주 간구해서 나무 장사만 해 먹구 살아. 그런디, 그 사람이 인제 누가 있느냐 하먼은 자기 어머니밲이 읎어. 자기 어머니밲이 읎는디, 항상 나무만 해다 팔어두 둘이 먹구 살기두-옛날루는 그래요-장-곤란해서 가난하기가 짝이읎는거지-. 그렇게 저는 그런 맘을 먹…, 저두 속으로 멕기야 먹을테지. 인저 어머니가 자식이 장남하구 이러다 보니까 장개를 디려야 되것다는 걱정을 주야장천 헐 거여. 그래 자기 어머니 걱정허능 걸 하두 그 민망시러워서 한 날은 자기 어머니한테 가서 지가 얘길 항 겨. '어머니 너머 걱정하시지 말라'구. "전두(저도) 원제나 때가 다먼 예쁜 새약씨감이 저한티 있읍니다." 그러거든. 그러구 나서 인저 결국은 나무만 하러 댕기능 겨. 나무를 하러 댕기는 건데 가서 정신읎이 나무를 허다 봉게 사심(사슴)이 한 마리가 헐레벌떡거리구 온단 얘기여. "아이 나무꾼 아저씨, 나좀 쉼겨(숨겨) 줘요. 지금 뒤에서 포수가 나를 쥑일라구 쫓어 오는디 나좀 살려줘요." 사심이가…. 그래서 나무꾼은 인저 엉겁결에 나무 헝 걸 모인 디다가설랑 파묻었단 얘기여. 아! 그라구 난 담에 포수가 인제 정신읎이 눈을 헤번덕거리구서 오거든. 어! 이놈우 저 짐승을 잊어뻐렸웅게 정신이 읎을 거 아녀? 눈을 헤번떡 거리며, "여보 여보 나무꾼." 그러거든, "왜 그라쇼?" "아 여기 방금 사심이 한 마리 지내는 거 못 봤오?" "사심이 방금 여기서 절루 도망을 갔읍니다." 아! 그렇게 두말 뭐 할 것두 읎이 숲속으루 이저 들어 가거든. 그런디 결국 나무꾼이 인저 사심이 불릉 겨. "사슴아, 인제 포수는 갈 디루 갔응게 너는 나와두 갠찮치." "이제 나와두 갠찮지." 인저 나왔어. 나와서는 하여간 나무꾼 아저씨 지가 은혜를 갚구 접운디(싶은디) 첫째 소원이 뭐냐는 얘기여. 사심이가. 그래 나무꾼이 무한히 생각을 해 봐두 돈두 읎지 억천만사가 다 읎어두 자긔 어머니가 일구월심이 장개 못 드는 것을 장단 걱정을 항게, "어머님이 기시는디 저 장가 못 드는 것이 질 큰 걱정입니다." 그렇게 사심이가 '그러냐'구. "아 그러면 이쁜 새약씨를 취택하먼, 이쁜 새약씨를 구할 수 있응께 저 시기는 대루만 하세요." 그렇게 '워 게 워 게 그것 헐 수가 있느냐.' 그렁께, '나 시기는대루만 하먼은 틀림읎이 시상이두 읎는 새약씨를 구헌다'는 얘기여. 그래 거기두 인제 중턱 나무하는 바탕인데 그 산 상상 꼭때기 날맹이루 올라가먼 연못이 있다는 얘기여, 산날맹이… 산날맹이 연못이 있는데 천상에 옥녀가 삼형제가 말여 저녁마둥 모욕을 하러 내려오니까 거길 가서 기달리구 있다가서 하여간 날개옷을 감추되 막내 선녀가 질(제일) 하여간 이뿌니께 막내 선녀의 날개옷을 감추쇼. 아 그래 인저 사심 시기는 대루 거기를 밤중에 가봉께 아 그냥 물장구를 치구 그냥 투당거리는디 굉장두 안 햐. 겁두 안 먹구설랑 인저 가만 가만 가 가지구서 차례루 벗어 놨을 거 아녀? 이저 요담 요담 요담 요담 끄트머리 벗어 논 것을 감추구서, 월마 나와서 이저 숨어 앉었응께 모욕을 다 허구 나온다는 얘기여. 나와서 옷을 주워 입더니만, 뭐 인저 옷 입은 사람은 둘이 천상으루 올라 가능 겨. 하나만 인저 옷을 감췄응께 못 올라가고 있능 겨. 그래 그러는디 이 사람이 그 처녀한테를 가서 "아이 워이서 워텋게 되신 처녀걸래 이 밤두 야심한데 이러카구 있느냥. "게, "나 천상이서 내려온 선년디, 아 삼 형제 내려왔다가서 다 옷을 입구서 올라갔는디 내 옷을 누가 감춰서 나는 못 올라가구 있다." 구 그려. "아 그러먼 나는 살기는 아무디 살구 별 수 읎이 나무장사만 해 먹구 사는 이런 정돈디 내 새약씨를 삼었으먼 좋겄다." 구. 인저 이렇게 얘기를 항 겨. 그래 그 새약씨 말이, 선녀 말이 그러능 게거든. "천상 사람과 지하 사람과 인연을 어텋게 맺을 수 있느냐." 구. 그래 이 나무꾼 애가 "아 맘만 들먼은 잘 살 수 있다."구 얘기를 항겨. 그래서 워텋게 워텋게 사정을 해 가지구서는 인저 그 선녀한티 허락을 받었다는 얘기지. 허락을 받구서는 인저 집이루 돌아옹 겨. 집이 돌아와서 자기 엄마한티 그렇다구 헝게 세상에두, 인물 헐래두 그런 인물이 읎지. 천상 선년께. 아이 그래, "워턱게서 저런 새약씨를 데려 왔니?" "아 약하 이만 저만 해서 그렇게 인연이 됐읍니다." 그라구 난 담에-얘기를 쪼끔 잊어 뻐렸네. 그 사심이 그렇게 얘기 할 때 그런 선녀를 만내두 자식 닛(넷) 낳기 전이는 그 옷을 내주지 말라구 항겨.-그렇게 부탁을 했는데 자식을 싯이나 났응께, 여자두 인저 정들대루 다 들구 남자두 정들대루 다 들구 둘이 죽구 못 사능거 아녀? 인저 죽구 못 살거여. 맘두 태연하게 놓구. 그래 여자가 인제 때가 발써 그렇게 됐던지 하는 중에두 별도루다 남자한티 더 극진히 하머서 '아 여보 나 인저 지하 사람이 완고히 됐는디 세상에두 내 날개 옷은 누가 워턱한지두 몰르겄다'구. 그것 좀 알구 죽었이면 좋것다는 얘길 햐. 그렁게 나무꾼이 생각해기를 인저 자식을 싯이나 났응게. 사심이가 아무 소리를 했거나 인저야 설마 문제 읎을 테지 하구서는 "사실루다가 내가 그 옷을 잘 뒀는디 그 뭐 그렇게 보고접우냐?" 구. "그럼 그 옷 좀 구경 좀 하자." 구. 그 옷을 인저 짚이 간수한 것을 끄내다 줬네. 자식 삼 형제 났으면 한 십 년 넘을 거 아녀? 그래 그 그 옷을 내다 중께 손으루 이렇게 만져 보더니 "한 번 입어 봤으면 좋겄다." 구 그러능 겨. 아 입구서는 이쪽이다 어린아 하나를 찌구 이쪽이다 하나 찌구 하나를 등어리 엎구서는 그냥 천상으루 올라가네. 아 그러니 즈 어머니랑 그 나무꾼 애랑은 인저 애만 났다 뿐이지 할 도리가 있어야지. 아 닭 쫓던 개 울 쳐다가 보기지 그런 꼴이 워딨어. '야, 이거 인저…. 별수 욱구(없구) 하여간 또 가서 나무나 해서 사심이나 한 번 더 만난다'구. 그래 나무를 하러 메칠 댕기다 봉께 참 옛날 사심이가 또 왔어. 또 왔는데 사심이가 먼저 인사를 하능게 아니라 이 나뭇꾼이 먼저 인사를 했어. "하여간 옛날에 워떤 사심인데 미안하게 됐다."구. 그래 "왜 그러느냐?"구. "아 약하 이만저만해설랑은 애를 싯을 났는디 천상으루 올라가서 나는 하여간에 지금 헹편두 읎다."구. "그 시기는대루 했으면 그런 변이 읎는 걸 내가 메라구 하더냐."구. "더 하나 날 때를 더 못 기달려서…." 아 하나만 더 있으면 가주구 올라갈 도리가 읎다는 얘기여. 닛이면. "그래 내 좋흔 방법을 가리쳐 줄테니 인저 그대루 하면 또 만낼 수가 있다."구. 그때 한번 선녀들이 놀래가지구서, 저녁마두 천상이서 물을 달어서 모욕을 하네. 하날에서, 여길 내려오능 게 아니라 그래 저녁마두 물을 달아서 모욕을 항께, 그 연못을 찾어가서 그 인저 두레박 내려올 때만기달리다가 두레박 내려 오걸랑은 거기만 들앉으면 천상이 올라간다구. 그래 인저 거기 가서 월매를 기달려 있응께 참 금줄에다 말 할 거 읎이 두레박이 인제 싯이 내려 오능 겨. 싯이 내려오능 건디, 얼른 인저 물 떠 올라갈라구 허능 걸 물을 그냥 쏟아 내버리구 거기가 들앉었어. 거기가 들앉어 가지구 천상이 올라가는디 시각내 올라가능 겨. 대번 올라가능 게니께. 올라가가지구 인제 그 선녀랑 애덜이랑 만났지. 만나설랑 인저 참 잠시라두 또 유쾌한 참 재미를 보다가 결국은 마누래두 좋구 자식두 좋지만, 나는 어머니한티 질 딱하거든. 그래 자기 마누래보구 그랑 겨. "나는 지하에 계시는 어머니가 나를 하나 길러 가지구서 후세 영화를 볼라구 이렇게 고상을 하셨는디 지금 우리 내외만 좋고 살면 안 뒹게, 어머니를 가서 내 보고 올 수가 읎느냐." 넝께, "아 보고 올 수가 있다."구. 그래 부모한티 그렇게 효성이 있응께 인저 선녀두 그걸 이해를 헝 게지. 선녀 시기는 대루만 하구 사심 시기는 대루만 했으면 제대루 될 겐데 끝두 밑두 읎는 얘기여. 그래 용마를 하나 내 주더래요. 용마를 하나 내 주는디, "여기만 타먼 시각내에 어머니를 가서 볼 꺵게 어머니를 봐두 하여간 말에서 내린다먼 당신은 지하에서 자식 구경두 못하구 어머니를 하여간 말에 올라 앉어서 보구서 그냥 오먼은 나허구 인연이 다서 끝까지 살게다." 인저 이렇게 선녀가 얘기를 항 겨. 아! 시각내 용마를 타구 내려와서 긔 어머니를 만나닝께 "너 인저 오느냐."구 막 그냥 한 번 울며 어쩌구 나오는디 자식치구설랑은 말이 올란져서 인사할 도리가 어딨느냔 얘기여. 펄쩍 뛰 내렸단 말여. 말은 그냥 깜짝 놀래서 천상으루 올라갔지. 아 인저는 도리두 읎어. 도리두 읎지 인저는. 그래 노다지 말여 자긔 어머니랑 그 총각 나무꾼이랑 말여 천상만 바라보구 우는 성국인데. 그래서 그 사람 명이 뭐냐 허면, 숫 닭이 됐어. 숫닭.응-. 이름이 숫닭여. 예. 숫닭이라는 건 원제든지 울라면 하늘을 바라보구 울지 땅 보구는 안 울응게. 그래 하두 원이 돼서 하늘만 바라보구 운다는 얘기여. 그래 인저 끝이 그….

50. 나뭇군과 선녀, 노루 이야기(『한국구비문학대계 7-1』, 268~271쪽.)

움드리 총객이 하나, 움드리 총객이 넘우 집을 사는데, 너무 가난에, 지 몸이 독신이라. 부모도 없고, 어릴 때 다 조실부모하고, 넘우집을 사이, 생전에 장가를 못 가요. 하 우째 장가 가겠노 싶어서, 인자 산에 풀비로 갔오. 소북은 질메로 딱 지와가 풀로 비로 가가, 후후야 가리 갈라마구여 세상 사람이 다 장개를 가고 동물도 다 내외짝이 있는데 나는 이 넘우 팔자가 와 이다지도 허무한고 후후야 가리갈가마구야 이카마 꼴을 비그던. 꼴을 비이, 노리가 한 마리 꺼덕 뛰 오는 기라. 뛰 오는데, "하, 총각 총각, 날 쫌 숨게 다고." 크그던, "우예?" 크이께네, "저거 마 사양하로 사양꾼들이 날 잡으로 오는데, 날 좀 숨게 주마, 총각 내 좋은데 장개 보내주께." 이카그던. "하이구, 어서 매요." 질메 밑에다. 질메라 그는 거 압니꺼? 소 우에, 등기 이래 이래 얹어 갖꼬, 이래 마 머 실는 거. 질메를 꺼떡 들며 질메 밑에 쑥 노리를 쑥 여 놓골랑, 그래 인제 꼴을 비면서 소리를 하그던. 그래 머 포수들이 꽉 오는 게라. 오디, "아이, 여보 여보, 꼴 비는 총각, 노리 한 마리 가는 거 못 봤소?" 그그던. "아이 못 봤소. 저 질메골로, 우장골로, 가장골로 절로 갑디다." 이카그던. 그 이 질메 밑에 있으이께, 질메꼴로, 우장골로, 가장골로 갑디더 이카그던. 그래 머 갔뿟다. 지내 보냈뿌고 나이, "아이 참 총각 따문에 내가 잘 살었다." 카메, "총각 내 장개 가는 내 방법을 가르쳐 주께에." 카그던, "갈체 달라." 카이, "칠월 칠석이 언제 얼매 아 있으마 닥치이께, 칠월 칠석날이 저, 저저 전노적녀(견우직녀) 모욕하는 모욕 통이 있그던요. 거 가서 가마 있으마 제일 입곱찌에, 다 모욕하고 옷을 입고 있는, 뒤에 일곱찌에 처자 주우로 감지게뿌라." 카그던. 그래 그 날 밤 새두룩 인자 칠월 칠석날 가 바랬다. 바래이, 하늘에 마 옥황 상제 딸 전노적녀가 마꽉 내려오, 칠선녀가 내려오그던. 내려오디, 목욕을 다 하고 옷을 마커 입는데, 제일 일곱째 있는 옷을 감지커뿌렀어. 아이고, 그래 가 저거는 마 타고 갔빼렀그던. 여섯키는 갔뿟고, 하내이 남었는데, "아이고, 제발 총각 옷 주소 옷 주소." 카이께, 내 내외가 돼야 옷 주지, 내외가 안 되만 옷을 안 준다." 이기라. "그르만 천사 내 참 시집을 가리다." 꼬 그랬어요. 그래 내외가 돼 머 이 세상 사람이 돼가 살었어요. 이 사마 세계 여 살었그던. 살면서러 애기를 하나 놓고, 둘 놓고, 서이 놓그던. 그 인자 노리가 카그던. "애기 서이 놓그던 조라" 카그던. 서이를 노며는 설마트러 안 갈끼라고 말이지. 서이를 탁 났는데, 저놈 글트나. 서이 놓그던 노리가 옷을 주라 카는데, 그래 옷을 죴단 말이다. 조 노이께, 칠월 칠석이 딱 닥쳤고. 그래 인자 또 모욕하그러 내려오그던, 그 직녀들이. 아이구 마 좋다고 마, 애기 하나, 둘 옆에 찌고, 하나 마 보듬고 마 올라갔 어. 올러가면서, 남편을 가자 카매. 그래 하늘에 가이, 그 청삽사리 개가 이 구적에도 있고, 저 구적에도 있고. 사람 눈에 그래 보인다는 게라. "저거는 누고?" "저거는 우리 선조, 우리 할배고. 저거는 우리 할매고, 이거는 우리 아부지고. 이거는 우리 엄마고." 카그던. 세대를 쭉 갈체주그던. 그래 거 가 다 인사하라 카는 기라. 그래 인사를 하고, 그래 인자 사는데. 그래 거 가서로 마 잘 사는데, 이기 자식이 저거 숙모 삼촌 우에 컸는 놈이라. 숙모 삼촌이 그렇게 요부하게 잘 사이 보고 접다 말이라. "하리 하계에 가서, 내가 우리 숙모 삼촌 한 번 뵈옵고 오만 좋겠다." 카이, "가지 마라." 크그던. 가만 안 된다고 가지 마라 긋는데, 기어이 자꾸 오고 싶어가 내려올라 카이, "그래 가거들랑 제발 닭 국을 먹지 마라." 그그던, 닭·닭 국을 묵으만 안된다꼬. 여기 모 올라 온다고. 그래 턱인자 참 머으로 다 선물을 해 주는데, 너러왔어. 너러와 인자, 저거 삼촌 숙모 보고, 그래 갈라 그이, 낮에 닭국 끓아 점심을 해주는 기라. 그래서 그 인자 참 그래 먹고 마. 너러와 놓이, 마 몬 올라가는데. 몬 올라 온다고. 그래서 박씨를 하나 부인이 내라 어. 박씨로. 박이 많이 자라가주고, 하늘 까짐 댔어. 그 줄 타고 올라오라 꼬. 그래이 숙모가 닭국 끓이가 조노이, 먹골랑. 박 줄을 타고 한 반지나 올라가다가, 아 저 숙모가 마 물을 짤짤 끓어가주 마 박 줄에다 마 한 방태이 갖다 뿌이께, 고마 썰어져뻤어. 뜨거븐 거 부이께, 씰어져뿌이께, 한 중간에 올라가다 머 떨어졌어. 떨어지매 변상한 게 요 닭이라 닭. 마 "꼬꼬구불래" 그매, 장닭 우마 "꾹꾹 굴굴" 안 캅디까. 그 그 형상이라요. 그래서 그렇대요.

C형: 나무꾼 지상회귀형/ c형 시험실패

52. 뻐꾸기의 유래(『한국구비문학대계 1-3』, 68~72쪽)

그래 선녀 옷을 한 벌 가지고 나와 갖다 감췄다 그거야. 그러니 옷을 입어야, 인제 다른 선녀들은 죄 옷을 입고 하늘로 올라갔는데 선녀 하나는 옷을 입어야 올라가지. 그래서 이거 옷을 찾을라구냥 울구 있었는데 인제 이 총각놈이, "하여튼 너는 나하구 살자." 구 말야. 그래 옷을 아주 갖다 감추고 저의 집에 가 다른 옷을 입히고, 그래 올라가지 못하구서 그 총각녀석허구 사는데, 살다살다 아들 둘을 낳더래요. 아들 둘을 낳는데 하루는 이 여자가 하는 소리가, "에이, 인제……." 이 사월 팔일이 됐다던가 "그러니 우리 그네나 한 번 매고 뛰자."고. 그래. "그럼 그래라." 고. 그래 그네를 매니, "나 그 때 하늘에서 입고 내려왔던 내 옷이나 달라구." 말야. "인제 자식을 둘씩이나 낳았는데 내가 인제 내가 올라가래두 안 올라간다."구. 아, 그것두 그럴 듯 하거덩, 아 그래 옷을 내어다 주었단 말야. 아 그래 이 옷을 입구설라무네 그네를 뛰러 올라가더니 언네 하나를 업고 하나를 안고설나무네 그네를 뛴단 말이야. 그냥 그네를 냅다 힘있게 뛰더니 그냥 냅다 하늘까지 올라가면서 냅다 뛰더니 아 그냥 아럭허구 올라가더니 그네줄만 내려온다 이거야. 그냥 올라가! 웅, 아들 하나를 업구 하나는 안고 말야. 그러니 이 눔이 미칠 지경이거덩, 그래 미

처가지구설랑에 아주 미치광이가 돼서 산으루 헤메는 거야. 근데 헤메다 보니까 토끼란 놈들이 몇 마리가 모여설람에 서루 싸우는데 무슨 씨를 하나 물고설라무네 서루 싸우거덩. 그래, "그거 뭔데 너희 싸우느냐?" 그러니깐, 아 이거 서루 얘꺼니 네꺼니 허구선 내꺼라고 그래구 저 눔은 제꺼라구 그래구 서루 싸운단 말야. 그래, "그걸 날 달라." 고 그래니까는 주거든. 그래 이 눔을 갖다가시리 저의 문 앞에다 심었어 근데 이 눔이 그저 메칠 내에 그저 나와설라무네 그냥 쑥쑥 자라더니 그냥 하늘 바소까지 하늘에 닿은 것처럴 그냥 자랐어, 그 남기. 그래 이 눔이 하루는 덮어놓고 그 남구엘 기어 올라갔어. 기어올라가니까 하늘이야. 에, 허, 하늘인데, 그래 가 보니까 이렇게 모래사장이, 있고 이렇게 땅인데 가서 이렇게 보니깐 저 애들이 거기설라무네 섞여서 논다 이거야, 애들끼리 노는데. 아, 그리더니, "저기 아버지 온다……." 뭐 어째구 이 애들이 그래거덩. 그래, "엄마 어디 있냐?" 하니 아무데 있다구 말야. 그래 그 애들을 쫓아서 그 저의 엄마 있는데루 가니까 저의 엄마두 참 반가와 하구. 근데 그 장인짜리가 썩 좋지 않아한다 그거야. 그래 인제 말을, 저의 장인이 하는 소리가, "너 이 말을 타고 말야, 내가 이 활을 쏠 테니까 화살을 가설라무네, 이 말은 화살을 간 데를 안다." 그거죠. "그러니까 이 화살을 쏠 테니까 화살을 가설라무에 집어가지구 여기를 오면은 너를 사위삼겠다." 그래, 그리겠다 말야. 말에 올라타니까는 화살을 인제 그 장인이 냅다 이렇게 쏘니까는 이 말이 헝하고 설랑에 뛰었는데 와설랑에 내렸는데 보니까는 저의 문 앞이야. 응 그 산골짝에 살던 저의 문앞이라 그거야. 아, 그런데 저의 어머니, 저의 어머니가 있으니까 저의 어머니 우선 만나봐야 될 거 아네요? 그래 저의 어머니가 만나더니, "아유!" 반갑다구 말야. "니가 어디 가 있다가 인제 왔느냐?"구. 아 가설라무네 바가지를, 박이 이렇게 열린 거를 박을 따설라무네 갖다, "이걸 박국을 끓여서 먹고 가라." 이거지. 아, 그래 시간이 늦는데 어떻게 이걸, 괜히 저 말이 세 번만 울음을 울면 말이 달아날 테니, 그 여자가, 인제 자기 부인이 그렇게 일러 주었대요. "세 번 울기 전에 되돌아 와라. 두 번 울거던 와서 말을 타야 올라오지, 그렇지 않으면, 세 번 울면 당신 올라오지 못하니까 그런 줄 알라."구 말야. 그런데 저의 어머니가 한사하구 붙들구 그 박국을 끓여 먹고 가래. 아, 그래 박국을 막 먹을랴구 허는데 벌써 두 번째 우니까, 두 번은 울었다 그거야. 그래 저의 어머니는 자꾸 먹구 가래니까는 이걸 한 숟갈 먹다 보니까 벌써 세 번 울더니 그냥 "헝"하더니 그냥 하늘로 올라가 버렸어, 이 눔의 말이. 그래 이런 일, 그 후로부텀 그만 그 말을 못 타구, 그 박국 때문에 못 갔다구 해서 말야. 그냥 미쳐가지구 돌아댕기면서,

"박국 박국 박국……." 하면서 돌아댕기다가시리 그만 이것이가 변해서 〈뻐꾸기〉가 됐다는 거야.

53. 선녀와 나뭇군(『한국구비문학대계 1-7』, 839~842쪽.)

그거 있죠. 그거는 내 거기에 대한 얘길 하나 하지, 그전에 삼십 도령이 장개두 못 가구 있는데 그 산에서 나무를 하는데 아, 왠 노루가 그냥 씩씩대면서, 거 노루가 사람보구 말했어. "아, 나줌 살려 달라. 날 잡으러 뒤에서 포수가 오니까, 숨겨 달라."구. 그래서 낭구망 속에다 집어 놓구선 있으니깐 포수가 오드래는 거야. "아, 이리 노루 가는 걸 못 봤냐?"구. "아, 저기 갔다."구, 그리 가니깐, "나오라."구. 나오니깐, "아휴! 참, 고맙다."구. "이거 은혜를 갚어야 헐 텐데, 은혜를 갚을 길은 없구. 아, 인제 아무날 선녀가 어디서 목욕을 하니 거기서 아 옷을 한 번 갖다 감추면 올라가질 못허구 살게 될 테니깐두루 그 옷을 갖다 감추라."구 아 그래서 인제, "그러다."구 그날, 그런 날 딱 가서 보니깐두루 하늘에서 선녀가 나와서 거기서 목욕하구 있는 걸, 가서 옷을 갖다 감췄단 말야. 그래 올라가는 수가 있나? 아, 그래 헐 수 없이 그 사람하고 인제 에, 백년해로를 하고 그 노루가, 아, "아이 싯을 낳거든 그 옷을 주라." 구 그랬는데, 아, 그거, 남은 뭐야? 명절날이면 옷도 해다들 주고 하는데 팔월 한가윗날인가? 오월 단오래든가, 뭐 어뉘 날. 그 옷을 달라구 하니깐두루 그, 남은 해두 주는데, 그 있는 거 안 줄 수도 없구 하니깐, 인젠 아이까지 난 거니까두루, 거 뭐 무슨 상관있갔냐구 줬단 말야. 아이 하나는 업구, 안구선 날라 올라갔단 말야. 날라가니까, 그 닭 쫓아가든 개 지붕 치다 보는 격이지. 그거 산에 가서 나물 하니까 그 노루가 겅충겅충 뛰어오더니, "아 거 아이 셋 낳거든 주랬더니 왜 둘 낳년에 줬나냐?"구. "아, 그러나 저러나 생각을 못 해서 그랬는데, 또 만날 수 없냐?"구 그러니깐, "아침 몇 시면 두레박으루다 물을 떠서 올려서 목욕을 허니, 그 에, 몇째번에 나온 것이 에, 그 당신허구 살든 마누라가 두레벅에다가 그 두레벅에 올라 앉으믄 될 꺼라."구 인제 그랬단 말야. 아, 그래 그 두레박에 올라 앉으니깐두루, 끌어올리니깐, 아 좋다, 즈이 영감이 올르네. 그렇다구 도루 내려 보낼 수도 없구. 그래 끌어올리면서 인제, 자 그 하늘 나라에서 벌칙이 있네. "거 화살을 이 지구루, 땅으루 나려 쏴가지구선 가서 그 활촉을 주어오나야 만이, 에 여기 나라 이 나라 사람이 되는거지. 그렇지 않으면 못 된다."는 그런 벌칙이 있어가지구선, "그걸 줘 오라."구 그런단 말야. 그래 이 사람이 아, 이 땅에 나린 걸 어뜨케 가지오는 수가 없잖아. 그래 머릴 싸구 드러누워 있으니깐, 그 마누라가, "거 걱정할 거 없다."구 말 한 필 갖다 주면서, " 이 말은 날라 댕기는 말이라."구. "그리니까 나가서, 나려가서 활촉을 주어 가지구 오라."구. "근데 한 가지 잊어 버리믄 안 될 것이 있다."구. "한 번 울어, 두 번 울어, 시번째는 뜨는 거니까, 시 번 울 적에는 반드시 타야지, 시 번 울 째 못 타면은 또 못 올르는 거라."구. 그래 일러 줬단 말야. 그래 내려가서 아, 그 활촉을 주어가지구 그 어머이가, 즈이 어머이가 살았대거든. 그 어머이한테 가서 만나니깐두루, "아유 반갑다."구 그러면서, 그 그 때 집 안에 박을 따다 가선 국을 끓여, 이 박국 그릇에 "박구 먹구 가라."구 그걸 끓여 놓구선 자꾸 그러니깐 아, 그걸 먹다 한 번 울지, 두 번 울지, 시 번 우니깐 말이 벌써 날라갔드랴. 그래서 그런 전설이 있구. 아, 그래서 '박국박국'이라구 해서 뻐꾹새야. 뻐국새가 됐대는 거야. 박국먹다 그랬다구. 책에서는 그렇게 안 나왔죠?

54. 나무꾼과 선녀(『임석재전집: 평안북도편 Ⅰ』, 48~49쪽.)

녯날 어늬 산골에 총각 하나이 살구 있드랬넌대 이 총각은 맨날 새를 해서 팔아 개지구 살드랬넌데 하루는 산에 가서 새를 하다가 쉬는 짬에 잠이 들었다. 자구 있넌데 꿈에 쌔헌 녕감이 나타나서 "넌 브즈런한 총각이느꺼니 당개 가게 해주갔으니 나 하라는 대루 해라. 요 산 넘에 누평이 이넌데 그 누평에 선녀들이 하늘서 내리와서 맥을 감는다. 너는 고기 가서 선녀레 벗어논 입성 하나를 채두먼 선녀는 닙성없이는 하늘루 올라가디 못하느꺼니 그 선녀를 데불구 살게 된다. 아이 너이 난 담에 그 닙성을 내주라." 하구 말하구서는 녕감은 사라뎄다. 총각은 잠을 깨개지구 녕감이 대준 대루 산넘에 누평이 있는 데루 가서 수플 속에 숨어 있었다. 이즉만해서 하늘서 선녀들이 내리와서 닙성을 벗구 누평에 들어가서 멜을 감구 있었다. 총각은 가만히 가서 선녀 닙성 하나를 채서 수풀 속에 숨어 있었다. 선녀들이 맥을 다 감구 나와서 닙성을 입구 하늘루 올라갔넌데 선녀 하나이 입성이 없으느꺼니 하늘루 올라가디 못하구 울구 있었다. 총각은 수풀에서 나와서 선녀한테 가서 나하구 살멘 닙성을 주갔다구 했다. 선녀는 할수없어서 총각을 따라와서 살게 됐다. 여러 해가 지나서 아이를 서이나 낳았다. 총각은 이자는 일 없갔디 하구서리 선녀에게 닙성을 내주었다. 그랬더니 선녀는 그 닙성을 입구 낭팔에 아를 하나씩 끼구 하나는 등에 업구 하늘루 올라가 버렸다. 총각은 그만에 슬퍼서 발을 둥둥 굴르메 울었다. 울구울구 또 울다가 잠이 들었다. 꿈에 또 그 새헌 넝감이 나와서 박씨를 서이 알 주멘 이걸 심어서 박넝쿨을 타구서 하늘루 올라가라구 했다. 잠을 깨어 보느꺼니 손에 박씨가 서이 알 있었다. 총각은 그 박씨를 심었더니 넝쿨이 뻗구뻗구 해서 보름 만에 하늘꺼정 올라갔다. 총각은 그 넝쿨을 잡구서 하늘에 올라갔다. 하늘에 올라가느꺼니 아덜이 총각을 보구서 아바지 온다구 과티멘서 달라 뛰어오넌데 선녀도 뒤따라서 오멘 반가와하넌데 난데없이 군사가 오더니 이 총각을 잡아 개지구 왕한테 데불구 갔다. 왕은 네레 지상 사람인데 하늘으 선녀와 살라문 하늘에서 살 만한 재간이 있이야 한다. 내가 내놓는 시형에 합격해야디 그라느문 목을 베겠다구 하구서 큰 활에다 화살을 메워 쏘구는 그 화살을 찾아서 개오라구 했다. 총각은 이 말을 듣구 어드메 가서 그 화살을 찾아와야 할디 몰라서 야아난 꼭 죽갔다 죽는 바야 선녀나 한 본 보구 죽갔다 하구 선녀 있넌데루 갔다. 선녀는 총각이 시름없이 오넌 거를 보구 어드래서 그릏가 무렀다. 총각은 왕한데서 큰 활루 쏜화살을 얻어 개주구 와여디 그라느문 죽인다구 해서 난 딱 죽게 돼서 그른다구 말했다. 선녀는 백마 한 마리를 주멘 이 말을 타구 가다가 이 말이 스는 곳에 화살이 있을거이느꺼니 고기서 화살을 얻으멘 된다고 말하구 무슨 일이 있어두 이 말 곁을 떠나서는 안 돼요 말이 앙 쏘리 세 번 허구 하눌루 올라가느꺼니 하구 말했다. 총각은 백마를 타구 가넌데 말이 빨리 뛰어가더니 한 곳에 서서 고기를 보느꺼니 화살이 있었다. 그런데 말이 선곳은 바루 이 총각에 저근니에 집 밖이였다. 총각이 화살을 집어서 말을 타구 갈라구 하던데 저근니레 나와서 이거 "형님 몇 해 만이요"하멘 붓잡구 밥먹구 가라구 했다. 그래서 총각은 저그니 집에 들어가서 밥과 국을 먹구 있넌데 백마레 앙 쏘리 세 번 허구 하늘로 올라갔다. 총각은 저근니에 밥과 국을 먹다가 하늘루 올라가디 못하게 돼서 고만 한이 돼서 죽어서 사이가 됐다. 이 사이는 밥국 밥국 하멘 울구 다녔다. 우리 귀에는 빽국빽국 하구 들리는데 세상사람은 이 사이를 빽국사이라구 한다. 밥과 국 때문에 죽은 거이느꺼니 밥국사이라구 하는 거이 옳갔다.

D형: 동반 하강형/ a형 시험 유(有)

55. 사슴 도와주고 옥황상제 딸을 색시로 얻은 난수(『한국구비문학대계 6-6』, 354~359쪽.)

난수라는 사람이 이름이 난수여. 그런디 즈그 작은 아부지네 집에서 고입을 하든 것이여. 그런디 나무를 간께 사슴이가 느다시 뛰어오드니말로, "아이 난수야." "뭐 헐래." "니 나무 맷 깍지나 해놨냐? 나 좀 살려도라. 그러면 한 깍지 밑에 놓고 나 가운데다 놓고 두 깍지 우에다 딱 덮고, 요 밑에 포수들이 올라올 것이다. 그러면 사슴이 봤냐고 허머는 못 봤다고 그래라." 그래야고. 나무를 인자 덮어놓고 나무를 허고 있은께, 포수들이 총에다 불을 박아갔고 인자 옴스로, "야 나무나야. 예너 요리 사슴 뛰어간디 봤냐?" "사심이라 뭐시라. 아 나 사슴 못 봤소. 아 사심이라 뭐시라. 좀 갈쳐 주시오." "이놈아 모리면 그만 도라." 그러고는 가 부리거던. 그래 나무를 해가지고 즈그 집 작은 집으로 와서는 작은 방이 있는디 밥을 끄니 때마다 해 주먼 이 놈이 정지서도 묵다가 물래서도 먹다가 그러는디 밥은 해 준께 거끔 저 작은 방 저 자는 방에서만 먹거든. 뭔 일인가 몇 끄니를 그러고 본께 즈그 작은 어매가 가만히 본께 아이 뿔도 이렇게 생겼고 키도 펄렁헌 것을 앞에 놓고는 인자 둘이 끄덕끄덕 밥을 먹는단 말이여. 그러자 그 사심이가 뭐라 허는고 허니, "느그 저 곡간에다가 쥐덫 안 놨냐. 쥐. 그러면 부투막 가서 친다고 그러먼 떠끔 떠들러서 쥐를 살려라." 그러고 인자 며칠이나 지냈는디 아니 즈그 작은 엄씨가 보고는 아이 진장 쓸 것 뿔도 돋고 귀도 펄렁한 것, 둘이 고개 끄덕허고 밥을 묵는다 그말이여. 그래 즈그 영감보고 이만저만허고 이만저만헌디 처음 보는 것이여. 그런디 짐성도 같고 뭣도 같은디 둘이 앉어도 밥을 차리 주먼 꼭 작은 방으로 가더니 둘이 그렇게 묵드라고. 그래야고. 가만히 자기 작은 아부지가 보고는 보더니 사심이거던. 그래 하래는 즈그 작은 아부지가, "난수야." "예." "너 사심이 갖다놓고 킨담서야."아 대답도 않고 있은께, "아무 날 한아씨 지사 아니냐? 그런께 그 날 잡거크랑 해라." 그런께 이 놈이 들옴서 눈물 씨고 온단 말이여. 근께, "아이 너 뭔 일 그러냐?" 그런께, "아무 날 한아씨 지산디 너 잡게크럼 하라 안 하냐." "허 그런 것을 꺽정허냐? 아이 잡으라 그러면 칙간에 가서 헌 새니끼 안 있냐. 지방살 고놈 건아다가 딱 묶어라. 묶어노먼 내가 후닥 그리고 튀어서 달아 날란다." 그래서 그 날이 딱 닥쳐와 가지고 인자 묵그란께 갖다 묶어논께 칼을 썩썩 갈고 있은께 이 놈이 보드마는 후닥거려 부린께 이 썩은 새내끼라 두말 없이 떨어져 부리제. 아 그런께 그래 달아났단 말이여. 아이 자식이 어떻게 묶어서 후닥거린께 떨어지도록 묶었냐고 막 죽일 놈 잡도리헌께 그냥 인자 울고 나갔단 말이여. 나가서는, "아따 아 난수야, 나 여깃다 뭘라고 우냐." 아 그래 산에 가서 밍감나무 도토리나무 그런것 따묵고 있다가, 하래는, "난수야." "뭐들래." "니가 나 꼭 죽을 것인디 너 땀새 살었으니까 나는 니 공을 갚어야 씨것다." "공은 뭔 수로 갚는대야." "니가 꼭 내 말만 들어라. 내일은 아무시에 아무깨 하늘 옥황상제 딸이 샘형제, 매욕허로 날아 올 것이다. 암디 방죽으로 그런께 거 가서 기중 막둥이 딸이 기중 째간 할 것이다. 적을 것이다. 샘형잰디 속옷을 감춰 부러라. 감치면 아조 그 큰애기가 말 할 것이다. 그런께 대체 그 시기가 닥친께 매욕을 허러 내려왔단 말이여. 내려와서는 매욕 한참에 와서 인자 옷을 벗어 논 데를 눈 주고 인자 보고는 고놈 속옷을 인자 딱 감춰 부렀어. 그런께 둘이는 해서 딱 올라가 부렀는디 이 놈은 옷이 있어야 올라가제 그래서 인자, "아이 뭣 찾냐." 그런께, "이만 저만해서 옷이 없다." 고. "옷을 내가 줄 것인께 어찰래." "옷만 주면 같이 올라가자."고. 그래 옷을 딱 준께 입고는 올라갔단 말이여. 올라가서 가만히 본께 며칠 두고 본께 이것을 꼭 즈그 임자 삼을라고 헌 것같이 뵈인단 말이여. 즈 아부지가 그러더니 불렀단 말이여. "난수야." "예." "니가 내 딸허고 살려면 나러고 숨바꼭질을 허자. 그래서 내가 몬야를 숨든가 니가 몬야를 숨든가 해서 못 찾으면 니가 내 사우 노릇을 허고 내가 찾아부리면 내 사우 노릇을 못 헐껀데 그쯤 알어라." 대답을 해 놓고 와서 가만히 생각해 본께 어떻게 숨어야 모를 것이냐 말이여. 그래 즈그 마느래한테 가서 아니 빈장님이 이리저리 하드라. 어떻게 할 것이냐. 그런께 꺽정마라고 당신보다 모냐 숨으라 허며는 당신이 모냐 숨으시오. 그래 자기보고 모냐 숨으라 했던가 손을 맨들어서 사람 연적 안 있드라고, 연적을 딱 맨드라서 딱 사람 앞에다 놓고 있단 말이여. 근께 압씨는 아는디, '저것이 즈그 남편을 삼을라고 그러는 것이구나.' 알고도 못 찾것다 허고 나왔다 그 말이여. "그러면 내가 졌은께 내가 숨을테니 니가 찾으면 내 사우 노릇을 하고 못 찾으면 니가 내 사우 노릇을 못 헐 것이다" 허 대답을 해 놓고 어떻게 해야 숨은지를 숨을 줄을 모른께 숨굴통을 앓고 있는디, 아이 뭐시 그렇게 되야. 그런께 아니 이만저만해서 빈장님이 모냐 숨을란다 해서 숨었는디 어떻게 찾을 끄나고 그런께, "허어 그런 것을 다 꺽정허요. 낼 아침에 조반을 자시고 뒤안을 돌아가시요. 뒤안을 돌아가며는 흐컨 백장닭이 크나큰 거시랭을 찍에 물고 고 고 고 고 헐 것이요. 그러면 빈장님 뭣 허시요. 그러고 발로 딱 더듬어 차부르라고요." 대체 인자 즈그 마느래 말만 듣고 그래 조반을 묵고 돌아간께 크나큰 백장닭이 크나큰 거시랑을 찍어 물고는 고 고 고 고 해싸케든. '아따 빈장님 그거 뭣허시오.' 하고 탁 차부린께, "허허어 내가 졌다. 그래서 이겼는디 기와 석 장을 땅으로 떤져 부릴텐께 니가 그 놈을 찾어오먼 니가 내 사우 노릇을 허고 못 찾어 오면 니가 내 사우 노릇을 못 헐텐께 그래라." 아 그래 대답을 해 놓고 와서 또 숨굴통을 앓고 들어누 있은께, 아 이만 저만 허고 이만저만 했다고. 이걸 어째야 좋냐고. 아이 당신이 잡은 아씨집에서 넘의 집 살 때 쥐덫 치먼, 잡고 안 살렸냐고. 그러먼 거가서 도라고 그러면 줄 것이라고. 대체 내려와서 본께 큰 곡간인디. 딩겨 곡간인데 쥐가 빡빡 했단 말이여. 그래서 지침을 꺽 헌께 쥐도 거그도 어수쥐도 있었든가. "샌님 와 것은께 찾으러 와 겠는가 부다. 어서 갖다 드려라." 기와 석 장을 가져다 준단 말이여. 그래서 고놈을 찾아갖고 와서 올라가서는 사우 노릇을 했단 말이여. 사우 노릇을 허고는 즈그 마느래가 뭐시라 헌고니 지하로 내려가라 헐텐께 다른 것 도라고 말고 저 망아지가 한 댓 있은께 기중 비 묵다 묵다 만다는 거 고놈허고 뱅이 저그가 여러 수 십개여. 그런께 노랑뱅 한나 검은뱅 한나 흰뱅 한나 고놈 섯만 도라 하라고. 다른 것 다 씰데 없고 그래 하래는 부르더니 '너 인자 마즈막 만났으니 너 인자 내려가서 살어라.' 그래 대답을 허고 있는디, "너 뭣이 원이냐? 니 원대로 소원대로 말해라." "저 망아지 제일 빌어 묵은 놈이라 고놈허고 저 병 여러가지여 섯만 쌕쌕이로 주시오." "애이 자식 하도 많은 것 중에서 저런 것을 도라 하냐." 고놈 병 섯을 말꼬리에다 차고 지하로 내려와서 잘 사는디 아이 한 번은 나라에서 싸우자 그러거든. 쌈을 싸우자 아이 그래서 대답을 해 놓고는 와서 불통앓고 있은께. "그런 것 꺽정 마시오. 그 날 날짜를 받았은께 그날 날짜를 딱 당해서 말저 놈 허고 뱅 서개 말꼬리에다 채고 가서는 싸우자 허고 한참 있다 그 뱅 모가지만 쑥 빼부라고." 그래서 싸울 날짜를 받고서는 빼고 가서는 딱 와서는 싸우자고 아 뱅 모가지 섯을 잡아댕겨 부른께 이 놈의 군사가 막 총칼들고 와서 날 칠라 그러거든. 그런께 즈그 마느래가 본께 암만 그래도 그것은 나라 일인디 그럴 수가 없어서 조화를 부러서 행개피에 물 묻여서 태워 부린께 소내기 비 온다고 그 사람 다 들어가 부러서 그래서 졌다. 그래서 말은 이것이 져서 땅, 거시기 난수땅이라고 있지 않드라고.

D형: 동반 하강형/ 시험 무(無)

56. 선녀와 머슴(『한국구비문학대계 6-3』, 341~344.)

나물가, 머심 놈이. 나물 가서 나물 하고 있은께, 풀 속에 '떵' 하디이 노루가 뛰넘어 와, 호랑이가. 뛰오믄서 "살려 달라."고 그래. 그래서 나무를 가리나물 수북이 해놨다가 그놈을 거터불고는 속에다 집어옇고 덮어 놨다 말이여. "어이 인자 호랭이 안 가던가?" "응 갑디다. 이 넘으로 넘어 갑디다. 아, 그 새 가부렀네." 이라고, 거 가 푹 주저 앉어. 앉은께, 용케 그놈을 안 깔고, 나무만 깔고 앉았지 인자. 그 속에 든, 죽었지, 호랑이란 놈은, 그래가지고 용케 살았다 말이여. 살아가지고는 은혜 갚을 거이 없어. 보답할 거이 없다 그 말이여, 지가 살았으이까. "자네는, 갚을 거 없은께, 나 말 듣소." 그라거든. "뭔 말이냐?" 이란께, "이 너메 이 건네 가믄, 아무데 둠벵이 안 있는가? 좋은 둠벙. 거기 가믄 선녀들이 내려와서 모욕을 하니, 서이 삼 형제 내려와서 모욕을 하믄, 그때는 한나 자네 눈에 든 놈 훔쳐서 잡고 사소." "그래야. 고맙다." 지켰다 말이여. 지킨께, 하늘에 둥치가 내려와. 내려 오더니 선녀가 서이 나오더만 모욕을 하거든. 그랄 적에 한나 옷을 돌라붓다 말이여. 싹 돌라가지곤 딱 숨카놓고 있은께, 아이, 둘은 옷을 입었는디, 한나가 옷을 벗고 살 수가 있나? 옷을 찾은께 있어야지. 아이, 저게 지양 둘이는 기양 타고 올라가부리고, 시간이 됐던가? 아, 이놈만 그 있단 말이여. 그란께, "웬 선녀가 그라고 댕기느냐?" 고 그라인까, "그런 거 아이라, 샘 형제 모욕을 하러 왔는데, 아, 나 옷을 감춰부러서 옷 찾으로 이란께, 봤으믄 날 주십시오." 그란께, "못 봤어." 거절한다 말이여. 못 봤다고. 그래가 하나 난 것이 아들을 낳았다 말이여. 자꾸 어짜는가? 인자, "아들을 낳아도 안 갤키 줄라요? 그래 말이여. 주인이 안 낳으믄 안 갤치준가? 낳았다고 갤치준가? 없어. 몰라." 또 난 것이 또 아들을 낳았다 말이여. "그래도 안 갤켜 줄래요." 그란께, "안 봤은께 못 갈쳐 줘." "그래 참 갑갑할 일이시. 아, 잊어불고 주시오." "안 봐." 또 난 것이 아들 샘 형제를 났거든. "이래도 안 갤쳐 줄라요." 이러거든. "생각해 보시오. 인제 난 오도 가도 못하요. 한나 업고 둘 양옆에 어깨찌고 어쩌케 올라갈 거요. 그란께 옷을 주시요." 아, 지도 생각해 본께, 못 가겄거든, 하늘로. 애기 새끼 시일 덴고. 아, 더만, 그냥 아, 자고 나 일라 본께 없네. 가불고, 새끼들 다 가불고. 그래서 인자 이것이 안 내려오고 인자 전부 기양 물을 올려가. 저 그륵에다가 인자 물을 질어 올린다 말이여. 그래 나가 있다가 그 놈 물을 붓어내리고 딱 올라 앉었지. 올라간다고 간 것이 그 놈의 집에 갔어, 가히(妻)집이. 간께 저 새끼들이 있거든. 반갈 것 아냐? 서로 반가와하지. "아, 우째 왔소?" 그란께, "물을 길러기에 나가 붓어부고 왔지." "그래 참 이 애기들 보고 아들이라 말 마시오. 남이 들으믄 웃을 거요, 땅애비라고. 새끼들한테 뭐 그런 들을 거 없은께, 아무 소리 말고 넘 보드키 하고 살고, 아부지 소리는 마시오. 땅애비 땅애비야 못 쓴다고." "그래?" 그래서 인자 거거서 사는디, 대접은 잘 받어. 응, 아니 아들 셋 낳고. 그래가지고 있다가, 결국에는 '가자'고 남겼다 말이여 남자가. 딱 새끼들 나놓고 그란께, 대차 여기서 형지는 또 시기를 부려서 난리고. "저 새끼는, 저, 맥없이, 저, 땅에 땅서방을 얻어 가지고 새끼를 낳아 가지고 펴내져 시킨다."고 대접을 못 받은께, "우리 갈 데로 가자." 그래가지고 이 지하로 내려왔다 말이여. 하늘에서 내려와. 내려 와가지고, 그 여자 좋아 풍류해가지고 부자로 살아. 그런께 선년께 하늘에서해서 주니까. 그 뿐이지, 뭐 별거 없는 기거든. 그때 호랭이 하나 살려주고, 좋은 선녀를 얻어 고 살았지.

나무꾼과 선녀의 부부갈등과 문학치료

참고문헌

1. 자료

박종수· 강현모, 『용인 서부지역의 구비전승』, 태학사, 1999.
임동권, 『한국의 민담』, 집문당, 1972.
임석재, 『한국구전설화』 전 12권, 평민사, 1987~ 1993.
_____, 『한국구전설화 평안북도편Ⅰ』, 평민사, 1991.
_____, 『한국구전설화 평안북도편Ⅱ』, 평민사, 1989.
_____, 『한국구전설화 평안북도편Ⅲ, 평안남도편, 황해도편』, 평민사, 1988.
_____, 『한국구전설화 함경북도편, 함경남도편, 강원도편』, 평민사, 1989.
_____, 『한국구전설화 경기도편』, 평민사, 1989.
_____, 『한국구전설화 충청남도편, 충청북도편』, 평민사, 1990.
_____, 『한국구전설화 전라북도편Ⅰ』, 평민사, 1990.
조동일, 『서사민요연구』, 계명대학교 출판부, 1979.
최상수, 『한국민간전설집』, 통문관, 1958.
최운식, 『충청남도 민담』, 집문당, 1980.
_____, 『한국의 민담』, 시인사, 1987.
_____, 『한국의 민담1』, 시인사, 1999.
_____, 『한국의 민담2』, 시인사, 1999.
_____, 『한국구전설화집 4: 충남서산, 태안편』, 민속원, 2002.
_____, 『한국구전설화집 5: 충남연기편』, 민속원, 2002.
_____, 『한국구전설화집 6: 충남홍성편Ⅰ』, 민속원, 2002.
_____, 『한국구전설화집 7: 충남홍성편Ⅱ』, 민속원, 2002.
최래옥, 『전북민담』, 형설출판사, 1979.
한국정신문화연구원, 『한국구비문학대계』 전 82권, 1980~1988.
성기열, 『한국구비문학대계』, 1-3(경기도 양평군편), 1980.
조희웅, 『한국구비문학대계』 1-4(의정부시· 남양주군편), 1981.
성기열, 『한국구비문학대계』 1-5(수원시· 화성군편), 1981.

조희웅, 『한국구비문학대계』 1-6(안성군편), 1982.
성기열, 『한국구비문학대계』 1-7(강화군편), 1982.
서대석, 『한국구비문학대계』 2-7(강원도 횡성군편 2), 1984.
김영진, 『한국구비문학대계』 3-1(충청북도 청주시 · 중원군편), 1982.
김영진 · 맹택영, 『한국구비문학대계』 3-2(충청북도 청주시 · 청원군편), 1981.
인권환, 『한국구비문학대계』 4-1(충청남도 당진군편), 1980.
박계홍, 『한국구비문학대계』 4-2(충청남도 대덕군편), 1980.
서대석, 『한국구비문학대계』 4-3(충청남도 아산군편), 1982.
박계홍, 『한국구비문학대계』 4-4(충청남도 보령군편), 1983.
박계홍, 『한국구비문학대계』 4-5(충청남도 부여군편), 1984.
최래옥, 『한국구비문학대계』 5-1(전라북도 남원군편), 1980.
최래옥, 『한국구비문학대계』 5-2(전라북도 전주시 · 완주군편), 1980.
박순호, 『한국구비문학대계』 5-7(전라북도 정읍군편 3), 1984.
지춘상, 『한국구비문학대계』 6-1(전라남도 진도군편), 1980.
김승찬, 『한국구비문학대계』 6-3(전라남도 고흥군편), 1984.
이현수, 『한국구비문학대계』 6-5(전라남도 해남군편), 1984.
최덕원, 『한국구비문학대계』 6-6(전라남도 신안군편 1), 1984.
최래옥· 김균태, 『한국구비문학대계』 6-8(전라남도 장성군편), 1984.
최래옥· 김균태, 『한국구비문학대계』 6-10(전라남도 화순군편 2), 1984.
최래옥· 김균태, 『한국구비문학대계』 6-11(전라남도 화순군편 3), 1984.
조동일, 『한국구비문학대계』 7-1(경상북도 경주시 · 월성군 1), 1980.
최정여 · 강은해, 『한국구비문학대계』 7-4(경상북도 성주군편 1), 1980.
최정여, 『한국구비문학대계』 7-12(경상북도 군위군편 2), 1984.
최정여, 『한국구비문학대계』 7-16(경상북도 구미· 선산편 2), 1984.
최정여· 강은해, 『한국구비문학대계』 8-6(경상남도 거창군편 2), 1981.
김승찬, 『한국구비문학대계』 8-9(경상남도 김해군편), 1983.
정상박 · 유종목, 『한국구비문학대계』 8-11(경상남도 의령군편 2), 1984.
정상박· 유종목, 『한국구비문학대계』 8-14(경상남도 울산 · 울주군편), 1984.
한상수, 『한국민담선』, 정음사, 1974.
홍태한, 『한국의 민담』, 민속원, 1999.
연구자 채록 〈나무꾼과 선녀〉 10편

2. 논저

〈국어국문학 관련 논저〉

A. Aarne· S. Thompson, The Type of Folktale, Helsinki: Suomalainen Tiedeakatemia Academia Scientiarrum Fennca, 1964.

강미정, 『조선왕조실록의 간통 사건에 대한 문학치료적 접근』, 문학과 치료, 2004.

_____, 「〈쥐좆도 모른다〉의 서사적 특성과 그 문학치료적 효용」, 『고전문학과 교육』 제13집, 한국고전문학교육학회, 2007.2

공영선 외, 『민담과 소수민족 이야기: 중국편』, 국학자료원, 1997.

권영철, 「금강산선녀 설화 연구」, 『효성여대 연구논문집』 제1집, 효성여대, 1969.

김기창, 「금강산선녀설화 연구」, 『국제어문』 5, 국제대학교 국어국문학과, 1984.

_____, 『이류교혼설화연구』, 성균관대학교 대학원 석사학위논문, 1984.

김대숙, 「'나무꾼과 선녀' 설화의 민담적 성격과 주제에 관한 연구」, 국어국문학 137, 2004.

김문선, 『동물보은설화연구』, 한국교원대학교 대학원 국어국문학과 석사학위논문, 1992.

김석회, 「문학치료학의 전개와 진로」, 『문학치료연구』 제1집, 한국문학치료학회, 2004.8.

김창활, 『독일민담선』, 정음사, 1975.

라인정, 『이물교구설화연구』, 충남대학교대학원 국어국문학과 박사학위논문, 1998.

박기석, 「〈민옹전〉 연구」, 『고전문학과 교육』 제6집, 한국고전문학교육학회, 2003.8.

_____, 「문학치료학 연구 서설」, 『문학치료연구』 제1집, 한국문학치료학회, 2004.8.

박은실, 『한국 설화에 나타난 조력자 연구』, 이화여자대학교 대학원 석사학위논문, 1981.

박정수, 『우부현녀형 설화 연구』, 계명대학교 교육대학원 국어교육전공 석사학위논문, 1995.

박현국, 『설화의 신화적 구조와 상징 연구』, 중앙대학교 대학원 박사학위논문, 1992.

배원룡, 『나무꾼과 선녀 설화 연구』, 집문당, 1993.

_____, 「〈나무꾼과 선녀〉 설화에 나타난 가족의식 연구」, 한국민속학보 제3호, 한국민속학회, 1994.

_____, 「설화의 현대적 수용과 변용」, 한국민속학 제26집, 민속학회, 1994.

_____, 『설화 · 고소설교육론』, 「나무꾼과 선녀 설화 구조와 의미의 교육적 고찰」, 민속원, 2002.

변지선, 『이류교구 설화 연구』, 배재대학교 대학원 국어국문학과 석사학위논문, 2000.

서대석, 『한국의 신화』, 집문당, 1997.

서은아, 『정신분석학적 접근을 통한 춘향의 성격 연구』, 서울여자대학교 대학원 석사학위논문, 1997. 2.

_____, 「독자수용의식의 측면에서 살펴 본 〈흥부전〉의 문학적 가치」, 태릉어문 8집, 서울여대 국어국문학과, 1999.

_____, 「〈수궁가〉에 나타난 토끼의 성격과 당대 수용자들의 심리적 특성」, 국어교육 100호, 1999년 10월.

_____, 「〈수궁가〉의 문학적 효용」, 서울여대 대학원논문집, 2000년 2월.

_____, 「〈나무꾼과 선녀〉의 인물갈등 연구」, 서울여대 대학원 박사학위논문, 2005.2.

_____, 『나무꾼과 선녀의 부부갈등 연구』, 제이앤씨, 2005.3.

_____, 「〈나무꾼과 선녀〉의 부부갈등 중 '선녀의 개인적 결점'으로 인한 갈등과 그 문학치료적 가능성 탐색」, 『문학치료연구』 제2집, 한국문학치료학회, 2005.2.

_____, 「〈구렁덩덩신선비〉를 이용한 부부상담의 가능성 탐색」, 『고전문학과 교육』 제12집, 한국고전문학교육학회, 2006.8.

_____, 「〈나무꾼과 선녀〉와 〈견우직녀〉의 이야기 결합방식과 문학치료에의 적용가능성 모색」, 『문학치료연구』 제5집, 한국 문학치료학회, 2006.8.

_____, 「현대 고부갈등 해결을 위한 〈우렁색시〉의 문학치료적 가능성 탐색」, 『국어교육』 121호, 한국어교육학회, 2006.10.

성기열, 「민담 〈선녀와 나무꾼〉의 한일 비교」, 『인문과학연구소 논문집』, 제8집, 인하대 인문과학연구소, 1982.

소재영, 「이류설화고」, 『국어국문학』 42 · 43 합병호, 국어국문학회, 1968.

손진태, 『조선민족설화의 연구』, 을유문화사, 1954.

_____, 『한국민족설화의 연구: 민족설화의 문화사적 연구』, 을유문화사, 1982.

신동흔, 「구비설화를 통해 본 민간의 삶과 효」, 『인문과학논총』 34집, 건국대학교 인문과학연구소, 2000.

우현주, 『〈선녀와 나무꾼〉 설화의 욕망층위와 그 교육적 의미』, 건국대학교 교육대학원 석사학위논문, 2003.

이부영, 『한국민담의 심층분석』, 집문당, 1995.

이석래, 「이류교혼설화」, 『문리대학보』 11권 1호, 서울대학교 문리대학, 1963.

이윤경, 『금기 모티프 수용 설화 연구-〈나무꾼과 선녀〉·〈구렁덩덩신선비〉·〈우렁색시〉 형을 중심으로-』, 성신여자대학교 대학원 국어국문학과 석사학위논문, 1998.

이인경, 「구비설화에 나타난 가계계승과 혈연의식」, 『고전문학연구』 21집, 한국고전문학회, 2002.

______, 「구비설화를 통해 본 노후의 삶과 가족」, 『구비문학연구』, 한국구비문학회, 2003.

이주홍, 『중국민담선』, 정음사, 1975.

이지영, 『한국결혼시련담 연구』, 서울대 대학원 석사학위논문, 1987.

임석재, 「조선의 이류교혼담」, 『조선민속』 제3호, 조선민속학회, 1939.

장덕순, 『한국설화문학연구』, 박이정, 1995.

장주근, 『한국구비문학사(상)』, 한국문화사대계 5, 고려대학교 민족문화연구소, 1971.

장장식, 『설화의 금기연구』, 경희대학교 대학원 석사학위논문, 1984.

전영숙, 『〈바리공주〉를 활용한 문학치료의 실제 및 그 교육적 활용 방안 연구』, 건국대학교 대학원 박사학위논문, 2004.

정운채, 「〈만복사저포기〉의 문학치료학적 독해」, 『고전문학과 교육』 제2집, 청관고전문학회, 2000.

______, 「〈무왕설화〉와 〈서동요〉의 주역적 해석과 문학치료의 구조화」, 『국어교육』 106, 한국국어교육연구회, 2001.

______, 「〈시교설(詩敎說)〉의 문학치료학적 해석」, 『국어교육』 104, 한국국어교육연구회, 2001.

______, 「『주역』의 인간해석 체계와 문학치료의 이론적 구조화」, 『겨레어문학』 제27집, 겨레어문학회, 2001.

______, 「〈흥보가〉의 구조적 특성과 문학치료적 효용」, 『고전문학과 교육』 제4집, 청관고전문학회, 2002.

_____, 「서사의 힘과 문학치료방법론의 밑그림」, 제8집, 한국고전문학교육학회, 2004.
_____, 「고전문학과 교육과 문학치료」, 『국어교육』 113호, 한국국어교육연구학회, 2004.2.
_____, 「〈구운몽〉의 독후감을 통한 자기서사의 탐색과 문학치료의 방향설정」, 『문학치료연구』 제1집, 한국문학치료학회, 2004.2.
_____, 「인간관계의 발달과정에 따른 기초서사의 네 영역과 〈구운몽〉 분석시론』, 『문학치료연구』 제3집, 한국문학치료학회, 2005.8.
_____, 「부모 되기에 대한 고전문학의 시각」, 『인문과학논총』 제43집, 건국대학교 인문과학연구소, 2005.12.
_____, 『문학치료의 이론적 기초』, 문학과 치료, 2006.
_____, 「〈처용가〉와 〈도량넓은 남편〉의 관련 양상 및 그 문학치료적 의의, 『고전문학과 교육』 제12집, 한국고전문학교육학회, 2006.8.
_____, 「우울증에 대한 문학치료적 이해와 〈지네각시〉」, 『문학치료연구』 제5집, 2006.8.
_____, 「질투에 대한 영화창작치료의 실제」, 『고전문학과 교육』 제13집, 고전문학교육학회, 2007.2.
조희웅, 「한국설화의 연구」, 『국문학연구』 제8집, 서울대학교 대학원, 1968.
주종연, 『한독민담비교연구』, 집문당, 1999.
최래옥, 「설화와 그 소설화과정에 대한 구조적 분석-특히 장자못 전설과 옹고집전의 경우」, 『한국문학연구』 7집, 서울대학교 대학원, 1968.
_____, 『한국구비전설의 연구』, 일조각, 1981.
_____, 「설화구조론」, 『한국문학연구입문』, 지식산업사, 1982.
_____, 「한국효행설화의 성격연구」, 『한국민속학』 10, 민속학회, 1977.
최상수, 「백조처녀설화의 비교 연구」, 『민속학보』 제2집, 1957.
최상진, 『한국인 심리학』, 중앙대학교 출판부, 2000.
최운식, 「효행설화에 나타난 한국인의 의식」, 『한국 · 일본의 설화연구』, 인하대학교 출판부, 1987.
_____, 「〈나무꾼과 선녀〉와 〈백조처녀〉의 비교」, 『전래동화 교육의 이론과 실제』, 집문당, 1998.
_____, 「나무꾼과 선녀」, 『전래동화 교육의 이론과 실제』, 집문당, 1998.
하은하, 『귀신이야기와 문학치료』, 문학과 치료, 2004.

______, 「〈거짓말 세마디〉의 서사적 특성과 그 문학치료적 효용」, 『고전문학과 교육』 제13집, 고전문학교육학회, 2007.2.
한국문학치료학회, 『문학치료연구』 제1집~제6집, 2004~2007.
한국어린이문학교육학회 독서치료연구회 편, 『독서치료』, 학지사, 2001.
한소진, 『텔레비전 드라마의 설화수용양상 연구』, 중앙대학교 대학원 문예창작학과 문학창작전공, 박사학위논문, 2003.

〈기타 관련 논저〉

E.L. 워싱톤 지음 · 김병오 옮김, 『부부상담』, 한국장로교출판사, 2001.
Foley, Vincent D. 지음 · 이형득 외 옮김, 『가족치료입문』, 형설출판사, 1994.
Mark E. Young; Lynn L. Long 지음 · 이정연 옮김, 『부부상담과 치료』, 시그마프레스, 2003.
Sherman, Robert. 『부부 및 가족치료 기법』, 신한, 1996.
강경호, 『결혼과 부부상담』, 요나, 1996.
김계현, 『상담심리학: 적용영역별접근』, 학지사, 1996.
김명자, 「가족관계에 대한 부부의 가치의식과 결혼만족도에 관한 연구」, 『아세아 여성연구』 24, 숙명여자대학교 아세아 여성문재연구소, 1985.
김수지, 『가족정신건강: 가족치료의 이론과 실제』, 수문사. 1986.
김정옥, 『새로 보는 결혼과 가족』, 학지사, 1999.
김중술, 『사랑의 의미』, 서울대학교출판부, 1994.
김현주, 『대학생들에게 내재되어 있는 전래동화의 심리적 특성 분석-등장인물 및 동물을 중심으로-』, 한양대학교 교육대학원 가정교육전공 석사학위논문, 1995.
김혜경, 『결혼초기 부부의 갈등에 관한 연구』, 이화여자대학교 석사학위논문, 1986.
노명래, 『인간과 성심리』, 학지사, 1998.
브루스 리치필드; 넬리 리치필드 공저 · 정동섭 정성준 옮김, 『기독교 상담과 가족치료』 1~5권, 예수전도단, 2002.
여성한국사회연구소, 『한국가족과 부부관계』, 사회문화연구소, 1997.
유영주 외, 『현대결혼과 가족』, 신광출판사, 2000.

이광규, 『한국가족의 심리문제』, 일지사, 1981.
이규태, 『한국인의 의식구조』, 신원문화사, 1995.
이선주, 『기혼여성의 결혼관과 그에 관련된 결혼만족도』, 이화여자대학교 석사학위논문, 1988.
이영숙, 「고부관계에서 발생한 폭력」, 『대한가정학회지』, 36, 1997.
이옥진, 『부부의 결혼만족도에 관련된 가정환경변인에 관한 연구』, 서울대학교 석사학위논문, 1982.
이요원 외, 『여성상담사례연구집』, 한국여성개발원, 1990.
이장호, 『상담면접의 기초』, 중앙적성, 1992.
이호신, 『결혼생활 만족에 관련된 부부의 상호작용변인들』, 성신여자대학교 대학원 석사학위논문. 2000.
이효재, 「한국가부장제의 확립과 변형」, 『한국가족론』, 까치, 1990.
임돈희, 「여성과 가족관계」, 『여성학의 이론과 실제』, 동국대학교출판부, 1986.
임창재, 『정신위생심리』, 형설출판사, 1997.
장설희, 『배우자선택의 선호요인에 관련된 변인들』, 성신여자대학교 대학원 석사학위논문, 2000.
조유리, 『부부갈등 및 갈등대처행동과 결혼만족도』, 전남대학교 석사학위논문, 2000.
최재석, 『한국가족연구』, 민중서관, 1966.
한국여성연구회, 『여성학강의』, 동녘, 1993.
홍대식, 『연애와 결혼 심리학』, 청암미디어, 2002.

저자소개

서은아

서은아(徐銀雅)는 서울여자대학교 교육심리학과를 졸업하고, 동 대학교 대학원 국문학과에서 석사· 박사학위를 받았다. 현재 서울여자대학교 국어국문학과에서 고전문학을 강의하고 있으며, 동 대학교 인문과학연구소 전임연구원으로 재직 중이다.

나무꾼과 선녀의 부부갈등과 문학치료

초판 인쇄 | 2011년 7월 12일
초판 발행 | 2011년 7월 19일

저　　자 서은아

책임편집 윤예미

인지는 저자와의 합의하에 생략함

발 행 처 도서출판 지식과교양
등록번호 제 2010-19호
주　　소 서울시 도봉구 창5동 320번지 행정지원센터 B104
전　　화 (02) 900-4520 (대표)/ 편집부 (02) 900-4521
팩　　스 (02) 900-1541
전자우편 kncbook@hanmail.net

ISBN 978-89-94955-31-5 93810　　**정가** 34,000원

이 도서의 국립중앙도서관 출판도서목록(CIP)은 e-CIP홈페이지(http://www.nl.go.kr/ecip)에서 이용하실 수 있습니다. (CIP제어번호: CIP2011002853)